新高地军旅文学丛书

傅逸尘 主编

气候幽影

刘宏伟 著

SPM 南方传媒 花城出版社

中国·广州

图书在版编目（CIP）数据

气候幽影 / 刘宏伟著. -- 广州：花城出版社，
2023.2
（新高地军旅文学丛书 / 傅逸尘主编）
ISBN 978-7-5360-9812-1

Ⅰ. ①气… Ⅱ. ①刘… Ⅲ. ①长篇小说－中国－当代
Ⅳ. ①I247.5

中国版本图书馆CIP数据核字(2022)第215995号

出 版 人：张　懿
丛书主编：傅逸尘
责任编辑：王　凯　李珊珊　蔡　安
责任校对：梁秋华
技术编辑：凌春梅
封面设计：李晓玉

书　　名	气候幽影
	QIHOU YOUYING
出版发行	花城出版社
	（广州市环市东路水荫路 11 号）
经　　销	全国新华书店
印　　刷	佛山市浩文彩色印刷有限公司
	（广东省佛山市南海区狮山科技工业园 A 区）
开　　本	787 毫米 × 1092 毫米　16 开
印　　张	21.5　1 插页
字　　数	360,000 字
版　　次	2023 年 2 月第 1 版　2023 年 2 月第 1 次印刷
定　　价	58.00 元

如发现印装质量问题，请直接与印刷厂联系调换。
购书热线：020-37604658　37602954
花城出版社网站：http://www.fcph.com.cn

"历史化"大叙事背影里的"个人化"想象

——"新高地军旅文学丛书"总序

傅逸尘　程士庆

一

因为战争本身的极端性与复杂性,以及对政治集团、民族国家甚至人类的生存发展走向起决定性影响,军事题材一直为文学叙事所青睐并不让人惊讶。但在世界文学的谱系里,军事题材始终是一个充满矛盾与魅惑的存在。战争本身可以说是冲突爆发的极端形式,敌对双方的立场与利益几乎无法调和,其目的往往也指向明确;但文学所关注的,或者说要表现的却是极其复杂丰富的存在与形态,它往往超越了战争本身二元对立的政治性诉求,在更为幽微的人性与哲学的向度上进行深入独特的探索与剖析。也因此,军事题材文学经典连绵不绝,既为不同时代的读者所钟爱,亦成为文学史不可或缺的重要一域。

中华人民共和国成立后七十余年的当代文学史中,军旅文学始终是一个巨大的存在,在不同的社会历史阶段,或不同的文学思潮中从未缺席,甚至可以说一直引领时代精神之先与文学思潮之头,亦不为过。从长篇小说的角度论,中国当代军旅文学有两个比较重要的时期,共同建构起当代长篇小说重镇之形象。第一个重要时期便是二十世纪五六十年代的革命历史小说,即"红色经典"中的军事题材作品。这些小说大都以抗日战争和解放战争为背景,以中国共产党领导下的革命武装为主体,书写的是艰苦卓绝、可歌可泣的战斗历程与流血牺牲的英雄人物,直接回应了新中国成立的合法性历史诉求,成为二十世纪五六十年代的

"主旋律"。

然而近年来，学术界尤其是文学史家的质疑和批判之声不绝于耳，"英雄主义模式的限制，使这类创作只是在数量与篇幅上得以增长，却没有造成艺术上多样化的局面"（陈思和语）。在我看来，"红色经典"中的"红色"并非当下学界对其诟病的根本症结，更重要的问题在于"十七年"的军旅长篇小说始终笼罩着一层深重的"现代性焦虑"，围绕着组织一个现代民族国家的政治诉求而展开的集体想象与国家认同，导致其"非文学"的因素过多：缺乏活跃的感官世界（"身体"的缺席和情爱叙事的稀薄），缺乏超越性的精神维度（二元对立的思维方式及日常道德宣教），缺乏丰满立体的人物形象（概念化、脸谱化的人物塑造方式），缺乏日常生活经验（极端化的生存状态简化了生命的内在矛盾）等。因此，"红色经典"的一枝独秀在创造了一个繁荣神话的同时，也暗伏了随后的文学危机（尤其是近年来，在高校教师主导编写的多种当代文学史中，"红色经典"中的军事题材作品乃至整个中国当代军旅文学的作家作品都被删除殆尽）。

第二个重要时期开启自二十世纪九十年代，"新历史主义"思潮影响下的"新历史小说"。"新历史小说"颠覆并解构了"红色经典"所描写的正统的、单向度的革命历史以及二元对立的意识形态立场，对战争情境中人性的复杂性与历史的偶然性等因素进行了探索性的开掘，为以往单向度的革命历史增添了某种暧昧与不无吊诡的意味——已经"历史化"了的革命历史遭遇了来自文学的重构或曰重新阐释。随着商品经济大潮席卷中国社会，世俗化、娱乐化成为文化主流，失去了政治的"荫庇"，军旅文学不但逐渐退出了主流意识形态话语体系的核心，在文学领域也一再被边缘化。"农家军歌"无疑是二十世纪九十年代军旅文学的亮点，也可以说是"新写实小说"的军营别调，长期以来被宏大叙事所遮蔽的个体军人的现实生活与命运遭际开始被作家冷静客观地揭开。

进入二十一世纪，军旅文学没能沿着上述两个时期所建构的"文学传统"继续前行，而是堕入了世俗化与后现代主义混搭的，甚至是无厘头的欲望化叙事的泥淖。首先是"红色经典"在影视剧改编与重拍中"梅开二度"，随后而起的是抗战题材长篇小说热与抗战"神剧"热，这种热潮进而逐渐走向了迎合民族主义情绪与娱乐化消费心理的反智主义的极端。这些作品往往置常识于不顾，将英雄传奇妖魔化、反智化、戏谑化，严重损害和扭曲了革命历史小说的叙事本质与政治合法性诉求。消费时代的来临和大众文化的崛起，早已从根本上改变了当下文学的言说机制，自然也包括军旅文学创作。事实上，军旅影视剧的热播并不能表明军旅文学，尤其是军旅长篇小说的真正繁荣。二十一世纪的第二个十年，"新生代"军旅作家群开始整体崛起，以其独特的审美体验与视角，观照当代军人的生存境遇与情感状态，为和平时期的军旅文学写作开拓了新的空间与向度。然而遗憾的是，这批以中短篇小说出道且成绩优异的七〇后作家，在长篇小说领域还缺乏重量级、有代表性的力作，其社会影响力与前述两个时期的作品尚无法比肩。

在这样的历史坐标系和文学史背景下，军旅文学新的表现方式与叙事空间在哪里？这是一个极其迫切且无法回避的问题，也困扰着许多作家和批评家。花城出版社敏锐地发现了这一现象，并试图改变这一态势，以期重建中国当代军旅文学尤其是长篇小说的文学观念、叙事向度、话语方式以及美学风格。事实上，早在2006年，花城出版社就曾策划推出过"木棉红长篇小说丛书"，囊括了原广州军区十二位专业作家的十二部军旅长篇小说。当年的这套丛书，或以军营生活为中心，再现历史事件，记录时代风云，展示军人的精神世界；或以乡村都市为主题，描摹世道人情，绘写人生百态，凸显对民间的冷暖关怀，显示出一个创作集体自觉的使命感和审美追求，在军内外产生了广泛影响。十五个年头倏忽而逝，现如今，曾经的部队专业文艺创作室已不复存在，军旅专业作家群体也已经风吹云散。改革强军的进程中，军旅文学正在经历低潮和阵痛，期待着换羽重生，重整旗鼓。在这样的情势和背景下，花城出版社又一次站了出来，以一种老牌文艺出版社所特有的使命感和敏感性，策划推出"新高地军旅文学丛书"，试图以此为中国当代军旅文学赋能，进而掀起一轮以长篇文体为标识的文学潮动。花城出版社这一雄心勃勃的想法得到了军队和地方诸多作家的积极响应，并在各自的新作中进行了独特的探索与尝试。"新高地"这个丛书名，寄寓了编者和作者之于新时代军旅文学的新观念与新方法，希冀着新时代军旅文学创作能坚守住这块承载着光荣传统的重要阵地，进而呈现一片新的文学风景，攀上新的文学高度。

二

检视当下的军旅长篇小说创作，无论从数量还是质量上看，战争历史题材仍然占据主流。对此，一个通行的说法是这与长篇小说的文体特征有关，对生活的认知与经验的积累往往会导致创作的相对滞后。从小说叙述的角度论，包括正在发生的现实也已经成为历史，长篇小说从本质上讲就是历史叙事。在这样的逻辑前提下，当下的军旅长篇小说叙述或言说的就是历史本身，作家首先面对的是要对"历史化"进行一番祛魅。因为"历史化"是意识形态窄化的结果，换言之，是秉持某一意识形态立场与观念对历史认知进行的理性建构。也即，历史是由这一观念认知主体所描述和建构出来的，它并不与本真的历史存在严格对应，其间存在着诸多断裂与缝隙。这些断裂与缝隙恰恰为那些试图探寻历史本相的严肃作家提供了打捞历史丰富存在、发挥"个人化"想象的叙事空间。

历史当然不限于遗迹与文献的自然状态，很大程度上依赖言说或话语的操纵者，它是现实的折射，即克罗齐所谓"一切历史都是当代史"。福柯的"知识考古学"理论就不相信存在一个外在于历史的客观标准。福柯认为，历史的言说或话语是"权力"运作的结果。由于标准的不同，价值判断常常会变成立场与信仰的选择。批评家陈晓明认为，中国现代以来的文学获得了"历史化"的强大逻辑，革命历史叙事则是这样的历史化的最高体制。问题是，时间往往会消解"历史化"的意识形态，当意识形态的政治空间被打开时，历史便以我们不曾见过的姿态或面貌重新显现在人们的面前。所以，杰姆逊也试图用第三世界理论去解释中国现代文学的"民族寓言"，个人的力比多终究被"民族寓言"所压抑，而政治显然是这种文学中最活跃的、起决定性的因素。回过头再来看"红色经典"中的军事题材长篇小说，由于作家大都是所叙战争的亲历者，尤其是他们此前都不是专业作家，因而作品所反映的历史还是真实可信的。然而，小说叙事和人物塑造的单向度，以及缺乏对战争复杂存在的形而上哲学思辨等问题，无疑影响了作品的文学性价值，这一点在与世界战争文学名著的比较中是显而易见的。

历史叙事当属宏大叙事，尤其是当代中国革命历史叙事，有如一股巨大的洪流，裹挟着那些最为原初和本真的涓涓细水与沙粒，一路高歌而去。最终留下的是冷硬骨感的巨石，而那些富于生命温度和生活情态的细水与沙粒，则早已消弭无迹。从文学的角度论，宏大叙事当然是历史叙事的主体或主流，主导着社会思想和时代精神，并产生过许多经典的史诗性巨著，如《战争与和平》《静静的顿河》《生存与命运》，等等。不过，当我们仔细阅读这些名著的时候会发现，它们之所以成为经典，恰恰在于作品没有忽略那些普通人的个体生命存在，在于以细节的形式保留了大量战争中的日常生活经验，这使得宏阔诡谲的历史叙事有了可触摸、可感知的血肉。而"红色经典"中的军事题材长篇小说，何以至今仍为广大读者所青睐，也是因为作品中大量真实的生活细节。这些细节是历史的源头，丰富而真实；是积土与跬步，后来的高山与千里都来源于它们。也就是说，那些细水与沙粒可能更接近历史本相，或者说就是历史不可或缺的一部分。

中国革命历史尚未成为巨大的洪流时，或者已经成为巨大的洪流时，人的复杂性与历史的偶然性在革命历史的整体中都应该是巨大的存在，构成了革命历史的最初底色，也在某种程度上影响着革命历史的进程与走向。鉴于宏大叙事的某种缺失，"个人化"叙事，或叙事中的"个人化"想象，就尤其需要强调，不是反拨，而是丰富与拓展当下军旅长篇小说的叙事空间。这种"个人化"想象，不同于二十世纪九十年代的"私人化"叙事，强调的是以往英雄与传奇话语的背面，即更多地还原和展现"历史化"大叙事阴影下个体生命的生活与命运。

历史强调的是结果，即便有过程，也是概括性的。小说正相反，它要弥补的恰恰是历史所遗漏，或遮蔽的那些更为鲜活的细节。他们往往是被革命历史大潮裹挟着，或者随波逐流，或者搏击潮头，是多面的人生与故事。他们依照自身的逻辑在"革命"中翻滚，历史的不确定性，以及个体命运遭际的偶然性，构成了"革命历史"讲述中的"革命英雄传奇"的阴影部分，有如一枚硬币的背面。如果我们认可"所有的文学都是作家的自叙传"这句名言的话，那么"个人化"叙事，或叙事中的"个人化"想象，在小说的历史叙事中就具有无可争议的逻辑合法性。

历史与文学在中国文化传统中是截然不同的两个领域，有时甚至是对立的。历史是真实的存在，而文学则是虚构的文本。也因此，历史学家对作家写作的所谓历史小说常常是不屑的，他们诟病作家的时候也是义正而词严，似一种居高临下的审问与批判。后结构主义历史学家海登·怀特认为：历史事件虽然真实存在，不过它属于过去，对我们来说无法亲历，因此它只能以"经过语言凝聚、置换、象征以及与文本生成有关的两度修改的历史描述"的面目出现。同样的历史事件，通过不同的情节编排，完全可能具有截然不同甚至相反的意义。虽然标榜"客观真实"的历史话语渴望与"科学"联姻，一再拒绝承认它和文学间的亲缘关系，然而在进行叙述建构时，它采用的却是以"虚构"为特征的文学创作中随处可见的"悲剧""喜剧""浪漫""讽刺"这些情节类型；在进行历史解释时，它使用的却是传统诗歌常见的"隐喻""换喻""提喻""反讽"这类语言表述模式。在海登·怀特的分析下，历史话语的文学性昭然若揭，历史和文学之间的界墙轰然倒塌。

鲁迅说《史记》是"史家之绝唱，无韵之离骚"，而且像《左传》等诸多历史著作中都有大量精彩的文学描写，有的干脆就是小说的虚构笔法。从这个角度论，当年关于余秋雨历史文化散文中小说化叙事过多的批评，似乎也陷入了历史与文学、真实与虚构的对立或暧昧之中了。就文学的本质而言，把真实作为标准，或将真实作为"现实主义"的同义词，显然是虚伪的，批评家没完没了地讨论、争辩作品的"真实性"或许也是虚妄的。进言之，当真实成为小说存在的前提的时候，文学性的意义就是无皮之毛了。

三

站在当今时代的立场，重建虚构叙事与战争历史的关系既是重要的，也是艰难的。事实上，对历史叙事真实性的强调已经在相当大的程度上转化为小说这一虚构文体中的纪实色彩，并在历史叙事中带动了跨文体写作时尚或风潮的兴起。毋庸置疑，在虚构叙事中增强纪实性的确是还原历史真实的一种简单直接且有力有效的手段。在这里，真实感与文学性似乎已成为某种难以超越的悖论。

由此想到了《保卫延安》和《红日》，这两部小说都选取了解放战争时期的著名战役，事件的真实性自不必说，其中的主要人物也都是真实的，但它们都没有受史实的束缚。作家充分发挥了小说的虚构性本质，展开文学性想象，既成功地还原了那两场著名战役，还塑造出诸多令人印象深刻的历史与文学人物形象。还有姚雪垠的历史巨著《李自成》，那不是在读历史，而纯粹是在看小说。人物形象与心理、细节、环境等文学性元素充盈在小说的所有空间，历史的进展似乎不再重要，重要的是人物的成长、命运的跌宕以至于生命的毁灭。不是说姚雪垠不重视史料，恰恰相反，姚雪垠在明史及清史史料的搜集与研究上是下了大气力的，为了增强写作时对环境描写的真实感，他甚至亲自考察了李自成率起义军与明、清官军征战的主要战场。但作者以"深入历史与跳出历史"的原则，成功地刻画了李自成、崇祯皇帝等一系列人物形象，使小说的文学性远远高于历史真实本身。而莫言的《红高粱家族》与"新历史主义"也不是一回事，多少受了点"寻根文学"的影响恐怕是事实。那是关于高密东北乡的一段尘封的历史记忆，莫言以其非凡的文学胆识与艺术想象力将其再现了出来。文学与艺术的本质就是虚构，真实并不是判断其水平高下的唯一标准，文学毕竟不可与历史画等号。真实性是某种前提，是基础，但绝非文学进行历史叙事的全部。不要说《史记》，连"二十四史"在多大程度上记录或曰复现了历史的真相都颇值得怀疑，何况一部以虚构为文体特性的长篇小说？也就是说，小说家首先应当沉入历史现场，最终又必须以文学性和想象力超越历史语法的束缚。在复现与超越这二重叙事伦理中间，文学的超越当然是小说家无须犹疑的唯一选择，亦是衡量战争历史叙事的终极标准。

　　从这个意义上，展开对新时代军旅长篇小说的某种瞻望与想象，或许包含如下关键词：现代性伦理、人生体验、独一无二的表现方法、一个不寻常的事情正在发生的幻觉、特别的尖锐性或目的论。理解这些关键词并不难，难的是创作主体对散落在"历史化"阴影中的历史碎片进行充分发掘、有效提炼与整体概括；难的是超越线性的历史观，让不同政治阵营中的人物在战争的极端情境和冲突中经受肉体、生活方式、价值判断、思想精神的互见与试炼；难的是创作主体基于现代性的写作伦理传递对历史更加全面的理解和更为深切的体认，进而呈表出新的文学趣味和气象；难的是在虚构叙事与现实真实的混沌关联中，用更加深刻、精准且有力的形而上思考建构起有意味的文学经验，最终以文学的方式超越历史的偏见和局限。

　　战争历史从来不是泾渭分明、光滑如镜，实则是乱世求生、紊乱繁复的欲望之海。我们往往习惯于关注奔流到海的大河，而选择性地忽视了如毛细血管般从各个来路汇入大河的支流，人心和人性永远是看似平静的水面之下那汹涌起伏的暗流。一个复杂、立体且有深度的人物形象，既可能是力抗历史洪流的自由灵魂，是觉醒的自由人，不断追寻未知的未来，也可能是命运之神所掌控的玩偶。作家们要想象和探寻的正是这种极具魅惑感的可能性。在这种探寻之下，历史本身的"实感"或许不再是叙事的重点，意识形态的藩篱也是需要突破和重新审视的对象。以"现代性"的、个人化的立场重新反思、阐释和建构错综复杂的历史，历史的可能性和人的存在感都将得到极大的释放。

将个人经验、日常生活与大的时代变局交织缠绕在一起，使读者感到历史既是经由人对外在世界变化的自发反应而展开的，又是在一连串重大、公开的事件中呈现出来的。如此，历史将不再被局限于彼时彼地的特定时空，而成为一种可以被当下通约和共享的情境，承载着作家对战争、对历史、对人的省察与思辨。军旅长篇小说对战争历史的虚构将不再单纯强调"逼真"的幻觉和认知的功能，而人的命运和生命存在的诸种可能性会越发受到正视和尊重，进而生成另一重历史的意义。于是乎，军旅长篇小说便不再是单向度的叙事，"个人"将被从历史中拯救、解放出来，重构与"民族国家"的关联也便成为可能。

"'现代性'不是一个肯定的概念，但也不是一个否定的概念，它是一个反思的概念。"（李杨语）事实上，对于军旅文学而言，无论是大历史还是个人化，终究可以归结为精神的胜利；而政治的、阶级的、党派的差别和裂隙终将被灵魂、信仰、理想、情感的意义消融、弥合、超越，完成"现代性"意义上的对战争历史的反思与重构，进而达至英雄叙事的存在与理想之境。

2021年5月

目　录

引子　气候学家之死 …………………… 001

第一章　缘起 …………………………… 003
一　中国蚂蚁 ………………………… 003
二　隔空喊话 ………………………… 009
三　黄金组合 ………………………… 016
四　大国跷跷板 ……………………… 021
五　绿能大佬们的密会 ……………… 026
六　"公地悲剧" ……………………… 032
七　清算旧账 ………………………… 036
八　太阳城里的"狗变猫" …………… 046

第二章　混沌 …………………………… 053
一　广场舞符号 ……………………… 053
二　水晶球的现代变种 ……………… 058
三　日常罪行 ………………………… 065
四　军用背包带的寓意 ……………… 071
五　生活在夹缝中的虫子 …………… 077
六　雾霾是谁惹的祸 ………………… 082
七　卧虎藏龙的夹皮沟 ……………… 087
八　语录歌 …………………………… 095
九　死亡警告 ………………………… 107

第三章　玄机 …………………………… 115
一　当气象兵最棒的感觉 …………… 115
二　对所有的人秘而不宣 …………… 122

三　自动前行的马车 ………………… 128
　　四　亲密女兵 …………………………… 135
　　五　幽会魔法小屋 ……………………… 140
　　六　秘密杀手锏 ………………………… 149
　　七　纳米机器人 ………………………… 157

第四章　逆转 ……………………………………… 165
　　一　弃婴的笑声 ………………………… 165
　　二　男女关系 …………………………… 177
　　三　胡同酒吧屋 ………………………… 185
　　四　布罗肯幽影 ………………………… 191
　　五　非罪恶隐匿 ………………………… 201
　　六　阴谋链 ……………………………… 208

第五章　危局 ……………………………………… 216
　　一　政客秀 ……………………………… 216
　　二　野生黑枸杞的寓意 ………………… 224
　　三　没把真相带进棺材 ………………… 234
　　四　跨国情书 …………………………… 242
　　五　谁是我的反粒子 …………………… 253

第六章　破解 ……………………………………… 262
　　一　别跟自然玩谈判 …………………… 262
　　二　看穿一切 …………………………… 269
　　三　古典密码学 ………………………… 274
　　四　命运之手 …………………………… 285
　　五　科学良心 …………………………… 295
　　六　蝴蝶效应 …………………………… 304
　　七　父母爱情的结晶 …………………… 313
　　尾声　以气象填图的名义 ……………… 321

引子　气候学家之死

美国气候学家道格·约翰斯顿决意要死得惊世骇俗。他仰面躺在南极冰盖上，两眼大大地睁着，像是要目睹自己如何一点点地冻死过去。

南极那地方，对大多数人来说遥远得有如洪荒年代，但对道格·约翰斯顿来说，却亲近得犹如客厅里的宽大沙发以及后院里的绿色草坪。近年来他常去探访南极，热络得像是去探访魂牵梦萦的恋人。据说南极的大部分磷虾都认得他。此刻，气候学家的四肢以最大幅度张开着，深红色的极地羽绒服与白皑皑的南极冰盖形成了强烈对比。

没人怀疑这不是一场完美自杀。气候学家刻意摆出的肢体符号是在表达一种全身心的呵护，是在警醒人类要用生命去呵护南极冰盖；而那深红色的极地羽绒服，更强调了这个肢体符号的血腥与沉重。

完美自杀的另一个标志，是气候学家的无字遗书：一张空白A4打印纸被仔细折叠后套上信封，放在他的极地羽绒服口袋里。

两位南极探险者发现了道格·约翰斯顿的尸体和遗书。他们拍下视频，放到互联网上。

立刻，本时代最具霸气的传播工具将气候学家的自杀演变成了一场轰轰烈烈的讨伐，矛头直指人类应对全球气候变化的无作为。那封空白遗书更是引出无数猜测与评说。死于非命的气候学家让整个世界群情亢奋。人人都在称颂他是个悲壮的气候英雄。

有关的分析更是刀刀见血：美国气候学家道格·约翰斯顿的南极自杀，表明人类在阻止全球气候变暖的进程中是多么艰难坎坷，表明刚刚闭幕的哥本哈根气候峰会是多么令人沮丧！正是气候峰会前爆出的"气候门"丑闻，让满怀期待的气候学家悲哀失望。心灰意冷之下，道格先生用身体发出了极端的呐喊。这是一种古老的杀身取义，不如此不能唤醒麻木愚钝的当今世界……

一个流传很广的帖子被视为气候学家的死亡留言。帖子是气候学家生前放在网上的。细细品读，再科盲的人都能从这些专业术语里读出对那封空白遗书的精准补白——

南极磷虾属于甲壳纲软甲亚纲磷虾目，它的总生物量高达100亿吨，堪称地球上最"重"的动物。这些数量庞大且种群奇多的小动物，是南极生态世界的扛鼎者，因为虎鲸、海豹、帝企鹅、大王鱿鱼等体态庞大的动物们，都须依靠小小的南极磷虾以繁衍生息。南极磷虾堪称最勤奋的碳埋藏者，它们的排泄物具有极佳的固碳作用，它们对减少二氧化碳的贡献远远超过了热带雨林。然而由于海洋浮冰的减少，尤其是人类的大肆捕捞，如今南极磷虾的种群已下降了80%。必须看到，地球生态系统的大崩溃，很可能因小小的南极磷虾而被轰然触发……

不消说，气候学家是在以极具专业的姿态发出醒世警告：小虾米在影响大气候！

没过多久，人们发现，小虾米里竟然隐藏着大阴谋！

第一章 缘起

一 中国蚂蚁

美国国会大厦静卧在华盛顿特区的暗蓝色夜空下。这座举世闻名的白色圆顶建筑物极具霸气,从那里传出的信息全都能量颇大。它们能够影响全球股市的涨涨跌跌,能够造成某个国家的政权更迭,能够决定某个企业的生死存亡,能够让某项科技研发获得支持或是受到打压,也能够救助某种濒临绝境的动物或植物——这都不重要,重要的是这座大厦里的人们想要什么和不想要什么。他们的善恶喜好影响着世界上许多重大事件的走向,包括最卑微的小人物和小动物们的命运走向。就像此刻——美国国会独立党众议员威廉·罗朗看着电视里的一位亚裔中年男人,不时面露欣赏与会意之色。

这是个宁静的午夜。罗朗议员有深夜办公的习惯,疲倦时通常会打开电视放松一下脑神经,恰好就看到了一部名为《气候见证者》的纪录短片。电视上,美国国旗占满屏幕,亚裔中年男人慷慨激昂地说了又说——

美国这是怎么了?!美国有全世界最强盛的国力和最高效的国家机器,美国有全球最具活力和创新力的金融制度,美国有全球顶尖、最大的科研力量,但是美国却退出了《京都议定书》!要知道,美国是地球上人均耗费资源最多的国家,二氧化碳每增加一个单位量,都少不了美国人的"贡献"。美国人开着大排量汽车,住着四季恒温的大房子,高能与高碳这两个快速飞转的车轮承载着人们的"美国梦",但是美国却毫无愧色地退出了《京都议定书》!这意味着，美国在全球气候谈判这项重大的国际事务中丧失了大国风范，美国在应对全球气候变化的世纪之战中成了可悲的逃兵！别以为政客们都蒙在鼓里，那只是表象！真相就是，金钱手腕扼杀了美国的民主制度！当政客们妥协退让的时候，我们必须头脑清醒！我们都是气候见证者，我们必须有所行动！

现在电视上是一组镜头的连续播放——亚裔男人在卡特加特海峡拍摄"绿色能源岛"，这里的电源完全来自风力；亚裔男人在英国小镇拍摄"家庭迷你发电站"，这里家家都用碟式聚光发电器产出电能；亚裔男人在美国加州南部沙漠拍摄"绿色汽油"，那些聚集起来的水藻颗粒在吸收阳光之后驱动了汽车；亚裔男人在美国麻省理工教授的实验室里拍摄"全天候太阳能电池"；然后是亚裔男人偷拍的一家美国发电厂的"碳捕获"设备——每捕获一吨二氧化碳，那家伙竟要消耗25%的煤炭！

亚裔男人的画外音讥讽而尖刻："碳捕获"技术纯属"脱裤子放屁——多此一举"！美国政府理应把财力投入更有应用前景的太阳能和风能！

最后这句话不禁让威廉·罗朗凝眉沉思。少顷，他给他最信任的一个人拨通了电话。

洛克威海滩阳光灿烂。一辆越野车疾驶而来，霸气十足且动力强劲。车轮碾过处白沙飞溅，空旷的海滩被压出两道长长的车辙。越野车里的阿拉伯商人满脸困惑地大声发问，为什么把我从华尔街拉到这海滩来？

开车的白人微微一笑，尊敬的酋长先生，我们这是在让您体会"魔力发动机"的真实性。不然的话，您能相信驱动这辆车的动力不是你们那里盛产的汽油，而是自来水吗？

越野车猛然刹住。开车的白人下车打开油箱盖，用纸杯舀出两杯液体，先让阿拉伯商人仔细看清楚，然后将其中一杯一饮而尽。阿拉伯商人接过另一杯，半信半疑地喝下去，脸上渐显惊喜之色，大声惊呼，OK！真的是水呢！

开车的白人语气铿锵，全球气候变暖必将引发新一轮的能源革命，石油将无力称霸，而新奇特公司以水代油的"魔力发动机"，必将统治全球！

阿拉伯商人摇着头，不对！是我的支票和你的"魔力发动机"，我们一起统治全球！

开车的白人和阿拉伯商人双双会意地大笑。

上述情景被全部摄入一部摄像机中。那些画面极具通透感，连最细微的色差都能清晰呈现。摄像者是个亚裔男人，富有质感的镜头一直是他的偏好，盘算着等到地球变得彻底糟糕，至少他用影像记录了地球曾经的美好。蓦地，他惊住了——镜头里的阿拉伯商人一把拉下白色围巾随手一扔，接过开车的白人给他的几张美钞，摆手离去。

亚裔男人意识到自己被骗了，喂，刚才那个人到底是谁？你让我拍的到底是什么？

开车的白人懒得解释，沈飞扬先生，我出钱，你拍片，其他的，不关你的事。

这个名叫沈飞扬的人生气了，我拍的是纪录短片，可你这是广告片，我不能欺骗观众！

开车的白人笑了，一个只能在深夜播出的纪录短片，就算是欺骗，能骗到几个观众？

这话戳到了沈飞扬的痛处。没错儿，他精心制作的纪录短片《气候见证者》一直不被看好，拍摄资金也断断续续，但这不等于他能任人耍弄。喂，你这是在玷辱我的职业操守！

开车的白人哈哈大笑，操守？妓女不想讲操守吗？讲操守是很奢侈的，轮不到你这样的小导演！别真把自己当赫尔佐格了！

沈飞扬怒不可遏。赫尔佐格是他的偶像，一直以来他之所以忍气吞声，既对电视台忍气吞声，也对投资方忍气吞声，就是要憋着劲拍出赫尔佐格式的纪录片。现在有人用轻蔑的口吻讥讽他对这位德国纪录片导演的敬意，他只能用拳头狠狠回击！如此文弱的沈飞扬却出手强悍，那白人猝不及防，直接摔倒在地。

但那白人迅猛反击，拳拳都打在要害处，很快把沈飞扬打得满脸血污，无法动弹。

那白人离开前警告沈飞扬，必须如约完成刚才拍下的那些镜头，就算你有一百个不愿意，我也已经出钱买下了你的不愿意。这就叫契约！

望着那白人扬长而去的背影，沈飞扬悲从心起。他已花光了那白人支付的拍摄费用，所有值钱的东西也都成了抵押物，连住宅都快被银行收走了。这个可恶的家伙说得没错，操守对他这种无名导演来说，只是一件该死的奢侈品……

一个礼貌的男声在沈飞扬头顶上方响起，先生，请问需要帮助吗？

躺在沙滩上的沈飞扬被血污糊住两眼,他懒得睁开,也懒得说话。这片海滩上总有爱管闲事的人,他没兴趣满足任何人的好奇心。可那男人还在问个不停。沈飞扬厌烦地嘟囔着,走开,别来烦我!那男人不急不恼,先生,接受别人的帮助,并不会让您成为懦夫。

沈飞扬讨厌居高临下的施舍,觉得这是对财富的刻意炫耀。在炫耀财富的欢宴上,施舍行为就是富人们酒足饭饱后的甜点。他不想当任何人的餐后甜点,便没好气地抢白道,帮助?你能帮我投资拍片吗?你能帮我保住房子让我不必流落街头吗?

陌生男人口吻认真得像是在赌咒发誓,这些,我全都能帮到您!

洛克威海岸阳光晃眼。沈飞扬手搭凉棚看着正俯身望向他的陌生男人。此人眼神自信且自负,再加上做工考究的西服,想必不是来自华尔街,就是来自华盛顿。

当沈飞扬洗去满脸血污,在海滩一家餐厅落座时,已经知道了,他正面对着美国国会众议员威廉·罗朗的幕僚长欧文·派克。威廉·罗朗被称为国会山上的一颗政治新星。身为独立党人的罗朗议员有过一个挺尖锐的说法:无论共和党还是民主党都与化石能源相亲相爱,区别只在于是明里,还是暗里。

欧文·派克很高兴听沈飞扬提起这个,更高兴听到沈飞扬说他赞成罗朗议员的说法。沈飞扬的理由是,无论白宫是共和党人当家还是民主党人当家,美国的钻井数量和油气产量始终都在迅速增加。欧文·派克说,这正是令罗朗议员忧心忡忡的地方。大量数据都证明了罗朗议员的忧心忡忡。罗朗议员喜欢数据,数据是他的从政利器,是他政治生命中的血液。他说离了数据他就无权发言。作为幕僚长,我的职责就是为罗朗议员搜集各方数据。

沈飞扬没吭声。这位来自国会山的大人物不请自来地找到他,究竟是要把他当成数据,还是要让他提供数据呢?

罗朗议员的幕僚长身体前倾,问沈飞扬为什么会如此热衷于拍摄气候变化。您肯定不是为了钱。我们知道您那些只在深夜播出的纪录短片卖不出几个钱。您当然也不是为了糊口。以您的能力,在好莱坞或是在某家电视台挣份像样的薪水并不难。您还为这部纪录片抵押了房产,这显然超出了一般意义上的热爱。

沈飞扬有意调侃着,如果我说是为了实现梦想,您不会觉得可笑吧?

欧文·派克两眼发亮,我会肃然起敬!到了你我这个年龄还在追逐梦想,套用东方哲学的说法，那就是一种修行呢！

沈飞扬内心深处最坚硬也最柔软的那一部分被触碰到了，差点儿泪奔。没人知道他对这部气候纪录片有多痴迷——为了拍摄日照对城市的影响，他会整日站在曼哈顿海滩上等待日出日落；为了拍摄森林边际线的消退现状，他会在加州森林里风餐露宿好多天；为了拍摄城市热岛效应对飞鸟习性的影响，他会长时间趴在纽约大厦顶层耐心等候。不过他最遗憾的是，一直没有机会拍摄北极圈。

沈飞扬兴冲冲地侃侃而谈，我太喜欢北极圈的白了，那是一种纯净到极致的颜色！最丰富的颜色就是白色，它是由所有色彩的光而交织出的颜色。所以白色不是一无所有，而是什么都有！您看过纪录片《探秘北极熊》吗？他们将北极圈内所有的标志性画面全都捕捉到了，连北极熊的生活习性与相互间的交流细节都记录在案，堪称纪录片的最高境界！

欧文·派克探问道，您不会是在说，您做不到那些吧？

沈飞扬眉头一扬，如果能拥有他们那样的间谍摄像机，我也完全可以！

欧文·派克大感兴趣，请沈飞扬说说什么叫间谍摄像机。沈飞扬说，间谍摄像机就是将无人摄像机的身份隐藏起来，装扮成另一种样子悄然出现在拍摄目标旁进行自动拍摄。比方说雪地摄像机，它的样子就是个滑雪者；而冰山摄像机和雪球摄像机，就是直接模拟成一块浮冰或是一团雪球。它们不会惊扰到北极熊，更不会对北极圈造成损害与污染。

欧文·派克问上哪儿能买到这种间谍摄像机，沈飞扬说买不到，那都是制片方花了大价钱为摄制组量身定制的，既要适应零下40摄氏度的拍摄条件，还要悄然接近拍摄目标，更要将画面拍得引人入胜，完全就是在超越人类极限，所以那些画面才会弥漫着一种超能的力量！

欧文·派克窥视着他，沈先生指的是资本的力量吗？

沈飞扬语调高亢且语气复杂，对，就是它！资本的超能力量无所不在。资本可以超越人类极限，可以改变自然规律，可以让任何看似不可能成为可能。这是一个资本通吃的世界。资本才是这个世界真正的上帝。

欧文·派克眨了眨眼，要是这位上帝，他愿意为您施展超能力量呢？

沈飞扬做出受宠若惊的样子，那我一定向他老人家致以最诚挚的敬意，感谢他老人家终于眷顾到了茫茫人海中的我。毕竟，谁又能拒绝无所不能的上帝呢？！说着，沈飞扬像是觉出了某种东西，他盯着欧文·派克的脸，问他究竟要对自己说什么。

就是在这时,沈飞扬第一次知道了罗朗议员的《美国新能源战略法案》。该法案要求全面审视美国的能源政策,加大对新能源的优惠幅度,以吸引更多的资金流向真正减少温室气体排放的行业。该法案敦促美国尽快回到全球气候变化的谈判桌前,提出美国必须重塑气候变化领域中的大国形象,必须夺回该领域中被欧盟占据的全球领袖地位,强调在当下全球气候变化的大格局中,美国的新能源政策不仅具有战术意义,更具有战略意义。

欧文·派克郑重其事地说,您的系列纪录短片《气候见证者》与我们推崇的理念很相同。所以您就是我们等待许久的一位团队伙伴,是罗朗议员身边缺少的人才。我们的团队是一个精英组合体,各岗位成员都是行业中的佼佼者。

沈飞扬立刻声明他可不是什么佼佼者,他糟糕得甚至不被拍摄对象所认可。想听听我的遭遇吗?有一家地球工程公司,他们在野外安置大量的"人工树木",这些外表类似树木的机器在固碳效能上千倍于自然树木;他们还计划在海洋上大量布置"造云船"以降低地球温度,在地球轨道上安装镜子以管理太阳辐射能。当我兴冲冲地找到他们,想把他们的奇思妙想拍进我的气候纪录片时,他们说,经常会有像我这样的无名小卒找上门来,激动地要为他们拍纪录片,都被他们回绝了。更何况我还是个中国人,像地球工程这样的前沿学科,最怕的就是技术泄密,他们得为全体股东负责。

欧文·派克问道,那么您是如何还击的呢?沈飞扬自嘲地笑着,像我这样的无名小卒根本谈不上还击。您能想象一只蚂蚁去还击一头大象吗?

欧文·派克说,如果一只蚂蚁跟一头狮子联手还击呢?沈飞扬直摇头,狮子为什么要和蚂蚁联手?还有,这个世界上的蚂蚁很多,为什么会是我这只蚂蚁?欧文·派克的样子极其认真,因为蚂蚁具有狮子所不具备的功能,所以聪明的狮子懂得借助各类小动物的力量。况且你是一只中国蚂蚁,你的中国背景有助于《美国新能源战略法案》在国会山上引人注目。

这话惊到了沈飞扬,他连忙解释说,他这只中国蚂蚁根本什么都不是,他甚至都算不上是纯粹的中国蚂蚁,他离开中国许多年了,在中国也没什么背景。欧文·派克说那都没什么,我们只是希望你以一个中国人的视角拍摄中国当下的气候变化。如今的情况是,在全球气候变化领域里,正是中国在代表全球的发展中国家,与我们这些伞形大国进行博弈。

沈飞扬困惑不解,带中国背景的纪录片导演在美国多了去了,为什么偏偏选中我？

欧文·派克一副深思熟虑过的样子，那些导演有系列气候短片吗？有在北京大学地球物理系四年苦读的学科背景吗？有在中国导弹基地从事气象预报的职业经历吗？

沈飞扬吓了一跳，问他是怎么知道这些的，该不会是对他动用了联邦调查局？欧文·派克说根本不必那么费事，我们的团队里有各路高手，更何况现在是互联网时代。

一种莫名的悸动击中了沈飞扬，陈年往事中的某些影像从记忆深处涌了上来，欧文·派克的声音倒变得飘忽不定了，据我们所知，不久前与你离婚的，是个从未当过兵的杭州女子。所以当年你在那个导弹基地里，若不是错过了青春期，就是青春期里无故事。

沈飞扬本能地想要反驳，他的青春期里不仅有故事，而且云波诡谲！那种撕心裂肺的感觉至今挥之不去，全都是因为他痴痴地爱恋着一个名叫楚航云的小女兵……

向晚时分，欧文·派克收到一条号码屏蔽的手机信息：确定他是派往中国的合适人选？

欧文·派克回复道：确定。

很快，那个屏蔽了来电号码的手机又发来一条信息：你们都谈了些什么？

欧文·派克回复道：间谍摄像机。中国蚂蚁。导弹基地。青春期。

二　隔空喊话

楚航云扭头转身，眷恋地打量着眼前的冰穹A，不知此去何时还能再上来。

这里是南极冰盖的最高点，三千多米厚的冰层下方隐匿着上百万年的古气候大数据。那是一种带着古老信息的气候密码，一旦被人类破译，很可能就终结了有关气候变化的全球大争吵。而目前人类获得的南极气候记录只有80万年。身为气候学家，楚航云最期待的是，中国的深冰芯钻机何时开钻？那个上百万年的古老深冰芯，何时能被中国人钻取到？

昆仑站的人回答她说，不会太久了。

楚航云带着一个美好的期冀离开了冰穹A。临来南极前她曾应邀接受电视采访，高颜值的女主持人忽闪着漂亮的大眼睛问，南极处处是冰盖，为什么气候学家要独尊冰穹A呢？就因为它是南极冰盖的最高点吗？

楚航云要来一只汤盘，倒扣过来，将汤盘比作南极冰盖，而汤盘中心就是冰穹A。她说，虽然千百万年来南极冰盖一直在移动，但由于移动总是从中心位置水平地推向周边，所以冰穹A等于是从未移动过。正因为这里是南极唯一没有发生移动的冰层，那么在此地钻取到的深冰芯，才会获取到最完整、分辨率最高、年代最久远的气候大数据。

高颜值的女主持人再次发问，这种年代久远的气候大数据，对今天有什么价值呢？

楚航云两眼发光地看着女主持人，就像是看到了南极深冰芯，气候大数据是气候学家的阳光、空气和水分，我们就是靠着大数据活着的，更多的大数据就能更清晰地导引我们找到气候变化的真实走向。通常，我们会从氢、氧同位素的变化中看出气温的高低，从降水的净积累速率中看出降水量的大小，而气泡中的甲烷、一氧化碳以及二氧化碳的含量，更能让我们看出大气成分的演化过程。假定我们从深冰芯中发现了某个温度较高的历史时期，又发现它的温室气体含量也较高，那就证明，温室气体的增高是自然界本身的演化过程，因而全球气候变暖、温室气体的大幅增加，其影响力就不能仅仅归罪于人类活动；反之，如果我们从深冰芯中找不到这样一个历史时期，那么，我们就不能否定人类活动对全球气候变暖的影响力。因此，南极深冰芯的真正价值就在于：一旦他老人家开口说话，很可能就会终结当下气候变化的全球大争吵。

这最后一句话，在电视节目播出时被制作成了反复滚动的提示语，楚航云因此便成了南极深冰芯的代言人。面容姣好的女气候学家将一个生僻的科学名词以深入浅出的方式带到公众面前，有人据此网评道——这是科普在借助美颜的力量。

在南极的永昼阳光下，这辆由雪地车拖曳的科考工作舱正辚辚前行。楚航云凝眸远眺，突然看到环颈旅鼠浩浩荡荡地出现了。这种啮齿类小动物有着令人惊叹的种族大义。每到食物不足的年份，它们中的一部分会以自杀来保证整个种族不致饿死。环颈旅鼠的自杀场面堪称感天动地——它们会将毛色变得明亮惹眼以吸引天敌吞食自己，要不就手拉着手直接去跳崖。小小的环颈旅鼠一直没灭绝，靠的就是这种强大到骨子里的"抱团文化"。

此刻她与它们的南极邂逅，到底是一种玄妙的提醒，还是一种寓意深刻的警示？南极被称作"活的实验室"，在南极遇到任何事情都不会是平白无故的。就像那位美国气候学家道格·约翰斯顿先生，他执意跑到这里来自杀，必有一种神秘的能量让他无法抗衡。她与他在国际会议上打过几次照面，直觉告诉她，道格先生太不应该对正在研发中的气候模型"小男孩"弃之不顾了。"小男孩"是道格先生的毕生心血，也是BT气候实验室的立身之本，而且很可能会据此超越行业间的顶级机构——英格兰哈德利气候预测和研究中心。

前方，那首尾相连的小动物长阵正慢慢融入白皑皑的冰盖。一阵清脆的嘀嘀声随之而来。这声音来自自动气象站！它们每天多次定时出现，用数字与符号传递观测数据，让楚航云不用走出工作舱，就能在卫星接收器上看到南极当下所有的气象要素。于是她轻击键盘，将最新数据一一放进气候模型里。

这气候模型已被列为国家重大科研课题，从最初的团队研究上升至国家战略层面，让她所在的北方大学气候研究院享有了国家专项课题经费。课题正式名称为"全球气候循环模型"，但课题组成员们更愿意管它叫作"气候水晶球"。一个念头在楚航云心中陡然升起：都说"气候水晶球"与"小男孩"的研究思路颇为接近，关键环节的进度也旗鼓相当，都有望成为新一代领先全球的气候模型，那么，当"小男孩"失去了道格·约翰斯顿后，对于"气候水晶球"来说，究竟意味着什么呢？

不久之后楚航云就明白了，她在南极与环颈旅鼠的邂逅实在是一场神谕，是道格·约翰斯顿与她在阴阳之间的一场隔空喊话，言来语往间既情意绵绵，又刀光剑影……

纽约BT气候实验室有着外表老派的维多利亚建筑风格，更有着领先前沿的科研配置。BT气候实验室在普遍差钱的气候研究领域里一副吃喝不愁的派头，全有赖于实验室主任保罗·吉尔的长袖善舞。作为实验室法人代表与第一合伙人，保罗·吉尔以他对全球气候研究的极度痴情和足够好使的经济头脑，保证了实验室的正常运转。

这座实验室一直是气候研究者的宁静港湾，如今宁静被突然打破，光是各路记者的到访就让保罗·吉尔应接不暇。这天，当又一位记者骗过门卫，突然出现在保罗·吉尔的办公室时，平素儒雅的气候学家蓦地站起身，打算将不速之客推出门外。对方立刻宣布他来自《纽约城市报》，说他一直在关注全球气候变化，身为记者，我希望能用一种更好的方式悼念道格·约翰斯顿先生！

保罗·吉尔极其反感。《纽约城市报》不过是个以名人新闻、丑闻以及八卦消息为卖点的市井小报，如果连这类小报都加入了对道格之死的鼓噪，那就不只是BT气候实验室形象受损，连带着全球气候学家都会成为娱乐大众的谈资。因此他没好气地反驳道，更好的悼念方式就是让死者早日安息，任何别出心裁的炒作都是在玷污死者的名声。

小报记者似笑非笑，道格·约翰斯顿可不仅仅是个死者，他还是个虽死犹生的证人，一颗爆点十足的炸弹。嘭！嘭！嘭！知道谁最害怕听到这种爆炸声吗？

保罗·吉尔摇着头，目前我不想跟任何人谈论道格·约翰斯顿，尤其不想跟媒体谈论。小报记者高深莫测地笑着，要是我手上的消息透露出去，玷污的可不只是死者的名声呢！保罗·吉尔警觉地看着小报记者，问他到底想什么。

小报记者正色道，请告诉我，一个正当盛年的气候学家，为什么要突然去南极自杀？

保罗·吉尔知道，他必须说几句才能摆脱这个小报记者。我是他最好的朋友，我们在这片屋顶下合作了十多年，就快要出成果了，无论如何他不该在这时候离开人世。小报记者追问，你是他最好的朋友，为什么没看出他有自杀倾向？保罗断然否定道格有自杀倾向，他是性格内向，但他绝不抑郁，他的内心比我们许多人都要阳光。他是个理想主义者。

小报记者神情亢奋，所以人们才将道格先生称作美国的陈天华啊！中国的陈天华跳进日本海自杀，美国的陈天华远赴南极冰盖自杀，不同时代的两位志士，都是在以自杀来警醒世人与当权者。请问，当道格先生用生命对全球气候变暖发出呐喊时，您在哪里？

保罗·吉尔很生气，说他当然是在实验室里工作，而且他认为道格应该用另一种更好的方式去发出他的呐喊。小报记者打量着一脸怒气的保罗，在那之前你们发生过争吵吗？保罗再次警觉地看着小报记者，刚才你说你手上有消息，现在又来打探我和道格的私人关系，请问你到底有什么目的？

小报记者的一脸正气不像是装出来的，我们都知道科学界对气候变暖存有异议，哥本哈根峰会开幕前爆出的"气候门"事件引发了公众的种种疑惑。我想知道，BT气候实验室身处全球气候变化研究前沿，你们研发的气候模型"小男孩"，目前正受困于哪些问题？

小报记者的提问一点儿也不业余，扎扎实实地触到了保罗·吉尔的隐痛。噩耗传来时他正在实验室埋头工作，当时立刻呆滞不动，全部思维连同整个身体都不复存在，就那么呆滞了好几天，直到接到一个警告电话说，道格已经是个死人了，你要再成了个活死人，小心巨额违约金！就是这笔巨额违约金让保罗·吉尔挣扎着振作起来。被金钱主宰的感觉有如魔咒附身，他再也找不回原先的自己。但他不打算对小报记者推心置腹，你这个问题挺专业，感谢你对BT实验室和道格先生的关注。现在，请让我去继续道格的生前研究，好吗？

　　这个逐客令下得既明确又得体，小报记者连连答应着往门外走。不等保罗关上房门，小报记者又伸进头来，据说新能源领域的利益集团插手了气候研究，他们的插手有多深？

　　保罗·吉尔努力镇定自若，为什么《纽约城市报》总是喜欢捕风捉影呢？

　　小报记者来者不善，道格先生说过，他能证明美国新能集团正在秘密操纵气候数据。

　　保罗断然否定，道格是不会那么说的，他是一位严谨的学者！

　　小报记者面露笑意，很高兴你我之间有了第一个共识！是的，道格先生的确是一位严谨的学者，他实在是太严谨了，所以他非要我先写出一篇披露性的小稿子不可，以证明我身为记者的正直性，然后才肯给我证据。可他太性急了，没等我的稿子见报，他就到南极自杀去了。

　　保罗·吉尔忍不住发问，既然如此，为什么你的稿子没见报呢？

　　小报记者脸上的自以为是消失了，代之以明显的沮丧，新闻部主任要求我必须拿出确凿证据才肯发稿，所以我才没能在第一时间帮到道格先生，才让他以为媒体都是跟利益集团站在一起的，才让他以为只有自杀才能警醒全社会。

　　保罗·吉尔暗中紧绷着的心放松下来，甚至对这位年轻记者生起怜悯之情，如此看来，《纽约城市报》开始放弃小报风格了？很好，替我向你们的新闻部主任致敬！为了逝去的道格先生，我一定会帮你的！现在可以让我回去工作了吗？

　　小报记者郑重其事地留下了名片——约翰·杰克逊，美国《纽约城市报》调查记者。

　　约翰·杰克逊心情烦躁地骑着摩托车一路狂奔。刚才在BT气候实验室里的正面强攻毫无效果，好不容易撑出的强硬派头也没能唬到保罗·吉尔，即便是以实情相告也还是不奏效，反倒暴露了自己的短板。飞驰在纽约大街上，约翰·杰克逊很想冲着街两边的行人大声发问——道格·约翰斯顿自杀前为什么要秘密约见我？这背后到底隐藏着什么？

秘密约见的地点在老华尔街。那里早已蜕变为人头攒动的旅游点，来自全球的观光客与遍地开花的露天咖啡馆，让他俩很容易隐藏其身，而周围的古旧建筑和老式道路，更是给他们的秘密约见平添了几分老派间谍的意味。

连见面方式都是老派间谍的。约翰·杰克逊被要求手拿当天的《纽约城市报》，并埋头阅读《数独》版。当时有好几个手拿《纽约城市报》并埋头阅读《数独》版的人，可气候学家一眼就认出了他，问其缘由，气候学家说是在电视新闻中见过他。当时约翰因涉嫌非法获取新闻来源被警方传讯，因为他窃听了一位高级警官的私人电话。

约翰·杰克逊顿时满脸窘迫，以为是气候学家在给他下马威，却听气候学家说，你犯过错，所以你一定想重塑你的记者形象。我将给你个机会，让你获知一个真实的"气候门"！

记者的直觉让约翰·杰克逊两眼放光，他立刻回应说，他的确是想痛改前非，重塑他的记者形象，但他必须用证据说话。道格·约翰斯顿说他当然会提供证据，我能证实某些气候学家是如何在美国新能集团的指使下操纵气候数据的；我也能证实国会山上正在推出的《美国新能源战略法案》，根本没他们自己标榜的那么美好，那里面有交易，是利益方与政客间的秘密交易！

气候学家寥寥数语就爆出多个新闻炸点，每个炸点都威力十足，惊得约翰·杰克逊两眼放光。然后，气候学家提出条件——《纽约城市报》必须先发表一篇披露性的简短消息，之后他再提供证据。记住，千万不能透露消息来源！

如此苛刻的条件让约翰·杰克逊大为困惑，您是担心我拿到证据后不予报道呢，还是担心我拿着您的证据去讹诈什么人呢？如果您怀疑我的新闻操守，为什么又要找我呢？

气候学家说，让你发表一篇披露性的简短消息，就是想看看你有没有新闻操守。

约翰·杰克逊还是不解，为什么您不去找《纽约时报》《华盛顿邮报》？至少也该是《美国新闻网》。《纽约城市报》只是一家市井小报，为什么会入了您的法眼？

气候学家的回答是，《纽约城市报》的办报风格属于小报，可是当发行量达到了300万份时，它就成了个大报。而且你们的强项，正是擅长揭秘性的轰动报道。

约翰·杰克逊踌躇满志地离开，当晚就写出了新闻稿，标题起得夺人眼球：《利益方与政客暗中操纵气候数据，制造又一个"气候门"》。文中说到，又一个"气候门"正在美国惊现。气候数据正在被暗中操纵。国会议员威廉·罗朗极力推出的《美国新能源战略法案》带有强烈的产业利益倾向，是美国新能集团与政客间的秘密交易。消息来源是，"一位不愿透露姓名的圈内人士"。

但是新闻部主任拒绝发稿，说这篇新闻稿严重缺乏证据，外界总说我们的报纸过于八卦，缺乏证据，屡屡向公众撒谎。我们必须改变，再不能像从前一样无中生有了！

新闻部主任的慷慨激昂让约翰·杰克逊既意外又振奋，连忙解释说这回绝对不是八卦，报料人说只要稿子一见报，立刻就会提供足够的证据。这绝对是一个具有爆炸效应的大新闻，足以改变我们的小报形象。至少能让我本人重新出发，去做一个真正的记者！

然后他就滔滔不绝起来。他充满感情地说起了自己的新闻理想，说他一直以来就想拿到普利策奖，可你们这些报社高层总是批评我们的稿子写得太长，也太正式，说读者没时间也没兴趣读完。你们总是说，别再为赢得普利策奖而写稿了，还是写一些读者喜欢的内容吧。你们一再强调说，报纸发行量的提高就在于格调的降低，这一高一低之间决定着报纸的生存空间。于是我们就照做了。为了挖掘新闻我们什么都敢做，我们甚至去窃听！最糟糕的是，我们的报社文化是"尽量别被逮住"……

新闻部主任打断他，报社文化已经改变了，所以才不能刊出这种严重缺乏证据的稿件。

这就造成了气候学家的失望，他拒绝再跟约翰见面。电话中，气候学家愤恨地说，媒体都是被大企业和大财团豢养的，我不会再相信任何媒体了！

电话挂断前，约翰大声提醒他，先生，要是您知道某个重大秘密，最安全最可靠的方式就是告诉媒体，不然的话，您很有可能跟着那个重大秘密一起石沉大海！

气候学家在电话里高声嘲讽，万一被你不幸言中，你就有了一个吸引眼球的稿件了！

　　没过多久气候学家就远赴南极冰盖自杀了，那个重大秘密当真跟他一起石沉大海。约翰·杰克逊曾一遍遍地回想那个一语成谶的时刻，只觉得谜团重重：一个决意去死的人为什么会谨小慎微地行事？在生命的最后一刻，他为什么要守护一个他所不齿的重大秘密？

三　黄金组合

　　中国国家气象局坐落在北京城区最知性的一条大街上，不单单是有国家图书馆和三所名牌大学的前呼后拥，更有一座满是竹林的公园与它近邻相伴。于是北京的喧嚣到了这一带便戛然而止，犹如摇滚乐中一个恰到好处的休止符。楚航云超喜欢这条街，尤其喜欢在领受重任之前，走在这条让人心绪宁静的大街上。

　　楚航云曾多次在这里领受重任。最难忘的是北京奥运会和国庆大典期间前来参与天气会商。那是一种很棒的体验，充盈着参与国家大事的豪迈感。由于经常出入国家气象局，门卫们都认得她。有个门卫曾在安检时跟她搭讪说，女气候学家本来就不多，像您这样要模样有模样，要气质有气质的，可就更少啦！

　　楚航云觉得好笑，小伙子，我早就过了喜欢被男人恭维的年龄了。

　　年轻门卫一本正经，可我正是喜欢恭维女人的年龄呢！

　　楚航云问他为什么要恭维一个阿姨级的女人，年轻门卫说他正跟朋友打赌，要是他能让一脸严肃的美女气候学家露出笑容，他就能赢两百块。楚航云不由得笑出了声。年轻门卫立刻兴奋地向她敬礼，谢谢您让我赌赢了！

　　那些日子里，楚航云的确总是神情严肃。高级别的天气会商压力很大，每做出一个判断都要承担极强的政治责任，都要面对全中国甚至是全世界的目光。不过自那以后她再出入国家气象局，再看到那些年轻的门卫，相互间少不了要会心一笑。她发现这样笑一下并非无益，至少让她在严苛的天气会商前略有放松。

　　今天情况特殊，召她来的人是导师加顶头上司龙士峻。但凡是国家级重大事务，他们才会在这里碰面。龙士峻告诉她，中国又在国际会议上被横加指责了。一些国家的代表指责中国的能源消费总量位居世界第一，却迟迟没有做出减排努力，更看不到令人信服的减排成果。会议正在日内瓦召开，有关部门紧急召集国内专家们提供足以反驳对方的数据。

有关的数据迅速传去了日内瓦：这一年，中国能源消费总量约为34.78亿吨，美国约为35.28亿吨，所以美国才是世界能源消费第一国！而且中国人均能源消费是2.59吨，远远低于发达国家，刚刚达到世界平均！至于中国的减排努力，更是有了傲人的成果，中国西部高达1437万平方公里的退耕还林与沙漠绿化，堪称最大规模的环境治理行动；而历时70年完成的60多万亩"三北"防护林工程，则位居全球造林工程之首！

质疑者不肯罢休，硬要中方代表回答一个问题：你们的"三北"防护林工程在气候改善方面究竟起到了什么作用？我们希望看到专业数据。

这很像是在故意滋事，有人就替中方代表打抱不平，说这里不是专业论坛，与会者都是来自各国的政府工作人员。但会议主办方高调表态说，想必许多国家的代表都对这个问题很感兴趣，希望能在两天后的大会发言中听到中方的答复。

听到这里，楚航云完全明白导师想要她做什么了——那正是她的研究领域。那里有一支海量的数字大军和一个布阵密集的方程式群落，涉及动力学框架、非静力平衡原始方程模式、辐射参数化方案、生物圈以及大气圈输送方案。她打开随身携带的笔记本电脑，很快绘制出一幅数值模拟显示图，并写下了一段充满专业术语的报告词——

> 中国"三北"地区大面积地表植被的覆盖增加后，除东北和长江以南地区略有升温外，中国大陆基本以降温为主……植被的热力、动力学作用及其生命活动过程，都对全球气候变化有贡献。[注：此数值模拟所使用的植被数据，全部来自美国地质测绘局"全球地表特征资料数据库（WLCCD）"]

看到后面的注脚，龙士峻快意地笑了，很好！你提到了美国地质测绘局，说我们使用的植被数据，正是出自他们的资料数据库，聪明！

楚航云的神情极其认真，WLCCD是世界上最完整、最精确的地表特征数据库。而且是您老人家教导我们说，正人君子必须学会有理有据地保护自己。

京城三环路拥堵异常，一辆由国务院派来的黑色奥迪车，因持有特别通行证而得以带着他们在肩道上一路疾驶。他们的任务是将报告直接送到日内瓦。航班就要起飞。

楚航云在后排座位上打瞌睡。她刚刚结束三个月的南极科考，还没来得及倒时差。龙士峻承认自己对这位爱徒使用过度，可他们两人的联手总能让难题迎刃而解。这就是科学研究中的黄金组合，但龙士峻更愿意看成是师生传承式的完美搭档。按楚航云的说法，她不过是一直在辅佐导师，就像是绿叶在辅佐红花，船桅在辅佐船头，忠臣在辅佐明君。

龙士峻曾带着楚航云去过不少国际交流场合，常会引来蓄意打探的目光。"中国著名气候学家龙士峻和他的美丽助手"，人们就是这么定义的。曾有国际同行问龙士峻，您那位美丽助手一直不嫁人，会不会是因为您的光芒太强烈，让她看不到别的男人了？

龙士峻的回答是，嗯，这是个很危险的话题。这就像是我问你，你们科研项目中那些秘密资金的真实来路，你会告诉我吗？

在场的各国科学家们全都心照不宣地朗声大笑。

外人很难明白这笑声里的深意。科研中的秘密资金是一个从未被说破的业内隐秘，有如某种兄弟会式的共同秘密。这个世界上总有一些人愿意出资支持某个科研项目，他们最硬性的要求就是——受资方必须对受资来路秘而不宣，以掩饰他们出资的真实意图。

放在从前，秘密资金是不会光顾气候科学的。气候科学既远离政治也远离经济，其科研成果很难转化为市场效益，更谈不上国际博弈。近年来情势陡转，气候科学已大踏步地走向公众，走向国际政治舞台，成为各方势力博弈的利器。据说不少跨国公司都向气候科研投过秘密资金。其中的猫腻是——用了石油大亨的钱，其科研结论自然会有利于石油产业；用了新能源大佬的钱，其科研结论肯定会有利于新能源产业。而流传在国际气候学界的说法是：那些手握国家科研经费的人，只需对气候科研露一下手指缝，从中流出来的资金，就足够各国气候学家们把气候变化这事儿搞清楚了。

然而在气候学家们还没搞清楚之前，公众疑惑已经愈演愈烈了。哥本哈根气候峰会前爆出了"气候门"，让相信"气候变化形势严峻"的全球民众，从原先的41％，骤减为26％，全都是因为英国东英吉利大学气候研究所受到了黑客突袭！

黑客在一天清晨潜入大学气候研究所的计算机服务器，偷走上千封电子邮件和三千多份气候数据,上传到一家气象科学家网站,声称他们发现了一个惊天黑幕:为了证明全球气候持续变暖,十多年来,科学家们合谋操纵气温数据、隐瞒原始资料,以弄虚作假甚至是吵架谩骂的方式得出他们想要的结论。黑客说,涉嫌其中的多是气候学界位高权重的资深人物,他们的研究成果直接影响到气候变化的全球决策。消息在互联网上飞速传播。人们惊呼,气候学家蒙骗了全世界,全球气候变暖是本世纪最大的一场科学骗局!

在龙士峻看来,公众完全不该对那上千封电子邮件做出臆想式的解读。那是科学家们在进行业内探讨,必然会有种种困惑,也会在情急之下爆出粗口。这就像我们在自家客厅里,有时会披头散发,有时也会赤身裸体,但你不能把这些偷拍下来,然后说我有伤风化。

龙士峻是在面对电视镜头说这话的。他相当肯定地告诉观众,气候模型是一种建立在庞大数据群之上的科学模拟。影响气候的因素很多,我们需要采纳海量的数据,更需要按照数据的不断更新而持续更新。请允许我们左顾右盼,请允许我们带着问号前行。气候科学一直都是个弱小而害羞的孩子,很容易被偏见所扼杀。一个正常的社会要容忍科学的不完善,要给出时间让科学慢慢成长。

他这番语义明确的态度,引得网上嘘声阵阵。有帖子爆料说,龙士峻根本就不"弱小",他领导下的中国北方大学气候研究院"膀大腰圆",总能获得中国国家科研经费的大额资助,还是中国气候变化应对委员会的气候数据提供方之一。更有帖子说龙士峻是"随时听候的御用气候科学家",说北方大学气候研究院就是"中国官方气候政策孵化器"。龙士峻直截了当地回应对方——我们的确是得到了国家重点科研项目的经费资助,因为气候科学已经关乎国家利益,已经上升为国际博弈,我们很高兴是在为国家利益而战!

龙士峻觉得所有的难题他都能搞定,但他就是搞不定楚航云。她年近五十还单身,每问及此事,总会发现她的眼睛里一片冰天雪地。他知道她有过感情上的坎坷,但历史早就翻篇了,是什么让她迟迟不肯翻篇?他不想看着她孤独下去,带着她出入众多场合包括派她去南极科考,都暗含着婚介的意图。

前方就是首都机场了,楚航云已从瞌睡中清醒过来。龙士峻问她这回在南极待了三个月,有没有交上男朋友,楚航云微笑着回答,老师,我可是个献身气候科学的女人呢!

龙士峻神情不悦,气候科学不需要你违反女大当嫁的自然法则。

楚航云极其认真，女大当嫁的确是自然法则，可情投意合也是自然法则呀！

说话间，黑色奥迪车在首都国际机场跑道一侧停住，机场安保人员飞跑过来，将龙士峻和楚航云送上飞机。当国航767朝着万米高空爬升而去，楚航云拿出那份《关于中国"三北"地区区域性气候改善的报告》做着进一步的完善时，她不由得生出一种强烈的感慨——当初千千万万的中国人历经艰辛地种下了那些数不胜数的树苗，如今他们的努力被拿到了国际谈判桌上，成为国家利益的谈判筹码；而他们砸在泥土里的每一滴汗珠，都将在联合国大厦里被全世界所听到……

纽约下城一幢老式建筑物的地下室里，大大小小的电子屏幕和外表奇异的仪器占据了大半个房间，闪闪烁烁的红绿指示灯为这里的沉寂与幽暗平添着怪异的活力。操作台前的白人青年自称"黑客狼"。他刚接下一个神秘大单，目标人物远在中国北京，是个名叫龙士峻的中国气候学家。

所有的电子屏幕上都显示着龙士峻的行踪——从他走出居住小区，到他坐车路过的街道，再到他前往北方大学气候研究院，然后又匆匆赶往中国国家气象局。这些原本都是北京城市公共摄像系统拍下的镜头，黑客狼只需把龙士峻的照片放进一个名叫"搜索匹配者"的跟踪软件里，就能通过越洋卫星，完成对龙士峻的持续跟踪。

最新的画面出现了——龙士峻与一个女人上了一辆黑色轿车；黑色轿车行驶在高速公路上；黑色轿车抵达北京首都国际机场，龙士峻和那女人登上一架中国民航飞机。跟踪软件提示，那是中国国航飞往英国伦敦的航班。

黑客狼快活地吹了声口哨，拿起手机发了个信息：目标人物正飞往伦敦。

正值早晨上班时间，国会山停车场车位爆满，那些晚到的车辆只好掉头到附近街区里寻觅车位，而拥有专属车位的车辆则不慌不忙地驶过电子识别眼，被它放行。一辆挂着华盛顿牌照的黑色轿车匀速驶进它的专属车位。每当这时候，驾车的男人就会格外舒坦，为自己在国会山上享有专属车位而得意。有个被一再重复的说法是——没在国会山上拥有专属车位，就没资格说自己在华盛顿站住了脚跟。

驾车的男人停好车，看到他手机上有条新信息：目标人物正飞往伦敦。

这男人想了一下，回复道：立刻赶去伦敦。

四　大国跷跷板

坐在国会议员威廉·罗朗的豪华轿车上，沈飞扬嘴角叼着一支雪茄烟。这是作家海明威的派头，代表着一种对世事万物无限的洞悉与有限的疏离。每当需要做出重要决定时，沈飞扬就会学着海明威的样子把雪茄烟叼在嘴角，借此寻找答案。

这是个美妙的春日，华盛顿的街景与行人因换上了轻盈的春装而显得生机勃发。沈飞扬觉得自己的人生也在换上轻盈的春装。几天来他的状况大为改观，房子赎回了，负债还清了，还有了足够的拍摄资金。这都是因为罗朗议员出手慷慨地买断了系列纪录短片《气候见证者》！罗朗议员认定，《气候见证者》堪称《美国新能源战略法案》的最佳宣传平台。

签下合约后的第一次拍摄就在国会山。罗朗议员执意要用自己的豪华轿车接送沈飞扬，还说车上的古巴高档雪茄烟任沈飞扬随意享用。宽敞的车厢里回荡着音质极纯的乐声。老天，正是瓦格纳的《尼伯龙根的指环》！

瓦格纳创作这部史诗性歌剧时正穷困潦倒且婚姻失败，是新国王路德维希的慷慨相助，让瓦格纳还清债务并拥有足够的资金从事歌剧创作。新国王还为瓦格纳的新歌剧建造了一座独特的剧院，完全摒弃以往金碧辉煌的装饰以服从这部新歌剧的艺术特性。首场演出大为轰动，成为权力与艺术完美结合的经典范例。此时此刻，瓦格纳的乐声让沈飞扬满足而惬意，只觉得权力与艺术的完美结合也正在向他降临……

前面就是国会山了。那白色的穹顶建筑堪称美国最抢镜的电视背景，更深得各国游客青睐。虽说参观国会山需要预约和等待，整个参观过程也都置于严密监视之下，尤其是"9·11"之后安保大升级，据说还布防了机关枪，但游客还是络绎不绝。在安检口，沈飞扬携带的摄像机被查了个底朝天。可在他看来，那检测仪持续不断的鸣叫声不过是在虚张声势，只能是好人听了紧张，坏人听了嚣张。因为自"9·11"后，五花八门的安全检测仪在美国遍地开花，可恐怖分子反倒是越发多了起来。

透过巨大的穹形玻璃，六米高的自由女神像拔地而起，高耸云天。沈飞扬仰望着这尊铜像，感觉女神那持剑的右手、那扶盾的左手、那头戴的花冠、那直射苍穹的目光、那傲视天下的身姿，此刻都因距离的拉近而放大了许多倍，愈发显示出一种震撼力。

欧文·派克如约候在楼梯口，将沈飞扬带向大厦南侧。那里是众议员们的办公场所，而参议员们的办公场所则位于大厦北侧。国会大厦的走廊又长又宽，沈飞扬边走边心里感叹，这里曾经走过多少显赫人士！又有多少历史人物走过这里去创造了历史！

议员们的办公室门口全都写着"欢迎请进"，并标有美国国旗和议员所在州的州旗，一路看过来，很像是在游历美国。当加利福尼亚的州旗出现时，就到了威廉·罗朗的办公室。

罗朗议员从办公桌前迅速站起，快步走上来握住沈飞扬的手，其动作之敏捷腿脚之矫健，一看就是个健身达人。罗朗议员的身材颀长而结实，金黄色的卷发修剪得当，深邃的蓝眼睛再加上高直的鼻梁，既迷人又不乏亲和力。两人的寒暄从古巴雪茄烟开始。沈飞扬说，他在车上抽到的雪茄烟肯定是上等货。罗朗议员说，那是他专门从古巴买来的真货色。沈飞扬又说，高档雪茄烟的价格快速攀升，是不是因为喜好它的上流社会男性越来越多了呢？罗朗议员说，高档雪茄烟披上了华丽的羽毛，早就超越烟草本身的作用了。

罗朗议员的口气明显不屑，带着与生俱来的优越感。像他这种含着金钥匙出生的富家子弟，想必高档雪茄烟老早就是家族客厅里的标配了，因此沈飞扬最想知道的是，《美国新能源战略法案》是否基于罗朗议员家族生意的考量？但他说出口的话却是——您如此关注全球气候变化，究竟是出于怎样的考量？

罗朗议员笑了一下，首先评说起系列纪录短片《气候见证者》，我们生活在地球上的每一个人，无论贫富，无论尊卑，无论肤色，都是气候见证者。我们见证着地球上的气候变化，见证着不同群体在气候变化中的利益诉求，见证着形形色色的政客在气候变化领域里的所作所为。我希望看到更多的人在您的镜头前面说出他们的见证！

罗朗议员的语气变得深沉而凝重，大多数人并不了解地球的恶化程度有多糟糕，更有相当多的美国人认为限制减排会危害美国经济，认为温室气体排放量的增加根本无须多虑。不久前美国环保署正式宣布，科学数据已经证实二氧化碳、甲烷等六种温室气体对环境和人类健康构成威胁。这个新发现第一次为美国政府出台"限制减排政策"奠定了科学基础，为什么我们却看不到有关政策的出台？因为利益集团的强大游说盖过了科学的声音！因为石油、煤炭、发电、汽车业等左右了这座大厦！美国政府的气候政策被这些利益集团绑架了！

"绑架"这词把沈飞扬惊住了，只听罗朗议员继续慷慨陈词，即使美国经济下滑，即使许多国际事务发生巨大变迁，美国也应该是世界上唯一的意见领袖国。可悲的是，美国却退出了《京都议定书》，甚至早在2001年，就将意见领袖国的地位拱手让给了欧盟。这绝对是一种缺乏国际战略眼光的短视行为！

偌大的办公室静默下来，听得到各种电子设备细微的电流声。沈飞扬透过窗玻璃向下俯瞰，见游客们正等待放行，他们排着长队静静等候的样子很像是一群虔诚的朝圣者。看来美国政府不惜成本地向全球游客开放国会大厦，要的就是这种对美国政体的朝圣氛围。

罗朗议员停顿了好一会儿，开始连讽带刺了，美国政府在曼谷的表现很糟糕，就像是一个前去搅局的无赖，一方面高举"零减排"的大旗，一方面又高喊必须"中国加入"，那意思是，中国不玩，我们也不玩。美利坚合众国的气候政策，竟然滑落到发展中国家的水准！

沈飞扬用试探的口气，有人管这叫"美国的政治泥潭"，因为美国国会从未批准参与《京都议定书》。罗朗议员说，没有国会的批准，美国政府的确很难承诺某个特定目标，可这恰恰构成了美国的民主制度，我们叫作"权力的相互制约"。

沈飞扬再次试探，有个美国谚语说，民主党人属于摩根，共和党人属于洛克菲勒，这跟美国的民主制度有关吗？罗朗议员笑了，单拿能源政策来说，共和党人倾向于传统化石能源，而民主党人则倾向于清洁能源，但是，他们全都来自因传统能源而受益的阶层！

沈飞扬就问罗朗议员属于什么阶层，罗朗议员说，至少我谁都不属于，我是个独立党人。沈飞扬立刻问起了那个最核心的问题，您为什么要发起《美国新能源战略法案》？

罗朗议员立刻两眼闪闪发光，因为我在美国最伟大的一座大厦里工作，因为我一直信奉美国第35任总统肯尼迪的名言：不要问国家能为你做什么，而应该问你能为这个国家做什么。而且我很清楚，如果我退缩了，那么所有的人就都有可能退缩！

摄像机拍下了这一切。此次国会山采访将为纪录短片《气候见证者》增添特殊分量。

在握手告别时，罗朗议员说，他知道中国有个叫《天气预报》的电视节目，收视率上了好几亿，这是不是说明中国民众普遍关注天气？沈飞扬赞叹罗朗议员对中国的了解，罗朗议员说他必须了解中国，因为国际上有个说法，全球气候谈判就像是中美两国在打乒乓球，其他国家都只是两旁的观众。

沈飞扬会意地笑了。如果说这次采访不过是一场政客作秀，至少罗朗议员的政客秀做得很职业。此次采访将独立成章，标题就是《谁在绑架美国政府的气候政策》。

欧文·派克听到这个标题后的第一反应是，真高兴你这么快就进入状态了！

说这话时，沈飞扬正跟着欧文·派克走进著名的PerSe餐厅。这家有着米其林三级头衔的餐厅既能俯瞰纽约中央公园，又有每日更换的新菜单和名气很大的法式大厨，所以每吃一口都很费钱。欧文·派克点了两份卡露伽鱼子酱，说这种最高端的法国鱼子酱如今是越来越难吃到了。不是钱的问题，是这种顶级口感物的全球需求量越来越大，再加上损耗性地捕捞，野生鲟鱼很快将面临绝种。

沈飞扬不免好奇，为什么一定是野生鲟鱼子呢，其他深海鱼的鱼卵不行吗？

欧文·派克的口吻中透着美食家的挑剔，数百年来，鱼子酱就是专指用鲟鱼卵做成的鱼子酱。可如今，什么圆鳍鱼卵啦、鲑鱼卵啦、鳕鱼卵啦、鲱鱼卵啦，只要是鱼卵，统统当作鱼子酱卖，还有把龙虾子当作鱼子酱的，简直就是天下大乱！

他们点的卡露伽鱼子酱端上来了。那鱼卵呈现出温润清亮的墨黑色，光感灿若宝石。它们被冰镇过，清凉而富有弹性，轻轻咬破时有种隐约细密的碎裂声，那微咸似甜的汁液弥漫着新鲜的海腥味，只觉得所有的味蕾都在随之轻舞飞扬。

听沈飞扬说出这番感受，欧文·派克一脸坏笑，你很男人！这些黑色的小颗粒，可一直都是法国人炙手可热的春药呢！

搭配鱼子酱的佐餐酒也是法国人推崇的香槟，而不是俄国人喜好的伏特加。欧文·派克认为伏特加太冲，而口感温和的香槟才不会遮住鱼子酱的鲜美。沈飞扬趁机打探说，像您这样精通鱼子酱的人，是不是更容易在国会山上找到志同道合者呢？

他当然知道国会山上树高林深，既没有真正的朋友，也没有真正的敌人，只有合作者与非合作者。他的本意是，欧文·派克如何在国会山上为《美国新能源战略法案》拉选票？

欧文·派克的回答是，鱼子酱是个奢侈品，属于世界上最昂贵的三大食品之一，它危及野生鲟鱼的生存，会遭到饮食道德的谴责，所以他很少跟人谈起鱼子酱。我今天是在为你破例，因为罗朗议员希望你拍到足够多的中国镜头。罗朗议员要我告诉你，冰川融化、北极熊无家可归以及海岛小国即将消失的镜头，已经太多了，国际社会需要看到来自中国的镜头，更需要了解中国在气候变化应对方面的实情。

欧文·派克嗓音低沉，在国会山，中国是一个经常出现的话题。有人担心美国的减排努力会因为中国的减排增加而变得毫无意义，也有人担心美国的减排努力会让制造商们因担心成本上升而将工作岗位迁往减排不受控制的中国，从而加剧美国的失业率。美国与中国，就像是气候变化跷跷板上的左右两头，双方的任何举动都会影响到这个跷跷板的平衡。

沈飞扬不解，认为罗朗议员的当务之急应该是扩大他那个法案的影响力，而不是系列气候短片的影响力。欧文·派克说，你不了解国会山，那是一座塞满了各方利益代表的大厦，重要的不是你想说什么，而是你怎么说，尤其重要的是什么人跟你一起说。对于罗朗议员的法案，那里的观望者很多，支持者却很少，就因为我们的声音被猜疑中国的声音遮蔽了。如果我们表现出对中国气候变化真实而深入的关注与探究，那就会加重我们的声音。

这张餐桌上弥漫着国会山的政治硝烟，说的人和听的人都神态肃然。等到上甜点的时候，沈飞扬被正式告知，美国新能集团将全额资助他前往中国拍摄。

这顿价格昂贵的晚餐，甜点是芒果慕司蛋糕，欧文·派克用银质小勺轻轻挑起，边品尝边继续说道，新能集团是美国的新能源巨头，他们的支持是在给国会山送去一个意义明确的信号，表明《美国新能源战略法案》受到了美国企业界的支持。这个信号最有价值的部分，就是吸引那些左右观望的议员改变态度，转而支持罗朗议员。观望的议员们票数众多，争取到了他们，就能直接击败反对派！

罗朗议员的幕僚长寥寥数语就点明了《美国新能源战略法案》在国会山上的生存环境。然后，他看着沈飞扬面前的甜点说，你的蛋糕一动没动，不喜欢吗？给我好了！

沈飞扬把甜点盘轻推至欧文·派克面前。他的确是不喜欢过于新派的慕司蛋糕,嫌它太甜腻也太细滑,他喜欢老派的黑森林,每咬一口都富有质感。但欧文·派克这个毫不见外的小举动很要命,它唤起了沈飞扬的亲近感,就好像他们两个早已是吃喝不分的老友了。

久违的亲近感在继续。只见欧文·派克轻轻摆弄着银质小勺,找我们合作的好莱坞人士很多,个个来头不小,为什么我们相中了你?罗朗议员那天晚上打开电视机,为什么恰巧看到了你沈导演的纪录短片?你曾经为找投资四处碰壁,为什么现在有人主动为你投资?你与好莱坞的某个制片人有夺妻之恨,为什么你一直没能报仇雪恨?还有,我们这两个刚刚认识的人,为什么会坐在这里品尝即将绝迹的美味鱼子酱?

面对这双友善而深邃的眼睛,沈飞扬的喉头一阵阵地发紧发干。对他最致命的不是连连受挫,而是自信力的丢失。要不是那天遇到了欧文·派克,他的自信力就要丢失在洛克威沙滩上了,如同这些即将绝迹的纯粹鱼子酱。可问题在于,他多年没回中国了,他的事业和生活都一团糟,现在回去,肯定无颜面对家人……

欧文·派克抿一口慕司蛋糕,大多数美国人对中国的了解来自西方媒体,而你身为纪录片导演,又是个当过气象兵的中国人,你的视角肯定富有独特性。我们将为你举办各种造势活动,好莱坞和你前妻很快就会知道,你是一位前景辉煌的纪录片导演!

沈飞扬两眼湿润。来美国多年,这是第一回,他与一位美国人有了心灵相通的感觉,而且这家伙还是来自能量巨大的国会山!

欧文·派克又开口了,这世上成大事者有两种,一种人少年得志,另一种人坎坷多端。但后一种人总是在忍辱负重中磨砺意志,寻找机遇,就像是那种最勇猛的动物,当它们舔干伤口上的鲜血后,会跑得更快、更猛!沈飞扬先生,你做好准备去跑得更快更猛了吗?

五　绿能大佬们的密会

《纽约城市报》调查记者约翰·杰克逊抬头仰望着新能大厦,感觉像是在仰望着一个巨大的奥秘。这座建筑堪称绿色能源巨无霸,即使纽约遭遇大规模停电它也能照常运转。新能大厦的设计者通晓当今所有的环保技术,大厦各角落都遍布着绿能产品。照他们的说法,在新能大厦看不到的绿能产品,还没被发明出来呢！他们的广告语更是开宗明义——我们只做绿能，不做别的。这广告语就打在大厅电子屏幕上，既像是宣言，也像是自勉。但约翰·杰克逊从那广告词中看到的，分明是道格·约翰斯顿的生前警告——美国新能集团操纵气候数据……利益方与政客秘密交易……

大厅里人来人往，约翰很容易就混在其中走进了电梯间。他先是在28层走出电梯，然后迅速溜进防火门，又爬了两层楼梯，最后来到大厦顶层。顶层所有的办公室外貌相同，内里却风格迥异，完全满足集团高管们的个人喜好，让高管们在办公室里有一种轻松自在的归属感。董事长安德鲁·贾丁认为，归属感比责任感更有价值，归属感能将不同的人召集在同一面旗帜下，心甘情愿地同舟共济。因此约翰打算一见到安德鲁就大肆称赞他的"归属感文化"，然后再出其不意地发问，为什么道格先生会发出那样的生前警告？

有脚步声传来。约翰闪身躲起。是大厦保安，刚从卫生间出来，边走边拉着裤门拉链，最后在董事长会议室门前背身站住，眼神威严而警觉。

电梯门开了，一位穿着考究步态沉稳的白人男子走出来，跟在他身后的人轻声告诉他，各州的绿能大佬们都已秘密到达。

这部电梯专为集团高管和尊贵来宾使用，走进这部电梯便是走进了新能集团的决策层。约翰不由得心生疑惑，是什么让各州的绿能大佬们秘密聚集在这里？

美国新能源巨头们齐聚新能集团董事长会议室，那一副副气宇轩昂的派头后面，是一座座富可敌国的私人资产帝国。巨头们品着顶级蓝山咖啡，神情中却透着深重的忧虑。

一位绿能巨头望着刚刚落座的欧文·派克，说他希望《美国新能源战略法案》能充分代表美国绿能企业在国际市场上的利益诉求。发展中国家正在快速崛起，正在抢夺市场份额，必须启动新一轮的贸易垄断，扼制他们的发展速度，尤其是要扼制中国的发展速度！

这位绿能巨头有理由愤慨，中国质优价廉的光伏产品正在挤占原先由他呼风唤雨的国际光伏产品市场。各位，发展中国家的崛起几乎就在一夜之间，他们将在多个方向与我们竞争。他们将消耗更多的能源，将来我们若要维持今天的生活水准，就要付出比现在多倍的价钱。他们将生产出更多更便宜的工业产品，我们的产品会因价格劣势被挤出国际市场，包括美国本土市场。普通民众永远都会选择更便宜的好产品,他们才不管是谁制造出来的呢!

立刻就有一位阿拉斯加风能巨头回应说,"更便宜的好产品"就是一种大规模杀伤性武器,会在多个领域严重损害美国经济的全球竞争力!我上大学的女儿拿着我给她的钱去买一部数码相机,她不选美国制造,而是选择了中国制造,因为中国制造能让她用省下的钱再买一部中国新手机。我能说什么呢?毕竟购买行为是基本人权,我们不可能在超市里高举美国国旗,要求美国消费者都来当消费爱国者,哪怕她是我女儿!

一个浑厚的嗓音出现了。这位来自阿肯色州的光伏大亨忧心忡忡,中国的城市化率太可怕了,近期他们将出现几百座超百万人口的城市。这意味着中国的原材料消费将以几何级数快速增长。当一个国家消耗着世界一半以上的钢铁、有色金属、水泥和玻璃时,这就直接影响到了国际原材料的供求格局!

来自阿拉斯加的风能巨头气哼哼地接了话,那个该死的国家正在开足马力用"更便宜的好产品"对我们进行大规模杀伤,说不定很快就会把我们赶尽杀绝!

阿肯色州的光伏大亨突然狡黠地笑了,中国原材料的高消耗,预示着他们很快将出现能源高消耗。单单就是中国大地上将要出现的那几百座超百万人口的城市,就能将这个国家的原材料和能源承载力推向极度超限。

阿拉斯加的风能巨头不快地瞪起眼睛,不是说要扼制中国吗?怎么倒像是在拍着巴掌欢迎中国人的大举入侵呢?

阿肯色州的光伏大亨嗓音欢愉得像是个要去郊游的孩子,当然要拍着巴掌欢迎了!中国的加入肯定会把新能源的国际价格抬升到一个令我们兴奋的高度!如今太平洋上一多半的货船,都在为中国拉铁矿石。中国人的高消耗中,有我们这些人的好日子!

按照事先的安排,此时该由新能集团董事长安德鲁·贾丁开口说话。所以他一上来先说了一个老故事:两个卖鞋的人去一座小岛考察,见岛上居民个个都光着脚,没有穿鞋的习惯。其中一人失望地离开,另外一人则兴奋地发回电报:市场很大,赶快发货!

这个老故事中的经济学寓意显而易见,安德鲁·贾丁说,最大的敌人是愚蠢的短视。表面上看,对中国的廉价光伏和风电产品征收高额关税,像是在保护美国企业的利益,可事实如何呢?一方面,市场缺少了廉价光伏和风电产品,美国消费者在光伏和风电产品的安装量和服务需求量上必然大幅减少,这就直接导致美国光伏与风电产品的安装与服务类企业出现了生存危机；另一方面，由于中国的光伏和风电企业受到扼制，自然就减少了对光伏和风电设备、原材料、零部件以及相关技术的需求，而这些，许多正是从美国进口到中国去的！

安德鲁·贾丁接着又说，这种愚蠢的短视，势必搞垮中美双方的新能源企业，从而将发展空间拱手让给欧盟和其他国家。而且美国的传统能源产业又可以理直气壮地反对政府的新能源产业补贴措施了。先生们，我们会因为愚蠢地反对中国同行而让我们自己腹背受敌！中国有一句成语，"杀敌一千，自损八百"，说的就是我们这种没有赢家的战争！

一个沙哑的声音高喊着，分析得太精辟了！我们需要的就是这种足够前瞻性的大智慧！高高在上的政客们究竟是真的不了解这些，还是在视而不见？

这嗓音让欧文·派克一听就知道，是那位来自新泽西州的光伏界传奇人物。此人因经济危机爆发几乎破产，因搭上了中国光伏产业的发展快车而急速暴富。他生产的多晶硅正大量销往中国。他是美国平价光伏联盟主席，身后站着上百家平价光伏企业，涉及几万个就业机会，堪称美国光伏产业链上下游企业的意见领袖。当初罗朗议员酝酿《美国新能源战略法案》，特意邀请此人到国会山交谈了很久，因而《美国新能源战略法案》的基调就是大力发展平价绿能产业，让身价高昂的绿能产品成为美国普通民众用得起的生活选择。此刻，这位平价光伏意见领袖与新能集团董事长再加上阿肯色州光伏大亨，三位巨头连连发声，看似在探讨，其实是在演戏。欧文·派克知道他们三个早就私下谈妥了，把大家召集过来只是展示他们的共识而已。按照脚本设计，此时该他上场了。

于是，欧文·派克以沉稳的口吻回应着平价光伏联盟主席的厉声质问，尊敬的主席先生，那些高高在上的政客，一部分是不了解事实，还有一部分的确是在视而不见，但也有极少一部分，他们关心美国民众的切身利益，了解绿能产业的运作规则，更洞悉国际绿能产业的发展趋势。他们尤其厌恶政客式的互相推诿，他们像前辈优秀政治家那样渴望对国家有所建树，就像罗朗议员正在做的那样。

接下来的时间里，欧文·派克简要介绍了罗朗议员的《美国新能源战略法案》，他激动地说，各位，罗朗议员是在为你们的利益发声，这样做是有政治风险的，他已经遭到传统能源利益集团的质疑和反对了。罗朗议员目前正在国会山上孤军奋战……

平价光伏联盟主席立即高声回应，怎么能让罗朗议员为了我们的利益孤军奋战？请转告议员先生，平价光伏联盟全体成员将与他并肩作战！

阿肯色州光伏大亨也立刻表态，罗朗议员以一己之力为美国新能源产业奋战，他是一位值得敬重的政治家！我们对他最好的致敬，就是和他站在一起！

新能集团董事长更是慷慨激昂，《美国新能源战略法案》属于在座的各位，它才是保护我们共同利益的宙斯盾！

会场安静了好一会儿，其他的绿能大佬终于明白了为什么要秘密开会。只见始终未开口的圣迭戈光伏安装巨头大声地清了清嗓子，那么，我们该以什么形式支持罗朗议员呢？派克先生，请直说好了。

这超出了欧文·派克的预测。他原以为走到这个关键节点前会耗时费力，看来绿能巨头们比他想象的还要脆弱。显然富豪们个个有如精致瓷器，看似光鲜，实则易损。他们大多存有原始恐惧，害怕沦为贫穷，害怕被人超越，害怕失去尊重，他们拼命积累财富就是想用金钱建造他们的避难城堡。富豪们的原始恐惧从来都是政客手中的玩物，这才让金钱成为权力滋养液。政客们需要这种滋养，就像葵花需要太阳，赌徒需要赌局。金钱与权力的生态链便由此而生。让欧文·派克庆幸的是，由他亲手培育的这条生态链，目前正发育良好。

但他并未立刻摊牌，他在国会山学到的本领之一，就是将最重要的事情放到最后。他神情凝重地说道，目前，中国的碳排放数量已经受到了国际社会的持续压力，中国必将逐步转化能源方式。很快，全世界一多半的太阳能、风能产品都会被中国人买走！这是必然的！但是相当多的美国人不了解这些，更不懂得中国才是美国新能源的最大市场。而这个，就是罗朗议员推出《美国新能源战略法案》的真正困境。

平价光伏联盟主席大声说道，必须给公众洗脑！要让美国人民知道，中国就是那座人人都在光脚走路的海岛，美国必须成为那个看到市场前景的鞋人！

新能集团董事长也神情激动起来，是时候让美国人民了解新能源领域里的真实状况了！罗朗议员的《新能源战略法案》正在打头阵，我们必须紧紧跟上！

圣迭戈光伏安装巨头神色郑重地对欧文·派克说，我们都是生意人，都懂得投入与回报的道理，请直接告诉我们投资方向好了。

说正事的时机终于到了。欧文·派克不慌不忙地打开随身携带的微型投影仪，将《美国新能源战略法案》的宣传策划案展示给众巨头。这是个一揽子计划，涉及电视广告、电视采访、报纸专版、公众演讲、网络宣传、街头标语。更有一部名为《气候见证者》的系列纪录短片，它将是一部全球视角的纪录片，也是最具说服力的新能源宣传片。它将成为《美国新能源战略法案》的宣传平台，在全美各大电视网连续播出。很快，我们的人将前往中国实地拍摄。我们要让美国民众看到，《美国新能源战略法案》正是深入调研后所做出的对国际新能源市场的精准判断。

欧文·派克有意停顿一下，然后起身告辞，说是要陪同罗朗议员前往白宫参加会议。他的告别词说得情真意切且激情满怀——各位尊贵的先生，但愿我的陈述帮助各位做出了明智的决定。我保证，支持罗朗议员所花掉的每一分钱都会得到回报。因为全球气候变暖已成定局，新能源产业在这种定局面前，势必得到巨大的商机！

守在会议室门前的保安始终没走开，这让躲在设备间里的约翰·杰克逊动弹不得。后来透过门缝，他看到新能集团董事长和最后进来的中年白人男子一起走出门来，说他会第一时间告知会议结果。中年白人男子微微颔首，一副深藏不露的派头。约翰用相机拍下他俩。再然后，那扇门大开，一群气宇轩昂的男人走出门来，约翰将他们一一收进镜头里。

欧文·派克开车驶离新能大厦，直接来到PerSe餐厅。侍者将欧文·派克领到他常坐的那张靠窗餐桌前，向他推荐了餐厅新开发的蜗牛松茸，说这道菜很美味，只是需要点时间。欧文·派克笑了笑，没关系，今天我正好有时间。

等到蜗牛松茸端上桌，一条新信息跃入他的手机：协议书已签。数额超出预想。

欧文·派克顿时胃口大开，更何况披着浓稠汤汁的蜗牛与质地柔软的松茸，正联手向他发出美食诱惑。他立即将信息转发罗朗议员，然后愉快地叹息着，噢，今天我真是饿极了！

六　"公地悲剧"

　　中国北京的一部电脑上出现了约翰·杰克逊在新能大厦顶层拍下的那些面孔。《首都图片报》记者陶自牧一一看过去，感觉这些人全都长着一张很有钱的脸。

　　他不明白约翰这是要表达什么。

　　他俩相识于一次国际新闻摄影展。当时两人的作品被并排展示，大有一种比肩而立的味道。这让他们很快称兄道弟起来。有次网上聊天，陶自牧说他唯一的家人是儿童福利院院长。要是院长妈妈不在了，他会像一棵被连根拔起的小草，即便暂时不死，也会很快枯萎。没出三天，一连串来自美国阿拉斯加的电子邮件涌进陶自牧的电脑里。约翰·杰克逊发动整个家族寄来照片跟陶自牧认亲。那些照片上用英文分别写着"你的爷爷""你的奶奶""你的爸爸""你的妈妈""你的姐姐""你的弟弟""你的姨妈""你的叔叔""你的堂兄""你的表妹"，等等。约翰本人的电子邮件直接就是一枚催泪弹——看！你有一个超大的家庭！全家人都盼着远在中国的你尽早回家团圆！

　　陶自牧被弄得泪水涟涟，好几个晚上梦见自己开车行驶在冰天雪地的阿拉斯加。他梦见自己找到一幢大木屋，推门进去后，照片上的每个人都在向他微笑，冲他鼓掌。迎面墙上拉着横幅，用中英两种文字写着——"欢迎回家"。

　　这会儿，陶自牧在电脑里问道：那些男人是谁？难不成也是你的家族之人？

　　约翰回复说：NO！都是美国的绿能大佬！

　　陶自牧问：他们为什么会集中出现在你的镜头里？

　　约翰回复说：这些人刚刚集体出席了美国新能集团召集的秘密会议！

　　陶自牧吃了一惊：你在偷拍！为什么要偷拍？

　　约翰回复说：我在创造历史，同时也在创造一个更好的自己。

　　陶自牧笑了。他一直都在说服约翰改变"小报风格"，反对他用窃听手段挖掘新闻。光看他身边的窃听器和他办公桌上的多部电话，就知道他陷得有多深。约翰总说那是"报社文化"，大家都是这么做新闻的。再说小报也是大众生活的一部分，我们是在服务大众！

　　两人在网上唇枪舌剑了好几个月，直到不久前，约翰说他将洗心革面，重拾新闻理想，因为他刚刚被一位气候学家赋予了使命。陶自牧很想知道是哪位气候学家，约翰的回复是：暂时不便透露。请相信，我在创造历史，同时也在创造一个更好的自己。

陶自牧轻点鼠标，将刚买到的"方舟救命船票"留给自己一张，其余十五张一一发给约翰的家庭成员们。这种网络虚拟游戏被陶自牧当作了真实的亲情表达，那意思是，假若真有世界末日，我愿与你们同舟共济。

网上销售的"方舟救命船票"有多种版本，数陶自牧购买的这一款最逼真。票面上赫然印着"联合国独家授权""全球首发"，有登船时间、舱位数字和票价，还像煞有介事地印着"世界末日船票专用章"和防伪条形码，俨然就是联合国在发船救险。最酷的部分是将美元与人民币做了巧妙拼接，看上去你中有我、我中有你，谁也没抢谁的风头，分明是在说：逃离世界末日的救命方舟，就是美元与人民币的强强联手。

其实方舟船票最适宜做情人节礼物，但陶自牧没这需要。过往的感情经历让他认定，谈恋爱不过就是找个女人来折腾自己。三十五岁的陶自牧属于报社里最死硬的"钻石王老五"，被再漂亮的女孩儿穷追猛打也毫不动心。好事者曾质疑他的性取向，看他外形阳刚，待人处事很爷们儿，便将他归为同性恋中的"T角"，而不是阴柔气十足的"P角"。

对此，陶自牧深恶痛绝。如今这是怎么了？两性交往的随心所欲成了正常态，洁身自爱反倒被看作是病态！陶自牧赌咒发誓，等他找到中意的女人，他要买下《首都图片报》的广告版告知天下，狠狠回击那些污言秽语。约翰·杰克逊的回复是：到时小弟会在《纽约城市报》上遥相助阵！不过那个让你中意的女人，什么时候才会出现呢？

陶自牧的回复是：我也很想知道呢！

整个夜晚北京都在雷电交加。电视新闻说，这场突发性强降雨在北京上空造成了上千次强雷电，三人被击伤，一人被击死。陶自牧讥讽地望着窗外，这个月已经三次漏报雷雨了。看来所谓的气象预报，不过就是在说着一个个连他们自己都不当真的故事。电视上，一位眉眼细致的女专家正在接受采访。她口齿流利地以数据说事——发达国家对短期降雨的预报准确率是20%，中国是接近20%；而对于降雨的临近预报，中国已位居发展中国家前列。

陶自牧皱起眉头，不过就是接近20%的预报准确率，这女人还好意思在电视上沾沾自喜！据他所知，只要有降雨预报发出，成千上万的防汛队员就要没日没夜地守在防汛岗位上。那个20%的降雨预报准确率,却需要防汛队员们100%地投入,真让人无语!

电视主持人最后说,让我们感谢气候学家楚航云的专业解读。

陶自牧有些好奇,怎么也是气候学家?这几天约翰曾多次提起一位美国气候学家!

此时的楚航云,正跟龙士峻并排坐在前往日内瓦的"欧洲之星"上。连绵不绝的美丽风景是乘坐"欧洲之星"最棒的部分,那似有似无的大气在车窗外飘浮不定,很像是高更画作的现实版。高更一生痴迷大气,他将轻灵浮动的大气当作底色挥洒于画布之上,又将其他色彩统摄于大气之下,因而他画出的风景总是在颤动、在生发。楚航云每次乘坐"欧洲之星"都有一种遇见高更的错觉,似乎画家刚刚离开,留下了一幅幅妙不可言的画卷。

上一次乘坐"欧洲之星"曾让她滋味繁复。当时欧洲大陆遭遇百年极寒,"欧洲之星"因车身冷凝而造成电源短路,在海底隧道抛了锚。近三千人长时间地滞留在英吉利海峡深处,怎么说都不是个小事件。偏偏楚航云和龙士峻正是前往哥本哈根出席联合国气候峰会,同行的记者连连发问,不是说全球变暖吗?怎么会如此奇冷?怎么会出现百年极寒?

此种情境下的任何解答都是在冒险,都会成为头条新闻,楚航云希望龙士峻能王顾左右而言他,可龙士峻却将布满水蒸气的车厢玻璃当作了课堂白板,先画出地球,再标出北极,然后深入浅出地解说起来——你们看到的现象,是由于北极海冰面发生了不间断的缩减。当海冰变成了海水时,就会生成高水分的极地冷气团。在大气动力的作用下,这种极地冷气团便会大举入侵地球中高纬度地区,这就造成了欧洲大陆的强降雪天气和百年极寒。

记者们将龙士峻的这番解读传到互联网上,说这是"全球变暖"多种解读中最通俗易懂的解读。龙士峻不躲不闪的务实态度在哥本哈根气候峰会上成为一道独特的风景。但最后达成的《哥本哈根协议》却令人失望!楚航云清楚地记得她和导师离会时,贝拉会议中心外聚集着数百名抗议者,他们头戴各国政要的照片面具,手中举着"可耻"字样的标语牌。据说抗议者中有多名气候学家。如今一年多过去了,国际气候谈判仍然前景暗淡。尤其是发达国家态度傲慢,他们既不愿意承担历史减排责任,也不愿意提供承诺过的减排资金与技术支持,特别是对中国的减排努力视而不见。此时楚航云最担心的是,我们如此紧急地赶往日内瓦，很可能只是开启了新一轮的口水仗，因为"公地悲剧"是人类的普遍天性。

龙士峻当然明白楚航云是在担心什么。"公地悲剧"之说出自美国学者加勒特·哈丁的"牧场理论"。他认为，共用一片牧场的牧民们为了更多获利，总是尽可能地多养羊。牧民们虽然知道多养羊的后果是加速牧场退化，但牧场属于公地，后果由牧民们共同承担，所以没人愿意从自我做起，由此便造成了"公地悲剧"。龙士峻一直认为"公地悲剧"现象很像当下国际气候谈判的困境，而政客们就如同那些拼命养羊而置牧场退化于不顾的牧民，明明知道后果却不主动顾及后果，更不愿意因顾及后果而影响到自身利益。但谈判是唯一的解决路径，即便就是新一轮的口水仗，也要将这场口水仗打下去！

楚航云神情悲哀，在现行的国际政治与经济秩序下，很难有减排正义，更难有公平的气候谈判。这就像是，有的牧民养了三只羊，有的牧民养了三十只甚至是三百只羊，怎么可能要求大家步调一致地少养羊呢！

龙士峻点点头，气候谈判的顶层设计是有问题，发达国家集团与发展中国家集团之间分歧巨大。寄希望于各方抛弃一己私利去达成基本共识，几乎是个不可能完成的任务。

楚航云面色冷峻，这就好比是富人们在餐厅里吃大餐，一个穷人进来喝了一杯咖啡，结账时却被要求跟吃大餐的富人们AA制，这不可笑吗？因而许多人认为，对于气候谈判，联合国已经过时。

龙士峻不这么看。即便联合国不是强有力的国际制约机构，至少也是应对气候变化最适宜的国际合作平台。首先它是气候变化信息的主要提供者，它发布的许多重量级气候评估报告已被各国决策者和普通公众广泛关注。而且它还是全球气候谈判的主要发起者与推进者，它在1992年签署的《联合国气候变化框架公约》和1997年签署的《京都议定书》，都是迄今为止最了不起的人类社会应对全球气候变化的共同行动。

因此龙士峻极其肯定地说，联合国过去不完美，现在也不完美，将来更不可能完美，但联合国是当今世界最具全球性和综合性的国际组织，在应对气候变化的全球合作上，除了联合国，不会再有第二个更合适的国际机构。

楚航云轻轻叹息，死于南极的道格·约翰斯顿，想必是对联合国极度失望而自杀的吧？

龙士峻知道气候模型"小男孩"正在突飞猛进地成长，也曾听道格·约翰斯顿不久前跟同行开玩笑说，他至今单身的全部原因就是要等待"小男孩"长大成人。所以道格先生的突然自杀的确令龙士峻极其意外，但他还是用词谨慎地回应楚航云说，对道格之死的猜测太多了，似乎都离真相很远。

黑客狼就坐在"欧洲之星"上，与龙士峻和楚航云隔着几排座位。他们两人的谈话，从头至尾都被收进了黑客狼面前的笔记本电脑里，所有的音频都自动转换成了文字。这是"搜索匹配者"软件的另一大功效——当目标人物脱离了公共摄像头的覆盖范围时，该软件会启动音频方式寻找"匹配者"，然后侵入目标人物的手机。此刻，黑客狼盯着电脑屏幕上出现的一连串汉语方块字，对"道格之死""BT气候实验室""联合国"等关键词大喜过望。他将它们转译成英文，立刻发给远在美国的大人物雇主。

然后，黑客狼望着车窗外的欧洲大陆，再次庆幸自己与汉语的奇遇。他的汉语老师生长在美国本土，却多次在课堂上高调宣称：将来地球上很可能只有两种人，说英语的人与说汉语的人；但要是你既会说英语又会说汉语，那你就能天下通吃！

七　清算旧账

退位将军田绍德真是爱死了徒步手杖，这个源自英国的玩意儿风靡全球，最棒的是在行走时还锻炼到了四肢，更棒的是让他跟那些拄着拐棍的同辈人形成了一种跨时代的对比。

京城北郊的这条林荫道茂密异常，郁郁葱葱地铺排出好大一片，一道高大厚实的围墙将灯红酒绿的大都市隔离在外。这里是中国导弹部队的发源地。第一批官兵进驻后，将高高低低的草坡和大大小小的水洼加以整治，建起了最初的营区。几十年不间断地整治下来，原先的荒郊野地全都没了踪影，最初的简陋营房也被一座座现代化与数字化的建筑所替代。只在营区的边角夹缝中尚有一些老式建筑，恍若是被砖瓦石块固化了的一个个陈年记忆。

田绍德就住在这样一个老旧小院里。作为导弹部队南方基地第一任司令员，田绍德远离妻女生活在南方山区，几十年来都是这小院的匆匆过客，只在退休后才算真正住了进来。如今妻子已逝世十多年，自年初起他开始频繁回忆往事，总觉得这小院要出现某种变化。

结束徒步行走的田绍德回到家中,见女儿田汀汾正出神地盯着电视。电视上是记者见面会,背景是日内瓦联合国总部大厦。一位金发女记者正在发问,龙士峻先生,作为一名中国气候学家,您是不是已经厌倦了马拉松式的国际气候谈判?

这位中国气候学家外形儒雅且用词精准,国际气候谈判注定会是地球上参与人数最多、持续时间最长的一种谈判。我们中国人相信,只要功夫深,铁杵磨成针。

一位高鼻深目的男记者紧接着发问,都说国际气候谈判是政治实力和经济利益的激烈较量,您认同这个说法吗?

这回龙士峻采用了幽默的口吻,打个比方吧。期待着各国政要在国际气候谈判上达成协议,很像是等在产房外面期待着一个新生儿的诞生。我们衷心希望政治家们尽快做出明智的决定,不要让等在产房外面的全球民众空欢喜一场!

满场爆笑。电视外的田绍德也跟着笑起来,边笑边夸这位气候学家很讲政治。这时,他认出电视里有张熟悉的面孔,这不是小楚同志吗?楚航云!当年基地气象室的小女兵!

田汀汾早就认出了楚航云,她那张东方女性面孔在国际会议上很是醒目。显然她是那位气候学家的助手,只见她不时地给气候学家递上一张纸条,要不就是与他低语几句。

田绍德极其兴奋,咱们的小楚同志成专家了,都去联合国啦!你们快给我找到小楚同志!英天,你是她的新兵连长,你就向她发令,要她尽快来见见我这个老司令!

女婿谭英天一直在低头看报,被岳父这一叫,将目光转向电视,看到楚航云时心里咯噔一下。那双熟悉的眼睛依然明亮清澈!这么多年过去了,她还是那副憧憬满怀的样子。

电视镜头从楚航云脸上移了开去,移出联合国总部大厦,移向日内瓦的天空,然后换成了汽车广告———一辆顶级豪华轿车以太空飞船的派头从天而降,许多身穿白色婚纱的妙龄女子跑向顶级豪车。一行广告语横穿屏幕:谁是我的新娘?

这颇具含义的汽车广告语刺中了谭英天的隐痛。许多年前他曾被这问题深深困扰。

只见田绍德又在感慨，真没想到我还能在电视上看到小楚同志！看来活得长就是有好处，让你有机会看到一些想看到的人和事！

田绍德这话带着显而易见的沧桑感，带着这个家庭的历史阴影，谭英天一时无语应对。但他很快做出反应，把手中报纸递给田绍德，爸，这里有个说法，叫"网络珍珠港"，是一位美军将领提出的。田绍德一听兴致大发，接过报纸埋头阅读。

事实上田绍德对军队网络安全的关注，只是为了想跟女婿谭英天有话可说。如今谭英天是代号"X9"单位的负责人，专门研究军队网络安全，而能跟女婿一起探讨军中之事，让田绍德觉得自己这个老兵依然在岗。有时他会将有关网络安全的思考写在纸上，拿给谭英天供他参考。谭英天就鼓励他整理成帖子发到了网上。田绍德喜欢用警句做标题——《所有的国家安全都建立在网络安全上》《再好的武器也可能败给蠕虫病毒》《最具威胁的敌人不是看得见的现代化军队，而是看不见的僵尸电脑》，等等，居然也吸引了不少军迷。

这会儿，田绍德开始评点起报纸上的文章，这位美军将领错了，他认为"网络珍珠港"式的突袭足以引发一个国家的整体瘫痪，让全体民众产生深切的挫败感，就像当年日军空袭珍珠港那样。可是在网络空间中，没人能像日本军队在珍珠港那样，杀死那么多的人了。

谭英天耐心询问，那您的观点是……

田绍德的语气里带着当年的霸气与威严，在我看来，我们仍然生活在由核武器主宰的世界。真正的威胁还是广岛方式，而不是珍珠港方式！

谭英天笑了，您是导弹基地司令，您相信核武器才是真正的杀手锏。田绍德又说，不过有关珍珠港的其他部分倒是完全可能的，比如鬼鬼祟祟，比如突然发动，比如致命攻击，比如不计代价。谭英天点点头，最要命的是，掌握和运用网络攻击能力的人，很可能没有任何外交顾忌和道德约束，他们可能不属于任何国家，甚至不属于任何利益集团，他们只不过是一群绝顶聪明的技术疯子，由此而发生的战争，将会是一场完全不对称的战争！

田汀汾一直在歪头欣赏他们。这种带有浓烈军事色彩的对话，是田家小楼的标配，几十年都不曾改变过。此时她笑着打断他们，不管是珍珠港方式还是广岛方式，爸现在最需要的是浴缸方式。爸，洗澡水已经给您放好啦！

田绍德走进卫生间，唉，不知道去过联合国的小楚同志是不是还记得我这个当年的老司令。这么多年了，你们两个谁都没再联络过她吗？

这个问题让谭英天和田汀汾都愣怔了。父亲苍老的背影让田汀汾心酸,她大声回答说,爸,她当然记得您,她就是去过月球也不会忘记您的!我们这就去找她!

从卫生间里传出田绍德的声音,等找到她了,请她抽空来家里坐坐,就说老司令想她了。记得告诉她,我这个老家伙还硬杠杠地活着呢!

田汀汾连连答应,眼泪都出来了。父亲从前很少直接表达感情,最近情况陡转,好多次都是直抒胸臆,而且用词苍凉,很像是跟死神签了约,正在按部就班地告别这个世界。

一通电话叫走了谭英天,有个高级别的网络安全会议正在军委大楼紧急召开。谭英天在门厅里换完军装后叮嘱田汀汾,楚航云不过是爸的众多部下之一,也许爸只是想回望一下当年。所以在这件事情上,你不必太勉强自己。

田汀汾听得出谭英天的话中深意。她看着他走出大门的背影。这么多年过去了,这个男人的背影仍然挺拔伟岸。当年她就是对这个背影一见钟情的。她穷追猛打地将他追到手,婚礼那天觉得自己是天底下最幸运的新娘。要不是楚航云,她本该是天底下最幸福的妻子……

这家咖啡馆坐落在京城寸土寸金的商业区,整体风格带着浓郁的英伦范儿,于点点滴滴之中透着喝英式下午茶的仪式感。楚航云百思不得其解,按说田汀汾早就该向她兴师问罪了,为什么直到今天,直到她在他们夫妇中间消失许多年之后,才想到要来清算她?

田汀汾微笑着将楚航云上下打量一番,发出一声声亲昵的赞叹,你一点儿都没变!看你这身材,既没增一分,也没减一分!走在大街上,我一眼就能认出你,不可能认不出!

两个本该针锋相对的女人却在彼此关切地相互打量着,没有刀光剑影,也没有尴尬难堪,再加上周遭光鲜精致的陈设,完全就是一场温馨可人的老友重聚。只见田汀汾的手指轻轻划过茶点单,点了一壶最传统的伯爵红茶和一套最经典的英式茶点。这个多年前就很美丽的女人依然优雅得超凡脱俗,岁月带走了她的青春却没带走她的美丽,反倒因为青春的退场而凸显了美丽原本的韵味。她的眼神依然摄人心魄,像许多年前一样带着居高临下的优越感,那是用再多的笑意盈盈也掩饰不住的心高气傲。

果然是正宗英式下午茶!高档骨瓷茶具精细轻薄,醇红色的伯爵红茶在杯壁上隐约显现，透着一种令人起敬的高贵。摆茶点的器皿也是经典的三层银色托架。全套茶点遵循着"由咸到甜、由淡到重"的顺序摆为三层——第一层是新鲜的三明治，第二层是热腾腾的英式松饼，第三层则是精美可人的小蛋糕和水果挞。

　　田汀汾显然是下午茶达人，一双笑眼瞄住楚航云，问她是喜欢随意食用呢还是按传统顺序，听楚航云说都行，田汀汾就说，那咱按老法儿好了，先吃咸，再吃甜，从淡味逐渐过渡到重味，让每一道茶点都各领风骚，谁也不抢谁的戏。说着，她取了块三明治，轻轻咬下一小口。看她微扬下巴抿嘴细细品味的样子，真的是要多优雅有多优雅。那优雅与下午茶氛围极其般配，与其说她是来喝下午茶的，不如说她就是下午茶中的一道风景。

　　田汀汾身着渔夫毛衣，粗粗的棒针织出传统的麻花与菱形花。渔夫毛衣是今年的T台大热，那温暖厚重的感觉同时满足了保暖需求和心理安慰，暗含着包容与支持的含意。楚航云突然很想知道，田汀汾穿着渔夫毛衣前来会面，究竟是一种刻意，还是一种随意？

　　只听田汀汾心情极好地说起了下午茶，我喜欢英国那句流行语："当下午的时钟敲响四下，世上的一切皆为茶而瞬间停止。"所以在英国，人人都享有十五分钟的下午茶时间，他们将每天的下午茶视为"人权甜品"。

　　楚航云也取了块三明治，我感觉下午茶最大的魅力，就是所谓的下午茶闲聊。少了办公室里的刻板与沉闷，也没有酒桌上的算计与功利，人与人的交流在清淡随性的茶香中轻松惬意地就完成了。田汀汾表示赞同，有人已经发现，剑桥大学之所以与六十多个诺贝尔奖项有关，就因为那里每天都有悠闲自在且天马行空般的下午茶闲聊。

　　说话间，田汀汾拿起餐刀，轻轻切开英式松饼的一个角，这是松饼的传统吃法，不能一切到底，切开后再用手轻轻去撕，然后先涂果酱，再涂奶油，吃完一口，再涂下一口果酱和奶油。知道吗？这些小小的细节，通常能表明你这人够不够老到。

　　看田汀汾一丝不苟的架势，楚航云越发心生疑团，她这样大谈特谈下午茶的前世今生，肯定是有用意的。楚航云想到了一种可能性。噢，不！她极力抑制着内心里的呻吟。

　　田汀汾看出了她的心思，别担心，那个人好端端地活着呢，而且他已经是少将了！

楚航云努力若无其事地微笑着，请她代自己问候谭叔叔。

田汀汾紧紧瞄住楚航云的眼睛，这么多年过去了，你还愿意让他当你的谭叔叔吗？

楚航云伸手取下一小块松饼，放进嘴里缓缓咀嚼。从始至终她一直管谭英天叫谭叔叔，即便是有了该死的爱情后，也不曾改过口。只听田汀汾又说，如果他还是你的谭叔叔，为什么这么多年你都不再联络他呢？

她跟那个男人早就翻篇了，她的人生也早就有了更多的色彩，因而她神色坦然地回答道，这些年我一直都很忙，恨不得一天当两天使，好多战友都顾不上联络呢！

只听田汀汾轻轻叹息着，我倒是常常回想从前，这是不是说明我老了？

楚航云本能地欣赏着她，哪里？汀汾姐还像从前那样美丽动人呢！

田汀汾笑了，大多数女人都只肯赞赏远离她们的漂亮女人，因为那不会让她们自己相形见绌。可你完全不同！当年我们第一次见面，你就一个劲地夸我美丽。还记得吗？

当然记得！她们两人的第一次见面就让楚航云惊叹连连，直呼世界上怎么会有如此美丽的女子！那淡淡弯起的眉毛，那藏在眼角的笑意，那光滑白皙的皮肤，那纤细苗条的身姿，全都带着古代仕女的美丽。于是楚航云想办法从县剧团找来一套古代仕女演出服，田汀汾穿戴上效果极佳，两人还特意去照相馆拍了照。结果谭英天大为光火，斥责她们是在搞封建糟粕，他撕碎了照片，还剪碎了底片。楚航云吓哭了，田汀汾则惊愕得不敢出声。很久之后楚航云才得知，谭英天那天是在冲他自己发火，他恨自己同时伤害到了两个好女人。

那一切都发生在遥远的往昔岁月，如今她俩坐在这里喝着昂贵而时髦的英式下午茶，为什么往事竟丝丝缕缕地缠绕不去？田汀汾诡秘一笑，你一定很想知道我们两个怎么一直没离婚吧？见楚航云不作声，田汀汾又说，我们没离婚不是因为我们太相爱了，而是因为我们太平淡了。这种平淡一天天地消耗着我们的精气神儿，包括离婚的激情。要知道离婚和结婚一样，都是需要激情的，如果连婚都懒得离了，这个家，就安稳了。

注视着这位美丽依旧的将军夫人，楚航云突然有些警觉，为什么要对我说这些？

田汀汾含了一口伯爵红茶，待她缓缓咽下后，语气幽幽，我母亲去世前对我说过一番话，她说我们所有的人来到这个世界上，都带着前世里对他人的孽债。区别只在于,有的人是来还债,有的人是来讨债,有的人是既来讨债又来还债。还有一种人,他们甚至要多方还债并且多方讨债,人群中活得很累的,就是这种人。我问母亲她属于哪一种人,母亲说,她是那种多方来还债的人。母亲说,前世里她一定是欠下了许多孽债,我爸爸的,我的,谭英天的,特别是你楚航云的……

楚航云脱口而出,怎么会呢?丁希阿姨一直都挺疼惜我,我没少吃她做的饭,而且她还是我的救命恩人呢!可我都不知道她什么时候过世的,更没送她老人家最后一程……

田汀汾注视着满脸伤悲的楚航云,其实我今天是奉父命而来。我爸近来总是提起你,他要我想法儿找到你,说他想你了,还要我告诉你,他这个老家伙还硬杠杠地活着呢!

楚航云突然泪花闪闪,可敬的老司令,他也是我的大恩人呢!

她们分手时田汀汾留下了家中地址。楚航云发现田汀汾的眸子里竟然透着渴求的意味,抽空去看看我们吧。我很清楚,不管你谭叔叔当了多大的官儿,不管他到了什么岁数,他都希望听到你喊他谭叔叔。

这个下午云淡风轻。田汀汾最后留下的那句话,让走在大街上的楚航云一阵阵地心头发紧。这女人在多年之后突然找到自己,就算是奉父命而来,也绝不单单是为了表达思念之情。直觉告诉她这事没那么简单。

那时的她太年轻也太天真,以为跟谭英天的奇遇就是此生可遇而不可求的真爱。在被爱情烧昏大脑后,所幸心智还没烧毁,尤其在得知那一家人都对她有所牺牲后,震惊与惶惑之下她选择了迅速转业,将自己消失得无影无踪,没向田家任何人打招呼,包括谭英天。

她只跟丁希阿姨有过一次不期而遇。当时她因妊娠大出血再加上昏厥,被人从县医院转送距离最近的一家军队医院。在病房里她时而清醒时而昏迷,感觉自己穿越了好几个时空,有时是在儿时生活的北京南苑机场,有时又是在湘西的南方基地,更多的场景是她正在就职的京西气象站点。一个个熟悉的面孔走马灯似的跟她来做死亡话别,连失踪多年的父亲都现了身。他们全都生气地指责她为什么要离开人世,你不知道你在这个世界上还有许多未尽的职责吗?!

那孩子的出生惊天动地,把她折腾得几近濒死,昏迷中听见有人在问是保大人还是保孩子?待她苏醒后得知,孩子没能保住,她的子宫也没能保住,医生只能尽全力保住她的性命。悲痛欲绝中，一个熟悉的声音和一种熟悉的食品香气出现了——我是你丁希阿姨，我带来了你最爱吃的鸡毛菜馅饺子……

鸡毛菜馅饺子的确是楚航云的最爱，但丁希阿姨的突然出现令楚航云一头雾水。护士长轻声告诉楚航云，正是丁主任替她做了主，用尽所有的抢救手段力主保大人，她才没跟着肚子里的孩子一起死掉。

吃饺子的过程中楚航云始终含泪无语，丁希阿姨则一个劲地劝她要接受现实，一个姑娘家未婚先孕本就是一场灾祸，若是当了未婚妈妈，那就是一场持续不断的灾祸。尤其是你，身上还带着一种糟糕的政治标签，这会把你的灾祸放大许多倍。所以那孩子的离世等于是在救你，是在帮你免除一场更大的灾祸。

从头至尾，丁希阿姨都没问她为什么会突然人间蒸发，田家其他成员也一个都没出现过。出院那天她含泪告别丁希阿姨，多谢您救了我！不过我就职的气象站点远在京西大山里，恐怕没机会出来报答您的救命之恩了。

丁希阿姨的回答令她泪水滂沱，孩子，不是我救了你，是你的生命原力救了你自己。你碰巧被送到了我们医院，碰巧成了我的病人，让我有机会帮到你，这不过是一种缘分。还有，记住你在这世上曾经有过一个男孩，那男孩一定会在你看不到的地方默默守护着他亲爱的妈妈。所以你绝对不能辜负那个男孩，一定要好好地活下去！

楚航云含泪告别丁希阿姨后，在相当长的一段时间里都尽力克制着不去思念那个刚一出生就夭折的男婴，不去碰触内心深处无人知晓的那些奇异情丝。随着时光的推移，所有的往事都只是她夜深人静时偶尔飘过脑际的浅淡云影，直到田汀汾的突然出现。她不明白丁希阿姨为什么会说欠了她的孽债，丁希阿姨本是她的救命恩人啊！田汀汾说她是奉父命而来，莫不是老司令想在有生之年跟她清算一下旧账？她知道她欠田家所有人的情！

种种猜测让楚航云开始神情恍惚，似乎整座京城正渐渐退后，而遥远的湘西大山却在渐渐拉近。她看见当年的自己正在山路上练习长跑，肥大的草绿色军装因快速奔跑而鼓荡起来，像是裹着一面草绿色的旗帜。她边跑边扯着尖细的嗓音高喊着"谭叔叔、谭叔叔"……

那是一种有趣也有效的长跑训练。训练她的谭英天总是不远不近地带着她往前跑，鼓励她在长跑中大喊，以增强肺活量。所以每次她都拼命地跑，放肆地喊，相信如此努力便能一点点地接近全军运动会的奖牌。

那时的楚航云，因被父亲"驾机叛逃台湾事件悬案"所牵连，没资格参加全军运动会选拔，但前来南方基地选拔运动员的总部机关干部偶然发现了她的潜质。他们看她在公路上大步流星地赶路，便叫她过来参加长跑测试。当时所有的测试者都已跑出很远，她撒腿就追，很快就追上了大队人马，然后又将大队人马甩到身后。当她沿着规定路线第一个跑到终点线后，理所当然地，她入选了。

初期的体能训练在本单位自主完成。任务派给了时任基地作训参谋的谭英天。楚航云赌咒发誓，说她一定要到全军运动会上拿奖牌，她必须抓住这个机会让自己表现出色。有的女兵抓住种菜的机会表现自己，有的女兵抓住出黑板报的机会表现自己，还有的女兵抓住在干部面前脱衣服的机会表现自己，而她，就是要抓住在全军运动会上拿奖牌的机会表现自己！

她的直抒胸臆极大地震撼了谭英天，因此他花费许多心血履行着体能教官的职责。当楚航云如愿以偿地登上了全军运动会的领奖台，军报记者问她最想感谢谁时，她脱口而出——最想感谢我的教官谭叔叔！

平生第一次将谭英天喊作"叔叔"时，楚航云十二岁。那些日子她喜欢潜入一座被关闭的图书馆偷偷读书，藏身之地就在一张巨型书台下面。铺满整个书台的蓝色丝绒布垂向地板，将书台下方遮出一个四周封闭的空间。原本胡乱堆放的书籍经她一番整理之后，便有了书桌与板凳的架势。她管这里叫作"秘密书窝"，很高兴无人发现更无人打扰。

不知从哪天起，多了个潜入者。那位叔叔总是坐在墙角里静静阅读，像是对周围的一切浑然不觉。直到有一天，大门外响起许多人的说话声和一连串的开门声，而那叔叔还在埋头看书，情急之下，楚航云只好现身，将那叔叔拉进了她的"秘密书窝"。

许多只脚从他们的藏身处走过去，又走过来。那些人清点完图书，又去检查门窗和桌椅板凳，仔细登记了好长时间，像是要将这里重新开放，也有可能是要彻底搬空。无论是哪一样，都将直接摧毁她的"秘密书窝"。当那些人锁门走远后，楚航云伤心地哭起来。

那叔叔吓了一跳，连忙向她保证说，绝对不会向任何人说起在这里见过她，而且他会彻底忘掉见过她，所以她完全不用担心，更用不着哭哭啼啼的。听她哽咽着说出自己的担心后，那叔叔竟然笑了，放心吧小姑娘，你担心的那两种情况都不会出现，至少在这个冬季，你可以一直拥有你的"秘密书窝"。

楚航云不信,问他为什么这样肯定,那叔叔说,因为图书馆馆长是他朋友,他知道他们今天是在做每月的例行检查。

楚航云这才明白为什么他每天在这里看书不用躲着藏着,那么她刚才的挺身而出实在是多此一举。但那叔叔十分认真地说,就算馆长是他朋友,但其他人并不是他朋友,所以她刚才的挺身而出很有必要。毕竟我们是在看禁书,不被逮着,才能看到更多的禁书!

他这话让楚航云破涕为笑,只觉得有如云开雾散。

一连几天,他俩都能在图书馆里碰上面,依旧是在原先的位置上各读各的书。唯一的改变是她有了帮手,若是够不着书柜高处的书,他会一声不吭地帮她取下来,而她则一声不吭地点头致谢。使他们两人开口说话的由头,是列宁的《怎么办》。她见他总在读《怎么办》,就问他为什么。他说此书为社会主义革命成功提供了理论基础,必须熟读。她问为什么要熟读,他说熟读列宁的著作能让人变得深刻,变得有洞察力,这是干大事的必备要件。她又问他,为什么那么想干大事,他反问她,你就不想干大事吗?

当时她回答说,她不想干大事,只想当作家。他紧紧盯住她的眼睛说,当作家就是一件大事,一件对你来说很大的事情。她点点头说她明白了,那我也必须熟读列宁的著作,要让自己变得深刻、变得有洞察力才对。就是在那天,他说他想当一名将军,如果战争爆发,我希望能指挥一支精兵强将,到战场上去克敌制胜!他说这话时两眼闪闪发光,像是看到了真实的战场。她也激动起来,说等她当了作家,会把他俩在图书馆的奇妙相遇写进小说。我保证,在我的小说里,我要让您当上将军!

他们一直在压低声音说话,以免被人听见。然而压低声音说话自有其趣味,很像是两个人在调皮地恶作剧,又像是在鬼鬼祟祟地合谋使坏。这让他们两人都会意地笑出了声。当然不是大笑,但故意压低的笑声听上去抑扬顿挫,有如一种最古老的吟诗,就算你听不懂诗句里的意思,照样会为跌宕起伏的韵律而惊喜交加,最终陶醉其间,不能自拔。

楚航云不知道那天他们两人压低声音笑了多久,但她后来知道,就是从那天起,谭英天决定要和她在一起笑上一辈子。正是那种特殊场景下的奇异笑声催生了谭英天的初恋,他决定等待这个小姑娘慢慢长大,然后娶她回家。

得知此事时楚航云已长大成人,谭英天也已娶了田汀汾,唯一不变的是,他还是她的谭叔叔。她知道谭英天喜欢听她一声声地喊他叔叔,说那能让他回到图书馆里奇妙的相识之初，能让他体味到人与人之间最单纯的快乐。可这一切，很早以前就结束得干干净净了！

远处的西山正如同往日一样迎来了夕阳，然而天边却弥漫着越来越浓重的暗红色氲气，将原本寻常的落日场景弄得暧昧不清。怪异的天象通常昭示着某种不祥，提醒人们去捕捉灾变前的蛛丝马迹。这就是天气对人类的警醒。过去楚航云曾屡试不爽。此刻她敏感地意识到，或许她真的摊上事儿了！

八　太阳城里的"狗变猫"

快速行驶的越野汽车到底停了下来。沈飞扬拿下蒙眼黑布，发现自己正置身沙漠腹地，漫漫黄沙在阳光直射下明亮刺眼，恍若一脚踏进了太阳里。一个颇具规模的建筑群横亘在这片无边的明亮之中。最打眼的是一个高大门楼，风格与规模都酷似古埃及城门。有人在门楼上高喊着，嘿，欢迎来到太阳城！沈飞扬先生，您是世界上第一个获准拍摄这里的人！

门楼上的白人男子白衣白裤，明亮的阳光下，他高举手臂的样子很有雕塑感。

近距离去看，这男人的脸庞也很有雕塑感，再加上高高的个头和潇洒的步态，活脱脱就是从好莱坞电影里走出的老派明星。在沈飞扬的印象中，一个人同时拥有超常的智慧和出众的外貌，不是自命不凡，就是性情古怪，总之很难打交道。但新能集团的这位首席科学家改变了他的观念。戴维·史密斯先生满面笑容的亲切劲儿，就像是见到了盼望许久的老友。当他张开双臂紧紧抱住沈飞扬时，老友的感觉升级了，就好像他俩共过生死似的。首席科学家的手掌宽厚有力，将沈飞扬的后背拍得噼啪作响，让他一阵阵地心头发热。

首席科学家热情洋溢地宣布，我会让你拍到独一无二的科学奇观！那时你就会知道，一路上被人蒙着眼睛带到这里，是一件多么值得的付出！

太阳城名副其实，有着最充裕的光照和同样充裕的空间。这里是美国内陆最大的一片沙漠，因远离所有城镇而无人知晓。来太阳城拍摄是合同中的约定，新能集团要求沈飞扬必须蒙眼前往，只因太阳城的具体方位尚属商业机密。签订合同那天，沈飞扬第一次走进新能大厦，给他的感觉是，这大厦极度张扬，挂在外墙上的每一块太阳能板都透着跨国公司的金钱霸气，奢华的内部装修更像是直接贴满了金钱。从前他走进这种地方会在脸上堆满微笑，希望能找到投资方，他们则会对他不屑一顾，甚至恶语相向；而现在，据说好几位新能源大佬都要争当系列纪录短片《气候见证者》的衣食父母，新能集团不过是个捷足先登者。

与新能集团董事长安德鲁·贾丁刚一见面，对方就神气十足地发问道，沈飞扬先生，最让您兴奋的太阳能项目是什么？

沈飞扬首先想到了新西兰的托克劳群岛。当地人用四万多块太阳能面板，沿着珊瑚环礁岸边一路铺排过去，建起了全球最大规模的太阳能发电工程，完全满足了当地人的能源需求。那个巨型的圆弧太阳能面板长阵，已是太平洋上一个壮观的地球新奇观。

新能集团董事长用鼻子哼了一声，不以为然地再问，还有别的吗？

当然有了！沈飞扬说起了位于西班牙塞维利亚的赫尔马发电厂———座闪闪发光的巨塔式太阳炉被2600面巨大的镜子团团包围着，镜面吸收的热量先是被集中起来，再释放到两个巨型盐罐里。摄氏900度的高温将盐熔化并煮沸罐子里的水，由此而产生的巨大热量驱动着涡轮机组24小时不间断地发电，成为地球上第一座全天候发电的太阳能电厂！

沈飞扬两眼发亮地说，即便没有日光，巨型盐罐照样能向涡轮机组提供动力。这是太阳能夜间发电的里程碑式跨越，世界上无人比拟！

绿能大佬突然抬高了声音，在新能源领域，没有什么"无人比拟"！新的重大发现随时可能出现，比你在华尔街与一位亿万富翁擦肩而过的概率还要高！

安德鲁先生的眼神中透着胜者为王的自信与自负，他向沈飞扬说起了新能集团的太阳城，还高调宣布说，我们的新发现将终结这世上所有的太阳能产品！

这话可不轻。

签订合同时，新能集团董事长说，这个世界已经被各种由技术制造出的谎言覆盖了，无所不在的互联网更是真假难辨，人们只对纪录片还存有一些信赖感，所以你的系列纪录短片才会成为《美国新能源战略法案》的宣传平台。这可都是罗朗议员的主意。所以事实上，你我都是在为国会山打工。

按照合同约定，新能集团负责提供系列纪录短片《气候见证者》的全部拍摄资金，沈飞扬则负责提供五十集以上的完成片。合同还约定，沈飞扬不得提前对外披露拍摄内容，否则将被追究法律责任，包括重金赔偿。而且合同双方均不得单方面中止合同。

直到后来沈飞扬才明白，那合同里隐藏着一个用心歹毒、设计精准的"局"！

此时的沈飞扬一无所知，正极感兴趣地听首席科学家戴维·史密斯宣布他的"科学家"观——太阳能科学家首先得像太阳那样博爱，必须开发出让大多数人都用得起的太阳能产品。太阳能产品不能总是有钱人的奢侈品，它应该像太阳那样普惠于地球上的每一个人，而我们研发的太阳能产品之所以是革命性的，正在于它的普惠性。

沈飞扬知道，大凡真正的科学家，都会对自己的研究结果做"科学益处"的拷问：这是符合伦理的吗？这是可持续的吗？这是对环境友好的吗？以往许多太阳能产品往往经不起这种"考问"，不仅其高额费用有违人类普惠的价值观，其生产环节中的高污染更有悖于环境友好。而面前这位科学家声称他研发出了经得起"考问"的太阳能产品，那么，如果这不是当代最大的科学骗局，那就是当代最大的科学奇迹！

戴维·史密斯显然不惧镜头，他神情从容地举起一个香烟盒，这好比是太阳能电池板，"光伏发电"就是将光能降伏到这里后，直接变成电能。目前大多数太阳能发电站都属于"光伏发电"。他又倒出香烟盒中的烟卷，将它们排列成行，这好比是大规模陈列的采光镜面。它们采集到太阳的热能，再用换热装置将热能变成蒸汽，从而带动传统的汽轮发电机进行发电。请问，您能看出"光热发电"比"光伏发电"有哪些优越性吗？

沈飞扬立刻想到了"光伏发电"离不开的多晶硅。那家伙的生产成本一路攀升，既污染环境又毁坏森林，还大量排放温室气体。因此他立刻回答说，"光热发电"最显著的优越性，就是避免了"光伏发电"的高生产成本和高环境污染！

首席科学家说不仅如此，好消息是，"光热发电"可以在没有日照的情况下利用蓄热发电，还可以采用传统的汽轮发电机发电，更有利于电网系统的稳定，所以"光热发电"被称为"拯救地球的新能源"。而坏消息是，"光热发电"中的大规模集成技术还停留在实验室阶段，所以目前它只是一块前景美好的实验田。

沈飞扬伺机而问，听说您在太阳城里开辟了一块试验田，您这是在跟同行竞争吗？

首席科学家立刻反驳，科学中的竞争是最糟糕的事情。竞争会让你更多关注别人的研究，而忽视了另辟蹊径。想比别人做得更好并不代表你能做到更好，这就是科学的严酷性。我不喜欢竞争并不等于我不喜欢创新，创新不是跟已知的东西竞争，而是寻找新的东西。

沈飞扬录下了首席科学家的话。这是无论怎样努力也写不出的科学家式的金句！

太阳能实验中心宽敞得足以同时摆放三架飞机，其绚烂华丽的派头不像是在搞科学实验，倒像是直接拷贝了迪士尼乐园，只见一幢幢造型各异的彩色小屋扑面而来。

首席科学家一脸的神秘，这些色彩可不是普通的颜色。颜色只是它们的皮毛，而它们的内核，是一个迄今为止从未被发现的太阳能新世界！

首席科学家手指轻划，一张生物圈激光成像图呈现出来，您看，生物圈几十亿年来相安无事，靠的就是一整套神奇的能量循环和分配系统——大自然以绿色植物、海藻还有蓝细菌等作为载体，从太阳光中吸取能量，然后靠着光合作用，将二氧化碳和水转化成了氧气和葡萄糖。石油和煤炭，就是在光合作用下形成的碳元素，你可以把它们理解成一种固化了的太阳能；而我所做的，就是在这座实验室里固化太阳能。

沈飞扬疑惑不解，石油和煤炭对太阳能的固化，靠的是极其漫长的时间，可在这座实验室里，您能制造出时间吗？

首席科学家面露诡秘的笑意，请问您了解纳米技术吗？

沈飞扬很高兴自己的知识储备此时派上了用场。他说他知道纳米一词源于希腊文，原意为侏儒，现在特指一种长度单位，即十亿分之一米的长度；而纳米技术，就是在原子和分子的层面上制造新的物质。比如有人用原子制造出了一辆小得几乎看不见的纳米汽车，也有人用分子制造出了精准治疗人体的纳米机器人。

首席科学家连连摇头，变小没有意义，变性才有大用途。真正奇妙的，不是纳米技术让材料发生尺度上的变化，而是材料被纳米化后所出现的新的化学物理特性。这就好像是，你把一条狗不断地变小再变小，变到后来，这条狗就变成了一只猫！

接着，沈飞扬瞪大眼睛见证"狗变猫"——实验台上摆放着三种主要原材料，它们分别是氧化钴纳米团簇和一种含有生化酶的液体，最后便是司空见惯的沙子。

首席科学家揭秘说，真正让平凡无奇的沙子们改变命运的，就是这个"氧化钴纳米团簇颗粒"，就是它促成了"狗变猫"！"氧化钴纳米团簇"这个词说着很拗口，其实就是被纳米化了的氧化钴颗粒，而"团簇"呢，就是多个纳米束组成的团状结构，你可以把它看成是一种可爱的小圆球。它们就像是一支能量超强的光解反应大军，能在加进生化酶液体后，将无数散乱的沙子变成固化太阳能的泥巴。它可以涂抹到许多地方，房屋、舰船、汽车、道路，只要是能被阳光照射到，就都能摇身一变，成为"太阳泥"电池。

首席科学家指着造型各异的小屋说，它们就是被涂抹了太阳泥的太阳能小屋，你可以将小屋身上的那一层太阳泥想象成一片人工树叶，那里有着人类肉眼看不到的无数微小孔隙。每当太阳升起时，微小孔隙里就会发生庞大而繁忙的光合反应，吸进二氧化碳，裂解水分子，形成碳元素，然后在纳米机器人的协助下生成并储存太阳能。请看，这是不是一个完美的由太阳能驱动的能量转换系统呢？

沈飞扬相信太阳泥的研发过程肯定漫长而艰辛，但首席科学家说那都不算什么，最妙的是，他在这里发现了一个由沙漠构成的新能源世界。由于这片沙漠含有高比例的硅，所以新能集团买下这片沙漠，就等于是买下了一个能源富矿。

首席科学家启动电闸，将太阳能小屋一一点亮。此时天色已经转暗，接连亮起的小屋有如破茧而出，明晃晃地出现在沈飞扬的镜头里。他边拍摄边思索着该怎样描述戴维·史密斯先生——"一个改变人类能源结构的科学家"？或是"一个亲近太阳的诗人"？

爆炸发生时完全没有征兆。沈飞扬先是在镜头里看见所有的太阳能小屋都在剧烈摇动，然后是那幢尖顶小屋的屋顶被猛地拔起，一缕缕青烟如藤蔓似的缠绕住戴维·史密斯，很快将他的身形弄得支离破碎。

失去知觉前，沈飞扬本能地用胸口护住了他的摄像机。

这是华盛顿北部一个高档住宅区，无论白天黑夜都幽深而静寂，厚重结实的岩石外墙屏蔽了都市的喧哗与骚动。当初安德鲁·贾丁买下这里，看中的就是它的大隐隐于市。许多时候，他的所作所为必须远离人们的视线。

书房里的座机电话被严格加了密。中情局的一位高级程序员为他量身定制了全套加密系统，采用的是当下顶级的安保模式。他花了大价钱就是要在这种时候能够安全通话。只听电话里的声音对他说，目标人物离开日内瓦回中国了，没发现任何有价值的线索。

安德鲁·贾丁深感不安。对方传达的信息是，整套计划的难度增大了。

电话里的声音又说，要是贾丁先生有兴趣，我让人把监听材料给你拷贝一份，或许你能听出什么名堂来。安德鲁·贾丁觉得没必要，情报部门训练有素的特工外加一个顶级黑客都发现不了有价值的线索，他一个商人又能发现什么呢？

电话那一端的男人觉出了他的忧虑，问他是不是有了什么新想法，我们之间必须开诚布公。我们正在打造的是一艘影响全球未来的大船，千万不能在小小的阴沟里面翻了船。

安德鲁·贾丁发出重重的叹息。他们当然是在共同打造一艘即将扬帆远航的大船，但他讨厌看到这船还没驶出港口就状况不断。就在昨天，一个名叫约翰·杰克逊的记者问他，是什么让新能集团出面召集美国新能源行业的大佬们秘密开会？当时他暗自吃惊，却做出不以为然的样子反问，是什么让你认为新能集团有能力召集美国新能源行业的大佬们秘密开会？

听到电话里传出沉重的喘息声，安德鲁·贾丁说，想知道那小子是怎么回答我的吗？

电话里的声音变得很不客气，是那小子的回答让你心烦意乱的吗？

安德鲁·贾丁皱起眉头，他不喜欢听到这种口气，因此他顿了一下才说，那小子说他手上有照片，可以清晰地看到所有新能源大佬的脸。

电话里传来讥笑声，拙劣的照片讹诈！智能手机已经让这种招数变得很容易了。

安德鲁·贾丁压低嗓音，那小子还提到了道格·约翰斯顿！他说道格生前对他透露过，有个利益集团正在秘密操纵气候数据。

电话那一端的男人沉默片刻后，声音变得平静起来，要是那位记者再来找你，就明确告诉他，道格·约翰斯顿是一位严谨的学者，不可能说出那种毫无根据的传言。

安德鲁·贾丁眼前出现了在地下车库里被约翰·杰克逊迎面拦住的情景，对方的神情不像是听信了传言，倒像是确有证据在手，因此他冲着话筒不安地说，那小子很可能已经写好了新闻稿。他会毁了我们所有人！

这时，安德鲁·贾丁的手机响了。手机里传来的消息让他惊愕到了极点。

当新能集团董事长关闭手机，重新拿起座机电话时，他的声音就像是在宣布世界末日：是个坏消息。太阳城里刚刚发生了可怕的爆炸……

第二章 混沌

一 广场舞符号

  地面上的灯光密集起来，等到飞临北京，完全就成了一片浩瀚的汪洋，无边无际，光波潋滟。透过舷窗，沈飞扬在久久凝望，这浩渺的光海里有他血脉相连的亲情。即便他残酷地多年不曾理会，亲情也会待在那里，如同一罐窖藏老酒，等待着被他亲手开封。

  有人在机场大厅通道口接走了沈飞扬。他们走的是贵宾通道，周遭空旷而清静。接机者身材颀长且穿着考究，自称是国际物业公司的贵宾客户经理，受美国新能集团委托，负责沈飞扬在北京的全部生活起居与出行。这位郑姓经理说，公司提供的是贴身管家式服务，但凡客人有需要，都会在第一时间得到解决。我们的理念是让每位客人都有回家的感觉，让客人们觉得身边时时有亲情。

  一辆豪华轿车开过来，一分钟都没耽搁，沈飞扬就离开了航站楼。郑经理说这是他们的标配服务，接机前精确计算过时间，早了会被警方罚款，晚了就是违反客户合同了。

  豪华轿车宽敞舒适，温度湿度都很适宜，还备有热毛巾冷饮料以及新鲜的烤松饼。这都是新能集团在买单。新能集团为沈飞扬购买了在中国拍摄期间的一应所需，包括在颐和公馆里租下一套高档公寓。新能集团特意定制了一部高端摄像机，功能顶配，抵得上一个摄影团队，因而沈飞扬一个人就能搞定全部拍摄过程。郑经理将那高端摄像机抱在怀里，说是要重点保护，这是您在中国开展工作的家伙什，千万不能磕了碰了的。

沈飞扬嘴里品尝着可口的烤松饼，心里却在流泪。不久前他还在美国洛克威海滩上被人打得满地找牙，如今却坐着头等舱回到中国，在一辆豪华轿车里享受高端服务，很快就要住进一幢高档公寓里圆他的纪录片梦想，这些，全都是因为被罗朗议员从茫茫人海中找到！

太阳城爆炸后，沈飞扬昏迷了好几个小时，在医院醒来后第一眼看到的，就是罗朗议员送来的鲜花，卡片上的文字感动得他直想哭——但愿地球上千千万万个气候见证者都能像您沈飞扬先生一样，成为应对气候变化的勇士！您的同道者威廉·罗朗。

紧接着欧文·派克的电话就打来了，说罗朗议员很关心他的身体，要他安心休养，不必担心住院费用，新能集团全都支付了，毕竟是新能集团让他受的伤。

当天晚上沈飞扬就见到了戴维·史密斯。首席科学家满身伤痕却满脸笑容，不像是大难不死，倒像是掘宝而归，脸上每一道皱纹里都荡漾着笑意。他乐呵呵地张开双臂说，亲爱的沈先生，欢迎回到现实世界！

沈飞扬惊诧地望着戴维·史密斯，就算他不拿挫折当回事儿，就算他认为生命大于一切，但太阳泥毕竟是他多年的心血，如今灰飞烟灭，怎么着也不该如此轻松呀！难不成是爆炸炸出了玄机，乾坤发生了逆转？！

首席科学家愉快地捅了他一拳，好小子，再一次跟上了我的思路！是啊，一开始我只担心太阳能的聚集能力不够，完全没顾及太阳能聚集过多后的负荷波动。爆炸提醒了我，让我意识到太阳能的贮藏能力同样重要。你看，科学就是一只钟表，必得兼顾所有部件的精准，才能让钟表运转正常，不然就会"砰"的一声，用爆炸来提醒你！

沈飞扬兴奋地大叫，这就是说，太阳泥的发电能力远远超出了您原先的预期？！

第二天首席科学家就匆匆出院了，他说上帝正在太阳城里召唤他，他不能违背上帝的旨意。他说他要改进太阳泥电池的储能器，要不就想办法连通智能电网，总之必须尽快解决负荷波动问题。等您从中国回来，它就是完美无缺的太阳泥了！

沈飞扬望着他脸上包裹着的一条条纱布，问他为什么要如此不顾一切，至少不能让您这张帅脸留下伤疤呀！

首席科学家笑了，科学研究就是在谈一场轰轰烈烈的恋爱，你必得全身心地投入，哪怕是殚精竭虑，哪怕是心力交瘁，哪怕是粉身碎骨，如此，才有可能抱得美人归！

沈飞扬听得眼眶直发热，嘴里却在调侃着，可要是您最后不能抱得美人归呢？

首席科学家快活地挤了挤眼睛，怎么会呢！您这是在怀疑我的魅力指数吗？！

沈飞扬哈哈大笑，他真是爱死了这位执着而风趣的科学家。看多了好莱坞电影中的科学怪才，他觉得现实中的科学家实在是太亲切平和了，是他们竭尽全力提供着一个又一个解决方案，才让我们的生活渐次趋于圆满。

夕阳下，载着首席科学家重返太阳城的汽车绝尘而去。沈飞扬远远望着，整个人被一种参与大事的神圣感包裹着，想到自己正在亲眼见证一桩人类奇迹，兴奋得有如心头鼓荡着一面风帆。夜晚躺在病床上，半睡半醒中，他看见一些云彩在眼前飘浮，便挑了一朵很像奔马的云彩飞身跃了上去。这云彩带着他一路向东疾驰而去。天空中飘来一个声音——沈飞扬，快去中国吧，越快越好……

两天后他就出院了。然后，新能集团为他办妥了前往中国拍摄的所有事务。

颐和公馆A座9号公寓里窗帘紧闭。房间里的男人没开灯，他对自己要做的事情轻车熟路。这个时间段很安全，房间已清扫完毕，不会再有服务人员进来。

房间里的男人走向客厅书桌，舒舒服服地坐进带扶手的宽大转椅里。这家公寓提供的台式电脑很超前，配有最新的防火墙，但这难不住他，他就是干这个的。他用随身携带的笔记本电脑做了连接，在键盘上敲打了一阵子。每当看到这些由他亲手制造的病毒在屏幕上飞速闪现，他总有一种身为操纵者的生理快感。最后的验证环节是这生理快感的高潮部分，通常他都会畅快淋漓。随着轻微的嘀嘀声，台式电脑屏幕上出现了一行英文：请给测试信号。

房间里的男人手舞足蹈地敲击键盘。最后，他快活地按下确定键，嘴里轻声哼着歌。

台式电脑屏幕上又出现了一行英文：我看到你身后有个迷你吧台，吧台上有两小瓶酒，分别是XO和轩尼诗。

房间里的男人继续哼歌敲键盘：描述正确。不过我肯定不会动它们，我很专业。

干他这行最致命的错误，就是在某种情境下被诱惑。他的目标人物大多有钱有势，身边总有许多令人垂涎的好玩意儿，一旦染指，常会留下蛛丝马迹，很容易惹出麻烦。他从没被诱惑过，也看不上那些被诱惑的同行。那太不专业了。随着海外订单的增多，他相信专业而守信的自己，很快将财源滚滚。到那时他将自主决定是要美元还是欧元，抑或是英镑。

这男人不露痕迹地离开9号公寓时，沈飞扬正好走出豪华轿车。身着华丽制服的门童迎上前来为沈飞扬打开车门。门童的华丽服饰以及不卑不亢的派头，颇似皇家门卫，沈飞扬颇感兴趣地盯着门童看了又看，完全不知道，与他擦身而过的这个男人，刚刚悄没声地潜入了他的生活，很可能还会全面摧毁他。

9号公寓里，宽大的飘窗前摆放着藤制摇椅，沈飞扬惬意地坐下，欣赏窗外公园湖景，很高兴自己是在一个空气澄澈的日子里回了国，似乎传说中的北京雾霾天并不存在。湖岸边的灯光连绵而去，整个湖面被映衬得波光粼粼。湖岸广场上，人们聚在一起共同起舞，那整齐划一的动作让沈飞扬想起了许多年前全民参与的"忠字舞"。这就是传说中的"广场舞"吗？既然它已成为中国当下的社会符号，就该出现在系列气候短片的片头里！

这个念头让沈飞扬兴奋地抓起摄像机就往外跑，只见欧文·派克先生的越洋信息来了，他祝沈飞扬在中国拍摄顺利，有事尽管向国际物业提要求，所有的开支都由新能集团一并结账。你拍什么都成，最好能让我先睹为快。

沈飞扬立刻回复：我要去拍中国的广场舞。明天就能让您先睹为快！

这部手机是沈飞扬离开美国前新能集团的馈赠，号称是最新式的智能手机，不对外售卖，只供应一小部分美国重点用户，功能强大到足以让他在中国的任一角落里都能清晰通话并上传图片。最贴心的是，万一他的摄像机出了故障，这部手机完全可以临时顶替。

接下这部手机时沈飞扬感动得不知该说什么，完全没意识到，水能载舟，亦能覆舟。

纽约正沉浸在明晃晃的夜景中，那些斑驳的光影透着人世间的种种魅惑与诡异，因此纽约的诱人是深入骨髓的。世界上没有哪座城市能像纽约这样，让人类的物质欲望与精神渴求比翼齐飞。在这个既能产生华尔街又能产生百老汇的大都市里，金融神话与艺术传奇如同两只巨型车轮，拉着纽约这辆马车傲然奔跑了许多年，直到今天都不曾停下。而约翰·杰克逊喜欢纽约的理由则很直接——就因为华尔街和百老汇都离他家门口不太远，所以他离财富与艺术也就都不算远。

但是这个傍晚约翰·杰克逊心乱如麻，总觉得这些迷离的光影里隐藏着某种他看不懂的暗示。家中满墙贴着的剪报也都在向他吹胡子瞪眼，嘲笑他的无能，谴责他的失职。他的剪报墙分处卧室两端，一端是有关英国东英吉利大学的"气候门"，另一端是有关美国气候学家道格·约翰斯顿的南极自杀。

所有的报道都对气候学家南极自杀的看法一致——就因为被称为"人类最后一次机会"的哥本哈根气候峰会毫无进展！就因为各国政要在"全球变暖该谁买单"的问题上争吵不休！就因为气候学家再也无法忍受气候大国和利益集团的狭隘自私与无所作为！就因为南极磷虾数量的锐减表明了地球变暖的无可遏制！所以心灰意冷的气候学家远赴南极，选择了跟南极磷虾一起发出呐喊！

也有表示异议的报道，认为道格·约翰斯顿横尸南极纯属无谓之举，根本不会对气候变化的乱象产生任何影响，各国政要和各大利益集团绝对不会因此而改变他们的立场。因为，当一群苍蝇嗡嗡叫的时候，怎么可能去理会一只蚊子的哼哼声呢？

而有关"气候门"的报道，则带出了对"全球变暖"的另类质疑——有人认为"全球变暖"的炒作者是利益投机分子，他们看中的正是碳排放交易带来的高额利润；也有人认为炒作"全球变暖"将导致全球生产和消费被迫减少，而新增人口将会被视为新的"污染源"。

要数来自科学家们的声音最让约翰·杰克逊困惑——有的科学家说，通常在"间冰期"中地球气温往往都会升高；也有的科学家说，水蒸气对全球变暖的"贡献"要远远大于二氧化碳；还有的科学家说，目前二氧化碳的增加是因为气温上升造成了原本储存在海水中的二氧化碳的大量释放；更有科学家提出，地球温度升高是由于宇宙射线的异常增大。总之，这一类科学家不认为全球变暖完全由人类活动所引起。

约翰·杰克逊站在剪报墙前拧眉思索，果真如此，那么道格先生发出的抗议呐喊,究竟是在对抗科学界,还是在对抗政客与利益集团?道格先生说要让他"获知一个更真实的气候门",可他为什么宁愿带着"猛料"去自杀,也不肯在死前爆出那个"猛料"?

一个凝重的声音从约翰心底响起:即使你知道得很少,也无权继续沉默!既然你一个人发现不了什么,那就发动更多的人去挖出真相!于是他坐到电脑前,决定和盘托出一切。新稿件的标题直接引用道格先生的话:《你将获知一个更真实的"气候门"》。他写到了道格·约翰斯顿对他的秘密约见,气候学家的爆料;写到了气候学家如何不肯提供直接证据,因而他的稿件未被报社采用,最终导致气候学家对媒体彻底失望;他写到了新能集团召集美国绿能大佬们秘密集会,国会议员威廉·罗朗的幕僚长欧文·派克如何神秘现身。

最后,约翰·杰克逊呼吁读者跟他一起去挖掘真相——气候学家原本打算提供的证据,是否与早先的"气候门"事件有关联?一个决意自杀的人为什么会带走他所不齿的那个重大秘密?利益集团与政客之间的秘密交易到底是什么?

约翰·杰克逊笔下留情,没有提到与美国BT气候研究所所长保罗·吉尔的见面。他盘算着,要是他放保罗·吉尔一马,或许能从这人身上套出什么内幕。

整个后半夜他都在写稿。和盘托出的感觉真好,他终于能够直视道格先生的亡灵了。

关上电脑前,约翰·杰克逊意犹未尽,调出陶自牧的电子邮箱,向好友直抒胸臆:

——我们周围有着太多的伪象,总得有人站出来揭开伪象上的面纱。身为记者,我应该听从职责的召唤,哪怕就只这一回。还是那句话:我正在创造历史。等一切都结束了,咱俩就去早就约好要去的大堡礁。当我穿上浮潜装备直入海底时,你会看到一条深海人鱼!

约翰·杰克逊完全没注意到,对面街道上,有两个人整晚都在窥视着他的窗口……

二 水晶球的现代变种

将好端端的一辆轿车开成蜗行,历练到的是韧性。因此堵车有助于修身养性，让浮躁的我们慢下来，慢成蜗牛的状态，以便长命百岁。蜗牛跟恐龙为同时代的生物，而恐龙早就灭绝了，蜗牛却仍在地球上蓬蓬勃勃地繁衍生息，所以"学习蜗牛好榜样"，就是楚航云每天早晨握上方向盘后，要求自己必须默念的驾驶守则。

堵车时楚航云自有乐趣。她对车载音响下狠手改装，不管花多少钱都两眼不眨，因而她的车厢里总是充满着音乐会的现场感。今天的车载音乐会主角是雅尼。《所有的季节》！萨克斯管的辽阔悠长配上女高音的飘逸婉转，如同一对情侣的完美邂逅。她希望雅尼能有一首关于云的音乐。从小到大她都喜欢看天空中的云，当上气象兵后知道它们各有名称：卷层云、积雨云、雷积云、低积云、中积云、高卷云、密卷云、钩卷云、淡卷云……

她是吵着闹着才当上兵的。保卫珍宝岛是理由之一，另一个理由是想离开课堂。那时机场子弟一窝蜂地去参军，头一天还在学校上课，第二天就都从课堂上消失了。可爸爸根本不打算送她去当兵，你才十二岁，先好好读书，十八岁再去当兵也不晚。她惊叫，到那时珍宝岛早就被苏修占领啦！爸爸刮着她的鼻尖说，珍宝岛有大人们保卫呢，不缺你一个小女孩！

她决定以死抗争。额头上缠着白布条，写着旗帜鲜明的狠话：不当兵，毋宁死！她每天坚决不进食，直到有一天昏倒在营区马路上，被巡逻士兵紧急送到机场门诊部。

爸爸被她吓住了，答应送她去当兵，条件是必须立刻吃饭。她兴高采烈地端起碗来大口扒饭。爸爸要她慢慢吃，别噎着了，小姑娘！她拼命咽下嘴里的食物，大声反对说，别再叫我小姑娘啦！您该叫我楚航云同志了！

爸爸笑得前仰后合，她也跟着欢快地大笑。那是她最后一次跟爸爸一起大笑。后来她不止一次地想过，要是她当年不那么急着去当兵，至少会跟爸爸有更多次的开怀大笑……

她怀念从前那些日子，怀念爸爸在蓝天上驾驶战机翱翔的英姿。爸爸是她的人生偶像。当年在抗美援朝战场上，爸爸跟着他的大队长击落了美军王牌飞行员。起初没人相信，连志愿军总部都半信半疑。等那美军王牌飞行员被验明正身后，整个世界都震惊了。就是这样一位英雄飞行员，后来却被当成了"疑似驾机叛逃台湾"人员。楚航云从来不信。即使爸爸三十多年来音信全无，她也不信。

前方就是楚航云今天要去的人民大会堂了。这座举世瞩目的建筑物属于首都最戒备森严的场所。楚航云今天身份特殊，她的照片、名字以及车牌号，都已储存在警卫的电脑系统里。经过一番识别与确认，警卫向她敬礼放行。进到内部停车场，又一名警卫用一连串的手势引导她泊车入位，同样是用军礼结束。这是一种彼此认同的感觉，不用开口说话，一切都在静默中循序进行，因此最安全的地方通常最无声无息。锁上车门的一瞬间，楚航云不无自嘲地想，要是这些年轻的警卫知道她是疑似叛逃者的女儿，他们是会拔枪驱逐她呢，还是会好奇地打量她？

一屋子的人都在等待楚航云。坐在中心位置的是国家部委领导，两旁都是国务院有关机构的智囊人物。龙士峻先到了，正跟那位部委领导低声交谈。楚航云需要的PPT设备已布置完毕，电子大屏幕上显现着她的汇报专题《中国需要什么样的"气候水晶球"》。

这场高级别的专题汇报来得很突然，表明国家高层对全球气候变化的关注度和紧迫度都升级了。龙士峻力主楚航云担任主讲，她是研发"气候水晶球"的实践者，情况都在她脑子里，一定能讲得生动具体。

这会儿，只见楚航云托出一只晶莹剔透的水晶球。水晶球的外表接近地球仪，标着经纬度、南极圈与北极圈，内里则有山有树有河流，间或飘着几缕云雾。云雾之上是中英两种文字的"气候"，那腾云驾雾的笔锋很像是云雾的延展。平日里，这只"气候水晶球"就摆放在北方大学气候研究院科研楼内最醒目的地方。

楚航云面对着一屋子的政府高官仔细讲解，我们将科研课题"全球气候变化趋势模型"用"气候水晶球"做代号，是想通俗易懂，让人过目不忘。说白了，我们就是在计算机里用数学方法预测未来气候，以防范气候变化对人类生存的危害。我们这个小小的课题组，其实是在为整个人类而战！

楚航云有理由神情激昂。按她的理念，从事自然科学的人也应该是个社会科学家，应该用自己的科研成果影响社会，最好能影响到决策者。这个世界之所以是这个样子而不是另外一个样子，许多时候并不取决于自然法则，而是取决于顶层决策。顶层决策左右着我们的今天、明天以至未来。所以从接下讲解任务的那一刻起，楚航云就决定要深入浅出，先得让这些位高权重的决策者听懂了，然后才谈得上影响他们。

楚航云特意将大型集成计算机做了卡通化处理，此刻电子大屏幕上显现着一幅彩色动态图。楚航云热情洋溢地介绍说，大型集成计算机如今已经无所不能。这个聪明的大块头可以模拟任何东西，小到原子和分子，大到桥梁和飞船；它还能模拟人体细胞以及花草树木的细胞。它模拟的东西小到亚原子结构，大到宇宙结构；它既是个放大镜，又是个显微镜；它能满足科学研究中的所有需求，包括预测未来气候变化。

楚航云接着说道，传统科学只有"理论科学"和"实验科学"两个分支，是计算机技术的迅猛发展，催生出了"计算科学"；所以，现代科学便形成了"理论科学""实验科学""计算科学"这三足鼎立的局面。"气候水晶球"就是一种计算科学，我们是在用计算机模拟全球循环，预测未来气候。

电子大屏幕上出现了一只洗碟盆照片。楚航云介绍说，这只外观陈旧的洗碟盆，目前陈列在美国芝加哥大学实验室。半个多世纪前，科学家们曾用这只洗碟盆模拟地球，把它装满水，放在转盘上让它旋转，然后用火加热它的周边，模拟热带阳光。结果，这只洗碟盆正确显示出了地球相应位置上的气流以及风暴的急流与旋涡。可以说，人类历史上第一个全球循环模型就诞生在这只洗碟盆里。如今我们先进多了，我们的模拟工具是大型集成计算机，是将海量的数据排列组合后，输进计算机，得出方程式。

说到这里楚航云突然停下来，要求在场人员将手机放到桌面上，由工作人员暂时保管，各位首长，"气候水晶球"正处在研发阶段，在出成果之前属于国家科研秘密。

几位领导面露不快。有人不轻不重地问龙士峻，龙院士，不就是预报天气的数学公式吗？有密可保吗？

龙士峻笑了笑，将这球踢给了楚航云。

楚航云直言不讳，各位领导，"气候水晶球"的难度与复杂度，远远超过预报天气的数学公式，这两个根本不在一个重量级上。"气候水晶球"直接关联到我国在国际气候谈判中的话语权。在我们那里，每个进入科研楼的人都必须交出手机，由专人放进一个绝对密闭的柜子里，以防在"气候水晶球"的研发过程中遭到窃听。

会议召集人率先拿出手机放在桌面上，其他与会者也都跟着照办。龙士峻盯着桌面上那些手机，拿不准此举是否会留下后遗症。毕竟"气候水晶球"正受困于后续经费的不足，在座的每一个决策者都有权力让他们不再有米下锅。显然楚航云并不担心这个，她一连声地说着"谢谢理解"，脸上挂着再灿烂不过的笑容。

现在，电子大屏幕上出现了长长的算式，那些令人眼花缭乱的数字、符号和字母布满整个屏幕，有如玄奥费解的远古岩画。

楚航云的声音里带着显而易见的自豪，各位首长，这些看上去又长又复杂的算式，就是我们的"全球循环模型"，代号"气候水晶球"。我们采用的是自公元900年以来的气候数据。我们模拟了以往的气候变化，其结果都与历史记录相吻合。也就是说，对于以往的气候变化，我们的"气候水晶球"全都答对了！

一位领导发问了，你们的"气候水晶球"有没有说，未来气候是变暖还是变冷呢？

楚航云会意地笑了，我们的"气候水晶球"说，21世纪地球表面温度将升高1.1度到2.9度；在人为影响最小化的前提下，23世纪末的地球表面温度将比21世纪末下降0.5度，但比目前的温度高0.6度。

这位领导凝视着电子大屏幕，0.6度？前提是人为影响最小化？

楚航云说是的。否则，未来两个世纪内，全球温度将上升0.2到3.3度，北半球温带纬度大陆地区甚至将升高6到10度，而近地表冻土面积，将在下个世纪完全消失。

这位领导明显是想知道得更多，你们的"气候水晶球"还说了别的吗？

楚航云立刻回答，我们的"气候水晶球"还说，大气表面温度正在变得更为复杂莫测，远远不是变暖还是变冷那么简单。

她轻敲键盘，将屏幕上的数学模型添加了一个带数字的符号，各位领导，这个符号指代的是地球生态系统吸收二氧化碳的能力。我们的"气候水晶球"发现，地球一直从大气中吸收二氧化碳，大约有一半的二氧化碳被地球吸收了，如今的吸收量是过去50年的两倍，而且目前尚未达到饱和状态。这说明了，地球对二氧化碳的吸收与人类对二氧化碳的排放，几乎是同步的。地球一直在当着一个好脾气的管家，无论人类怎样任性地把房间弄脏，他都能默默地清理干净。地球的自洁能力表明：气候变暖跟二氧化碳的增加，没有直接关联。

这话可不轻。目前气候变化的全球大争论，就集中在气候变暖的罪魁祸首到底是不是人类活动，如果这事儿赖不着人类，那么关于碳排放的国际谈判，究竟是在谈什么呢？

在场的各位领导全都面色凝重。先前发问的那位领导再次发问，你们认为地球的自洁能力还会像从前那样继续下去吗？

楚航云率真地摇着头，不，我们不知道。我们甚至不知道地球自然生态系统是如何吸收二氧化碳的。虽然我们知道南冰洋的吸碳能力最大，每年可吸收15亿吨，我们也知道南冰洋的吸碳能力是风和激流以及大漩涡的共同作用力，但是我们不知道其中的动力机制是什么，更不知道气候变化将如何改变这种自然模式。

这话像是在打退堂鼓，现场气氛有些异常。楚航云继续说下去，未来气候究竟是变暖还是变冷，是由许多复杂因素决定的。而我们每发现一个新的因素，就会让我们的"气候水晶球"模拟出更接近于真实的气候变化。

那位总在发问的领导点点头，你们的"气候水晶球"需要增加尽可能多的气候因子？

楚航云说正是这样。"全球循环模型"是一项庞大的数理工程，是国家软实力的表现，发达国家早在1949年就开始了，那时新中国才刚刚建立，但是我们有望尽快赶上去，就像中国在许多领域已经做到的那样——起步虽晚，但是一飞冲天！

这场高层专题汇报会并没有发布激动人心的成果，那只看上去玄妙无比的"气候水晶球"显然也还处在成长期，但是楚航云真实诚挚且深入浅出的汇报，让在座的决策者们看到了希望，生出了底气。至少他们全都听懂了：研发中的"气候水晶球"不仅属于气候科学，更属于国际政治博弈。拥有了数据，就是拥有了国际气候谈判的底牌，拥有了话语权。

散会后，楚航云跟着龙士峻穿过长长的走廊来到楼前车道上，见那位总在发问的领导正手扶车门仰望天空。看到他们二人走近，这位领导说，听了你们的汇报，再来看天空，感觉不一样了呢！但愿你们的"气候水晶球"能让我们早日看清未来气候！

楚航云备受鼓舞，不禁抬手敬礼，是，首长！

这位领导打量着楚航云，当过兵？当的什么兵？听楚航云说她当的是气象兵，这位领导指指头顶，看来你跟天空打交道的时间很长啊！楚航云点点头，从我十二岁就开始了。这位领导说，嗯，小气象兵。好吧，我作为当年的通信兵，希望你这位当年的气象兵，尽快完成"气候水晶球"，让我们这些人在国际气候谈判中能够手握底牌，掌控话语权！

直到所有的轿车鱼贯开走，直到它们融入长安街的车流中，龙士峻才神情严肃地批评楚航云说，以后再来汇报，像收缴手机这一类的状况，一定要提前与我沟通。楚航云有些气馁地摇着头，恐怕不会再有以后了。

龙士峻要她不必悲观，虽然你是有些胆大包天，但好像也没留下什么后遗症。

远在美国纽约下城，黑客狼在他那幢老式建筑物的地下室里气急败坏地直跺脚。楚航云的小心防范毁了他的好事，让"搜索匹配者"的音频功能彻底失灵，所有的仪表全都静默无声，显示屏上只有一片毫无意义的雪花。

起初完全不是这样。虽说龙士峻离开了公共摄像头的覆盖范围，但是"搜索匹配者"的音频功能搜索到了龙士峻的手机。等到完成匹配后，龙士峻身边的所有声音，就都涌进了这个幽暗的地下室。楚航云那番有关全球循环模型的讲述，他从头到尾全录了下来。无论如何，目标人物出现在中国高层的汇报会上，肯定价值不菲，足够向大人物雇主邀功领赏了。

后来就什么都听不见了。那突然而至的寂静令黑客狼直打寒战。要是他再打听不出什么来，他就得到联邦监狱度过余生了。当初那个大人物雇主突然找到他，拿出一只证据U盘，声称里面全都是中情局在一个多月里对他进行网络监控的记录。那个大人物脸色阴沉地历数着黑客狼的网络劣迹，包括何时潜入哪个机密网络并在其中逗留了多少时间，偷走了哪些文件，倒手卖给了哪个国际买家，先后收到过多少美元，连他的三个转账方式和一个现金给付点都说得一清二楚。而且，这人竟然知道他的那些暗中交易都是在"深网"里完成的。

这倒让黑客狼忍不住开口了，请问您知道"深网"在哪里吗？

那个大人物轻蔑地盯着黑客狼，别以为"深网"可以让你们不露痕迹。在这个世界上，没有我们到不了的地方。

这回答似是而非，黑客狼拿不准这家伙与"深网"是个什么关系。"深网"极其隐秘、庞大。对于网络这座巨型冰山来说，无所不在的"互联网"只是它的山顶部分，"深网"才是冰山主体。"深网"远离世人而存在，如同藏匿在海面之下，一般人无从知道更无法进入。"深网"是一个无所不能的暗黑世界，人类所有的罪行都能在那里繁衍生息，然后被拿到现实世界中实施完成。那里是犯罪交易的天堂，买卖毒品、走私枪支、盗取情报、拐卖人口、投放病毒、暗杀、爆炸，直至各类恐怖行动，包括瘫痪某个网站或是颠覆某个主权国家，全都可以在"深网"里进行。进入"深网"极其不易，没有内线引领根本找不到入口，即便就是侥幸闯入也没用，交易双方全都带着内部识别密码，发现外人立刻实施绞杀，甚至追到现实世界去杀人灭口。据此黑客狼断定，这个突然出现的家伙就算不是一个资深老到的"深网"交易客，至少也是个利用"深网"进行暗黑布局的人。

黑客狼只好战战兢兢地问道，先生，您这是要抓我坐牢呢，还是要跟我做交易？

就这样，黑客狼接下了他黑客生涯中的最大一单。这雇主的来头大而神秘，目标人物更是远在地球另一端的中国北京。大人物雇主出手慷慨，不仅预付了一大笔钱，还配置了这座功能超先进的工作站，供他单独使用。

那天，大人物雇主说，听好了小子，这座地下室既能成全你，也能埋葬你！

三　日常罪行

往日寂静的墓地变得喧哗而骚动。一辆接一辆的电视转播车再加上数也数不清的摄影镜头，俨然就是发生了大事件。这里正在举行气候学家道格·约翰斯顿的葬礼。吊唁者有国会议员威廉·罗朗和他的下属们，也有相关政府官员，还有道格·约翰斯顿不常谋面的远亲们。有人出资邀请了这些散在全美各地的远亲，希望他们为了地球的未来和美国的明天在葬礼上露个面，因为这场葬礼的意义早已超越了葬礼本身，因为我们都是气候见证者。

纽约BT气候实验室主办了这场葬礼。实验室主任保罗·吉尔致悼词时因过度悲痛而数次哽咽。他的悼词从与道格·约翰斯顿的同窗情谊说起，回忆当年他俩如何在校外小山上用一只小型天文望远镜观测月全食，然后再用测量到的月球亮度，成功计算出了那个时段里地球平流层内的硫酸含量。当时太平洋上有座火山刚刚爆发，而他俩又刚刚学到了月球几何学，完全是一次恰到好处的学以致用。

保罗·吉尔说，那是他俩投身气候科学的第一步，也是他俩后来创办纽约BT气候实验室的初心所在，更是他俩这么多年来始终友好合作的坚实基石。当你决定与某人共同去做一件极有价值的事情，而且明白会为之付出一生后，你就再没有时间去左右环顾了。

保罗·吉尔称赞道格·约翰斯顿是一位卓越的气候学家，称赞他丰富的学识和敏锐的科学洞察力,当他发现了全球气候变暖的灾难前景,发现国际社会对此执迷不悟后,他便以大无畏的胆识发出了科学性的提醒,直到用生命发出最震耳欲聋的警告。这都是因为,他对我们的地球家园爱得太深,也忧虑太深……

国会议员威廉·罗朗的全程参加,给这场葬礼贴上了再明确不过的醒世标签。罗朗议员眼中饱含悲伤,说他读过BT气候实验室的多份气候报告,也曾在电话中请教过道格先生,还打算将道格先生请进国会山,面对面地探讨《美国新能源战略法案》。罗朗议员沉痛地说,要是我能早些跟道格先生见面,让道格先生早些了解《美国新能源战略法案》,或许能让道格先生看到一线希望,至少让他知道,国会山上还有一位同道者。我很痛心,是我们这些人的行动迟缓,让道格先生感到孤立无援;是我们对气候灾变的无动于衷,让道格先生在极度绝望之下,做出了最不幸的选择。

罗朗议员用悲悯的目光望着远处的帝国大厦,像是在望着一位病入膏肓的病人,我们必须看到,美国社会已经身处险境,极少数富豪插手政治,左右权力!那些大石油公司、大矿产公司,利用资源本身的价值,不用付出努力就能获取高额利润。他们用手中的经济权力收买了政治家对美国民众的忠诚,令美国的气候政策与能源战略弊端严重!今天我们聚集在这里,最好的缅怀就是接受道格先生的警告,立刻行动起来!我们不知道还有多少时间,但当我们知道时,一切就都晚了!我要说,我发起《美国新能源战略法案》的本意,就是要和许许多多像道格先生这样有良知的科学家站在一起!

这场葬礼占据了美国各大媒体与社交网站的头条位置。罗朗议员出席葬礼的照片与道格·约翰斯顿的生前照片并排出现,让《美国新能源战略法案》广为人知。有关的评论全都旗帜鲜明——"罗朗议员是在为死去的气候学家向利益集团的无知和贪婪宣战!""美国需要多少气候斗士,才能赢回气候变化领域里的全球领导地位?!"

整个葬礼中,约翰·杰克逊都在远远观望。保罗·吉尔和罗朗议员的致辞让他无可挑剔,同时也让他一无所获。他原本想在葬礼中发现疑点,然而葬礼的庄重与真诚完全出乎他的意料。他看到新能集团董事长安德鲁·贾丁也来了。自打那天在新能大厦地下车库里拦住安德鲁·贾丁后,他总忘不了绿能大佬眼中的警觉与不安。葬礼上的安德鲁·贾丁神情凝重,当罗朗议员提到《美国新能源战略法案》时,这绿能大佬两眼闪闪发光且充满能量,既像是看到了使命，也像是看到了财富。

约翰·杰克逊疑惑不已，为什么道格先生会对这些人充满质疑与愤慨？究竟发生了什么，让他们之间的信息传递如此不真实？

约翰·杰克逊一回到寓所，立刻从电脑里调出先前写好的新闻稿，加进许多新信息，包括葬礼上的种种疑惑。重新改写的这篇新闻调查稿言辞激烈地质疑了BT气候实验室：

——在如今的大科学时代，科学研究早已不像在小科学时代那样，仅仅是满足好奇心的探索，更多的，则是与种种经济利益相互纠缠。必须警惕少数科学家被利益集团收买，以科学的名义扭曲事实，蒙骗不明真相的公众和决策者。正如科学哲学家费耶尔阿本德说过的那样，"我们对待科学家应该像对待替我们修下水管道的管子工一样，可以利用他们的专业知识为我们服务，但是，要防止他们偷我们的钱！"

约翰·杰克逊将这稿件标题改为《迷影重重的气候学家之死》，发给了报社新闻部主任，并在电子邮件后面附了一句短语：

新闻不死——但这绝对取决于我们这些人是否还愿意做点儿什么。

北京国贸商圈里人头攒动，到处都是穿着入时以及被名牌商品武装到牙齿的男男女女。这里既有与国际接轨的豪华酒店和极富现代感的大型写字楼，又有鲜明年代感的过往建筑，因此国贸商圈就是当代中国的绝佳缩影，到过这里，便算是到过了当代中国的大江南北。

陶自牧背着摄影行头来到一家酒店，一出三楼电梯就被结结实实地雷到了：宽阔的走廊连同整个多功能大厅，全都是着装奇异的男男女女在随处走动。他们将自己装扮成树木或小鸟，要不就是北极熊或外星人，也有人装扮成圆圆的地球或是长长的温度计。顶数装扮成美人鱼的女孩儿炫人眼目，曳地长裙上布满闪闪发亮的鳞片，裸露的肩膀和胳膊上布满彩绘的小美人鱼。这些异装男女的身上都有一张不干胶贴片，上面用中英两种文字写着"气候见证者"。陶自牧也被贴上了这贴片。这场新闻发布会的参会者标记牌，就是它。

这里看不到主席台，也没有来宾座席，更没人宣布何时开始，很像是一个布局诡异的大派对。电子屏幕滚动展示着发布会内容，即便是中途进来，也不会错过什么。电子屏幕正在介绍一部纪录片，导演来自美国纽约。这部名为《气候见证者》的系列纪录短片将以影像方式对全球气候变化这一世纪命题做多角度拍摄，每集聚焦一个微观世界，最终形成一个包罗万象的宏观世界，为观众提供一种全新视角下的全球气候变化现状。

在屏幕上说这番话的男人自称本片导演，纯正的中文里透着浓浓的京腔儿。资料显示，这美籍华人名叫沈飞扬，二十世纪七十年代末到美国留学影视专业，多年来从事各类纪录片拍摄，近年重点关注全球气候变化，旨在用纪录片的方式向人类敲响警钟。

只见一组"中国符号"跃上电子屏幕，长城、故宫、乐山大佛、国家大剧院等影像轮番出现，导演的画外音随着这些标志性影像再次响起：

——那些有关冰川融化、北极熊无家可归以及海岛小国即将消失的镜头，人们早已熟视无睹了，国际社会非常需要看到来自中国的镜头。因此我回到中国，希望系列纪录短片《气候见证者》能有足够丰富的中国镜头。中国的低碳减排方式将直接影响全球气候变化的大格局，影响国际政治与经济的大走向。请和我一起，让世界见证气候变化中的中国！

紧接着，一位气宇轩昂的美国白人男子慷慨激昂起来——

请说出你的见证，请赶快采取行动！美国新能集团全力资助沈飞扬先生的系列纪录短片《气候见证者》。我们为能和沈导演一起向全体人类发出这个伟大的邀请而备感荣幸！

当屏幕上标出此人为新能集团董事长安德鲁·贾丁时，陶自牧一怔，脑海中浮现出约翰·杰克逊的发问：是什么让新能集团出面召集美国新能源行业的大佬们秘密开会？

陶自牧突然很想弄清这位导演到底为何方神圣，或许他知道新能集团为什么要秘密开会？于是陶自牧主动面见沈飞扬，理由是，《首都图片报》打算为他发一篇专访稿。

他们两人在酒店旋转咖啡厅里坐了很久。今夜无雾也无霾，大气透明度极高，连上弦月的浅淡光晕都清晰可辨。满城的灯光也都摇身一变，以往总是影影绰绰地若隐若现，好像揣着满腹心事，今夜则明朗敞亮得如同一张最没有心计的笑脸。陶自牧感叹说，如此美妙的星空在北京已不多见了，这是不是对沈导演远道归来的一种礼遇呢？

沈飞扬仰望夜空，我更愿意把这看成是一种激励。问题在于，我该怎么回报？

陶自牧说，您已经在回报了！您千里迢迢地回到中国，立志要让整个世界见证气候变化中的中国。您还号召我们大家伙儿走到您的镜头前说出我们的见证,这可不是一般的爱国热情呢!来,端酒杯,为您的赤子之心干杯!

沈飞扬连连摆手,说他还什么都没干呢!他最担心的是,不要辜负了那些信任他的人。我们总会在人生的某个阶段遇到某个特别的机会,有人会给予你一种能量,把原本渺小的你抬升到你从未到过的高度,让你有机会去成就自己。

陶自牧拿出一副深度采访的口吻,人的幸运与不幸运,都属于生命中的偶然事件,大多数时候我们处于两者之间,平淡而平庸。所以我的问题是,是什么让您如此幸运,能够得到一家跨国公司的全额投资?沈飞扬自嘲地笑,其实你的问题是,他们为什么会为一个没有名气的小导演投资?这样的导演在好莱坞一抓一大把,为什么偏偏轮到了我?

陶自牧做出无比诚挚的样子,名气这东西就像是女人的贞操,既不可靠,也无法辨别真假。我想知道的是,为什么会有《气候见证者》这部系列纪录短片?这是新能集团给您出的点子,还是新能集团出钱买下了您的点子?沈飞扬说当然是新能集团买下了我的点子,不然那些一抓一大把的好莱坞导演,哪一个都能把我给顶替了!

看沈飞扬像煞有介事地压低嗓音说话,陶自牧立刻见缝插针,可是新能集团董事长的那番话,那番貌似挺您的慷慨激昂,完全就是在为他们自己做广告嘛!

这个说法唐突而尖刻,要是惹得沈飞扬反感,说不定就能显露出什么来。然而陶自牧看到,沈飞扬只是淡淡一笑,你很聪明,也很尖刻,不过真正的记者就是既聪明又尖刻的,聪明能让你们找对访谈者,尖刻则能让你们刺破访谈者的面具,得出你们想要的答案。陶自牧立刻表白说我可没有什么想要的答案,我想要的,就是您给我的答案。

沈飞扬便开始讲起来。从他在洛克威海滩与欧文·派克的奇遇,到与国会议员威廉·罗朗的国会山采访,再到与新能集团签订拍摄合同,甚至都没省略在纽约PerSe餐厅与欧文·派克的对话。他不想粉饰自己,也不打算隐瞒之前的潦倒不堪。总之,他不想假装成功。

陶自牧听出了名堂,知道那位名叫威廉·罗朗的美国国会议员才是这部系列纪录短片的真正推手。议员先生正致力于推出《美国新能源战略法案》,《气候见证者》是这部法案的宣传平台,而财大气粗的新能集团则负责出资搭建平台。这是个金三角式的组合，符合最经典的商业运作模式，没什么不对头的地方。想必罗朗议员的法案极其符合美国新能源企业的核心利益，所以新能集团才大把投钱，希望最终能大把赚钱。这也没什么不对头的。

只听沈飞扬继续说道，当今的美国政坛，打中国牌是个不二选择。中国的能源消费总量位居世界第二，中国在气候变化上的应对举措将影响到每个美国人的钱包。如果《气候见证者》中出现了足够充实也足够真实的中国镜头，那就表明《美国新能源战略法案》在广泛调查与科学考证这两方面，做得多么扎实！

陶自牧点点头说他明白了，罗朗议员在下一个双黄蛋。《美国新能源战略法案》和《气候见证者》，这两个蛋黄互相依靠，紧密相连，你是我的空气，我是你的阳光。

沈飞扬开心地笑，我喜欢"双黄蛋"这提法，至少这让我跟罗朗议员平起平坐了！

陶自牧又问，新能集团是在成就你们这只"双黄蛋"，但他们肯定不是活雷锋，所以最后一个问题是：你们这只"双黄蛋"，能让新能集团得到多大的回报？

这个问题的答案就在太阳城里。太阳泥有多神奇，新能集团的回报就有多大，那几乎是个无法估量的巨大数字。但沈飞扬不能吐露半个字，合同里有保密条款，因此他只能绕着弯子回答说，新能集团当然不是活雷锋，新能集团大把投钱一定是看到了巨大收益，我们可以假定，有一份极具商业价值的方案，就锁在安德鲁·贾丁的保险柜里，对外秘而不宣！

沈飞扬压低声音说话，鬼头鬼脑地笑着，试图不显山不露水地中止这个敏感话题。

陶自牧不肯罢休，换一个角度再次发问，新能集团真会相信一部纪录片的力量吗？他们真会相信人类能够减少碳排放量吗？

沈飞扬的神态严肃起来，是的，人类减少碳排放量的艰难程度，堪比人类从爬行进化到直立行走。所以当政客们争吵不休的时候，普通民众完全可以自发行动，在日常行为中减少碳排放。比方说，有太多的人总是在不断购买时尚的新衣，假若不能改变追求时尚的习惯，至少可以用低碳方式去处理扔掉的衣物。有关的数据是，一件衣物如果被重复利用，那么，每节省1公斤纯棉，就可以节省65度电，相当于减少32.5公斤的二氧化碳。这就是少穿新衣服对地球的贡献。如果有谁觉得自己一事无成，至少可以用少穿新衣服来减少自己的碳减排脚印。我相信只要知道了数据，民众的碳减排积极性就会增加。

陶自牧一把抓起面前的咖啡杯，这是一杯过了滤的黑咖啡，它通常产生125克二氧化碳，三分之二来自生产过程，其余的来自煮泡过程。如果我们每天喝6杯，每年就会产生274公斤二氧化碳。这相当于飞机横穿欧洲所产生的二氧化碳。还有，如果我们有加奶的习惯，那么奶牛打嗝所排放的甲烷，会让喝咖啡所产生的二氧化碳含量增加三分之一。这就是数据，是世界自然基金会计算出的数据！

沈飞扬审视着神情激动的陶自牧，所以呢？

陶自牧语气激烈，所以数据没有意义！就算喝咖啡会制造出更多的二氧化碳，你能指望人们不喝咖啡吗？你有商量的余地吗？

沈飞扬的语气中带着不由分说的坚定，气候变化领域里的悲观主义是不道德的。别以为气候变化与己无关，气候变化源自家家户户，源自我们每一天的点滴选择。必须看到，日常决定的叠加会对气候变化造成深远的影响，我们的下一代迟早会清算我们的日常罪行！

陶自牧关上录音机，用笑容结束了这场采访，沈导演，您说得可太棒了！

四　军用背包带的寓意

田家小院里，一场感情风暴平地而起，仿佛遥远岁月里的风尘扑面而来，人人都被眯了眼。楚航云突然而至，带着从前的笑容，把客厅里的三个人都弄得泪眼朦胧。她先是冲着田绍德张开双臂，老司令，还认得出我吗？然后扑上去紧紧抱住田绍德，抱了好一会儿才放开；接着又跑过去拥抱谭英天，口里一连声地喊着谭叔叔，就好像她还是当年那个十来岁的小女兵，就好像她不曾长大过，更不曾跟他有过痛彻肺腑的不宜之爱。轮到田汀汾时，她拉着汀汾的手轻轻摇动着，汀汾姐，你还是这么漂亮！又高雅又高贵，真是逆龄有方呢！

田汀汾一把将她揽进怀里，航云，真高兴你能来！真高兴你没忘了我们！

在这一家子的注视下，楚航云灿烂地笑着。她在这家人的注视下度过了最青涩也最凄楚、最纠结也最曼妙的年代。那些遥远年代的印记至今仍在影响着她。所以我们如今的样子不全是来自母亲的子宫，也来自我们的青春期。有什么样的青春期境遇，就有什么样的人生境况，后来的一切，都只是青春期里结下的果实。因而楚航云从不抱怨命运，也不去幻想更好的可能。正是这个信念支撑她走到了今天，就算过得不是太好，至少没有更坏。

楚航云的灿烂笑容让谭英天产生了一种不真实感，恍若时空出现了惊天大逆转。当年他就是被她的笑容深深吸引的，如今这笑容竟然魅力不减！谭英天一时不知该说什么，就只是重复着田汀汾的话，是啊，真高兴你没忘了我们！

田汀汾说，人家现在是气候专家，不是当年的小女兵了，还能喊你谭叔叔，不容易呢！

楚航云立刻回应说，汀汾姐，当年的小女兵已经成老女兵啦！

田绍德在一旁乐开了怀，听你们这么叽叽喳喳的，感觉真好，这才像个家的样子！

田汀汾亲昵地拉着楚航云的手，爸，要是航云住进来，这里就天天像个家的样子了！

田绍德说太好了！这个家什么都不缺，就缺人气，尤其是像小楚同志这样的年轻人。

楚航云不禁轻声叫道，老司令，我都奔五十的人啦，不年轻了！

田绍德看着她，嗯？在一个早就奔了八十的人面前，你说你年轻不年轻?！

楚航云无言以对，两只手又被田汀汾紧紧抓住，感觉自己像是一只被束缚住的小动物。要她上门来看望是一码事，可要她住到这个家里来就是另一码事了！她连连推脱说，家里突然多出个外人，你们不方便的。田汀汾依然美丽的脸庞上展露出真切的笑意，你可不是外人，很多年前你就在这个家里住过了。那时我们多单纯多快乐，完全就像是家人呢！

就是"家人"这个词击中了楚航云的泪点，她先是泪水盈盈，然后是轻轻抽泣，再然后是号啕大哭。她哭啊哭，哭个不停歇，仿佛压抑多年的泪水终于遇到了倾泻的机会，不哭干最后一滴绝不肯轻易收场。她的哭声抑扬顿挫，带着寓意繁复的表达，既像是在疯狂地寻找，又像是在绝望地放弃，听得出深不可测的痛楚，很像是从一个荒漠的星球上流浪而归。有一阵子，她的哭声低了下来，像是在做着音调上的调整。很快，新一轮的哭泣又开始了，依然是哭得抑扬顿挫。

整个过程中没人劝阻她，也没人安慰她，田家人全都在悄没声地注视着哭泣中的她，如同是在注视着一个事件的必然发生。事实上他们全都进入了她的哭泣，那哭泣的音调里有他们都明白的复杂韵律。他们被那韵律拍打着、裹挟着，任凭它将自己带往某个遥远之地。田汀汾则端着纸巾盒一张接一张地往外抽，接连不断地递到楚航云手上，似乎只要这哭声不止，她就会一直这样做下去。

当天晚上楚航云就住了下来。房间早就被田汀汾整理过，有着崭新的全套床上用品和一件漂亮的丝质睡衣，她要楚航云安心住着，一切尽可依着自己的生活习惯。要是哪天住烦了，随时回你家里换换环境。田汀汾说这些话时语气轻轻，带着女性长辈的亲切与关爱。她弯身朝向楚航云，把楚航云披散在枕头上的发丝一一理顺。

这张大床舒适至极，楚航云只觉得困意连连，像是被这场重逢耗尽了元气。她有气无力地发问道，你真觉得这是个好主意吗？我是说，让我住在这里。田汀汾的声音更轻更柔了，像是在唱催眠曲，你这是在成全一位耄耋老人，也是在成全我妈妈的在天之灵。

楚航云的视觉模糊起来，感觉田汀汾的面容回到了当年的模样。那时她就喜欢近距离地盯着田汀汾看，那时她只知道当谭英天和田汀汾的跟屁虫。她喃喃低语着，我知道你们一家人都对我有恩，不然我……早就死了……这么多年来我一直都记着的……

田汀汾在俯身耳语，所以这就是答案。请听从你内心的声音。

田汀汾轻手轻脚地离开，带上门的那一刻，她回头望着已经沉睡的楚航云。这么多年来要是有什么东西没被改变，那就是楚航云的睡相，这睡相无欲也无刚，婴孩般恬淡。田汀汾喜欢过这睡相，也憎恨过这睡相，甚至多次臆想过这睡相与丈夫的睡相并排出现的画面。现在这睡相也还是让她滋味繁杂。唯一庆幸的是，她潜心设计的隐秘小船已悄然起航。要是一切还来得及，那只小船最后靠岸的地方，就是她计划中的目的地。

然后，田汀汾轻轻推开谭英天的房门，像往常一样为他拉开床罩，摆好睡衣，又将他军装上的所有配饰都检查一遍。他们夫妇早已分房而睡，图的是让夫妻关系保持弹性。而在谭英天看来，他总是很晚回家或很晚上床，分房而睡，至少不会影响到妻子的睡眠。

此时的谭英天，照例在电脑前忙碌着。给田汀汾的感觉是，从前是看着父亲挑灯提笔批阅文件，现在是看着丈夫挑灯敲打键盘批阅文件，总之都是在熬夜办公。时代改变了一切，却没有改变将军们的临睡状态。她轻轻拉上窗帘，举手投足很像是在完成某个舞姿，要不就是在用肢体语言向丈夫道晚安。通常她拉上窗帘就悄没声地出去了，谭英天不必开口说话。这是他们夫妇间的默契。但是今天，谭英天抬起头来望着妻子，你当真愿意让楚航云住在家里吗？我的意思是，父亲老了，我们不必对他说的每一句话都太当真的。

田汀汾望着窗外的夜空，很像是在答非所问，英天，知道跟那些懂天气的人住在一起有什么好处吗？他们总是能闻得出下雨或是刮风的味道。

当夜色更深后，谭英天关上电脑，走到床前去就寝，他再次确信，所谓把自己从日常事务中解脱出来，基本上是一件无法完成的任务，因为你永远不知道哪些日常事务中蕴藏着突变基因，尤其是在互联网里。身为军事网络安全研究部门的负责人，少将谭英天每天都要在内部网上阅读大量文件，上级转发的，下属上报的，同级交换的，更有国际间的交流往来。持续不断的信息轰炸，这就是他每天入睡前的常态。他得确保自己不被炸得头脑发蒙，而且要保持思维缜密与嗅觉灵敏，能从海量信息中捕捉异常，发现关联，有所斩获。这很不易。但他就是干这个的，否则他就是个失职的将军。

如今的谭英天，世界于他来说意味着两个空间——个人生活空间与互联网空间。事实上他并不喜欢互联网，他骨子里排斥所有变化无常的东西。在他看来，缺乏定性就是缺乏最基本的诚意。偏偏这就是互联网的特性！互联网能在瞬间将一粒芝麻放大成一只西瓜，然后又在瞬间将西瓜发酵成一缸泡菜，甚至会变异成一群天外生物。只要是人类大脑能想到的，都能被互联网划拉进去，它才不管后果如何呢，它只关心自己不要错过了什么。互联网的美妙与邪恶正应了那句古训：水能载舟，亦能覆舟。

虚拟世界里的炮火硝烟让谭英天闻到了战场的味道，让他这个从没打过仗的将军每天都生活在无形的威胁之中。网络世界里几乎没有永久和平地带，入侵者总是不宣而战。尤其是，虚拟的炮火多半都会烧向现实世界，数码与键盘组成的武器可以瘫痪任何一个主权国家。因此上级对谭英天的硬性要求是——为打造中国军方的网络盾牌提供解决方案。

谭英天满脑子里全是网络世界的炮火硝烟，一旦躺下，只觉得周遭静谧之极，也美妙之极。每晚临睡前他都有这种感觉——战争的影像与和平的影像肩并肩地站在他眼前，大量的数据悄无声息地穿过房间，等待着被他分析，或是被他忽略不计。然而今夜情况有变，穿堂而过的数据群出现了怪异的集结。有什么东西正在生成。一个似是而非的女性形体，若隐若现且真实可触。他的手指碰到了她的耳廓背面。那一小块软骨光滑而温热，既诱人探究又令人不安，恍若一个编程复杂的密码。

一切已恍如隔世。当年楚航云在图书馆拉他躲起来的情形，每每想起总令他忍俊不禁。他是馆长特许过的，用不着躲起来，但那孩子不容他开口，叔叔您别说话，再磨叽下去非被他们抓走不可！那孩子的声音里带着不容置疑的紧迫，俨然像是正费力扭转着一个糟糕的局面。而他之所以听任一个毛丫头的自以为是，只是出于本能的保护欲。一个未成年人溜进被封闭的图书馆偷看被查禁的"毒草小说"，若是被发现，麻烦可大了去。

之前他从没跟一个女孩子挨得那么近，近得可以看清她耳背上的皮肤。那一小片皮肤呈现着婴孩般的粉红色，光滑到近乎透明，仿佛只要轻吹一下，就会溢出某种温润的液体。当时他一动不动地注视着，感觉是在注视着某个秘密，或是在努力读懂某种令人费解的自然现象。后来，在那孩子长成大姑娘后，他亲吻过那一小片皮肤，从此读懂了那里的神秘信息。

回想起来，楚航云穿着新军装出现在新兵集合的操场上，是他这一生中最惊喜的场景。那一刻，冬日暖阳洒在她的脸上和身上，崭新的红领章和红帽徽进一步强调着她笑容中的暖意。他们两人都在惊喜交加地相互验明正身：

——丫头，原来你是个新兵？！

——叔叔，您就是我们的新兵连长？！

两个月的新兵训练发生了许多事，最记忆深刻的，是新兵训练结束时的野营拉练。新兵们身背背包和枪支，白天行军，晚上露营。到了饭点，就以班排为单位埋锅做饭，时间一到立刻开拔，不管你是否吃上了饭。这时埋锅做饭的地方总是大呼小叫，一片狼藉。

楚航云属于埋锅做饭的高手。她能看出周围哪片坡地的土质与地形适合挖灶并且不会灌进风去，她还知道哪种树枝容易折断并且容易点燃。她做的"肉菜焖饭"既好吃又能提高进食速度——将头天晚上备好的猪肉丁、土豆丁、胡萝卜丁，随同大米和清水一起下锅，再加进大葱大蒜以及酱油食盐搅拌均匀，直接焖煮。出锅时香气四溢，每吃一口都有肉有菜有米饭，往往是别的班排还没吃完，她的班排已经在起锅埋灶准备出发了。

问起楚航云何以会有野外炊事能力，这小新兵敬着标准的军礼向连长谭英天报告说，都是爸爸教她的。他们父女俩常在周日里到郊外野炊。爸爸说，一且发生战争，一旦需要上山打游击，野外炊事能力就是一种最基本的战斗力。

"肉菜焖饭"让楚航云在新兵连里大受关注，让她不再是个十二岁的小屁孩儿了。而在谭英天眼中，这是她小小年纪就显露出了贤妻良母的雏形。

最后一天是夜行军。瓢泼大雨把崎岖不平的山间小路弄得泥泞打滑，再加上周遭一团漆黑，队伍中不时传来有人滑倒后的惊声尖叫。偏偏楚航云滑倒后跌进一个树洞里。那是一棵陈年老树，外面枝叶繁茂，内里已被蛀空。谭英天找到她时，她正卡在树洞口。她的步枪拦腰把她挂住，活像是一只落入陷阱后奄奄一息的小动物。大家七手八脚地将她解救上来，这才发现，她不是昏迷而是睡着了！

楚航云醒来后放声大哭，说她刚才一直在拼命挣脱可就是挣脱不开，想大声呼救，又怕招来山中猛兽，不知怎么就睡着了。她哇哇大哭着说，她以为她就要牺牲在这里了，可她还是个新兵，而且她根本就不想牺牲在一座不是战场的深山里……

谭英天拼命忍住已经来到嘴角的笑意，高声发令，楚航云同志，我们必须去追赶大部队了！你不许再哭，更不许再掉队！

然后他便将她的军用背包带取出一头，跟自己的军用背包带系在一起，将她拖挂在身后。整个雨夜行军中她不断地打瞌睡，也不断地脚下打滑，把他弄得也跌跌撞撞的。一路上，他看她两手紧紧地抓着背包带，渐渐觉出了某种寓意，那意味着守护、照料和永不放弃。就是在这次雨夜行军中，就是那根沾满泥水的背包带，让谭英天更加打定主意——他要等她慢慢长大，然后娶她为妻。

没过两年，谭英天就匆匆结婚，成了基地司令员田绍德的乘龙快婿。人们以为他是走了桃花运，是在拿婚姻当晋升的跳板，却不知那是一桩极其隐秘的交易。当时楚航云正受累于她父亲的"疑似驾机叛逃台湾"事件，被关在基地招待所里没完没了地接受审查。上边下来的清查大员打定主意要拿到他想要的东西，否则就不打算放过楚航云。最终，是谭英天与田汀汾的婚礼结束了那一切。

让谭英天决定立刻结婚的起因，来自基地司令员田绍德与他的一次私密谈话。谈话涉及的内容黑暗而阴郁，带着令人窒息的悲恸。谭英天想了好几天，最终决定由他来采取行动以摆平涉事各方，反正那时田汀汾正在疯狂追求谭英天。

谭英天与田汀汾的婚事对所有人都意义重大，那位清查大员最终带着对楚航云有利的结论离开了南方基地。婚礼在基地机关食堂隆重举办，全机关的人都得到了邀请，其场面之热闹，多年后仍屡屡被人提起，成为南方基地的一则永久佳话。

婚礼那天谭英天心情沉重，似乎新郎另有其人，而他不过是个旁观者。之后很长一段时间，谭英天都觉得像是穿了一件借来的外套，外套里面的自己只是在假装别人。如今那外套早就还回去了，他和楚航云之间的一切也早已烟消云散。然而此刻，多年前的那根军用背包带又在谭英天的脑海里飘来荡去，像是有话要说……

五　生活在夹缝中的虫子

北方大学气候研究院是这座校园的边疆，通常来校参观的游客们很少走到遥远的这一带，因为太费脚力。楚航云喜欢这种偏安一隅的感觉，更喜欢站在这里看着那些远远眺望的观光客。那些人里或许就有未来的气候学家，说不定某个年轻的心灵就在这种远远的眺望中感受到了气候学的魅力，日后走进这座科研楼呢。"气候水晶球"课题组被安置在这座楼的最高一层，每个房间都摆放着高高低低的科研设备，放眼看上去到处都是锃亮的金属色。这里如同一颗造价昂贵的心脏，每跳动一下都要花掉国家不少钱，虽说比不上世界一流的哈德利气候研究中心，但对于楚航云，这里就是她的精神高地。

今天的中心议题是如何在"气候水晶球"中加进"水效应"。思路是龙士峻提出的，表达的却是气候学界的整体共识。尽管气候学家们对气候变化存有不同见解，但对水蒸气的看法却高度一致，都认定这家伙对温室效应的影响要两倍于二氧化碳。

楚航云环视着她的团队。他们都是各门类的任务专家，年轻的面孔上无一例外地都架着一副近视眼镜。对此，楚航云曾大发感慨，过去我们说世界上只有两种人，男人和女人；如今应该说，戴眼镜的人和不戴眼镜的人。也许这就是时代的变迁吧。

当时一个戴黑框眼镜的男程序员立刻回应道，我认为时代的变迁是由戴眼镜的人推动的，而许多不戴眼镜的人，只是时代的过客！

黑框眼镜男总是这样富有巧思地自我标榜。这人能思索也善表达，当众表达自己的思索更是乐趣所在。此时，但见他当即写出一堆算式，将水蒸气、二氧化碳和温室效应之间的关联放到了电子大屏幕上。

黑框眼镜男操着一支激光笔侃侃而谈，当二氧化碳浓度日渐增大时，地表温度就会迅速上升；而迅速增加的地表温度会使大量的水蒸气迅速聚积，同时，迅速聚积的水蒸气又会增加已有的温室效应。然后，由于温室效应的再度增加，更多的水蒸气又会聚积起来，成倍地增加温室效应。这就是它们三者之间的关联。与此同时，不管是城市热浪还是积雪融化，包括不断增多的野火，日益干涸的水库，持续升高的海平面，以及越来越干燥的土壤，它们全都导致了淡水的减少。所以最不稳定的化合物，就是这个看上去温情脉脉的HO_2！

接下来的讨论就都围绕着HO_2。他们一直在如此征战。那是数不清的算式推演，反反复复的来回尝试，没完没了的推倒重来，以及到处碰壁的沮丧，山穷水尽的苦闷，莫名其妙的抓狂，更有很想大哭一场或是很想找人打架。但不会有人绝望。"气候水晶球"已初具规模，没道理不坚守到最后一刻。照黑框眼镜男的说法，这很像是红军二万五千里长征，有人半路逃回老家，有人坚持走完了雪山草地。到后来，走完雪山草地的人进城当大官，逃回老家的一辈子都在当农民。反正我不打算像我爷爷那样，当红军时不够坚定，后来当了一辈子的农民。

他总是感叹命运的吊诡，认为人在年轻时的眼光决定了一生的运势，后面再多的努力不过就是小修小补小调整，改变不了总体运势。他对楚航云说，就像您，十二岁就选择了当气象兵。别的十二岁女孩儿还在哭鼻子呢，您却喜欢上了气象！正是您年轻时的独到眼光成就了您的今天，让您如今能带领我们在气候学界里打天下！

楚航云笑了，当兵的确是我的选择，当气象兵可不是的。那不是眼光，而是服从。

全都是新兵分配方案在一锤定音！新兵分配那天操场挂满彩旗，新兵们背着背包整齐列队，各班轮唱《我是一个兵》，铆足了劲地放开嗓门，大有一种壮士奔赴战场的豪迈气势。宣布分配名单时，被点到名字的某个新兵会立刻离开原先的队列，跑步进入新队列。那是一个气氛高亢的时刻。洪亮的点名声、激动的应答声和急促的跑步声此起彼伏，让楚航云兴奋得脑袋发晕，身子轻飘飘的，感觉只要被点到名字，立刻就能两脚腾空飞到新队列里。

周围的新兵一个接一个地走光了，只剩下她和六个新兵，很像是当空投下了一颗炸弹，别人都聪明地跑开了，只有他们七个还傻愣在原地。

在新兵下部队的野营拉练中，他们七个被编成了直属班。有传言说，他们七个不是要秘密调到珍宝岛去打仗，就是要直接拉去养猪场。因为在新兵分配前夜，他们都被分别叫到连部去问话，有个相同的提问就是——分配你去养猪，你会服从吗？他们的回答全都是"保证服从分配"。数楚航云的回答最具象——革命战士是块砖，哪里需要哪里搬！

新兵下部队的队伍渐走渐短。在一些公路口，会有欢迎本单位新兵的老兵们在敲锣打鼓，端着军绿色瓷缸请新兵们喝放了白糖的温开水，然后兴高采烈地接走他们的新兵。到最后，整个新兵队伍只剩下他们这个直属班时，连长谭英天站在路边一块大石头上郑重宣布，基地司令部直属气象室刚成立不久，上级已经从海军、空军、地方气象台站调来了一批作风优良业务过硬的干部，目前最需要的是配合他们开展工作的战士。经过两个月的新兵连考察，确定你们七个同志思想进步、善于学习、勇于钻研，正是气象室最需要的战士。气象室是为导弹发射提供气象保障，属于情报部门，因保密需要才没事先宣布。同志们，有没有信心当一名优秀的气象兵？

他们异口同声高喊，有信心！

气象室的迎新场面堪称登峰造极，敲锣打鼓和彩旗飘扬不算，打快板的，诗朗诵的，小合唱的，包括搞笑式的三句半，完全就是一场够规格的文艺演出。舞台背景正是气象室大门。七个新兵美滋滋地坐在背包上看节目，同时大口喝着老兵们送上的白糖水。

到最后，七个新兵并排站在气象室的山坡上抬手敬礼，送别新兵连长谭英天。眼看那个熟悉的背影渐渐远去，很快就要消失在大山深处，楚航云突然生出一种莫名的恐慌感。谭英天是她参军离家后认识的第一个人，从此怕是再也见不到了……她一直在举手敬礼，一直在望着谭英天早已消失的山口，似乎只要她保持不动，他就不会真的消失不见。

她是被其他六个新兵硬拉回去的。当时他们全都泪水盈盈，数楚航云哭得最凶，抽泣声震耳欲聋，如同一只濒临死亡的小动物。气象室的老兵们笑得不成样子，有看热闹的，有成心逗他们的，也有板着脸大声呵斥的。最厉害的一句恫吓是——哭什么哭！再哭，就把你们全部退兵！

就是这个"退兵"的恫吓让楚航云的哭声戛然而止，其他新兵也都吓得收了声。看到新兵们的可怜相，气象室主任出面干预了，他操着湖北话大声批评那个恫吓新兵的男兵，沈飞扬，你在乱说什么？！新兵一到，你就成老兵了，老兵要有老兵样儿！

这个叫沈飞扬的男兵立刻大声回应，是，老兵要有老兵样儿！我这就带新兵们回营房！

后来，这个名叫沈飞扬的男兵成了楚航云最贴心的战友。要不是他，她早葬身在父亲驾机失踪的神秘事件中了。再后来他们两人就不通音信了，她只知道他去了美国，当上了一名纪录片导演。没事的时候，她会想起他们两人在南方基地的青葱岁月，也会涌起丝丝缕缕的伤感，好像不经意中错过了什么，又好像是目标明确地亲手毁掉了什么。

纽约今日天气阴，约翰·杰克逊的心头更是阴云滚滚。《纽约城市报》再次枪毙了他的新闻稿，这等于是同时践踏了他的正义感与自尊心。他把满腔怒火都发向新闻部主任。这家伙曾经是他的新闻理想引领者，现在却沦为丧失新闻道德的败类，说不定早就被新能集团重金收买了！他冲进新闻部主任办公室，劈头盖脸地狠戳对方的痛处，他们到底给了你多少钱，让你封住我的口？！

新闻部主任面无表情地看他一眼，调出一条手机信息让他看。

那是一个到账通知单，清楚地写着到账时间，数额大到令约翰·杰克逊咋舌。他没想到他那篇新闻稿值这么多钱，更没想到这个出卖灵魂的家伙竟然坦率到了不知羞耻的地步。他愤怒地讥讽着，看来你把我卖了个好价钱！你是不是很满意那家伙的出手慷慨？！

新闻部主任愤怒地拍着桌子，根本就没人出手慷慨，这是我讨价还价的结果！

在门窗紧闭的办公室里，新闻部主任的述说让约翰·杰克逊悲愤地捶胸顿足。这是一个让记者蒙羞的故事，道尽了当今新闻环境的错综复杂。新闻部主任是《纽约城市报》核心人物，对新闻的极度热爱和对报社的绝对忠诚，是他办报的双重动力。他的理念是，将深刻的新闻写得深刻，那是记者的本分；而将深刻的新闻写得生动有趣，那才是记者的本事。因此无论是花边新闻还是政治热点新闻，《纽约城市报》的报道一概都是夹叙夹议，以及嬉笑怒骂。问题是，追求"独家报道"从来都是《纽约城市报》的大政方针，但当"独家报道"的底线渐渐丢失之后，许多记者开始用窃听方式获取新闻素材。

最起作用的是报社提供的新闻线索。那通常会是目标人物的手机或固定电话记录，或是医疗记录，也会是消费账单，甚至会是生日聚会上的来宾名单。至于某个机构或是某家公司董事会成员的股票内部交易情况，某个名人或某个政界人物的婚姻关系，以及他们的婚外情甚至是性取向方面的蛛丝马迹，更是时常出现在记者办公桌上。以前约翰·杰克逊从不过问它们的来路，此刻才知道，那大多来自报社雇用的一家私人侦探社。

让问题变得复杂的是，当报社决定不再依靠窃听获得新闻线索，决定中止雇用私人侦探社后，对方声称，若是不按合同支付违约金，就对外披露窃听内幕。那将是一场集体性的灭顶之灾，几乎所有报社高层，连同所有使用过窃听线索的记者，都会受到法律追究。可是支付巨额违约金同样会引出灾难，根本无法向报社董事会做出合理解释。

约翰·杰克逊听明白了，就为了要阻止《纽约城市报》的集体大毁灭，报社高层将他卖了个好价钱。可为什么被卖的偏偏是他？他这篇新闻稿可不是窃听来的，那是他的亲历，是他的记者见闻！

新闻部主任语气平平地回答他，不为什么，就因为买家指名道姓地要买你。

看到新闻部主任从一个快递邮件中拿出他写的那篇新闻稿，约翰·杰克逊不禁连连倒吸冷气。看来买家不是侵入了他的个人电脑，就是侵入了报社服务器。问题在于，新能集团为什么会不惜花费重金？他们想要掩盖的东西肯定非常值钱！

新闻部主任的眼中竟有泪光在闪，不管新能集团想要掩盖的是什么，首先我们必须掩盖我们的丑闻。新能集团的出价正好拿去还上了那笔所谓的合同违约金，堵住了那张贪婪的嘴巴。所以，你这是在为整个报社做出牺牲！你就是《纽约城市报》的大英雄！

约翰·杰克逊连连摇头，您常告诫我，身为记者，就像是生活在夹缝中的虫子，必须将自己修炼成最机警最睿智的虫子，才不会被活活夹死。

新闻部主任说，约翰，至少你还在夹缝中活着。剩下的，就交给上帝吧。

约翰·杰克逊深深叹息着，道格·约翰斯顿说过，媒体都是被大企业和大财团豢养的，以前我觉得他这话太偏激太武断，现在我不这么想了……

新闻部主任的警告从他身后传来，别再相信"新闻不死"了！"新闻不死"并不取决于我们是否愿意做点什么，而是取决于我们能否活下来！记住，首先要活着，然后才有新闻！

下班前，新闻部主任的手机上来了一条新信息——我们得知贵社刚跟新能集团做成了一笔价格不菲的秘密交易，或许有人愿意出大价钱购买这条爆炸性新闻。

新闻部主任将这条可怕的信息看了又看，突然发狠地将手机摔到地上。机壳摔碎了，屏幕上却出现了一条新信息——不然你们就出钱买走这条爆炸性新闻。

新闻部主任狠狠踩住手机，发疯般地用鞋底碾压着。突然，手机响铃了。他不接，继续拼命踩压手机。诡异的是，这手机在他鞋底的疯狂碾压下却发出持续不断的铃声！

六　雾霾是谁惹的祸

北京南郊一家机械厂的职工食堂里座无虚席，人人身着绿色棉T恤，上面用中英两种文字写着"我爱地球"。白色墙壁上，投影仪打出"全球气候变化与中国绿色经济"的字样。

主题论坛的主办方代表个头儿极高极瘦，身上的绿色棉T恤短得勉强遮住肚脐眼儿，很像是在刻意搞怪，但他的神情却极其严肃。他环视全场，语气铿锵，各位兄弟姐妹，只有一家制帽厂商愿意赞助本次论坛，可绿帽子是个贬义词，怎么能让你们人人戴着一顶绿帽子坐在这里呢？

全场爆笑。主办方代表没笑，他抬高嗓音，所以我对制帽商说，我们的主题论坛很严肃也很沉重，让大家戴着绿帽子开会影响会场氛围。于是，赞助我们的绿帽子就换成了这种绿T恤，表达的仍然是绿色经济理念。请让我们用真诚的掌声感谢赞助方的理解与支持！

热烈的掌声过后，他话题一转，在这座城市的高级会所或是星级酒店里，另外一些论坛此时正在隆重举办，他们的嘉宾可以拿到高额出场费，到会者可以享用丰盛美味的茶歇和高档自助餐，带走价格不菲的赠品。这些我们全都没有！因为我们的话题太重大了，直接触碰到某些人的痛处，直接挡住了某些利益攸关者的财路。但是我们乐在其中！我们乐意坐在这种简易会场里沟通交流，我们乐意喝着白开水高谈阔论，我们乐意以匹夫之身为国家效力！

再次的热烈掌声之后，他隆重介绍了沈飞扬，说他是来中国拍摄纪录片的美籍华人导演，得到了国家有关部门的许可。他想在一部表现全球气候变化的系列纪录短片《气候见证者》中，加入足够的中国内容。沈飞扬起身向嘉宾席和听众席挥手致谢，语气谦和地要大家别理会他的镜头，该怎么说只管说。我漂洋过海地来到你们中间，这本身就是一种缘分！

不知谁高喊了一句，您尽管拍，来这儿的都是些不惧镜头的人！引起一阵笑声和掌声。

言归正传后气氛凝重。一位嘉宾用投影仪打出一张照片，只见浅浅的湖水里倒扣着一只满是青苔的木船。嘉宾说，这船是去年沉没在洞庭湖的，但是现在，沉船已完全显露。当我们说到湖水时，会想到这种画面吗？极具危害性的干旱已经袭击了我国南部大片地区！

投影仪打出长江三角洲的卫星图片。这位嘉宾语气沉痛，这是长江三角洲地区，这里居住着近四亿人口，过去十多年来的气候变暖速度大大高于全球平均水平，上海入海口的海平面，30年上升了11.5厘米。这一带的暴风雨也越来越频繁猛烈了，洪灾危害在逐年加大，长江流域水稻减产9%到41%，玉米和冬小麦的减产幅度更大！

有人用讥讽的语气调侃道，再不采取行动，就让农民们把旱田直接变成水田好了。中国将出现更多的稻田，大不了中国人多吃大米少吃面好了！

哄笑声中，另一位嘉宾插话说，按照IPCC的最新报告，全球平均气温将在2100年以前上升1到5摄氏度，而中国所在的亚洲东部，可能会急升4摄氏度！于是有人发问IPCC是谁，主办方代表回答说，IPCC的全称叫作"联合国政府间气候变化专门委员会"。所有的国际气候变化会议都由这个机构主导，其中许多成员都是世界顶尖科学家。

一个长相清秀的女嘉宾开口了，晶亮的眼镜片下闪着犀利的目光，各位，全球气候变暖有个最突出的标志，那就是高山冰川的消融速度。而最新的卫星数据是，全球各地每年丧失的冰块吨数将近1500亿，这表明高山冰川的消融速度比我们原先的预测放慢了30%。

女嘉宾用投影仪打出两幅冰川卫星图片，请看，它们间隔十年，却看不出太多的变化。这可是全球最大的高山冰川，从喜马拉雅山山脉一直到与吉尔吉斯斯坦交界的中国天山山脉。

一位中年男人不轻不重地回应说，虽然高山冰川比我们原先以为的要慢一些，但是它们毕竟在迅速消融，事实上我们正在渐渐失去它们！

听众席里议论声四起，赞成与不赞成的声音交会混杂。主办方代表收到一张纸条，他看了一下，举手示意会场安静。各位，有人写了这张纸条——对于遥远的高山冰川，我们已经说得很充分了，还是多关注一下身边的雾霾吧！

仿佛是个意义明确的信号，立刻就有人"雾霾！雾霾！"地喊起来。先是少数人在喊，很快就成了多数人的同声呐喊。这喊声整齐划一且富有节奏，重音全部落在第二个字的韵母上，听得出明显的同仇敌忾，就好像雾霾那家伙正趾高气扬地在会场里四处溜达，既不收敛自己的胡搞乱搞，也不在乎自己种下了多少孽种，其无耻与傲慢早就令人忍无可忍了。

主办方代表面带一丝微笑扫视全场。他先是静听了一小会儿，然后稍稍抬起手臂示意大家安静下来；过了一会儿，他加大了示意安静的肢体动作；又过了一会儿，他开始用最大幅度的肢体动作示意大家安静下来，其动作之流畅，宛若是在指挥一场群众大合唱。

等到会场彻底安静下来，一位戴眼镜的教授发言了，一开口就用数据说话，这是来自世界银行的数据，中国去年因空气污染造成的损失，相当于国民收入的3.3%；全球因空气污染而过早死亡的人数约320万，其中大部分为亚洲人。但是我们真的在意我们呼吸的空气吗？请问有多少中国人经常关注空气污染指数？有多少中国人会在雾霾天里戴口罩？又有多少中国人知道PM2.5的危害到底是什么？！还有，我们不再去吃街头烧烤了吗？我们放弃鞭炮了吗？我们少开车了吗？就说雾霾天戴口罩吧，想想非典时满城戴口罩的情形，就知道什么是在意，什么是不在意了！各位，别以为我们的在意不重要，公众态度决定着政府的决策力度！如果我们不在意，如果我们对待洁净空气的态度就像是对待一件奢侈品，有了更好，没有也无所谓，那么，就会有越来越多的人躺着中枪！

一位不戴眼镜的教授开口了，因空气污染而造成的过早死亡，已经是个大概率事件了！过去我们总说是为了子孙后代，其实我们正自身难保。

听众席中有人在大声争辩，雾霾的出现是因为我们不够在意吗？！就算街头烧烤都灭绝了，就算老百姓的小汽车都不开了，就算满大街都是戴口罩的人了，雾霾就会消失吗？或者换个说法，如果中国80%以上的电力还得依赖煤炭，如果中国各地的能源需求还是突飞猛进，那么，就算是街头烧烤都灭绝了，就算是老百姓的小汽车都不开了，就算是满大街的人都戴口罩了，雾霾那家伙还是该来照来，而且会以几何级数快速增加！

这话很有些火药味,沈飞扬立刻把镜头转向先前发言的那两位教授,两位教授泰然自若,似乎不屑论战。会场呈现胶着状。主办方代表频频打量全场,显然是在寻求解困者。

听众席里,一个慷慨激昂的声音响了起来,雾霾就是竖在我们发展道路上的一道墙,政府应该有所作为,百姓也要有所作为,大家都该好好想想中国到底要什么了!我们面临着追求富裕和减少污染这两方面的挑战!我们的排序应该是面向未来的排序,绝对不能是今朝有酒今朝醉!

会场气氛愈发凝重,一位长相儒雅的老专家以彬彬有礼的口吻缓和着会场气氛,我想,当我们在这里声讨雾霾时,其实我们是在说,雾霾究竟是谁惹的祸?有人说是过多的汽油和煤炭,也有人说是过多的施工点和石料场,还有人说是各种高碳的生产过程和生活方式。这都有失偏颇,都忽略了雾霾生成的机理,尤其是颗粒性雾霾。

老专家语气轻轻,却一棍子扫到了所有人。他用投影仪打出大标题《颗粒性雾霾构造三要素》,下面带着三个密切相关的小标题:"生成颗粒性扬尘的物理基础""运动差造成的扬尘""扬尘与水分子结核集聚成霾"。

老专家循循善诱着,这些词汇看上去很难懂,其实一点就透,概括起来就是:中国有世界上最大的黄土平高原,它是由黄土高原和华北平原集合而成。而黄土平高原的土壤质地,极易生成颗粒性扬尘微粒。并且这种颗粒性扬尘微粒又极易在汽车车轮的带动下,被周而复始地抛向上空。当我们的头顶布满这种颗粒性扬尘微粒时,只要空气中出现了大量的水分子,颗粒性扬尘微粒与水分子核便会发生大面积的聚集,雾霾就是这样生成的。坏消息是,我国黄土平高原上的350多座城市都深陷其中;好消息是,若是我们能够改造现有的街道绿化带,若是我们能够管理好城市的马路牙子,至少能让这种颗粒性雾霾的严重程度,在3到5年内下降80%。

投影仪上显示出不同类型的街道绿化带,老专家的声音在继续——我们的调查发现,每当下雨和人工洒水之后,街道绿化带和马路牙子上的泥土就会形成路面泥浆。那些泥浆通常会在一小时后干涸,变成泥沙。而当车轮持续不断地碾过,就将路面泥沙变成了持续不断的颗粒性扬尘。这是一个司空见惯的中国城市现象。如果我们不让路面生成泥沙,就会极大减少颗粒性扬尘。所以,我们只需要将街道绿化带整体降低,让它们低于街道路面,那么雨水和人工洒水就会顺势流进绿化带里,再多的车轮碾过,也都不会出现颗粒性扬尘了,颗粒性雾霾也将随之大幅消失。

老专家话音刚落就收获一片惊叹,人们异口同声,那为什么不去降低绿化带呢?

有个一直没发言的学者高声回应道,真是个好问题!这个问题直击雾霾治理思路的偏差性。我们一味地盯着西方监管标准,从欧3到欧4,现在又到了欧5,不达标的汽车不让出厂,不达标的烟囱挨个推倒,这都是因为我们更多关注的是气体性雾霾,而不是颗粒性雾霾。我们很少在城市规划中做出防范颗粒性扬尘的设计。所以治理雾霾必须既有通则,也有细则。建议国家尽快建立符合中国地理现状的防治雾霾法案,不能眉毛胡子一把抓!

沈飞扬举着摄像机拍了又拍,很高兴能拍到如此高质量的主题论坛,思辨与句式在这里得到了淋漓尽致的展示,既相互争雄,更相得益彰。到最后,主办方代表请沈飞扬向现场听众提个问题,愿意回答的听众可以自行回答。

沈飞扬的问题是:对二氧化碳的全球拷问会不会影响到"中国梦"的实现?因为他知道在中国有个观点,认为西方发达国家靠污染环境发展了150年,现在该轮到中国了。

这个问题很要命,直抵民族自尊心和大国发展观。听众席中一阵窃窃私语。几个看上去像是大学生的年轻人小声商量后,推举了发言代表。一个戴眼镜的男生神情庄重地面对着沈飞扬的镜头,你们尽可以把这个问题政治化,但我们知道那种观点对中国并没什么好处。问题的关键已经不是碳排放的公平与否了,而是要找到更清洁的经济发展方式。准确地说,把人民对美好生活的向往与可持续的发展方式结合起来,这才是我们的"中国梦"。

沈飞扬将镜头在这男生的脸上多停留了一下。都说如今的中国人有钱了却没了灵魂,就只是及时行乐,就只是各扫门前雪,基本不关注国家前途和民族未来,即便就是关注了也只是插科打诨,人云亦云,显然并非如此。至少镜头前的这些中国人,令沈飞扬肃然起敬。

暗夜笼罩着罗朗庄园,高大茂密的树群在夜色中影影绰绰,弥漫着深不可测的意味。欧文·派克知道罗朗议员敬重这片树群,正是它们的生生不息,才让这座祖传庄园一年四季都透着勃勃生机。罗朗议员的私藏酒窖就面对着这片树群。先人们设计酒窖时就考虑到了藏酒与树群之间的气息往来,考虑到了这两种自然生命体的静默沟通。这是一种形而上的酒窖设计,关注到了灵性层面而不单单是酒窖本身，那冥冥之中的彼此缠绕，让每一瓶藏酒都变得灵性十足。只凭这一点，便将这世上许多奢华版的私藏酒窖比了下去。

一道厚厚的玻璃门与里面的藏酒空间相隔而望。深褐色的木板墙上挂着大幅著名油画，与酒窖里那些价格昂贵的藏酒一起，共同构成了罗朗议员的家族品位。今夜，罗朗议员亲手为欧文·派克倒酒，这通常意味着议员先生心情很好。

欧文·派克第一时间拿着沈飞扬发来的拍摄素材请罗朗议员过目。罗朗议员对发生在中国职工食堂里的主题论坛大感兴趣，特别是沈飞扬的最后一问令他满意。按罗朗议员的说法，重要的不在于那些中国人怎么回答，而在于《气候见证者》拍到了来自中国的声音。中国是个很大的林子，肯定会有各种各样的鸟叫声。

欧文·派克心领神会，要是有来自中国著名气候学家的声音会更好。不过以沈飞扬的能力，要是我们不提供帮助，恐怕很难。罗朗议员明白他的意思，你是说上手段吗？见欧文·派克肯定地点了点头，罗朗议员没有反对，他深知，非道德的手段有时也是必需的。

接下来的时间里他俩都在品酒，直到两个人都喝到微醺。欧文·派克举杯敬罗朗议员，事实将证明派那小子去中国拍摄极有必要。虽说打中国牌是美国政坛的惯常手法，但是像您这样打深度中国牌的，可就是凤毛麟角了。来，敬您这样的凤毛麟角！

罗朗议员说你错了，打深度中国牌的人不是我，是你和我，是我们整个团队！

七　卧虎藏龙的夹皮沟

连日的重度雾霾到底被一夜大风刮跑了，北京今天天气晴好。田汀汾将家中被褥全部搬出晾晒。阳光很足，很快晒出了"太阳味儿"。全家人都喜欢睡带"太阳味儿"的被子，楚航云尤其喜欢，说那气味像是来自童话世界。楚航云的被子跟谭英天的被子并排晾晒，很像是一种相依而眠。这个无意间的发现让田汀汾生出一丝痛感。

与谭英天的婚姻中有着田汀汾无法言说的痛。新婚之夜，她依偎在这个非他不嫁的男人身边，既幸福又惶恐，那种双重的压迫让她几近窒息。她担心他会发现自己已不是处女，更担心他会弃她而去。万幸的是，新郎喝醉了。婚宴上他来者不拒地喝下了许多酒，到了婚床上就有了酒徒式的疯狂。偶尔会有令她销魂的柔情蜜意，但那极其短暂，而且似是而非。虽说那并不是她想要的新婚之夜，却是最适宜她的新婚之夜。

爱上谭英天是田汀汾的宿命。她是南方基地司令员的女儿，正值如花似玉的年龄，从脸蛋到身材都堪称女兵中的佼佼者，再加上身为军医，看上她的年轻军官不计其数，可她从不动心，高傲地享受着众星捧月的感觉，并打算在整个青春期里都如此，直到谭英天的出现。

谭英天第一次出现时正值夕阳西下，他驾驶着一辆军用敞篷吉普车匀速驶来。看得出谭英天身材高大，脸部轮廓硬朗得如同刀刻斧劈。褚红色的夕阳洒在他的草绿色军装上，有如披挂了盔甲，很像是穿越远古而来的古罗马圆桌骑士。在田汀汾的印象中，除了她父亲，不曾有谁能将普通的棉布军装穿出如此大气蓬勃的感觉。

田汀汾立刻就爱上了这个开吉普车的年轻军人。

那是一个被南方基地官兵们称作"夹皮沟"的地方。深山里，一条狭长的沟壑被两侧高耸的崖壁紧紧夹住，基地机关和直属单位的营区便沿着狭长的沟壑依次排列而去，尽头就是南方基地的导弹发射井。当初基地选址，看中的就是这种地势上的隐蔽性，就算是间谍卫星临空，看到的也只是茂密的绿色植被，根本看不到这条卧虎藏龙的夹皮沟。

此后好多天，田汀汾沿着夹皮沟各单位逐一寻找那个开吉普车的年轻军人，不厌其烦地去探头探脑，亽着胆子叫住每一个似像非像的男军人仔细辨认，直到探亲假期结束都没结果。那是田汀汾第一次到南方基地探望父亲。父亲看她每天都兴致勃勃地在夹皮沟各处转悠，大为赞许，说女儿的表现很给他提气，当他教育基地官兵们要热爱夹皮沟、扎根夹皮沟时，至少知道自己的女儿是喜爱夹皮沟的。

奇迹发生在南方基地驻地火车站的月台上。当时谭英天正从对面的到站列车中走出来，而她坐的列车就要开动。她不管不顾地跳下火车，飞奔过去一把拉住他的手说，我可找到你啦！谭英天一脸讶异地问她为什么要找他，她激动地说，因为我要永远和你在一起！

谭英天哭笑不得，认定她是认错了人。她靠近他，压低嗓音说出"夹皮沟""南方基地""傍晚的吉普车"等关键词，恍若是在对暗号。他开始认真打量她，努力回想她是谁。她匆匆找出一张纸写下自己的姓名和通信地址塞给他，请给我写信！请一定来信！我等着你的信！她一连声地大喊着。直到跑回自己的列车前，直到跃上车厢，直到列车越开越快，她都在快乐地喊个不停。

接到谭英天的第一封来信，田汀汾高兴坏了。尽管谭英天在信中再三强调她一定是弄错了，你把我当成了我不是的那个人。尽管他只是礼貌性地祝她工作顺利、学习进步、身体健康，但最大的收获是，她知道了他的名字——谭英天。一个听上去就很有气势的名字。

这之后，两人间有过七八封通信。谭英天总是正经八百地称呼她为田汀汾同志，而她则戏谑地称呼他为圆桌骑士。信中所谈全都是工作、学习，完全不涉及私人层面。这是田汀汾的小手腕，如此才能确保不把谭英天吓跑，而她真正想说的那些话，最好留着当面再说。

不出半年，她就找到了一个去南方基地所在省城出差的机会。完成任务后她连夜搭乘火车赶往南方基地，然后又在公路边拦了一辆军用卡车前往夹皮沟。汽车兵们通常很乐意让女兵搭顺风车，偏巧这车就是为基地司令部运送训练器材的，接收人正是时任作训参谋的谭英天。因此当田汀汾从驾驶室里跳下来，突然出现在谭英天面前，歪着脑袋热辣辣地盯着他时，谭英天一时蒙住了。

老兵驾驶员立刻就快活地嚷嚷开了，他是谭英天当年的老班长，开口就夸谭英天找了个既聪明又漂亮的好姑娘，你们两个一定会是全基地最引人注目的一对！我敢打赌，你们生出的孩子一定有大出息！喂，什么时候喝你们的喜酒啊？

一个洪亮的声音在他们身后响起，这是要喝谁的喜酒啊？

就是这一刻决定了后来的一切。只见谭英天和老兵驾驶员一齐向基地司令员田绍德立正敬礼，而田汀汾则跑上去拉着田绍德的手说，喝我的喜酒啊，爸爸！

在场的三个人全都惊住了。老兵驾驶员惊叹得直摇头，原来是司令员的女儿啊！田绍德则疑惑地来回打量着田汀汾和谭英天，你们两个什么时候认识的？都谈婚论嫁了，也不向我这个当爸爸的透露一个字！田汀汾，这一定是你的主意！不过谭参谋你也真沉得住气，你一天天地在我眼皮子底下晃，竟然没露出一点儿马脚！

这一连串的突发状况早把谭英天弄蒙了，此时他突然清醒过来，迅速向田绍德立正敬礼，报告司令员，我从来就不知道田汀汾同志是您的女儿，我也从来没有跟田汀汾同志谈婚论嫁，我们只是普通同志关系。

田绍德两眼紧盯着谭英天，普通同志关系？普通到什么程度？

谭英天继续敬礼报告，报告司令员，就只是普通的通信关系。

田绍德瞪大眼睛，通信关系？告诉我，你们都通了几封信了？

谭英天想了一下回答说，报告司令员，是五封。

田汀汾立刻纠正，是六封！我的第六封信正在路上走着呢！

田绍德一副不依不饶的架势，数字不重要！重要的是，我手下的参谋就在我眼皮子底下和我女儿以通信方式谈婚论嫁，而我这个当爹的却一无所知！这是个什么性质的事情？！

只有田汀汾看出了父亲的真实心态。父亲喜欢掌控他周围的世界，他是因为被蒙在鼓里而不痛快。于是她立刻坦承道，爸，真实情况是，我根本就不知道谭英天是您的参谋，他也不知道我是您女儿，我们是邂逅相识，是我对他一见钟情，而且我还从没向他表白过呢！我们在信里说的，全都是国家大事和政治学习。

谭英天一副急于摆脱干系的劲头，司令员，您女儿说的都是事实，我们在信里从没谈婚论嫁过，至于喝喜酒什么的，是我这位老班长在跟我开玩笑呢，您可千万别当真！得到老兵驾驶员的证实后，谭英天又立刻补上一句，司令员，我保证以后不再跟您女儿通信了。还有，我从没想过要当您的女婿，您完全不用担心这个，我保证！

田绍德反倒较真了，厉声问道，谭英天同志，当我女婿有什么不好吗？委屈你了？！

谭英天硬着头皮辩解着，司令员，我只是在陈述事实而已。

田绍德满脸的不快，事实？！事实就是我女儿看上了你，她想和你进一步发展关系，而你完全没有心理准备，你被这局面弄得不知所措了！我说得对吗，谭英天同志？

谭英天立刻答道，正是如此！所以我认为这不过是一场误会。

紧接着出现的情景让田汀汾都愣住了。她看见父亲把手放在谭英天的肩膀上，完全是在语重心长了，谭参谋，这事儿是有些突然，我也觉得很突然。不过依你谭英天的智商，应对起来不会有任何问题。有一点你必须相信，小鸡是孵出来的，感情是处出来的。当年我跟你阿姨结婚的时候，我也是刚刚认识她，但是我相信组织，知道组织上的推荐肯定没有错。结果怎么样？这么多年地处下来，我们两个都没怎么红过脸！要知道，你阿姨可不是一般的农村丫头，她是来自北平的大学生呢！

田汀汾被父亲的一番话说得心花怒放，再看谭英天，一脸惊愕外加一脸窘相。事已至此，她必须和谭英天当面说清楚了，于是她忙不迭地将谭英天拉走，嘴里高喊着，爸，请让我们单独相处好吗？这可是我们第一次约会呢！而且今天是周末！

他们两人的第一次约会就在夹皮沟的南山坡上，四面青山外加一条绿水，给她的爱情表白提供了绝佳氛围，连空气中都透着甜丝丝的滋味，只觉得周围的山石草木都在为她助力。她说到了与他的首次邂逅，说那是她此生第一次怦然心动。她详细描述着夕阳下他的样子，当她说到"古罗马圆桌骑士"时，眼中跳动着炽热的光芒。她说与他的相遇是她生命中的大事件，其意义仅次于她从母体里脱胎降生。她说原本她只想做个快乐的小鸟随心所欲地飞翔，不愿意停落在任何枝头上，就是再枝繁叶茂的大树对她也毫无吸引力，但是见过谭英天后，她改心意了，她有了新的人生规划。

她停下来深吸一口气，两眼发亮地看着谭英天，知道我的新规划是什么吗？猜猜看！

谭英天一脸茫然地摇着头，不知道，也猜不出来……

田汀汾伸出一根手指亲昵地点着谭英天的脑门，傻样儿！我的新规划就是，要跟你谭英天组成一个幸福家庭，我们两个一定会非常非常地幸福！

谭英天连忙拦住她，打住打住！扯得太偏了！我们在信里谈的可都是政治学习和国家大事！田汀汾咯咯咯地笑起来，别傻了！你以为一个女孩子一直给你写信，当真是要跟你谈论国家大事或是学习体会吗？！反正我认定了，我们两个能像我爸妈那样白头到老！

谭英天哭笑不得，田汀汾同志，我们之间还很不了解，怎么就认定会像你爸妈那样呢？你这叫主观主义！田汀汾自得地笑着，这叫女人的直觉！女人的直觉赛过最精确的仪器呢！反正在我的直觉中，你就是跟我爸爸很像的那种军人。

谭英天吓了一跳，快别这么说，我一辈子都不会成为像田司令那么优秀的军人！

田汀汾两眼炽热地看着他，只要跟我在一起，你就能成为像我爸那么优秀的军人!

他们的第一次约会很不成功,谭英天再三表示自己不够优秀,又是个农村兵,完全不适合像田汀汾这样的高干女兵,最多能跟她做个普通朋友。他耐心劝导她把视野放宽一些,不要头脑发热,你看你各方面条件都这么好,肯定会遇到更适合你的人。田汀汾并不气馁,语气坚定地告诉他,我知道什么人最适合我!而且我还知道,没有谁比我更适合你!

回到家时,田汀汾见父亲正在客厅里等着她,快告诉我,跟那小子谈得怎么样?

田汀汾把头一歪,爸,您觉得会怎么样?

田绍德双眉上扬,像我女儿这样的好姑娘能看上他,那是他小子的福分!

田汀汾皱起眉头,爸,就因为我是您女儿,他被吓住了!他没胆量走进您这位司令员的家!田绍德就问,这话是谭英天说的,还是你自己猜想的?田汀汾说这有什么不同吗?田绍德大包大揽地说,交给我好了!我当然不会以司令员的身份对那小子下命令,我会以父亲的身份去跟他说清楚,我要让他放下包袱,解除顾虑,踏踏实实地去爱我田绍德的女儿!

田汀汾突然有些想哭,爸,谭英天他根本就没爱上我!

田绍德凝神望着女儿,这才明白是怎么一回事。在这场不对等的爱情中,女儿明显是不占上风的那一方。于是他开始夸赞女儿的好眼力,说她能看上谭英天实在是一种识人辨事的大智慧,让他这个当父亲的很得意。知道吗?我手下所有参谋中最有发展潜力的,就是谭英天!那小子生来就是块当军人的料,他对军队的热爱发自肺腑,骨子里就对战略战术着迷上瘾。那小子记忆太好,对许多中外著名战役和著名将领都如数家珍,更能将战役双方的战事推进分析得头头是道,那些又长又拗口的外国人名和地名,他说起来既准确又流利。那小子不算健谈,可要是谈起这些来,那他会滔滔不绝,就好像那些战役是他的亲眼所见。我对他说过,最适合你谭英天的岗位是在军事院校里授课、做学问,在这个大山沟里当个小参谋,你屈才了!可这小子拍我的马屁说,跟着你田司令员干就是在长学问!他知道我舍不得把他交出去。这小子的可爱就在这里,喜欢基层部队,而且不惧怕艰苦环境……

田绍德话音没落,田汀汾已经走进父亲书房,然后抱着厚厚的《世界战争大全》埋头阅读起来,恍若那是一本恋爱宝典。

事实上父亲的一席话等于是在指点迷津,田汀汾一下子就明白了该如何跟谭英天谈情说爱。以后的通信往来中，她开始大谈特谈战役战例。她会举出某个著名战例，请谭英天解释其中的奥妙所在；还会对某位著名将领的指挥艺术做出分析，然后请谭英天评判对错与否；也会对那些失败的战例评头论足，与谭英天辩论不休。这种两人间的辩论让田汀汾大感过瘾，只觉得胜过所有的甜言蜜语，个中滋味妙不可言。这样的通信持续了一年多，直到有一天谭英天走到她面前说，田汀汾同志，我们结婚吧！

那是个阳光明媚的中午，田汀汾正在北京家中的小菜园里拔草，两手沾满了泥巴。谭英天突然出现，又突然求婚，着实把她惊住了。她缓缓站起身，张大嘴巴呆呆地看着谭英天。过了好一会儿，有种声音从她喉咙里滚滚而出。那声音里夹杂着震惊、喜悦、委曲和伤感，丝丝缕缕的柔情与撕心裂肺的痛楚交替显现。等到听清那是她自己的哭声时，她已经双手掩面，哭得不成样子了。

谭英天被她的哭声与哭相惊到了，手足无措地愣怔着，好一阵子才说出第二句话，我是来北京开会的，要是你同意结婚，我们这就去上街买些喜糖，带回夹皮沟。

听他这一说，田汀汾的哭声更大了，双手更紧地捂在脸上，弄得谭英天完全摸不着头脑，只好向她表示，要是你觉得现在办婚礼太着急了，那就再等些日子，等你充分准备好了，咱再结婚。结果田汀汾发出了惊天动地的哭声，边哭边大喊着，谭英天，你一定要对着一张满是泥巴的脸求婚吗？！告诉你，人家早就准备好了！人家这是喜极而泣！

谭英天与田汀汾的婚礼被弄成了南方基地的大事件，机关食堂最大限度地张灯结彩，到处都是红通通亮闪闪的，饭桌上摆满了吃的喝的，从北冰洋汽水到北京啤酒，再到当地白酒，全都敞开了供应。田绍德把自己的存折交给机关食堂管理员，让他帮着做婚宴采购，千万别给我省钱，照着最像样的婚礼去办！

军营婚礼通常遵循着城市与乡村的双重风俗，新郎新娘必得兼顾到城市兵与农村兵不同的婚庆习俗。谭英天事先提醒田汀汾，要有被捉弄的心理准备。作为军营婚礼中约定俗成的这一部分，即便你是司令员的女儿也必须遵从与配合，绝对不能生气。官兵们通常将婚礼氛围看成是婚姻幸福与否的征兆，当他们捉弄你时，其实他们是在祝福你。因而田汀汾在整个婚礼中始终笑容满面，她认真诚恳地敬出每一杯喜酒和每一根喜烟，即便有来宾故意把她划着的火柴吹灭，成心让她点不着喜烟，她也不急不恼，笑吟吟地继续划火点烟。对那些起哄式的捉弄她也来者不拒,结果他们这对新人被起哄着当众亲嘴三回,悬空苹果也咬了三回,大大超出了以往军营婚礼上对新郎新娘的捉弄程度。

田汀汾在婚礼上的出色表现连田绍德都惊讶万分,直叹爱情是最好的修理师,把他女儿的大小姐脾气修理好了。整个婚礼中田汀汾的确是心花怒放,那种饱胀的幸福感足以淹没在这之前的所有阴影。

是新婚之夜把田汀汾打回到现实世界中。女人一生中最美妙也最销魂的时刻被她提心吊胆地敷衍着,知道每分每秒的后面都隐藏着灭顶之灾。与此生最爱的男人肉体交欢,却只有恐惧与忧虑,就因为婚床上横亘着一场暗中交易。

他们父女二人联手蒙骗了她最爱的这个男人!

这个自责将田汀汾纠缠了很多年。直到有一天她发现,她还是个引狼入室的大傻瓜!

如今许多年过去了,她又在致力于将楚航云请进家门,还亲手打造了足够温馨的房间和足够舒适的床铺,明摆是要再一次地引狼入室。计划制订好后,她曾有过犹豫徘徊,拿不准这是在自我捉弄,还是在成全他人。她这一生都充满奇异的变数,表面的光鲜里隐藏着不可示人的暗黑。别人看她是个命运的宠儿,其实她知道自己离宠儿很远,离弃儿很近。

楚航云的房间被田汀汾重新布置过。新换的碎花壁纸与咖啡色实木家具,外加一个铁艺式的圆形大挂钟,满眼都是浓浓的英式田园风,都是在迎合楚航云的喜好。虽说多年不见,但田汀汾能从楚航云的穿戴风格中看出她如今的生活美学。

摆在房间中央的玻璃展示柜是田汀汾特意买来的。柜子里的摆件更是田汀汾刻意挑选的,它们全都来自夹皮沟——军用挎包和军用水壶及军用陶瓷杯,带红五星的软檐军帽和带红圈的大盖军帽,还有一部海鸥牌照相机。数量最多的是相框,全都是当年他们仨的合影照,有穿军装的,也有穿便衣的。楚航云站在他们夫妇中间,两眼笑成了一条缝,嘴巴却俏皮地嘟起来,一副小女兵的可爱相。他们夫妇也都笑容灿烂,风华正茂的脸庞上透着少许的迷惘与更多的自信。只有一张照片例外。照片上的田汀汾与楚航云神情忧虑,既像是担心着什么,又像是正承受着什么。当时楚航云刚刚结束被调查,脸上的稚气一扫而光,微皱的眉头中带出明显的心理阴影。

这些照片全都出自这部海鸥牌照相机。那时谭英天喜欢用这相机自动拍照,也喜欢自己洗相,他说暗房里的世界自有一种洒脱自在的氛围。这会儿,田汀汾轻轻擦拭着它们，恍若触碰着带有温度的陈年往事。楚航云与这个家庭分离得太久了，田汀汾希望这些照片能像橡皮擦一样，抹去彼此间的生疏感，至少能表达出"我们曾经共过青春"的感觉。

无论怎样，楚航云已经搬进来了。田汀汾很满意事情正朝着她暗自谋划的方向进展着……

八　语录歌

纽约大学报告厅里座无虚席，讲台横幅上写着"全球气候变化与美国新能源战略"。

莘莘学子聚集在这里，并非都是对气候变化感兴趣，而是对国会议员威廉·罗朗大感兴趣。有关的背景资料早就贴遍校园，罗朗议员英俊而深沉的面庞在学校内网首页上连续挂了好多天。罗朗议员有着双重魅力——儒雅洒脱的相貌、政坛新星的光环，因此无论男女生，都很容易被演说中的罗朗议员深深吸引。罗朗议员的演说抑扬顿挫，不时辅以手势以加强语气。他很少站在演讲台后面说个不停，他的风格是边走边说，时而踱步到讲台一侧，时而让情绪停顿在某个关键词中以造成全场静默。他将丰富的肢体语言挥洒自如，牢牢抓住全场听众的目光，容不得他们有片刻的游离。就算是好莱坞明星光临，也整不出如此的气场。曾有媒体评论说，罗朗议员不竞选美国总统可惜了，单凭他的演说风采，也能得票无数。

罗朗议员此次演说以讲故事开场。故事从爱德华一世时的英格兰说起。那时的英格兰，几个世纪以来的壁炉燃料都是木材，由于森林耗尽，木材价格持续上涨，人们开始使用更为便宜的煤块。但是国王极其厌恶煤块燃烧后的气味，因而全英格兰禁止烧煤，违者会被处以巨额罚款和赎金，会遭受拷打和绞刑，甚至会被斩首。

罗朗议员说，这是因为英国贵族们对这种黑色石块心存畏惧，煤块让他们想到疾病，想到魔鬼。煤块在燃烧时发出的硫黄味，令他们想到恐怖的地狱。拉丁词"小块的煤"，就有疾病的含义。那种叫作"淋巴结黑肿"的瘟疫，那种叫作"腹股沟淋巴结炎"的疾病，表现在病人的皮肤上，还真就像是一个个小煤块似的。当时的英国人普遍以为，煤块是一种靠着粪便和腐土在地底下慢慢长出的脏东西。

罗朗议员话头一转，即便如此，英格兰后来还是成了第一个大规模烧煤的欧洲国家。到1700年，伦敦每天要烧掉一千多吨煤，遍及英格兰的工厂更需要大量烧煤来获得动力。于是英格兰的煤矿因挖得太深而积满了水，无法再采煤了。1712年，一个小镇铁匠用他发明的蒸汽发动机抽走了积水，让矿井死而复生。这个名叫托马斯·纽科门的聪明家伙，就是用煤来制造水蒸气。当水蒸气冷凝到足以产生真空时，就能拉动活塞完成抽水。50年后，英格兰的矿井中轰响着数百台蒸汽发动机，这让英格兰的煤产量跃升至每年600万吨！

罗朗议员大步走到讲台最前沿，冲着他的听众们微微一笑，请别着急，这个关于煤的故事就要结束了，现在出场的角色就是天才人物詹姆斯·瓦特。他和朋友共同制造了世界上第一台机动蒸气发动机，从此，煤块开始成为交通燃料。这是1784年。到了1882年，托马斯·爱迪生在曼哈顿下城开办了世界上第一个电灯发电所，于是，煤块又具有了发电的功能。这时，地球上再没有任何一种能源在多用途方面，能跟煤块相匹敌了！19世纪理所当然地成为煤的世纪，人们将煤称作"黑色的金子"。直到21世纪的今天，煤，这种来自地下的黑色石块，仍然主宰着我们人类的生活。

罗朗议员稍稍停顿一下，再开口时，语气变得激昂起来，我要说，是时候远离这种黑色石块了！我们一代一代地挖掘它们，几个世纪以来我们毫无顾忌地燃烧它们，由此而产生的大量二氧化碳，正在造成一个令人忧虑的大事件，那就是全球气候变暖！据国际能源署的最新预测，未来五年内，全球煤炭消耗量将持续增长，与石油消耗量完全持平。由于煤炭比其他化石燃料所产生的温室排放量要更大、更多，所以，全球气候变暖势必持续加剧！

观众席中递上一张纸条，上面写着——"CCS"这种新技术，能够捕获与封存煤炭燃烧所产生的二氧化碳。美国政府正计划为其投资4.5亿美元，惠及全美七个地区。

罗朗议员将纸条扔到一边，口气轻蔑，这个叫作CCS的所谓新技术，对于日益严重的全球气候变化来说，根本就是个画不圆的大饼。有人用了一个中国歇后语，管这叫作"脱裤子放屁——多此一举"。

满堂哄笑中，罗朗议员提高了嗓音，清洁能源才是扼制全球气候变暖的杀手锏！如果我们希望把变暖幅度控制在2摄氏度内，那么从现在起到2050年，全球对清洁能源的投资需要45万亿美元。这是打造杀手锏的基本费用，也是国际能源署的保守估算。然而实际情况是，全球对传统化石能源的补贴数额高达

3120亿美元，而对清洁能源的补贴数额却仅有570亿美元。这就是说，当政客们对传统化石能源每补贴5.5美元时，对清洁能源仅仅补贴1美元。这是一个4.5倍之差的能源政策，是一个根本无法扼制气候变暖的能源政策！

罗朗议员以无比沉痛的表情环视全场，各位同学，不知道你们对美国的能源结构了解多少，让我来告诉你们一组数据——美国每天的耗油量为1600万桶，远远超出了自有供应量，目前的缺额是上世纪七十年代的三倍！这是个很大的缺口，从这个缺口里堂而皇之地爬进了许多危险的蛆虫，其中最大的一只，就是美国的外交格局和军事重点长期被"控油权"所牵制。所以，美国要想摆脱对中东石油的严重依赖，要想放弃被动的"石油政治"，要想掌控自己的能源命运，就必须毫不犹豫地快速发展新能源！

观众席中响起热烈回应的掌声，罗朗议员继续慷慨激昂，可是美国却把发展新能源的先机拱手让给了欧盟，如今欧盟的相关产业技术已经位居全球第一了！这都是因为我们的产业化进程大大落后于欧盟，投入更是大大落后于欧盟。欧盟抢占的先机不只是技术层面，更是政治层面，他们掌控了全球二氧化碳排放权的推进进程！知道二氧化碳排放权在未来有什么作用吗？那就是美元在今天的作用！二氧化碳排放权将成为一种新的国际通用货币，当它被兑换成经济发展权后，足以在国际货币体系中跟美元分庭抗礼。所以只有大力发展新能源，让它变得价格低廉，才能从根本上摆脱对于煤炭与石油的过度依赖。美国已经被动了，再不行动起来，必将失去最后的翻牌机会！同学们，只有新能源能够拯救美国！

罗朗议员开始面露嘲讽，或许有人会说，全球气候变暖这个说法已经不新鲜了，对二氧化碳的讨伐也太多太滥了，我们都听腻了！是的，我也有同感，而且我比你们要强烈数倍，因为我办公的地方离那些大权在握的决策者很近，我能闻到从他们那里传来的冷漠气味，所以我才带着《美国新能源战略法案》来到你们中间，寻求你们的支持，以免被他们冷漠地扔进废纸篓里！

全场听众向罗朗议员报以更加热烈的掌声，同时夹杂着口哨声和尖叫声。罗朗议员将身体侧向一边，再拢起一只手掌放在耳边，似乎是要倾听听众席上的所有声音。他面带微笑，神情庄重得像是在倾听天外来声。当天晚上的电视新闻以特写镜头让全美国都看到了这一幕。电视台的评论是——罗朗议员的神情完全就像是在倾听上帝之声；或许听众是在以掌声替上帝发声，要么就是上帝隐身于听众之中在向罗朗议员发出赞许之声。

电视新闻还播出了演讲结束时，全体听众跟着罗朗议员一起高喊《美国新能源战略法案》的宣传口号——"立刻开始！我们能做到！"那排山倒海般的声浪持续不断，似乎在场的每一个人都热血沸腾地要跟着罗朗议员走到大街上去游行请愿。

在这些热血沸腾的听众中也有《纽约城市报》调查记者约翰·杰克逊，他高呼口号的劲头一点儿也不亚于旁人。那是一种同仇敌忾的激情，很像是在集体发愿，又像是在相互激励。坐在他旁边的两个学生向他投来会心的笑容，另外一些青年则拉起手臂高高举起，似乎人人都找到了一种久违的集体归属感。

一开始，约翰·杰克逊还只是冷眼旁观，尽量对罗朗议员的个人风采和演讲魅力不为所动，即便全场都哄堂大笑，他也保持着冷静超然。他来到这里不是要追随罗朗议员，而是要深入调查。他要弄清罗朗议员的《美国新能源战略法案》与新能集团之间有着怎样的幕后交易，以及交易从何而生。但是听着听着，他发现有一种东西在渐渐瓦解着他的心理防线，让他生出了怎么也压不住的满腔激情。给他的感觉是，罗朗议员所说的每一个字都透着政治家的远见卓识，很像是当空撒下了漫天火种，想要不被点燃都很难。

约翰·杰克逊就这样被点燃着离开了会场。回家后意犹未尽，他上网进入罗朗议员的个人主页，看见《美国新能源战略法案》的宣传广告被做成3D动画，各种肤色的人双手托举着这个法案在美国版图上大步流星，那意思是，《美国新能源战略法案》体现的是美国白人、黑人以及各少数族裔人的共同利益。

约翰·杰克逊抑制不住地想要写稿，打算将纽约大学演讲会的所见所闻悉数写出。他先是解读了煤的故事，认为罗朗议员其实是在提醒我们，以煤为代表的化石燃料的发现，的确是人类社会的一大幸运，但此等幸运已被人类挥霍得差不多了，我们几乎用光了所有容易开采到的化石燃料；万幸的是，各种新能源技术出现了，它们快马加鞭地及时赶到，必将全面填补人类社会的能源短缺。

他还进一步地解读到，当罗朗议员说《美国新能源战略法案》能够拯救美国时，其实是在传播一个新理念：在全球气候变暖之际，我们要善于利用气候资源。风能、太阳能跟煤一样，都是大自然的馈赠。要像先人们以智慧之手驾驭煤的使用那样，以我们这代人的智慧之手驾驭新能源。尤其是在当下，华尔街的金融工具链破损了，实体经济也很难再创造大量财富，新能源势必一枝独秀地成为美国经济运转的新动力。必须看到，尽管全球经济仍然徘徊在寒冬里，但新能源已经在许多地方悄然大热了。因此罗朗议员的结论是：不是美国要不要新能源，而是新能源的帝国里将有多少疆土属于美国！这就是《美国新能源战略法案》的核心，它关乎国家安全和能源命运。那意味着，当我们将更多一些钱投向新能源时，我们就是在为美国人民赢得更多一些生存权！

文章最后，约翰·杰克逊重笔描绘了听众们跟着罗朗议员一起高喊《美国新能源战略法案》宣传口号的情景，将其比喻为"美国式的政治大合唱"——先是由富有良知的政治家领唱，然后是觉醒了的民众齐唱，那气势磅礴的声浪足以表明《美国新能源战略法案》有着怎样的国民基础。到最后，他索性将文章起名为《美国在新能源帝国里将会打下多少疆土》。

当约翰·杰克逊轻点鼠标，将文章发给《纽约城市报》新闻部主任时，只觉得自己被分裂成了截然不同的两部分：他的一部分对罗朗议员和《美国新能源战略法案》充满赞赏与信任，他的另一部分仍然充满狐疑：为什么道格先生会一口咬定那里面藏有秘密交易?!

一大早，欧文·派克的手机信息就来了。他向沈飞扬致以周末的问候，提醒他该去探望一下老父亲，无论你有多大的怨气，你都不能忽略父亲的存在，更何况他老人家还健在呢！这话戳到了沈飞扬的隐痛，也令他好生奇怪，为什么欧文·派克会知道他对父亲有怨气？

欧文·派克的回复是：当儿子的常年漂泊在海外，即便就是与父亲同在一座城市也不去探望一下，还能是什么呢！见到你父亲，请代我问候那位中共老党员。

其实沈飞扬已经见过父亲了。有两个傍晚，他站在一家商场的二层楼道里，隔着宽大的玻璃窗望着下面那个四合院。父亲真的是老了，打起太极拳来腿脚迟缓，动作基本做不到位，却一招一式毫不含糊，明显是跟自己的力不从心在较劲。父亲的倔强深入骨髓，这让父亲在战争年代成为一名令敌胆寒的战将，也让他后来成了一位难以亲近的父亲，又让他成了如今这个不肯服老的倔老头儿。沈飞扬一直不敢去见父亲，就是怕面对父亲内疚的眼神。一个倔强男人的内疚眼神，其杀伤力足以让他的亲儿子缴械投降，抛却所有的宿怨。

问题在于沈飞扬还不想抛却宿怨。父亲的强权毁灭了他的初恋，就算后来结了婚成了家，也还是离婚了。后来父亲在一封信中明确表示悔不当初。接信当晚，他在曼哈顿下城的酒吧里整夜喝酒，借着酒精用最绝情的语言憎怨父亲。多年来一想到远在北京的家他就满腔怨愤，恨不得立刻断绝父子关系，或是重新投胎到别人家。父亲信中真诚的忏悔等于是在他伤口上又撒了一把盐，让他疼痛到神经麻木。

即便就是回到北京，他的怨愤也没减轻多少。夜深人静，他会拿着与父亲的合影看上好一阵子。去美国前，父子俩特意去了"红都照相馆"。照片上的父亲不算老，父子俩都穿着中国人民解放军六九式军装，一样的红五星与红领章，不同的是，父亲神情凝重，而他则满脸憧憬，根本不知道日后会在美国坎坷不断。

这个周末沈飞扬仍然不打算去看望父亲，百无聊赖之下，打开电视随意搜台。电视里的男男女女们要么哈哈大笑，要么捧腹爆笑，而且统统都是在刻意搞笑。显然中国的电视节目正大踏步地走向全民娱乐。好容易才找到一个不带笑声的频道。T台上的模特儿们一律身着金属色系面料，活像是一瓶瓶被打开的香槟酒，正满场挥洒着金黄色的泡沫，既耀眼又欢快。照节目主持人的解读，金属色系之所以在这一季的服装中盛行，是因为在经济不景气中，人们潜意识里渴求质感和硬朗的元素，以应对困境，而金属色系恰恰代表着一种具有冲击力的能量，透着一种英姿飒爽式的性感。

沈飞扬深表赞同。他知道金属色系属于色彩学中的高调色系，运用在服装里自然就显得高贵与炫酷。再加上金属色系往往和未来主义有所关联，由此而打造的服装便带出了强烈的前卫时尚感，平添了一种精神兴奋剂的作用。

沈飞扬注意到一位模特儿，她身穿亚光金属质感羽绒服，头上戴着一只金属发箍，胸前挂着一串金属色项链，那宁静的眼神儿和从容的舞台范儿，很有一种似曾相识的感觉。

她当然不可能是楚航云，但她的模样与服饰都酷似他记忆中的楚航云。他们两人曾经一起表演配乐对口词《我是一颗勇敢的子弹》。楚航云只用一块金属色装饰布，就将自己从头到脚都装扮成了一颗子弹的模样。她写的对口词，他谱的配乐曲，拿去参加基地文艺会演，一举赢得了头等奖！他俩都是气象室的文艺骨干，联手编排过许多文艺节目，从小歌剧、小话剧、小舞剧再到表演唱、枪杆诗、快板书、对口词，直至三句半。

是沈飞扬发现了楚航云的才艺。那时新兵分到气象室，一律会被拉出来做表演，名为"新兵报到"，实则借此发现谁有文艺细胞。到了楚航云这拨兵，气象室头一回来女兵，"新兵报到"便多了新奇感。那天晚上大食堂里挤满了看热闹的人，饭桌和板凳被重新摆放，空出足够的地方当作临时舞台。

数男新兵的表演最搞笑。他们让《沙家浜》里的郭建光说着满口陕西话，让《红灯记》里的李玉和操着地道的河南腔；唱《智取威虎山》时，三个杨子荣一齐跃马扬鞭上场，结果三个新兵唱成了三个调，而那跃马扬鞭的规定动作也都跳成了顺拐，惹出阵阵哄堂大笑。

轮到女新兵时台风大变。她们先是集体表演诗朗诵，那字正腔圆的普通话让老兵们觉得像是在"听广播"。然后就是单独献艺环节。有人用口哨表演《我是一个兵》，也有人用口琴演奏《打靶归来》，全都挺像样。表演三句半时出岔了，她们不是手脚顺拐，就是屡屡忘词，忘词后还笑场，笑场后又能很快回到表演状态，完全不知道难为情，一副傻丫头的样子。老兵们笑得前仰后合，不停地拍巴掌起哄。

楚航云最后一个出场。她一语不发，含笑环视，像是在等待全场安静下来。待大家静下来好奇地望着这小女兵时，她热情洋溢地开口了，还带着一连串丰富的肢体语言——

各位尊敬的领导，各位尊敬的老兵，各位尊敬的新战友，大家晚上好！我叫楚航云，楚国的楚，航空的航，云彩的云，大家就直接叫我小楚同志好了！比方说，小楚同志，快去打瓶开水来！小楚同志，去，到炊事班帮厨去！小楚同志，快去值班室取一份加急文件，跑步前进！还有，小楚同志，有一小股不明数量的敌军正在偷袭气象室，快去消灭他们！

这期间她采用了不同的方言，相互转换起来轻松自然，完全就是行云流水一般。掌声爆响。一些老兵还兴奋地用方言呼喊着楚航云的名字，就好像她是他们的一位乡里乡亲。再看楚航云，她不紧不慢，以一个极标准的军礼回应着满堂喝彩。

彼时沈飞扬入伍已满一年，又是气象室宣传队的副队长，现在该他出场了。他拍着巴掌走上台，夸赞楚航云有语言才能，很适合表演小话剧，却见小女兵两眼晶亮地望着他，老兵同志，听说您是个语录歌高手，比试一下呗？随您起头，不管是什么，我都能跟您接唱！

在满场起哄声中，沈飞扬开唱了，是湖南花鼓调《我们共产党人好比种子》。他刚唱出第一句，她眉梢一扬，立刻就接着唱起来。然后他唱了进行曲风格的《革命不是请客吃饭》，她又跟着唱起来。接着他唱起了《领导我们事业的核心力量》，她还是立刻跟唱起来。再然后，他唱起了铿锵有力的《造反有理》，她仍然能立刻跟唱。这样几个回合后，沈飞扬开始增加难度，每唱出一首语录歌，刚被她接过去，便立刻换成另一首。他速度极快地转换着，不管长短，无论曲风，哪怕是只有一句歌词的《要斗私批修》也都唱了出来。可这个女新兵蛋子，她竟然全都招架住了，从头到尾应对如流，没打一个磕碰儿！

她唱歌时高高地仰起脖子，身子微微前倾，歌声清脆而透彻，宛若山涧溪水在叮咚流淌。半个多小时里，他们两人都在你来我往地接唱语录歌。到最后，沈飞扬会唱的语录歌全都唱光了，嗓子也沙哑起来。再看楚航云，她越唱越来劲，两眼发光闪亮，一副奉陪到底的架势。沈飞扬情急之下突然放声高唱：我说那个十六条啊，就呀么就是好……

全场几乎同声呐喊，不对！这不是语录歌！不算数！

起哄和爆笑几乎要掀翻屋顶。沈飞扬明白，这一场语录歌对接赛将以女新兵蛋子楚航云大获全胜而告终。众目睽睽之下他必须赢回面子。于是他以宣传队副队长的身份大声宣布说，通过初步测试，新兵楚航云基本合格。祝贺气象室宣传队又有了一名新成员！

此时此刻，几十年前的那一场语录歌对接赛的清晰显现弄得沈飞扬鼻孔发酸，眼眶发潮。在那之后发生了多少事啊！

全都是因为楚航云的父亲楚怀远在一次新机型训练时莫名失踪了！那架飞机是在海面上突然消失的，此后再无任何讯息。随后的各种寻找也无果。不但没找到黑匣子，甚至没找到一片飞机残骸，很像是一种连人带机的整体蒸发。

这起原因不明的训练事故很快被升级为"驾机叛逃台湾事件"，定性理由来自对雷达图片的过度解读——楚怀远的飞机在消失前的最后四十三秒里突然改变了航向，直接冲着台湾海峡加力疾飞。解读者称，要是飞行员愿意，他们有许多办法可以让飞机在雷达上消失，尤其是像楚怀远这样优秀的资深飞行员。

许多人都不相信这种解读，认为当年抗美援朝战场上的空军英雄绝不可能沦为可耻的叛国者。但无人解释得了那架飞机为什么会人间蒸发，毕竟此种情境从未有过先例，有关厂家也表示无法解释。这事性质严重且内涵微妙，有关方面迅速成立调查组以查明真相。

楚怀远的照片被发到机场各单位，要求大家踊跃提供线索，看楚怀远在事发前有没有反常之态，是不是给什么人打过什么不同寻常的电话。

还真就有了个线索。一位警卫班长回忆说，事发前一天轮到他在飞行中队哨点站岗，看到楚怀远走到电话机前打电话，隐约听他跟人说起了有关空中遇险的话题，说了好几句。他知道楚怀远第二天要飞一种新机型，觉得这个话题不太吉利，这就像是渔民出海前忌讳谈论海难。当时楚怀远回答他说，那是他女儿。因为女儿在信中问起了他经历过的一次空中停车，所以他必须解除女儿的担心。警卫班长惊叹说，没想到还真就不吉利了！

调查组开始多轮追问警卫班长，是否听到了更多的句子或者可疑的词语，有没有听到台湾这个词，或是某个表示台湾的暗语，包括有关时间与地点的微妙提示。总之，你有责任提供更多有用的线索！

警卫班长这才意识到坏事了。他不过是在服从命令积极配合调查，却被当成了重要目击者；他听到的只是只言片语，却被要求提供更多线索。他慌忙解释说，他没有听到有关台湾的字眼儿，也不相信空军英雄楚怀远会叛国投敌。

调查组没理会他，只要求他以高度的政治责任感在调查证词上签字。那份证词抹去了含糊犹疑以及不确定的词句，语气变得斩钉截铁，完全就是一个不容置疑的调查结论。那份证词被层层上送，又被一级级地转到有关部门，最后明确要求，要以高度机密的方式通缉失踪飞行员楚怀远，严防对外造成政治影响。

很快，密令发到导弹部队南方基地，要求对涉案人员楚航云立即实施隔离审查。

抓人行动发生在深夜。当晚雷电干扰严重，楚航云头戴耳机在噪声中极力辨听每一个莫尔斯电码，生怕填错某个气象要素。那些人进门时她正低身俯向天气图，于是她被猛地按到桌面上，双手迅速被反扭。她没有惊声尖叫，因为她完全吓蒙了。

正在隔壁值班的沈飞扬听到动静冲进来，快放开她！这是在战备值班，不能耽误抄报！

三个带枪的军人不理不睬，押着楚航云出了门。沈飞扬怒火中烧，从门后取出三节棍，冲着他们一通猛抡，让自己习练多年的棍功派上了用场。这时气象室主任出现了，厉声命令沈飞扬不要妨碍保卫处同志执行任务。沈飞扬不肯住手，一口咬定他们抓错了人。气象室主任喝住沈飞扬，将一份命令给他看，那些语意明确的简短字句把沈飞扬惊得目瞪口呆。等他回过头去，楚航云已被塞进一辆吉普车。

长长的山路上，沈飞扬骑着自行车拼命追赶。月光很亮，从吉普车后窗上，他能看见楚航云一脸的恐惧。他放声高喊着，楚航云，跟着我唱语录歌！语录歌能让你不害怕！

他大声唱起了《下定决心》。那铿锵有力的音乐节奏很适合鼓舞斗志。他一遍又一遍地唱着，嗓门儿大得近乎嘶喊。他不清楚她是否在跟他一起唱，但他相信她能听到他在唱。吉普车越开越快，已经开到盘山公路了，他仍然拼命蹬车，仍然放声高唱——下定决心，不怕牺牲，排除万难，去争取胜利……

黑暗中，有什么东西绊住了前车轮，他被高高抛起，又被重重摔到树丛中。即便是瘫在地上不能动弹了，他还在嘶声唱着《下定决心》。直到气象室主任带着一辆嘎斯69追上来，直到他被人从树丛中抬出来，又抬进车里，他还在不停地唱着《下定决心》，似乎再也停不下来了。到最后，他变得有气无力，嘴里还在反复喃喃着——下定决心，不怕牺牲，排除万难，去争取胜利……

气象室主任始终神态默然，什么都没说，最后塞给沈飞扬一张纸条，上面写着关押楚航云的地址。

周末一到，沈飞扬立刻请假外出。基地招待所的顶层被调查组整层征用，关押楚航云的房间在最里边。不等走近，沈飞扬就听到了哭泣声。那是一种小动物受伤后的哀鸣，压抑而无助。见到沈飞扬，楚航云停住哭泣，好一会儿才喃喃着，你怎么来了？

沈飞扬故意装出兴致勃勃的样子，我来跟你对唱语录歌啊！

楚航云惊愕得瞪大眼睛，怎么可以？！我在隔离审查呢！

沈飞扬鬼头鬼脑地眨着眼睛，别怕！今天带班的警卫连长，他当过我爸警卫员。

然后沈飞扬就开唱了。他先唱《要斗私批修》。这首语录歌是进行曲风格，铿锵有力的节奏很能提气。歌词只有五个字，整首歌就是反反复复地唱那五个字，最后再喊口号式地喊出那五个字。通常不等唱到最后，大多数人都能被鼓舞起来。但是这一回，任沈飞扬再怎么慷慨激昂，楚航云就只是咬紧嘴唇不出声。沈飞扬不甘心，又满怀豪情地唱起了《一切反动派都是纸老虎》。这首歌的曲风带着叙事性，很像是在娓娓道来。

结果沈飞扬忘词了，卡在最后两句唱不下去。只听楚航云很小声地唱了出来——这就像扫地一样，扫帚不到，灰尘照例不会自己跑掉……

沈飞扬一阵狂喜，又唱《吐故纳新》。唱到最后一句，他见楚航云到底有了一丝笑意。

这回，楚航云主动唱起了《纪念白求恩》，她唱得饱含感情——这是一个纯粹的人，一个高尚的人，一个脱离了低级趣味的人，一个有益于人民的人；等到唱《革命委员会》，她的歌声已接近高亢；再到唱起《希望寄托在你们身上》，完全就是当初在大食堂里与沈飞扬对接语录歌的劲头了。接下来，他们两人一首接一首，把那天唱过的语录歌全都唱了个遍。

到最后，楚航云轻声说道，那天你一直追着我唱《下定决心》，我都听到了。我还听到你说，语录歌能让你不害怕。后来，我好像真的不那么害怕了……

沈飞扬苦涩地笑了，问她怎么会唱那么多的语录歌，楚航云说那都是爸爸对她的训练。爸爸说，一个人的智力必须有记忆力的支撑，而唱语录歌，就是很好的记忆训练术。

沈飞扬点点头，原来你会唱的那些语录歌，全都是你爸教你的呀！

这下楚航云哇地哭了起来，你说我爸和他的飞机到底出了什么事呢？他们总是审问我，说我爸爸肯定在电话中或是信中提到过他的叛国投敌阴谋，可这真的没有！再说了，他们把我关在这里，要是我爸来电话了，我又不在气象室，那可怎么办啊？！

沈飞扬心如刀绞，立刻承诺要替她接电话，而且会想办法把她爸的电话转到这里来。听好了，要是我连这个都办不到，你就别认我这个战友了！

后来的许多天里，守在气象室电话机前的沈飞扬接到过不少电话，可就是没有楚航云爸爸打来的电话。直到楚航云结束隔离审查，直到她回到气象室，都没有她爸爸的任何消息。那个名叫楚怀远的空军英雄，很像是真的人间蒸发了。

如今这么多年过去了，没人再寻找失踪飞行员楚怀远了。但楚航云从未放弃。沈飞扬发现，近年她一直在网上发布寻父帖子，时间总在周末晚八点，很像是一种定时联络。她今天发布的寻父帖子是一张老照片，照片上的楚航云戴着红领章和红帽徽，稚气的脸庞上满是期待与焦虑。帖子上写的是：

——爸爸，看到我身旁这部电话了吗？从那时起我一直在等您来电话！

老天！照片背景正是当年的气象室，正是气象室的那部老式军用电话机！这让沈飞扬有种时空倒转的强烈错觉。偏巧这时欧文·派克的越洋信息来了，他转达了罗朗议员的意见,希望《气候见证者》能采访到中国著名气候学家。我知道这对你有难度,所以我们为你做了功课,有关资料已经发你邮箱了。那是一个名叫龙士峻的重量级人物。位于中国湘西的飞云山植被研究所,就是龙士峻目前的科考地,请尽快赶去采访。沈导演,飞云山与楚航云,两者可都是你的青春记忆呢!

沈飞扬再次被惊到,欧文·派克怎么会知道他的过往之事?

对方的回复是:早跟你说过,我们团队里高手如云。沈飞扬问:你们的高手还知道些什么?欧文·派克回复说:你就是在飞云山下的导弹基地气象室里开始气象预报的。当兵时你13岁,一个不折不扣的小男兵。沈飞扬纠正道:不对,我14岁!欧文·派克的回复是:快回到你的14岁去吧,一定大有收获!

当沈飞扬打开邮箱时,有关龙士峻的照片与背景资料便扑面而来。这位著名气候学家是中国科学院院士,是中国北方大学气候研究院院长。中国高层有关气候变化的重大决策以及国际应对,许多数据都出自龙士峻领导下的北方大学气候研究院。龙士峻率队研发的"气候水晶球"已被列为中国国家重点科研项目。他的首席助手名叫楚航云。

电脑屏幕上满是楚航云的近期照片和有关信息。沈飞扬看到,这个从小就爱读书的丫头已读完了本专业里的所有学位,属于龙士峻的关门弟子。但凡国家大事需要气象服务,她总是专家组成员,从抗震救灾到奥运会再到国庆阅兵,直至大小国际气候会议,包括哥本哈根气候峰会,都有她的出现。当年南方基地气象室的小丫头,早已是个人物了!

他又开始去挠头皮上的那块不毛之地了。在相对茂密的发丝中,那里很像是大片树林中的一小块空地。多年前,在楚航云被突然抓走的那个夜晚,他高唱语录歌从自行车上摔下来,摔破的头皮处再没长出头发来。这一小块林中空地是他与楚航云的天然通道,它的存在印证着他与她的真实关联,成为他感情世界里的唯一安慰,表明他曾为她有所付出。

曾经有一回,在纽约长岛的一家酒吧里,沈飞扬对一位陪他喝酒的金发姑娘说起了他的初恋,他说得鼻涕一把泪一把。那金发姑娘一个劲地安慰他说,别去想她了,就当她是你青春时代读过的一本书吧。

喝醉了的沈飞扬却头脑清醒,他对金发姑娘说,不,她是我青春时代的一首诗。

此刻,电脑屏幕上有关楚航云的所有信息都在告诉他——她如今已是一首长诗了。

九　死亡警告

国会议员威廉·罗朗先生光临美国小报《纽约城市报》，这本身就够得上是头条新闻了；再加上议员先生是来报社网站做《美国新能源战略法案》的视频演讲，还要线上线下地搞互动，因此没等开讲，网络就严重壅塞了。

这主意出自欧文·派克。他带着近几期的《纽约城市报》向罗朗议员进言，这家小报受众广泛，因小报服务于人性深处，填补了人们卸掉面具后的空虚无聊，若《美国新能源战略法案》能借这张小报成为美国人茶余饭后的谈资，其影响力肯定不输大报。

新一期的《纽约城市报》刊登了约翰·杰克逊的新闻稿《美国在新能源帝国里将会打下多少疆土》，题图照片就是在纽约大学做演讲的罗朗议员，议员高高挥起的手臂和微微前倾的身躯透着政治家的自信与魅力。只见罗朗议员打量着照片上的自己说，纽约大学演讲最让我满意的部分，就是现场听众的反应。我很高兴他们都听懂了，也都听进去了。

欧文·派克说，这个写新闻的记者何止是听进去了，简直就是被您的演讲征服了！

罗朗议员不以为然，媒体都是民众的墙头草，民众的兴奋点在哪里，就会倒向哪里。

此刻，罗朗议员即将步入《纽约城市报》，欧文·派克再次提醒，不过小报记者都很善于用"软手法"演绎"硬新闻"，他们心中装着读者，而不是精英式的自说自话。就像那位约翰·杰克逊先生。

于是罗朗议员步入《纽约城市报》网站直播室后，冲着一群欢迎者，开口就提到了约翰·杰克逊，这位记者最近写了一篇有关我的报道，引用了我在纽约大学的演讲词，但我更喜欢他的解读用语：不是美国要不要新能源，而是新能源的帝国里将会有多少疆土属于美国！他断言，这就是《美国新能源战略法案》的核心，它关乎国家安全和能源命运。那意味着，当我们将更多一些钱投向新能源时，我们就是在为美国人民赢得更多一些生存权。

罗朗议员露出他的经典笑容，我要感谢这位记者用如此透彻的语言对《美国新能源战略法案》做出了如此精彩的解读；我还要感谢《纽约城市报》将这篇文章醒目登出，将记者约翰·杰克逊的解读传递给了千千万万的读者，让《美国新能源战略法案》被美国普通民众所关注。衷心地谢谢你们！谢谢《纽约城市报》！谢谢约翰·杰克逊先生！

约翰·杰克逊正置身现场深处。罗朗议员的态度令他吃惊，也令他的疑惑更深：为什么道格·约翰斯顿会误解这位看上去很棒的政客？

视频演讲正式开始后，罗朗议员直奔"石油政治"话题，各位，美国已经被"石油政治"绑架得太久了！千千万万的美国青年开赴中东为美国的控油权而战，他们的一部分已战死沙场，也有一部分正饱受疾病与终身残疾的痛苦，但美国青年还在一批又一批地被派往中东作战。只有一个办法可以避免这种不幸，那就是大力发展新能源，让美国摆脱"石油政治"！《美国新能源战略法案》是一个为美国青年赢得生命的法案，是一个为美国家庭赢得幸福的法案，更是一个为美国赢得长远国家利益的法案！各位，支持这个法案，就是支持你们自己，就是支持你们的家人和朋友，就是支持美国！

罗朗议员既站在大国博弈的高度，又回归平民利益的层面，大有一种上下通吃的架势。他郑重许诺说，这个法案的主旨在于，既要让美国摆脱石油政治的绑架，又不让美国人民的生活水准下降。我们绝不是要让美国人民成为清教徒，而是要让美国人民过上一种可持续的品质生活！

《纽约城市报》网站因罗朗议员而网络爆满，到了线上线下互动环节，更是几近瘫痪，许多美国人想跟罗朗议员隔空喊话。质疑罗朗议员的声音抢先进来了。这位网民坚决反对让美国政府支持新能源产业，因为就在不久前，美国政府用4亿美元担保贷款的一家太阳能电池板公司宣告破产了。这等于是美国政府用4亿美元贷款，打了一个豪华版的大水漂！

罗朗议员有备而来，说他研究过那家公司的破产案。真相就是，那家公司的破产只是因为他们的管理层出了问题。破产只是为了重组后更大规模地生产太阳能电池板。

现场一片掌声。显然罗朗议员身后站着一个超强智囊团。约翰·杰克逊敲打键盘向罗朗议员发问道：目前"全球气候变暖"已是一个充满对立的政治议题，如何避免《美国新能源战略法案》不会成为其中的一着死棋？

罗朗议员的回答充满激情，好一个哈姆雷特式的问题！活着，还是死去？是的，"全球气候变暖"已成为一个政治议题，人人都可以选择自己的回答。气候学家道格·约翰斯顿用自杀表达他的回答；而我用《美国新能源战略法案》表达我的回答；至于你们，你们可以选择支持《美国新能源战略法案》，也可以选择不支持，但无论你们选择了什么，都必须接受选择的后果。所以，避免《美国新能源战略法案》不会成为一着死棋的唯一办法，就是有尽可能多的人跟我站在一起，为美国人民选择更好的明天！

　　罗朗议员的视频演讲结束时掌声一片。没等约翰·杰克逊反应过来，罗朗议员已经走到他面前并紧紧握住了他的手，杰克逊先生，有人说政客就是靠跟人握手吃饭的，不过跟你握手，将是我从政以来最记忆深刻的事情。谢谢你出色的文笔！

　　约翰·杰克逊脱口而出，议员先生，要是道格·约翰斯顿先生能有机会跟您握手，他一定不会选择自杀，而是选择支持您的《美国新能源战略法案》。您说呢？

　　罗朗议员顿了一下，眼中似有泪光在闪，也许吧。为了让气候学家的在天之灵安息，希望有更多的美国人选择支持《美国新能源战略法案》！

　　就是那一道泪光触动了约翰·杰克逊。眼看罗朗议员一行即将消失在走廊深处，他在一张便笺上匆匆写了几笔，追上去，悄悄塞进罗朗议员的手掌心。

　　便笺上写的是：想知道道格先生死前曾对我说过什么吗？

　　房间里很暗，一只撒满白色椰丝的蛋糕上插着八根粗蜡烛。楚航云将蜡烛一一点燃，在摇曳的烛光中闭目合十。父亲今天八十岁了。每年这天她都为父亲过生日。这是与父亲沟通的唯一渠道，这个时刻能让他俩遥遥相望，说些只有他俩才听得到的话。他俩交谈的话题远远超越日常生活，直接朝着对方的心灵说话。所以楚航云总觉得神秘世界其实真实存在。

　　墙上挂着他们父女俩最后的合影照。照片中的父亲身穿飞行服，显得挺拔而英气。那天她站在父亲驾驶的飞机舷梯上，头戴父亲的飞行帽，被机场摄影干事抢拍下来。照片发表在《解放军画报》上，题名为《两代飞行员》。

　　她最后一次见到父亲，是在新兵连的紧急集合中。那天清晨她压根儿没听到紧急集合号，大家都到了操场，她还酣睡在被窝里。叫醒她的人是父亲。当时父亲正好到新兵连所在地出飞行任务，利用清晨时间来看她。父亲边帮她打背包边说，我不可能在你每次出错的时候都出现，你必须独自面对当兵后的每一件事，不要指望别人帮你。还有，一会儿入列时不要胆怯，只管大声说出报告词，要勇敢地承认错误，接受处罚。

操场上，全连新兵已集合完毕，她拼命跑过来，冲着新兵连长谭英天大声报告，报告连长，新兵楚航云睡得太死了，没有听到紧急集合号，愿意接受任何处罚！

谭英天厉声喝道，身为军人，为什么听不到紧急集合号？！睡得太死是理由吗？你就不怕在睡梦中被敌人的炸弹炸得粉碎？！

楚航云大声回答，报告连长，我当然害怕，但我不会被敌人的炸弹炸得粉碎！

谭英天生气了，楚航云同志，你这是在嘴硬吗？！

楚航云依然大声回答，我的意思是，我再也不会听不到紧急集合号了！

谭英天像是要杀一儆百，面向全体新兵大声发问，你们谁是楚航云的下铺？

一个背包打成标准豆腐块的短发女兵大声回答，报告连长，我是楚航云的下铺。

谭英天问她是否听到了紧急集合号，她说她当然听到了，而且她很快就穿好军装打好背包了。谭英天又问，你听到紧急集合号后，有没有叫你的上铺？那短发女兵瞥一眼楚航云，报告连长，我没叫她。谭英天再问，为什么你听到了紧急集合号却不叫醒你的上铺？短发女兵说，我觉得楚航云同志有她自己的耳朵，而且我又不是她妈妈。

队列里发出抑制不住的吃吃笑声，短发女兵面露一丝小得意。

谭英天厉声喝道，笑什么笑！不觉得可悲吗？！军队是一个作战整体，少一个人就少一份战斗力，多一份获胜的困难！你们在新兵连，不仅仅是要学会集合站队、打枪瞄准，更要学会团结协作，学会把身边的战友看成是自己的左右手！穿上这身军装，你们就不再是一盘散沙的老百姓了，你们是一只攥紧的拳头，是一个牢不可破的战斗集体！

谭英天凌厉的眼风扫过每一个新兵，为了让你们牢牢记住我这番话，现在开始五公里越野训练！规则是，全体一起到达终点，一个都不能少！

整个五公里越野中楚航云都在深深自责，觉得是自己连累了大家伙儿。而她父亲则一直不远不近地跟着她跑，很像是在为她带跑。从小到大父亲都爱带她练跑步。父亲教她如何呼吸，如何摆臂，如何保护膝盖、脚踝和腰腿肌肉。后来父亲要求她尽量跑到极限。父亲说，许多人一生都徘徊在远离身体极限的地方，从没遇到过真正的自己。

那天的五公里越野让楚航云接近了极限，感觉像是一台马力耗尽的机车正在艰难地碾过公路，随时都会熄火停下。好在她看得到父亲的背影。只要父亲的背影还在，她就不会停下脚步。当她竭尽全力最终跑过终点线时，看见父亲挥着军帽向她道别。

那是她最后一次见到父亲。

新兵连清晨的那次五公里越野后来被她反复回味，每当这时她就出去跑步，感觉父亲的背影就在不远不近的地方跟着她。十五岁那年被隔离审查，放风时她总是沿着墙根儿跑个不停，看上去像是半疯了，其实她是在追着父亲的影子。有一阵子她突然说不出话了，医生说是心理重压下出现的假性失声，对她的审问于是搬到了纸上。

——你父亲最近一次打来电话是什么时间？

——好好回忆一下，你父亲的言谈举止有什么可疑的地方？

——你父亲研究过台湾地形图吗？

——你父亲为什么会在失踪前跟你特别说起有关空中停车的话题？

最后一个问题她回答过好多遍了，但她愿意用笔再回答一遍。那是她最后一次与父亲通电话，释放的是在十一岁那年留下的深深忧虑。那个傍晚她看见父亲把飞机歪歪扭扭地开回机场，大人们都说，父亲刚刚经历了严重的空中停车。好几个晚上她都吓得不敢睡觉，生怕父亲上天后会回不来。但她从没敢问任何人，似乎只要她开口发问，就会招来那个可怕的空中停车。

当兵之后的政治学习让她知道了，她那叫唯心主义思维，后来便与父亲在通信中坦然相问。父亲在信中的回答极其详细，说他那是遇到了空中结冰层。通常飞机尤其是直升机，必须避免空中结冰层。因为在过低的温度中飞行，机身表面会积冰，这就增加了飞机重量；而当空中结冰层达到12至15毫米时，飞行进气口就会结冰，动力源就会被积冰切断，从而造成发动机熄火。我就是因空中结冰层而造成的空中停车。

可她还是不明白，茫茫天空中，怎样才能知道哪一片天空里有结冰层呢？父亲在回信时认真写道——在高空中，含水量越大，温度就越低。所以掌握了温度就可以判断结冰层。

父亲的回答让她明白了，掌控天气也是战斗力，所以她被分来当气象兵真的很棒。

在父亲打来的最后一次电话中，她又提起了那个话题。父亲说，我在信里没回答完整，完整的回答应该是，当飞行员在高空中发现含水量大到极高值时，就预示着将会出现结冰层，就应该及时降低飞行高度，要不就立刻改变航线。

电话中，楚航云对父亲说，爸爸，那事我已经彻底搞明白啦！父亲说，搞明白了就好，爸爸就担心你有心理包袱。你这孩子心太重。相信爸爸，爸爸每次上天都会平安回来的！

楚航云在纸上详细描述了这一切。却不知，"降低飞行高度""改变航线""迅速脱离空中结冰层"，这些关键词似乎都能跟"驾机叛逃"沾上边，对她的盘问便没完没了。

无论怎样，十五岁那年的隔离审查让楚航云有了副好腿脚，时至今日都受益良多。跑步已成为她的生活方式，心情好与不好，她都很想出去跑步。然而父亲始终音信全无，没有任何迹象表明他是否还在人世。但她坚信父亲还活着。只要没找到飞机上的黑匣子，她就不肯放弃。于是她持续不断地在寻人网站上发布寻父帖子。

这回的寻父帖子，用的就是他们父女俩在父亲飞机前的合影照。帖子上写着——爸爸，还记得这张照片吗？我一直盼着跟您再拍一张飞机前的合影照呢！

在美国纽约，约翰·杰克逊激动得在公寓里直转圈，兴奋得像是要飞起来。他刚刚接到了来自国会议员威廉·罗朗的邀请，说看到他的纸条后，想跟他面谈，地点就在纽约公园外的一家五星酒店内。电话里的人告诉他，具体时间和地址将提前半小时发到他手机上，请理解，这是国会议员安保制度的硬性规定。约翰·杰克逊说他非常理解，罗朗议员的法案动了太多人的奶酪，想必不用走出国会山，就树敌无数了。电话里的人感谢他的理解，说罗朗议员期待着与他的会面。约翰请他转告罗朗议员，《纽约城市报》的调查记者可不是吃素的，我掌握的东西远远超出他的想象。

电话那头沉默一下，问他还想转告什么，约翰说，请转告议员，小报记者也是有情怀的！

大半个夜晚，约翰都在电脑前忙碌着。他详细写下了与气候学家的初次相见和谈话内容，写下了他俩的最后一次通话。他坦承了对新能集团的秘密潜入，附上了暗中偷拍的所有照片。他还写下了与报社新闻部主任的谈话，丝毫没回避报社的"窃听文化",还如实写出了私人侦探社的可恶讹诈。他花了许多笔墨阐述自己对气候学家之死的见解。他决定对罗朗议员和盘托出,然后,再跟随罗朗议员去寻查真相。

完成拷贝后,他将先前未发表的新闻稿《利益集团与政客暗中操纵气候数据,制造又一个"气候门"》与《你将获知一个更真实的"气候门"》,再加上《迷影重重的气候学家之死》,一并拷进U盘。然后,他将U盘里的内容打包放进了他与陶自牧的共用云盘。

这是一种游戏。他们喜欢时不时地将一些有意思的东西放在里面,又设定它以延迟发送的方式发给对方。延迟发送的时间随机而无序,连他们自己都闹不清,趣味便由此产生,捎带着也完成了备份。但是这一回,约翰·杰克逊在极度兴奋之下点错了网址……

第二天中午时分,那个万般期待的手机信息大驾光临,约翰·杰克逊立刻穿戴整齐出了门。西装是昨夜临睡前准备好的,领带也是他的幸运色海蓝色。虽说不是去国会山,但毕竟是去见国会山上下来的大人物,必须着正装,还必须须发整洁。出门前他再次摸了摸西装口袋,确认自己带上了那个重要U盘。

二十多分钟后,在纽约公园外的一个拐角处,有人用刀抵住了约翰·杰克逊。那人命令他乖乖交出身上的东西,否则小命难保。约翰·杰克逊连忙说他身上的现金还不够买杯咖啡的,尽管拿去好了。持刀人怒喝,我说的是U盘,你打算交给某个大人物的U盘!

约翰·杰克逊惊诧之下本能地护住西装口袋,问他到底是谁。持刀人要他闭嘴,只管交出U盘,否则就死在这里。约翰·杰克逊被激怒了,大吼着说死也不会给你,你这是在挑战我的职业道德!持刀人突然压低声音,你想清楚了,那个气候学家已经死了,可你的报社同事们还活着,他们都有家人,你的愚蠢将会伤害到许多无辜者!见约翰·杰克逊还在执迷不悟,持刀人不耐烦了,手腕使劲一抖,刀尖刺穿了约翰的心脏。

约翰·杰克逊颓然倒地时,听见满大街都在回响着自己的声音:要是您知道某个重大秘密,最安全最可靠的方式就是告诉媒体,不然的话,您很有可能跟着那个重大秘密一起石沉大海……

老天!他对道格·约翰斯顿发出的警告,竟然在他们两人身上都应验了!

在意识消失之前,约翰·杰克逊看见持刀人从他西装口袋里拿走了U盘,嘴里没好气地嘟囔着，本来我不必杀你的……

一辆突然撞过来的黑色丰田轿车终结了持刀人的嘟囔声。约翰·杰克逊最后一眼看到的情景，是那持刀人挣扎着将U盘藏进上衣内袋……

很快，一辆救护车开过来，拉走了这两个血肉模糊的昏迷者。

这家公立医院候诊区内拥挤而忙乱。这里是人类病痛表情的集结地，来这儿的人或沉默不语，或面目狰狞，或嘶声大叫。不是每个人都能及时得到救治。医疗条件有限且人手严重不足，只能优先处置那些急症者。当先前送来的病患将ICU床位全部占满时，后来的病患只能躺在ICU门外走廊的临时病床上被施救，或是等待施救。

这天中午，有人用子弹打破了这惯例。持枪者是两个头戴黑色面罩的男子，他们架着一个浑身是血的青年闯进ICU，声称不立刻抢救他们的兄弟就要开枪杀人，说完双双冲着天花板开了一枪，以显示他们是个说到做到的狠角色。

女医生正在为一个昏迷男子做心脏复苏，见怪不怪地瞥了他们一眼。两个持枪者气恼地冲着那昏迷男子抬手就是两枪，然后将他推下病床，将自己的同伙抬到这张空出的病床上，用枪逼着女医生让她赶快抢救，不然他们还要杀她的病人。

女医生既震惊又恐惧，夯着胆子怒吼，不要用枪指着我！一旦医生分了神，知道后果有多严重吗？！都给我出去！

两个持枪者极不情愿地离开ICU，站在门外边。

在这一场突然而至的骚乱中，枪声与喊叫声都没能惊到ICU里其他的昏迷患者，只有一个被惊醒了。在两个持枪者用枪顶住女医生的当儿，他已将连在身上的管子一一拔掉，悄然下床，又悄然离开了ICU。他走过候诊区，抬头去看墙上的电子表，这才知道他已昏迷了大半天。那场该死的车祸差点儿要了他的命，幸亏他在意识完全消失之前，将抢到手的U盘藏进了内衣里。

他感到自己简直有如天助！不仅在车祸昏迷后奇迹般地活了下来，还被人帮着打扫了战场——那两疯子开枪打死的被抢救患者，正是昏迷中的约翰·杰克逊。他很高兴那两疯子彻底结束了这个小报记者的命。

刚才路过约翰·杰克逊的尸体旁，他特意俯下身去，仔细辨认过地板上的那张脸。

第三章 玄机

一 当气象兵最棒的感觉

　　列车到达湘西时恰是正午，沈飞扬不想耽搁，租了辆北京现代SUV立刻赶往飞云山，感觉不是去拍纪录片，而是跟逝去的青春约会。

　　车窗外就是他抛洒青春的大山沟，层层叠叠的山峦还像从前那样茂密葱绿，山脉的走势完全就是他记忆中的样子，他甚至能看到斜挎着军用挎包的自己正意气风发地走在山间小路上。那时他每晚都怀揣着期待入睡，早晨醒来又总带着满腔的热望，似乎许许多多美妙绝伦的事情都在等着被他发现，归他所有。如今他在地球上绕了一圈回来了，当年那个脚下生风、满眼放光的懵懂少年早已蜕变成另外一个人。然而江面上还漂浮着当年的木船，江岸边还静卧着当年的村落，整个沅江还都是从前的模样。

　　沈飞扬开车驶近气象室营区，发现那五角棋盘式的营房竟然完好如初。当年，是他和战友们用双手一砖一瓦地盖起了它们。连营房设计都是他们的主意——由于地势所限，整个营区只能顺着山坡走势去建，几个北京兵就提出建成跳棋棋盘的形状，嘴上说是取"军营如棋盘、军人如棋子"之意，内心里其实是想模仿美国五角大楼。

　　从前的世界出现在沈飞扬的镜头里——气象室的男兵女兵们正在列队集合。顶数楚航云个头小，只比她持立的步枪略高一点。随后，镜头里的营区渐次呈现陈旧之气，墙皮开始慢慢剥落，路面开始出现点点坑洼，观测场的白色栅栏已经慢慢泛黄。只有百叶箱依然亭亭玉立,那又高又细的风向风速观测标,正在从前的位置上迎风旋转。

沈飞扬自配着画外音,知道当气象兵最棒的感觉是什么吗?那就是能跟天空平起平坐!当我们预测风雨雷电的时候,平凡普通的我们就升华成了天空本身,因为我们是在跟万千气象对话!我们会告诉至爱亲朋们,想我的时候就看看天空吧,天空在哪里,我就在哪里!

镜头里,有个背影出现在百叶箱前。那人轻轻拉开百叶箱门,仔细察看一番,在观测簿上记了又记。待到那人转过脸来,沈飞扬惊住了。他多次设想过与楚航云的重逢,也设想过用镜头跟她重逢,现在镜头里的她兴高采烈,脸上带着最灿烂的笑容,就仿佛还在青春年少时代,就仿佛他还没对她背信弃义,也没有远渡重洋地逃避许多年……

楚航云亲切地捅了他一拳,嘿,发什么愣?真认不出老战友啦?!

沈飞扬一把拉住楚航云号啕大哭。他哭得惊天动地,哭得悲怆凄凉,哭声中带着坚硬和黏滞的感觉,像是要奋力戳破什么,或是要拼命留住什么。这哭声持续不断,像是打定主意不肯轻易退场,又像是在跟什么东西较着劲,再不就是等待着某种加盟。很快,另一个哭声加入进来。这是楚航云在哭。她的哭声低沉而悠长,很像是沈飞扬哭声的回响,也像是一种若即若离的和声。大多数时候,他们两人的哭声各行其是,遵循着自己的既有音频,但碰撞与融合时有发生,因而他们的对哭便具有了整体韵味上的丰饶与厚重。

他们两人的眼泪横飞成了晚餐桌上的头条谈资,楚航云团队中的五个年轻成员完全想不明白,他们为什么会哭成那样。楚航云含泪说,这是一种无法抵御的感情袭击,它说来就来,排山倒海一般,摧枯拉朽一般,很容易就冲破了理智与矜持,撕掉了伪装与面具,就只剩下赤裸裸的心灵了。她望着沈飞扬的眼睛说,这种眼泪横飞的时刻其实是在回味青春,是从对方身上看到了当年的自己,看到了从前的青春岁月。像我们这样的战友相见,堪称心灵碰撞的仪式,而眼泪横飞时的哭声,便是这仪式上的灵歌。

五个年轻人听了都不说话,默默地给每只杯子倒上酒。酒是他们新酿的杨梅酒,原料来自后山上的杨梅树。楚航云带头提酒,我们自酿杨梅酒主要是为了助眠,而不是助兴。但是有人跑了大半个地球前来拍摄我们,这样的好事不会每天都有,所以今天必须助兴,我先干为敬!遗憾的是,龙院士临时有事离开了,因此这第二杯酒是代龙院士敬沈导演的,我保证你很快就能见到龙院士，所以你必须干了这两杯酒！

沈飞扬这才知道，气象室的五角棋盘营房早已移交地方，现在这里是北方大学气候研究院湘西飞云山植被研究所，是"气候水晶球"最重要的数据提供点。楚航云举杯说，这第三杯酒是敬我们团队的。在物质至上的今天，你们能在偏远大山沟里安心搞科研，其心理定力远远超过了当年的我们。如果说我们当年需要将自己修炼成一枚铁钉，才能在这里扎下根来，那么你们就必须将自己修炼成一根铁桩！来，敬你们这些可贵而可爱的铁桩！

三杯酒下去，楚航云脸上泛起红晕。沈飞扬恍若看见了当年的楚航云，那时她总是脸蛋红红，人称"红苹果女兵"。现如今，"红苹果女兵"已经在率领一支国家级的科研团队了！

接下来，五位年轻人一齐举杯敬沈飞扬，说这是飞云山植被研究所第一次被拍摄，他们很高兴被人注意到，况且还是来自纽约的纪录片导演！

沈飞扬适时发问，我该怎么对观众描述你们的工作呢？

对这个问题的回答占用了不少时间，五位年轻人全都在抢着说话。照他们的说法，面对一片树林，别人看到的是大树和树叶，而他们看到的，是树叶与树叶间的空隙。他们听得到树叶的呼吸，看得到树叶制造出的能量，那能量就叫作"植物的蒸腾作用"。小小的树叶关联到植被热力学与动力学，而无数树叶的巨型联合体，则直接影响到地球大气层！

沈飞扬听得起劲，有一个问题他很想知道，"植物的蒸腾作用"通常会发生在植物表面的任何部位，包括根部，为什么你们会特别关注叶片部位？

回答几乎是异口同声——因为植物蒸腾的最主要器官就是叶片呀！

这个团队在飞云山里收集不同季节与不同树种的树叶，从中发现植物叶片的蒸腾作用对于低层大气的影响力，那是一种有关水分循环和温湿度的宝贵数据。他们的结论是：大面积植被的生长状况不仅会影响到所在区域内的大气层，甚至会远远超出植被所在区域内的大气层，其影响程度几乎相当于长期气候变化。

沈飞扬听出了名堂，这就是说，小树叶也能影响大气候，所以不能把全球气候变化全部归罪于那个名叫温室气体的大块头？他暗自庆幸自己早已悄然打开了摄像机。

楚航云点点头，这就是"边界层气象学"，探讨的是微观尺度如何影响宏观气候。我们的发现是，人类活动对气候变化的影响不仅仅是温室气体排放，也包括大面积减少植被覆盖。当叶面积指数减小后，就相应增加了到达地面的短波辐射量，势必会让近地层气温随之增加。具体说来就是，当森林转变为农田或是其他用地后，气温与地温会随之升高，温度与比湿的变化会以垂直方式传递到地表以上2500米左右。因此我们认为，简单地将全球气候变暖全部归因于温室气体排放，是值得商榷的。

楚航云的娓娓道来让沈飞扬觉得有如聆听天外来声。他以一种类似敬畏的目光看着楚航云，就好像她从某个遥远神秘的地方艰难而归，一路上的所见所闻既博大精深又神奇玄奥，就算他似懂非懂，但她说话的语气和她嗓音中透出的韵律，也足以撼动他的心。

这一场战友重逢的晚餐让沈飞扬心绪繁杂，他来者不拒地喝下了许多酒，敬他的，他回敬的，全都一饮而尽。他感到身体的一部分在向上飘浮，渐渐能够俯瞰整个营区——戴着红领章和红帽徽的男兵女兵们正在营区各处来来往往，或出入各值班室，或在操场上做队列训练，或是两两一对地在促膝谈心。夜深人静，炊事班长又在梦游切西瓜。他提着菜刀挨个到每个兵的床前拍着他们的头，口中轻轻说着"没熟"二字。所有的男兵都被提醒过，千万不能惊动梦游中的炊事班长，你们必须假装成一只西瓜，而且务必是一个不熟的西瓜！天蒙蒙亮了，沈飞扬背着枪去换楚航云的岗。楚航云认真报告说，猪圈里面有情况，两只大猪拼命咬住对方，怎么轰都轰不开！沈飞扬到猪圈查看后哈哈大笑，那是公猪母猪发情了！

沈飞扬边喝边说，边说边笑，一桌子人全都笑喷了，弄得楚航云很难为情，当年我一定是傻得奇怪！沈飞扬摆摆手说不对，是傻得可爱！来，为我们傻傻的青春干杯！

楚航云突然两眼发红了，沈飞扬，"绿太阳"事件后，我还没对你说过谢谢吧？

那是楚航云观测到的一次奇异天象。当时她发现一道窄而模糊的绿光正围绕着落日闪闪烁烁。过了一小会儿，那绿光变得清晰而耀眼，很快布满整个落日。正值秋高气爽，大气透明度极高，耀眼的绿色落日在飞云山顶端悬挂了好一阵子，直到下山，仍然是一轮鲜亮亮的"绿太阳"。那天的值班日志中，楚航云浓墨重彩地描绘了"绿太阳"天象的奇异壮观。

这事很快成了个政治事件。全国上下都在歌颂"红太阳"，为什么气象室有人在别有用心地鼓吹"绿太阳"？更何况楚航云还是个"叛国投敌者的女儿"！上级责令气象室预报组每人写出一份带有专业知识的大批判稿，不准敷衍了事，也不准言之无物。最后上交的汇总稿由沈飞扬完成。当时他咬着牙气呼呼地写满了整张纸——

"绿太阳"是自然界的天象。它是一种天气奇观，不常见到，却极其绚丽。其科学原理是：太阳光谱在经过漫长的行程后，大多数都散射在大气层中，只剩下红色和绿色。如果这时在大气中出现了水汽含量和温度反常的垂直分布，太阳光谱就会发生反常折射。这种反常折射通常会加强绿色光谱，使之出现"绿太阳"天象。古往今来，概莫如此！

"绿太阳"事件就此不了了之。

此刻，沈飞扬看着楚航云的脸不禁发问，这么多年来，你是怎么熬过来的？

楚航云轻轻笑了，你是想知道，带着那样的家庭标签，我为什么没有沉沦下去吧？

沈飞扬看着她仍然清澈的双眸，就算是吧。

楚航云环视着身边一张张年轻的面孔，我常对他们说，生活中会有很多糟糕的事情砸到我们头上，反过来，我们也可以还击回去，扭转那件糟糕事情的进展方向。这全看我们愿不愿意主动出手。人生中遇到的每一种状况都是一道选择题，我们完全可以选择应对方式，选择不让自己的人生受到干扰。说到底，我们的人生不是由我们的遭遇决定的，而是由我们对待遭遇的选择而决定的。

沈飞扬听了大为感慨，提议为楚航云的人生选择而干杯。他们两人郑重其事地碰杯，又郑重其事地缓缓饮尽，整个过程中都目不转睛地看着对方，仿佛酒杯中盛着命运攸关的一切，稍一眨眼就会丢失殆尽。

好一阵子都没人说话，听得到外面山谷里夜风走过树林的声音，也听得到近处河塘里的阵阵蛙声，这种奇异的寂静让所有人都若有所思。后来，一位姑娘望着楚航云轻轻发问，为什么"绿太阳"会被看成是政治事件？

楚航云有些发怔，一时不知该从何说起，连忙望向沈飞扬，像是要把这球踢给他。

另一位姑娘看出了端倪，你上网一查就知道啦！现在是喝酒时间，大家赶紧端杯！

五个年轻人又是互敬又是互罚地喝了好几个回合，还回回拉着沈飞扬做

"赞助"，等到最后离开餐桌时，一个个都微醺微醺的。

走出食堂，站在暗夜星空下，楚航云悄声对沈飞扬说，我们生活在深山里，喝酒机会极少，科研压力又很大，今天是借机放松一下，千万别以为我们经常如此。请务必手下留情。

沈飞扬不解，问她为什么要说这些，楚航云靠近一些，话音更轻了，明显不想被别人听到，你的摄像机一直开着，你全拍下来了。他们没发现，但是我发现了。

被楚航云近身凝视的感觉曾无数次出现在沈飞扬的遐想中，遐想场景也多半是在暗夜星空下。记忆最深的是在新西兰的麦肯奇盆地，那里有全球最大的黑暗天空保护区，光污染几乎为零，所有的星星都在清晰现身，整个夜空清澈深沉。当时他的遐想既浪漫又柔情——要是楚航云也在这里，要是能够被她凝视，他就能从她的双眸里看到夜空上的点点繁星。

此时，楚航云正站在湘西山区的纯净夜空下与他近身凝视，他已经从她的双眸里看到了点点繁星，根本就用不着大老远地跑去新西兰！他激动得想大声表白，想痛快淋漓地说出那些憋了半辈子的话，但他说出口的，却跟她一样轻声轻语，嗯，摄像机拍下的只是素材而已，到时我会好好剪辑一番，请放心。

重返飞云山的这个夜晚，沈飞扬很想住进多年前的男兵宿舍，无奈那里已成仓库。当他推开房门时，仓库消失了，他看见了当年的军绿色铁床，看见了当年的银灰色书桌，看见了身穿绿军装的自己，那时他风华正茂，犹如一棵刚刚抽枝的新杨树。

站在他身边的楚航云感叹着，这就是重走青春路的奇妙，你会发现自己曾经有多年轻！

沈飞扬不禁浑身战栗，差一点儿就要将楚航云拥入怀中。许多年前那个非常年轻的沈飞扬，笨得都没拉一下她的手！

这个夜晚，沈飞扬睡得很快很沉。看来那自酿的杨梅酒的确是能助眠。睡梦中，沈飞扬又成了那个身材瘦高的男兵，正站在气象室大食堂里跟女新兵蛋子楚航云PK语录歌。现在是一首毛主席诗词歌。他俩你一句我一句，正字正腔圆地接唱着：

——小小寰球，有几个苍蝇碰壁。嗡嗡叫，几声凄厉，几声抽泣。蚂蚁缘槐夸大国，蚍蜉撼树谈何易。正西风落叶下长安，飞鸣镝。多少事，从来急，天地转，光阴迫……

远在大洋彼岸的纽约下城，那幢老式建筑物的地下室里光影闪烁。对沈飞扬的欢迎晚宴正在显示器屏幕上持续出现，很像是一种延时转播。晚宴上的所有对话都被自动收进语音识别系统里做甄别，一旦发现关键词语，系统便会发出急促的鸣叫，有如探到了地雷。

坐在房间阴影里的黑客狼警觉地注视着语音识别器。但凡这时候，他就懊悔当初没能真正学懂汉语。他担心自己错过重要的语句，更担心弄混了汉语中的多义词。至于那些成语、比喻、借喻、典故等的就更难懂了，它们大多有着言外之意。有关汉语的一个最著名的说法是——当中国人在说一只鹿时，其实他们很可能是在说一匹马。

那个暗藏在沈飞扬摄像机里的追踪装置效果极佳。黑客狼很容易就看清了晚宴上那些令人垂涎的中国菜，包括沈飞扬的眼神，这小子望着楚航云的眼神完全称得上是深情款款。黑客狼以前总见这女人出现在龙士峻身边，现在看来她很像是沈飞扬的早年恋人。他打算对楚航云也来个跨洋追踪。要是他的大人物雇主同意，肯定有办法为他再次绕开美国法律。

深夜，黑客狼将经过整理的跨洋视频和他的新设想，一并发给了他的大人物雇主。

黑客狼发出的视频显示在一部手机上。两个穿风衣的男人一前一后地坐在豪华轿车里。

副驾驶座位上的男人将手机还给后排座位上的男人，知道我担心的是什么吗？要是那个熊猫小子旧情复燃，会不会毁了我们的整个行动？

后排座位上的男人看着屏幕上的楚航云，熊猫小子跟这女人的故事，我们总的评估是有益无害。要是他真把故事讲过了头，我们就跟他摊牌，让他自己选择是爱江山还是爱美人。

副驾驶座位上的男人哼了一声，美人？你管一个快五十岁的女人叫美人？！

后排座位上的男人口吻郑重，真正的美人是不计年龄的，无论她们到了什么年龄，都会美色不改，因此她们被称为"苏富比女人"。

副驾驶座位上的男人摇着头，我了解苏富比，但从没听说过什么"苏富比女人"。

后排座位上的男人更加口吻郑重，请想想你在苏富比拍卖时的感觉，就明白什么是"苏富比女人"了。那种令人渴望、只能驻足观看却又无法真正属于某人的女人，就像是苏富比拍卖时的贵重拍品，即使几经易手，依然存有升值空间；即便青春不在，照样光彩依旧。

副驾驶座位上的男人轻叹道，老兄，我看你是爱上那个远在中国的苏富比女人了！

后排座位上的男人口吻冰冷，让我真正关注的，是她够不够得上成为一件贵重拍品。

这男人说完后目光转向车窗外。暗蓝色的天穹之下，纽约的初夜流光溢彩，城市的每一部分轮廓都既精致又狂野，既诱人亲近又深不可测，因此很久以来他都坚信不疑，纽约就是另一种形态下的苏富比女人，你若想真正被纽约拥入怀中，就必须让自己足够强大！

二　对所有的人秘而不宣

一场强劲的西南季风将多日的雾霾扫荡殆尽，蓝天再次大驾光临，轻盈飘逸的白云再次集体现身京城上空。相当多的居民走出家门，走向街头，走进公园。这情景很像是在举城庆贺又一场蓝天争夺战的大获全胜。仔细去看，彼此陌生的人们竟然挂着极其相似的神情，那就是对蓝天白云的深挚之爱。不消说，蓝天白云已然成为京城的大众情人，不分老幼，无论男女，人人都在张开双臂，欲将其揽入怀中。一个新近蹿红的短视频充分表达了京城人的当下心声——蓝天白云我爱你，就像老鼠爱大米。短视频中的男女们且唱且舞，一颦一笑都透着情人发誓时的热辣劲儿。

连电视台都将那短视频播了又播，看得田绍德哈哈大笑，直呼好玩儿过瘾。如今老将军再出去徒步行走时，会轻声哼着那短视频里的歌儿，很像是在回归青春。

事实上田绍德正在悄然安排后事。他频繁外出会见老战友，活着的，死了的，但凡能找到的就都去看看，说是探望，实为告别。这种时候他从不让家人陪伴，但前往南方基地烈士陵园时，他答应了女婿的陪伴。谭英天的理由言之凿凿，说躺在那陵园里的，也有他的兵。

南方基地今非昔比，从前被称为"山沟里的部队"，如今已转变成"车轮上的部队"，全套装备实施车载并能机动发射，再不用像从前那样死守着一口发射井了。开车送田绍德去烈士陵园的驾驶员就是个驾驶导弹发射车的高手。这东北小伙子开着体量庞大的导弹发射车驰骋于各类复杂地形，无论是东北山岭还是南方密林以及西北大漠，都留下过他的车辙。他最牛的，是能开着导弹发射车做360度大转弯而不会出现任何倾斜。小伙子告诉田绍德，那都不算什么，别的兵也能那么牛。他真正牛的，是开着导弹发射车在国庆大阅兵中轰隆隆地通过了天安门广场，那举世瞩目的时刻够他骄傲一辈子的！

田绍德听了一个劲地竖大拇指，夸他在全世界面前亮出了中国导弹部队的风采。谭英天得到的信息是，这小伙儿的哥哥修建导弹发射井时壮烈牺牲，他来南方基地当兵本是要继承哥哥的遗志，继续修建发射井，恰逢基地全面推进导弹作战的机动性，组织上就派他去学开导弹发射车，换一个方式继承哥哥的遗志。因而国庆阅兵时曾有记者问他，为什么能将导弹发射车开得出神入化，他的回答令人泪目——那是他九泉之下的英雄哥哥在显灵！

烈士陵园郁郁葱葱，一排排黑色的墓碑下面安葬着一个个年轻的英灵。田绍德依次轻念着墓碑上的名字，有的熟悉，大多数陌生。从入伍时间看，大多都是基地组建时的第一批官兵，年纪轻轻就为修建导弹发射井献出了生命。

田绍德拿着一瓶茅台酒，挨个在烈士墓前洒几滴，嘴里不停地说着，小伙子们，老司令来看你们了！这么多年没见，我想你们啊！老司令对不住你们，你们的父母把生龙活虎的你们交到我手上，结果你们却永远回不了家了……是你们让南方基地从无到有，拔地而起！夜静更深的时候，我常会想起这些，想起你们。和你们在一起的日子，是我一生中最有成就感的那一部分！小伙子们，老司令已经很老了，就要老到再也走不上来看你们了。等我们下次见面，那就是来跟你们做伴的。到时我们还像从前那样，天天生活在这座大山里……

田绍德的自说自话把谭英天说得热泪盈眶。他估计九泉之下的烈士们很难将这位满脸是泪的老者，跟当年那个高大魁伟的司令员对上号。熟悉田绍德的人一眼就能看出他明显变矮了，岁月的流逝一天天地改变了他的身高。因此谭英天总觉得，每个人注定都是一部分一部分地离开这个世界的，先是身高的一点点丢失，然后是内脏功能的一点点丢失，接着是精气神儿的一点点丢失，最后才是整个躯体的完全丢失。所以一个人不是说没就没了的，这让我们有足够的时间安顿自己的灵魂。

不过田绍德的精气神儿始终没见衰减，那精气神儿发源于战火纷飞的年代，血气方刚再加上苦大仇深，追求自由解放的强烈信念让他经受住了所有的艰苦卓绝，淬火锻造成了一个铁血军人。谭英天最欣赏全基地大会操时田绍德的指挥风采——面对着一个庞大的方阵发号施令，高大魁伟的身形再加上雄浑强劲的嗓音，有如整个方阵的定海神针。上万名官兵在他的口令声中做着全套队列动作，其整齐划一的程度堪比最训练有素的队伍。

谭英天第一次面对面地领略田绍德的指挥风采，是在一次发射井救难中。当时谭英天所在的工程营在修建发射井时遭遇塌方，很快引起了熊熊大火。田绍德亲临现场指挥，断然下令说，绝对不能用通常的爆炸法灭火。爆炸会彻底毁了发射井，那些为修建发射井而献身的官兵就白白牺牲了！

田绍德的指挥岗位就在火灾最前端。他喊话说，我田绍德会一直站在这里！我也不想就这么光荣了，所以我们只能拼命灭火，时间就是我们大家的生命，我们谁都没有选择！

发射井里火光炽烈，闻得到刺鼻的烤焦味。田绍德一脸镇定自若，像是完全能搞定这场大火似的。许多年后谭英天提及此事，田绍德说，当时我也不知道能不能完成任务，但我知道我必须完成任务，我只能完成任务。在那种万分危急的关口，拼的就是决断力和意志力。都说狭路相逢勇者胜，那是因为当需要拼个你死我活时，活下来的，只能是其中的勇者。

正是那次发射井灭火让田绍德亲眼见证了谭英天的成长，发现他已显露出谋篇布局的才能，是个当参谋的好料。不等谭英天从基地医院烧伤病房出院，一纸调令，他这个工程排长就去了基地司令部情报处，从此跟随在田绍德身边，再没离开过。

成为田绍德的女婿是谭英天人生中的重大隐秘。没人知道这桩婚姻里有着怎样错综复杂的权衡，其间混杂着政治清查、强奸犯和无赖父亲等元素，更涉及爱情、亲情、相助、感恩等人性层面。

事情起始于田汀汾的被凌辱。施暴者是个年轻军官，与田汀汾偶然相遇于一次内部电影观摩中。几天后，酷爱电影的田汀汾被骗到他家里，在观看一部外国新电影时强行凌辱了她。田汀汾披头散发地逃出来，不敢回家，只好给父亲打电话哭诉此事。

田绍德的第一反应是想一枪崩了那个浑蛋。他就这么一个孩子，已经出落到如花似玉的年龄，正在追求他手下最优秀的参谋，而他每天都满怀期待地等待战果……

浑小子的父亲找上门来，说他儿子是酒后乱性，是一时头脑发昏，其实他是个挺优秀的青年军官，很快就要晋升了。他儿子既后悔又后怕，因为他发现田汀汾还是个处女。他原以为她相貌出众，人见人爱，早就不是个处女了。浑小子的父亲开出条件，只要不把这事儿捅出去，田绍德想怎样都行。

浑小子的父亲离开前说，我们两人都是父亲，也都有军中职责在身，我们既可以把这事看成是命运的捉弄，也可以看成是命运带来的转机，就看我们两人如何定夺了。

从头至尾田绍德都一语不发，死死地瞪着那浑蛋的父亲，如同瞪着一个令他费解的谜团。那话里话外的暗示都让田绍德震惊无比，不明白天下怎么会有如此残酷的巧合——此人正是"失踪飞行员楚怀远调查组"组长，一个对楚航云握有生死命牌的人。几天前田绍德还跟此人沟通过，说他了解楚航云，就算她父亲有什么问题，她也是个很好的兵，身为基地司令员，他愿意为楚航云做政治上的担保。

于是就有了田绍德与谭英天的秘密交谈。那天晚上，面对田绍德和盘托出的那一切，谭英天悲从心来。他完全没想到，像田汀汾这么机敏而聪颖的知识女性竟然也会被骗失身。怨不得被人贩子拐卖的女性中总有一些女大学生，除了人贩子的狡诈多端，还在于她们太过自信，以为自己有能力应对一切，根本不知道天下的邪恶会披着多少种伪装。

更让谭英天愤怒的是，那浑小子的父亲竟敢恬不知耻地以权谋私！谭英天早就对关押楚航云这事怒火中烧了。且不要说造成那起人机失踪的原因到底是什么，单单就是对一位英雄飞行员毫无根据地上纲上线就极其滑稽可笑了，更可恶的是，还要挖地三尺地自圆其说！

此时的谭英天很明白，浑小子父亲开出的条件就是——如果田绍德父女肯放过浑小子，那么浑小子的父亲就会答应田绍德的请求，放过隔离审查中的楚航云，做出有利于她的结论，然后大家相安无事，各自回归本来的世界。问题在于，司令员不想放过浑小子，田汀汾也肯定不答应，但司令员又想借机解救楚航云，否则她很可能会被遣送回家，终生被毁。

田绍德仰天长叹，说他打过无数场恶战，从没像这次这么艰难，无从下手。我知道鱼与熊掌不可兼得，但是谭参谋，在战争中，总归有一些细节足以扭转局面吧？

谭英天知道，要是在这场充满角力的博弈中需要有人做出牺牲，那么最具价值的牺牲，就是他谭英天的挺身而出。思索片刻后，他向司令员拿出了他此生最艰难的一个参谋方案，同时也搭进了他这辈子最珍视且不可复得的东西。

谭英天提出的方案让田绍德震撼加惊喜，而他坦诚相告的那一切更是让田绍德感慨万端，但他头脑冷静地提醒谭英天，万万不可因一时冲动而做出那样的决定，尽管田汀汾是我女儿，尽管我很想收你当女婿，但既然你已有了真爱，我不希望你为我女儿牺牲真爱。

谭英天的回答是，那孩子现在很需要帮助，这是唯一可以帮到她的机会。说到底你们都是在为她牺牲！田汀汾将牺牲她讨回公道的权利，司令员您将牺牲身为父亲的尊严。其实，我这是在替楚航云请求你们的帮助。她一个十五岁的小女兵，对她来说，最重要的不是有没有我，而是有没有未来。再说了，她根本就不知道我的心思，我只是她的谭叔叔而已。

田绍德不由得老泪纵横，说谭英天此举拯救的，将是两个年轻女兵的一生。出事之后，我女儿总说她再不可能跟你谭英天交往了，她甚至想要自杀，但若是你接受了她的感情，让她嫁给你，我相信她一定会接受我的建议，将那事对所有的人秘而不宣，包括你。

很快，"失踪飞行员楚怀远调查组"撤离了南方基地，留下的调查结论是——楚航云同志与此事没有关联，可以回原单位继续工作。

将楚航云从隔离地点送回气象室的任务，被田绍德有意派给了谭英天，叮嘱他好好安抚那孩子，一定要让她放下思想包袱，继续好好工作。

一路车行中，谭英天几度悄然泪目。这孩子的父亲很可能回不来了，她已无家可归。想从前，她的脸庞总让人想起鲜灵灵的水果——眼睛是黝黑发亮的葡萄，嘴唇是小巧红润的樱桃，鼻梁是坚挺微翘的香蕉，脸蛋则是光滑红润的苹果。但是现在，她脸上的鲜亮荡然无存，眼睛空洞而黯淡。最糟糕的是，她已经不会哭了，就只是发呆发愣。

刚被隔离审查时她天天哭得泪水滂沱。有次他去看她，面对那双泪眼不知如何是好，只能劝她要坚强，要相信组织，再说还有我呢，我可是你的谭叔叔啊！从你第一次叫我叔叔，我就知道，我跟你这丫头分不开了，我被你赋予责任了呢！

那天他避重就轻地说了一大堆安慰的话，其实心里根本没底，不知怎样才能解救她。

没人知道，他正一心一意地等着她长大成人，好娶她为妻。

这情感萌发于他们两人的图书馆奇遇，新兵连的野营拉练则是最奇妙的催化剂。那些日子，谭英天总能感受到楚航云的热情洋溢，行军中无论多苦多累都抹不去她灿烂的笑容。这孩子身上有一种承受苦难的天赋，或许小小年纪就没了母亲让她学会了自强。大多数时候她是活泼开朗的，但当她沉思时，会像一个历经了千辛万苦的游子，眼神疲乏而宁静。比起她的活泼开朗，她沉思时的样子更能激起谭英天的欣赏欲，那是一种少年老成式的忧郁，是一种想要看透万事万物的单纯向往。

宿营侗乡的第二天清晨，他看见楚航云独自坐在风雨桥上，一位侗族青年走过去，先是向她屈身行礼，然后伸出双手要拉住她。只见她僵在那里，两手死死地背在身后。

他立刻意识到出事了。照侗乡风俗，一大清早坐在风雨桥上的姑娘，就是在等待出嫁，而且要嫁给这天清早第一个走向她的男子。他飞奔过去，向那侗族青年敬个军礼，说她是个新兵，不懂侗乡风俗，弄出这种误会完全是他这个当连长的错，而且她才十二岁，离法定结婚年龄还早呢！现在她必须归队了，部队这就要开拔了。

侗族青年放走楚航云时留下话，说他一定要到部队上去找人。

新兵连紧急开拔，连续两小时急行军，远离了那座风雨桥，避免了一场群众纪律风波。但在谭英天来说，当他拉着楚航云匆匆离开风雨桥时，感觉很像是在跟那侗族青年争抢新娘。这感觉来得如此奇异又如此强烈，把他自己都惊到了。她不过才十二岁，肯定还没想过结婚嫁人。可这又有什么呢？他也才二十来岁，有的是时间等着她慢慢长大。

就是因为这个，谭英天对田汀汾的热烈追求才毫无感觉。这位漂亮高雅的司令员女儿就像是飘浮在他头顶上的美丽云彩，而楚航云才是开在他心底深处的爱情之花。但他亲手掐死了自己的爱情之花。婚礼上，别人眼中的谭英天幸福得令人生妒，既当上了司令员的乘龙快婿，又娶了个美貌出众的新娘，两人男才女貌，般配而甜蜜；只有谭英天自己明白，他的内心有如最悲壮的殉道士……

如今许多年过去了，早已消失不见的楚航云又出现在他们身边。令谭英天担心的是，田汀汾为什么会如此热衷于他们三人的再聚首呢？她总说是在成全老父亲的心愿，难不成老司令打算解除当年的秘密约定了？这么多年来他俩从没提过那事，就当它根本不曾存在过。

此时，望着缓步行走在墓地里的田绍德，谭英天的猜测是，或许人生走到了晚年，就会忍不住地想要清理周遭的一切，包括心底深处的存放物。

三　自动前行的马车

威廉·罗朗带着他的《美国新能源战略法案》奔走于各大学校园，这让他感觉极好。面对着那些年轻的面孔，就是在面对着美国的未来、美国的希望。他的计划是走进全美100所大学。目前计划已过半，他还没败在什么荒唐刁钻的提问上，也没遭到过挑衅与敌视。大学生们的现场反应通常是个明确无误的优良信号，他很高兴这信号正对他一路放行。

现在，罗朗议员正置身于又一家大学体育馆内，讲台上竖着好几块纸牌，上面一律写着"请支持《美国新能源战略法案》"的字样。

罗朗议员一上来就冲着全场高声发问，同学们，你们的日子比从前好过了吗？

笑声和掌声随之响起，这些年轻的面庞上荡漾着会意的笑容。站在讲台一侧的欧文·派克也笑了，知道学生们听懂了罗朗议员的言外之意。

那是里根在竞选总统时说过的一句名言：你们的日子比四年前好过了吗？意在开宗明义地抬高自己，抨击对手。这句名言后来在美国政界应用广泛，但凡有竞选活动，就会被竞选人拿来引用，而像罗朗议员这样稍加修改后的巧用，则是欧文·派克的设计，以表明《美国新能源战略法案》所关注的，正是美国年轻一代的好日子。

当罗朗议员再次开口时，语气中带上了浓郁的忧愁，同学们，很长一段时间以来，当我面对美国国旗时，我会陷入一种深深的困惑，我不知道美国究竟是怎么了？一方面，美军的武器研发可以在一小时内到达世界上的任何地方并将其一举摧毁，但与此同时，在新泽西州、在纽约的布鲁克林区和昆斯区，街道旁却竖着一个个木棍子，据说是用来悬挂电线的；一方面，美国造就的诺贝尔奖得主远远超过世界上任何国家，但与此同时，在纽约的公立医院里，由于医务人员严重不足，病人经常会遭遇生命危险，有时连应急发电机都无法运转；一方面，美国的所有海岸在应对气候变化中都表现脆弱，频繁出现的极端天气已严重影响到了美国的基础建设、农业生产、水源供应和国民健康，可美国却高调退出了《京都议定书》！还有，为什么一部分美国人生活在世界上最富裕的国家里，而另外一部分美国人就像是生活在发展中国家？为什么美国拥有当今世界的顶尖科技，但是美国新能源产业的发展却远远落后于另外一些发达国家，甚至是发展中国家？

全场都在静默倾听。罗朗议员眉头一挑，语气明显愤慨，后来我想明白了，美国的问题就在于，是资本和游说集团主宰了政府！是那些脚上蹬着昂贵的鳄鱼皮鞋的家伙主宰了政府！对于狂妄自大的资本来说，美国并不重要，美国人民也不重要，重要的是利润！当资本大于一切时，利益集团就很难考虑到要保护我们的星球，而那些从资本中拿到好处的决策者，也会有意忽略具有长远价值和战略意义的问题。因此我来到你们中间寻求支持！《美国新能源战略法案》不仅关注美国的明天，它首先关注的是美国的今天，关注当下！

站在台侧的欧文·派克面带不易觉察的微笑，他很高兴罗朗议员一开场就牢牢抓住了全场听众。那些总在摆弄手机的学生也都停下来专注倾听。只见罗朗议员高高扬起一份文件，这份文件里提到一个概念，是众多国际气候学家公认的一个气候临界值。而一旦突破了这个临界值，全球气候变暖将从尚可承受，转变为岌岌可危！

有个学生高高举起手说，全球气候变暖也有好处啊！网上说，较高的二氧化碳可以让红薯的个头增大一倍以上，那可是发展中国家的第五重要粮食作物呢！紧接着又有个学生在高喊，全球气候变暖还有一个好处，会让苔藓那种东西长得更多更快，而大面积的苔藓就能够大量吸收二氧化碳了！

罗朗议员微微一笑，问题在于，当大气中的二氧化碳高出一倍后，那种个头变大的红薯势必减少蛋白质含量；至于快速生长的大面积苔藓，它们会打破地球生态系统中原有的物种平衡，反过来影响气候。别相信这些，这都是利益集团故意散布的迷雾！

一位红发男生高声发问，议员先生，利益集团为什么要散布这种迷雾呢？为什么他们既不担心温室气体排放，也不担心全球气候变暖呢？

短暂的停顿过后，罗朗议员开口了，这是个相当好的问题，请允许我分两个层面来回答。首先让我们将利益集团看成是与你我一样的普通公众。作为普通公众，我们会担心车祸、担心家电辐射、担心食品致癌、担心自来水污染等等出现在我们身边的威胁，但对于小行星撞击地球、全球气候变化这些远离身边的威胁，我们会熟视无睹，这就是人性的局限；但是比起普通公众，利益集团还另有打算，因为若是美国政府制定出更有利于保护气候的能源政策，势必减少美国传统能源产业的利润。事实就是，利益集团一直是在大碗吃肉，如今他们散布迷雾，就是害怕新能源产业跟他们一起分吃那碗香喷喷的肉！

罗朗议员的循循善诱颇受欢迎，现场出现笑声和掌声。一个高亢的声音从会场后方响起，议员先生，据说您很推崇太阳能，难道太阳能产业就不会成为新的利益集团吗？

这明显是在当场发难。说话人是一位长相俊朗的男生，从着装到气质都不像是出自寒门。会场上的记者明显神情亢奋，纷纷调整镜头焦距以便清晰捕捉到罗朗议员的脸部表情。记者们很清楚，气候变化早已不是新闻，因气候变化而引出的各种事端才称得上是新闻。

罗朗议员在众目睽睽之下绽开他的招牌式笑容，动作帅气地手指那位发难的学生，这位同学，你还真是目光犀利！是的，我的确是推崇太阳能产业，而且我相信，未来全球能源的领军者一定是太阳能。按照国际能源署的预测，那应该就在2030年前后，正是你们这代人掌管这个国家的时候。希望那时你们可以自豪地告诉你们的孩子，是你们今天的远见卓识推进了太阳能产业的大发展！所以，要是有人认为太阳能产业会成为新的利益集团，那也会是一个有益于美国民众的利益集团！

许多人鼓起掌来，一些人甚至在激情呐喊。罗朗议员在热烈的掌声中提高嗓音，同学们，请转告你们的亲朋好友，让更多的人支持《美国新能源战略法案》！我们必须重塑我们的国家形象！各位，你们将改变世界！就像人类学家玛格丽特·米德说过的那样："永远不要怀疑一小群有思想、有追求的公民可以改变世界！"

美国多家电视台原汁原味地播出了国会议员威廉·罗朗的大学演讲，没有删节，也没有抹去那些看似发难的提问。这都是欧文·派克的精心谋划。此刻，坐在罗朗庄园的酒窖里，他并不打算和盘托出。罗朗议员不需要知道这些。

罗朗议员正关注着来自反方的声音。电视里，一位气度不凡的参议员正在接受采访，他旗帜鲜明地反对将美国拖进《京都议定书》，说美国不需要去当那个吃力不讨好的气候变化国际领导者，那会让美国付出巨额代价，受益方却只有新能源产业。这是一种假公济私的公共政策。全球变暖究竟是不是人类行为所导致，连科学界都还没有形成共识，更没有确凿可信的科学数据。将一项严肃重大的公共政策建立在信誓旦旦的个人情绪上，让人不得不怀疑罗朗议员的真实意图。

欧文·派克立刻关闭电视，以防愤怒中的罗朗议员将手中酒杯摔在电视里的那张脸上。身为幕僚长最重要的本事之一，就是要像最尽职的父母一样，知道什么时候该拿走什么玩具，更知道什么时候该拿出什么玩具。

现在欧文·派克拿出的，是纽约BT气候实验室有关气候模型"小男孩"的最新工作报告。"小男孩"是《美国新能源战略法案》中秘而不宣的那部分。这些布满数据的报告定期发来，它们共同构成了罗朗议员秘密杀手锏的有效性。

欧文·派克语气肯定，我们的气候学家们已经摆脱了那个自杀阴影，正在全力投入研究。"小男孩"很快将证明您在美国能源战略上所表现出来的洞察力与前瞻性。

罗朗议员看着手中的报告，如果这个"小男孩"得出的结论恰恰相反呢？这不是没可能的。科学是一架自动前行的马车，它才不管骑手想让它去哪儿呢，它只去它该去的地方。

罗朗议员的质疑让欧文·派克一时语塞。他本能地不安起来。这就是追随政客的风险，你永远不知道会在什么地方一脚踩空。但是欧文·派克已经学会了以不变应万变，他以更加坚定的口吻回答道，是的，科学的确是一架自动前行的马车，不过您将看到，它去的地方，正是您希望它去的地方。

罗朗议员长叹一声，最近我在看一本书，按照书中的认知失调理论，我们为某个观点付出得越多，就越不可能在反证面前抛弃它，就像我们会觉得花大价钱买的葡萄酒味道最纯正，会觉得价格昂贵的药物更有疗效一样。我们付出得越多，就越想说服别人相信那个东西的价值，因为我们想避免挫败感，不希望自己像个傻瓜。

罗朗议员明显自嘲的口吻让欧文·派克担心起来，这可不像白天演讲时那个激情四溢的男人。但另一个声音也在告诉他，不必太在意政客的反常情绪，多数情况下那就是个带政治味儿的喷嚏而已。于是欧文·派克拿出第二份资料，这是预测中国经济走向的情报分析，仅限白宫高层阅读，欧文·派克没花多少钱就弄到了复印件。他提示罗朗议员注意上面提到的"碳市"一词。

照这情报的分析，中国不断增长的能源需求已经出现了环境压力的持续增大，再加上中国承诺的碳指标，包括接连出台一系列相应政策与市场手段，种种迹象表明，中国政府近期极有可能在若干地区启动碳排放交易试点，随后在全国形成一个与股市并行的交易市场——碳市。这是个极其重要的信号，表明中国境内将会出现全球最大的碳中和需求，随之必会出现一个全球最大的碳排放交易市场，即便暂时不会是全球最大成交额，但肯定会是全球最大可交易额。

这份情报的含金量可不低。其中最诱人的部分就是，巨大的减排需求势必迫使中国寻求更有效的减排手段，而这正是国际新能源产业大踏步进军中国的天赐良机；美国若想在这个过程中获利丰厚，就必须加大新能源产业上的政府投入。

在这间散发着古老信息的酒窖里，罗朗议员轻轻叹息着，这不过是一份来自白宫情报分析员的报告，重要的是，国会山上的大人物们肯不肯接受这份情报给出的分析。

欧文·派克继续用坚定的语气回应道，《气候见证者》在中国的拍摄很有效益，它将比这份白宫情报分析员的报告还要证据确凿地表明，您的法案是何等富有真知灼见！

罗朗议员的眼中燃起了某种火焰，好吧，我想确切地知道，那个"小男孩"究竟什么时候可以长大成人？

欧文·派克心下一紧，在《美国新能源战略法案》的一揽子推出计划中，这是最大的短板，其中的复杂变数很可能会严重影响罗朗议员的意志。但他以从未有过的坚定口吻回答道，"小男孩"很快就会长大成人，我们要允许保罗·吉尔谨慎从事。在他完成最后的质疑之前，他不会对我说一个字。他说质疑自己是为了将来能应对来自任何一方的质疑。

这话已道尽了一切。于是罗朗议员口述一条信息，让欧文·派克代他发给保罗·吉尔。

欧文·派克在点击"发送"时心下一阵轻松，知道自己又一次拿捏对了。很早以前他就明白，"伴君如伴虎"的真正要义不在于胆略，而在于自信。

半小时后，欧文·派克出现在曼哈顿一家咖啡馆门前。跟他见面的人已经就座，他站在窗外仔细察看，确信没有异常后才走进去。那男生换了装，不再是白天那身考究的行头，而是棒球衫加棒球帽，正是大学校园里最常见的装束。他按照欧文·派克的要求压低帽檐，这样即便有人看见他们两人坐在一起，也不大容易看清帽檐下面的这张脸。

这是一场事先约定的见面。欧文·派克拿出一个信封推到男生面前，特意说明比原先承诺的钱数多加了一些，以奖励他和同学们出色的现场表现，该说的你们都说到了，其中最好的部分，就是你那一番对利益集团深恶痛绝的话。

男生把手掌压在信封上按了按，像是在估摸里面放了多少钱，这就是我们的价值吗？

欧文·派克本能地不爽，那么给多少钱，你们才满意呢？

男生严肃地摇着头，问题不在于多少钱，欧文先生。

当初欧文·派克找到他时，他挺乐意的，不过就是纠集几个同学在演讲会场口没遮拦一通，还能拿到钱，傻子才不乐意呢！但他现在改主意了。他靠近欧文·派克，像是在小心提防被人听见，您让我们做的那些事，我一点儿也不反感，我知道那是一种必需的策略。芸芸众生都是浑浑噩噩的，他们需要被点拨、被唤醒，包括在必要的时候将他们一棍子打蒙，然后将他们强行带往幸福的彼岸。凭他们自己是到不了那里的，所以才需要罗朗议员，需要您欧文先生，现在，又多了一个我。

说到这里，男生两眼发亮地看着欧文·派克，将信封推还给他，尊敬的欧文先生，之前我是为了钱，但听了罗朗议员的演讲后，我立志要追随罗朗议员。为了《美国新能源战略法案》，我愿意无偿贡献我的青春！

眼前这双年轻的眼睛让欧文·派克看到了某种熟悉的东西，那是他刚刚走出大学校门时闪烁在眼睛里的东西。那东西早就一天天地消失殆尽了，多年之后蓦然相见，竟有了一种他乡遇故知的小感动。但欧文·派克不打算跟这孩子推心置腹，事实上他早就不跟任何人推心置腹了。他微笑着将信封推回去，说我衷心感谢同学们对罗朗议员和《美国新能源战略法案》的全身心支持，那都是我的主意，跟罗朗议员无关，很高兴你能正面理解。其实政治说白了就是一种妥协，明知不得已而为之，所以身为政治家必须忘我，将自己的一切都置之度外，包括名声，否则根本谈不上有所建树。这笔钱是我本人的谢意，请务必收下。

起身告辞时，他俯身冲着这张年轻的面孔说，很高兴你能无偿贡献你的青春。其实用不着全部青春，最多一年，足够了。这位男生两眼闪闪发光，露出心领神会的笑容。

当罗朗议员的口述信息出现在保罗·吉尔的手机上时，他正在BT气候实验室埋头工作,手机处于静音状态。夜深人静是保罗·吉尔最惬意的时光,尤其是这种周末的夜晚,大家都回家了,整个BT气候实验室极其寂静。当他将门窗紧闭后,思维的触角便突破了物理空间,延展到对流层、平流层,直至整个大气层,很像是被赋予了某种超能力。但凡这时候,他与科学就格外亲近,双方心心相印且惺惺相惜,只需默然厮守便道尽了万语千言。若能出现某个豁然洞开的瞬间,让他有所发现,那就是最美妙的时刻了。钻研科学的过程充满着奇异的甜蜜与诡秘的激情,个中滋味妙不可言,只有亲临其境并长期浸淫其间才能有所领略。也正因为这一点,才让保罗·吉尔如今身处天堂与地狱的夹层中不得自拔。

没人知道保罗·吉尔的内心隐秘。有些时候,当他身心疲惫到极点时,他会想到撒手离开,要么就随波逐流。随波逐流很容易,只需稍稍松手,面前就会出现一片世俗的汪洋大海任他漂浮。问题在于,好友道格已经搭上了性命,半途而废只能让道格白白牺牲。保罗·吉尔深知自己无从选择。毕竟那些肮脏的交易背后藏匿着一个高尚的理由,一个他俩毕生的信念,因此他只能不顾羞耻地与狼共舞。

直到天色微明他才离开实验室,背后的超级计算机里,是正在高速运转中的气候模型。那是他和道格·约翰斯顿共同养育的"小男孩"。事到如今他拿不准该在什么时候让"小男孩"问世。科学不能一蹴而就,需要不同角度地审视,需要验证已知的结论,需要反反复复地跟自己较劲,为的就是要避免缺陷。他绝不允许"小男孩"带着先天缺陷问世。

走廊里挂着保罗·吉尔与道格·约翰斯顿的合影照。那是在一家风景优美的养老院门前,他俩约好将来一起住进这里,相互陪伴着终老死去。如今每当看到这照片时,他就难以接受道格的自杀离世。这是一种残忍的割裂,一种悲凉的抛弃,他不明白道格自杀前为什么没给他留下只言片语。这很反常。

手机管家提示他有多个新信息,他眼神疲惫地一一浏览,直到看见欧文·派克的信息。那是一个转自罗朗议员的口述:

——如果说《美国新能源战略法案》是一只渴望起飞的大鸟,那么"小男孩"就是这只大鸟的翅膀。请尽快给《美国新能源战略法案》插上翅膀,让它呼啸着腾飞。为了地球,为了美国,也为了让我们的同道者道格·约翰斯顿先生早日安息!

保罗·吉尔沉默着关闭手机,其实他更想冲着国会山大声呐喊——别总拿道格之死说事,就好像是我杀死了自己最好的朋友!

四 亲密女兵

楚航云把这个周末全给了沈飞扬,两人开着现代越野车,沿着沅江一路拍摄,力图将湘西的地标性景物悉数收进镜头,让纪录片《气候见证者》呈现出更丰富的中国元素。照楚航云的说法,湘西古村落的吊脚楼当然要有,但湘西古城的老旧窨子屋也必须有,那可是湘西民居中的奢侈品,几百幢窨子屋折射出的,是千百年前湘西大都会的奢华与繁荣。窨子屋的所有者大多不是普通的乡民,那些高大厚实的建筑外墙彰显着户主的财力与势力,更别说拿来修饰房屋的石刻木刻以及砖雕了,真的是每一寸空间里都沉淀着很多的金子银子呢!

沈飞扬跟着楚航云走在古城的青石板巷道上,很快得知了一连串的数字:这古城里竟然有过28个商业码头,17家报社,23家钱庄,80余家客栈,上百个作坊,近千家商行,再加上散落其间的诸多镖局与青楼,够得上一座功能齐全的大都市了!他举着摄像机拍了又拍,很高兴楚航云带他来这里,更高兴有她一路陪同。可气象室就在对面江岸上,当兵时为什么从没听人说起过?就好像那时这里不存在似的。

楚航云两眼幽幽地望着前方,那时许多东西都不存在,就像这座隐而不见的古城。

他们正站在一座年代久远的风雨桥上。原木质地的风雨桥千年不倒,就在于它浑身上下的榫卯结构。让所有的部件都牢牢地守在该守的地方,明确表达着"恪守才能稳定"的理念。风雨桥的寓意很像是一种道德训诫,多年以来楚航云总觉得,这桥就是她的宿命。沈飞扬问她这话从何说起,楚航云便说起了当年在另一座风雨桥上被一位侗族青年求婚的往事。按她的解读,当年向她求婚的侗族青年一定子孙满堂了,可她还孤身一人地站在这里,这就是宿命。

沈飞扬直摇头,宿命说到底是一种大喜大悲后的淡漠,是撕心裂肺后的无奈。宿命不可能凭空出现,必是伴随着狂风暴雨,夹杂着飞沙走石,将你整个人裹挟着上天入地,然后才会被扔进宿命的黑洞里。像宿命这种黑洞,非历经磨难不会遇到,你确定你就在那里面吗?

楚航云两眼直愣愣地说不出话来,恍若看到了当年走在风雨桥上的谭英天。他走过来奋力拉起她的手。被他拉着手的感觉很奇异,安全而危险,温暖又冰冷。她不管不顾地跟着他向前走，决意一直这么走下去，哪怕是走到天涯海角。但他走出桥头后就松手了，很快就消逝不见了……

楚航云接下去的讲述把沈飞扬惊得不轻，没想到在缠绵悱恻之中更有着无人所知的复杂与阴郁，更没想到故事里的男主角竟然是谭英天，他可是司令员的女婿啊！如果他还在服役，如今该是一位将军了。

楚航云说起初他们很少见面，即便见面也只是远远看上几眼。通常不是他去气象室检查工作，就是她跟着某个老兵到机关来办事。在别人眼中他俩就是普通的上下级关系。谭英天总说要注意影响，虽说军营里并非男女授受不亲，但男干部与女战士的私下来往通常会惹出是非。楚航云不以为然，您是我的叔叔辈，我们两个的情况不一样！谭英天就一个劲地强调说，你还小，不懂得别人眼中的世故人情。

十几岁的楚航云觉得自己挺成熟的，业务值班与站岗放哨包括种菜养猪等各方面，哪一样都不比别人差，已经是个像模像样儿的兵了。等到发生了父亲驾机失踪事情，等到她结束隔离审查重新回到气象室，更加觉得自己是被历练出来了。

沈飞扬默然不语。他清楚地记得结束隔离审查后，楚航云变得不再像从前那样喜欢放声大笑了，大多数时候她面容沉静，微笑中隐含着丝丝忧伤。楚航云说，后来要不是参加了谭英天的婚礼，她可能再也快乐不起来了。

似乎全基地的人都参加了谭英天的婚礼，楚航云从没见谁的婚礼上来过那么多人，更没见过谁家的新娘像谭英天的新娘那样美丽动人。新娘田汀汾与她一见如故，婚礼第二天就让人把她从气象室接了过去。新娘亲自下厨做了一桌子的菜，席间一个劲地拉着她向田司令员敬酒、向谭英天敬酒。奇怪的是她一点儿都不怯场，一杯接一杯地敬了下去。她管新娘叫汀汾姐，管新郎叫谭叔叔，这种辈分混乱的叫法倒让新娘乐不可支，连田司令都乐坏了，直说她是个嘴巴乖巧的孩子。

她不喜欢被人叫作孩子，就一脸严肃地敬着礼说，报告司令员，我不是孩子，我是一名气象兵！弄得大家一齐向她道歉说，你当然是一名气象兵了，而且是一名很优秀的气象兵！然后就由田司令带头，新郎新娘都自罚了三杯，这才让楚航云的脸上慢慢绽开了笑容。

很久之后谭英天告诉楚航云，那是她父亲的飞机出事后，他第一次看见她面露笑容。

此后好多年，每逢田汀汾从北京回南方基地探亲，楚航云都会被田汀汾叫来过周末，有时还会过夜。田汀汾特意为楚航云准备了一张床，还亲自打电话到气象室为她请假。这种平白无故的热络劲儿搞得谭英天莫名其妙，却让楚航云很受用。这就造成了一种不和谐，当她们两个女人有说有笑时，谭英天总有些神情落寞，像是个被家人冷落的孩子。照田汀汾的解读，这是因为所有的男人都有孩子气，哪怕他是你的叔叔辈。

言来语往中，田汀汾会关切地询问楚航云将来打算嫁个什么样的人，楚航云总说，要嫁就嫁像谭叔叔那样的人。田汀汾就逗她，要是找不到像他那样的呢？她立刻回答说，那她就不嫁人了，为什么一定要嫁人呢？嫁人这事到底是空气呢，还是阳光呢？缺了它会死吗？！

田汀汾咯咯咯地笑起来，直说她是个不谙人事的傻丫头。要是有一天你爱上了一个男人，却不能嫁给他，你就会觉得生不如死呢！

此类话题不过是泛泛而谈，却很令谭英天反感，认为田汀汾没必要跟一个未成年女兵讨论这类话题，那孩子现在最需要的是在单位好好表现，争取入党提干。田汀汾就反驳他，一个女孩子除了入党提干，更重要的事情就是成家。那孩子已经没有家人了，我们就是她的家人，应该站在家人的立场上替她考虑人生大事。亏你还被那孩子喊作谭叔叔！

此类争吵通常不会当着楚航云的面，但很难不被楚航云听见，逢到这时候她就很难过。后来有一天，她以一种非常正式的口吻宣布说，她正在备考气象学院，从考学到毕业之前，她都不会考虑个人问题。要是将来她真有了男朋友，会第一时间告诉他们，会请他们好好参谋一下，绝对不会把自己嫁给一个他们两人不了解的男人。

果然就终止了他们夫妇间的此类争吵，至少楚航云不再听到了。她就这样和他们夫妇保持着最亲近也最纯粹的感情。她盼着田汀汾每年一次的探亲假，盼着被田汀汾叫去过周末，盼着坐到他们家的饭桌前。每一次上门都让她开心而惬意，感觉像是回了家。这样的关系持续了十多年，他们三个人都在军中获得了成长——田汀汾当上了解放军总医院外科军医，谭英天当上了南方基地情报处长，楚航云从气象学院毕业后当上了气象预报员。有一天楚航云忽然意识到：为什么自己一直都没谈男朋友？为什么他们夫妇一直都没要小孩？

谜底姗姗来迟但到底来了。楚航云永远忘不了那是怎样一个惊心动魄的夜晚。当时她刚分到一个带套间的宿舍，她把它装修得温馨而舒适，从窗帘到桌布再到客厅里的沙发套，全都是纯棉格子布，仅有的几件家具也都是纯木质的。

谭英天全部看过之后评价道，无规则的木纹走向与方方正正的格子棉布融合在一个屋顶下面，表达的正是房屋女主人内心世界的两极，再现了一个最真实也最完整的楚航云。

她立刻就定住不动了，像是被施了魔法。当时她正跟着录音机中的《红色娘子军》舞曲手舞足蹈，动作大体遵从舞台范儿，都是她在气象室宣传队演出时的基本舞姿。她带着满满的小得意，觉得自己将一个小套间弄出了大别墅的格局，然而谭英天的评价绕开装修本身，直接戳到她心灵深处。她保持着那个舞姿呆呆站立了好一会儿。

然后谭英天走过来，伸出双臂，迎面抱住了她。

她还是一动不动，还是呆滞发愣，但某种从未有过的感觉潮水般地漫过全身。那感觉温暖到无法抗拒，只觉得脑子异常清醒而身子却混沌不堪，仿佛五脏六腑连同四肢都被融化了，被消解了。舞剧《红色娘子军》的乐曲还在响着，茶杯里飘着龙井新茶的清香，那是他特意带来的，说是要用新茶为她的新居做个香薰。现在正是茶香挥发的最佳点，应该趁热将茶杯慢慢移至鼻端，再慢慢移开，营造出一股小小的气流，让茶香在流动中一阵阵地扑鼻而来，然后慢慢饮下才对。但是他们两人谁都没理会茶香的存在，就那么一动不动地僵持着，似乎谁先动一下就会引起莫名的灾祸。

后来，不知是谁先动了一下，还是他们两人一起动了一下，唯一明确的事情是，录音机里的磁带走到了头，茶香也早就消逝了，周围静得有些怪异。他将她推开一些，抓住她的两只手，拉到胸前使劲地攥着。她感觉到了他指关节的坚硬，感觉到了他手掌心的灼热。鬼使神差地，她竟然轻声数起了他额头上的汗珠。那些汗珠很饱满也很细密，她数了一会儿就数不清了，只好放弃不数，轻轻说道，谭叔叔，你额头上的汗珠太多了……

谭英天猛地甩开她的两只手，像是在甩开什么让他恼火的东西，见鬼！我不是你的谭叔叔，很早以前就不是了！见她不说话，像是被吓住了，他把声音放轻一些，语气中依然带着愠怒，不会有人相信我会爱上一个十二岁的小女兵。反正早在新兵连结束时，我就打定主意，我要等着你楚航云长大，等着有一天你会爱上我，然后娶你为妻！

许多年后回忆起这一幕，楚航云仍然两眼含泪，沈飞扬却阴阳怪气地说，可他并没等你长大，他急不可待地结了婚，成了基地司令员的乘龙快婿！

楚航云没吭声。短暂的沉默过后，沈飞扬口气平淡地问道，那么后来呢？

后来的情景让楚航云刻骨铭心。她记得谭英天一只手摘下军帽，另一只手搂住她的腰，将她猛地拉过去，发狠般地吻着她。他不由分说地做着这些，动作强悍而霸道，像是在跟什么人赌着气。最让她惊异的是她自己！她既没有愤怒地挣脱开，也没有惊恐地哭出声，而是任由谭英天发疯般地吻遍全脸。最后，他的吻久久停留在她脖颈处。她能觉出他在流泪，那个浅浅的小洼地很快就被填满了，溢了出来。紧接着他就一言不发地离开了。他离开的时候紧紧抓着军帽，动作之迅速就像是唯恐被某种力量拦腰截住。

那天她长久地呆立不动，像是被人点了穴，又像是被掏空了，整个人飘忽而无形，迷蒙而空洞。她根本就理不清头绪，不明白刚才究竟是怎么了，为什么持续多年的关系会遭遇惊天大逆转。天亮后的整个白天里，她发现自己被分裂成了两部分：她的一部分欢腾雀跃，每一个毛孔都注满了氧气，似乎随时都会轻快地飘浮起来；她的另一部分却沉重如铅，举手投足都无比艰难，只觉得谭英天的狂吻会在她脸上留下明显的印迹，让她没脸见人。

听到这里，沈飞扬觉得好笑，真是荒唐而幼稚！那年你多大？

楚航云神情凄然，那时我极度封闭，第一次被男人吻，怎么可能不荒唐不幼稚呢？

一阵钻心的疼痛袭上沈飞扬的心头。要不是他当年去了美国，要不是他懦弱得不敢向她表白，她的情感世界肯定不会始终冰封雪藏，至少会有另一个版本。更有可能的是，他和她的命运都会被重新改写。

偏偏楚航云又在沈飞扬的伤口上撒了一把盐，她两眼直直地看着他，多奇怪呀沈飞扬，你看我跟你根本就不像是多年没联络的样子！我们之间没有生疏和遗忘，也没有戒备和防范，倒像是我一直就在等着见到你，向你说出这一切。其实我一直就知道，我们一定会再见面，可能会是在湘西，也可能会是世界上的任何地方，总之这辈子我们一定会相互遇见，一定都积攒了许多想说的话。这就是我和你，楚航云和沈飞扬！

沈飞扬只觉得周身发热，他恨自己多年前笨得都没拉一下她的手，更恨自己多年来常在跟其他女人亲热时想起这个亲密女兵，然而他说出口的话却温度适中，你看你总是叫我沈飞扬，既不掐头也不去尾。不过我喜欢这样，别人一听就知道我们一起当过兵。

楚航云笑了，你不也总叫我楚航云吗？我也喜欢听你这样叫我，不掐头，也不去尾！

风雨桥正沐浴在正午阳光下，看上去明晃晃金灿灿的，正是沈飞扬最喜欢的光照氛围。他让楚航云坐着别动，拿起摄像机，将她和风雨桥一起拍进镜头里。当他缓缓移动摄像机时，只觉得这些色彩饱和度极高的画面，将他此时的心境表达得酣畅淋漓……

摄像机里的画面传到了地球另一头。在纽约下城那幢老式建筑物的地下室里，所有的显示器上都是楚航云和风雨桥的画面。黑褐色的风雨桥映衬着湛蓝的天空和雪白的云朵，显得苍劲凝重，而倚靠在桥廊上的楚航云则端庄柔美，恍若是与风雨桥永恒相伴的背景人物。

黑客狼满意地看着显示器里的画面，很高兴自己对沈飞扬的摄像机完成了第二步远程跟踪。目前加装的是一个带声音记忆的跟踪软件，它最棒的部分就是，一旦跟踪对象丢失，软件会凭借声音记忆功能，自动到相应的信号群中甄别匹配者。而它最有趣的部分则是，你若是好奇跟踪者的个人隐私，那么它将让你满足到爽！就像刚才，黑客狼饶有兴味地听着楚航云对她过往情史的讲述，还特意放大了她的面部，以便将这女人的眼神捕捉得更清晰一些。

然后，黑客狼将所有的视频包括录音，打包发给了他的大人物雇主。

很快，大人物雇主增加了酬金，并表示，正在部分撤销黑客狼的网络犯罪记录。

五　幽会魔法小屋

谭英天两眼发涩地离开电脑，走出数字大楼，上车回家。车窗外混沌一片，雾霾抹去了建筑物的轮廓，到处都是灰蒙蒙的。要不是霓虹灯光还在勉强穿透雾霾，会让人以为这座超大型城市悄然消失了。深夜里车流稀少，偶尔驶过的车辆全都规规矩矩地打着雾灯，匀速前行，生怕弄出个交通事故。

刚刚过去的这一天令谭英天惊心动魄，因为中国多部通用顶级域名服务器接连出现异常，相当多的中国互联网用户无法正确解析域名，有些网站甚至被统一解析到境外一家商贸公司的IP上，很像是有人在跟中国互联网开了个超大的国际玩笑。

这当然不是什么玩笑。这是在肆意攻击中国互联网的全系统，这是在狂妄挑衅中国的网络安全，由此而被侵害到的是中国互联网全体用户。连谭英天所在的军方部门都没能幸免。攻击发生时，谭英天正跟几个部下联网工作，突然间，乱码覆盖全屏，多部电脑死机，链接中的网址被连续不断地自动切换，最后停在一个陌生的IP上。程序员看出，那IP位于美国南部一座小镇，是一家经营国际商贸业务的小公司。看到所有的电脑屏幕上都闪现着那家美国小公司的网络页面，谭英天倍感耻辱，其程度等于是在战场上还未还击就束手就擒。

谭英天早就忧心忡忡了。事实明摆着，全球互联网总共有13台根服务器，其中10台都在美国境内，这意味着美国在互联网上的国际霸权远远大于现实霸权，意味着美国能轻而易举地抹掉任何国家的根域名，然后从网络空间出发，扰乱以致瘫痪任何国家在现实空间中的任一重大设施。伊拉克和利比亚就曾经被美国清除过根域名，等于是在那个时间节点上从互联网中消灭了两个主权国家。如今中国的域名服务器也遭到了突袭，就算一时不能证实黑客的身份，但在谭英天看来，握有互联网绝对管理权的美国难逃干系。只是此番网络攻击持续的时间很短，倒像是一次针对中国的小小恫吓。

于是谭英天整个下午都在埋头撰写当日网情报告。通常这种报告由值班参谋完成，但谭英天这回有话要说。作为军队网络安全研究部门的领导者，他深知自家的漏洞有多大——当我们的电脑硬盘来自希捷、操作系统来自微软、CPU来自英特尔、更多的大型交换机来自思科，再加上所有的电子邮件都必须绕道美国，如此配置下的网络系统，能有多少安全系数呢？中国是个大国，中国注定要承受全球最严重的网络安全威胁，这个问题的解决只能是"自力更生"，而且必须"只争朝夕"！谭英天在报告中给出的建议是：中国网络安全建设必须系统协作、全面推进。从国家顶层设计到机构设置协调，从政府与民间企业的合作再到全民观念意识的培育，缺一不可。

这份报告的结束语是：此次黑客突袭中国全网，向我们敲响的是这样的警钟——中国网络安全的欠缺必将威胁到每个中国公民的切身利益，无人幸免，所以互联网应该全民皆防，应该像防空演习一样，在全社会建立起防范与应对的普遍机制。"防网演习"，势在必行。

然而在现实中，相当一部分人将谭英天领导下的网络安全研究部门视为可有可无的"网络清谈所"，视为军队编制中应该被裁掉的部门。他们的许多建言更是被视为夸大其词、是一些过于超前的战场想定，其用意不过是在图谋加大部门预算。不过谭英天很快就要退休了，他明白在那之前，网络世界不会变得更好，所以他必须站好最后一班岗。

在这个雾霾深重的午夜，谭英天第一次意识到，自己的处境很类似于研究气候变化的楚航云，这两个领域里的研究者都被说成是"以危言耸听博取更多的研究预算"。

离那片老式楼区好几百米，谭英天就下了车。但凡回家太晚他都会提前下车，以免汽车引擎吵醒熟睡中的人们。谭英天蹑手蹑脚地进了家门，洗漱过后就上了楼。像往常一样，他轻轻走进田绍德的卧室，给熟睡中的老人掖掖被子；然后走进田汀汾的卧室，替她关掉电视机。近年来田汀汾只有开着电视才能入睡，因而在她睡着后替她关掉电视，就成了谭英天的每夜功课。这个小小不然的细节是他们夫妻感情天地里少有的青枝绿叶，大多数时候那里是一片荒草。他们两人都太忙了，很少有大块时间单独相处，照田汀汾的说法，他们两人是把夫妻之爱献给了各自的单位。

有时谭英天会站在床边出神地看着妻子的睡相。田汀汾的睡相沉重而不安，很像是她白天忙碌而急迫的神情被夜色定了格。楚航云的睡相则完全不同，她恬静安宁得有如婴孩。每每想到两个女人在睡相上的强烈反差，谭英天就觉得那是他命运中的一道暗喻。

今晚楚航云没在。她的房门半开着，门边椅子上放着田汀汾为楚航云新买的拖鞋、毛巾和睡衣，全都是楚航云喜欢的绛紫色。当年她俩曾就此争论过，楚航云坚持说叫藕荷色，田汀汾非说那是绛紫色不可，然后请谭英天做裁判。当时谭英天说，这就好比是，你说太阳早晨从东边升起，她说太阳傍晚从西边落下，都没错！楚航云立刻反对，太阳的升起与落下是完全不同的两种自然现象，可我们说的是同一种颜色，没有可比性！那副像煞有介事的劲头把谭英天和田汀汾都逗乐了。那时她才十多岁，岁月改变了许多东西，为什么田汀汾会觉得楚航云对色彩的喜好没有改变？

谭英天发现自己正推门走进去。抬眼可见的照片都是田汀汾摆放的，全是他们三人在南方基地的合影。那时的楚航云，身材单薄得像张纸，眼神儿明显忧郁。是田汀汾力主让楚航云到家里过周末的。她总说那孩子母亲早亡，父亲生死不明，又经历了隔离审查，很需要温暖的家庭氛围。一来二去后，许多人都说楚航云是他们夫妇俩的小跟屁虫。

让事情微妙起来的，是楚航云很快成了田汀汾的崇拜者。她宣称自己喜欢田汀汾的一切——她的美丽和优雅，她的发式和穿衣打扮，她说话时的语气与节奏，她的一举手一投足，包括她找的对象，都值得自己模仿。

跟田汀汾待在一起成了楚航云最盼望的事情。她神情专注地看着田汀汾的样子，就像是在看一本最深奥的教科书。偏偏田汀汾喜欢被她模仿，还特意买来一些相同的衣物和饰品成全她。晚饭后闲来无事，她们会扎起一模一样的小麻花辫儿，穿上一模一样的豆绿色的确良衬衣，脚蹬一模一样的北京懒汉鞋，两个人手拉着手地在司令员的楼上楼下、前院后院走来走去。连田绍德都被她俩弄晕了眼，快分不清谁是谁了。有时田汀汾会对田绍德说，爸，我休假归队后，要是哪天您想女儿了，就把航云叫过来，让她当我的替身！

楚航云立刻站直身子敬个礼，司令员同志，战士楚航云随时听候命令！

说得田绍德哈哈大笑，看来我有俩女儿了！

逢到这时候，谭英天就五味杂陈。楚航云如此这般地出现在他的生活中并跟他的家人愈益亲近，对他来说既是一种宽慰，也是一种折磨。但他从未表露出什么，还是那个平易近人的叔叔辈，是让楚航云敬重的新兵连长。连田绍德都以为他对楚航云的感情已经翻篇了。

夏日的一个傍晚，他还是失去了自控力。那天他走进家门，只见楚航云穿着一件海蓝色的长袖连衣裙从楼上走下来，举手投足完全就是在模仿田汀汾，连说话的口气都模仿得惟妙惟肖，她称他为亲爱的英天，说自己这样不打招呼地突然从北京回来，就是要给他个惊喜，我喜欢看到你惊喜的样子，你平时的样子太严肃了，这是在家里，太严肃了不好，也没必要。英天，我说得对吗？

谭英天暗自惊讶。要不是他对这两个女人都太了解了，真有可能混淆不清，而且楚航云竟然能模仿出田汀汾身上成熟女性的韵味！他只觉得痛彻心扉，这孩子已经长大，他却再没资格娶她为妻了……他像是在对自己发狠，又像是在对别的什么人发狠，总之整个人都震怒了，他凶巴巴地瞪着楚航云，厉声命令她立刻换掉那身衣服，瞧你这样子，还像个兵吗？！战士有战士的着装规定，不懂吗？！

楚航云被吓住了，直愣愣地看着他，像是没听懂他在说什么。他连讽带刺起来，这种搞法有意思吗？很好玩是吗？你怎么就那么喜欢模仿别人呢？

楚航云极端委屈的样子，我没有模仿别人，我只是在模仿汀汾姐……

谭英天又气又恼，我就是在问你为什么要模仿田汀汾？！

楚航云两眼清亮地看着谭英天，因为我很想成为像她那样的人。

这话深深刺痛了谭英天，但他以更加凶狠的口气掩饰着真实情感，楚航云！你就是你，你不是田汀汾，你永远也成不了田汀汾！赶快给我换下这身衣服！

楚航云颇为认真地摇着头，不行，我得穿着这身衣服。谭参谋，这事儿您说了不算。

谭英天惊得眼珠子都要瞪出来了，你就是穿上田汀汾所有的衣服也没用，你根本不会成为跟她一样的人！你们是完全不同的两种人！所以赶快给我换下这身衣服！立刻去换！

楚航云依然两眼清亮，都说了这事儿您说了不算的，这事儿得听田司令的。

谭英天简直快气疯了，不明白楚航云究竟搭错了哪根筋。这时田绍德进来了。田司令上下打量着楚航云，满意地直夸这件长袖连衣裙做得好，达到了南方基地军人服装店的最高水准，瞧这样式！瞧这剪裁功夫！上海师傅就是上海师傅，"立体剪裁"就是不一样！

跟在田司令身后的，正是基地军人服装店的温裁缝，田司令的夸赞让温裁缝乐得两眼眯成一条缝，连连推说这都是田司令买的布料好，颜色也选得好。只见田司令转向谭英天，满脸得意地问他怎么看，你说我要是把这件衣裳送给汀汾做生日礼物，我这个当父亲的，会不会让女儿大大地惊喜一回？

谭英天这才注意到，楚航云身上的长袖连衣裙还是个半成品，好几处都是粗针脚，方便拆开重整。以前他听说过"立体剪裁"，真正见到，这还是第一次，因此他不无尴尬地回答道，她当然要惊喜了。您亲自为她定制服装，还用的是"立体剪裁"，别说她想不到，连我都想不到呢！

做父亲的哈哈大笑，说这都要感谢小楚同志，从选布料到选样式，都是她当的参谋，而且当了田汀汾的替身。这两个星期天，但凡温师傅需要，她随叫随到。有一次没赶上班车，这孩子一路走着过来的，二十多公里呢！说着便让楚航云转身做个展示。

楚航云立刻照办，伸开手臂做了几个原地转圈的舞蹈动作，姿态平稳而优雅，完全就是一位端庄秀美的成熟女性。三个大男人完全看呆了。温师傅轻声惊叹，这孩子真是个美人胚子呢！田司令则感叹说，小楚同志很有舞蹈天分，应该去基地宣传队当舞蹈演员才对。只有谭英天默不作声，他既无法面对楚航云的纯真，更无法抗拒她的魅力。

然后，谭英天驾车将楚航云送回气象室。视野里全都是夕阳下的一片金红。带着喜欢的女孩儿驾车穿行在一个暖洋洋的金红色世界里，这原本恣意快乐的时刻却令谭英天心情郁闷，觉得自己是天底下最没用的傻蛋，毫无必要地就暴露了软肋。要是楚航云窥见到了他的内心隐秘，要是这孩子因此而被伤害，该是个多么糟糕的局面！

车行之中，他听到楚航云吃吃地笑起来，是那种绷了好久终于绷不住的笑声。她连喘带笑，似乎再不笑出声来就会窒息而死。这怪异的笑声加重了谭英天的忧虑，他打定主意要矢口否认。他必须一笑而过，让她相信他永远都是她的谭叔叔，不会是别的什么。

但他听到的却是另外一回事。只见楚航云下巴轻抬，一副明察秋毫的劲头，其实我明白，您根本就不喜欢那件连衣裙。您刚才那么说只是不想驳田司令的面子，您那是在成全他对自己的满意度，成全一位父亲的心愿，更何况他还是一位司令员呢！

她说这些话时语气肯定，引得谭英天不禁问她为什么会这么想，楚航云又是一阵开心的笑，不然为什么您对我那么生气呢？您的样子明摆着就是不喜欢那件连衣裙！您还命令我立刻换下它，那口气就像是要一把火烧掉它。

如此毫不设防的信赖让谭英天觉得既温暖又贴心。这孩子实在是太天真无邪，也太信赖他了。他原以为自己引发了一场难以收拾的情感乱局，到头来不过是一场自作多情的虚惊！不由自主地，他也跟着她一起笑起来。他们两人的笑声此起彼伏，节奏相当且音调相似，有时你是我的和声，有时我是你的和声，当在某个音频上迎头相遇时，便交织成了一个音色丰富的和弦。谭英天觉得自己正在融入那个和弦，受它引导，被它覆盖，先前的种种郁闷纠结，很快就荡然无存了。

在气象室大门前，楚航云下车时抓着门把手扭头问谭英天，谭叔叔，您为什么不喜欢那件连衣裙？那可是最新的样式呢！

谭英天望着这双天真无邪的眼睛说，好吧，谭叔叔让温师傅再做一件，送给你。

楚航云惊喜交集，谢谢啦！到时候，我就和汀汾姐一起穿给你们看！

谭英天当真为楚航云定制了那件连衣裙。当她和田汀汾穿着同样式的海蓝色连衣裙一起出现时，人人都说她俩太像姐妹了。

又过了一些年，楚航云已是气象室里业务拔尖的预报员，又出落得亭亭玉立，在南方基地适龄男军官中远近闻名。问题在于，但凡有谁看上她，无论是寄来求爱信，还是托人介绍，她都付之以哈哈大笑，就好像被人求爱是一件多么滑稽多么荒唐的事情。仰慕者中，有人会请谭英天或是田汀汾做说客，甚至会请司令员田绍德做说客。但无论说客是谁都没用，楚航云说，我对他们全都没感觉。

　　有时遇到各方面条件不错的，谭英天会劝楚航云先见个面，说不定就能擦出火花，也可能还会一见钟情，楚航云总推说自己整天忙业务，要学的东西又太多，没有空闲谈恋爱。田汀汾更是为她着急，劝她不要太眼高了，似水流年，说的正是女人年华的稍纵即逝。女人最好的年龄就那么几年，不抓住就永远失去了！楚航云不以为然，那我宁愿把最好的年华留给我自己，也不愿意便宜了哪个臭小子！田汀汾提醒她别太挑剔了，这样下去很不好，我可不希望你孤独一生。楚航云就亲昵地搂住田汀汾的脖子说，我不孤独，我有你们呢！

　　终于有一天，谭英天亲手打破了隐匿其中的潘多拉魔盒。

　　都是楚航云那套新宿舍惹的祸！谭英天每每想起都认定，那是个法力强劲的魔法小屋，它让人无从掩饰，更无力防卫，所有包裹在身上的坚硬盔甲都会被它席卷而去，只剩下脆弱的生物性。自第一次吻过楚航云后，他开始渴望前往那个魔法小屋，开始寻找各种机会跟楚航云单独见面。坐在她面前天南海北地聊天，是他最惬意的事情，这时候他会拉着她的手，指腹轻抚她光滑的手掌和优美的指骨。不说话的时候，他会端详她手背上一道道暗蓝色的血管，揣测它们会如何流向她身体深处那些他看不见的地方。

　　起初的一些日子，他的手指只行进到她手腕处的外关穴。他勾起食指环住她纤细的手腕，只觉得那块小小的腕骨像是要不安分地突破皮肤的束缚。又过了一些日子，他的手指越过了外关穴，在她臂弯里流连忘返。他清晰地看到了她的动脉血管，知道这条暗蓝色的细管道是她生命的守护者。到后来，跟着这位守护者，他的手指来到了她的肩头，在她的肩胛骨上逗留了很久。一连数月，他从不曾将楚航云拉到身后那张大床上。他会一遍遍地亲吻她，感受她既柔软又滚烫的双唇。离开时，他使劲地拥抱她，以此驱赶两人间的难舍难分。

　　终于有一天，他还是把她拉到了那张大床上。那天楚航云穿着他送她的海蓝色连衣裙，当他的手指像往常那样摩挲着她的肩胛骨时，她站起身，缓缓拉开后背拉链，让连衣裙滑落而下。她的胴体远比他想象的还要诱人，那紧致发亮的皮肤下面，该凸的部位凸着，该凹的地方凹着，像是被造物主刻意打造过。他的手指在她身上开始了漫长的旅行,直到楚航云在他耳边发出一声轻语,亲爱的谭叔叔,我是不是已经长大了呢?

自那以后,但凡有到基地机关出公差的机会,楚航云都积极主动地大包大揽,以便有机会看到谭英天,哪怕只是远远的一瞥;而谭英天呢,逢到要去气象室检查工作,总是精神焕发地张罗着尽早出发,知道楚航云会以各种方式出现在大门口,让他能在第一时间看到她。有几次做业务汇报,担任主讲的正是楚航云。他们两人在大庭广众之下当面交流,这让楚航云极度幸福也极度亢奋,人人都说她变得有口才了。

这种密谋式的幸福持续了小半年,他们掩人耳目的种种办法成功蒙过了身边所有人,连回家探亲的田汀汾都毫无察觉。田汀汾假期结束回北京,楚航云跟谭英天一起去火车站送行,列车开动后楚航云眼泪横流,弄得田汀汾也一个劲地掉眼泪,以为是可贵的离别之情。

开车返回夹皮沟的路上,楚航云哭得不成样子。谭英天一只手驾车,另一只手与她相握,默默等待她平息下来。当她的哭泣接近尾声时,他看出她有话要说,一打方向盘,驶离公路,开进山林边。待引擎声完全消失,周围就只有风吹草木的窸窸窣窣声了。

他们站在一片寂静之中倾听着对方的心跳。两个人都明白,田汀汾的探亲假打破了他们虚幻的美好,将他们从云雾之巅打到了结结实实的大地上。楚航云的伤感最为痛彻,她说,这就像是心底深处被什么东西噬咬着,而且那噬咬将永无休止……

他不知道该说什么,只能抱紧她的身子。

她轻轻叹息着,你根本不可能属于我,你只属于你的家庭,你的妻子,还有,你在南方基地的职位。

他俯在她耳边反驳说,至少我的一部分是属于你的。那部分对我很重要!

她轻轻地苦笑,或许我只是你领章上的一根丝线,你军装上的一条布纹?

他气恼得想要狠狠揍她一顿,但双手却将她抱得更紧。他无数次痛恨自己招惹了这孩子。每回见到她,他总是在幸福的沉醉感与罪孽的剧痛感之间来回游离。如果需要做出一个了断,他希望由她提出,这一切本就不该发生的,或许他们只能到此为止了。

她生气地推开他,说她压根儿不想到此为止,她也根本不想失去他。他再次将她拉进怀里,柔声表示即便就是到此为止,她也不会失去他;即便就是分了手，他们之间原有的一切都不会消失，信赖、友情、亲情，这些都还在。他还是她的谭叔叔，他会永远陪伴她，直到她有了自己的小家庭。然后，他会当她孩子的教父，再然后，等他离开这个世界的时候，他希望由她的手将他的骨灰撒在这座大山里……

她用一阵突如其来的狂吻阻止他继续讲下去。

他并未意识到那是他们的最后一吻，只记得两个人谁都不再优雅从容，每一个吻都像是在生离死别，都直奔刻骨铭心的强度。给他的感觉是，那些狂风暴雨般的亲吻中充斥着危险与忧伤，而他们两人将那危险与忧伤酿成了一杯又一杯极具毒性的烈酒，正义无反顾地悉数饮下，犹如两个视死如归的囚徒。

自那以后他再没见过她，不久后她便人间蒸发了。他与她之间横亘着一个巨大的困境，他本想与那困境悄然共舞，而她显然不肯参加……今夜，在远离湘西大山的京城里，在散发着往昔气息的房间里，各种滋味正从遥不可及的地方丝丝缕缕地弥漫上来，让谭英天有些神情恍惚。妻子明摆着是要重现旧日时光，可究竟发生了什么，让田汀汾要刻意营造这一切？

黑客狼知道他这回捅出了大娄子。虽说那并非他本意，但是让中国互联网的顶级根域名发生瘫痪，的确是他黑客狼的亲力亲为。他原本是想偷偷潜入中国北方大学气候研究院的服务器，对目标人物龙士峻的电脑系统来个近距离凝视，没想到却屡屡受挫。看来气候研究院的服务器防火墙升级了。他不知道这表明了什么，是目标人物发现自己被跟踪了，还是一种网络安全警觉性的广泛提高？

他当然不甘心就此罢手，掉头就去了那部服务器的上游系统，打算找到薄弱环节后，再杀个回马枪。他就这么在网络上肆无忌惮地到处溜达，一路上东张西望且频频下手，虽然没被发现，却也总是不得要领。后来好不容易找到一个突破口，几乎就要得手时，被对方发现了，只好拼命自保且拼命还击，以免被逮个正着。

就是在这期间出了事！急于逃身的黑客狼犯了个大忌，他不该在网络过招中用力过猛。当他发现他的凶猛还击造成了中国根域名的整体瘫痪时，当场就吓坏了，忙不迭地抽身而退。

糟就糟在，他被两个网络坏小子全程盯上了！他们仿效黑客狼的路数玩起了瘫痪根域名的游戏，颇像是一种亦步亦趋式的致敬。很快，中国多个顶级域名接连瘫痪。相当多的中国互联网用户在解析域名时手忙脚乱，状况频出。偏偏那两个网络坏小子玩兴大发，闹出了更大的恶作剧，竟然把一些中国用户的链接域名解析到了美国一家商贸公司的IP里。

万幸的是，那两个网络坏小子疯玩一会儿就收手了。黑客狼胆战心惊，恨不能将那俩小子找出来猛揍一顿。他们这是在败坏整个黑客界！盲目而无底线地在网上胡搞乱搞，从来都被真正的黑客所不齿。黑客狼顶看不上这种缺乏自制力的黑客，不遵守基本行规的黑客最终将毁了全体黑客。所幸事后似乎并没人追究此事，这让黑客狼如释重负。毕竟他是这场网络风波的始作俑者，真要是追查起来，真要是带出了他身后的大人物雇主，真到了那时候，他肯定会死得很惨。

收拾残局时，黑客狼有了个意外惊喜。他发现一个中国用户的早年间履历与目标人物楚航云有多个重合之处。经过一番网上搜索，他断定这个名叫谭英天的男人，就是楚航云向沈飞扬提到过的那个旧日秘密情人。上帝，那家伙如今是位中国将军了！

六　秘密杀手锏

新能大厦通体明亮地耸立在纽约夜空下。没人知道，就在这座巨型发光体的顶部，就在那最为华丽的光晕后面，一小群气宇轩昂的人正在争吵不休。今夜，美国绿能大佬们再次秘密聚首，这回是集体质询威廉·罗朗议员的幕僚长欧文·派克。比起上一回，大佬们的神情中少了志得意满，多了焦虑与不快。

全都是因为那个看上去美妙无比的"碳排放税"！

绿能大佬们指责欧文·派克严重违约，并没像当初说好的那样，在《美国新能源战略法案》的一系列演讲中措辞明确地提到"征收碳排放税"，更没列出具体方案。数来自阿拉斯加的风能巨头情绪激烈，他高声讥讽着，需要重新回忆一下我们当初的约定吗？

欧文·派克淡淡一笑，知道这些腰缠万贯的阔佬从骨子里就对他没半点儿尊重，之所以坐在这里，只不过是囿于利益。利益，才是这片屋顶下唯一存在的东西。

因此他一开口便直奔利益，各位究竟是在寻找一个完美的政客呢，还是在寻找一种切实的利益？是的，罗朗议员的近期演讲是没有提及"征收碳排放税"，但那正是出于对利益的谋略，而不是违约。世界上没人会痛痛快快地把利益让给别人。当上帝说人人平等时，其实是在说，每个人的利益都是平等的，谁也不比谁的低。说到底，政治家做出决定的底线，就是要有利于大多数人，否则不可能得到推行。各位，要是你们了解大多数美国人怎么看待这个"征收碳排放税"，你们就会明白，罗朗议员为什么会暂缓不表。

阿肯色州的光伏大亨气哼哼地回敬道，我们就是不明白罗朗议员为什么要暂缓不表？！

欧文·派克两眼紧盯着光伏大亨，因为罗朗议员认为，现在还不是征收碳排放税的最佳时机，我们需要找到一个合适的时间节点！

好几个绿能大佬都在愤愤不平地发声，什么才是合适的时间节点？请给个准话！

欧文·派克开始反击了，口气不重也不轻，各位，合适的时间节点只能是美国经济的全面复苏！在经济繁荣的大背景下，就业增多，收入增加，整个社会充满活力和希望，人们会更期待一个美好的未来，也就更容易赞同征收碳排放税。而目前的美国，经济衰退的阴霾还在继续，就业困境仍然存在，若是再征收碳排放税，美国公众会更加担心就业困境，政府决策层会更加担心国际竞争力的下降。说白了，这是一个在美国上下层都会引起不安的主张，难道你们想让罗朗议员跟着你们一起去自杀吗？！

欧文·派克的语速越说越快，情绪也越来越激奋，当他停下时，发现绿能大佬们全都死死地盯着他，不像是被说服了，倒像是在准备新一轮的攻势。

又是来自阿拉斯加的那位风能巨头抢先打横炮，网上多次提及"罗朗议员掌控中的秘密杀手锏"，我们想知道那是个什么东西。作为合作者，我们不该被蒙在鼓里。

显然这些腰缠万贯的家伙一口咬住了利益的链条，他们凶狠地露出牙齿只是为了咬得更紧。因此欧文·派克不卑不亢地回敬道，如果真有那么个秘密杀手锏，那也是罗朗议员的秘密杀手锏，我无权透露。

绿能大佬们生气了，嚷嚷说这样不公平，没道理在合作双方之间设定秘密，我们履行了出资约定，至少有权利知道所谓的秘密杀手锏是什么。要是那东西的确存在，要是它的威力果真那么强大，我们就能知道罗朗议员和他的那个法案，究竟有多大胜算了。

这下欧文·派克被彻底激怒了，先生们，如果你们来到这里就是想要羞辱罗朗议员，羞辱罗朗议员的法案，那么请听好了——《美国新能源战略法案》不是一份商业计划，而是一份政治计划，是要推出一位强有力的政坛明星，是要让美国看到威廉·罗朗议员的政治智慧，我们才不管是新能源的大佬们在大把赚钱，还是传统能源的大佬们在大把赚钱，我们只负责让罗朗议员在美国政坛上大放异彩！倒是在座的各位，是你们更需要那种相信全球气候正在变暖的政治家，是你们更需要国会推出有利于新能源的产业政策！所以，如果你们认为罗朗议员不值得信任，请随时退出！没关系，国会山下的那条K街上，手拿钞票的代理人，正排着队地想跟罗朗议员建立信任级关系呢！

所有的人都不再出声，偌大的会议室里只听得到净风系统工作时的细微电流声。欧文·派克借故离开，腾出空间让大佬们做出最后的抉择。当他精疲力尽地站在装潢精美的小便池前，这才发现自己根本就尿不出来。在刚才那场势力悬殊的舌战中，他赌上了全部，包括绿能大佬们对罗朗议员的信任度。要是他刚才放话太狠激怒了大佬们，他们一气之下集体退出，不只是资金链的断裂，更会让国会山上的反对声喊得更响。

他原本是要避免这一切的，他原本是想让罗朗议员一路凯歌的！

很早以前他就仔细考察过美国的权力构架。那是由七千多个重要职位所搭建起的权力金字塔，其中包括国会议员、内阁部长、州长、联邦机构负责人、将军、法官、检察官、大学校长、传媒精英、工会领袖、大型商业机构负责人、基金会领导人、有影响的非政府组织领导人。在这七千多个重要职位中，有人可能身兼数职，因而真正的数字应是六千多。罗朗议员就是这六千多人之一，因此追随罗朗议员，就是接近了美国的权力金字塔，而他欧文·派克的一切，都取决于他所追随的这个人能否在权力金字塔里坐稳、站牢。

小便池前的思路整理让欧文·派克有了新打算——倘若局势不利，他打算稍稍退让，多少透露一下那个秘密杀手锏。等他回到座位上，却见新能集团董事长安德鲁·贾丁郑重宣布说，既然大家都同意继续支持威廉·罗朗议员，那么，原先的一揽子协议继续生效。我代表所有协议方表达对罗朗议员的敬意，感谢议员对美国新能源产业所付出的劳碌与艰辛，愿他的《美国新能源战略法案》早日在国会山上被通过！

意外之下的欧文·派克不露声色地缓缓靠向椅背，慢慢漾出一脸的笑纹说，《美国新能源战略法案》是属于我们大家的，首先属于在座的各位。至于那个秘密杀手锏，时机一到，我会第一时间通告各位。顺便说一下，罗朗议员的下一场演讲是在阿拉斯加，要是演讲背景里出现一排排风能发电杆的话，就更理想了！

阿拉斯加的风能巨头兴奋起来，你们只需将罗朗议员带到阿拉斯加，一切由我搞定！

新能大厦地下车库里，一辆辆豪车鱼贯而出。绿能大佬的座驾全都霸气十足地张扬着他们的雄厚财力，谁也不输谁。欧文·派克的车最后一个离开。在这之前没人注意到，安德鲁·贾丁正坐在欧文·派克的副驾驶座上。安德鲁·贾丁说他刚才最担心的，是欧文·派克会绷不住，会透露那个秘密杀手锏，哪怕透露一丁点儿，都会引起巨大的麻烦。欧文·派克就问，难道你就不担心那些家伙会退出吗？

安德鲁·贾丁摸着他修剪精致的头发说，他们硬要退出，倒成全了新能集团。我很了解他们，我就是他们中的一员，很难保证那些家伙不会再次发难。所以应该让罗朗议员明白，只有新能集团才能最终助他稳固取胜。要是罗朗议员在法案中增加有利于太阳能的条款，那么一旦太阳泥成功问世，人们就会发现，罗朗议员是多么富有远见卓识！

自打太阳城发生爆炸后，欧文·派克对太阳泥的良好期待多了一些犹疑，他不大相信那个神秘兮兮的太阳泥真的会改变世界能源格局。安德鲁·贾丁说这很正常，因为您还不了解太阳泥的科学原理，一旦了解了，很容易就能明白它的划时代性。在这方面您和我们之间，就隔着一层窗户纸的距离。

捅破这层窗户纸的地点，最终定于罗朗庄园。起先安德鲁·贾丁坚持定在新能大厦，因为太阳泥是当今绿色能源中的尖端技术，一旦泄密，首先对不起广大股东，而他的办公室里配有最先进的反监听、反录音录像设备，所有的墙壁、窗户、窗帘，包括窗帘杆与窗帘钩，一律做过了严密防护，足以应对最高端的商业窃密。但欧文·派克认为，绝对不能让外界知道新能集团与罗朗议员之间存有特殊瓜葛，而且罗朗议员也绝对不可能用偷偷摸摸的方式进入新能大厦，所以唯一可行的，就是让新能集团的人秘密前往罗朗议员的家族庄园。至于保密措施，欧文·派克不无炫耀地说，罗朗庄园的反窃密装置完全不输新能大厦，那可是出自美国国家安全局的专业级手笔。

一条来自沈飞扬的越洋信息出现在欧文·派克的手机上：龙士峻终于同意接受采访了！您知道办到这个有多难吗？所以请新能集团遵照合约尽快打来第二笔经费。

欧文·派克将这信息展示给安德鲁·贾丁，两个人都颇有深意地笑了。

远在中国的湘桂公路上，沈飞扬正带着楚航云一路疾驶着前往漓江之畔，恨不得立刻见到大名鼎鼎的龙士峻。现在他已经非常明确了，对这位中国著名气候学家的采访是《气候见证者》的重头戏，没有龙士峻的气候变化纪录片，势必缺乏全球性。因而他很感谢罗朗议员和欧文·派克出此建议，看来政治家就是不乏敏感度。问题在于龙士峻远离媒体，拒绝接受任何形式的采访，但楚航云在酒桌上夸过海口，她只好硬着头皮给龙士峻打电话，依然是被一口回绝，理由是，我必须对所有媒体一视同仁，尤其是对境外媒体。

情急之下，沈飞扬抢过楚航云的手机，尊敬的龙院士，网上盛传您的研究风格特立独行，很少人知道您为什么说"不能把全球气候变暖完全归罪于温室气体"。有人以为您这不过是一种浅薄的标新立异。

手机里是龙士峻平静的声音，任何人都有自己看待事物的角度。科学家并不代表真理。

沈飞扬不管不顾地大声说道，可我知道作为科学家的您为什么会那么说，因为您认为，人类活动对气候变化的影响不仅仅是温室气体排放，也包括大面积减少植被覆盖。所以您那句话的重点是——植被变化也能引起气候变化！

手机里，龙士峻平静的声音里有了些许变化，谢谢你注意到了这些。

沈飞扬继续大声说下去，我还注意到，您的团队在飞云山里致力于"边界层气象学"研究，你们那是在探讨微观尺度如何影响宏观气候！

手机里，龙士峻的嗓音中增加了某种东西，好了，请把电话交给楚航云。

沈飞扬决定孤注一掷，他用更大的嗓音说道，龙院士，你们的研究表明，那个叫作"叶面积指数"的东西，会直接影响近地层气温！

手机里传出龙士峻明显提高的声音，好了，请把电话交给楚航云。

楚航云立刻把手机调为扬声器功能，老师，我在这儿！

手机里传出龙士峻的声音，那个美籍华人导演，他是你什么人？

不等楚航云回答，沈飞扬抢先答道，我是她战友！从十多岁起我们就同在飞云山当兵！

就是这一锤定了音。龙士峻问他们赶到漓江来需要多久，沈飞扬再次抢答，很快！我的驾车技术超级棒！楚航云不理解，有必要这么赶吗？我们明天一大早就出发。结果，手机里的龙士峻与手机外的沈飞扬竟然在异口同声——

很有必要！

开车上路后，楚航云一个劲地感叹沈飞扬的说服力很是了得，你真够聪明的！采访我们时弄懂的那些关键词，全都用上了。这就是挠到了别人的痒痒肉！现在看来，不是你死乞白赖地要采访龙院士，倒像是龙院士急不可待地要见到你沈飞扬似的！

沈飞扬没说话。就算是龙士峻想快点见到他，那也是对"楚航云的老战友"这一点感兴趣。直觉告诉他，龙士峻对楚航云的关心远远超出了师生关系，他更像是一位父亲。

漓江边一个新发现的喀斯特溶洞，就是龙士峻目前的科研场所。照楚航云的说法，石笋洞所记录的古气候信息，有时堪比南极冰芯，而一个新发现的石笋洞，则会带出更新的古气候信息。奇美的石笋身上充满了气候变化的精准档案，幸运的科学家总能从中发现来自远古的气候年度报告，诸如风向、风速、温度、湿度、日照、降雨以及大气化学的性质。像龙士峻这种注重实证的科学家，追求以数据做支撑，因此，每逢哪里有气候科学的新发现，龙士峻就会出现在哪里。

他们赶到石笋洞时，龙士峻正站在高高升起的自动升降机上，用头戴式放大镜仔细勘察着一根巨大石笋的顶部，因此沈飞扬基本上是冲着他的鞋底拍摄。镜头里满是形态奇异的大小石笋，看上去既雄浑霸气又优雅细腻。于是，龙士峻的讲解便成了绝妙的画外音：

——石笋是一种有生命的群体，持续滴落的岩溶液体滋养了它们。石笋的生长速度极其缓慢，每厘米要历经百年，因此从它们身上能看到年代久远且从未间断的气候记录。在这个新溶洞里，我们找到了上一个冰期临近末期时的气候信息。这可是个大发现！全世界的气候学家都对这个历史时段大感兴趣，它最有助于对全球气候变化的走向做出正确的预判。

镜头里，龙士峻既儒雅又不失硬朗的风度让沈飞扬大感意外，待到两人握手相见，龙士峻铁钳般的强劲握力更让沈飞扬惊叹不已。这样的男人，仅凭握手就能传递出他的能量，尤其会对楚航云这类知性女人形成杀伤力，这会不会就是楚航云至今不婚的隐因？

对美籍华人导演沈飞扬的欢迎晚宴，被龙士峻安排在桂林熔岩研究所职工餐厅内。窗外就是迷离曼妙的漓江，挂着红灯笼的游船缓缓驶过，洒下一片斑驳的光影。就着江景吃饭从来都是龙士峻的一大喜好，并不在乎餐桌上摆着什么菜肴。

　　这顿晚宴必须喝酒，龙士峻端着酒杯举出三个不可不喝的理由，首先，沈导演不远万里来到中国，为了向世界展示中国应对气候变化的状况而辗转各地拍摄，我必须表达对沈导演的敬意与谢意！其次，我龙士峻身为中国气候学家，多年从事全球气候变化研究，有责任协助拍摄，所以我必须表个积极合作的态度！最后，也是最重要的，沈导演与我们楚研究员是十多岁时的军中战友，这是个多大的缘分！所以，今晚我们不可不喝！

　　沈飞扬兴奋得两眼直发热。这位中国气候学界的重量级人物显然对他的系列气候短片大有兴趣，也对他与楚航云的私人关系大有兴趣。他开始频频举杯，来者不拒地跟桌上的每一个人干杯，每干一杯都念叨着"不可不喝"四个字，像是在吟念着古老的行酒令。

　　开吃不久，沈飞扬就发现一个现象，龙士峻和楚航云对肉类菜肴基本都不怎么动筷子，问到原因，两人的回答都是"减少碳足迹"。在楚航云看来，生产肉制品太消耗粮食，气候成本太高。所以，以肉食为主的西方饮食体系，就是地球上的气候成本消耗大户。

　　沈飞扬看着一桌子的菜肴，突然大胆发问，大吃大喝文化在中国已经遍地开花，据说人均年消费肉制品的数额已经不低。国际能源署已将中国列为世界上最大的能源消费国，中国将如何面对国际社会的减排压力呢？

　　坐在他对面的一位研究员面露不快，貌似客套的口吻中明显带着批驳之意，尊敬的沈导演，国际能源署还有后半句话呢，通常后半句才是更重要的话。那就是——由于人口基数太大，中国的人均能源消费量仍然很低。

　　楚航云适时插话了，是的，国际能源署的结论是，中国的人均能源消费量只是经合组织国家的三分之一，而且在相当一段时期内都只是发达国家的三分之一。

　　放在角落里的摄像机早已悄然工作，沈飞扬一心想让它录得更多。他努力让自己的口吻充满善意以免引起不快，有人说"全球变暖"是西方发达国家精心炮制的伪命题，所谓"降低碳排放"，其实是要扼制中国经济的快速发展。请问龙院士，您是否认可这种"阴谋论"？

　　话出口后，连沈飞扬自己都觉得不够妥当，即便就是再斟字酌句，这问题也太过敏感。谁知龙士峻却轻松一笑，说他常被问到这个问题，通常他更愿意这样回答——"全球变暖"是一个世纪命题，全球气候学家包括中国气候学家都正在努力破解这个命题；而"降低碳排放"，则是中国经济健康发展的自身需求，是我们自己想要做，而且非做不可。真正的阴谋在于，耍尽招数让中国为发达国家的历史碳排放买单，在国际气候谈判中强求中国承担过多的减排义务！

龙士峻神色严肃，他希望沈飞扬的纪录片能够传达出这样一个信息，中国的"哥本哈根承诺"，那个减少45%碳排放的承诺，是一种极大的牺牲。那意味着中国每年新增投资约300亿美元，意味着每个中国家庭每年要多负担64美元，而且要连续10年！这还没完。中国还要承担潜在的宏观经济损失成本，承担特定行业的失业成本，承担因此而被加大的为贫困地区提供的脱贫成本。这几方面的成本叠加起来，将会是一张巨额账单。这张巨额账单，就是中国应对全球气候变化的切实贡献，所以请再不要对中国说三道四！

龙士峻端起酒杯一饮而尽，像是为刚才的一席话打上了休止符。

其他人也端起酒杯一饮而尽，然后齐刷刷地望着沈飞扬。沈飞扬拿起酒瓶给自己倒满，连续干了三杯，每干一杯都咬字清晰地重复着龙士峻的话：再不要对中国说三道四！

中国漓江畔的这一番慷慨激昂，跨海越洋地传到了纽约下城那幢老式建筑物的地下监听室里。黑客狼对一群中国人的高谈阔论不感兴趣，他感兴趣的，是这高谈阔论中有没有大人物雇主所需要的关键词。看到目标人物龙士峻与楚航云的整张脸清晰地显现在电子屏幕上，看到龙士峻对沈飞扬的那股热络劲，明显是在为楚航云拉郎配，黑客狼一脸的坏笑。

黑客狼的最新发现是，楚航云每天早出晚归的那座军营，正是她的旧日情人谭英天如今的家庭住址。最妙的发现是，谭英天每天都坐着一辆军队牌照的黑色轿车在那个军队大院里出出进进。要是他的推测没错，几乎可以认定，那对旧情人又搞到了一起。直觉告诉黑客狼，要是能够突破那个军队大院的防火墙，要是能够将远程监听的触角探进谭英天家中，肯定会有惊人的发现。

这个周末北京无风也无雨，是个出行的好日子，但陶自牧哪儿也不想去，只想跟好友约翰·杰克逊在网上共度周末。这家伙好多天没露面了，给他发邮件也不回复，很像是移居了某个荒岛。移居荒岛是约翰·杰克逊一直向往的绿色生活，那里远离所有因电力而派生的现代设施，基本等于人间蒸发。可真要是那样，约翰肯定会给他留言。

像往常一样，陶自牧进入《纽约城市报》网站去寻找。这是他们两人彼此挂念的常态，只要在对方报社的网站上看到对方撰写的新闻稿，彼此的状况便能大致了解。

《纽约城市报》网站首页上挂着约翰·杰克逊的头像照片，旁边是一篇标题加黑的文章：《我们痛失优秀记者》。陶自牧头脑发蒙地看了好几遍，才基本弄清事件的来龙去脉——约翰·杰克逊在横穿马路时遭遇车祸。当时街头一片混乱，肇事的三菱越野车逃之夭夭。救护车赶到时，约翰·杰克逊血流无数，所幸还有生命体征。送到医院后，本来正在ICU实施抢救，却因一场突发医闹遭遇枪击，最终彻底丢失性命。枪击者是两个持枪男子，他们用这种残忍手法逼迫医生放下对约翰·杰克逊的抢救，先去抢救他们送来的枪伤同伙儿。

这篇文章说，两个持枪医闹已被警方抓捕归案，他们对自己的所作所为均供认不讳。警方对肇事车辆的追查毫无结果，因而无法判定肇事原因。外界的猜测沸沸扬扬，大多认定车祸并非偶发。有说是三角情杀，也有说是巨额赌债被追杀。更多的说法集中在约翰·杰克逊的记者身份上，说他经常靠窃听手段获取新闻来源，严重干扰了他人的正常生活，不排除是某位受害者想要教训他一下，却因出手过猛而酿成了严重车祸。

这篇文章的结尾是一段义正词严的声明：

——坊间传闻不足为信，请尊重死者的在天之灵！约翰·杰克逊是《纽约城市报》的一位优秀记者，他的勤奋姿态和敬业精神，将永远激励着所有为新闻理想而奋斗的记者！

坐在电脑前的陶自牧呆若木鸡，恨不能眼前所见只是一场梦中恶魇。

七　纳米机器人

陶自牧很想赶赴美国为约翰·杰克逊送葬，像一位真正的家人那样，目睹棺木缓缓放入墓穴，亲手在那墓穴上撒下花瓣与泥土。可约翰的父母说，他们已经为约翰举行了家族传统的海葬。在约翰父母发来的海葬视频里，约翰的遗体包裹着层层白布，家人们托着约翰将他缓缓送进大海。没有哭天抹泪的场面，甲板上的人们神情庄重，像是在全神贯注地护送逝者去往大海深处一个更好的世界。

这段海葬视频被陶自牧看了又看，无法相信生机勃勃的约翰·杰克逊会突然死掉。他了解约翰，知道他和自己一样，生活中既没女人也不好赌博，因此两人常自贬为"木乃伊男人"。至于被窃听的受害者想要教训他一下的说法，就更难成立了，不然警方为什么找不到肇事者和肇事车辆？那两个出现在ICU的持枪医闹，也让陶自牧觉得可疑。

基本没有后续报道，记者约翰·杰克逊的死亡很快就被美国媒体淡忘了，连他的老东家《纽约城市报》也不再发声。从《纽约城市报》网站上看不到一星半点的后续文字，似乎报社并不曾有过一个名叫约翰·杰克逊的记者。

约翰这是被他的同事们集体抛弃了！约翰带陶自牧去过《纽约城市报》，他看到每人办公桌上都摆放着三四部电话机，好几个记者都在手拿电话听筒低声说话，有的还同时拿着两个听筒，脸上透着诡秘、躁动和亢奋。那是打探到某个爆炸性新闻的经典表情。约翰说，这就是报社文化，如果我不能经常拿到爆炸性新闻，我就是在自取灭亡。

他们两人开始了从未有过的唇枪舌剑，双方都用词尖刻，谁也说服不了谁。直到那一天约翰发来一个电子邮件：我刚刚被一位气候学家赋予了使命，我只能告诉你，我在创造历史，同时也在创造一个更好的自己。

陶自牧立刻调出那个邮件反复思索。气候学家到底说了什么，让约翰自信他能"创造历史"？难道就是这个引来了杀身之祸？到底是约翰知道了什么，还是他亲眼看到了什么？

约翰·杰克逊近期的电子邮件被陶自牧一一调出，如今看来全都颇具深意：

——是什么原因，让新能集团出面召集美国新能源行业的大佬们秘密开会？

——我们周围有着太多的伪象，总得有人站出来揭开伪象上的面纱。身为记者，我应该听从职责的召唤，哪怕就只这一回。还是那句话：我正在创造历史。等一切都结束了，咱俩就去早就约好要去的大堡礁。当我穿上浮潜装备直入海底，你会看到一条深海人鱼！

陶自牧立刻上网搜索美国新能集团。资料显示，新能集团极其关注全球气候变化，不仅独家资助纽约BT气候实验室研发气候模型，还常常赞助有关话题的国际学术研讨会。最近一个大动作是支持美国国会众议员威廉·罗朗全力推进《美国新能源战略法案》。

陶自牧发现,《美国新能源战略法案》的宣传造势覆盖了美国各大报纸和各大电视网以及各大门户网站。最热的是大学演讲。两个多月里,罗朗议员在美国20多所大学校园做过演讲,校园局域网的签名支持率已超过50%。最可观的是美国新能源企业的积极反应。遍布全美的几十家新能源企业都在力挺《美国新能源战略法案》。人们称赞罗朗议员是一位真正的爱国者,一位明智的政治家,全球气候变化领域里的一位美国英雄。

这都是公开的部分,看不出有什么异样。唯一蹊跷的是,遍布全美的新能源大佬们为什么会齐刷刷地聚集在新能大厦秘密开会?陶自牧很想知道新能集团这只领头羊在那场密谋中是个什么角色。一道闪电掠过他大脑深处——在南极自杀的美国气候学家道格·约翰斯顿,会不会就是向约翰·杰克逊赋予使命的那位气候学家呢?

没有任何信息表明约翰·杰克逊与道格·约翰斯顿有关联,约翰也从未写过他。网上对道格·约翰斯顿说法各异。质疑的声音是,既然他自视对人类负有责任,为什么不在媒体上公开表达自己的科学见解?就算是要以死警醒世人,也不该悄没声地跑到南极去自杀。有人爆料说,加州房屋交易记录显示,道格不久前刚刚购置了一幢海滨别墅,明摆着是要享受人生,为什么会突然自杀?更深的爆料是,海滨别墅是一家石油公司对这位气候学家的馈赠。而且道格·约翰斯顿名下有多笔巨额款项,均来自煤炭、石油、天然气公司。

这就引出了一片骂声,气候学家的形象变得虚伪可憎起来,表面上喊着遏制全球气候变暖,背地里却与传统能源公司沆瀣一气。因而多数网民的判断是,令道格·约翰斯顿自杀的真正原因,不是对国际社会绝望,而是他对自己丧失科学道德而内疚到不可自拔。

陶自牧似信非信。虽说互联网是个谎言充斥的垃圾场,却也是个真相博弈的角斗场,而且他坚信,世界上的大多数秘密都能在互联网中找到线索,需要的只是寻找、再寻找。

陶自牧调出约翰在新能大厦偷拍的照片——一看过去,认出了一张面孔。网上资料显示,在所有的公开场合里,这位欧文·派克都会伴随罗朗议员左右,他的出镜率与罗朗议员几乎比肩齐平。陶自牧一片混沌的思路中透出了一丝光亮:为什么欧文·派克会现身于那个秘密会议?那位被广泛赞誉的美国国会议员会不会牵涉到某种秘密交易?

今夜，罗朗庄园戒备森严，两道暗哨被分别布置在树群外围和别墅四周。暗哨不只是传统意义上的警卫高手，更配有高科技装备。新能集团董事长安德鲁·贾丁的硬性要求是，哪怕是一只飞虫都不能飞进来。现如今的仿生窃听设备已高度发达，当你看到一只蚊子时，很可能会是一部伪装成蚊子的纳米级窃听器！

允许新能集团大动干戈地布置警戒，全靠欧文·派克从中斡旋。起先罗朗议员坚决反对，如果连国会议员的家都会被秘密监视，美国还有什么个人隐私可言？看过欧文·派克提供的一个秘密视频后，罗朗议员震惊之下默许了。那视频是一位资深参议员的家庭监视录像，美国国家安全局高度怀疑他的一位高级助手参与国际情报交易，而参议员对监视器的安装毫不知情。显然，当被认定事关国家安全时，任何人都会被置于秘密探头之下。

让罗朗议员惊奇的是，欧文·派克竟然弄到了如此绝密的视频，他的幕僚长回答说，这就是我职责的一部分，我必须在庞大的国家机器中结交各种各样用得着的人，以保证最大程度的信息畅通。我在您身边就是负责解决问题的，而最具性价比的解决方案，就是掌控信息，并为您所用。

现在，罗朗庄园已被高科技的防窃密手段包裹得密不透风。安德鲁·贾丁开始谈笑风生了，他站在深深的门廊里大赞罗朗庄园拥有纽约州最大最古老的庭院树群。罗朗议员说，这都得益于罗朗家族的家风，他的祖先们有了钱就喜欢买地种树，几代人努力下来，就有了周围这个巨大的树群。安德鲁·贾丁说，想必您的祖先们认为，庄园里的树群有一种卫兵林立的震慑感。罗朗议员说，其实在我的祖先们看来，这些树群的存在价值是——白天使人神清气爽，夜晚使人心存畏惧。

安德鲁·贾丁听了哈哈大笑，直叹罗朗家族有着代代相传的语言智慧，所以罗朗议员的演讲才会每次都那么精彩。议员先生，相信在您了解了我们的太阳泥后，当您再讲到太阳能时，一定会有更加传神的句子！

对太阳泥的全面介绍在戒备森严中开始了。身在太阳城的新能集团首席科学家戴维·史密斯先生通过视频向国会议员致敬，向议员的幕僚长致敬，感谢二位对太阳泥的关注，感谢二位拿出宝贵的时间听我讲解太阳泥。恳请二位原谅我不能前去面谈，因为太阳泥的研究正处在最吃紧的阶段，片刻都不敢离开，若是再发生爆炸事件，我将愧对所有人。首席科学家咧嘴一笑，我已经为太阳泥搭上了我这张英俊的老脸，总不能再搭上我的科学家名声吧？

一屋子的人都笑了，数安德鲁·贾丁笑得最为夸张，很像是一种刻意捧场。

罗朗议员打趣道，尊敬的戴维·史密斯先生，我知道那场爆炸让您容颜受损，所以您总戴着个墨镜，这倒让您像是位好莱坞人士了！

大家笑得更响了。笑声中，首席科学家的声音听上去格外骄傲，太阳泥是我一生的心血，是新能集团养育的孩子，这孩子就要长大成人了！我们把这孩子送给罗朗议员！请相信，太阳泥一定能极大地助力于您的《美国新能源战略法案》！

视频上出现了阳光普照中的一片沙漠，然后是一个超现实风格的建筑群，那高高的石砌门楼在空旷的沙海中显得突兀而醒目。首席科学家从门楼里面走出来，冲着镜头摊开双手，欢迎来到太阳城！这里就是诞生太阳泥的地方！正是我脚下这些取之不尽的沙子，成就了太阳泥！请注意，我不是在比喻，我是在实指。

首席科学家语气欢快得像是在给小学生们讲课，各位，知道在生物学家眼中，这个世界上最重要的化学反应是什么吗？对，就是光合作用，而且是光合作用中的水分子裂解反应！

视频上出现了光合作用的3D动画图，首席科学家的声音随之响起，在光的驱动下，水分子被裂解为氧气、氢离子和电子，这个化学反应就是光合作用的核心。在生物学家看来，就是这个反应向地球上所有复杂的生命提供了能量和氧气，使得生命得以延续；而在我们新能源科学家看来，这个反应若是能由人工完成，便可极大地解决全球能源问题。可是如何才能找到一种用于光解反应的催化剂呢？世界上许多科学家都在日日夜夜地寻找那个神秘的催化剂。而我的幸运是，从一开始我就离它很近，因为我瞄准的是纳米分子！

首席科学家愉快地眨着眼睛，其实纳米技术真正神奇的地方，是在原子和分子层面制造新的物质。它可以让普通材料在纳米尺度上具有全新的化学和物理特性，就像是你把一只狗不断地变小再变小，变到后来，这只狗就变成了一只猫。

人人都在兴味盎然地看着视频。首席科学家继续说道，别看纳米很小，但是它们光怪陆离，长成什么样儿的都有，而我找到的是一种叫作"氧化钴纳米团簇"的东西。听上去很拗口是不是？你们可以简单地理解为，那是一种外形长得像圆球的纳米机器人。

之后就是见证太阳泥的制作过程。只见首席科学家将沙子、氧化钴纳米团簇和一种含有生化酶的液体，一齐放进玻璃容器里，用搅拌棒充分搅拌后，形成了一种泥状物。

首席科学家快活地说，这就是当今之世最完美的太阳能产品——太阳泥！在这团泥状物里，无数的"纳米机器人"在光合作用下，与沙子里的硅进行着复杂而奇妙的光解反应，最终做到了既发电又储能。只要将这种纳米涂料均匀地涂抹于物体表面，就是完成了产品安装。它可以涂抹到地球上的许多地方，比如陆地上的各种房屋，大海上的各类舰船，以及汽车和道路。只要是能被阳光照射到的地方，就都能摇身一变，成为太阳泥电池。

此刻，视频上是一个绚烂华丽的空间，一幢幢造型各异的小屋依次出现。首席科学家说，这些色彩斑斓的外墙涂料正是太阳泥。只需接通电路，然后再按动电源开关，世界就被太阳泥点亮了！

罗朗议员提起了太阳城里的大爆炸，请问，那是不是太阳泥的一种致命缺陷呢？

首席科学家两眼发亮地回答道，尊敬的罗朗议员，其实那正是太阳泥的傲人之处！当太阳泥的发电能力大大超出了它的储电能力，就会发生爆炸，所以我们只需给太阳泥加带储能器，或者是连到智能电网上，问题就完美解决了！

罗朗议员频频点头，像是完全被太阳泥的强大与奇幻迷住了。

戴维·史密斯继续说下去，一位伟大的经济学家早就预言过，第三次工业革命的第二个经济支柱，就是将世界上的建筑物都转化为微型发电厂，以便就地收集可再生能源。而我们的太阳泥，正在让这个伟大的预言变成美妙的现实！

视频就此结束。

在众人的掌声中，罗朗议员开口了，他先是请安德鲁·贾丁代他向戴维·史密斯先生表达祝贺，说他很高兴看到一位美国科学家在应对全球气候变化中有了一个伟大的发明，他非常希望早日看到太阳泥的完美问世。接着他向安德鲁·贾丁表达谢意，感谢新能集团用太阳泥展示了在应对全球气候变化中的美国新形象，你们的努力将让全世界看到，美国正在大踏步地前进，而且很快就要遥遥领先！

安德鲁·贾丁表态说，我很愿意用"太阳泥"去推动《美国新能源战略法案》，说白了，您是红花，我们负责让绿叶郁郁葱葱！

罗朗议员有些不解，你们大费周章地布防窃密，为什么倒希望我在《美国新能源战略法案》里大谈"太阳泥"呢？安德鲁说，我们不是想让您去谈"太阳泥"，我们是想让您有足够的自信大谈太阳能。看到了"太阳泥"，您会更有信心让国会山相信，在所有的新能源项目中，太阳能才是最该优先发展的。

罗朗议员点点头，好吧。那么我该怎么去说服国会山呢？

安德鲁·贾丁有备而来，他用视频做辅助，以图示表明观点，您可以这样告诉他们，对新能源项目的选择必须考虑社会成本和社会利益，而在这两方面，太阳能都远远优于核能、风能、页岩气。首先，太阳能不需要像核能那样，在警卫措施与灾难防护方面耗资巨大，不需要大型技术设备、营房、直升机以及应对重大灾难事故的原子、生物与化学装备车辆；也不用像风能那样，大量占用公共空间，大量消耗钢材，还伴有噪音污染；更不会像页岩气那样，既污染地下水又增加二氧化碳。而且太阳能比任何新能源都要来源广泛，最有望率先达到价格低廉。相信用不了多久，人类生活中的许多物体都可能被用来产出太阳能，无论是固定的建筑还是流动的舟车，包括人们穿戴的衣物与鞋帽。总之，但凡能被阳光照射到的物体，就都能够发电！说白了，只要太阳天天升起，太阳能就会源源不断地被产出！

罗朗议员理所当然地被点燃了。他凝视着新能集团董事长，明显是在等待他说出更多。

于是安德鲁·贾丁向罗朗议员说起了太阳能的国家愿景，他称之为"国家能源独立最佳解决方案"，由于太阳能是自然界对于全体人类的慷慨给予，那么，哪个国家率先占领了太阳能发电的制高点，那个国家就能迅速实现能源独立，并且会彻底改变原有的地缘政治和外交策略。美国必须抢占这个先机！到那时，美国就可以高调打出"碳排放税"大旗，向任何进入美国的产品征收碳排放税，而美国本土产品则因减少了碳排放成本而具有国际竞争力。制造业将重新回到美国，就业岗位将指数式地增加。最妙的是，由于世界上每年电能产出的90%都来自化石燃料，一旦征求高额碳税，势必让更多的国家为减少碳排放而不得不引进美国最先进的太阳能发电技术。如此一来，仅仅凭借太阳能，美国就能重新统治全世界！

罗朗议员一言不发地听着。安德鲁·贾丁相信，他全听进去了。

离开罗朗庄园前，安德鲁·贾丁对送他出来的罗朗议员说，美国太阳能联盟企业都表示，若是您的法案里突出了太阳能，他们会立刻追加支持款项。

罗朗议员没有回应，只是在与安德鲁·贾丁握手告别时提醒他，刚才你提到一位经济学家，就是预言世界上的建筑物都将转化为微型发电厂的那一位，我需要在法案中写进他的姓名，请务必提供准确的写法。

　　这已经是在绝妙地回应了！安德鲁·贾丁连连答应着走出门去，脚步轻快得近似跳跃。

　　欧文·派克在一旁看着，不禁莞尔一笑。他这份工作最有趣的部分，就是能近距离地看到这些位高权重的人在心智上过招，感觉堪比最精彩的好莱坞电影！

第四章 逆转

一 弃婴的笑声

陶自牧脚步快捷地走进仁爱儿童福利院，心里想着该怎样为院长妈妈过个像样的生日。最时髦的当然是邮轮旅游，饱览全球风景却又不必频繁倒时差，还能品尝各国美食并观赏艺术表演，最妙的是可以随时回到舱房休息。但院长妈妈怎么也不肯为过个生日而出那么远的门。于是就决定在这小院里办个烛光生日歌宴，把能召集到的兄弟姐妹们都召集回来，一人一首歌地唱给院长妈妈听。

一进到院子里，陶自牧就愣住了。院长妈妈正带着大家收拾物品，说是很快要搬迁，这回不搬不行了，看上他们这块地的人来头不小，有着高层背景，连区政府都态度明确地下达了搬迁日期。照区政府来人的说法，在城市土地价格飞涨的大背景下，积淀在这块土地上的钱已是个大数字，足够在有山有水的地方盖起一座现代化的儿童福利院，完全没必要窝在这么个老旧逼仄的地方，难道您就不愿意和孩子们一起在青山绿水里享受生活吗？院长妈妈回答说，她办的是儿童福利院，不是老人福利院，孩子们更需要的还不是青山绿水，而是城里的各种教育资源。区政府来人就说，不只是您这儿的孩子需要教育资源，所有的孩子都需要，所以我们才决定在这里开发目前京城最稀缺的学区房。

这是在偷换概念，院长妈妈知道隐含其中的真意。当一纸限令送达后，院长妈妈决定收拾东西走人。她已抗争过多次，这回要抗争的显然是个权势人物，她没把握再赢一次。但陶自牧主张再抗争一回，最好能查看到市政建设规划图。弄清这个地块的用地属性很重要，如果不属于建设用地，就可以告他们违法用地。

院长妈妈吓了一跳，查看市政规划图？告开发商违法用地？就凭我一个小小的福利院？

陶自牧说一切由他去办，他就职的报社在京城挺有影响，读者来信很多，他完全能以接到读者来信为由头，前去做新闻调查。院长妈妈说她想起一个细节，当初区里规定这里只能盖四合院不能盖高楼，就因为濒临公园，市政规划中有硬性规定。但她担心的是，规划不是一成不变的，再加上错综复杂的利益关系，很难说你的努力会有结果。

陶自牧轻轻抱住院长妈妈瘦削的肩膀，您常告诫我们，如果你的存在不能帮到国家，至少要帮到你周围的人；如果不能帮到你周围的人，至少要帮到你的家人。现在，请给我一个机会，让我帮到我的家人。

院长妈妈望着陶自牧坚定的眼神，不禁泪花闪闪。这孩子刚一出生就被遗弃了，当年那个不幸的婴儿如今长得高大俊朗，已经懂得保护他人了。可他从不知道自己的真实身世，而她则一直期待着他的家人会在某一天突然出现。这样的时刻始终没来。如果这回注定要搬迁，不如就此把珍藏多年的那件物品交还给他。

那是一块带毛边的方形本色粗棉布，里面包着一只鹅黄色的绣花枕套。绣花枕套的布料为涤纶，上面绣着一段开满梅花的树干，树干上方绣着"它在丛中笑"的字样。绣工极其讲究，不仅构图匀称有致，针脚也都细密平整，枕套四周还绣着波浪式花边。这块方布与这只绣花枕套堪称陶自牧的襁褓，当年他就是被它们包裹着，出现在福利院门外的台阶上。

照院长妈妈的说法，那是个被精心打理过的襁褓，一定是先将方布摆成斜方形，把婴儿放在正中间，然后再辅以绣花枕套。包裹婴儿的人一定是扯起方布的下角与左右角，相互叠加着将婴儿完全裹住后，正好露出婴儿的小脑袋。当时她轻轻托起襁褓，安睡中的婴儿睁开眼，一眨不眨地看着她，既不认生，也不害怕，还咯咯咯地笑出了声。

院长妈妈看着窗外的天空对陶自牧说，就是这种来自弃婴的笑声让她爱上了儿童福利院的工作。当时她是医学院实习生，那笑声让她感觉到自己跟这孩子有缘，就再没离开这里。这么多年来她一直在等着陶自牧的家人找上门来，总觉得遗弃一个如此健康而可爱的男婴，当时多半是迫于一种巨大的无奈。

陶自牧凝视着自己的襁褓说不出话来。院长妈妈的讲述把他惊得不轻，完全没想到自己刚一降生就沦为了可怜的弃婴。丢弃他的人就像是在丢弃一只小猫小狗。一定是出现了某种重大状况！很可能是一个恶毒的亲戚偷偷把他抱出来扔掉的，因为他的出生会夺走一大笔家庭遗产？要不就是他刚一出生就被误当成另外一个孩子，是那个孩子牵涉到了一大笔家庭遗产？再不就是他的母亲孤苦伶仃，重病之中勉强生下他，又用最后的生命力把他送到这里，希望给他留条生路？还有更多更糟糕的可能，唯一能断定的是，要不是院长妈妈，他早就死在这个襁褓中了。

院长妈妈特意叮嘱说，你母亲一定是经历了某种特殊的磨难，才将你带到这个世界上来的。若没有天大的难处，哪个母亲会将亲生骨肉送到这里来？

从始至终陶自牧都没掉一滴眼泪。回到家里，他把那襁褓轻轻展开，长久凝视着绣花枕套上的一针一线。绣工考究的枕套表明了绣花人的细腻与巧思，要是这绵密的针脚里隐藏着他的生命密码，暗示了他的血缘踪迹，或许就能够破解他的身世之谜。绣花人可能是他的母亲也可能不是，但这绣花枕套肯定与他母亲有关，说不定就是他母亲的枕上之物。他把脸颊慢慢贴上去，刚一触碰到，立刻就泪水滂沱了。从前他以为自己是个孤儿，但是此刻，他感觉到了母亲的存在——那个历经艰辛带他来到这个世界的女人，正透过绣花枕套表达着自己的存在。

这个夜晚陶自牧流了好长时间的泪，像是要把从小到大该流而没流的眼泪，一股脑地全部流尽，不留一滴。到最后，他昏昏沉沉地坐在电脑前，习惯性地点开约翰·杰克逊的电子邮箱，打算像从前那样跟好友一吐心声。看到界面才蓦然惊醒，想起约翰已去了另外一个世界。他只好在网上随意溜达，感觉自己在广漠无边的网络世界里找不到什么对应点，就像是一个走在大街上的流浪汉，再五光十色的店铺都跟他无关。互联网就是这么个德行，它拉近了人们的距离，也放大了人类的孤独。

后来他溜达到一个寻亲网站里。这里简直就是一个呼天抢地的世界，那么多的人在以那么多的方式召唤失散的亲人，有的帖子悲痛怒号，有的帖子深情款款，也有的帖子含蓄幽默，无论措辞如何，听上去都是人类最基本的情感声音。尤其是父母寻找子女的帖子让他看着揪心。他突然希望能看到寻找自己的帖子。

他发现了一个署名"楚航云"的寻父帖子。发帖子的人与父亲失联许多年，近年来每隔月余就会进来发个帖子，很像是一种定期问候，又像是一种自我安慰，理由是：就因为坚信父亲还活着，所以自己从来就不是个孤儿。

这话触动了陶自牧，不知怎么就敲出一些字来，想都没想就发了过去：我与母亲也失联许多年了。要是这么多年都没音讯，我是不是该相信母亲已经不在人世？

回复很快就来了：即便我们的父母已经离开人世，至少我们应该知道他们有过怎样的人生，这就是寻亲的终极意义。

几乎就是下意识的，陶自牧快速回复：或许他们不想让我们知道他们的人生，或许我们的出现会干扰到他们的既有人生。

对方像是在迟疑，过了一会儿才发来回复：父母永远都不会真正抛弃自己的孩子。

陶自牧的回复是：要是你一出生就被遗弃到了孤儿院，你会把账算在谁的头上？

对方的回复很快来了：这是一个充满无数可能的假设，最好不要用在这里。

陶自牧快速敲击键盘：为什么？

对方的回复是：假设没有意义，假设会误伤亲情。

陶自牧立刻回复：假设很有意义，事关我们寻亲的目的。若是父母主动遗弃了我们，一定不希望被我们找到，到时必会引发新一轮的双向痛苦。

对方的回复是：无论怎样，子女是父母的亲骨肉，父母没道理不接纳子女。

陶自牧回复说：如果父母许多年前能遗弃我们，现在也极有可能不愿意接纳我们。

对方的回复是：你是一个悲观主义者。

陶自牧回复说：我只是一个现实主义者。我不想再次被遗弃。

这个署名"楚航云"的人发来最后一个回复：我相信我们不会再次被遗弃。晚安。

对方以这种貌似得体的方式摆脱他，多少激起了陶自牧的好奇心。他轻敲键盘，很快搜索到六个楚航云，有男有女，有老有少，排除了四个太小和太老的，年龄适宜的就剩下一男一女两个楚航云了。那男性楚航云为一家海外代购公司总裁，而女性楚航云则是一位气候学家。最新的报道是，由中国著名气候学家、中科院院士龙士峻领衔主导，由北方大学气候研究所资深研究员楚航云率领团队研制的气候模型——代号"气候水晶球"，正接近成功的边缘，届时中国气候学家将在全球气候变化领域里发出权威之声。

又是"全球气候变化"！陶自牧猛一激灵。为什么这个词组近来会在他眼前频频出现？先是在沈飞扬的新闻发布会上，然后是在约翰·杰克逊的死亡讣告上，现在又是在这位中国女气候学家的简历中！陶自牧立刻输入关键词"全球气候变化"。很快，蜂拥而来的信息塞满了他的电脑屏幕……

对那些海量信息的浏览花去了陶自牧的整个夜晚。当晨光乍现，窗户开始泛白，他喝下一杯极浓的拿铁咖啡，又用冷水洗了一把脸，开始整理思路——

回溯起来，"全球气候变化"的国际应对最早出现在1985年，科学家们在奥地利的菲拉赫市首次做出了全球气候变化等级的权威性评估；到了1988年6月，300多名科学家和48个国家的决策者在加拿大多伦多举行会议；再到了1992年6月4日，155个国家和地区在巴西里约热内卢签署了人类历史上第一个应对全球气候变化的国际公约《联合国气候变化框架公约》，制定了发达国家和发展中国家"共同但有区别的责任"原则；又到了1997年12月11日，《框架公约》缔约方中的149个国家和地区在日本京都签署了《京都议定书》，指定了发达国家的温室气体排放量，免除了发展中国家的责任，还商定了六种最重要的温室气体排放权。自此，一种崭新的全球货币——"碳元"诞生了。这是人类历史上第一次以国际法规的形式限制温室气体排放。

糟就糟在《京都议定书》从未被真正履行过！世界最大温室气体排放国美国根本就不理会，甚至在2001年3月高调宣布退出；更多的发达国家认为《京都议定书》是在让广大的发展中国家金蝉脱壳；而发展中国家则认为，按照"自然正义"原则，发达国家理当更多承担减排责任。正因为如此，国际气候峰会往往开成了国际吵架大会。

使得问题更为复杂的是，就在哥本哈根气候峰会前几天，黑客将他们盗窃的英国科学家的电子邮件公布于世，以此表明气候学家们联手造假气候数据，所以全球气候变暖就是一场精心设计的科学骗局。据此，联合国政府间气候变化专门委员会正式宣布，将对"英国科学家涉嫌操纵气候变化信息以证明人类活动导致全球变暖的事件"展开调查。

至于黑客的来路说法不一，有说是澳大利亚的，也有说是土耳其的，还有说是中国的，甚至认为是外星黑客。最实的指控是俄罗斯。因为那些被盗窃的电子邮件的最初亮相，是在西伯利亚一家网络安全公司的服务器上。

联合国的初步调查结果于12月底发布，26位气候研究人员联合发表《哥本哈根诊断》，明确指出："全球变暖现象最近是否放缓或停止？答案是否定的。"不到一个月，最终调查结果出来了，英国信息监管局裁定东英吉利大学气候研究所"因拒绝提供有关科研数据而触犯了英国《信息自由法》"，同时又发出叹息，"由于已经过了投诉期，无法起诉涉案人员"。

这基本等于是不了了之了。可是为什么会不了了之？

陶自牧稍加归纳就能看出，对全球气候变暖的科学解释目前在全球形成了两大阵营。一方为"自然周期说"，认为气候变暖主要是地球轴心在向太阳倾斜，使得日地之间距离缩短，太阳辐射量增加所致。所以温室效应的主导者不是人类排放的二氧化碳，而是大气层中的水蒸气。另一方为"人为因素说"，认为气候变暖的根本原因是工业革命以来人类排放的二氧化碳。因为二氧化碳加热的是最接近地表的对流层下层，而太阳辐射加热的只是远离地表的平流层上层。两大阵营里都有科学家，也都有政治家，更有相关利益的企业家。双方都言之凿凿且信誓旦旦，双方也都有拿得出手的科学数据。

这就有了"数据之争"。双方都在质疑对方数据的可信度，都想在统计方法和论证要素以及因果逻辑，甚至是深层动机方面，找出对方的破绽。当"气候门"事件爆出后，"人为因素说"一方被推向了科学道德的审判台。可究竟是二氧化碳的增加造成了气候变暖，还是气候变暖导致了二氧化碳的增加，双方都没能给出充分的科学依据。更吊诡的是，气候变化正在成为角逐利益的幌子！

网上的论战铺天盖地。给陶自牧的感觉是，"人为因素说"的反对者大多有着传统能源企业背景，而其支持者却大多带着新能源企业的背景，这让他们双方的奔走呼号很像是为了自身利益而战。正式注册的气候变化游说机构，仅在美国就多达上百个。在他们看来，当政治家们面临堆积如山的难题——教育、医疗、失业、金融和反恐，如果有人能持续不断地催促和提醒，至少能让气候变化问题不被排到所有难题的最后。

一个名叫欧文·派克的说客弄出了不小的名堂。在距离美国国会大厦不远的K街上，他经营的咨询公司与这条街上的许多咨询公司一样，业务重心就是接近国会山上手握大权的人，然后对其进行"利益游说"。他们是一群靠着国会山发家致富的人，一手拉着高官，一手牵着富商，在利益各方的周旋中大把赚钱。他们出入于顶级酒店，跟随于议员左右，游弋于政商两界，成为美国社会中不可或缺的特殊角色。正是凭着对美国政坛权力构成与运转的深度了解，他们找到了自己的好日子。欧文·派克显然更胜一筹，他的办公桌已经从K街直接搬进了国会大厦，成为众议院独立党议员威廉·罗朗的幕僚长，目前正极力帮助罗朗议员在国会山推出《美国新能源战略法案》。支持罗朗议员的企业都是美国大大小小的新能源企业，从太阳能到风能，再到页岩气和再生能源，全都没落下。那是一个长长的名单，其中就有大名鼎鼎的"美国新能集团"！

电脑发出熟悉的乐音，那是约翰·杰克逊的手机铃声！只见屏幕弹出一个窗口。老天，竟然是约翰·杰克逊的延时邮件！陶自牧顿时泪水奔涌。自约翰·杰克逊死后他收到过两个延时邮件，都是约翰与家人在海边度假的视频。看着视频里不时发出欢快叫声的杰克逊，陶自牧相信，生与死只隔着一片小小的电脑屏幕。

今天的新邮件需要解密，那通常是一些重要邮件，这是他们两人的约定。打开后，陶自牧看见一张照片，带着欧洲建筑背景，一个白种男人与一个中国女人面对面地站在一起。他们背后的玻璃幕墙上有一排字迹模糊的英文。陶自牧将那排英文放大再放大，最后辨认出是条标语：应对全球气候变化，各国首脑必须立刻出发！照片下的文字是：美国气候学家道格·约翰斯顿与中国女气候学家楚航云在哥本哈根气候峰会。

陶自牧震惊地注视着这张照片。照片中的道格·约翰斯顿神情忧郁，像是没等气候峰会闭幕就已经不抱希望了，倒是楚航云两眼炯炯有神。中美两位气候学家同时出现在一张照片中，又是发自约翰·杰克逊，这到底说明了什么？

陶自牧突然警醒，连忙翻出采访笔记。没错——威廉·罗朗！欧文·派克！《美国新能源战略法案》！美国新能集团！气候系列纪录短片导演沈飞扬！这完全就是一条信息链！

但他无论如何也找不到沈飞扬的名片。无奈之下只好进入寻亲网站，在楚航云的寻亲帖子下面留了电话，谎称《首都图片报》想就气候变化问题采访她。陶自牧打定主意，万一被楚航云识破他的真实意图而被说成是欺诈，为了替约翰复仇，他也必须欺诈这一回！

田汀汾早就来了。她把蓝鸟车停靠在楚航云居住的小区门外，坐在车内耐心等待。

　　她看见楚航云下了出租车，身边跟着个男人。那男人身材颀长，看似随意的休闲装束中透着品位与个性。他极其主动地绕到后备厢去取行李，又手疾眼快地将楚航云即将拖地的长围巾及时拉起来并帮她重新围好。他和她快乐地相视一笑，带着显而易见的亲近感，看上去即便不是心心相印，也离着不远了。田汀汾这才明白楚航云为什么不让她去机场接机，当时以为是客气，现在明白是回避，想必是不愿被她看到正和这个男人在一起。

　　很快，楚航云的客厅里亮起了灯。透过宽大的落地窗，田汀汾看到那男人正四处打量房间，很像是第一次走进这里。他时而驻足细看，时而听楚航云指指点点，两个人不时地笑一下。有一阵子，那男人站在窗前向外眺望，楚航云走到他身边说了几句什么，两个人互相望了好一会儿。然后那男人拍了拍楚航云的肩头，既像是在安慰，又像是在鼓励。再然后，楚航云抬手拉上了所有的窗帘，彻底隔绝了田汀汾的视线。

　　田汀汾在蓝鸟车里发出一声轻叹。按说不管那两个成年男女在那片屋顶下面做什么，她都管不着，可她就是心烦意乱。她暗中观察楚航云半年多了，这是第一次，楚航云带了个男人回家。她这是在巩固关系，还是已确定了关系？

　　无论哪种情况都不是田汀汾想要的。一直不谈恋爱的楚航云突然有了亲密关系，会不会是一种仓促应战？是要开宗明义地表明，她迟迟没结婚不是忘不了谭英天，只是没有遇到对的人，一旦遇到了，分分钟就会把自己嫁出去？

　　田汀汾不想前功尽弃。那场由她布局的隐秘行动已首战告捷。首战告捷通常是个好兆头，表明了谋篇布局的正确性。她的嘴角浮上一丝得意，第一次意识到父亲给了她长于谋划的基因，让她越来越像是司令员的女儿了。她的人生已经百孔千疮，必须避免满盘皆输。于是她调出楚航云的手机号码，拨了过去。

　　手机里传出楚航云热情洋溢的声音，说她刚一踏进家门就接到了汀汾姐的电话，感觉好极了。田汀汾问她怎么个好法，楚航云说就像是有了相互惦记的家人。从前出差回来根本没人惦着，想报个平安都找不着人。田汀汾说，相互惦记的家人吗？真高兴这么多年后你还能这么想！所以作为你的家人，我们可都在等着给你办接风晚宴呢！

　　不出田汀汾所料，楚航云果然婉言谢绝，说她很累，身上也很脏，只想洗个澡好好睡一觉，今晚我就不过去了，请代我谢谢老司令，也谢谢谭叔叔，真是对不住了……是的，我也很想你们……好的，明天家里见！

接下来的时间里，田汀汾都在盯着楚航云家的窗口不眨眼，不惜把自己弄成个偷窥者。丈夫和父亲都打过她的手机，问她人在哪里，回不回家吃晚饭，她都回答说是跟外地来京的战友们在聚餐。谭英天没说什么，倒是父亲听出她这边很安静，完全没有餐馆里的嘈杂声，田汀汾就说，大家都到这个年龄了，不喜欢太嘈杂的餐馆。

关上手机后她不无嘲讽地想，如今她掩饰自己的功夫真的是炉火纯青了。

年轻时的她完全不是这样。身为司令员的女儿，又是个聪慧貌美的女军医，田汀汾从来都是口无遮拦地想说就说，要让她掩饰真实感情还不如当场杀了她。因此当听到谭英天与楚航云的传闻后，田汀汾震惊之下当即告假，登上最近一班开往湘西的火车直奔南方基地，甚至等不及谭英天下班，直接就杀到他办公室里兴师问罪。谭英天正跟一位参谋谈工作，田汀汾冷着脸请那参谋回避一下，说他们夫妇有要事相谈。

那参谋刚一出门，田汀汾就厉声质问谭英天那传闻是否属实，只要他亲口否认，只要他承认自己婚姻幸福，她就把那个该死的传闻当作是轻风过耳。但是谭英天拒不回答她的质问，甚至都不肯断然否认。

这让田汀汾一下子就发作了。她大骂谭英天是天底下最虚伪的男人，跟她结婚就是要利用她的家庭背景往上爬，一旦野心满足，就搞上了更年轻的女人。你们两个都让我恶心！一个假装是毫无邪念的叔叔辈，一个假装是天真单纯的女孩子，背地里却是最肮脏的男女关系！信不信？我要向组织上揭发你们两个！

就是"揭发"二字击中了谭英天，他面色冷峻地警告田汀汾不许去打扰楚航云，那孩子的父亲还在失踪状态，你不该再对她雪上加霜！

摊牌过后好几天，谭英天一直没做出任何解释。倒是田绍德对女儿的突然回家很兴奋，说她该提前打个电话回来，更该带着她妈妈一起来，然后就张罗着要在周末搞个家宴，要田汀汾打电话把楚航云叫过来，大家一起高兴一下，我这几天一直想跟英天好好喝顿酒呢！

田汀汾突然情绪失控地大叫，爸，谭英天很快就不是您女婿了！您女儿的家就要散了！

她的突然发作并未引起父亲的深究，也许父亲只当那是他们夫妻间的又一场口角而已。时至今日她都不清楚父亲是否知道那个传闻。

但母亲是知道的。当她情绪沮丧地从南方基地回京后，忍不住对母亲说起了那个传闻。母亲的反应很奇怪，你火急火燎地突然跑到基地去，就为了这个吗？

田汀汾惊愕地大叫，妈，这事还小吗？！

母亲轻轻摇头，许多人的婚姻都会发生状况。孩子，婚姻中的状况再大，也大不过婚姻本身，聪明的夫妻懂得把握最重要的东西而忽略其他。汀汾，你嫁给了一个你最想嫁的男人，你的婚姻里有你最看重的东西，你该好好守候才是啊！

田汀汾泪如泉涌，明白母亲是在指她的婚前被凌辱。她和父母联手将这么个大秘密瞒着谭英天，所以是她先对不住谭英天。但那都是许久前的事情了，难道就因为这个，她得一辈子忍气吞声地任由丈夫为所欲为吗？母亲反对她这么说，谭英天绝对不是那种为所欲为的男人，不然你父亲不会让他当咱家的女婿。田汀汾委屈至极，就因为你们都太信任他了，他才敢这样无视我的存在！真不知道你们两个到底是我的父母，还是他的父母！

母亲死死地盯了女儿好一会儿，待她开口后，神情极其严肃，就是说你执意要纠缠那个传闻吗？就是说你宁肯牺牲婚姻也要把那传闻弄个一清二楚吗？好吧，老实告诉我，你还像从前那样爱着谭英天吗？

母亲口气中的某种东西让田汀汾感到阵阵冷意，发热的头脑有了些许冷静，口气也没刚才那么强硬了，她说她仍然爱着谭英天，没想跟他离婚，也不可能离婚，首先谭英天根本就没勇气离婚。妈，我太了解他了，他绝对不想闹得满城风雨，那会丢掉他目前拥有的一切，名誉、地位，还有大好的前程……

母亲的声音放得很轻，却句句像是在发狠，她要女儿无论如何都要珍惜婚姻，因为谭英天是咱们全家的大恩人。如果不是他在你最艰难的时候娶了你，我们都知道你会做出怎样可怕的事情！妈妈癌症在身，没有在医生判定的死亡期限里离开人世，正是因为看到你有了幸福的小家庭！所以不要再纠缠那个传闻了，也不要试图去证实它。证实毫无意义，就当你从没听到过那个传闻，就当那传闻根本不存在！孩子，相信我，只要你愿意从心里扫去那片阴影，那片阴影就会消失，否则阴影就会变成阴云，然后再变成炸雷，最终毁了你自己，毁了你身边所有人，还有咱们这个家……

那天田汀汾着实被母亲这番话震住了，明白自己并没有多少本钱可以在婚姻里恣意任性，反倒是先天就底气不足。她将那么个大秘密悄悄带进婚姻里，并且藏匿了几十年，怎么说都是一种刻意隐瞒，是一种情感欺骗。那天夜里她辗转反侧，直到天大亮才拿定主意。当时第一缕晨光正斜斜地照在窗前，她清晰地看见外窗台上有几只蚂蚁正推着一小块饼干屑往前走，一片树叶落下来挡住了它们前进的路线。蚂蚁们甚至都没停顿，当即绕开树叶，继续推着它们的食物往前走。外窗台很窄，它们几乎是在窗台边缘艰难前行，随时都有跌落的危险，但是蚂蚁们队列不改、阵脚不乱、速度不减，坚毅地推着食物前行。它们到底绕过了那片挡道的树叶，消失在外墙的一片绿蔓之中。她相信在她看不见的地方，蚂蚁们仍在坚毅前行，没有什么能够影响它们去做最重要的事情。

学习蚂蚁好榜样，做最重要的事情，而将其他一切绕开，不去理会，也不被阻挡。这就是那个早晨来自蚂蚁的启迪。那一刻，多年来压在田汀汾心头的愧疚与不安开始悄然散去。从今往后她就跟谭英天扯平了，她终身都不必对谭英天坦白她的大秘密，正如她将终身不去纠缠谭英天的那个传闻。她与他将比肩而立，谁也没陷在道德洼地中。自那以后，田汀汾甚至做到了一如既往地善待楚航云，当她还是那个亲如姐妹的小女兵，没有流露出一丝一毫的愤懑与轻蔑。如同一个精于隐匿的多面间谍，她瞒住了身边所有的人。

但在内心深处，田汀汾免不了会猜测谭英天与楚航云的亲密关系到底有多深，她会禁不住地想象他们两人背地里搞在一起的情景，也会在与谭英天的亲热中不由得想象着楚航云可能的样子。这样的想象既痛苦又刺激，自有一种怪异的平衡感。因而后来她悟出了一个道理——所谓爱情，只不过是一种经过折射后的自爱。

这样的情景并未持续多久，因为楚航云突然从南方基地消失了。那孩子消失得如此彻底，没有一丝一毫的音讯，让她的家庭成员们明显不适应。她感觉得到丈夫隐匿的郁闷，而父亲常会叹息着说起对楚航云的担心。最为奇异的是，连她自己都有些怅然若失，似乎楚航云的彻底消失带走了她生命中最富有活力的那部分。只有母亲一如往常，看不出她有什么感觉。直到母亲去世前她才知道，母亲对楚航云有着一种超常的愧疚之情。

全都是因为一个至今都下落不明的男孩儿！

母亲在病房里对她说出那个惊天大秘密时已奄奄一息。母亲的话说得断断续续，一路听下来，着实把田汀汾惊得不轻。照母亲的说法，没人知道身为妇产科主任的她，背地里曾遗弃过他人的婴孩儿。那是个未婚孕妇，被转院过来时已神志昏迷，身边既没有家人的陪伴，也不见孩子父亲露面。出于妇产科医生的职业本能，母亲拼尽全力去抢救，虽说没能保住那孕妇的子宫，但到底保住了大人和孩子的命。

就是在签署术后治疗单时，母亲才注意到那孕妇的名字，顿时就惊住了，第一反应就是绝对不能让这姑娘成为未婚妈妈。这姑娘因为父亲而有个糟糕的政治标签，若是再来个未婚妈妈的标签，整个人生就彻底毁了。母亲对科里的老护士长说，这姑娘没有男人也没有家人，而她是看着这姑娘长大的，所以她必须为这姑娘做一回主。正好老护士长转业回东北老家，两人商定将男婴带到东北，送进一家儿童福利院。所有行动由老护士长独自完成，任何细节都不告知母亲，以免母亲日后反悔。那个清晨天气晴好，连空气中都带着甜丝丝的味道，母亲心情复杂地看着那男婴被老护士长抱走，心里一遍遍地重复着自己编造的谎言，但求那未婚妈妈从昏迷中苏醒后，不会听出破绽。

还真就没听出破绽。未婚妈妈苏醒后得知自己失去了孩子与子宫，悲伤得一个劲地流眼泪。母亲带着亲手包好的鸡毛菜馅饺子送到病床前，安慰与开导的话语说了一大堆，其中有真也有假，总之都是劝那未婚妈妈莫绝望，要好好地活下去，尽快嫁个好男人。那未婚妈妈直到出院都不知道自己被蒙在鼓里，反而一个劲地感谢母亲的救命之恩。

田汀汾早已猜出那未婚妈妈姓甚名谁了，但她更想知道的是，那男婴会不会是谭英天的。母亲不由得老泪纵横，说就是发现那男婴的眉眼很像谭英天，她才费了很大功夫托人做了亲子鉴定。虽说鉴定结果只有百分之三十多的匹配度，却足够她胆战心惊了。母亲说，其实在内心里，她更担心的是那男婴会毁掉谭英天的大好前程，毁掉她女儿的婚姻。

母亲又说，这个秘密压在她心头三十多年，更由于老护士长的去世，失去了找到那孩子的唯一线索。有时夜深人静，她会想起那孩子，想象着他一点点长大的样子。后来，这样的想象在她心里生了根，发了芽，抽了枝，渐渐长成了一棵枝繁叶茂的大树，让她和那孩子共有了一个神秘的栖身地。逢到那孩子的生日，她会做一碗庆生面，然后一口一口地替他吃下去，心里默念着生日快乐以及健康平安之类的话。

到最后，母亲气若游丝的声音在田汀汾听来却如雷贯耳——请找到那孩子，请找到楚航云……请让他们母子相聚……请让他们母子宽恕我的在天之灵……

当父亲和谭英天从南方基地赶到北京，母亲已撒手人寰，田汀汾成功地隐瞒住了母亲的临终遗嘱。她拿不准谭英天是否知道那孩子的存在，更拿不准谭英天一旦知道后会有怎样的反应与行动。她的小家庭即便不算是美满幸福，至少也还安宁平静。她要保住这个家，也要保住母亲的名誉。就这样，他们的夫妻关系在暗流涌动之中依然维持着，她在北京，他在湘西，即便总没怀上孩子，她也从不试图结束两地分居。有时父亲会提起这事，她总说谭英天需要南方基地就像她需要解放军总医院一样，所以他俩命中注定是要两地分居。多年来她从未尝试着去寻找楚航云和那个只会令她蒙羞的男孩儿，只打算等她老了，等到父亲离开人世后，再去履行母亲的遗嘱。谁知命运捉弄了她，她只好选择了提前布局。

然而今夜，田汀汾的感觉很不好。她长久打量着楚航云家的每一扇窗户，只觉得突然出现在楚航云身边的那个男人，很可能会打乱她的整个布局。

二　男女关系

沈飞扬听得出刚才是谁打来的电话，也看得出楚航云完全不像她在通话时表现得那般轻松洒脱。当她挂断电话后，两眼怔怔地看着手机，像是在看着一个令她费解的谜团，好一会儿才幽幽地开了口，沈飞扬，我知道你在想什么。没错儿，来电话的女人，她就是谭英天的妻子。是的，这么多年过去了，我们又见面了，就像什么也没发生过似的，就像我还是从前那个不谙世事的小女兵，还是他们夫妇俩的那个小跟屁虫……

沈飞扬极不自然地干笑两声，所以说，时间就是大脑的过滤器，经过了时间的过滤，留存下来的记忆就都是愉快的、美好的。一般来说，人活到了一定岁数，就不会跟不快乐的记忆纠缠不清啦！

楚航云像是发现了什么，突然两眼放光，你的意思是，她是真心邀请我住到她家去的？她那么贴心地为我准备了一间舒适的屋子，还特意在墙上挂了好多我们当年的照片，说是要让我没有陌生感。真不知道她怎么保留了那么多我们的照片……

沈飞扬不无惊愕地瞪着她，你现在是住到她家里去了吗？喂，你脑子进水了吗！这么多年过去了，为什么又要住进那个家里？到底是为了什么？

楚航云两眼一片迷茫，我不知道，我真的不知道！我就是抗拒不了田汀汾！从认识她起我就抗拒不了她，十多岁的时候不能，现在快五十岁了也还是不能！从前我总是听从她的召唤，她让我做什么我都心甘情愿地为她做。当年是她要我在她离开的时候代她关心照顾谭叔叔，我照做了，我以为我是在听她的话，没想到我却无可救药地爱上了谭英天。要是她对我说，再不许我跟谭英天见面，我肯定会听她的，但她从没提起过。我不知道她为什么从来不提，就好像根本不知道似的……

　　沈飞扬恨得直咬牙，恨那对夫妇用各自不同的方式控制住了楚航云。这个念头让他愤怒地想要找人打架，他低吼着，你早在多年前就离开他们了！为什么那时候你能离开他们，现在反倒不能了？！告诉我，当年让你离开他们的理由，那个让你变得勇敢而理智的理由，难道如今不存在了吗？

　　见楚航云两眼迷蒙地看着他，沈飞扬痛心疾首，他摇晃着她的肩膀，你楚航云早就不是从前的小女兵了，你也早就不是他们夫妇俩的小跟屁虫了！现在你是气候学家楚航云，你是一个成功女人，你早就可以摆脱他们夫妇的控制了，为什么还要执迷不悟？！

　　楚航云突然两眼发直，你用到了"控制"这个词。没错儿，田汀汾对我有一种魔力，就是那种神秘的魔力一直在控制着我……

　　沈飞扬悲从中来。他咬牙切齿地反驳说，那根本不是什么魔力，也根本就不神秘，你抗拒不了田汀汾，是因为你对她有强烈的愧疚感！你觉得你偷走了朋友的东西，伤害了你看重的人，你害怕这种愧疚感！你以为听从了田汀汾就是在弥补你的过错，就会驱走你的愧疚！

　　他看见楚航云眼底深处亮起丝毫的光，有如被魔法缠身，连语气都变得惊诧而兴奋了，你知道吗？我就是喜欢跟她在一起，我就是喜欢待在他们家里！那感觉让我温暖，就好像是在冰天雪地里被又软又厚的被子团团包裹住，我享受那种感觉！其实这么多年来我一直就等着再回到他们中间，等着他们来找我！刚才你问我为什么又住进了那个家里，我说我不知道，现在我知道了，那是因为他们给了我一个家！只有跟他们在一起，我才不再是一个可怜的孤儿，我才会回到身边有亲人的日常生活中，我才不会孤独！

　　看到楚航云脸上竟然泛起欣慰之色，沈飞扬黯然神伤。他承认这是被他忽略的那部分人性之需。想想看，楚航云的爸爸从她十五岁起就下落不明，她一个女孩子在这世上独自游荡，没有家人，没有亲情，只有田汀汾一家人在关照她，对她来说那该是一种怎样的依恋！

　　这一刻，沈飞扬无法原谅自己。他原本可以关照她的，他原本可以给她一个家的，但他却知难而退地逃跑了，逃到了地球另一边！然而另外一个念头也在他心中升起：或许命运让他与她再次相逢，就是要给他个机会，让他弥补过失?!那么她现在最需要帮助的，就是打听到她父亲的下落。

整个晚上沈飞扬都没离开。两个人一起在网上查找线索，分析那些可能的蛛丝马迹。给楚航云的回帖都被沈飞扬调出来重新查看过了，其中恶作剧的很多，子虚乌有的也不少，但就是没有当年那位警卫班长的回帖。楚航云不知道他的名字，只在帖子中称他为"警卫班长"，说自己是楚怀远的女儿，很想跟他见上一面。

在沈飞扬看来，那警卫班长一直没露面只有两种可能，要么是他从不上网，要么就是他已经不在人世了。与其这样被动等待，不如主动去找军队有关部门打听一下。楚航云说她是有这个打算，但那需要花费时间与精力，而她现在科研任务紧张，实在分身无术。

沈飞扬让楚航云给他点儿时间，或许他有办法找到那个警卫班长的去向。但有一点他很清楚，那场空难至今原因不明，在没有找到黑匣子之前，一切都只能是猜测。

直到后半夜，他们两人才分头睡下。楚航云拿来干净的被单铺在客厅沙发上，说这是第一次有客人在她家住宿，让沈飞扬将就一晚，但她可以保证，她能做出最美味的早餐，足以弥补住宿条件的简陋！她说这话时两眼闪闪发光，引得沈飞扬心旌摇动，但他只是淡淡地调侃了一句，但愿我不要因为期待你的美味早餐而整夜失眠。

事实上沈飞扬很快就睡着了。墙上挂钟的嘀嗒声提醒他，与心仪多年的女人近在咫尺，是一件多么美妙的事情。睡梦中他又回到了远在湘西的飞云山，看见自己站在气象室的大食堂里，站在楚航云身边，当众朗读被批为"毒草小说"的《安娜·卡列尼娜》……

那是一次专门针对楚航云的批评会，就因为她太爱看小说了！她几乎月月都有禁书看，《贝姨》《高老头》《斯巴达克斯》《战争与和平》《红与黑》《罪与罚》《一个陌生女人的来信》《傲慢与偏见》，等等，都被她一本接一本地看完了。那些小说全都来源诡秘。一个私下运行的图书交换系统支撑着一条高度隐秘的阅读需求链，它深入南方基地司政后机关以及多个直属单位，诸如气象室、通信营、宣传队、医院、修配厂，且只在女兵中隐秘存在，代号为"高兴"。当链条上的某人说到"高兴"这个词时，就是在暗示要交换图书，听到的人都知道接下去该怎么做，很像是一个组织严密管理有序的地下兄弟会。之所以将"高兴"作为代号，是对应着女兵们人人皆知的被叫作"倒霉"的月经期。

代号"高兴"的图书秘密交换系统在南方基地安全运行了好几年，受惠的女兵上千人次，有过多次小惊小险，从没出过大差错，只在楚航云身上险些酿成系统崩溃——那天熄灯号吹过很久，她还在被窝里打着手电筒看《安娜·卡列尼娜》，结果被查铺查哨的女干部当场逮住，专门召开批评会，责令她交代"毒草小说"的具体来源，不得隐瞒事实。

批评会上楚航云僵成了一块石头，她两眼直愣愣地望着地面，任人说什么都毫无反应。她这种明显不合作的态度自然被上纲上线为对抗组织。有人甚至说，那"毒草小说"很可能是她投敌叛国的爸爸派人暗地里送来的！这话让楚航云猛地抽搐一下，抬起头来看着说话者，像是吓了一大跳，又像是绝望到了顶点，眼神中全都是错愕与哀伤。

就是在这个时候，沈飞扬挺身而出了。他走到楚航云身边跟她站在一起，那本《安娜·卡列尼娜》是我借给楚航云同志的。我爸爸来基地检查工作，我让他带来的。因为毛主席教导我们说，要批判地接收一切外来文化。

满屋子都是惊诧的目光，连楚航云都惊愕地张大了嘴巴。沈飞扬这一套说辞，无人能驳斥也无人敢驳斥。且不说他引用了伟大领袖的语录，单单他父亲的总部高官身份，就令这些基层官兵敬畏了。足足两分钟的冷场过后，主持批评会的干部绕道而行，从另一个角度找到了质疑的理由，他翻动着《安娜·卡列尼娜》问沈飞扬，可这书上并没写你沈飞扬的名字，怎么证明它就是你的书呢？

满屋子惊诧的目光立刻换成了期待与等待，数那些想看笑话的人最兴奋。一个男兵公然袒护一个女兵，很容易让人想到男女关系。连楚航云都灰心丧气地耷拉着头，沈飞扬此举无异于惹火烧身，更别说救她了。

只见沈飞扬相当平静地看着那本《安娜·卡列尼娜》，请翻开第一页。对不起，那不是第一页，那是扉页。扉页过后的那一页，就是页码写着"1"的那一页。那干部照做了，然后反问道，沈飞扬，甭管是扉页，还是写着"1"的那一页，可都没有你的名字呀？

相当多的人哄笑起来，嘈杂声不绝于耳。楚航云悲哀地闭上眼睛，不忍看到沈飞扬被当众嘲弄。这时，一个低沉平稳的声音响了起来——幸福的家庭都是相似的，不幸的家庭各有各的不幸……

大食堂里的哄笑声很快消失不见，连嘈杂声都去了爪哇国，人人都在静心聆听沈飞扬背诵《安娜·卡列尼娜》。没有人打断他，也没有任何声音的干扰，即便就是沈飞扬在哪个段落上有所遗忘，停顿下来思索，也没人发出任何声音，顶多就是一些极力抑制着的轻咳声。聚集在这片屋顶下的人们似乎达成了默契：千万不要让任何声响干扰到沈飞扬的背诵。

沈飞扬的记忆并不完整，逢到有些句子想不起来，主持批评会的干部便看着小说中的相应段落，一脸严肃地给他提个词。直到背诵完前五页，沈飞扬才停下来问那干部，现在是不是可以证明，这本《安娜·卡列尼娜》就是我的书呢？

听众们全都在鼓掌。一片掌声中，主持批评会的干部将《安娜·卡列尼娜》交到沈飞扬手上，高声宣布说，刚才沈飞扬向气象室全体同志有效证明了，这本小说的确就是他的，因为他对这本书实在是太熟悉了！

这个事件的直接结果是，沈飞扬被特许进入南方基地女兵圈中的图书秘密交换系统。他挺身而出的保护行为，换来了链条上全体女兵的信任与尊重。最妙的是，这让他与楚航云共同拥有了一个秘密。他们两人一起暗中交换图书的行动，成为那个年代里少有的刺激性事件，每每让沈飞扬激动不已，更别说与楚航云偶尔间的手指相碰或是短暂的身体靠近了。

沈飞扬就是在那种特定情境下，第一次闻到了楚航云身上的年轻女性气味。他这一生闻到过的女性体味不在少数，尤其是离婚后这些年，他在美国染指过不同年龄与肤色的女人，其中也有让他销魂或是倾心的，但没有一个女人的体味像楚航云的那样令他刻骨铭心，那是一种集合了果木与阳光的味道，既温润又干爽，既甜腻又芬芳，不像是发自人体肉身，倒像是取自天地精华，以若隐若现的状态诠释了整个世界的美好。

那气味被沈飞扬藏匿心中，他从未对任何人提起过，也从未对楚航云提起过。那气味是沈飞扬的青春期印记，他带着它漂洋过海地周游了半个世界。今夜，睡在楚航云家的客厅沙发上，沈飞扬又真切地闻到了那熟悉的气味。那气味包裹着他，安抚着他，让他在睡梦中回到了青春期……

这座声名显赫的军队医院堪称亚洲最大的医院，体量超大的门诊大楼里听得到全中国的方言。十多部直行电梯与滚动电梯一刻不停地将各科患者送至他们所需要的楼层，默然完成着最初级的接诊。因而在大型医院里，电梯的正常运转总是带有象征意味，患者们只要看到电梯还在正常运转，就相信医院是在正常运转，就相信自己终将得到医治。此刻，楚航云站在滚动电梯上，身前身后全都是满脸渴望的面容，感觉很像是在扎堆朝拜。一直以来她都认为，医院就是世俗社会的庙堂，千千万万的人来到这里祈求解除病痛，满怀信赖地向素不相识的医护人员交付性命，任由他们处置自己身体的各个部件，全都是因为对医学的绝对信仰。最绝的是，患者对医生言听计从的程度甚至超过了最虔诚的教徒。所以医院若是辜负了患者，那就是在自我亵渎。

正是在这个层面上，她很钦佩田汀汾。田汀汾在这座超级门诊大楼里享有一间专属办公室，这是医院对医术高超者的特殊激励。光看有多少患者指名道姓地要田汀汾做手术，就知道她这个外科医生当得有多优秀！楚航云赶到时，田汀汾正将几位患者家属送出办公室，那些操着陕北口音的男男女女千恩万谢着请田汀汾留步，说她救治了那么多条人命，还一分钱红包都不肯收，该是胜造了多少级浮屠啊！田汀汾一脸微笑地说是啊是啊，这样老天爷就能让我长命百岁了。那些陕北男女又一连声地说那多好啊那多好啊，您长命百岁了就能救治更多条人命了……

待到这间办公室里只剩下她们两人，田汀汾拿起放在办公桌上的锦旗，收进柜子里。那里面，锦旗和条幅之类的东西几乎快塞爆了。楚航云建议都挂起来，至少不要辜负了患者们的一片心意。田汀汾说还真是不能挂，挂了就是一种态度，会引得更多的锦旗送过来。楚航云说那也没什么不好的，您都不收人家红包了，再不收锦旗，让您的患者们情何以堪呢？

田汀汾的眼神突然暗淡下来，你以为我喜欢这些锦旗吗？它们更像是一种反讽，是在提醒我，更多的时候医学根本就无能为力。

楚航云没吭声。她听得出田汀汾嗓音中难以掩饰的凄凉无奈，不像是在随口一说，倒像是一场重要谈话前的刻意铺垫。一个小时前田汀汾打电话把她约到这里见面，说有事要谈，说那事既不能在家里谈，也不能被其他家人知道，当时她就心生不祥之感了，现在看到田汀汾的神情，不祥的感觉越发真切起来。

一张X光胸片被推进读片器，明明暗暗的光点表达着一个人的肺部状况。田汀汾说，正常人的肺部自有其明暗布局，且明暗边缘基本清晰，若是布局发生改变，或是边缘变得模糊，多半儿就是出了状况。她请楚航云分辨一下这张胸片有什么问题，楚航云摇头说看不出来，在她眼中所有的X光片都一个模样。田汀汾又将另一张X光胸片推进读片灯箱，请楚航云观察两张胸片的差异。楚航云睁大两眼来回比对了几次，终于看出点儿名堂，感觉前一张胸片边缘模糊，似乎蒙上了一层烟雾。于是她猜测，这大概就是人们常说的那种烟民肺吧？

见田汀汾直摇头，楚航云难为情地笑了，烟民肺是我刚听到的一个词。难道会是癌症肺？我总觉得癌细胞应该是黑色的，是那种很暗黑很紧实的小疙瘩，而且癌细胞喜欢成团成团地抱在一起，它们整体上属于顽固不化的类型，而不是这种松散的灰蒙蒙的烟雾状……

田汀汾说，这就是一张肺癌晚期X光胸片。她拿起一支铅笔指指点点，解读着那些明暗光点的病理意义。不用全部听完，航云就明白了，这张胸片的主人，肺部状况相当糟糕。可田汀汾为什么要告诉她这个？她有必要了解田汀汾某位病患的X光胸片吗？

田汀汾的话语中带着专业人士的冷静与超然，这个病人错过了最佳治疗窗口。当癌细胞冲破层层免疫防线而大肆繁殖的时候，这个病人浑然不觉，等到有所察觉，癌细胞已泛滥成灾。目前的状态是——整个肺部已经被癌细胞全面占领。

房间里一片死寂，只有读片器发出轻微的电流声。楚航云紧紧闭住双唇，生怕一不小心会说出那个让她揪心的名字，似乎只要不说出那个名字，灾难就不会真的降临，而那些正在肆虐的癌细胞大军就会被全面击退。

田汀汾表情怪异地笑了，别害怕，不是你想的那样，这个病人不是他。

楚航云呆呆地看着田汀汾，完全不知道她这是要干什么。一种测试吗？是要看她对谭英天还存有多少感情？田汀汾从未跟她正面交锋过，为什么现在旧事重提，而且手法阴郁？

她猛地站起身来向田汀汾告辞，说自己刚出差回来，单位里有一大堆的事情，没时间也没兴趣跟她讨论某个陌生人的病体，再说了，哪怕这个病人已经病入膏肓，也该是由您赶快想办法去救治，无论如何也轮不到我楚航云去关注吧？

楚航云说这些话时神色冰冷，语气中透着明显的讥讽与不快。该来的终归会来，躲也躲不过去，但她不喜欢被捉弄，更不喜欢被耍弄。这就是田汀汾执意要她搬过去的真实用意吗？为的是更方便也更直接地清算她的青春期旧账？

谁知田汀汾却语气恳切，如果这不是某个陌生人的病体，如果这个病入膏肓的人跟你关系特殊，你还有兴趣再听下去吗？

走向门口的楚航云已经抓住了门把手，她立刻站住，缓缓转过身来，惊愕地上下打量着田汀汾，像是要从她身上发现什么。

只见田汀汾张开双臂，动作轻盈地原地打了个转，看不出来是吧？一般人都以为癌症到了晚期，人就会脱相。其实这事儿得分人。要是你对癌症过于恐惧，那么癌症就会迅速改变你的外貌，否则就只是缓慢改变你的外貌。不过我更愿意看成是老天对我的最后一次眷顾，他老人家不想让我这辈子失去得太多，所以在我走向生命终点时，让我保留了必要的尊严。

听田汀汾云淡风轻地说着这些，楚航云愣怔了好一会儿才哭出声来，哭声中夹带着一连串的"对不起"。就在这一刻，她内心深处对田汀汾的负疚感升级了，觉得那可恶的病魔就是她当年的行为招惹来的。她残忍地参与了一场针对田汀汾的谋杀！

然后她就被田汀汾紧紧抱住了。田汀汾的双臂依然纤细紧实，与她修长的身材共同构成了未被岁月侵蚀的完美形体。楚航云熟悉田汀汾的拥抱，小女兵时她就很享受这个，因为没有兄弟姐妹，她始终将田汀汾当成是前世里的亲姐姐。现在，她前世里的亲姐姐遍体鳞伤地来到她面前，像从前一样拥抱着她，难道这就是即将离世的人在对她表达宽恕吗？

这个念头让楚航云紧张起来。她猛地挣脱开田汀汾的拥抱，听我说汀汾姐！现在医学这么发达了，总有办法能治好你的！我们现在就上网求救，肯定有人愿意出手帮助我们！要不我们这就开车出发，跑遍名山古寺，相信那些老道高僧手中一定会有某个古方子对你有效！

田汀汾连连摇头，我是医生，我知道该怎么做。除了你，没人可以帮到我了。

楚航云立刻表示自己会义无反顾地帮她，献血，还是献骨髓？这都不是问题！我是O型血，身体各项指标也都很好，说不定我们两个的骨髓真能配上对呢！

田汀汾直视着楚航云的眼睛，我不需要你的血，也不需要你的骨髓，我只需要你从现在起不再离开我，陪着我处置各种事情。不管那些事情有多么艰难，也许还会让你很不情愿，而你都愿意陪在我身边，和我在一起。可以吗？

楚航云眼泪汪汪，连连答应说没问题，绝对没问题，就是赔上她的全部她都责无旁贷。

田汀汾听了凄楚地一笑，用不着让你赔上全部，我的生命已经不多了，就要去见我妈妈了。记得妈妈临终前特意交代我说，要想办法找到你，请你原谅她的在天之灵……

田汀汾这话带出了太多的过往信息，生命中最艰难也最难忘的那几天在楚航云眼前蓦然闪现，她失去的一切与她曾经在意的一切正穿透时间的尘埃依次向她走过来……

她哇地哭出声来，紧紧抱住田汀汾，不对，不对！丁希阿姨救了我的命！丁希阿姨已经尽力了，根本就不存在原谅不原谅的事情！是我一直大恩不报，是我一直在薄情寡义……

田汀汾抱着痛哭不已的楚航云不知如何开口，显然她从未质疑过当年的产房事件。

三　胡同酒吧屋

如今的酒吧和咖啡馆，在北京胡同里搞成了文艺复兴，让原本灰头土脸的狭小世界摇身一变，成为时下京城里最炫酷的地方。坊间流传的说法是——没在胡同里喝过酒或咖啡的人，不要说自己是时尚达人。而陶自牧喜欢胡同酒吧的理由则是，胡同的安静与酒吧的时尚让他有一种年代混淆的虚幻感，这里是传统与现代的接合部，你会觉得自己一手拉扯着过去，一手紧握着现在；这里既让人满足又让人踏实，既远离了高楼大厦的压抑，又享用了灯红酒绿的恣意，鱼与熊掌都兼顾到了。

因此陶自牧就把沈飞扬约到胡同酒吧里见面，说他找的地方很特别，既纽约又北京，你就是走遍全球也找不出第二个。结果沈飞扬一走进胡同就连连惊叹，说他一落生就是在北京的胡同里，这种灰色的小巷子几乎就等同于他的胎记。总听说北京的大多数胡同都被高楼大厦消灭了，以为存留下来的也只是在破败之中等待着被消灭，可一脚踏进这里，却发现了一个带雍容态、带光鲜样儿的古老胡同！

此时正值午后，阳光高高地照着，漫天而来的金红色重重地涂抹在老式巷壁上，又深深嵌进斑驳的砖缝里。沈飞扬把摄像机放在胡同酒吧前的木桌上让它自行拍摄——先是一个带鸟笼的老头骑车走过镜头；然后是一对年轻夫妇带着孩子走过镜头；这期间，不时有三两个背着绘画板的年轻人走过镜头，看样子不是刚下课，就是去上课；镜头深处，几个大爷大妈站在大树下聊天，两个白人青年停下脚步加入他们，彼此间似乎早已熟识。见沈飞扬的摄像机如此这般地拍个不停歇，陶自牧感叹说，新能集团将会发现，您的画面很有中国味儿！

他的本意是想将话题引向新能集团，却听沈飞扬兴致勃勃地谈起了波尔多，因为点酒单送来了。长长的酒单上列着许多款来自法国波尔多的葡萄酒，再加上配以中英法三种文字，极其形象地印证了那个传闻——中国已是波尔多葡萄酒的最大消费体。

在沈飞扬看来，这家酒吧能提供波尔多左岸的极品红酒，这并不稀罕，因为"拉菲""拉图""玛歌"等著名酒标早已席卷全中国，值得惊叹的是，他们竟然提供产自波尔多右岸的"白马""柏翠"，还有"逸仕赏度"！这些极品红酒来头不小且身价昂贵，单说这"柏翠"，自上世纪四十年代起就是皇室贵族竞相追捧的杯中物，它是伊丽莎白二世的订婚典礼用酒，又是伊丽莎白女王的结婚大典用酒，还被肯尼迪总统所挚爱，因而"柏翠"红酒从来都是一流餐厅的标配。若有哪位上流人士不知道"柏翠"，那肯定会被人笑话！

沈飞扬面露钦佩之色，这家胡同酒吧能同时提供波尔多左右两岸的极品葡萄酒，足见店老板是位品酒高手，说不定还在波尔多收购了酒庄呢！陶自牧笑了，那我们就各点一杯"拉菲"和一杯"柏翠"吧，这样，波尔多的左右两岸，咱就等于是都走到了！

"柏翠"入杯后果然不一般，浓重的深红色酒液看上去醇厚而细密，轻轻一嗅，顿时就有丰富的香气扑鼻而来。等到酒液流淌至舌面，便层层叠叠地出现了诸如洋梨、松露、牛奶、黑加仑、巧克力以及多种橡木的味道，口感丰富得像是在吟唱着音域宽广的咏叹调，只觉得畅快而豪迈。

这是陶自牧第一次喝"柏翠"，此番感受一经说出口，立刻就被沈飞扬赞叹，说他这是喝出了"柏翠"的精髓。因为"柏翠"真的是凌驾于波尔多左右两岸的酒王之王，从味觉到品质再到价格，都带着不可一世的王者风范。他赞叹陶自牧有品酒师的潜质，不但能喝出酒中的复合味道，还能从复合味道中分辨出那些单纯的味道。最难得的是，你的描述很传神，也很优美，就算你没兴趣去当品酒师，至少你立马就能成为一位优秀的酒评人！

陶自牧举杯再抿一口"柏翠"，要是当了酒评人，我是会喝到更多的这种贵得要死的名酒呢,还是会喝到更多的冒牌货?

沈飞扬笑了,这取决于你自己的舌头,看它是遵从你的良心呢,还是遵从你的贪婪?

陶自牧立刻见缝插针,说到贪婪,你如何看待跨国公司的贪婪?比如像新能集团,他们不是搞文化的,也不是公益组织,他们是做新能源的,但就是他们,却拿大把钱资助你的纪录片,这种慷慨解囊似乎背离了资本的贪婪本性。

沈飞扬不快地瞪着他,类似的问题我已经回答过你了,而且回答得很详尽。陶自牧连忙解释说,都怪我太想把这篇专访写出分量了,像我们这样的传统纸媒,如今必须对新闻深耕细作,否则根本无法在电视和网络的双重挤压中生存下来。

沈飞扬像是相信了这套说辞,神情认真起来,公司都是贪婪的,赚钱是公司的本分,问题在于如何贪婪和怎样赚钱。新能集团董事长安德鲁·贾丁的理念是:要长期贪婪,而不是短期贪婪。长期贪婪就是在行业发展中赚钱,短期贪婪就是只知道从消费者身上赚钱。

沈飞扬表示赞许,这实在算得上是一种高明的贪婪,图的是在整个行业中水涨船高。想必在这个水涨船高的过程中,新能集团正好站在船头上吧?

沈飞扬说的确如此。安德鲁先生认为,在如今的后矿物燃料时代,如果人类不想改变能源使用上的大手大脚,而地球矿物燃料又无法满足这种大手大脚,那么,绿色能源的补充就是人类唯一的选择。挑战已迫在眉睫,机会就在眼皮子底下,新能集团很快将成为最大的赢家!那老头儿对我说这话时,两眼发亮得如同一位意气风发的少年!

陶自牧想知道新能集团如此夸口,凭的是什么,沈飞扬便引用安德鲁·贾丁的话说,为什么传统能源在国会山上声音强大?就因为传统能源的理念符合大多数美国人的生活方式,似乎新能源就是要让人们节俭。没人喜欢节俭。所以新能集团高调承诺无须节俭,使用新能集团的产品意味着仍然可以开大排量汽车,可以享受充足的电能消耗,还可以站在"低碳环保"的道德高地上。因此新能集团的宗旨,就是要让全体人类生活得既自在又自尊。

这个"既自在又自尊"的理念听着很霸气,可新能集团的底气打哪儿来的?陶自牧揣测说,难不成他们开发出了一种具有革命性的太阳能产品?沈飞扬两眼看着杯中的"柏翠"轻轻摇头,请原谅,这个问题我不能回答。陶自牧说那就换个说法,假设新能集团开发出了具有革命性的太阳能产品,美国新能源的大佬们会不会在私底下秘密商定市场规则？沈飞扬明显惊奇，秘密商定市场规则是违法的，一旦披露，会让新能源行业的股票狂跌不止！

沈飞扬不紧不慢地逼上去，这个世界上没被披露的秘密，远远多过被披露的秘密，所以才会有层出不穷的秘密。新的秘密掩盖了旧的秘密，旧的秘密又衍生出了新的秘密，新的秘密与旧的秘密纠缠不清，互为宿主。所以就算是社会再发展，就算是科技再进步，我们生活中的秘密一点儿也没见减少，反倒是更加泛滥，更加隐蔽。既然如此，为什么那些绿能大佬会循规蹈矩呢……

陶自牧的语速越来越快。任由这种情绪走下去，很快就要说出那些密拍照片了。显然约翰在新能大厦偷拍时已经疑惑重重，让他丧命的，莫不就是因为他接近了那个疑问？

沈飞扬突然笑起来，中止了陶自牧的滔滔不绝。

陶自牧问他笑什么，是不是谈论新能集团的秘密显得很可笑？沈飞扬笑得更凶了，就好像听到了一个更傻的问题。陶自牧只好跟着他一起笑，边笑边想自己说错了什么。等到沈飞扬笑够了，又抿了一口"柏翠"，这才回答他说，陶记者，你一口一个秘密地说个不停歇，显然谈论秘密让你激情迸发，你渴望采访到爆炸性新闻，最起码能走进一家跨国公司的后院里看一看，好让你的文章不同凡响。可我看过你写的文章，这套路数应该不是你的风格，活像是你穿了一条别人的瘦小裤子，一不留神，撑破了裤裆！

陶自牧释怀而笑，连连附和，庆幸没被沈飞扬看破真实用意，于是张罗着要一起干了杯中"柏翠"，好去品尝"拉菲"。尊敬的沈导演，咱哥俩儿在波尔多的右岸逗留得够久了，现在，咱得去左岸晃一晃啦！沈飞扬听了会意地笑，直说陶自牧是个有趣之人，如今有钱人不难找，而有趣之人，真的是可遇而不可求呢！

品饮"拉菲"的过程中，陶自牧一个劲地感叹新能集团为沈飞扬的中国之行造足了势，从电视到网络再到纸媒，您亮相的频率快赶上影视红人了！喂，走在外面有没有被认出来？有没有被当场要求签名或是合影？有没有被女粉丝缠上后脱不开身？沈飞扬说没那么夸张，新能集团的确出手慷慨，但重点不在于"沈飞扬来中国了"，而是"新能集团来中国了"。

陶自牧微微一笑，新能集团如此高调地进入中国，用您的系列纪录短片为罗朗议员的《美国新能源战略法案》鸣锣开道，实在非常讨巧！沈飞扬说正是如此，未来任何国际性的气候公约，包括碳交易方案能否实现，很大程度上取决于来自中国的反应。我的系列纪录短片就是要让美国朝野看到，罗朗议员的法案是如何深度考量到了中国应对气候变化的现状。即便罗朗议员只是做了个姿态，我也要让那个姿态发生！

沈飞扬这番话很真诚，爆料之中夹带着自嘲，明显是在倾诉心声。陶自牧继续明敲暗打，他请沈飞扬描述一下对安德鲁·贾丁的个人印象，我的文章必须提到这位慷慨解囊的绿能大佬，读者喜欢看到一个脱离了资本光环的美国富豪。

沈飞扬说起了对安德鲁·贾丁的第一印象，说他是个衣着考究的人，有着从容而强大的气场，显然掌管一家大型跨国公司让他中气十足，即便人过七十了依然精神矍铄，都说权力是最有效的"葆春术"，见过安德鲁·贾丁后，你会相信此言绝对不虚。掌管权力当真能让一位老者拥有青春年少者的充沛体能与旺盛精力。最深的印象是这位绿能大佬对纪录片的理解。用他的话说，这个世界已经被技术制造出的各种谎言覆盖了，报纸和杂志上的文章不是虚假的就是模糊的，无所不在的互联网更是真假难辨。唯一能让世人相信的，就只剩下镜头里的东西了。安德鲁说，重要的是要让决策者们知道真相，他很欣赏我用镜头展示真相。

沈飞扬连语气都变得亢奋起来，安德鲁的许诺是，不干涉我剪辑出的任何内容。这可是白纸黑字地写在合同里的！他说《气候见证者》是我沈飞扬的作品，而新能集团只不过负责为这部纪录片花钱而已。这话可真把我感动坏了！这么多年生活在美国，这是第一次，我有了一个纪录片导演最想拥有的感觉！知道他是怎么激励我的吗？他说我与那些大师级的纪录片导演只有一步之遥，这一步之遥不是我的表现力，也不是我的洞察力，是我手中的财力，而有了新能集团的出资相助，我很快就能与大师们比肩而立！原本我以为，跟他合作会有一场沉闷的讨价还价，没想到，却是一场愉悦的知音相遇！

沈飞扬边说边两眼发光地看着陶自牧，就像是看着他那个大佬级的美国知音。

陶自牧决定直言不讳，他问沈飞扬与新能集团的合同里是不是签有保密协定，沈飞扬问他为什么要这么问，陶自牧反问道，如果有保密协定，如果您泄了密，您那位知音大佬，他能放过您吗？沈飞扬自信地一笑，我根本就不会泄密。敬你的好意！

不等沈飞扬举起那杯"拉菲"，陶自牧一把抓住了他的手腕，当今之世，泄密就像是病毒，让我们稍不留意就成了泄密者，因为您使用的任何一件电子产品都可能让您躺着中枪。假如泄密真的发生了，新能集团会杀了你吗？

沈飞扬不禁皱眉，问他为什么要这么说，就为了让你的文章吸引眼球吗？

陶自牧更紧地抓住沈飞扬的手腕，从牙缝中挤出一连串的话来——因为我最好的朋友莫名其妙地惨死街头，因为他秘密探访了新能集团！别以为我是在随口胡说，我手中有一大把美国绿能大佬秘密开会的照片。要是我发到互联网上，您很快就能看到我的死讯，因为他们有的是办法让一位记者闭嘴！他咬牙切齿地说啊说，恨不得被他抓住手腕的是那个绿能大佬，他要逼对方说出谋害约翰的真相。只见沈飞扬使劲挣脱开他，你这样子也太奇怪了，嘴巴一个劲儿地动，却听不到一个字！我到底说了什么，让你气得连声音都发不出来了？

陶自牧这才意识到差点儿坏事，幸好那些都只是他的臆想。他不能惊动沈飞扬，否则无法为约翰报仇。他喝干杯中的"拉菲"，我自罚！我的确不能为了吸引眼球就胡写乱写！

他们两人离开胡同酒吧时，陶自牧至少弄明白了一件事情——既然这个世界能让某些营养学家受控于大食品公司、能让某些医学博士受控于大医药公司，那么这个纪录片导演为什么不可能受控于新能集团呢？他极有可能拿人钱财，替人消灾。

需要弄清楚的只是——新能集团最害怕的是一个什么样的"灾"？

那部摄像机一直放在胡同酒吧外的木桌上自行拍摄，隐秘摄像头拍下的，全都是北京胡同里琐碎而庸常的市井态，这让远在纽约的黑客狼完全没兴趣，那都不是他的大人物雇主想要的。传过来的声音也都嘈杂而混乱，完全听不到跟沈飞扬在一起的那个中国男子在说些什么，唯一有用的是，视频上清晰地显示过这个中国男子的脸。

黑客狼满脸不快地敲击键盘，启动人脸搜索软件，只见一个个匹配要素流星般地划过这张脸。黑客狼发现，这个名叫陶自牧的中国记者几乎没有社会关系，父母兄弟姐妹一个都没有，唯一有过的监护人是一家孤儿院的女院长。履历表显示，他从一岁到上大学前的全部经历都在那家孤儿院里。这小子童年不幸却成长得出类拔萃，一路走来全都品学兼优，考上了中国名牌大学，一毕业就被大名鼎鼎的《首都图片报》聘用，没过两年就有作品参加国际新闻摄影展，还风光无限地上过参展广告牌。

蓦地，黑客狼惊喜地瞪大了眼睛——参赛广告牌上的两幅参赛作品，一幅出自这个中国记者，另一幅就出自美国小报记者约翰·杰克逊！黑客狼激动得直发晕，立刻将这个新发现发给了大人物雇主，请求侵入这个中国记者的电脑，并保证自己会"弹无虚发"。

在等待大人物雇主回复的当儿，黑客狼不无得意地想，互联网还真是让任何人都无法遁形呢！他超爱互联网，超爱这个时代。就是这个时代让他这种被叫作"黑客"的聪明人，能够在互联网上随心所欲。

四　布罗肯幽影

沈飞扬拿着摄像机在北京郊区的气候博物馆里拍了又拍，很高兴他的系列气候短片平添了历史厚度。这都是龙士峻的建议。龙士峻说气候博物馆里有实物也有图片，看得到中国从远古到现代的整个历史进程，更是用最形象的语言表述着中国在全球碳排放进程中的历史位置。拍到后来，沈飞扬确信不疑，这座气候博物馆所传达出的信息的确是既真实又具说服力，它清晰地表明了，对于全球的二氧化碳现状，中国究竟该负有多大的历史责任。

面对沈飞扬的镜头，龙士峻再次语出惊人，最初，在西方发达国家全民电气化的年代里，电气化在中国还只是少数人的奢侈品；后来，当西方发达国家全民拥有小轿车时，中国正是全民骑自行车的年代；如今，当中国加速电气化，增加轿车拥有量，中国的基础设施全面铺开时，西方却提出限制中国的碳排放权，这等于是在限制中国的发展权、生存权。西方发达国家向大气层排放二氧化碳长达二百多年，却要求发展中国家为他们承担历史减排义务，这是当下最大的国际不公！

看来传言的确不虚，龙士峻远比沈飞扬以为的还要旗帜鲜明。旗帜鲜明的访谈对象本就可遇而不可求，更何况还是中国气候学界的重量级人物呢！沈飞扬抑制住兴奋之意继续沉静发问，在您看来，西方的减排规则是一个政治与经济的双料陷阱吗？

龙士峻露齿一笑，双料陷阱？很妙，我喜欢你这个说法。对，那就是个双料陷阱，是政治与经济的双重挤压。在这场有关全球气候谈判的大合唱中，有人别有用心地将调门调到了一个不和谐的音阶上，严重干扰了各个声部最初的乐曲设计，你听不到强劲而鲜明的主题旋律，也听不到原本应有的悦耳和声，能听到的，就只是一些可笑的跑调和可恶的噪声。

听龙士峻将全球气候谈判比喻成一场跑了调的大合唱，沈飞扬觉得既有趣又贴切。

龙士峻又说，其实，气候谈判桌上的国际政治博弈，才是气候变化问题的真正底牌。我反对打着科学的名义兜售政治企图，更不赞同将一项自然科学假定升高为全球政治话题，尤其厌恶拿着这个假定当大棒，四处敲击欠发达国家。

沈飞扬直截了当地发问，主流科学家们不是已经认可那项科学假定了吗？

龙士峻不安地摇着头，科学家没有什么主流与非主流，科学家就是科学家，许多科学家可能终生都在独自研究某个科学命题。沈飞扬紧逼一句，但是国际权威机构已经给出预测数据了呀！龙士峻不紧不慢地回答，那个数据不是实验室里得出来的，是从计算机里得出来的，是计算机对气候模型进行运算推演而得出的预测数据。

沈飞扬决定冲着龙士峻的核心部位正面强攻，既然如此，您为什么要带着一干人马日夜兼程地搞气候模型呢？您的"气候水晶球"，意义又何在呢？

龙士峻不急也不恼，这么说吧，当年第二代居里夫人曾让她的中国学生这样转告毛泽东主席，你们要保持世界和平，那么你们必须反对原子弹；你们要反对原子弹，必须自己先有原子弹。所以，拥有就是意义。只有当我们拥有了自己的气候模型，我们才不会被别人的数据牵着鼻子走。当年老一辈科学家用研发核武器来捍卫中国的新生政权，我们这一代气候学家，就是要用研发气候模型来捍卫中国在全球气候变化中的话语权、发展权。气候变化领域不能总是公说公有理，婆说婆有理，要想解决争吵，唯有科学的气候模型能够担此重任。

龙士峻的目光投向气候博物馆窗外的绵延山峰，镜头里出现了短暂的沉静，听得到一阵阵山风呼啸而过，有如山林里的生灵们在为龙士峻的这番话群起击掌。

整个过程中楚航云一直陪伴左右。她知道龙士峻不喜欢面对媒体，认为媒体对科研来说是一种过于耗时的分心术，最糟糕的是会把他的观点弄得似是而非。因而电视采访中的龙士峻刻板拘谨，从没像今天这样旗帜鲜明。事实上龙士峻总是谈吐迷人，当年在大学讲台上，身为教授的龙士峻总能将复杂深奥的大气物理学讲解得出神入化并趣味横生。那时楚航云刚刚被部队保送到北方大学大气物理系，正一门心思地想转到中文系，就是听了龙士峻的专业课，才真正喜欢上了大气物理学。

她从没见过有谁对遥远的大气层熟识到如数家珍，一个个虚无缥缈的自然天象经由龙士峻娓娓道出，便生动鲜活得有如最直观的影像，既容易理解也便于记忆。印象最深的，是龙士峻带着他们全班同学去郊外山峰观察"布罗肯幽影"。当时天地间一片白茫茫的雾幕，山下的河谷和对岸的树林全都隐没无踪，只见一个个巨大的人影穿越雾幕缓缓移动。那些高大的身影在雾中似隐似现，但环绕在身影头部的彩色光晕却清晰可辨，一眼就能看出它的光谱色序近似于彩虹。当时她被彻底震慑住了，如此奇异的天象完全超出了她的知识层面。

同学们在龙士峻的带领下挥了挥手臂。奇迹发生了，雾幕上的那些人影也在挥动手臂，快慢完全一致，很像是一种镜面动作。龙士峻的解读是，当阳光和雾同时存在，而阳光正好从人的背后直射过来时，便会在雾幕上形成巨大的人影，并带有彩色光圈。这就是"太阳光谱被水滴反射后所形成的衍射现象"。这种天象是在德国的布罗肯山上第一次被发现的，所以它的学名就叫作"布罗肯幽影"。

龙士峻极富激情地提示说，"布罗肯幽影"这个天象很富励志意味，它表明，当条件适宜时，一个普通人也会变得巨大起来！

就是"布罗肯幽影"让楚航云看到了大气物理学的最大乐趣所在——对那些人人都能见到但却不明就里的大气层现象做出科学解释。"布罗肯幽影"当真成了她的励志利器，但凡遇到难处总会想起它。后来她才知道，那是龙士峻专业课的标配，每年系里来了新生他都照此办理，以此激发新入门者对大气物理学的浓厚兴趣。这一招挺灵！龙士峻的学生毕业后多半留在了中国各地的气象台站，或是走进了与大气物理学相关的科研岗位。

龙士峻桃李满天下，最中意的女弟子是楚航云，只因为她的研究方向恰巧正是龙士峻所需。那时楚航云早已转业到北京远郊一个小气象站任职，工作之余在学术期刊上发表了一篇有关边界层气象学的论文，探讨植物叶片的蒸腾作用如何影响区域性的气候变化。而这，正契合了"气候水晶球"的思路。于是一纸调令，楚航云从北京郊县进了北京市区，就职于北方大学气候研究院，成为"气候水晶球"项目组成员。

有传言说，纪检部门不止一次在接到举报信后调查龙士峻，看他把楚航云弄进北京收了多少钱,龙士峻总是义正词严地反问,这要看你们觉得"气候水晶球"值多少钱?在龙士峻看来,如今已少有科学天才,而比科学天才更重要的,是科研团队。

走进"气候水晶球"项目组那天,楚航云激动得满脸是泪,想起当年看到的"布罗肯幽影",越发相信那天它的出现不会平白无故。那是一种来自命运的启示,提醒她去发现适宜的时机,让平凡普通的自己变得巨大起来。自从走进项目组,她再没有因为父亲的历史问题而半夜惊醒,也再没有因为情感上的一再重创而常常带着一身冷汗睁眼到黎明。

这会儿,龙士峻正躬身观察刚刚送来的一块大型鱼化石,查看这些在内陆湖泊中死亡的江汉鱼在五千万年前的某个瞬间,究竟受害于哪一种自然灾害。沈飞扬望着龙士峻的背影对楚航云说,我早看出来了,他是你精神上的父亲。

楚航云闪着两眼泪花,沈飞扬,你总是那个最懂我的人!你回来了可真好!

此时的楚航云,完全不知道沈飞扬的摄像机中藏有一个远程监视装置,更不知道她正在成为一场跨国阴谋中的重要角色……

在美国纽约,正值夜半时分,BT气候实验室主任保罗·吉尔被人从家中喊了出去。

电话响起时他刚洗完澡倒在床上,身心疲惫地希望立刻睡死过去。他不记得有多少天没回家了,只记得自己在道格·约翰斯顿墓前发过誓:我要让你的死亡有价值!他只有拼命工作才不会让誓言落空。睡下前他吞服了成倍的安眠药,因而接电话时神志恍惚。对方请他尽快出来见面,说是有事必须面谈。保罗·吉尔大为不快。他是个有名头的科学家,却像条狗似的被人随意呼唤。但他还是嗓音含混地问清了见面地点。

站到门口的穿衣镜前,保罗·吉尔完全清醒了。镜子里是一个与魔鬼订下契约的人,他典当了自身有价值的一切——学识、成果、名誉、尊严,也包括健康。

回溯起来,整个事件最糟糕的部分,就是那个震惊全球的"气候门"。

那天凌晨,保罗·吉尔结束工作后离开BT气候实验室,半路接到道格·约翰斯顿的电话。这位平素安静的人竟然在电话里大喊大叫:出大事了,黑客侵入了服务器!犹如当头落下一颗炸弹,保罗急踩刹车,飞快掉转车头,一路疾驶着回到实验室。只见道格目瞪口呆地站在机房里，一副被吓坏的样子，嘴里一遍遍地念叨着：黑客侵入了服务器……

保罗将所有环节查看一遍，并未发现异常，以为道格是压力过大后的错觉。毕竟最近加班太多，于是就要拉着道格一起出去喝一杯。但是道格呆立不动，两眼可怕地大睁着，嘴里不住声地念叨着先前那句话。保罗问道格到底看到了什么，黑客到底是从什么地方侵入了服务器？你要是不说出来我们什么都做不了！

道格拉着保罗来到电子显示屏前，惊愕地说，我粗略估算过，黑客盗窃他们的，大概有上千封电子邮件和三千多份气候数据！

保罗松了一口气。他一直担心BT气候实验室遭此灾难，显然黑客瞄上的，只是他们的英国同行。然而道格脸色阴沉地警告说，黑客很快就会把这些内容上传互联网，他们的目的是要向我们这种类型的气候学家发难！

保罗当然明白"我们这种类型的气候学家"指的是什么，那是质疑"全球暖化"的人对他们的讥讽。奇怪的是，道格怎么知道黑客要发难，还看到了黑客盗出的电子邮件？道格说是从"深网"看到的，而且他坚信黑客们说到做到，绝不手软。保罗从没听说过"深网"这东西，刚要发问，道格两眼瞪着电脑屏幕大叫起来，快看！他们开始了！

道格的预警正在变成现实，那些被黑客盗窃的上千封电子邮件和三千多份气候数据在互联网上飞速传播开来。很快，世界各主要媒体都开始谈论"全球暖化"真假与否，疑虑情绪直指即将召开的哥本哈根气候峰会。网上更是嘘声一片，人们铆足了气力讨伐全球气候学家。保罗不想再看下去，狠狠关闭了电脑。

道格仍然一副惊恐之色，他们在"深网"发了帖子，宣称要向全球的气候研究机构发动网络侵入，看看这个圈子里还有谁在操纵数据。很快，他们就要入侵BT气候实验室了！

于是，BT气候实验室的网络系统重新加密并彻底清理。这项工作持续了好几天。保罗·吉尔要求实验室全体成员彻底删除相互间业务往来的电子邮件，避免一旦失窃后被人拿去大做文章，隔行如隔山，外人通常很难明白涉及科学的讨论到底是在说些什么，避免歧义的最佳策略就是关起门来搞科研。母鸡被人围观，还下得出蛋吗？保罗·吉尔的奇趣反问打破了沉闷，随之而起的笑声缓解了几天来实验室的紧张氛围。

但道格·约翰斯顿始终脸色阴沉。他深知BT气候实验室的核心秘密很要命，若是露出马脚，哪怕只是露出个脚指头，都会掀翻半个世界。虽说很早以前他已将"小男孩"的有关数据打包加密，用的是一种最古老的加密算法，可如今黑客喧嚣着要大举侵入，BT气候实验室很可能就在第一批进攻目标中，他说他不敢保证"小男孩"会永远安然无恙。

保罗·吉尔拿出全部热情耐心相劝，用不着永远，只要再撑个半年，咱们的"小男孩"就能长大成人。到那时候，一切就都随风而去了。

道格·约翰斯顿瞪着他，要是半年后它还没长大呢？要是肮脏的一切不能随风而去呢？

保罗·吉尔也生气地瞪着他，那我们就去南极跳海，去喂那些可怜的磷虾！

后来，保罗无数次地回想这个该死的时刻。他不过是头脑发昏说出的狠话，却被道格愚蠢地身体力行了！他痛恨自己的狠话，痛恨道格将他的狠话当真，更痛恨道格没有遵守两人间的约定，至少道格不该没完成"小男孩"就撒手离去。

事到如今，保罗·吉尔只能继续忍辱负重。BT气候实验室的员工们只看到道格·约翰斯顿的自杀让他们的头儿更专注于"小男孩"，却始终没人知道，整个项目正常运转的代价，是让两位科学家都一步步地出卖了灵魂。

全都是科研经费惹的祸！

如今的美国政府减少了对科研的投资，而许多国家却举着大把的钞票，请全球优秀科学家到他们国家去创建世界一流的科研机构。因而科学家中流传着一句话：如果美国无法为你提供科研经费，那就去能让你如愿以偿的国家吧！不过BT气候实验室的两位合伙人始终没有心生离意，保罗·吉尔和道格·约翰斯顿都是坚定的爱国者，他们想让气候模型"小男孩"成为纯粹的美国种，而不是与外国资本的杂交货色。BT气候实验室一直在执拗地申请政府拨款。漫长的等待中，两位合伙人在科研上的投入耗尽了他们所能支配的全部钱财。

正是在这个摇摇欲坠的关口上，BT气候实验室的拨款申请书进入了国会议员威廉·罗朗的视野。于是情势大变，美国新能集团愿意独家资助BT气候实验室。董事长安德鲁·贾丁对全球气候变化极为关注，对气候学家也极为看重，认为本世纪是气候学家大显身手的世纪，必须改变一直以来对气候学家的漠视！绿能大佬的说法让保罗·吉尔大为感动，签订合同时，眼角噙着两颗泪。

接下来，罗朗议员的幕僚长欧文·派克的一番话，让保罗·吉尔噙在眼角的两颗泪夺眶而出——你们的合作让我想起了上世纪二十年代贝尔实验室与美国电信巨头AT&T公司的黄金组合。我认定，就像当年贝尔实验室在AT&T公司的资助下蜚声世界一样，BT气候实验室也将在新能集团的资助下蜚声全世界。你们就是本世纪的黄金组合！

然而这对黄金组合在气候模型"小男孩"逐渐成形后矛盾重重。新能集团不肯投入后续资金，强烈质疑BT气候实验室有没有尽到科学家的职责，既然全球变暖已是科学界共识，为什么"小男孩"的走向总是不能完全证实那个科学共识？

起初保罗·吉尔耐心解释，试图让绿能大佬明白，气候模型不是小学生的算术等式，不是一加一等于二那么简单，气候模型的测试结果多半会是一个留有余地的数值，其中有着许多不确定的参数。我们还在继续寻找那些参数。

但是安德鲁·贾丁不依不饶，说他们投入巨资不是供一群科学家在实验室里玩数学游戏，他们是要给公众一个气候真相、一个科学警示。过去你们总是喊"狼来了"，可你们一直不能证明那只名叫"全球变暖"的狼到底来不来，什么时候来。后来你们说，证明那事需要很多的钱，于是我们就出钱让你们去证明那事。现在你们把钱花掉了，却还是证明不了那只狼到底来不来，请问，这算不算是一种违约呢？我们该怎样向股东们解释？如果惹怒了股东们，他们会对董事会提起诉讼，也会对你们两个提起诉讼！

如此的剑拔弩张可不是他们这种埋首于实验室的科学家应付得了的，况且新能集团的后续资金再不到位，将造成BT气候实验室的科研陷于停顿，此时罗朗议员的幕僚长出面了。

欧文·派克先是对安德鲁·贾丁提出建议，说《美国新能源战略法案》非常需要来自权威气候学家对全球气候变暖的警示，如果能够找到可靠的数值，证明化石燃料将在多大程度上加剧未来的气候变暖，那就是为我们的法案提供了第一手的科学依据！在私下里，欧文·派克建议两位气候学家充分利用新能集团对全球气候变暖的积极关注，不要因为对科学的不同理解而影响资金到位，毕竟目前为你们大把花钱的，是人家新能集团。

那个夜晚，两位气候学家坐在街头咖啡馆前一筹莫展，雨点不紧不慢地落下来，在遮阳篷的边角处形成间歇而持续的小雨滴，看上去滑润而晶莹。这让保罗·吉尔说起了一个名叫"油滴实验"的老故事。那是一家著名实验室的一项著名实验,以表明电荷在量化时,一个基本的电子电荷的精确倍数。那家著名实验室的数值方法有缺陷,但其他实验者并不说破,只在研究中保留了足够的不确定参数,然后一步一步地合理修正,最后报出的数值全都与那家著名实验室的数值相距不远,不显山也不露水地保持了彼此间的相安无事。

道格冲着湿漉漉的夜空轻蔑地哼了一声,一旦有需要,科学家们是何等"聪明"!

就是在这时,保罗·吉尔决定"修正数据"——由精通数学的道格·约翰斯顿负责对所有数据进行"合理修正",以便让"小男孩"在表面上接近新能集团的需要,促使他们资金到位;而在背地里,BT气候实验室继续从前的研究。为了杜绝黑客的窥视,他们两人都只在线下分头工作,一旦有所突破后再相互沟通。

这是一种借鸡下蛋的策略,也是一个欲擒故纵的计谋。在保罗·吉尔看来,理想主义的光环不会环绕科研的全过程。科学家们需要四处乞讨科研经费,也会迫不得已地出卖操守,这就是当下科学研究的生态环境,除非我们拂袖而去。可是你我舍得拂袖而去吗?我们当初合伙创建BT气候实验室,就是要搞出我们自己的气候模型。现在成功指日可待,没理由不再坚持下去!伟大的事业从来都需要巨大的付出,此时需要你我付出的就是,暂时低下我们自以为高贵的头颅!

道格·约翰斯顿的头颅就这样被保罗·吉尔强行按下了。每有风吹草动,两人就发生争吵。特别是在震惊世界的"气候门"事件后,道格更加认定,他们的所作所为与"油滴实验"完全不在一个道德层面上,是保罗丢失科学道德后的心虚与狡辩。保罗一再苦苦相劝,要道格坚守下去,千万不要因一时意志薄弱而断送了他们的梦想,断送了气候模型"小男孩",断送了BT气候实验室。请相信,上帝永远都会原谅像你我这样坚守梦想的人!

道格自杀时留下了一纸空白遗书,摆明了是要带走所有的真相。当外界盛传道格的自杀是对哥本哈根气候峰会的极度绝望时,保罗选择了默认,并将一张相关照片传到网上——道格站在一群示威者中间。示威者们头戴各国政要的照片面具,手举的标语牌上写着"可耻"二字。照片是保罗·吉尔拍的。气候峰会那天道格一直守在贝拉会议中心等待消息。最终,勉强达成的《哥本哈根协议》根本不具备法律约束力。道格理所当然地愤怒了,他和数百名抗议者一起示威游行。这张照片成为道格自杀动机的绝妙注脚。保罗还附上了道格生前写下的一段文字。那些有关南极磷虾的专业词语，顺理成章地成为道格自杀时的肺腑之言。

对道格自杀的造假让保罗·吉尔自感罪孽深重，但科学家的使命感如同一只分量相同的砝码，平衡着他糟糕的内心天平。保罗·吉尔的盘算是，尽快完成"小男孩"，绝对不能让好友白白丢掉性命，而在那之前，他必须背负着羞耻感自甘沉沦。所以在这个夜半更深时分，他只能遵循对方发出的指令，开车驶进曼哈顿岛一个偏僻的码头，在一辆豪华奔驰车旁停车熄火，再一言不发地钻进那辆车里。

坐在奔驰车后座上的人直截了当地告诉保罗，说他们刚刚得知，道格·约翰斯顿在自杀前通过互联网向中国发去了一个容量极大的数据包，那数据包有关气候模型"小男孩"。保罗·吉尔本能地嗤之以鼻，道格死后，网上的不实之词太多了，不足为信！

奔驰车后座上的人打开车载电脑，让保罗·吉尔自己去看屏幕上的内容，我们不是毛头小子，不会因为一个网络传闻就坐不住的。

保罗·吉尔惊呆了——竟然是道格·约翰斯顿的一段生前视频！道格简短回忆了他们两人的同窗情谊，回忆了他们决定投身科学的热血青春，回忆了多年来两人在BT气候实验室里的科研经历。道格说，随着气候模型"小男孩"接近成功，他们两人已渐行渐远。他说保罗越来越深地沦为政客与利益集团的走狗，表面理由是为科学做出暂时让步，内里却是在满足一己私利。道格说，当他发现自己无法改变这一切后，便决定用一种极端的方式把自己解脱出来：将保罗要他删除的同事间往来的电子邮件，包括那些真实的以及被修正过的气候数据，全部汇总为一个大容量的数据包，发给了他所信任的远在中国的气候学家。

道格特别强调说，他这么做只是为了保留原始数据，是要让世人知道BT气候实验室气候模型的真实境况，防止保罗·吉尔在新能集团的挟持下最终弄出一个畸形的"小男孩"。

最后，道格·约翰斯顿以无比殷切的口吻提醒保罗·吉尔：

——这是一封延时发送邮件，当你看到它时，应该是在夏季的某一天；而发往中国的数据包则是一封延时解密邮件，只有到了特定日期，邮件内容才会自动脱密。我之所以如此大费周章，就是要留下足够的时间让你做出正确的选择。你说过，上帝永远都会原谅像我们这样坚守梦想的人——亲爱的保罗，我多么希望这是真的!

保罗·吉尔头脑发蒙地看了两三遍。道格的自杀已经出乎他意料了,道格对数据包的处置方式更令他震惊不已。可是为什么,道格发给他的延时邮件落到了新能集团手上?对方的回答是,由于"气候门"事件的制造者扬言不放过全球所有的气候学家,新能集团就为BT气候实验室提供了网络安全增强服务,我们的网络安全平台将全面保护你们阻止黑客的攻击,包括那些灾难性攻击。

这就是说,整个BT气候实验室早就置于新能集团的网络监视下了!

保罗·吉尔暗自倒吸一口冷气,庆幸他和道格的研究全部改成了线下操作,原本是为了防范"气候门"事件里的黑客,却无意中保全了他刻意筹划的"借鸡下蛋"策略,没被新能集团识破。在这一场错综复杂的较量中,他失去了最好的朋友,却没有失去最重要的东西。

这个意外发现多少抵消了因道格的极端不信任所带来的情感痛苦,让保罗·吉尔的内心有了些许安慰。因而他有意做出随口发问的样子,你们完全可以让我继续蒙在鼓里,为什么要告诉我这一切?难不成道格发往中国的数据包惹出麻烦了?

奔驰车后座上的人不耐烦起来,真要是那样,你们、我们,所有人的努力,全都泡汤了!

保罗·吉尔沉默不语,等待对方继续发作。

那人叹了口气,我们担心的是,道格先生的数据包里可能还有更重要的东西。所以请务必说实话,万一"小男孩"被他拱手送给了中国人,会是个什么结果?

保罗不禁悲从中来,莫不是道格已经做完了气候模型"小男孩"的后期完善?看来道格宁愿把它送给中国人,也不相信他会做出正确处置。显然,他最好的朋友至死都在怨恨他。他突然发起狠来,结果就是,中国人将先于我们拿出当今世界最先进的气候模型,他们将因此而掌控全球气候变化的话语权。新能集团对BT气候实验室的真正期待将彻底落空!所以必须在延时解密之前找回那个该死的数据包!

保罗·吉尔的激烈反应让奔驰车后座上的人看到了某种希望,我们已经去做了,瞄准的是一个名叫龙士峻的中国气候学家,那家伙的多个电子邮箱都被我们的电脑高手翻了个底朝天。如果道格不是将数据包给了他,那么你认为,会是中国的哪位气候学家?

保罗·吉尔非常清楚龙士峻在中国气候学界的地位，也知道他的团队正在研发名叫"气候水晶球"的气候模型，他说道格若想寻求中国人的帮助，龙士峻绝对是个最合适的人选。

奔驰车后座上的人说，或许道格剑走偏锋，选定了中国业内的某个无名小卒？

保罗·吉尔口吻苦涩，中国的大气研究是一个极其庞大的体系，从业人员之众超过任何国家。他们分布在从首都到外省市，再到大大小小的乡镇气象台站，还有许多大学研究机构，更有军方的一个完整体系。要想在这支浩浩荡荡的大军中寻找，谈何容易！

奔驰车后座上的人不软不硬地说，这的确是在大海里捞针，希望保罗先生与我们一起去捞出那根针。那个该死的数据包是悬在我们大家头上的定时炸弹，一旦引爆，没人能够逃脱，包括你保罗·吉尔。

开车驶离那个黑黢黢的码头时，保罗·吉尔内心深处第一次生起了对亡友道格·约翰斯顿的痛恨。道格的擅自行动加大了他与新能集团暗中周旋的难度。

唯一庆幸的是，刚才他成功地掩饰住了自己的真实意图。

五　非罪恶隐匿

陶自牧看到楚航云在对面轻轻落座，立刻就知道自己遇到了挑战。全都是因为楚航云的笑容！她浅淡的微笑温暖宜人，笑意从两只眼睛中轻轻荡漾出来，不假装，也不做作。当他说话时，她安静地注视着他，那目光像是自上而下覆盖着他。这种周身被覆盖的感觉让陶自牧颇为奇异，还没有哪个女性给过他这种感觉呢！

窗外，雾霾霸气地遮住了大半个首都，采访就从雾霾开了头。陶自牧说自己从小到大都非常喜欢大雾弥漫时那种湿润爽滑的感觉。尤其是在干燥的北京，湿漉漉的空气让人感觉置身于南方的绿水青山。我的问题是，大雾从来都是生活中的美好，如今却变得面目全非，这算不算是一种气候变化呢？

从楚航云温暖的笑眼中荡起星星点点的火花，让那笑眼又多了些晶亮的光彩。她说她很高兴就这个问题小小地科普一下，是这样，雾是水汽的大量凝结，而霾是细微颗粒物的大量悬浮；雾的成分是空气中的水分子，而霾的成分是空气中的污染物。这两者唯一相同的是，同属低能见度天气。还有，霾的大量出现属于天气变化，不是气候变化。天气是较短时段内的大气状态，气候则是较长时期内的大气状态，那通常是30年的天气平均值。

陶自牧点点头说明白了，我们看到的都是天气，我们看不到气候。至于气候，那是科学家们长期监测的结果，它们只是以数据形式存放在实验室里。

楚航云笑了，能对复杂枯燥的气候科学做出这种通俗易懂的解读，大概就是一种记者功夫吧？陶自牧说这算不上功夫，只是有感而发。然后他看着笔记本问她，您有过一个主张，说研究气候变化不能只局限于地球系统，还应该扩展至外太空系统？

楚航云不笑了，说那并不是她的个人主张，许多气候学家都持有该主张，包括她的导师龙士峻院士。我们都注意到，无论太阳活动异常还是平静，都直接影响到地球气候。也就是说，只要太阳一发脾气，地球要么感冒着凉，要么热昏过去。

眼见话题正沿着他想去的方向行进，陶自牧适时抛出下一个问题：关于全球气候变化，为什么科学界会有不同的声音？

他本以为她会闪烁其词，没想到她却直抒胸臆，这太正常了！目前没有任何理论能够解释未来气候变化的趋势，大家都是在拿一种叫作"气候模型"的数学方程式说事儿。各家有各家的气候模型，各家的气候模型又有着设计思路的差异性和资料掌握的不同性，因而所有的气候模型都存在一定程度的缺陷，其预测结果必然出现不同的局限性和不确定性。所谓不同的声音，就是这么产生的。

被楚航云举重若轻地这么一说，看似纷乱的气候变化领域顿时显得不那么纷乱了。

陶自牧继续提问，那么你们的"气候水晶球"也是一个有缺陷的气候模型吗？

楚航云十分肯定地点点头，当然。不过我们正以最大的努力尽早完善"气候水晶球"。

该正面出击了。陶自牧把他的笔记本电脑转过去，屏幕上显示着楚航云与道格·约翰斯顿在哥本哈根气候峰会上的合影。楚航云不明白陶自牧怎么会有这张照片，陶自牧说这不重要，重要的是，道格先生会不会对你诲人不倦？楚航云反问道，为什么你认为道格先生会对我诲人不倦呢？

陶自牧不去理会楚航云的不快，继续发问，道格先生会把养育"小男孩"的经验提供给你吗？也就是说，在全球气候变化领域里，科学家们的研究成果会不会全球共享呢？

楚航云再次反问，要是我说道格先生什么也没对我说过，你相信吗？陶自牧说他当然不信，道格先生是一位有国际声望的气候学家，他不会那么小肚鸡肠，至少他会礼貌地回答你三两句。请问，那天他对你说了什么？这对我很重要。

楚航云口吻中带上了讥讽的意味，有多重要？你们当记者的都喜欢臆造事情，最好当事人还能证实你们的臆造，所以现在的新闻都被写成了故事！我可以明确告诉你，你所臆造的所谓"全球共享"故事，根本没发生过！

这种明显缺乏信任的对话让陶自牧顿感烦躁，他努力耐住性子，楚航云女士，我只是想知道，您跟那位美国气候学家见了面，不会不切磋什么问题吧？

楚航云的回答完全出乎陶自牧的意料，她说是道格·约翰斯顿主动走过来的，他只是跟她礼貌性地握了握手，就走开了。她本以为那不过是一种社交礼节，可是有人拍下了那个短暂的瞬间，并且把照片交给了一个中国记者，这怎么看都有些不同寻常了。

玻璃杯里，一片片太平猴魁展现着翠绿而挺拔的身姿。阵阵茶香中，陶自牧说完了那张照片的来历，说完了他与约翰·杰克逊亲如家人的友情，说完了他对约翰之死的看法。他说约翰是他唯一的家人，如今约翰不在了，他与整个世界的通道就中断了，现在他活在这世上的理由就是要挖出那个可恶的凶手，为好友报仇。

陶自牧神情中的愤怒与无助让楚航云无法不信以为真，然而整件事情可谓疑点重重：为什么会有人拍下那张照片？若拍照者就是那位美国记者，那么他是正好在场，还是在暗中追踪？可他为什么要追踪道格·约翰斯顿？难道就是他追踪的东西让他丧了命？最为诡异的是，为什么大洋彼岸的两个美国男人会跟她扯上瓜葛？而且他们两个全都死于非命……

这一连串的问题也是陶自牧想弄清楚的。直觉告诉他，一定有什么重大秘密正围绕着楚航云，只是她自己不知道而已。两人分手时，楚航云用U盘拷走了那张照片，说有个办法可以从照片中辨认出拍照者，但需要她单位里的电脑高手做一下技术处理。

田家小楼今夜灯火通明,再加上田汀汾与楚航云在厨房里一唱一和地哼着歌,似乎整个空间都沉浸在美妙与甜蜜之中。然而谭英天完全不知所措。这两个哼着歌的女人,一个是他刻骨铭心的初恋,一个是他厮守多年的发妻,就如同是他的左右手,伤到哪一个他都会疼痛,而若是其中的一个伤害到了另一个,那疼痛将会翻倍。

他想不明白田汀汾到底要干什么。她满世界地找到楚航云并大张旗鼓地拉她住进家里,还兴头十足地当起了热情周到的女主人,实在是既反常又怪异。偏偏楚航云全部接招!她早就不是从前不谙世事的小女兵了,她俩的关系也早就不单纯了,可她俩却配合默契地唱着和声!还是从前她们曾用和声唱过的新疆民歌《送你一支玫瑰花》。她俩的和声跨越了时空,似乎从来就没分开过。

快乐的家庭聚餐开始后,谭英天仍然忧心忡忡,架不住田绍德一再要庆贺,只好陪着老岳父一杯接一杯地喝酒。酒盅是楚航云刚从湘西带回的"洪江瓷器",通体透明而小巧,即便频频干杯也不会喝下太多。想当年,南方基地的官兵们探亲回家,必须"走后门"才能弄到一两件这种出口转内销的精美瓷器,现如今,那里满大街都在卖"洪江瓷器"。

楚航云说,这就是湘西的变化之一,她很高兴每次回去都能发现一些变化。田绍德则一个劲地感慨说,小楚同志,你可没什么变化,你还像从前那样谁也看不上眼,谁也不想嫁!我这辈子后悔的事不多,最后悔的就是当初没有下命令让你嫁人。我看中的那几个小子,个个都很优秀,现在都是将军了!田汀汾反对父亲这样说,航云要的是爱情,在这方面我坚决主张宁缺毋滥!田绍德说,爱情是谈出来的,不会都像你一样,嫁给了一见钟情的男人。

田绍德说着又要跟谭英天干杯,我这辈子最幸运的,就是你谭英天当了我女婿。老伴儿去世前一再叮嘱我,说谭英天娶了咱女儿是田家的福分,必须让他们两个白头到老。来,大家都端杯,为你们两个的白头到老,干了这杯酒!

碰杯的时候人人都泪光闪闪,田绍德的话触碰到了每个人的心事。出于种种原因,他们每个人都对在座的某人有所隐瞒,这才让他们今天能够相安无事地把酒言欢。人生最纠结的事情就在于,那些非罪恶的隐匿,究竟该在何时结束,才不会伤害到家人?

这顿晚餐比平常丰盛许多,完全违背了田汀汾的养生习惯。她说其实她这是在投石问路,想看看楚航云爱吃什么菜和不爱吃什么菜,以后就知道该做什么了。许多年不见,通常人的口味是会变的。田绍德说他就知道一个很典型的故事，有个小伙子离乡多年回到家中，因个头和面容变化太大，父母使出种种办法鉴定真伪。当小伙子面对羊肉狼吞虎咽后，父母认定这是个冒充者，因为他们的儿子极其厌恶羊肉，一吃就吐。这事闹到法庭上，最终小伙子被免除了欺诈罪，因为神经医学认定，人的口味在一生中会发生多次改变。

不等田绍德说完，楚航云已经眼泪哗哗了，她说自己的口味一点儿都没变，还是爱吃汀汾姐做的菜，不管做什么她都爱吃，而且她想永远吃下去。说着就一个劲地夹菜，直到嘴巴里塞得满满的，直到塞得再也说不出话来。田汀汾也动了情，含泪劝她慢点吃，别噎着了，这些年来我潜心研究食补之道，以后会一道道地做给你吃，也会手把手地教你做，那可都是我费心费力琢磨出来的好点子，我可不想带到棺材里去！

这下楚航云愈加收不住泪了。田绍德直怪女儿不会说话，我离棺材都还远着呢，轮得到你吗？就像是被当头敲了一棒，田汀汾和楚航云都愣了一下，又都很快破涕为笑。两个人异口同声地说必须罚酒，然后双双将酒杯倒满，再双双举到田绍德面前，一齐仰脖喝下，都杯底朝天地让田绍德看，连眼角的笑意都一模一样。田绍德被她俩逗得心花怒放，也干了杯中酒，也杯底朝天地让大家看。田汀汾放声大笑，紧随其后的是楚航云的大笑声，听上去就像是在给田汀汾的笑声配上了二声部。

谭英天内心里的忧虑在加重。这两个女人很像是在演双簧。她俩什么时候变得如此步调一致了？田汀汾的兴奋劲也让他心生疑团，她的样子像是完全丢弃了对楚航云的嫉恨，就好像他们三人间的复杂关系从来就不曾存在过。

这么多年过去了，他从没亲口证实过妻子的猜测。有时田汀汾会流着眼泪问他，你究竟要到什么时候才会承认你爱楚航云？当年你把自己一分为二，把身体给了我，把内心给了她，这是为了什么？既然没有爱情，为什么要向我求婚？就因为我是司令员的女儿吗？

无论妻子说出什么狠话，他都不能泄露天机。那是一场必须完成的交易。从一开始他就知道要承受随之而来的一切，不只是付出青春与爱情，还包括来自妻子的质疑，更有外人对他趋炎附势的猜忌。如果有人必须为某个目标做出牺牲，那便是一种无法抗拒的宿命。但这事都过去好多年了，他的感情世界早就静如止水了，可为什么田汀汾倒突然汹涌澎湃起来？她的样子很像是在催促大家回到从前，偏偏楚航云还愚蠢地一再接招！

上餐后甜点时，谭英天面色平静地交代田汀汾，把他和楚航云的甜点送到书房去，他有话要跟楚航云谈。他扔出的这颗小石子立刻就起了涟漪——只见田汀汾飞快地向楚航云使了个眼色，然后两人相跟着走进厨房，关起门来嘀咕了好一阵子。待到她们走出厨房，两人高声谈论着如何像面点大师一样做出既好吃又可爱的焦糖玛奇朵。

今晚她们制作的是柠檬小蛋糕，摆成一圈盛在玻璃器皿里，楚航云端进谭英天的书房，兴致勃勃地说着制作柠檬小蛋糕的全过程。从打第一只鸡蛋说起，一直说到如何添加柠檬汁，如何给蛋糕造型，以及如何放进烤箱去烘焙。对了，保证蛋糕松软的小秘方，就是烘焙的时候要在烤箱里放上一小杯水……

她突然停下来，自己都觉得太做作。这些天她一直躲避着谭英天，生怕他怪罪她当年的不辞而别与人间蒸发，此时面对着谭英天的直视，她还是乱了阵脚，以至于废话连篇！

谭英天叹息着，跟我单独谈话，让你很紧张吗？

这熟悉的嗓音低沉地带出隐隐的怨气。老天，这么多年过去了，他嗓音中的某种特质依然能够击中她最柔软的地方。楚航云紧紧地闭着嘴巴，生怕说出什么不合时宜的话来。

谭英天干脆单刀直入，这么多年后你又突然出现在这个家里，一定是有原因的，希望你像从前一样对我坦诚。这很重要！

谭英天近乎乞求的口吻就要击溃楚航云顽强构筑的心理防线，她觉得自己就要和盘托出了，却见谭英天突然情绪激动起来，为什么不说话？你和田汀汾到底在搞什么名堂？我知道，你们两人我都对不住，我既欠你的，也欠她的！这笔感情债我谭英天一辈子都还不起！但是这么多年过去了，大家都到了这个年龄，我不希望再惹出什么是是非非来！

楚航云发现自己正在反唇相讥，感情债是吗？这么多年来只有您在背着感情债吗？我也背着呢！我们两个人都欠汀汾姐的！所以当她找到我，希望我像从前一样与她姐妹相待，希望我能住到她身边时，这等于是在对我发出大赦令啊！她这是在给我一个宽恕的机会，我当然要紧紧抓住这个机会来还债了！她让我做什么我都会去做，哪怕是要我捐献器官，我都不会眨一下眼睛！

楚航云这番话情真意切，说的也都是基本事实，见谭英天仍然心存疑惑，她决定将已经钉下的这颗钉子钉得更牢靠一些。她从桌面书台上抽出一本书，是弗拉基米尔·列宁的《怎么办》。她十二岁时在桂林图书馆里第一次遇见谭英天，他就在看这书；后来此书再版，她排了一上午的队，买来这书送给他。

如今这书已被翻得书页卷曲，许多地方都留下了密密麻麻的眉批。扉页上，她当年的赠言已字迹陈旧——"熟读列宁的著作能够让人变得深刻，变得具有洞察力"，这是您对我说过的启蒙之语。我记住了，现回赠给您！

这本陈年旧书几乎承载了他们两人过往中的全部重要信息，如今它还是被放在如此醒目的地方。楚航云举着这书问谭英天，您还能不能像从前一样信任我？能，还是不能？

谭英天好一会儿没说话，最后重重地点了点头，为这场危机四伏的谈话解除了警报。

楚航云绽开满脸的笑容，用轻快的语调大声说道，现在您可以品尝我们的柠檬小蛋糕了吗？一口一个地吃下去，绝对让您体会到什么叫作幸福连连！

她提高嗓音的用意太过明显，分明是要让站在书房外的田汀汾能够听到。谭英天不打算戳破她这个小伎俩，事实上他多少被她说服了。这两个女人并肩作战的架势不像是要互相伤害，倒像是要共渡难关，有着一种显而易见的彼此支撑。谭英天觉得要是他再纠缠下去，倒显得他太不男人了。于是他狼吞虎咽地把摆在面前的柠檬小蛋糕一扫而光，又让楚航云再拿一些进来。田汀汾听到后惊喜交加地跑到厨房，把整个烤盘都端了过来。

这下惊动了田绍德，全家人都站在书房门口看着谭英天一口一个地吃柠檬小蛋糕。田绍德诧异女婿从什么时候起这么爱吃甜食了，田汀汾和楚航云则异口同声地说，那是因为我们做的柠檬小蛋糕实在是太好吃啦！

田汀汾脸上笑意荡漾，很满意她的隐秘计划正在按部就班地向前推进。显然谭英天和楚航云都被成功地蒙在了鼓里。奇怪的是，一种从未有过的感觉正缓缓漫过她的全身，让她既满足又揪心。她发现自己竟然迷恋上了眼前虚幻的美好，恍若又回到了简单而清纯的青春时代，他们三个人还是亲密而单纯的三人行，没有背叛，没有怨恨，更不曾有过被她母亲接生后又悄悄送走的可怜男婴！时光正在快速倒转，她看到了曾经的青春时光，看到了红五星与红帽徽在他们三人身上交相辉映，渐渐汇集成一片红光闪烁的明亮天地……

田汀汾听到了楚航云撕心裂肺的呐喊——汀汾姐，你不许死！我还有好多事情没告诉你呢！你必须听我说，你必须听！然后，救护车的鸣笛声将她整个人包裹了起来；再然后，急诊室里浓烈的来苏水味冲她扑面袭来……

六　阴谋链

　　纽约BT气候实验室有着当今之世最先进的科研设备，每一寸空间里都散发着不可言说的科学魅力。每当有参观者羡慕地注视着这些正在实现科学梦想的男女科学家，羡慕他们不用为资本打工时，只有保罗·吉尔知道，连他在内的每一个人，都是在为新能集团打工。

　　保罗·吉尔早就背着所有人卖掉了BT实验室的所有权，所谓的新能集团资助款项，不过就是BT气候实验室的出售价。新能集团的条件苛刻，除非买断，否则免谈。起初保罗·吉尔断然拒绝。BT气候实验室是他和道格·约翰斯顿共同养育的孩子，他知道道格绝不同意卖掉。但接踵而来的危机让保罗无法再支撑下去——因负债额度过大而被银行中断了贷款，因长期拖欠房租而被物业告上了法庭，因欠缴巨额电费而遭电力公司停电警告。由于气候模型研发需要多台计算机在联网状态下持续运算，一旦停电将前功尽弃。

　　签完卖身契那天，保罗·吉尔躲起来独自大醉了一场。此前他一直在勉强维持着BT气候实验室的正常运转，如同一位家道衰落的贵族，表面上的锦衣玉食不过是变卖家底而强撑出来的表象。此时他私自将BT气候实验室整个卖掉，伤害到的不仅仅是道格·约翰斯顿，还有团队里的其他科学家。那些怀揣科学梦想的男男女女跟着他奋斗了好多年，将他看成是带领大家走向科学耶路撒冷的摩西，要是他们知道他连实验室都保不住，那他将失去整个团队。可他没想到道格更过分，竟然将BT气候实验室的核心利益拱手送给了中国同行！

　　道格·约翰斯顿的工作室门窗紧闭，所有物品的摆放仍然是主人生前的样子，只是蒙上了厚厚的灰尘。当初保罗下令封闭这间屋子，是要留住道格的生前气息，他无法接受合作多年的好友说没就没了。道格的电脑满布灰尘，道格生前做了什么说了什么，这里应该有迹可寻。保罗轻敲键盘，手指触碰处，只觉得道格的指温依稀尚存。

　　电脑里面一片空白，没有文件，没有图片，没有电子邮件，连上网痕迹都没有。保罗用了多种方式试图恢复，全都归于失败。显然道格刻意删除了全部。一个声音在提醒保罗——全部删除本身就是一种信号，表明这部电脑里曾经有过重要内容。人性的定律之一就是，当我们刻意隐瞒什么时，其实是在变相坦承什么。

　　傍晚时分，保罗·吉尔带着道格的电脑到一位软件程序设计师家中求助。

那家伙号称能攻破所有的防火墙而不会被发现，他能看出防火墙的设计漏洞在哪里，也知道哪些漏洞是安全管理者故意设下的陷阱，但他从不去碰人家的防火墙，说这是高手最起码的自律。至于恢复电脑硬盘，通常他都懒得去做，觉得太雕虫小技。

保罗·吉尔抓住他的软肋，知道这家伙超爱苏格兰威士忌，所以连同电脑一起带去的，还有一瓶"尊尼获加红牌"。它在众多威士忌酒迷心中地位至尊。那方形的瓶身和倾斜式酒标魅力四射；而那深邃而精致的调配口味，有如在与最性感的女人肌肤相亲。因而心气高傲的软件程序设计师立刻答应为保罗恢复电脑硬盘，三天之后全部搞定。

保罗开出的价码是，要是能明早全部搞定，他会再带来一瓶"芝华士25年"。

软件程序设计师惊喜得眼珠子都要瞪出来了。"芝华士25年"可不是个小角色，那是芝华士公司特别调制的限量版，奢华而传奇，每瓶酒都标有独一无二的编号，以极端的方式表达着纯正的苏格兰血统。如此尊贵的藏酒，他不相信有人舍得拿出来，保罗·吉尔撂下话说，到了明天早上，只要我能拿到我要的东西，它就是你的了！

天亮之后，保罗·吉尔和软件程序设计师都如愿以偿地拿到了自己想要的东西。那瓶全球独一无二的"芝华士25年"，原本是要为气候模型"小男孩"做庆功酒的，如今用在了这个环节上，在保罗·吉尔看来也算是物有所值了。

全面恢复了的电脑硬盘，将道格刻意抹去的一切重新再现。浏览着同事之间大量的电邮往来，保罗想起了BT气候实验室的早期盛况。那是一连串共同追求梦想的日日夜夜——会为了某个数据或推论而争吵不休，更会为取得了某项进展而惊喜交加。这些电子邮件再现了BT实验室黄金时代的美好，却没有保罗最想看到的那部分——道格对气候模型"小男孩"的后期研制成果。这才是道格最想隐藏的东西，看来他事先防备了电脑硬盘被恢复。

但有个细节很蹊跷，那软件程序设计师告诉保罗，之前已经有人恢复过那台电脑的硬盘。保罗一听时间，竟然是在道格死后！事情明摆着，有人抢先做过了他刚刚做的事情。无论那人是谁，想必同样一无所获。

死亡的气息和失败的味道挥之不去，很像是道格的阴魂在频频阻挠。保罗·吉尔昏头昏脑地歪倒在长沙发上，想不明白道格是从什么时候起对他彻底失望的。他们两人的确是争吵不断，也常会把对方大骂一通，但从来都不会离心离德。究竟发生了什么，让道格宁愿自杀也不愿像从前那样对他吐露心声？

沙发很软，保罗的身子半陷进去，被包裹的感觉让他昏昏欲睡。通常道格工作晚了，就睡在这张沙发上。一个略显冰凉的东西触碰到保罗的手指尖，那东西深陷在沙发坐垫缝隙里。保罗将它取出后，顿时泪湿——正是道格的黑莓手机！

黑莓手机早就没电了，但在寻找充电器的当儿，保罗蓦地神情亢奋。充电后的黑莓手机竟然可以正常使用！保罗立刻查看手机中的所有文件，最终在图片库里找到了线索——这是一张道格·约翰斯顿与一位中国女人握手的照片，两人都端着一只咖啡杯。照片背景有些模糊，但能看出是在哥本哈根气候峰会的茶歇场所。

只需上网搜索一阵，保罗·吉尔就知道他接近了道格精心设计的谜团。这位名叫楚航云的中国女人，是中国著名气候学家龙士峻研究团队中的核心人物，正在领衔研发气候模型"气候水晶球"。道格若是将数据包寄给一位中国同行，她应该是个合适人选。问题在于，道格为什么对她如此信任？这位中国女气候学家对气候模型"小男孩"究竟知道多少？

网上资料显示，这位中国女气候学家在中国颇有名头。近年来她以气象专家与气候学家的身份参与了中国几乎所有的国家大事。从北京夏季奥运会，到中国国庆庆典，再到哥本哈根气候峰会，都有她的身影。所有的资料都没提到她的婚姻。一个年近五十且相貌迷人的知名女子没有婚姻，难免令人浮想联翩。或许道格迷上了她？道格有过一次痛苦的婚姻，他曾发誓要远离女人，但是一位富有东方情调的美丽女子，很可能会颠覆道格的偏见。

有关楚航云的最新报道是，"气候水晶球"研发取得了突破性进展，中国有望在下一次国际气候峰会上发布全球气候变化大趋势。保罗猛地一激灵：BT气候实验室之前得到过美国情报人员提供的绝密信息，认为龙士峻团队的"气候水晶球"在研发思路上很接近BT气候实验室的"小男孩"，但其进度却落后于BT气候实验室，原因在于，BT气候实验室在拥有气候数据方面遥遥领先于中国同行。

保罗·吉尔再次去见那位软件程序设计师。他想知道，要是提供一个人名，是否就能找到那人的互联网邮箱？软件程序设计师回答说，你这是在问我有没有胆量到网上去犯法，不，我从不做犯法的事！

这已经是保罗·吉尔想要的答案了。他抓过一张纸，写下楚航云名字的拼音，这是个中国女人，希望你能找到她的电子邮箱，这事很重要！

软件程序设计师轻轻一笑，有多重要？事关国家安全？

保罗点点头，差不多算是吧。

软件程序设计师又笑了，您在蒙我。我知道您是做气候模型的，跟国家安全不沾边。

保罗·吉尔神色肃然，气候模型是什么？就是一座用海量数据搭建成的巨型大厦，而气候数据，就是搭建这座巨型大厦的水泥钢材。知道世界上谁拥有最多的气候数据吗？是美国海军！从二战起，美国海军就在全球各大海域部署浮游传感器，数十年累积下来，那些不可计数的浮游传感器所收集到的海洋和大气数据已堪称海量。高分辨率的气候数据一直被列为军事机密，只对BT气候实验室这类美国本土科研机构开放，而对外公布的，只是一些低分辨率的二手气候数据。现在有人私下把数据给了这个中国女人，当然事关国家安全了！

软件程序设计师不笑了，您为什么不报警？中情局有的是办法黑进任何一个邮箱里。

保罗叹息着，要是那个人是你最好的朋友，而且他已不在人世，你会报警吗？

看软件程序设计师没作声，保罗又说，那是个延时发送邮件，我要在发送前找到它。

这回，保罗对软件程序设计师做出了更大的承诺——作为对他关键时刻出手相助的回报，BT气候实验室将持续为他提供最优质的威士忌，只要我们在，你的威士忌就在！

说完这话，保罗·吉尔立刻转身离开，他没勇气再多看一眼这张年轻而轻信的脸庞。

事实上他真正担心的，不是那些高分辨率气候数据会落到中国人手中，而是那些做过"合理修正"的气候数据落到中国人手中。那才是高效力的定时炸弹！

保罗·吉尔完全不知道自己又一次充当了帮凶。当他说服软件程序设计师追踪道格·约翰斯顿发往中国的数据包时，在纽约的另一个方向上，在那座地下室里，黑客狼却在追踪着保罗·吉尔的举动，因而软件程序设计师找到的所有东西，同样也都被黑客狼悉数斩获。

此时，黑客狼边敲键盘边得意地哼着歌，将他的新发现报告给大人物雇主，只觉得自己是天底下最聪明的猎手——只需跟在别的猎手身后，无须花费一颗子弹，就能收获猎物。

然而大人物雇主发来的新指令是一个再严厉不过的警告：如果你从这个中国女人身上拿不到我要的东西，我保证，你很快就要进联邦监狱了！

远在中国北京的楚航云，对大洋彼岸因她而起的那一切一无所知，正在圆明园公园里独自慢跑。晨间慢跑是她保持多年的生活习惯，可以溯源到当兵时的出早操，而人迹罕至的荒僻小路则有助于梳理思路，常会令她灵光乍现。"气候水晶球"的多个难点，就是在这种晨间慢跑中找到了破解妙方。

这个周末的早晨，楚航云的焦虑来自她内心里的挣扎。她在田汀汾晕厥时发出的撕心裂肺的呐喊，说她有好多事情要告诉田汀汾，那都是真的，她分分钟都想去田汀汾的病床前和盘托出那一切。可她该怎么说，才既对得起田汀汾，也不会伤害到谭英天，又不会引起老司令的不快，更不会辜负丁希阿姨当年的救命之恩呢？她这一生都深陷感情的泥沼，之所以一次次地躲过灭顶之灾，靠的全是他人的帮助和及时降临的运气。但这次完全不同，无人可以帮她，更不可能奢望再有运气……

一个人的突然出现打断了她的思路。是一身运动装的陶自牧。晨光映着他满脸的汗水，看上去阳光而帅气。他说他跑遍大半个圆明园都没看到她，最后断定，很可能是在这一片荒僻处，果不其然！楚航云皱起眉头，问他为什么要跑遍大半个圆明园来找她，有什么特别要紧的事情不能等到上班吗？只见陶自牧两眼发直地看着她，因为我有个重大发现！

陶自牧将楚航云拉到路边石头上坐下，用手机调出一个电子邮件让楚航云看。那邮件来自约翰·杰克逊。约翰说我不再写小报文章了，我开始成为真正的新闻记者了，我将爆出一个重大内幕。给你的附件是一颗炸弹，那篇新闻稿能让一些位高权重的人就此完蛋。请注意明天的《纽约城市报》，那是我的第一步行动，后续将披露更多更深入的真相。再次重申，我在创造历史！

附件里的新闻稿标题很火爆：《利益集团与政客暗中操纵气候数据，制造又一个"气候门"》。文中说到又一个"气候门"正在美国境内惊现，说到气候数据正在被暗中操纵，说到国会议员威廉·罗朗极力推出的《美国新能源战略法案》带有强烈的产业利益倾向，是美国新能集团与政客间的秘密交易。

至于消息来源，约翰·杰克逊含糊其词地称之为"一位不愿透露姓名的圈内人士"。

陶自牧神情凝重地望着楚航云，这里面说到的事情可不轻，除非你我的英文阅读有问题。见楚航云肯定地摇了摇头，陶自牧又说，那么接下来的问题就是，这篇新闻稿为什么直到今天都没见报？是谁让它石沉大海？谁最希望它石沉大海？显而易见，就是美国新能集团和那位美国国会议员，说不定还有纽约BT气候实验室！

楚航云被他的话吓了一大跳，你这是在指控犯罪！有没有这么一种可能，你那位记者朋友后来没找到什么证据，所以这事不了了之了？

陶自牧差不多是在咬牙切齿，我倒认为更大的可能是，就因为我的记者朋友找到了足够的证据，他才被杀人灭口的！想想看，为什么道格与约翰都死于非命？他们两人不是突然自杀，就是突遭车祸，这不会是一种巧合！再想想看，道格所在的纽约BT气候实验室，出资方正是新能集团，如果向约翰爆料的人就是这位道格先生，那么可以断定，他之所以自杀，就是对罗朗议员和新能集团，包括纽约BT气候实验室极度失望。偏偏约翰发现了这一切，所以约翰就被车祸灭了口！我甚至都怀疑，道格先生不是自杀，而是他杀！

此时的圆明园，晨练的人已明显增多，陶自牧压低声音说话，不想被人听到的样子，让楚航云觉得十分诡异，她突然有些不快，我跟那两位远在大洋彼岸的先生，还有那个新能集团以及那位罗朗议员，没有任何关联！真不明白为什么你总对我说这些事情！

陶自牧请她换个思路，就会发现她跟他们全都有所关联。您也是一位气候学家，您也在研究气候模型，您还在帮着新能集团在中国拍摄纪录片，那位沈飞扬导演，就是您当年的战友，而那部系列纪录短片，正是罗朗议员《美国新能源战略法案》的宣传平台，您……

楚航云生气地打断了他的滔滔不绝，沈飞扬绝不会当任何人的帮凶！他就是在美国再待上十年、二十年，他也是个爱国者！

陶自牧要她别激动，先听他把话说完。无论沈飞扬是不是个爱国者，我都相信那部纪录片肯定不会曲解中国，因为罗朗议员想要的正是一部客观真实反映中国气候变化的纪录片。美国国内不缺对中国问题的曲解，缺的就是客观真实。在美国的政治精英中，像罗朗议员这样对亚洲事务有着清醒头脑和睿智见解的人不多。他不仅聪明地选择了拿中国说事，还睿智地选择了真实客观的态度，所以《气候见证者》拍得越是客观越是真实，就越有可能让罗朗议员的那个法案显得与众不同，有望引起广泛关注，有望获得国会通过。

楚航云不无惊讶地问他是怎么知道这些的，陶自牧说，这些事情全都在网上，我只是对大量信息做了一番融会贯通后的分析与研究。陶自牧的声音更低了，我能感觉到约翰的新闻稿不是空穴来风，这里面肯定藏着一条极其隐秘的阴谋链……现在，那条阴谋链已经悄悄来到了中国，来到了您身边，而沈飞扬……

陶自牧的声音越来越低，后来就听不清他在说什么了。他的眼神开始涣散无光，身子软软地瘫下去。楚航云惊愕不已，连连问他这是怎么了，要不要送他去医院。陶自牧勉强露出一丝笑容说，一直在网上穿来穿去的，几十个小时了，没吃……也没睡……

在开车送陶自牧去她家的路上，楚航云这才猛地醒悟到，刚才她和陶自牧的所有对话，都是在压低声音中你来我往的。除了当年与谭英天在图书馆里，她还没跟什么人用这种方式说过话呢！这简直太奇异了。

大半个上午楚航云都没离开家。她将陶自牧扶到沙发上躺下，见他很快睡着了，便开始去厨房里为他烹制食物。冰箱里的食物不多也不少，足够她做出三菜一汤的湘式午餐。偏巧她家的餐具都是古色古香的陶制器皿，更增添了这顿午餐的湘味湘韵。陶自牧醒来后，欢快地坐到餐桌旁，鼻子一个劲地嗅，就是不动筷子，说是舍不得让这些美味佳肴消失在自己的大嘴巴里。楚航云笑了，直夸陶自牧是个有情操的食客，懂得体恤掌勺人的辛苦。

陶自牧露出调皮的笑容，怎么就知道我这不是在变相地要求多来您家蹭饭呢？

没等楚航云回答，陶自牧突然眼圈发红了，知道我为什么这么喜欢湘菜吗？我一直就觉得，我的生命与这个菜系息息相关……

楚航云的手机被卫星监控定位了，她所有的通话，都跨海过洋地来到纽约下城那幢老式建筑物的地下室里。现在是纽约深夜，各类显示器和电子装置正不间断地工作着。楚航云的声音从大大小小的仪器里清晰地传出来——在帮朋友一点儿小忙……他有些虚脱，现在没事了……汀汾姐，您一定要出院吗……我知道，没人愿意住在医院里。请一定要等着我去接您回家，因为老司令说过，等您出院的时候，他要我带着他一起去接您……

黑客狼头戴同步语音翻译机仔细监听。视频上显示着中国北京城区的电子地图，看得出，被定位的目标位于城市北部。

一小时后，被定位的目标沿着北京四环路向西北方向移动，最后进入一片建筑群。

黑客狼将这片建筑群的电子地图放大再放大，可以看出这是一片军队营区，可以看到门岗卫兵稚气未消的脸庞，可以看到树木成行的营区道路，可以看到布局整齐的高低楼群。最后，被定位的目标消失在一座老式小院里。

黑客狼立刻向他的大人物雇主发出信息：已锁定中国女人。

第五章 危局

一　政客秀

国会山今天游客众多。逢到特别开放日,这里的某些局部就成了人头攒动的国际集市,各国语言交织出的奇异声浪便掠过一条又一条走廊。当这声浪渐渐临近国会众议员威廉·罗朗办公室时,议员放下手中书本,抬头望着敞开的大门。

罗朗议员用微笑迎来一张亚洲面孔,小伙子操着流利的英语说自己是来自中国北京的大学生,说他知道罗朗议员正鼎力相助并主导着一部关注全球气候变化的系列纪录短片《气候见证者》,也知道华裔导演沈飞扬先生已经在中国境内拍摄了许多内容,这都是因为罗朗议员主张用客观真实的态度让国际社会看到气候变化中的中国。他还知道,美国政治精英中对亚洲事务持有清醒头脑和睿智见解的人不多,而罗朗议员正在其中。

罗朗议员握住中国小伙儿的手说,很高兴看到中国的年轻人支持我对气候变化的关注。

中国小伙儿口气坚定,气候变化更关乎地球上所有的年轻人。我们的未来和我们儿孙辈的未来,都掌握在你们这一代政治家手中。我是特地进来向您表达敬意的。

罗朗议员肃然起来,说他正极力推动的《美国新能源战略法案》,就是一个立足当下、基于未来的法案。我非常清楚,这个法案若是缺乏对中国的客观了解与睿智考量，即便国会通过了，也是一只走不快的跛脚鸭。美国社会需要看到一个客观真实的中国，而不是我们主观臆想中的中国。如果你和你的朋友正好碰到《气候见证者》在拍摄，希望你们积极配合！

中国小伙儿两眼发亮地说，我已经两次参与了，将来您可能会看到我在镜头前的表现。然后他提出，想参观一下罗朗议员的办公室并用手机拍些照片。

见罗朗议员微笑着点头应允，中国小伙儿兴奋得拿着手机拍了又拍。他拍下了《美国新能源战略法案》的宣传口号："立刻开始！我们能做到！"拍下了挂在墙上的《大国温室气体排放比例图》，拍下了桌面上来自各方的气候变化报告。他说他要把这些全都放到网上，让那些无缘接近罗朗议员的人都来关注罗朗议员，关注《美国新能源战略法案》，关注罗朗议员主导的系列纪录短片《气候见证者》在中国的拍摄行动。

中国小伙儿的热情洋溢让罗朗议员看到了大学时代的自己，他夸赞中国小伙儿有着从政的热情和潜力。中国小伙儿说他的确是有从政的打算，正在备考政府公务员。我们中国有句话叫"借您吉言"，要是我能跟您合个影，那可就是"借您吉像"啦！

他们两人的合影，背景就是那张《大国温室气体排放比例图》。罗朗议员说，这个背景很有意义，你的国家和我的国家都在这张图上，这表明了我们两人的使命。

中国小伙儿握手告别时，一脸郑重地祝愿罗朗议员的法案早日被美国国会通过。我相信，只要是清醒的美国人，一定会支持您的法案，因为支持您就是支持美国人民的未来！

这场短暂的政客秀，让坐在这间大办公室最深处的欧文·派克无比惬意，很高兴罗朗议员对此驾轻就熟并开始享受了。不久前罗朗议员还对此不屑，觉得自己的职责是服务公众而不是取悦公众。欧文·派克就问，要是您讨厌某位供货商，您还会买他推销的货物吗？

那时欧文·派克刚刚当上罗朗议员的幕僚长，正费尽口舌地让罗朗议员相信，《美国新能源战略法案》要想在国会山上得到足够的票数，就必须先在国会山下广而告之，待形成足够的社会热度后，再以火爆的姿态烧进国会，轰轰烈烈地去席卷票数。社会大众从来不会自动接受任何人的政治理念，所以再伟大的政治理念都必须推销。优秀的政治家从来都是推销政治理念的行家里手，他们必得先把自己打造成让公众信服与喜爱的样子，公众才有可能接受他们的政治理念。这是一种水到渠成式的模式，罗朗议员，您有必要尝试一下。

当罗朗议员接受了这种尝试后，欧文·派克便完成了他政治抱负的一小步。在他看来，罗朗议员太率性也太直白，意气风发也许能让一个人走进政坛，却很难让他立足政坛。政坛是个自高自大的家伙，和它傍在一起就意味着要将自己脱胎换骨。重要的不是你喜欢什么，而是政坛需要你喜欢什么。如果说罗朗议员的政治抱负是影响美国，那么他欧文·派克的政治抱负就是全方位地影响罗朗议员，让美国政坛出现一位经他打造出的卓越政治家，最后将其送进白宫。这是他追随罗朗议员的终极目标，是他从中学时代起就被赋予的使命。这种使命在身的感觉让欧文·派克的每一天都过得亢奋而警觉，如同一只守护在议员身边的猎鹰，稍有风吹草动就会戒备地瞪大眼睛，并随时准备猛扑过去驱除任何敌人。

所以今天这场短暂的政客秀让欧文·派克有了一些不安，越看越觉得中国小伙儿有些诡异。一般的中国人通常不会对一位美国议员如此了解，更何况他来自中国的政治中心呢！当中国小伙儿拿着手机拍来拍去时，欧文·派克适时启动监控程序，定位了他的手机。

陶自牧在前往首都机场的路上给楚航云打电话，叮嘱她千万不要对沈飞扬提起圆明园的那场谈话，至少在他外出回来前不要提起。他相信在接下来的几天里，他有的是机会了解到真相。楚航云认为，你完全没必要大老远地跟着沈飞扬去西北拍摄，你也太舍近求远了。

陶自牧说，整个拍摄都是我联系的，早先也答应过要陪同前往，就算是说话算数吧。

电话中，楚航云略为沉默后，极其认真地提醒陶自牧放下对沈飞扬的偏见，如果你能相信我，你就应该相信他。我还是那句话，沈飞扬绝不会当任何人的帮凶，他就是在美国再待上十年、二十年，他也是个爱国者。

陶自牧连连答应着结束通话，心下不由得猜想，这女人若不是曾经爱过沈飞扬，就是时至今日还在爱着沈飞扬。这就是她年届五十而未婚的缘由吗？待到与沈飞扬在候机大厅里见了面，望着沈飞扬依然健硕挺拔的身姿，陶自牧完全可以想见，当年他在一大拨男兵中间会是多么醒目！当年他们两人谁先吸引谁的？或者从一开始他们两人就互相吸引？究竟出了什么状况，让沈飞扬长久消失，再没回到楚航云身边呢？整个飞行过程中陶自牧一直想发问，最终忍住了。万一冒犯了沈飞扬，他将失去为约翰·杰克逊报仇的最佳通道。

这一趟"三北防护林"拍摄被陶自牧弄出了很大的阵势，当地电视台和气象局都在配合拍摄。连市委宣传部都在大力支持，一路打好了电话，结果拍摄车队每到一个乡镇，就都有当地政府的车辆等在公路交会处为他们开道。弄得沈飞扬大为感慨，说他早就知道，如今在国内，成事的根本是关系网，但没想到关系网会如此立竿见影，更没想到陶自牧的关系网会如此深入基层。陶自牧说，那只是记者身份让我有机会在各级政府里交到朋友而已，政府里的人发个话，相关部门就都来支持你了。

沈飞扬很不解，我这是在正面宣传他们，又分文不收，不存在不支持的问题吧？

陶自牧差点笑喷，你一个远在好莱坞的纪录片导演，你宣传不宣传的，对当地官员来说意义不大。他们的支持是冲着向他们发话的上级，不是你！

沈飞扬一脸坏笑，跟每棵树拍照太麻烦，咱来个简单的，航拍防护林行不？

还真就航拍了！供他们航拍的飞机很气派，堪称中国最新型的人工影响天气作业飞机，有国际最先进的云物理探测设备和人工催化设备，至于焰弹发射、焰条播洒以及液态二氧化碳播洒，一样都不少。更配有北斗卫星定位和无线语音通信设备。沈飞扬大呼精彩，一一摄入镜头，它们的存在足以表明，中国人的大气科研已经走出了多远。

最棒的部分是，《气候见证者》有了精彩绝伦的片头！航拍画面是纪录片的奢侈品，其价值如同女人身上的昂贵珠宝，即便不能提高品位，至少拥有品质。只是航拍动静太大，有点儿太张扬。陶自牧要沈飞扬不必多虑，这就叫"官场成事效应"，动静越大，就越能引起广泛关注，也就越能调动各种官场资源，包括那些稀缺资源。

一路飞过去，机翼下面出现了浩瀚的绿色林海，出现了尘土飞扬的黄土高原，出现了两者之间的相邻地带。那黄色与绿色的画面对比极具震撼力，一眼就能看出"三北防护林"这个世纪工程的艰辛与宏大。这时奇观出现了——尘土飞扬的黄土高原上方升腾起片片薄雾，恍若一片片巨大的轻纱覆盖着广漠的黄土高原。沈飞扬冲着陶自牧兴奋地大叫，"地腾现象"！快看"地腾现象"！

这是沈飞扬平生第一次看到"地腾现象"，以往只是在书本中读到过。他大声解读着，在干旱地区，当降水量远远小于蒸发量时，那些没来得及渗进土壤的水分，就会在阳光和地热的共同作用下，瞬间转化成水蒸气，于是就形成了这种薄雾奇观！

飞机正在低空盘旋。机翼从绵延而来的薄雾上方轻轻掠过，既像是在触摸薄雾，又像是在与雾共舞。飞行员是个三十来岁的西北汉子，他说正是这一点让他酷爱驾驶"人影飞机"，虽说从前开民航飞机时薪酬挺高，但他现在的幸福指数更高，因为他可以在天空中自由翱翔。

他们返航时遭遇了"晴空颠簸"。像所有的晴空颠簸一样，它来得毫无征兆，直接就扰乱了飞机周边的气流层。飞机猛地急速下落，将沈飞扬和陶自牧狠狠甩向机舱另一侧。只见飞机在高空乱流中时而上下甩动，时而左右摇晃。沈飞扬下意识地抓紧摄像机，任它随意去拍摄，知道如此拍下的镜头因不可重复而弥足珍贵。整个过程中陶自牧都紧紧地抱着沈飞扬的身子，以便沈飞扬腾出双手去操纵摄像机。

出席当地政府的欢迎晚宴时，沈飞扬和陶自牧的额头都不大不小地挂了彩。主办晚宴的官员说，本来有一道当地野味菜肴最适合为他俩压惊，叫红烧狍子肉，但前两天吃出了人命，政府勒令各餐馆全面禁食了。这位官员以熟稔的口吻介绍着菜单上的菜肴，一一道出它们的食材组成与烹制要点，仔细点评它们对身体的诸种好处，最后的结论是，这些菜肴组合起来一点儿也不输那道红烧狍子肉，不仅有压惊作用，更有养生功效。然后他端起酒杯，向两位远道而来的尊贵客人敬酒，说他们这个默默无闻的中国西部小地方能吸引到像沈飞扬这样的好莱坞大导演，说出去都没人信！来，为发生在我们眼前的这个奇迹而干杯！

这一番热情洋溢且内容扎实的祝酒词，本身就是一道最好的下酒菜，一桌子的人都满脸放光地起身碰杯并干杯。席间，人人都在劝沈飞扬多吃一点儿。他不断被提醒说，在美国你可吃不到这个，在美国你可吃不到那个，给沈飞扬的感觉是，他像是来自一个没什么东西可吃的贫瘠之地，正被一小群坐拥美食的人怜悯着、施舍着。对此，陶自牧的解读是，这就是所谓的故土优越感。人们喜欢炫耀故土上独有的东西。全世界的人都这样。

晚宴主办人指着刚端上来的一道什锦酸辣刀削面大力推荐说，这顿晚餐的精髓就是它！它充分表达了中国哲学思想和中餐烹饪技艺所追求的最高境界——"和"。烹饪这事儿，说到底就是一个"调和"的过程，而面条的烹饪,则将这个"调和"过程表达得淋漓尽致。大家看,首先是面条和什锦面料的调和,不同质感的食材混搭在一起,营养上既互补又相得益彰;其次是酸甜苦辣咸的五味调和,味觉上既丰富又有层次。一碗好面,真的是浓缩了中国饮食文化的精华哩!

沈飞扬很快吃得额头直冒汗,连连赞叹"好面、好面",陶自牧却暗中留意着沈飞扬的摄像机。那摄像机上当真有一个时隐时现的微小红点,而隐藏在他身上的窃听器,当真发出了反窃听的报警振动!

陶自牧的窃听器购自北京一家街头小店。小店号称有来自全球的新奇特电子产品。陶自牧问他有没有窃听器,店主说有一款产自德国的X100窃听器,但你必须告诉我买去做什么,否则我无法提供最有效的使用建议。陶自牧反问道,通常人们买去都是做什么?

店主一副洞悉相,窃听配偶的占百分之八十,另外百分之二十是窃取商业机密和获取官司纠纷的证据,也有一些不入流的记者用窃听到的消息讹诈企业。无论哪种客户,一走进来我就能看出八九不离十。就说先生您吧,你属于百分之八十的那种。

看到陶自牧不置可否的笑容,店主来了谈兴,滔滔不绝起来,其实您老婆不是真的要红杏出墙,她不过就是制造一些麻烦让您有危机感而已。很可能是您忽略了对她的关注,还可能是因为您的长相太招女人喜欢了,她担心您会被诱惑。别以为把女友变成老婆了,就不用费心思了,那样早晚会让她变成别人的老婆。我的建议是,您不必真使用这个窃听器,但您需要让您老婆知道您有个窃听器,这就巧妙地回应了她制造出的危机感,你们两人在心照不宣之下就维护了家庭的稳定。大多数时候,枪不是用来射杀的,而是用来威慑的。窃听器也是这样。所以我卖窃听器一点儿也没有道德压力,我总是建议我的客户们拥有而不使用,就像《孙子兵法》中的那个著名战法,"不战而屈人之兵"。

陶自牧被店主精明独特的销售技巧吸引了,您的意思是,窃听器和枪一样,都是可以用来威慑的?那要是我把窃听器带在身边,会不会也有防范作用呢?

店主心领神会地笑了,先生您是想知道,这种窃听器有没有反窃听功能吗?

接下来的时间里,小店店主都在炫耀X100的性能,说它像大多数窃听器一样,可以通过固定电话、手机、电脑、路由器来窃听目标人物,但这并不算新奇；真正新奇的是这个微型听筒，其特殊材质让它能够吸附任何物体，无论是头发、发夹、耳朵内外、帽子围巾，它都能藏匿其中。它还能够有效吸附声波，这就让它具备了窃听与反窃听的双重功能。

店主说，当目标声音出现时，当你被人窃听时，它会让你的皮肤上有一种怪异的痒痒感，很像是在被性感女人的手指轻轻触碰敏感部位……

出门前，店主极其严肃地发出警告，一旦被追查，我绝对不会承认是我卖给你的。

此时此刻，在这座西北小城里，陶自牧的皮肤上当真出现了怪异的痒痒感。看来店主所言不虚，这种反窃听功能果真让陶自牧发现了那部摄像机的异样。他猜测那里可能藏着一种高性能的远程监听器，它取代了GPS，无须借助卫星，只需安装相应的定位软件，再植入一个间谍软件，就成了一台远程监听器。显然它可以隐身在入侵系统中，说不定还能在窃取用户资讯后伪装成用户本人，在系统里长期潜伏……

望着低头吃面的沈飞扬，陶自牧的头皮直发紧——这家伙带着一部藏有高性能远程监听器的摄像机跑到中国来，绝不单单是为了要制作一部气候变化纪录片！

当天晚上，陶自牧带上几瓶啤酒到沈飞扬的房间里坐了很久，试图对沈飞扬和他身后的新能集团一探究竟。沈飞扬一端上杯，就夸赞陶自牧是那种说话算数的纯爷们儿，我们两人素昧平生，是什么让你对我如此仗义？就为了要下功夫写我那篇专访吗？

放在平时，这样的询问稀松平常，这会儿却让陶自牧顿生警觉，于是他用貌似调侃的口吻回答说，或许是冲着您身后的那个新能集团吧。但凡跟大公司大财团有关，都能让我大感兴趣。沈飞扬直摆头，说他不相信看上去仙风道骨的陶记者会是个喜欢追逐金钱的家伙，一定是对金钱帝国的某个方面有特殊兴趣吧？

陶自牧故作亢奋地一拍桌子，沈导演，你还真懂我！凭我对国际大公司大财团的观察，我发现一个现象，如今的西方世界早已不是从前的世界了，如今是由波音、微软、丰田、松下、拜尔、西门子、洛克菲勒、高盛等大公司大财团所掌控的西方世界。基本上，传统意义中的政党和政府大多已名存实亡，所谓的民主也不再是从前的含义。更重要的是，如今已经不再有纯粹意义上的美国人、英国人、日本人了，国际社会已经被大公司、大集团所操纵，你们都是大公司、大集团的子民。不夸张地说，就算是把白宫、白金汉宫、埃菲尔铁塔等完全拿下，也改变不了这种世界格局！

沈飞扬也亢奋地一拍桌子，对，这就是当今之世不为人注意的最大真相，大公司大财团对西方各国政坛的影响早就是个不争的现实了！不过这有什么不好吗？你看，如今的大公司大财团多数被社会精英阶层所掌控，他们拥有对现代社会和人类发展的科学认知，这便让大公司大财团减少了资本惯有的血腥味道，多了一些政治抱负和社会责任感。其实我倒很看好这样一种前景：当越来越多有政治抱负和社会责任感的大公司大财团在影响世界时，国际社会一定会趋向理想状态，毕竟，大公司大财团比起高高在上的政客们，要更加贴近民生、贴近实体经济，因为他们本身就是民生，就在经济活动之中。

陶自牧顺势将话头引向他最想去的地方，那么新能集团属于你说的这种大公司吗？

沈飞扬毫不迟疑地说出了"当然"二字。照他的说法，伟大的企业都是为人类进步和社会发展提供重大创新产品的企业，比如贝尔，比如微软。看着吧，不用多久，新能集团就能跻身伟大企业之列，他们研发的太阳能新产品将横扫所有的太阳能产品。新能集团的终极目标就是，让人类社会一劳永逸地摆脱能源匮乏与气候灾变这两大当代困境。

陶自牧一脸的不以为然，在这个世界上，说故事的企业太多了。

酒性之下，沈飞扬几乎忘了他与新能集团的约定，他压低声音，两眼闪着神秘的毫光，新能集团真不是在说故事，新能集团是在创造故事！他们创造故事的场地就在一个人迹罕至的大沙漠里，那里发生的一切简直就是美妙的童话故事！当一幢幢小屋用上了新能集团的太阳能产品后，小屋就能自己点亮自己！最绝的是，新能集团的太阳能产品取材广泛，太阳底下随处可得，因而未来的上市价格将低廉到不可思议！

这下，陶自牧多少被惊到了，不由得叹道，果真如此，新能集团将统治世界。

整个过程中陶自牧都有那种怪异的痒痒感，显然摄像机中的窃听装置始终都在隐秘工作。就算新能集团的太阳能产品利润巨大，就算他们需要一部有关中国气候变化的纪录片以布局未来市场，但是带着一部藏有窃听装置的摄像机来到中国，这里面肯定有大猫腻！

远在纽约下城，在那幢老式建筑物的地下室里，陶自牧与沈飞扬的全部谈话都在清晰地回响着。黑客狼将其全部录下，整理一番，发给了他的大人物雇主。

黑客狼唯一的遗憾是无法持续跟踪那个中国女人。龙士峻身边的这位女助手似乎受到了某种特殊保护，不但住进中国军方的一座营区里，还配备了最高级别的反监听反入侵设施。密码设置也不像是普遍使用的哈希函数加密法，因为黑客狼试过了所有的哈希值，全都无法匹配。这女人的工作场所倒是使用了哈希函数加密法，但因设置得太复杂太刁钻，同样让他无法下手。现在只剩最后一招——让系统自行去搜索。这需要等待很久。

黑客狼决定借机出去放纵一下。他都不记得上次走到地面上是哪一天了。

当黑客狼哼着一首摇滚老歌走出地下室，摇摇晃晃地走到大街上时，纽约刚刚醒来。

二　野生黑枸杞的寓意

《首都图片报》各楼层里忙碌而嘈杂。来自各个渠道的消息正在一台台电脑里被梳理，被取舍，被合并。然后，它们被编辑成悉心打磨的文字，被加上吸引眼球的标题，被配以独到诱人的图片。新闻就是这么被生产出来的，在流程和本质上跟生产一根香肠一块蛋糕或是一份冰激凌，没什么两样，都是服务于人性之需。因此陶自牧从来都将报社看成是手工坊，将身为记者的自己看成是生产新闻的手工劳动者。如此明确的世俗性与日常性就是他的职业定位，所以他从不拿自己的记者身份当回事。记者不是作家，记者只负责记录世事，作家才是负责对世事进行思考与升华的人。

所以陶自牧把新闻记者当得云淡风轻，他从不跟主编较劲，也从不跟采访对象较劲，主编不喜欢或是读者不感兴趣的新闻，他基本不去触碰，他只采写那些容易见报的新闻。他很清楚，其实他跟约翰·杰克逊一样，都背离了新闻的宗旨，区别只在于——约翰是用非法手段捕捉新闻，而他是用世俗眼光捕捉新闻，他们两人都离真正的新闻记者相差很远。

但是今天，他的新闻世界乾坤大反转！他在报社的网络邮箱频繁出现状况，看来不是有病毒植入，就是被人恶意攻击了，最大的可能是沈飞扬的摄像机在作祟！在整个西北拍摄中，X100窃听器一直在持续报警。显然接近沈飞扬,就是接近了某种来自境外的危险。

陶自牧一回到北京,就在报社信息系统里紧急下载了一款内部安全软件。这软件可以让他的防火墙在被侵入的情况下自动生成一道隐形防护,如同穿上了隐身衣,能暗中观察入侵者,最终将其擒获。黑客们之所以肆无忌惮地横行天下,就是因为很难被抓到现行,而《首都图片报》自行开发的这个新软件虽然还不完善,但已具有威慑之态。

在等待下载时,陶自牧迅速清理他名下的所有电子邮箱和微博账户,以防入侵者的全面侵入。他名下的电子邮箱实在不少,有的专供上班使用,有的只在下班后才会开启。采访对象和亲朋好友都被他分门别类地归在了不同的电子邮箱里。他的两个微博也很长时间没打理了,起初觉得新鲜有趣,有事没事就在微博上喃喃自语一番,后来觉得挺无聊,感觉像是一只鸟儿在当众梳理羽毛,有搔首弄姿之嫌。

注销电子邮箱的过程温情脉脉,那些来自网站的告别词全都依依不舍,它们感谢他的参与,祝福他的未来,提醒他在注销之前仔细检查邮箱内容,确保不会遗漏重要的未读邮件,请记住,我们的大门永远向您敞开,随时欢迎回家。

陶自牧不禁鼻酸。身为孤儿,他最受不了"欢迎回家"这类词组,每每勾起的,是他生命深处对家的渴望。就是这一阵鼻酸让他在意起来,开始检查那些未读邮件。

未读邮件大多是各类广告,包括网站的积分红包兑换,或是服务升级通知书,要不就是理财红包和打折商品信息。另一部分是陶自牧与采访对象的合影照片或景点留影。数量最大的是来自各地的新闻稿,有请他帮忙发表的稿件,也有基层新闻报道员的习作,全都明码标价地列出了回报金额,请他告知银行卡号。他从来都对这些不予理会。

就在这时,他发现有个未读邮件竟然来自亡友约翰·杰克逊!

只匆匆浏览一下,陶自牧就头皮发麻了。邮件里不仅有约翰·杰克逊先前发来的新闻调查稿《利益集团与政客暗中操纵气候数据,制造又一个"气候门"》,还有一篇《你将获知一个更真实的"气候门"》以及《迷影重重的气候学家之死》。后一篇是重新改写过的新闻调查稿,约翰详细写出了他在道格·约翰斯顿葬礼上的种种疑惑,言辞激烈地质疑了纽约BT气候实验室,直接爆料说,道格·约翰斯顿生前曾亲口对他说过,我能证实气候学家如何在美国新能集团的指使下操纵气候数据。约翰特别提到，新能集团与《美国新能源战略法案》关系特殊，是产业大亨绑架了国会议员威廉·罗朗的政治抱负。

另外一份说明式的文字更是让陶自牧震惊不已。约翰·杰克逊的口气很像是要对什么人和盘托出一切。他详细写出了与气候学家道格·约翰斯顿的初次相见和谈话内容，写出了他们两人的最后一次通话。他还写下了与报社新闻部主任的争执，涉及私人侦探社的讹诈和报社的"窃听文化"。他花了许多笔墨阐述自己对道格·约翰斯顿之死的分析。最后，他坦承了对新能集团的秘密潜入，并附上了在绿能大厦偷拍到的所有照片。

让陶自牧奇怪的是，如此重要的文件，约翰为什么没放在他俩的特别云盘里？唯一的解释只能是，约翰在某种情绪之下点错了网址。但这已经不重要了，重要的是，为什么有人买下了这三篇新闻调查稿，让其不被刊出？为什么在约翰的死讯中对此只字未提？最重要的是，那篇极富信任感的说明式文字究竟是写给谁的？

电脑发出连续的嘀嘀声，提示全部下载已完毕，陶自牧忽然涌起一种瓮中捉鳖的强烈快感——要是再有人潜入他的电脑，他就能当场逮个正着！要是侵入他邮箱的那个人是想拿走约翰·杰克逊的邮件，那么，他很快就能找到约翰之死的谜底！

陶自牧匆匆离开报社，开车直奔楚航云家。看到陶自牧一脸沉重，楚航云欲言又止。她请他在客厅沙发上坐下，递上一瓶矿泉水。陶自牧一把抓过去，仰脖咕嘟咕嘟地喝个不停歇，边喝边死死地瞪着楚航云，像是有许多话顾不上说。楚航云叮嘱他慢慢喝，天大的事，等你喝完了再说也不迟。

待到喝下大半瓶矿泉水，陶自牧深深地喘口气，瞪着楚航云，要是我告诉您，他在那部摄像机里藏着窃听装置，您还会坚持说，沈飞扬绝对不会当任何人的帮凶吗？

楚航云没说话，像是在思忖这话的分量。陶自牧又跟上一句，要是我告诉您，他侵入了我的邮箱，您还会坚持说，他就是在美国再待上个十年、二十年，也还是一个爱国者吗？

楚航云开口了，声音里带着明显的怒气与讥讽，就算你的邮箱被侵入了，可你凭什么把账算在沈飞扬头上？再说了，沈飞扬有必要去侵入你的电脑吗？你电脑里是有国家秘密呢还是有商业秘密？没错儿，你手上是有一张来历不明的照片，可那照片只跟我有关，跟沈飞扬扯不上半点关系！尊敬的陶记者，我知道你的美国朋友死得不明不白，我也知道在这个世界上没有人会是一座孤岛，但是，请不要以寻找真相的名义牵连无辜！

陶自牧咬着牙根不说话，把他的笔记本电脑推向楚航云，让她看约翰·杰克逊发来的电子邮件。楚航云满脸震惊地看完后，仍然坚定地摇着头，就算这里所说的全都是事实，就算新能集团和那位罗朗议员都是恶狼，我也相信，沈飞扬绝对不会与狼共谋！

陶自牧瞪大眼睛，人是会变的！这么多年过去了，他是怎么生活的，都干了些什么，您完全不了解，为什么要如此相信他？！

楚航云加重语气，你不会理解的，这就是我们这代人跟你们这代人的不同，我们对自己相信的东西永远不会动摇！真不明白你为什么要说沈飞扬的摄像机里藏有窃听装置，亏你想得出！你有证据吗？

陶自牧本不想拿出那个产自德国的X100窃听器。那是他耻于示人的部分，是他的道德软肋，从前他曾多次为此指责过约翰·杰克逊。但是此刻，他只能将那个小东西放到楚航云面前，嗓音沙哑地说道，要不是它，我当然不可能知道。

听陶自牧一五一十地从头说起，楚航云脸上的不快渐渐消退，一个更为深重的忧虑却在生成：如果那台摄像机里当真藏有窃听装置，如果那个窃听装置当真能够侵入电脑，再加上牵扯到了纽约BT气候实验室，那么，只要沈飞扬愿意，龙士峻的电脑、她的电脑以及飞云山研究所的电脑，一定被他悉数侵入过了！

楚航云突然不寒而栗。她不知道沈飞扬是不是冲着正在研发的"气候水晶球"来的，庆幸的是，她一直严格遵守保密守则，从未将研究资料带出过研究所。

楚航云的手机响了，屏幕显示是"沈飞扬"。她不禁犯起难来。陶自牧说，这个电话您必须接，无论如何都不能打草惊蛇。楚航云接通电话后得知，沈飞扬已经来到小区大门口，说是刚刚回到北京，特意给她带来了西北特产，我进来坐会儿，方便吗？

几乎没多想，楚航云就说，当然。请等一下，这就给你开门禁。

陶自牧背上电脑包匆匆离开，唯一的要求是，无论如何都要避免对沈飞扬提起窃听器，我怕被刑拘，万一闹大了，还会被判处拘役、管制，至少会是两年徒刑。法律上的事我都了解过了。看着陶自牧一脸的自嘲与苦笑，楚航云极其认真地说,什么窃听器?我从没听说过那玩意儿,而且我今天根本就没见过你!

不等陶自牧会意的笑容在脸上消失,电梯已经将沈飞扬送上来了。陶自牧迅速闪进楼层防火门。他看着楚航云若无其事地将沈飞扬迎进门去,想着她刚才的心照不宣,觉得这女人不当演员可惜了,既可惜了好模样,也可惜了好演技。显然这是个有故事的女人。是什么让她年近五十而不嫁?她究竟是在等待什么?

事实上,这也是沈飞扬今晚想要弄清的问题。他带着一纸箱的新鲜野生黑枸杞不请自来,就是要让这些黑色的小家伙为他开路,做他的借口。因此他一上来就大发感慨地说起了刚刚结束的西北之行,说他真是开了眼界,知道什么是"雪域三宝"了,那就是冬虫夏草、藏红花和野生黑枸杞!

楚航云一脸的淡然,那是因为你离开中国的时间太长了。

沈飞扬兴奋得直叹气,我还拍到了成片的野生黑枸杞!那是在一个高海拔的盆地沙漠,周围除了蓝天白云,就是金色的阳光和干爽的空气。在那里拍下的每一个镜头,都让我把自己佩服得五体投地!可惜今天没带摄像机,不然可以让你先睹为快!

楚航云心下一咯噔,这可不像你,我看你以前走到哪里都带着摄像机的。

沈飞扬说,我那是在工作,可我今天不想工作,就想跟你好好品尝品尝这些新鲜的雪域宝贝。他捻起一颗野生黑枸杞,喜爱地看着那饱满圆润的样子,就在这个小身子骨里,竟然聚合了17种氨基酸、13种微量元素,而且钙、镁、铜、锌、铁的含量,全都高于其他的红色果实!想想看,这算不算是一种自然界的奇妙法则呢?

楚航云故意不以为然,不知道的,会以为你是来上门推销野生黑枸杞的。

沈飞扬点点头,没错儿,我就是要推销野生黑枸杞,而且要向全世界推销,因为这些黑色的小精灵有助于我们身心上的双向健康。你看它们生长在海拔三千米高的沙漠盆地,不干扰任何生物,全凭着自身的生命力存在于世,并且以自己的存在维护了沙漠盆地的生态平衡,属于那种站在道德高地上的生物典范。所以每天一杯野生黑枸杞,你会觉得自己既在养生也在养心,即便就是想学坏,也坏不到哪里去!

沈飞扬这一番激情演说式的告白不像是在随口发议论,引得楚航云不禁要探究,你的意思是,我们人类要学习野生黑枸杞好榜样,而且你打算把这个观点放到你的纪录片里?

沈飞扬激动地猛拍巴掌,你真懂我!我就是要让这野生黑枸杞的寓意成为系列气候短片的点睛之笔!我的发现是,应对全球气候变化最大的挑战,在于世界各国能否把自己的存在放在道德高地上,而不只是放在利益层面上。未来全球气候无论变暖还是变冷,重要的是,人类懂得了与古老地球的相处之道,懂得了以自己的存在维护整个地球的生态平衡。

楚航云深深地看着他,看来野生黑枸杞让你的纪录片升华了。

沈飞扬兴奋不已,这就是纪录片的魅力呀!判断一部纪录片的高下,不在于你拍到了什么不同寻常的镜头,而在于你拍出了什么不同寻常的含义!

沈飞扬的发现激起了楚航云的共鸣,那正是她多年来从事气候变化研究时的深层动力,她总是希望自己的研究能够发现人类与古老的地球究竟应该如何和谐相处,而不仅仅停留在变暖还是变冷的层面上。但一想到那部藏有窃听装置的摄像机,共鸣的喜悦顷刻消失,她有意发问道,听上去不错!可是新能集团会允许吗?你可是偏离了西方发达国家的主旋律呢!

沈飞扬一副大包大揽的劲头,我是导演,这是我的纪录片!

楚航云直摇头,这是一个资本话语权时代,作为导演,你不可能跟资方抗衡。

沈飞扬要她不必担心,新能集团是个负责任的大企业,当初就说好的,不对他做任何约束,他完全可以按照自己的想法去拍摄。楚航云淡淡一笑,这可太难得了,你是用什么办法获得这种绝对信任的?沈飞扬说,也许他们正好是那种真正懂纪录片的人,知道必须如此才有可能拍出一部叫得响的纪录片;当然他们更是实打实的商人,知道一部叫得响的纪录片能够给新能集团带来声誉,还有利润。

楚航云还是摇头,你并没有解释,新能集团为什么会信任你?

沈飞扬压根儿不想说破这件事!他能对她说,欧文·派克找到他时他正被人打得满地找牙吗?他能对她说,新能集团正好需要一个有气象工作经历的中国导演吗?他可不想让她觉得他不过是交上了狗屎运。因此他只能把话题岔开,信任就是一种缘分。许多时候,信任一个人并不需要什么特别的理由。想当年,你和我那么信任对方,有什么特殊理由吗?我们几乎是无话不谈!

楚航云语气肯定,不对!你我的相互信任,是很有理由的。因为在我最困难的时候,在我极度绝望的时候,是你沈飞扬,把我从鬼门关里拉了回来!

沈飞扬知道她指的是那次阅览室里的割腕自杀。当时，沈飞扬循着一条细细的血流发现了她。血流很长，从阅览室的书柜前出发，顺着门缝流出去，流到外面的水泥廊道上，最终在预报值班室门前聚成了一个血泊。沈飞扬正值晚班，他将晚间值班报务员送来的高空气象图分析完毕，打算出门透透气，一脚就踩上了那个血泊。在背着昏迷中的楚航云狂奔卫生所的路上，他不断地惊诧自问，这么瘦弱的女孩儿怎么会流出那么多的血？自那以后他坚信，他命中注定就是她的保护人，不然为什么那道细细的血流会在七扭八歪之后来到他的脚下呢？

这个微妙诡异的过程他从未对楚航云提起过，那是她生命中最该被遗忘的部分。因此他绕开话题，说起了另外一件事——要说信任，最戏剧性的，该是你平生第一次报天气！

楚航云像是一下子被点燃了，两眼闪闪发光。那是她平生第一次冒险，赌上的是全体气象室的声誉。就因为基地医院的官兵们和所有的病号都太想看朝鲜电影《卖花姑娘》了！

那天晚上，因天气预报有雷雨，基地电影放映组取消了对基地医院的放映安排。有人就献计献策，说内科有个叫楚航云的女病号是气象室的，让她给现场报一下，看那场该死的雷雨究竟什么时间来，说不定能错过去呢！

找楚航云谈话的，是基地医院政治处的干事。楚航云一再推托，说自己不是预报员，只是报务员。那干事说，你是气象室的兵，至少比我们这些人懂天气吧？基地医院全体官兵和全体病号盼着看《卖花姑娘》，都盼成了盼水妈了！看电影也是做思想政治工作啊！伟大领袖毛主席教导我们说，一场好电影，常常胜过一堂精彩的政治课。

就是这句领袖语录让楚航云觉得事关重大起来。她迅速行动，调动平时自学到的气象观测知识点，用最原始的方法展开测量——先是基地医院山谷与山顶不同高度上的温度与湿度，包括风向与风速，然后是云状、云量与云高等。最后，她将所有的数据用电话一一报给了正在值班的沈飞扬。整个行动中，医院政治处为她提供了一辆自行车，电话班为她临时腾出一条电话线，警卫班则为她沿途保障交通畅达。

大约半小时后，基地政治部放映组接到了来自基地气象室的一份最新短时预报——

基地医院所处12号地区目前受弱的低压槽系统影响，该地区天气以多云为主，风力不大。预计午夜过后该低压槽将加深加强，很可能出现一个明显的雷雨过程。

值班预报员沈飞扬给出的解释不容任何人置疑——上一份天气预报属于大尺度预报，这一份补充预报属于小尺度预报，正所谓百里不同风，十里不同雨。

电影《卖花姑娘》按时放映了！露天放映场坐得满满当当，周边山头上站满了闻讯而来的山民们。楚航云站在远离露天放映场的地方，挎包里装上了全部个人用品，盘算着要是预报失误，要是天降雷雨，如何能以最快的速度逃离医院。

整个放映过程中天空一片宁静，倒是露天放映场上响着此起彼伏的哭泣声。女兵们个个哭成了泪人，许多男兵也都泪花闪闪。那场雷雨直到半夜才轰然降临，很像是在刻意成全着楚航云的好名声。

楚航云成了基地医院最受欢迎的病号，为她查房的医生升格为科主任，所用药品都换上了库存最好的；逢到排队打饭，炊事班的战士会给她多放些肉片或是炒鸡蛋；连打电话都有了特权，只要说是找楚航云的，电话班的女兵们一概快速转接。她出院那天，医院院务处通知内科，有辆卡车要进城买菜，驾驶室里专为楚航云留了座位。待到卡车开至医院大门口，站岗的哨兵们都在向她敬礼告别，那意思是——欢迎再来！

许多年后的今天，楚航云还沉浸在当年的喜悦中，要说我这一生中最有趣的事情，这该算是头一件！后来我才知道，那句伟大领袖的话，其实是一种假托，他们知道只要那么说了，对我肯定管用。

看到楚航云满脸洋溢着青春的光彩，沈飞扬禁不住发问，我知道你的志向是当作家，可你直到今天都没改行。要是我猜得不错，你是想让我父亲看到，他当年对你的极力排斥，是完全彻底地错了。是这样吗？

楚航云一时没出声。这是她与沈飞扬之间无法触碰的痛。当她被沈飞扬的父亲送去学气象，强行要求她不再与沈飞扬来往时，她的确是在拼了命地学习。她要证明自己既不会自暴自弃，更不是个等闲之辈，而且她一定要为背上污名的爸爸争光！人世间的悖论之一就是：助你成功的力量，往往来自打压你的人。但楚航云没说这些，她说出口的话是：对于许多农作物而言，决定收成的因素是天时，而不仅仅是物种本身。应该感谢你父亲对我这粒种子的正确播种。等有机会了，我想登门拜访一下他老人家。

沈飞扬一直都在等待这个水到渠成的机会，于是他满怀希冀地望着楚航云，看来你已经不记恨他了，这是不是表示，你可以重新接受我了？或者我们可以慢慢开始？

看到楚航云没说话，沈飞扬鼓足勇气继续说下去。他说这么多年来他一直都没有停止想念她，却始终不敢来见她，就因为他父亲当年的所作所为让他成了一个可恶的帮凶。他曾无数次地想过，她一定站在气象室门前的山头上流下了许多痛恨他的眼泪。他说，正是为了反叛和报复父亲，他才选择了远渡重洋。那是一种万念俱灰的感觉，让你觉得只有离开熟悉的一切，离开被你憎恨的家人，才能够呼吸，才能够活下去。如今想来，当时的我实在是太懦弱了，我该义无反顾地去找你才对！哪怕是遭你唾弃，被你憎恨，我也该守在你身边，和你在一起。可我却选择了不负责任地逃离，选择了让你孤独地疗伤……

沈飞扬眼神中真实的哀痛，让楚航云不知如何面对。她没想到时隔多年后，会再次面对这个问题。从前她以为是沈飞扬的父亲在自以为是地独断专行，现在才明白，那完全是由于沈飞扬的严重误导！沈飞扬一定是想当然地以为，如果他们两人能相互看透对方的心思，又常常一起发出会心的笑声，并在相处时无所顾忌且无话不谈，那就是在相爱了。可在楚航云看来，如果两人之间太透明了，爱便无缘产生。爱情一定是生成于一种幽谷探秘式的冲动，是一种情不自禁地想要破解对方心灵密码的强烈诱惑。可她与沈飞扬相处时太平静了，平静得根本就生成不了冲动。况且她对他从不设防，她总是无所顾忌地向他倾倒各类情绪，现在也还是。她甚至不加掩饰地坦白了当年跟谭英天的隐秘恋情！老天，当她忘乎所以地讲述时，当她向他倾倒感情垃圾时，对他该是一种多大的折磨！可他为什么愿意承受这些？或许他当真是为了某个重大秘密而不得不接近她、忍受她？

楚航云的五味杂陈被沈飞扬解读成了另一种含义，他重重地叹息着，在我长期缺席的这些年里，想必一直是你那个谭叔叔支撑着你的精神世界。要是我不离开，或者是早早地回了国，也许一切会完全不同……

只听楚航云在说，是啊沈飞扬，你为什么会突然出现，还偏偏出现在我们研究所里？

沈飞扬轻轻一笑，一个好问题！记得你在风雨桥上说过，你说我们两个根本就不像是多年不联络的人，你我之间没有遗忘和生疏，也没有戒备和防范，倒像是你一直在等着见到我。你还说，你早就知道我们一定会再见面，可能是在湘西，也可能是在世界的任何角落，总之这辈子我们两个一定会相互遇见！那天我原本就计划着要去飞云山拍些镜头，我也期待着你会出现在那里。但奇妙的是，你一露面就出现在我的镜头里！所以，那个时刻就是命运的安排，就是你我分离多年之后必然出现的心灵感应！

楚航云的目光中透着审视与疑惑，可你为什么会期待着在飞云山遇到我呢？还有，你怎么会知道，当年的南方基地气象室，如今已经是北方大学气候研究所了呢？

这种明显的质疑口吻让沈飞扬很不舒服，他皱起眉头，这些细节有意义吗？

楚航云神情肃然，请告诉我真话，你到底为什么突然来到中国？为什么突然关注起了气候变化？为什么多年之后我会正好出现在你的镜头里？

沈飞扬这才觉出事情变得糟糕了，他激动得提高了嗓音，好吧！真话就是——我在美国始终一事无成，所以多年来我根本没脸来见你！而当罗朗议员和新能集团愿意资助我的气候系列短片，希望我能到中国多拍一些内容时，我就紧紧抓住了这个机会，所以我根本不是突然关注起了气候变化！我漂洋过海回来了，我很想见到你，很想梳理你我之间的所有症结，就是要试一试我们是不是可以重新开始！我承认我对你做过功课，可那都是想要了解如今的你！至于你为什么会正好出现在我的镜头里，不管你相不相信，那就是一种巧合！我觉得这个巧合很奇妙，也很美好！真不明白你为什么不肯接受生活赐予的小惊喜、小奇迹，非要毁掉这些美好的人生感受不可呢？！

沈飞扬的恼怒看上去真实可信，显然被迫说出在美多年的窘境让他很没面子，但楚航云在意的是其中的玄机：既然沈飞扬在纪录片上一事无成，新能集团和那位罗朗议员为什么愿意资助沈飞扬？他们看中了他的什么？谁都知道大公司是典型的经济动物，他们在乎的是获利丰厚，那么在系列纪录短片《气候见证者》中，他们花费巨资究竟想要得到什么？

被她这一问，沈飞扬彻底恼怒了，他不明白楚航云为什么要反复质疑新能集团对他的信任。虽说他早已习惯了被人轻视，但是当轻视来自他最在乎的女人时，其打击力便被无限放大了，只觉得头脑发涨，全身气力丧失殆尽。他轻轻摆摆手以示告别，身子僵直着往门外走去，一语不发地离开了她的家。

楚航云一动不动地呆坐在沙发上。她听得到走廊里沈飞扬沉重的脚步声，听得到电梯上来又下去的语音提示声。当她从窗口看到一辆出租车把沈飞扬带走后，这才回过神来，意识到她与沈飞扬之间出现了一道真实可见的裂痕。可是他漂洋过海带着一部装有窃听装置的摄像机突然出现在她的生活中，怎么着都该给个像样点儿的解释才对呀！更要紧的是，万一约翰·杰克逊当真是被新能集团灭了口，那么沈飞扬也难保不会被新能集团最终灭口。

这个念头让楚航云突然极度不安起来。

三　没把真相带进棺材

沈飞扬一觉醒来，发现自己并没睡在酒店公寓里。墙壁上全都是熟悉的老照片，从他光着屁股到牙牙学语，再到他歪歪扭扭地学走路，包括他戴上红领巾以及被评为三好学生，全都被一一记录在案。少年时代的他总穿着一身绿军装，无论是在长安街上骑自行车，还是在团城湖边钓鱼，或是在景山少年宫里打乒乓球，那副被军装包裹着的身子看上去总是单薄而细长，很像是他只顾着长个头而忘了长骨架。大多数时候，面对镜头他会眉头微皱，似乎小小年纪就预知了一生的坎坷。倒是参军入伍后的照片中，他的眉头舒展了，眼睛里闪烁着跃跃欲试的毫光，看上去青春洋溢且意气风发。

顶数报务值班室里的那张照片让沈飞扬印象深刻。值班报务员正是楚航云，她戴着收报耳机凝神抄填气象图的样子显得既稚气又沉稳。沈飞扬站在她旁边，看上去像是在俯身查看气象图上的数据，其实他是在深嗅着楚航云的体味。这张照片是基地摄影干事的作品，登上了《解放军画报》以及多家地方杂志的"八一"封面，但它之于沈飞扬，则是男女情愫的启蒙。那种奇花异草般的女性体味，他后来再也不曾闻到过。

此刻，沈飞扬蜷曲在这张军绿色铁床上，只想昏睡到死。这张铁床陪伴了他的少年时代。从他当兵再到他出国，父母都保留着这铁床，保留着这房间中的所有布置，没做任何变动。因而昨晚他回到家中，走进这房间，根本不用开灯，就准确躺在了床中央，连枕头的方向都没搞错。

昨晚沈飞扬情绪败坏地在楚航云家门口坐进出租车时，满脑子都是莫名的怒火与真实的怨恨。待到出租车开到目的地，他才发现自己说出的地址竟然是父亲的四合院！开大门的勤务兵知道他的名字，说是首长交代过了，这些日子早早晚晚多留神着大门。勤务兵说，咱首长和我都看到了您来中国拍纪录片的电视新闻，咱首长可高兴了，天天盼着您回家呢！不过咱首长吃了安眠药，现在已经睡着了，最好你们明天再见面。我叫耿直，给咱首长当勤务兵快两年了。我就住在第一间房子里，有事随时找我。还有，您的床上用品都是新换的。

现在，那勤务兵正对着房门在说话，沈导演，咱首长让我喊您起床吃早餐。现在是上午十点钟。天气预报说午后有雷阵雨，您要是出门办事，建议您早点出发，以免淋到雨。

十多分钟后，沈飞扬边吃早餐边隔着窗玻璃看父亲在院子里打太极拳。勤务兵耿直介绍说，咱首长年纪大了，血管硬化，医生规定咱首长不能在清早打太极拳，只能过了十点再打。咱首长很听医生的话，一分钟也不会提前。咱首长说，他这辈子要做的就只有三件事了——继续跟党走，好好听医生的话，活着等儿子回家。

耿直说这些话时语气平平，沈飞扬却听得心绪翻腾，眼泪直往眼窝外钻。他不想被耿直发现，强笑着问道，你对人说话一直都这样吗？热情周到，信息全面，用词准确。我看，你不像是个普通的兵。耿直说他是地方大学在读生，目前是以保留学籍的身份来部队服役。他的专业是经济管理学，所以掌握和提供信息是他的必修课，热情周到和用词准确也都是最起码的专业要求。我还做得很不够，谢谢沈导演的鼓励！

父亲走进来了。父亲身上的白色对襟薄衫将他衬托得仙风道骨，完全看不出是个带过兵打过仗的将军，与当年那个粗暴干涉儿子命运的霸道父亲更是判若两人。父亲老了，腿脚不那么利落了，眼神儿也不那么犀利了，但说话时仍然中气十足，像从前那样操着浓重的胶东口音，每句话都带着沈飞扬熟悉得不能再熟悉的元音上扬，有如一个个颗粒饱满且自信十足的种子，一旦落地必会生根结果。父亲的自信更表现在他的心态上。显然儿子半夜三更突然现身，在他眼中根本就不是个事儿，因为父亲一坐下来，话题就直奔了窗外的炎炎烈日。

父亲用"我这辈子最热的夏天"给外面的天气盖棺论定，儿子你说，连续四天都是40多摄氏度高温，这还是北京吗？北京的夏天不是这样的！过去我和你妈坐在这餐厅里，一日三餐都用不着电风扇，现在你看，这才上午十点多，汗就流个不停了！

父亲的洒脱让沈飞扬一时无语。他原以为会有一场父子多年不见后的泪眼相望，或者会被父亲劈头盖脸地骂上一通，要不就来个既往不咎欢迎回家的拥抱，至少来个不跟你小子一般见识的居高临下式的握手，然而父亲全都摒弃不用！似乎他们父子间的多年积怨根本就不存在，似乎他并没远渡重洋多年不登家门，似乎他们父子天天都在这餐桌上见面，并在喝汤品茶之中谈论天气……

勤务兵耿直送上一杯刚沏开的龙井茶，父亲接过来轻呷一口，继续侃侃而谈，这两天的电视和报纸都在说，今年我国气候普遍存在极端异常。特别是入汛以来，华南和江南地区连续暴雨，渭河、辽河、松花江出现严重汛情。东北地区的高温突破了历史纪录，南方许多地方的高温持续超过历史同期纪录，甚至出现了车辆自燃。早已绝迹的蝗灾也暴发了，咱北京的用水量更是创下了百年之最。你说说，这就是全球气候在变暖吗？

父亲身子前倾，睁大两眼看着他，如同一个好奇心十足的孩子面对着无所不知的大人，这让沈飞扬心头一颤，意识到自己的回答绝不能有一丝一毫的敷衍。于是他用手中的粥碗做道具，拿出深入浅出的口吻，爸，您可以把这只碗看成是一种大气气团，它每年都会从遥远的欧洲南移到我国境内。它的空气湿度非常小，给人的感觉总是又热又干，所以它叫作"干暖气团"。前不久东北地区因高温引发的森林火灾和内蒙古的蝗灾，都是这家伙的影响力。现在它来到了北京，盘旋在我们头顶上，把北京城的气温弄得居高不下。不出三天，它又会向南移动，去影响我国南方的天气了。

沈飞扬的父亲若有所思地盯着儿子手中的碗，这个"干暖气团"移走了，还会回来的吧？我看天气没那么容易就凉快起来。

沈飞扬笑着拍一下父亲的肩膀，好聪明的老爸，一个子就点到了大气循环理论！

他拿起一只盘子，这是一个新的"干暖气团"。不出三五天，它就会自欧洲南移过来，像前一个"干暖气团"一样，在我国境内由北至南地制造高温。

让沈飞扬惊叹的场景出现了，只见父亲拿起桌上所有的餐具，将它们排列在一起，我懂了，整个夏季，将会有一系列这样的"干暖气团"，从大洋另一头来到我国境内，由北至南地制造高温。当它们全都完成了对中国的到此一游后，这个夏季，才算是真正结束了。

父亲双手叉腰，俯身朝向餐桌指指点点着，犹如当年在前线指挥所面对作战地图分析着外面的战火纷飞。沈飞扬听妈妈说过父亲指挥千军万马时的战场魅力，当时身为译电员的妈妈就是被父亲的大将风度所折服，才答应嫁他的。恍若旧日时光重现，眼前活脱脱就是那位魅力四射的八路军指挥员。

沈飞扬极力抑制着眼眶里的眼泪，爸，您看您老了老了，怎么倒如此关注天气了！

父亲笑了，你这个问题，老战友们也问过我，我告诉他们，因为我儿子在拍气候变化的纪录片，我得跟他有共同语言。不过我的真正用意是活跃大脑，让我远离老年痴呆。

父亲的回答到底将沈飞扬的眼泪弄了出来，他用夸张的大声说笑掩饰着真实情绪，爸，您太搞笑啦！您怎么可能得老年痴呆呢？老年痴呆跟您水火不容！老年痴呆跟您远隔天涯！老年痴呆跟您不会有半毛钱的关系！

沈飞扬看见，父亲被他这番话逗得张嘴大笑，露出一口残缺的老牙。

接下来的好几天，沈飞扬整天陪着父亲，不回公寓，也不开手机，只觉得除了年近八旬的老父亲，自己与这个世界不再有任何关联。父亲的四合院很老旧了，因地处皇城根儿而极其值钱。至于有多值钱，反正买下隔壁四合院的德国老外花了几亿人民币。父亲感慨说，他这条命没有丢在抗日战争的战场上，没有丢在解放战争的战场上，也没有丢在抗美援朝的战场上，现在一把老骨头了，还住在这么值钱的四合院里，你说我怎么就这么好命呢？想想那些牺牲在战场上的战友，我这辈子得到的，实在是太多了！

大多数的时间里，沈飞扬的父亲会坐在书房里写些战场回忆录，怀念那些牺牲的战友。照他的说法，如今他活在世上的使命就是记录那些普通烈士的战斗故事，要是他不写下他们的名字，那些名字永远都不会被记入史册。逢到这种时候，沈飞扬就坐在旁边为父亲校对手稿，那些遥远年代里的战火纷飞，就在这个静静的四合院里真实再现着……

终于有一天，父亲对他说，他这辈子上对得起组织，下对得起战友，唯一对不起的两个人，一是自己的儿子，二是儿子的战友楚航云。一个人活得久一些的好处，就是有时间去修补一生中的过失，所以我必须跟小楚同志见上一面。

这话着实把沈飞扬惊到了。几天来他跟父亲相处甚安，两人谁都不提那档子事，他还以为过往的不快已被岁月的橡皮擦抹去了。再说他刚刚跟楚航云闹僵了！

耿直进来通报说，那位名叫楚航云的女同志来电话了，说她十分钟内就到。

沈飞扬不知道父亲是怎么找到楚航云的，更不知道她为什么会在这个时候上门来。他可不想当着父亲的面与她争论新能集团的是是非非。他在美国的真实境况一直瞒着父亲，现在更不想被戳破，因此他极其严肃地提醒父亲，千万不要说他住在家里，也不要说见过他了。总之你们谈你们的，当我不存在好了。

很快，沈飞扬的父亲站在客厅里伸出双手，向楚航云做出欢迎状。楚航云快走两步迎上去，与老人握手相望。这个曾经粗暴掌控她命运的强势人物，如今慈眉善目得如同一位亲近的长辈，还拉着她的手跟她在沙发上并排而坐。想当年他第一次召见她时，他让她远远地坐在对面，就像是在回避一种致命的瘟疫。

那是她从未见识过的场面，刚开始完全被吓住了。来自总部的沈首长神情严厉，小楚同志，就因为你父亲的问题，你根本没可能成为我们沈家的儿媳妇。这是我们全家开过家庭会后做出的一致决定，你必须明白！

楚航云的眼睛都瞪圆了，首长，我不明白您为什么要这么说？

她这种反应让沈首长声色俱厉起来。沈首长说，前些年他们家受尽了政治迫害，四口人被发配到三个省，他自己在湖北，沈飞扬的奶奶在东北，沈飞扬的母亲和沈飞扬则去了西北，母子二人靠着到菜市场捡菜叶吃勉强糊口。落实政策后全家人刚刚团聚，再经不起任何折腾了。他还带来了沈飞扬母亲的信，信里面的话全都是一位母亲在哀求楚航云放过她儿子，放过他们这个多灾多难的家庭。

楚航云完全慌了，连忙说她从未想过要当沈家的儿媳，她和沈飞扬只是两个团结友爱的战友，况且她还根本不想谈恋爱呢！但是沈首长根本不信，依照自己的思路继续劝说，他要她别太难过，天涯何处无芳草，更何况我儿子也算不上是什么芳草，不过就是一棵普通的小草，他什么都给不了你，倒是我，可以给你你想要的东西。

就是在这种情境下，楚航云看到了一个极其正式的大学入学通知书，一枚让她魂牵梦萦的大学校徽。她呆愣愣地看着它们，觉得既虚幻又美妙，拿不准该不该接受这些。

只听沈首长换上了命令的口吻，小楚同志，导弹基地急需一批受过高等教育的气象预报员，不仅要懂外语，还要懂计算机。去上大学吧，你会成为一名很优秀的预报员，没必要把你宝贵的青春浪费在我儿子身上。

几番言语下来，楚航云接受了入学通知书，也接受了沈飞扬父亲的要求：

绝对不能向沈飞扬提起这次见面，更不能提到谈话内容，只要你们两人不再有任何联系，那个傻小子就会彻底死心。因此楚航云入学后再不跟任何人通信，最终成功地远离了沈飞扬。

如今想来，沈首长当年对她命运的粗暴掌控，那个硬塞给她的大学名额，其实是成全了她的人生，让她在本该受教育的年龄进了大学，既没有虚度青春，也没有荒废学业。沈飞扬的父亲就是她这一生的大恩人，他当年的决定奠定了今天的楚航云，否则她极有可能是一个很糟糕很无用的楚航云。

当楚航云用词明确地说完这些后，沈飞扬的父亲满脸释然，再开口时，语气中饱含着感慨，小楚同志，看来你不仅是个气候学家，还是个哲学家，更是个心理学家，你让一个老人卸下了这一生中最沉重的心理负担。瞧，那东西就在这儿，它有重量，也有生命，不会因为我们不理会它而自动消失，就像毛主席说的那样，扫帚不到，灰尘照例不会自己跑掉……如此看来，我可以无憾而死了。不过我更希望你能宽容另一位老人，准确地说，他是一个死者，刚刚火化不久。

沈飞扬的父亲拿出一个信封，说那位老人临终前请求他，一定要想办法找到楚航云，当面交给她。信封里是一份手写的《情况说明书》，写信人正是楚航云一直在寻找的那位警卫班长。当年因在"调查失踪飞行员事件"中态度积极主动，他被迅速提了干，又从警卫排长一路干到了警卫团长。沈飞扬父亲的住处就由他的警卫团负责。一来二去地，他得知了沈家父子间的矛盾，得知了楚航云与楚怀远的父女关系，既震惊又愧疚。不久前重病住院，知道自己将不久于人世，便亲笔写下了这些文字。

当年的警卫班长坦承他在失踪飞行员事件的调查中没有坚持说真话，虽说是调查组要求他必须用词肯定，必须旗帜鲜明，但是，无论如何他不该违心地在那份被调查人员改写过的材料上签字。要是当年他没有向调查组主动提起楚怀远打电话的事情，要是他没有提起接电话的人是楚怀远的女儿，要是没有那份似是而非的调查材料，那么，整个事件的结果肯定不会那么糟糕，至少不会影响到楚怀远女儿的政治生命与整个人生，也就不会有沈家父子间的矛盾，更不会有沈飞扬的远走高飞与多年不归。他说，是他当年的自私与懦弱造成了两个家庭和两个年轻人的悲剧。如今许多年过去了，虽说始终没有找到那架飞机的黑匣子，但也没有任何证据表明飞行员楚怀远是驾机叛逃了。他恳请组织上撤回那份严重不实的调查材料，还楚怀远同志以政治清白，让楚怀远的女儿不再生活在莫须有的阴影里。

写到最后,他说他被这桩事折磨了大半辈子,无论如何不想把这个沉重的愧疚带进棺材里。署名处写着大大的"绝笔"二字,每个笔画都触目惊心。

这份《情况说明书》不过薄薄的一张纸,在楚航云手中却重如磐石。她惊愕地看了又看,心底深处的种种愁苦与困顿化作电闪雷鸣,只觉得周身被雷电频频击中。她克制着自己的身体不要后倒,却克制不了眼泪的夺眶而出,只觉得父亲身着空军飞行服的英武身影就在这些字里行间清晰闪现着……

沈飞扬父亲的声音轻轻响起,小楚同志,现在请告诉我,你愿意宽容写信的老人吗?

泪眼蒙眬的楚航云相当肯定地点了点头,是的,我愿意!我还要感谢他让我知道了父亲出事前后的一些事。谢谢他没有把真相带到棺材里去,谢谢他证实了一直以来我对父亲的绝对信任是绝对靠谱的……还有,不是每个人都会这样做的,许多人宁愿把真相带进棺材里去。我该向这位老人致敬才对……

沈飞扬一直在外面过道里默默注视着客厅内的情形,此时抑制不住地想要号啕大哭。

纽约下城那幢老式建筑物的地下室里气氛凝固。首先是因为沈飞扬突然消失了。一连多日,沈飞扬公寓里的监视屏幕上都悄无声息,偶尔会出现客房服务的身影。沈飞扬所有的个人物品都摆放在原位,包括那部带有特殊装置的摄像机。手机定位显示他还在北京。其次是因为始终无法突破楚航云电脑的防火墙。她居住的那座军队大院和她工作的大学研究所都配置了当下最难侵入的防火墙,其难度在于,它会随着被侵入行为的发生而产生数值变异,让入侵者始终摸不到头绪。

刚刚,黑客狼的大人物雇主发出了最后通牒。那意思是,若是黑客狼再无进展,他将另请高明。然后,不只是要将黑客狼送进联邦监狱,更要中伤他在黑客江湖上的名声。

这话可不轻。

黑客江湖像所有的江湖一样,名声决定地位。技艺高超的黑客从来都不是自封的,而是源于客户的褒奖。那是一个隐秘无声的竞技场,黑客们对名声的角逐往往胜于对金钱的角逐,其乐趣远远超出了世俗性。因此富有挑战的客户订单通常都是黑客们施展身手扬名江湖的良机,就像他手中的这一单——既有高层背景，又是跨国行动，涉及国际利益分配，又平添了中国军方身影。黑客狼早就盘算过了，即便此事曝光，他也会被罩上爱国者的光环。比起那些潜入对手公司的网络大盗，比起那些钻进别人电脑里施放电子蠕虫的恶作剧，他目前的所作所为，将让他在黑客江湖中凸显职业自豪感。可大人物雇主的最后通牒很要命，于是他不得不更加玩命地在网上四处搜索，终于有了重大发现。

如同一个意义明确的信号，所有的线索都聚拢起来了。

大人物雇主闻讯而至。他坐着一辆高档轿车来到对面街角，下车后沿着僻静处快步走来，特意压低帽檐遮住半边脸，明显是在担心被人看到。监视器里的这个新发现让黑客狼突然心生一念：要是他能弄清这位大人物怕的是什么，说不定就能反制操纵这位大人物。

几分钟后，大人物雇主脸色阴沉地面对着道格·约翰斯顿与楚航云的合影照。黑客狼点击鼠标，将楚航云的胸部逐步放大，最终布满整个屏幕。

大人物雇主不高兴了，在这个该死的女性器官里有我要找的东西吗？

黑客狼的回答带着明显的小得意，这个该死的女性器官，它能带我去找您想要的东西。

引起黑客狼注意的，是楚航云胸前佩戴的徽章。那徽章被制作成眼镜状，黑边粗框，既小巧又写实，完全就是真实眼镜的微缩版。一群被称作"呆才"的人用这徽章标榜自己、寻找同类。呆才们喜欢闷头鼓捣新技术，喜欢在一起交流疯狂的点子，喜欢创造怪异的物品与食品。呆才们会兴致勃勃地用离心机分离豌豆，用超声波催熟威士忌，用保温箱发酵大蒜，只因为他们想尝尝从未吃过的那一口。呆才们更喜欢在网上分享，任何呆才想要完成任何事情，都会有同道者站出来给予配合。呆才网站是一个知识共享的天堂，他们的口号就是"人人为我，我为人人"。

黑客狼的这番讲述让大人物雇主听明白了，既然这个中国女人胸前的徽章表明她是一个呆才，那么道格·约翰斯顿若想将数据包安全隐秘地交给她，最佳地点应该就是呆才网站。他问黑客狼需要多久能够进入呆才网站，黑客狼说全世界的呆才网站不止一个，他需要确定楚航云加入的是哪一个，更需要查出楚航云在那个呆才网站上的网名与邮箱。好消息是，他已经结束了大海捞针，目前正在实施瓮中捉鳖。

大人物雇主悄然离开了，如同他的悄然到来。黑客狼满意地看到，大人物雇主忠实履行了合同条款，留下了一张足够额度的现金支票。这就是被大人物雇用的好处之一,他们不吝啬金钱,他们有的是金钱,他们在金钱方面说到做到。

四　跨国情书

陶自牧开车接上楚航云后一路狂奔,像是生怕会有人追赶上来。

整整两天联络不上楚航云,沈飞扬也消失不见,而且这两人同时都关闭了手机,让陶自牧怎么想都觉得诡异。到最后,陶自牧把电话打到北方大学气候研究所值班室,自称是楚航云的大学校友,因出差来京后总也打不通楚航云的手机,想留下手机号并请尽快转告她。值班员答应等楚航云今天下班时当面转告她,陶自牧趁机追问,她今天在班上吗?值班员的回答是,除了出差,楚老师每天都在班上。

这回答似是而非,他索性开车到北方大学气候研究所大门外去等候,结果还真没落空。

在西郊一片平房前,陶自牧停了车。那一间间墙皮剥落的坡顶瓦房显露出年代的久远。尽头的户门前挂着一小捆干枯的艾草,像是在进一步强调着这里的陈旧。陶自牧掏出钥匙打开门,嘴里一个劲地自嘲,说像他这种在京城里既买不起房子,也租不起大房子,又不肯委屈自己的人,这种郊区老平房,就是最佳选项了。

一进门,楚航云就被结结实实地打蒙了。她原以为会看到一个普通的单身汉住宅,就算不是脏袜子满地扔,最多也只是整洁而已,可眼前所见颠覆了她的想象。这里的陈设全都典雅到耐人寻味,那些表达古典与怀旧意味的红砖、陶瓷、铁艺、布帘、木材等元素,在这里运用得恰到好处,既不刻意,也不放肆,就好像它们一直相濡以沫地待在这里,共同经历了岁岁年年。若是再让青藤爬满窗棂,若是窗棂上再披挂着郁郁葱葱的绿色枝叶,简直就是置身于温馨可人的英国乡间老宅了!主人会端来英式咖啡与英格兰甜点,那芬芳的味道妙不可言,只需轻轻一嗅,就滋润到了所有的细胞⋯⋯

一个声音在她身后响起,尝尝我调制的咖啡,里面有本人的独家秘方呢!

楚航云这才意识到自己走神了。她当然不是在英国乡间老宅,但妙不可言的咖啡芬芳当真扑鼻而来。陶自牧如此快速就调制好了味道独特的咖啡,他是怎么办到的?

陶自牧不说话，拿出一枚眼镜徽章，楚航云立刻瞪大了眼睛，你是一个呆才？

陶自牧意味深长地笑着，我的兴趣是现代主义烹调。

楚航云的眼睛瞪得更大了，你就是那位喜欢改良食物制作方法的"京西吃货"吗？你能把蛋黄做成黄油，能把蛋白做成布丁！现在，你这是在把普通的咖啡做成了布丁吗？

陶自牧微微一笑，没错儿。我不加一滴奶，将普通的咖啡做成了咖啡布丁，我还加了一点儿肉桂粉。"呆瓜女"，您可是我的第一位品尝者哩！

楚航云越发惊讶，你是怎么知道的？！没人知道我的这一面！

陶自牧说他第一次看到她与道格·约翰斯顿的那张合影照，就发现她戴着一枚眼镜徽章。后来发现黑客侵入了他的电脑，便安装了一个隐身衣软件，这样在被黑客侵入时就能自动生成隐形防护，如同是在穿着隐身衣观察入侵者的所作所为。您知道这两天我都看见了什么？我看到那家伙频繁出入全球各呆才网站的服务器，但凡是身在中国的呆才，都被那家伙暗中侵入了，包括我和您。

楚航云听得一头雾水，这就是你急火火地要跟我见面的原因吗？

陶自牧点点头，我发现道格·约翰斯顿先生也是一位呆才，而且是一位资深呆才。

楚航云立刻想到了一种可能性，那个暗中侵入中国呆才群体的黑客，是要找出哪一个呆才是她楚航云。可是有谁会那么在乎她是不是个呆才呢？

陶自牧一口咬定黑客就是沈飞扬，他带着那个藏有窃听装置的摄像机不是没来由的。况且那黑客的网址位于美国纽约，正是沈飞扬的居住地。楚航云说，她从没对沈飞扬提过她是个呆才，事实上她没对任何人提起过，包括她的导师。陶自牧说这不重要，重要的是沈飞扬想在您的邮件中找到什么？那家伙在网络上的表现简直就像个午夜狂奔的牛仔！

陶自牧将楚航云带进他的家庭工作间，打开电脑，手指在键盘上敲敲打打，屏幕上很快出现了"我是呆才"网站，无数个戴着黑边粗框眼镜的彩色精灵在屏幕上飘来荡去。楚航云惊讶地看到，根本用不着她输入邮箱密码，她的邮箱就自动显示在屏幕上了，然后是她的一个个邮件被人持续点击。入侵时间都是两天前。

陶自牧说这些都是他当场录下的视频，万幸的是入侵者始终没能打开她的邮件。要是我的猜测没错，道格先生很可能给您发过一个具有相当重量级的邮件，而邮件里的内容正是约翰在新闻调查稿中试图弄清的阴谋。所以沈飞扬的回国和黑客入侵，都是冲着您来的！

楚航云困惑不已，就算道格先生给我发过一个邮件，就算那是个重量级的邮件，他为什么要发到呆才网站上？他应该知道我们气候研究所的网站比呆才网站更安全呀！

陶自牧说这不难理解，你们的网址肯定是向全球气候学界公开的，我想道格先生需要的是一个更隐秘的地方，最好是能远离气候学界，比如像呆才这样极其小众的网站。

听到这里，楚航云直叹自己防范到位，她在任何网站上的任何邮件都受控于一个加密软件的单独管理，即便有人入侵了她的电脑，也无法打开她的任何邮件。陶自牧摇头说这远远不够，高明的入侵者能够隐身在您后面，只要您打开邮件，就是在与入侵者信息共享了。

楚航云感觉到陶自牧的神情像是要出手相助，陶大记者，你把我带到这里，不只是要告诉我这个吧？陶自牧笑了，什么大记者，不过是个想要帮您一把的小兄弟。楚航云问为什么要帮她，陶自牧不笑了，因为只有您能带我找出约翰·杰克逊的死亡真相！

陶自牧的工作室里有一部高速处理器，他说要是她愿意，她可以在那上面将所有邮件边下载边清除，然后在一部脱离互联网的电脑里完成对全部邮件的浏览。楚航云觉得这主意不错，但在这之前她很想知道，陶自牧是怎么知道"呆瓜女"就是她的？

陶自牧一副不以为然的样子，这很重要吗？其实这对网络高手来说根本不算什么。

楚航云说当然重要，这关系到我是不是可以充分信赖你，否则我无法确信该不该在你面前打开全部邮件。陶自牧立刻认真起来，好吧，我是瞎猜的。我只知道我们中间有个"呆瓜女"，但我并不知道您就是那个"呆瓜女"，我是蒙的！

陶自牧老实招认的样子倒让楚航云放下了戒心。她开始埋头敲击键盘，输入密码。"我是呆才"网站的英文问候语立刻跃上屏幕——呆瓜女，好久不见，祝您愉快！

她没进这里有多久了？差不多有三四个月了，在这期间她只在梦中进来过。当个呆才的总体感觉是"惬意",只需与一个个奇思妙想近距离地接触,就能让疲惫的大脑有如被水洗过,重新变回敏捷。但凡在研究中走投无路,她就进来当一会儿呆瓜女。自称呆瓜女是因为她很少在这里提供疯狂的点子,也很少参与制造东西,不过是呆才群体中的一个傻瓜而已。

这是第一次,"我是呆才"网站让她神经紧绷,感觉到屏幕深处有个人正跟她斗智斗勇。来自道格先生的邮件肯定不一般,不然不会被人跨海越洋地一路追踪。幸好陶自牧的这部高速处理器名副其实,很像是一个手脚麻利的搬运工,没用太久就将她邮箱里的文件快速搬空,运送到了另外一部电脑里。

当屏幕上的文件名全部消失后,楚航云不禁快意地笑了。这场突然发起的紧急撤离行动就在入侵者的眼皮子底下大功告成,她真想亲眼看到那家伙气急败坏的样子。

接下来的事情,就是到下载文件里去一探究竟了。

浏览"我是呆才"网站里的邮件有着奇异的乐趣。大多数时候,楚航云的嘴角都是在频频上翘,时不时会惊喜得张大嘴巴。也有开怀爆笑的时候,不知道的人会以为她是在看搞笑短视频。呆才邮件里充满着挑战人类智慧的无穷魅力,大大小小的创新渴望都能在这里一吐为快。最妙的是,许多看似不可能的事情,都有人会耐心地教你如何去完成,或者兴致勃勃地跟你共同切磋着去完成。有一封呆才邮件提出,用地沟油能在荒坡上打造出滑板运动场;也有一封呆才邮件提出如何运作一个非传统银行;还有一封呆才邮件说到在攀登珠峰时,如何应用神经生物学原理让人体呈现出最佳状态;更有一封呆才邮件宣称,人在静态中完全可以燃烧热量,只需频繁进食巧克力,就能让人拥有更低的体重指数(BMI)。

接下来的一封呆才邮件让楚航云愣住了——呆瓜女,为安全起见,请不要在线阅读。

既没有附件,也没有链接。但这足以说明问题了!楚航云立刻到后面的邮件中查询,很快找到了后续篇。这邮件的开篇位置上贴着她与道格·约翰斯顿的那张合影照——

最亲爱的楚航云女士:

请原谅我唐突地与您合了这张影。请不要笑话我,这是我能够做出的唯一勇敢的求爱举动,若不是发生了后面的事情,若不是那件事情的极端严重性，我永远不会用这种贸然的方式让您看到这张照片，至少会用一种接近浪漫的方式。

  请原谅我使用了"浪漫"这个词。若我能够有幸不死，或许我会跟您来一场浪漫到极致的爱情，因为您满足了我对东方女性的全部想象，从精神到形体。遗憾的是，由于我生性懦弱，不善表白，只能一次次地与您失之交臂。您不会知道，在我冷漠寡言的外表下，藏匿着一腔炽热的爱情之火，它已经为您默默燃烧了三年零十八天！

  无论您是否接受我这一番表白，此时我都已不在人世了，所以自此刻起，您就是我的死亡委托人。我将这一生的全部心血托付给您保管，那里面有我的研究成果与未解之惑。我不想让它无声湮没，更不想让它被恶意利用，除了您，在这世上我再无可信之人。

  我的委托物将以延时发送的方式交给您，为的是留出足够的时间让我的合作者改弦易辙，做出正确的抉择。倘若那时他依旧执迷不悟，那么请以科学家的良知对待我的委托物，确保它被用于正义的目的。气候变化领域里充斥着太多的噪音，太多的似是而非以及太多的利益纷争。请不要相信外界对我的评判。我也许自私，也许懦弱，但我绝不卑鄙、势利，我只是在严守着科学家的秉性，就像是有些女人终其一生严守着贞操。

  我知道您一直都在寻找失踪的父亲，还知道您每年都会在父亲失踪那天发出寻父帖子。那该是您最刻骨铭心的日子。但愿今年这天您能有所收获。

  顺便说明一下，我就是呆才网站上那个总跟您打招呼的"北美呆哥"。现在您该明白了，为什么我会频频向您打招呼，因为那是我唯一能够接近您的方式，而每每得到您的回应时，便是我最幸福的瞬间……

  楚航云惊愕地看了又看，又把陶自牧叫过来，让他来回看了两遍，确信没有拼错任何英文单词后，她呆坐不动，长久地盯着这个来自死者的生前嘱托、这封来路奇异的跨国情书。

  简直太不可思议了！那个在呆才网站里频频卖萌的"北美呆哥"，真实身份竟然就是这位外表冷峻的著名气候学家道格·约翰斯顿！楚航云清楚地记得，就是这个"北美呆哥"发明了"鞋底发电"，他计算出人体动能所产生的电能完全可以为手机充电；他还发明了"橙子发电"，并用视频记录在案——

先将一只橙子进行揉捏使其更加松散以利于水分的流动，然后用一颗镀锌的螺丝作为锌电极，再用一枚硬币作为铜电极，用导线连上两个电极，就制造出了一套简单的动力系统。那视频的画外音听上去兴致勃勃——这只橙子会让你的小灯泡一直发亮，直到它彻底烂掉。不仅是橙子，包括柠檬、橘子、桃子、西瓜、土豆等许多瓜果蔬菜，在他看来，全都能摇身一变成为紧急状态下的电能来源。

最不可思议的是，这位道格先生虽与她在多个国际会议上见过面，却从未对她露出过一次笑容，如今却高调宣布说，他已暗恋她三年多！她不知道这事有多大可信度，但直觉告诉她，道格先生没必要对她撒这种谎。这解释了道格先生为什么会如此信任她。

这封邮件来得太过突兀，邮件里的内容也太令人惊骇，她想象不出道格先生究竟遭遇了什么。也许他无力抗击，也许他的抗击溃败了，难道这就是他远赴南极冰盖自杀的真实缘由？道格先生在邮件里提到了恶意利用，提到了执迷不悟，提到了正义和利益纷争，显然这已不是气候变化中的学术之争了。最要命的是，道格先生提到他的合作者时语气哀痛，明摆着是志不同而道不合了。她猜那该是美国气候学家保罗·吉尔先生。他们两位合作多年，一起创办了BT气候实验室，据说他们研发的气候模型"小男孩"已接近成功，道格先生在如此重要关口选择自杀，究竟是为了什么？

楚航云自己一个劲地喃喃着，像是在问陶自牧，又像是在问自己，当她终于停下不说时，陶自牧回应道，当时的报道都在说，道格先生的自杀是失望于人类在全球气候变化上的无所作为，是一种古老的杀身取义，是要以此唤醒愚昧的世人，可我从来就不信！一个受人尊敬的科学家，他有更好的办法去唤醒世人，有必要跑到南极去杀身取义吗？请问您会扔下自己的科研心血，扔下即将出成果的项目去自杀吗？就算是绝望到了要自杀，至少也该是在项目大功告成之后，无所牵挂地离开人世，可他却选择了撒手不管，这不符合常理！

楚航云突然瞪大了眼睛，如果说，那不是黎明之前，而是天已大亮；他也不是撒手不管，而是选择了另一种处置方式，是不是就符合常理了？

陶自牧直摇头，真要是那样，道格先生完全可以将他的研究成果公布于世。

楚航云的眼睛瞪得更大了，有没有这种可能——道格先生自杀前心情矛盾，但又不愿意相信保罗·吉尔，所以就把难题推给了我？

陶自牧声音低沉地回答道，我倒觉得是道格先生预知了他的死期，所以提前做出了周密的安排。我还是那句话，一个受人尊敬的科学家没必要去杀身取义，除非有人想让他永远闭嘴，就像让我的好友约翰永远闭嘴一样！

两人都不作声了，房间里变得很静，只听得到电脑主机发出的细微电流声。过了一会儿，楚航云轻声说道，真要是这样，你没必要跟着我一起冒这个险。你随时可以退出。

陶自牧极其认真地看着她，楚航云老师，我早就在里面了，从我的好友约翰死后我就在里面了。我不是在跟着您冒险，是我们两人在共同弄清某个真相！也许，这就是命运让我们相识的缘由，两个孤儿，两个被父母遗弃的人……

话一出口，陶自牧就看出楚航云的脸色有些难看，他立刻解释说，最初他是在寻亲网站上遇到她的。那天我们讨论了寻亲的必要性。你说我是一个悲观主义者，而我自称是一个现实主义者，因为我不想再次被遗弃。

楚航云惊讶地看着陶自牧，你就是那个说自己一出生就被遗弃到孤儿院的人？可你看上去天性快乐，很像是在一个幸福大家庭里长大的。

陶自牧苦涩地笑了，抚养我长大的孤儿院，的确是个幸福的大家庭，我有几十个兄弟姐妹呢！幸运的是，不久前我才知道自己的身世，要是早知道了，可能就不会觉得幸福了。

陶自牧的自嘲中带着显而易见的痛楚，让楚航云不知该说什么才好。她小心翼翼地问，要不要我来帮你做个寻亲帖子？说不定你的双亲一直都在寻找你呢，你们只是还没相互找到而已。见陶自牧不作声，楚航云又换成一种鼓动的口气，互联网是个有许多坏毛病的家伙，但这个家伙最伟大的地方，就是能让茫茫人海变得不那么遥远。就凭你陶自牧的网络本事，只要你立刻着手去做，想不找到你的父母都很难！对不对？

陶自牧的眼中泛起了点点泪光，其实我一直都能感觉到我父母的存在。这就像是量子力学所说的那种量子存在，你看不到它，但是你能感觉到它的存在，那种存在是真实的，是有迹可寻的。航云老师，您说得对，我该尽快做个寻亲帖子，让我的父母找到我！

送走楚航云后，陶自牧立刻上网制作寻亲帖子，特意放进了鹅黄色绣花枕套的照片和仁爱儿童福利院大门的照片。照片下面写着——绣花枕套就是我当年的襁褓。枕套上的刺绣明显出自手工，若不是母亲的亲手刺绣，想必也是母亲好友的亲手刺绣，若有人认得出它，请帮我找到从未谋面的双亲。他还特意用动态箭头强调着福利院门前的台阶，说那就是自己人生中的第一个台阶，襁褓中的他就是被人放到这台阶上，尔后走向大千世界的。

当天晚上，这帖子被陶自牧放进了好几家寻亲网站上，也放进了仁爱儿童福利院的官网上。很快，院长妈妈的回帖来了。院长妈妈说她很高兴看到陶自牧勇敢地走出了这一步，相信很快就会"天降佳音"。

这个下午谭英天特意按时下班，走了两条街去给妻子买她自称"超爱吃"的酱卤鸭颈。店家来自湖南桃江，祖传秘方再加上精工细做，硬是将小小不然的鸭颈做成了供不应求的时尚美食，排队都不一定买得到。天色微暗，周遭飘浮着一种复合香料的气味，谭英天站在缓缓移动的长队中，只觉得自己是个相当差劲的丈夫，既不知道田汀汾身为女性与妻子都有哪些小快乐和小癖好，也不知道她身为优秀外科医生的大智慧是如何悟出的。那天田汀汾的晕倒住院，让他第一次意识到，若是哪天她突然病倒了而他却一无所知，怎么对得起田汀汾母亲的在天之灵？

谭英天按时下班并且带着一纸盒酱卤鸭颈回家，已经让田汀汾大为惊讶了；待到两人吃罢晚餐，她吮着手指上的酱卤汁，听到谭英天极其认真地问她几天前为什么会突然晕倒，是不是身体出了什么状况，更是愣怔了。幸好晚餐桌上只有他们两人——楚航云在所里加班，父亲参加老战友聚会去了。谭英天的神情极其严肃，汀汾，不管是个多大的状况，你一定不要瞒着我。我是你丈夫，我有责任跟你共同面对任何困境。

仿佛感情的堤坝被轰然摧毁，田汀汾立刻泪水横流。谭英天从不曾用这种口吻说起他们的夫妻感情，总让田汀汾觉得自己在他眼中不过是一种虚无，现在被他突然放到了实处，禁不住震惊加伤感。

看田汀汾一个劲地流着泪，却面部平静且不见泣声，这副怪异的哭相把谭英天吓住了，连连劝她千万想开点儿，无论遇到多大的坎都要抬腿迈过去，我会帮着你一起迈过这个坎，所以请一定要对我说实话，让我知道你的健康究竟怎么了，我们两个一起来面对！

这话惊醒了田汀汾，意识到自己因一时感情脆弱，差点儿影响到那个隐秘的大计划，情急之下不禁脱口而出，不是我的健康怎么了，是我根本无法完成咱妈的临终嘱托！

断章取义地阐述这个话题，几乎耗尽了田汀汾的气力。她无法把握谭英天的真实反应，更不知道会引出怎样的轩然大波，因而不想和盘托出。当天空黑透时，田汀汾就着一杯红酒讲完了经她删减的一桩家庭秘事——当年母亲出于避免使楚航云成为未婚妈妈的好意，自作主张地让转业回东北的老护士长带走了楚航云刚刚产下的私生子，谎称孩子已经夭折。母亲因此纠结了一生，临终前叮嘱她，一定要找到当年送走的那个男婴，找到楚航云，让他们母子相聚。问题在于，老护士长早已去世，没有任何线索表明那孩子被送到了哪家福利院，更不知道那孩子如今身在何处，是否还活着。

谭英天喉头发紧，你就是为了这个，才千方百计地找到楚航云并让她住进家里来的？

田汀汾声音幽幽地说，这就是你要跟我一起面对的问题。英天，你真的愿意吗？

得到谭英天的肯定答复后，田汀汾突然号啕大哭，哭声连绵不绝，像是要把刚才隐忍不发的哭泣悉数抛出。谭英天静静听了一小会儿，起身走到妻子身边，两手用力按住了她的肩膀。这个小动作犹如一个休止符，中止了妻子的哭声。

田汀汾不会想到，她这番讲述竟然为丈夫卸下了一副沉重的心理枷锁。一直以来谭英天都担心自己当年的所作所为会影响到楚航云寻找新的感情，看到她时至今日依旧孑然一身，极度的负疚感让他这些天来总是情绪败坏。今夜，他如释重负，看来楚航云并没被那片感情阴影困得太久，她到底选择了重新去爱。可他们为什么不结婚？那个给她带来新爱的男人怎么就让她成了未婚妈妈？为什么那个男人要永远地丢下他们母子？

一时间，谭英天有如使命在身。如果说他此生还能为楚航云做点什么，那么，找到那个孩子，让孩子回到楚航云身边，就是上天赐予他的一个机会。

当天夜里谭英天就到网上寻寻觅觅去了。夜深人静，谭英天在一个个寻亲网站里出出进进，发现竟然有那么多的家人在彼此寻找。促使他们分离的原因五花八门，但他们彼此寻找的劲头一律热切而急迫，似乎每一秒钟的消逝都会让他们的分离变成无法更改的永恒。很快，谭英天看到了楚航云的寻父帖子。他逐一浏览，不禁心生敬佩。这才知道，在她消失不见的许多年里，她的内心世界已足够强大。她广而告之地宣称她父亲是最忠诚的中国空军飞行员，绝不可能是个叛逃者。楚航云的寻父帖子周期出现，很像是一种定时问候。

又浏览了一会儿，一个带有绣花枕套的寻亲帖子进入谭英天的视线。枕套上，无数细密的针脚连缀成一段开满梅花的枝干和一句毛主席诗词"她在丛中笑"。这种绣花枕套当年风靡整个南方基地，它们成对出现，以那梅花枝干左右朝向的不同，暗喻着男左女右的意思。绣花对枕堪称最隐晦也最直白的军营情诗，一个个细密的针脚就是一句句既缠绵又动听的诗文。最妙的是，当女兵们屏气凝神地刺绣时，尽管爱情满满，却完全不露痕迹。

想当年，楚航云拿到这副绣花对枕的纸样儿时兴奋得喘不过气来，说是医院里一个上海女兵特意送她的，说这枕套绣的是毛主席诗词，说像她这种有着"问题家庭"背景的女兵，必须表现得比别人更加热爱伟大领袖才对。

不出两个月楚航云就绣好了。她拿着刚刚完成的绣花对枕来见谭英天，说她一针一线地刺绣时，心里想到的全都是父亲。她以为只要一丝不苟地绣下去，就是在表达对伟大领袖的忠心，就会让失踪的父亲现身于世。她眼泪汪汪地问谭英天，为什么她的努力没起任何作用？为什么绣完整个对枕了，还是没有父亲的消息？是不是她绣得太差了，帮不到父亲？

当时谭英天郑重其事地查看了每一个细部，夸她是个心灵手巧的姑娘，说这副寓意深刻的对枕就是一种吉祥物，只要好好守护它，就一定会给她带来父亲的消息。这个说法鼓舞了楚航云，她擦干眼泪对谭英天说，真要是那样，就请您帮我一起守护这个吉祥物吧！

按照男左女右的对枕规则，楚航云将梅花枝干朝左的绣花枕套交给谭英天，自己留下了另一只。当时他俩神情庄重得如同是在履行某种神圣的仪式。如今许多年过去了，谭英天仍然珍藏着那只绣花枕套，可这另外一只，为什么会出现在这个寻亲帖子上？！

老天！莫不是当年楚航云去医院分娩时带上了这只绣花枕套，而那位老护士长出于恻隐之心，特意将它放在男婴身边，以此留下母亲的信息？那么寻亲帖子中名叫陶自牧的青年，就是楚航云的儿子？看来那男婴并没被送到东北，而是被老护士长悄然留在了京城？！

这些大胆的推测让谭英天兴奋异常，他急不可待地要前往仁爱儿童福利院探个究竟。

远在美国纽约，黑客狼正在高速公路上驾车疾驶，一路上烦躁郁闷得直想骂人打架。他痛恨那个死去的气候学家，痛恨那家伙在死后还操纵着事态进展。气候学家的层层设防很像是在鄙视他黑客狼的才智，因为即便就是潜入"我是呆才"网站，他仍然找不到头绪。最恼人的是，那个远在中国的目标女人像是发现了他的潜入，根本就不在线浏览，而是将全部邮件边下载边删除，让他什么也看不到，活像是在当面嘲笑他的无能。

前方就是那个名叫"聪明"的小镇了。据说"我是呆才"网站落户这里，看中的就是这小镇的名字，也有说网站出资者就是一位出生在这里的富有呆才。"我是呆才"网站每季度都会在聪明镇举办呆才集会，吸引全球的呆才们聚集在这里，边喝啤酒边交流疯狂的点子，相互切磋更新更酷的发明与创意。黑客狼开车驶进聪明镇，迎面看见一只色彩鲜艳造型卡通的巨型啤酒瓶，瓶身上打着"我是呆才"网站的趣味口号——"边喝啤酒边学术"。

黑客狼很容易就找到了那座维多利亚时代的红色砖石建筑。这座历史悠久的老建筑如今是聪明镇的图书馆，被"我是呆才"网站占据了整个二楼东侧。黑客狼走进去，无须任何手续便在大厅门口领取到一张免费阅览证。看来网上有关聪明镇积极鼓励民众参与阅读的传说，完全不虚。正值午后，馆内读者不多，黑客狼在一个个高大的书架前面假意浏览了一阵子，趁没人注意，飞速登上楼梯，来到二楼东侧。

"我是呆才"网站显然是地球上最不设防的网站，放置服务器的房间门锁只需轻轻一撬就打开了，而且没发出任何报警声，这倒让黑客狼大出意料。接下来的事情就更容易了，他只需将随身携带的下载装置连接到网站服务器上，"邮件恢复"软件就自动搜寻去了。很快，当黑客狼找到被楚航云删除掉的全部邮件后，忍不住快意地笑出了声，心想那中国女人不会想到，她自以为高明的防范行动，反倒指引他找到了他想要的东西。这就是网络世界的吊诡之处，人们百般维护的网络安全，就如同皇帝身上的新衣，其实根本就不存在。

黑客狼的那位大人物雇主很快就看到了道格·约翰斯顿发给楚航云的"越洋情书"。

这间国会山办公室里的光线半明半暗，黑客狼的大人物雇主凝视着电脑屏幕上道格·约翰斯顿的邮件，明白自己必须跟这个中国女人正面交锋了。他抓起保密电话，拨通一个内部号码，将他的需求与他给付的报酬告知了对方。

放下电话后，他再次有如胜券在握。是啊，坐在美国这座著名大厦里就是可以无所不能。

五　谁是我的反粒子

楚航云心绪纷乱地坐在导师龙士峻面前。刚才驾车驶来，她一路大声提醒自己千万要小心开车，无论怎样，导师都将为你理清头绪，为你指点迷津。此刻，手捧着刚刚沏好的一杯铁观音，楚航云只觉得纷乱的思绪渐次聚拢成形，正环绕在茶香周围等待着被她述说。

这种醇厚甘甜的茶香总伴随着导师龙士峻，几乎成为他的标志性气味。虽说龙士峻走遍了五大洲，可他钟爱的饮品仍然还是福建安溪的铁观音。他说他是喝着安溪铁观音长大成人的，自然也要喝着安溪铁观音走向死亡。一个人爱家乡的茶叶爱到了旁若无视且终生不渝，真就是一种境界了。龙士峻与发妻的感情也如是，一旦牵手便不再分开，五十多年的沧桑历练出的，是人见人羡的相濡以沫，其默契程度堪称无缝对接。楚航云总觉得完美婚姻的最佳注脚，就写在这个家庭的每一寸空间里。就像此刻，师母为她送来了烤箱里新鲜出炉的甜点，立刻，那烘焙之香就跟铁观音的茶香交织了起来，你中有我，我中有你，谁也不抢谁的戏，既相得益彰又相映成趣。

松软的甜点在舌尖上慢慢融化，楚航云怀揣着满腹的疑惑不知从何说起。这段时间在她身边发生了太多的事情，每一件都不可小视，她却一个字都没对导师提起过。过去她可不是这样的。她常向导师讨教各种人生疑惑，龙士峻早就是她精神上的父亲了。

龙士峻脸上满是父亲式的关爱，嗯，这一阵子你都不大对劲，别以为我没看出来。要是我猜得不错，祸根就是那位来自美国的沈导演吧？见楚航云不说话，龙士峻又说，沈导演在美国打拼多年，即使穷困潦倒也要坚守理想，足见他的人品错不了。你们两人分开的时间太长了，相互间肯定有许多需要了解和适应的地方，你不能要求人家像当年一样单纯而透明，这不现实。

楚航云猛地脱口而出，可是一个正常人为什么会突然不接电话？而且他不接任何人的电话！他为什么会突然消失？！

龙士峻轻轻笑了，要是谈恋爱让你这么不开心，或许你该好好思索一下，是不是还没准备好要改变自己的生活？我知道你一直都不肯谈恋爱的，你对谈恋爱这事心有余悸……

楚航云打断他，老师，我没有谈恋爱！我要告诉您的，是一个跨国大阴谋！

楚航云打开笔记本电脑，很快调出道格·约翰斯顿与她的合影照片以及道格发来的电子邮件，包括美国新能集团的相关资料，然后开始讲述整件事情的来龙去脉。她说到了道格·约翰斯顿与她那张合影照的来历，说到了美国新能集团如何资助沈飞扬来中国拍摄《气候见证者》，说到了沈飞扬摄像机上的窃听装置，说到了黑客如何全面侵入她的电脑，说到了美国记者约翰·杰克逊之死的种种疑点，说到了《首都图片报》记者陶自牧的积极参与。当她全部讲完之后，只觉得惊心动魄，感觉某个诡异的跨国阴谋正徘徊在周围，随时会把她变成可耻的帮凶。她瞪大眼睛，几乎是在屏息发问，老师，我该怎么办？

龙士峻凝眉思索。身为中国气候学界领军人物，龙士峻对纽约BT气候实验室并不陌生，也在历次国际学术会议上与保罗·吉尔和道格·约翰斯顿多有接触。在他印象中，保罗·吉尔与道格·约翰斯顿总是一起出现，连学术演讲都是一起上台发言，他们相互印证并相互补充的默契劲头很像是中国相声里的逗哏双方。如此深厚的科学家友情为什么会出现惊天大逆转？从一开始他就对道格·约翰斯顿远赴南极自杀心存疑问，一个对研究全球气候变化怀有高度热情的科学家，没道理对外界的不尽如人意过于悲观，甚至不惜自毁毕生的事业与宝贵的生命。除非是对最亲近最信任的人彻底失望，诸如保罗·吉尔。

楚航云觉得导师的这个大胆推断不无道理，因为道格先生在信中明确指出，他交给她的东西必须用于正义的目的，这就是在提醒她，保罗·吉尔不会将其用于正义的目的。可那究竟是个什么东西，让道格先生如此费尽周折地要交到她手上呢？

龙士峻想到了一种可能性，或许道格先生已经完成了气候模型"小男孩"，那是他用心血培育成功的孩子，但他不想交给保罗·吉尔，也不想带着那"孩子"一起赴死，爱情让他选择了信任你，自然就向你"托孤"了？

楚航云拧眉思索着，就算那是出于他的爱情，可他为什么要向我"托孤"呢？唯一的解释是，他们的"小男孩"与咱们的"气候水晶球"，在设计思路上多有相似之处，想必道格先生是在期待我们两家的气候模型能够携手共进吧？龙士峻表示赞同，或许道格先生认为我们两家的相互结合能够形成一个更成熟的气候模型，得出一个更科学的气候变化结论。

剩下的问题是，究竟怎样才能拿到道格先生托付的东西？那可能是一个电子邮件，也可能是寄存在某处的一个包裹。龙士峻将道格的邮件反复阅读，最后发现了线索所在——我知道您一直都在寻找失踪的父亲，也知道您始终坚信父亲的清白，还知道您每年都会在父亲失踪那天发出寻父帖子。那该是您最刻骨铭心的日子。但愿今年这天您能有所收获。

龙士峻的解读是，这表明道格先生很可能给她留下了一封延时邮件，一旦她在父亲失踪那天发出寻父帖子，那封延时邮件就会被激活。

楚航云深深叹息，所以我的寻父帖子，就是打开那个延时邮件的唯一钥匙？！

龙士峻神色凝重，当即宣布此事已上升为北方大学气候研究所的公共事务，而不再是楚航云的私事。针对美国气候学家道格·约翰斯顿即将发来的重要邮件，所里将启动最高级别的安保措施，楚航云的职责就是要确保那个邮件安全落地，不被泄露。龙士峻说他有理由相信，道格先生费尽周折所做的这些努力，肯定关联到气候变化领域里的一个重大隐秘。

师母准备的晚餐低脂而美味，食物原本的色彩全都呈现于盘中，赤橙黄绿各有各的精彩，而且吃下去没一丁点儿心理负担。师母有着精致生活的品位。这位前清贵族的女后裔将老年女人的优雅端庄体现到了极致，但凡认识她的女人都很想知道，怎样才能老成她这般好模样？师母的回答是，一半靠父母，一半靠丈夫。那意思是，父母给她的好基因再加上丈夫给她的好心情，成就了如今的她。

上餐后甜点时，师母问起了楚航云的婚嫁之事，为什么像你这样优秀的女性，如今都不肯将自己嫁出去呢？楚航云则嬉皮笑脸地回答说，那是因为像导师这样优秀的男性，如今已经不再有啦！

楚航云的戏言引来了龙士峻的郑重回应，他说他不希望自己的弟子有不完整的人生，如若那样，就是他最大的失职，等于他将一个活生生的生命当作了科学的祭品，这严重违背了他的初衷。追求科学是为了让生活更美好，不是要搭上一个个鲜活的生命，至少不能在我龙士峻身边发生这种事情。那不人性，更不符合自然规律。在宇宙中，所有的粒子都有相应的反粒子存在，是它们的成双成对造就了我们这个丰富多彩的世界。这你不会不知道吧？

楚航云说我当然知道啦！所有的正反粒子，它们在质量、寿命、自旋和同位旋方面相同，但在电荷、重子数、轻子数、奇异数、等量子数方面又完全不同，它们双方不离不弃地存在着。但我还知道，宇宙中也有另外一种粒子，它们的反粒子就是它们自己，我们管它们叫作纯中性粒子。光子就是一种纯中性粒子，光子的反粒子就是光子自己。所以，我命中注定就是一个纯中性粒子，就像光子那样！

龙士峻明显担心起来，可你为什么非要当个纯中性粒子不可呢？为什么不能像绝大多数的粒子那样成双成对呢？当个优秀的科学家并不需要牺牲正常的人性。别忘了，你最崇拜的居里夫人，她也是有居里先生的呀！

导师饱含关爱的口吻触碰到了楚航云拼命包裹着的重重心事，她情不自禁地脱口而出，因为我只能当一个纯中性粒子！因为我找不准自己的反粒子！因为我若是接近了某个反粒子，就总是会惹出大麻烦！从前是这样，后来又是这样！最要命的是，这么多年后，我还困在从前的大麻烦里走不出来！

楚航云的这番话让龙士峻心头发紧。他知道楚航云的军中初恋，也知道楚航云后来曾痛失一个男婴。他一直期待这位女爱徒能从感情的阴影里走出来，沈飞扬的出现让他看到了希望，感觉这是世界上最般配的两个人。如今看来凶多吉少。龙士峻心情如铅却语气轻轻，要是我的理解没错，那就是说，你那位谭叔叔，他又开始找上你了？

楚航云像是被刺痛了，连连摇头说不是您想的那样，是我自己住进了他们家。事实上谭叔叔很反对我这么做，他以为我是在头脑发昏，是在随心所欲。

龙士峻依然语气平平，可你为什么要头脑发昏地又住进那个家呢？

听楚航云声音颤抖地说出"赎罪"二字，龙士峻着实一惊。于是，楚航云说起了那位做妻子的如何费心找到她，又如何真心邀请她住到家里去，还贴心地为她准备了舒适而温馨的房间。她说自己如何喜欢待在那个家里，因为那个家让她觉得自己不再是个孤儿。

龙士峻听了心如刀割，多少理解了楚航云看似荒唐的举动，可是那位做妻子的为什么要在多年之后费心找到你？就算你楚航云需要赎罪，可那位做妻子的，她需要什么呢？

楚航云两眼涌出了大颗大颗的泪，她现在是肺癌晚期，她需要我帮她渡过难关。我不知道那些癌细胞中有多少是因我而生的，哪怕只有一个，我也必须帮她。这种时候无论她要我做什么，我都会为她去做！

师母轻轻走开，方便他们师徒二人单独交谈。只见龙士峻审视着楚航云的眼睛，你的样子不像是已经做出了选择，倒像是陷在了更深的纠结里。告诉我，你到底在纠结什么？

楚航云的神情无比忧伤，她的生命不多了，我不知道该不该向她坦白，许多年前我跟她丈夫有过感情纠葛。每当面对她的双眼我就觉得自己应该向她坦白，可我又怕我的坦白会让她的病体雪上加霜。您知道吗？那一家人都对我有恩！当年是他们帮助我摆脱了莫须有的隔离审查！而多年前我能从妊娠大出血中活下来，就是她母亲输了自己的血救了我的命！

龙士峻长叹一声，这么多年过去了，你并不知道他们夫妇是否谈论过那事，双方又达成过怎样的共识，你盲目地单方坦白很可能会节外生枝。为什么不求教于你那位谭叔叔呢？他一定会帮你做出最恰当的选择。

这话一下子点醒了楚航云，她定定地看着龙士峻，老师，我有没有说过，您就是我这一生的定海神针？我说过没有？快告诉我！

龙士峻摆摆手，这不重要。重要的是，你要始终保持内心的强大，即使是对过往的一切无法忘怀，也要扎扎实实地活在当下，活成你自己想要的样子，而不是你现在这副样子。这可不是我认识的楚航云。那个从十五岁起就一直坚定不移地对所有人说："我爸爸是个英雄飞行员，我爸爸是个顶天立地的军人，我爸爸永远不会是一个叛国者！"那样的楚航云，才是我认识的楚航云！

楚航云慢慢绽开笑容，泪水随之夺眶而出，不只是您，连老天爷也喜欢那样的楚航云呢，不然他老人家不会给我送来这份大礼！

看到楚航云小心翼翼地拿出一封信，龙士峻先是一脸的不解，等到看完信里面的内容，脸上已是晴空一片。前警卫班长的临终证词让龙士峻激动眼圈发红，感慨连连，这就是人性中善意的能量，这种能量注定会迸发出来，无论它被压抑了多久，时机一到，终将迸发！

龙士峻说着就要到书房打印机上复印一份，打算明天一上班就亲自交到人事部门去，这是你档案中至关重要的部分。虽说事情过去许多年了，但你档案的这部分始终没有改变。它是你政治生命中的阴影，更是你成长道路上的障碍。不然的话，凭你的研究成果，凭你这些年对国家的贡献，你本该得到更多。现在时机到了，我必须为你彻底搬掉这个障碍！

看着龙士峻走进书房的背影，楚航云只觉得心头有如一面鼓胀的风帆，那是一种由信任与关爱所激发起的超能量。她知道自己的身世给导师增添过许多麻烦，也知道导师如何在各个层面上为她鼓与呼，更知道导师为此受过怎样的曲解与栽赃，但导师义无反顾，将那看成是自己的职责，有如老鹰理所当然地要呵护小鹰。楚航云很明白，正是有了像龙士峻这样的正直知识分子，才让她在孑然一身的境遇中不会孤寂，没有沉沦。

墙上的日历提醒楚航云,再过些日子,她就要跟龙士峻一起去纽约联合国总部出席国际气候年会了,届时她有论文要宣讲。她忽然注意到,会议闭幕日正是她父亲失踪的日子!

此时的美国纽约,天空在细雨中刚刚透亮,BT气候实验室主任保罗·吉尔通宵未眠。他面前的电脑屏幕上,是道格·约翰斯顿生前发往中国的邮件,每一个字母都如同最尖利的石子,硌得保罗两眼生疼——

……我将这一生的全部心血托付给您保管,那里面有我的研究成果与未解之惑。我不想让它无声湮没,更不想让它被恶意利用,除了您,在这世上我再无可信之人。

我的委托物将以延时发送的方式交给您,为的是留出足够的时间让我的合作者改弦易辙,做出正确的抉择。倘若那时他依旧执迷不悟,那么请以科学家的良知对待我的委托物,确保它被用于正义的目的。气候变化领域里充斥着太多的噪音,太多的似是而非以及太多的利益纷争。请不要相信外界对我的评判。我也许自私,也许懦弱,但我绝不卑鄙、势利,我只是在严守着科学家的秉性,就像是有些女人终其一生严守着贞操。

看到道格如此贬损自己,保罗·吉尔生出了强烈的愤怒,恨不能把老友从坟墓里拉出来狠揍一顿。他痛悔不已,怪自己没及早发现道格头脑发昏,更没注意到道格已深陷可怜的单恋泥淖。这些文字再清楚不过地表明,道格精心布下了一个隐秘而庞大的局。这个局横跨太平洋东西两岸,牵扯上了当今世界最大的两个经济体国家,其内容涉及全球几乎所有国家的经济发展与生存权益,首当其冲的是美国新能集团的核心利益。那个发往中国的数据包随时会被激活,其杀伤力将直接摧毁BT气候实验室多年来的所有努力,即便就是他们的气候模型"小男孩"完美无缺地呱呱坠地了,也会被铺天盖地的唾沫星子给喷死!

事到如今他唯一能做的就是冒险自救,要让那个中国女人拿不到道格·约翰斯顿的数据包。他当然不能再跟魔鬼合作,那会辱没道格的在天之灵,也会让他自己万劫不复;但也不能惊动BT气候实验室的其他同事,那势必严重影响"小男孩"的最后冲刺,让所有人的科学梦想毁于一旦。于是,酷爱威士忌的软件程序设计师就成了保罗唯一的秘密帮手。

就是那软件程序设计师找到了道格的这封电子邮件，准确地说，是他从黑客狼的网络里偷来的。程序设计师对保罗·吉尔说起此事时神情亢奋，这是他第一次体会到当黑客的极度快感。许多程序设计师都是从良后的黑客，或是有过黑客经历，而他始终是个网络好孩子，从未到网上偷偷摸摸过，以后也不打算去偷偷摸摸，因此他很享受这从未有过的"出轨"行为，每个环节都极尽观察，生怕漏掉什么新鲜事。就是这种细心劲让他发现了一个现象——那个中国女气候学家的所有邮箱都在被同一个人频繁入侵。入侵者显然是个高手，他能安全隐身在她的邮箱里，就像是躲在她家墙角里的野狗，想伺机扑过去抢走她的什么东西。

照软件程序设计师看来，那个隐秘的入侵者始终没能得手，至少没有找到想要的东西，总之好多天过去了，入侵者再没进去过。出于好奇，软件程序设计师开始追踪那个入侵者。这是他的强项，是他工作职责的一部分，他编程的网络追踪软件曾帮助美国政府成功追踪过洗钱犯、贩毒犯以及武器走私犯，因此他很容易就追踪到了那个入侵者。他发现那家伙堪称顶级黑客，拥有自己的服务器和卫星通信系统账户，很像是在以网络犯罪为生计。当他找出这家伙的防火墙漏洞后，就悄悄地溜了进去。

软件程序设计师对保罗·吉尔说，这家伙的网络里存放着那位中国女气候学家的许多电子邮件，被读取的就只有这一封，还转发到一个被严格屏蔽了地址的网站上，那通常都是高保密级别的政府特殊部门。当时我就惊呆了，知道自己有了大发现。

保罗·吉尔又用一瓶价格昂贵的威士忌奖赏了软件程序设计师的这个大发现，心里却在一个劲地打鼓，意识到自己的处境已相当糟糕。他知道那个高保密级别的政府特殊部门是哪里，也知道自己将面临怎样的大灾难。显然他们雇用了一个职业黑客，其结果必将是全面毁灭BT气候实验室，毁灭他与道格研发多年的气候模型"小男孩"。

此时，在这个雨滴淅沥的纽约清晨，面对着道格的生前邮件，保罗心中生起一种从未有过的勇气，那勇气既陌生又强大。他有理由相信，那勇气来自上帝之手。

紧接着他就思路大开了。惊喜之下他迅速敲击键盘，调出一份文件——在即将召开的联合国总部国际气候年会的与会人员名单上，中国气候学家龙士峻和他的女助手楚航云果然在列！这个国际会议早就事先安排好了，与会人员名单也早已公开通告，为的就是让各国专家在会前有足够的时间做准备，以便开会时大家有的放矢地互相交流。

保罗·吉尔有种强烈的感觉，道格发给中国女气候学家的那封延时邮件，其时间节点很可能就在国际气候年会中的某个时辰里。

在纽约城的另一边，在黑客狼的地下工作室里，电子大屏幕上显示着的，正是国际气候年会的与会人员名单。黑客狼满意地用电脑图标笔对楚航云的名字标了个鲜红的唇印。

来自大人物雇主的最新指令是，近距离接触中国女人，一旦捕捉到道格·约翰斯顿的数据包，务必第一时间严密封存，不得有一分一秒的延迟，以免外泄。作为完成任务的必备条件，大人物雇主以加密方式寄来一个文件包，里面有国际气候年会的全套会议文件，一个标着"出席证"的防伪吊牌，一张酒店入住房卡，还有一份标明所有来宾入住房间的平面示意图。黑客狼的公开身份是大会网络安全组成员，是一个名叫汤姆·奎恩的网络工程师。这些，全都堂而皇之地出现在大会工作人员名册上。

这会儿，黑客狼将"出席证"吊牌挂到脖子上，饶有兴致地在工作室里晃来晃去。简直难以想象，他竟然能以黑客之身随意出入于戒备森严的联合国国际气候年会！

就因为他的雇主是来自国会山的大人物。

没人知道，沈飞扬正整日沉浸在一种从未有过的生命体验中。他彻底关闭手机，只与他的摄像机对话。奔波在一个又一个特高压电网建设工地上，借着无人机的协助，摄像机镜头里的画面令他一次又一次地灵魂震颤：

——崇山峻岭之中，万米高空之上，长长的钢缆呈组合状从相距遥远的两座山峰上蜿蜒而来，中间是一座座与山齐平的高塔在凌空托举着它们。身穿橘红色工作服的年轻小伙们将自己吊挂在这高高的钢缆上悬空作业。他们用双手拼力拧紧每一颗硕大的螺帽，将每一根粗大的钢缆头仔细缠好归位。他们快速挪动着身体，年轻的面庞上满是坚毅与自豪。

——一个别开生面的工地午餐出现在高耸云天的铁塔上，盛着饭菜的塑料桶就在密集排列的钢缆上一字摆开，工人们走来走去地盛取饭菜，那怡然自得的神态宛若是在街头小馆就餐，根本不像是在高高的悬浮工地上。

——高空作业太耗体力，实在太累了，工人们就躺卧在高耸云天的铁塔作业面上闭目小憩，万仞山峰就横亘在他们身下。

…………

沈飞扬早就知道中国特高压电网领先全球，也知道那是中国应对气候变化一系列组合拳的重要组成部分，所以打算在系列气候短片《气候见证者》中加以着重体现。离京出发前他还在焦虑，不知如何才能拍出话题感与气氛感。反正他不能只拍回一些生硬冰冷的巨型铁塔跟无边无际的钢缆线，那只是一种肤浅的图解，不是他沈飞扬的风格，更对不住罗朗议员和新能集团对他的信任与厚爱。可他万万没有想到，所见之处全都精彩绝伦且鲜为人知，镜头之下全都寓意深刻且极有温度！

第六章 破解

一 别跟自然玩谈判

纽约有着炫目的阳光和同样炫目的诱惑,纽约沉淀着世人对现代都市生活的种种向往与种种唾弃。纽约庄重而时尚,纽约深沉而奔放,纽约鲜活而霸气,纽约精致而杂乱,纽约繁华而暗黑,纽约富有而冷漠——总之,现代大都市的所有标签都能在纽约找得到。纽约的好名声与坏名声比翼齐飞,因此在楚航云看来,纽约最大的精彩就是真实而坦诚,如同一只绝对高傲自信的孔雀,既高傲自信地张扬着绚丽的羽毛,又高傲自信地袒露着自己的屁股。

因纽约而生出的一切总是那么好坏掺杂,就像这一回,在媒体见面会上,楚航云破天荒地成了此次国际气候年会的中国首席演讲人。中国用一个陌生的女性面孔代替了从前的著名面孔龙士峻,骤然引起国际媒体的特别关注。有关的评语纷至沓来,诸如"史上最吸引眼球的女气候学家""东方女性气候学家""女气候学家的深度参与昭示了气候科学的当代魅力""首席演讲人的性别变换,表明中国在气候变化问题上的态度耐人寻味""中国新锐女气候学家楚航云在全球气候变化研究领域破茧而出",等等。

真正的原因是龙士峻病了。龙士峻的血压多次出现骤升骤降,医生担心他那比常人肥大许多的心脏承受不了长距离飞行,这才有了楚航云的临时顶替。楚航云宁愿没有这个糟糕的"破茧而出"。更糟糕的是,万一道格·约翰斯顿的神秘邮件当真出现,她就只能单枪匹马地应对了,谁知道会出现怎样的诡异呢!

诡异在抵达纽约的当晚出现。一个男人给楚航云的房间打来电话,压低声音提醒她,我知道道格·约翰斯顿生前与您有个秘密约定,那个约定牵涉到许多人的利益,更牵涉到全球气候变化的大格局,身为一名气候学家,想必您知道该怎么做才是正确的选择。

楚航云本能地回应说不明白他在说什么。对方的口气不紧不慢,就算挂断我的电话,也无法避免您即将面临的麻烦。楚航云问他是什么人,为什么给她打这个电话,对方说电话里不便透露,但只有我能帮到你。那人留下他的手机号就挂了线。

早餐之后,国际气候年会按时开幕。没人知道坐在主会场中央的楚航云,表面的宁静下面翻腾着怎样的疑惑。幸好她的演讲被安排为压轴,这让她有足够的时间思索对策。她查过来电显示,昨晚那人用的是酒店咖啡厅电话。考虑到整座酒店对外关闭,安保措施又严密得飞不进一只蚊子来,所以打电话的人很可能是某个参会者。第一个要怀疑的就是BT气候实验室主任保罗·吉尔。可他怎么会知道道格与她的秘密约定?难不成正是他在频繁入侵她的邮箱,所以看到了道格发给她的邮件?那么昨晚的电话,就是在对她发出近身警告?

保罗·吉尔正在演讲。会议主办者将美中两国演讲人分别冠以打头阵与压轴的角色,意在强调美中两国应对全球气候变化的姿态至关重要。保罗·吉尔的演讲带有强烈的劝诫色彩,题目起得拗口而感性——《祈祷上帝让我能够尽快证明——纽约将会被淹没》。

保罗·吉尔说他很早以前就明白了,献身气候科学是上帝对他的召唤。身为最虔诚的基督徒,他的使命就是要拿出当今世界最科学也最具信服力的气候模型,用科学的数据让全体人类深信不疑:气候变暖真实存在,且主要由人类活动所引发。

他神情沉重起来,BT气候实验室集合了一批最优秀的气候学家。我们研制多年的气候模型"小男孩"正在完善中,因为献给上帝的礼物必须完美无缺。最新的预测是一个很坏的现象,我们发现,大气中二氧化碳的含量很快将达到5500万年以来从未有过的高度,足以融化地球上的所有冰层!若格陵兰岛冰层融化,地球海平面将上升6至7米;若南极洲冰层融化,地球海平面将上升110米。我们将会看到,伦敦被淹没,新奥尔良被淹没,纽约被淹没,包括淹没联合国大厦,淹没这个坐满了气候学家的国际气候年会的主会场!

楚航云细心聆听保罗·吉尔的演讲，起初还在分辨他与昨晚电话中那个男人在声音上的相似度，很快就被他的演讲内容吸引住了。

保罗·吉尔挥动手臂做出痛心疾首状，一定会有人反驳说，冰层融化从来都是一个相对缓慢的过程，可是我们发现，这个过程正在加快！我们的地球正在进入从未经历过的炎热期，夏天正变得更加漫长更加酷热，倾盆大雨变得更加频繁，沿海洪灾变得更加常见，森林火灾变得更多更猛烈。总之，极端天气完全常态化了！所以BT气候实验室的结论是：气候变暖不是自然变异，人类无法依靠自然的力量改善气候，只能依靠我们人类自己！

楚航云看到，这个让她捉摸不透的气候学家，语气变得深沉起来，这感觉就像是身为守夜人，你在守夜时有所发现，那些重大而危险的征兆已经被你捕捉到了，你能掉头走开吗？你能闭口不言吗？不！你必须立刻敲响警钟，唤醒还在沉睡中的人们，让人们远离可能的危险！现在的问题是，我这个守夜人当得还不够格，我敲的警钟还不够响，我还不能真正唤醒沉睡中的人类，这都是因为我们的气候模型"小男孩"还不具备足够的信服力。所以我要说，今天，我这个"守夜人"的演讲是面向上帝的——我祈祷上帝赋予我更多的智慧，让BT气候实验室的气候模型能够尽快证明，日益增多的二氧化碳将会如何淹没纽约；今天，我这个"守夜人"的演讲更是面向全体人类的——鉴于地球越来越接近二氧化碳浓度的极限，我们应该而且必须在2030年以前，结束目前这种过度依赖化石燃料的经济发展模式；今天，我这个"守夜人"的演讲也是面向各国气候学家的——只有联手，才能让我们成为合格的"地球守夜人"。这需要我们互通信息，互相促进。先生们，女士们，尊敬的各国同行们，是让文明延续，还是让地球崩溃，决定权就在你我手中！

保罗·吉尔说最后那些话时，完全是在望着楚航云，要不就是楚航云觉得像是在望着她。他的眼神既像是在跟她推心置腹，又像是在企求她的合作。

楚航云心下一动，为什么不呢？都说对手亮牌的时候，是最适宜接招的。

因此大会茶歇时，楚航云手捧一杯咖啡走向保罗·吉尔，脸上带着恰到好处的笑容。她热情洋溢地夸赞他的演讲精彩而深刻，说自己完全被吸引住了，尤其是"地球守夜人"的提法很让人振奋。您说您今天的演讲是面向上帝和全体人类社会以及各国气候学家的，我相信，他们全都听到了，或者是即将听到。

楚航云的这些话，句句有暗指。她刚一抵达美国，他当晚就以匿名电话发出警告，甚至不屑于跟她当面较量，可她就是要当面挑明，她也不是个吃素的！

保罗·吉尔脸上划过一丝显而易见的震惊，很快就用礼节性的微笑掩饰住了，他向楚航云表示感谢，很高兴自己的演讲能引起一位中国气候学家的共鸣。楚航云面带微笑地回应说，难不成一位中国气候学家的共鸣在您看来有些意外吗？保罗·吉尔难为情地摇着头，您太伶牙俐齿，我可不是您的对手。楚航云立刻高调奉承说，我是气候研究领域里的小角色，一直以来都想结识保罗·吉尔先生这样的大角色，要是您能给我留个手机号，说不定，我离成为大角色的距离就近了许多呢！

楚航云说着拿出笔和纸，直接放到保罗·吉尔眼前。保罗·吉尔并没反感，提笔写下一串号码。楚航云只瞥了一眼就认出不是昨晚电话中说到的手机号，于是故意问道，听说大角色们都不止一个手机号呢，这个手机号真能找到您吗？保罗·吉尔说，这个世界上的大角色或是小角色们，他们的确是不止一个手机号，但是我保罗·吉尔，就只有这一个手机号。

他富有深意的口吻像是在提醒楚航云别把他混同于芸芸众生，又像是在声明他是一个光明磊落的君子，绝对不喜欢藏着掖着。那种信不信由你的高傲眼神儿，看得楚航云心里直发毛，好像她才是那个鬼鬼祟祟的人。

两个拿着摄像机和麦克风的电视记者打断了他们。拿麦克风的记者请保罗·吉尔预测一下，此次国际气候年会对于促使各国政府停止争吵、就温室气体减排取得共识，会有多大的作用？保罗·吉尔两眼直直地瞪着那记者，我不是章鱼。这话你该去问章鱼。再见！

看到保罗·吉尔径直离开，训练有素的记者面对镜头评说道——著名气候学家就是著名气候学家，个性十足并且言简意赅。显然，保罗·吉尔先生对此次国际气候年会信心不足；显然，世界各国的减排谈判仍然艰难曲折；显然，应对全球气候变化，人类任重而道远！

主会场上的演讲再度开始，现在是一位身材魁梧的澳大利亚气候学家站在演讲席上。本届气候年会的演讲排序别出心裁，遵循着气候谈判中的三个主要阵营"伞形集团""欧盟""77国集团＋中国"的组成依次排开，以便让相同的利益诉求者在大会上抱团取暖。顶数第一阵营"伞形集团"的气候学家人数众多，他们来自美国、日本、澳大利亚、新西兰等发达国家，有着最优厚的科研资金和最先进的技术手段，当然也有着领先前沿的科研成果。但由于他们的所在国坚持不承担减排义务，这些气候学家的演讲听上去总像是在隔空喊话。相比之下，属于第二阵营的"欧盟"气候学家们则大不同，他们的所在国在气候谈判中的积极姿态为他们的演讲增添了信服力。

在楚航云看来，看似纷攘复杂的气候谈判，其实就是两个阵营在谈判——所有的发达国家与"77国集团+中国"在谈判，是富裕起来的少部分地球公民与正在谋求生存权益的更多的地球公民在谈判。而在"77国集团+中国"这一谈判阵营里，以中国、印度、巴西、南非为"基础四国"，要求发达国家承担气候变化的历史责任，而不能一味要求发展中国家与他们共同承担责任。

会场外面的草坪上，肤色各异的男女青年举着内容不一的纸牌走来走去，形成国际气候年会中的另类演讲——一些非洲青年手举的纸牌上画着一具具可怕的骷髅，写着"气候难民"；另一些非洲青年直接在纸牌上写出控词："非洲大陆对气候变化责任最小却深受其害"；来自小岛屿国家的青年们举着纸牌团团围成小岛状，纸牌上分别写着"太平洋岛国托克劳群岛""加勒比海岛国格林纳达""马尔代夫"等字样。那马尔代夫长发女孩儿神情凄美，高高举起的纸牌上写着一句醒世箴言："别跟自然玩谈判！"她的国家曾以穿着潜水衣在海底召开内阁会议的夸张范儿提醒国际社会——他们的家园即将被淹没。

透过宽大的落地玻璃窗，楚航云向草坪上的马尔代夫女孩儿远远送去一个支持的眼神。

有人用摄像镜头拍下了马尔代夫女孩儿和她的醒世箴言。镜头移向女孩儿的眼睛，那里的美丽与哀婉如同马尔代夫本身一样令人唏嘘。镜头后面的人是沈飞扬，女孩儿的满目哀愁触碰到了他心底深处的某种共鸣。那是一种彻骨的无奈与无助，知道若是不奋起自救便再无生路，因而那哀愁里便透着一股抗争与不甘。

那也是沈飞扬的哀愁。别人看他胸佩特殊证件自由出入国际气候年会，以纪录片导演的名头想拍什么就拍什么，俨然风头正劲且风光无限，其实完全是被资本绑架为奴！

得知自己真实处境的那个当儿，沈飞扬完全惊呆了，好一会儿都发不出声音来，喉咙里像是被突然塞进一块肮脏黏腻的臭抹布，全部感觉就是恶心加窒息。他将那份与新能集团签下的合同书看了又看，将自己的签名笔迹辨认再辨认，不得不承认，原来他早就厄运缠身。

除非他能在三天之内归还新能集团花在他身上的拍摄资金。那是他再活上一辈子也挣不到的一大笔钱。只怪他当初兴奋过了头，根本没仔细阅读合同的全部条款就签了字。陷阱就是合同末尾的补充条款！那条款规定，他不能中途解约，更不能单方面违约，否则甲方有权要求他在违约行为产生后的三天之内，全部归还已经发生的投资金额。

原本并不存在违约的，就因为该死的甲方突然变脸了，他们让他从楚航云身边偷走一样东西，说那是一个对许多人来说都性命攸关的数据硬盘。那个数据硬盘牵涉到美国新能源产业的发展，牵涉到美国气候政策的走向，更牵涉到普通美国人的切身利益，包括你自己！

他们不肯说出那个数据硬盘的来路，只说那原本属于美国。至于为什么会落到中国女气候学家手上，你不必打听，事成之后一定向你披露，那会是个好故事，放进你的系列纪录短片里一定很增彩。可沈飞扬不解，怎么就认定那个重要的数据硬盘落到了楚航云手上呢？

对方在屏幕上打出个笑脸符号，我们团队里有高手。

沈飞扬断然拒绝。这是在逼他去当一个卑鄙的小偷，一个可耻的间谍，他强硬要求中止合作以保全清白。当对方将那份该死的合同一一标出致命伤后，他被提醒说，系列纪录短片《气候见证者》已经成为一个社会事件，半路中止此项目必会引起各方猜测，很可能遭到金融欺诈性质的调查。由于牵涉到罗朗议员，更有可能引发国会山的特别关注。实话说，摊上这种事情，无论调查结果如何，从一开始你就输了！

接下来的两天里，沈飞扬将来自大洋彼岸的威胁完全置之脑后，一门心思地在父亲的四合院里剪辑《气候见证者》。他坚信，就算是新能集团不再需要这部系列纪录短片了，罗朗议员和欧文·派克仍会需要。他们总是对他盛赞有加。尤其看到中国特高压电网的那些镜头后，他们回话说，你震撼了我们，你还会震撼国会山！

所以为了应对新能集团的合同纠纷，他必须将这部系列纪录短片做到最好，证明自己根本没违约。当他将全部素材剪辑完毕时，正值天色完全黑透。望着窗外的夜空他有些庆幸，看来新能集团的威胁也不无益处，否则他在两天之内绝对完不成如此大的工作量。

夜空中正值满月，明亮的月光将所有的云状与云量表达得明确而清晰，望之宛若白日晴空。分辨云状与云量及云的运动方向，是沈飞扬当气象兵时的必修功课，而他总是跟楚航云一起做这个功课。他们会长时间地注视天空，从纷繁重叠的云团中分辨它们的属性、数量与运动方向。在一般人眼中，云就是云，但在气象兵眼中，云状云量及云的运动方向代表着天气征兆，预示着气象灾变，蕴藏着战场胜负。因而看云的过程充满着发现的渴望与兴奋，更有惊心动魄的生命体验，那便是观测"云中巨无霸"——雷暴云。

该死的雷暴云最让他们伤脑筋。雷暴云体量巨大，能量也巨大，常常雄霸整个天空迟迟不肯退场。老兵警告他们说，雷暴云是导弹发射的最大天敌，它的中下部是强大的负电荷中心，而它的下垫面则是正电荷中心，这一正一负便形成了一个能量巨大的强电场。若是导弹发射阵地上空被多体聚集的雷暴云团笼罩，那么，树木、山峰、岩石等尖端体附近就会出现密集的等电位面，一旦空气发生电离，其强大的电荷将直接毁坏导弹本身，更别说精确制导了，所以必须找出雷暴云在导弹阵地上空出没的规律性。

终于有了进展。他们发现南方基地所在的飞云山有如一个喇叭筒形，当雷暴云形成后，会随着山脉的高低走向而移动，还会在山里兜兜转转；移近山口附近时，如果风向、风速、温度、湿度等条件适宜，就会从那里移出飞云山。这个发现很令人振奋。接下来的事情就是绘制雷暴云的移动路径图，将它们在各沟壑间的踪迹逐一勘察，并标示出来。

就是在这个环节上，一位人称"小陕西"的女兵因雷击而身亡。在那个性命攸关的瞬间里，沈飞扬立即卧倒在地，楚航云也蜷缩身子迅速蹲下，而"小陕西"正两腿分开低头弯腰察看测量仪，不等她采取行动，强大的电流瞬间击穿了她的五脏六腑……

好一段时间楚航云都缓不过劲来，总是大睁着两眼望着"小陕西"牺牲的山头问沈飞扬，为什么雷暴云会选中我们？为什么死去的人偏偏是"小陕西"？

沈飞扬明白，她这是想到了自己的家庭背景，她是在为"小陕西"的死而自责，所以他语气肯定地对她说，不是雷暴云选中了我们，而是我们在寻找破解雷暴云的密码，我们是在执行任务！还有，"小陕西"的牺牲不是因为你，而是因为那个该死的"跨步电压"，因为雷击在她两腿间造成了极大的电位差，可她根本来不及改变体位；而你和我，我们不过是在最短时间内缩小了身体暴露面，所以我们活了下来，而"小陕西"却光荣牺牲了。

这样的解释并未减轻楚航云的心理负担，她对沈飞扬说，"小陕西"生前一直都在收集雷暴云的资料，可她却被雷暴云夺了命，这是雷暴云在警告我们，永远别想接近它！沈飞扬鼓励楚航云要像"小陕西"那样去积极破解雷暴云的密码，"小陕西"用生命给我们留下了寻找雷暴云密码的足迹，我们该沿着战友的足迹继续前进才对！

楚航云眼泪汪汪地说，她一点儿也不想沿着"小陕西"的足迹继续前进，她恨天气，恨天气预报，尤其恨雷暴云那个杀人魔。她请求调离岗位，哪怕是去养猪种菜都行。

她当然没能调离。气象室领导的回复是：军中的各个岗位不是菜园门，不能想进就进，想出就出。革命战士是块砖，哪里需要哪里搬！你楚航云这块砖应该搬到革命最需要的地方去！没过多久楚航云就到大学里学气象去了，跟天气打交道后来成了她的职业，现在又在跟全球的天气打交道，这算不算是一种宿命呢？

父亲在轻轻敲门，告诉沈飞扬有个美国长途。沈飞扬拿起电话后惊住了，不明白远在美国的欧文·派克怎么会知道他父亲家的电话号码，这可是个军方号码。欧文·派克说，只要我想知道，我总能知道。我还知道了那个有关合同违约的条款。

就是欧文·派克的这通越洋电话改变了沈飞扬的心意，尊敬的沈导演，有些时候适当低头是为了更高地昂起头。如果楚航云手上真的有新能集团想要的东西，那么你更应该守护在她身边，而不是让她独自面对。我已经为你备好了国际气候年会的所有参会手续，包括酒店房间。我想作为一位纪录片导演，你知道自己该怎么做。

在飞往纽约的航班上，沈飞扬再次被感动得两眼湿润。那位身在国会山的欧文·派克先生，总能在他最需要的时候及时出现！

二　看穿一切

谭英天按照陶自牧在寻亲帖子上的详细标注，出地铁后又坐了两站公交车，再一抬头，果然就看到了"仁爱儿童福利院"的大门。谭英天走过去，在大门前的台阶上驻足了好一会儿，想象着当年裹在襁褓中的一个男婴被悄悄放在这台阶上的情景。如今台阶已被踩得砖石剥落，来来往往的脚印淹没了一段年代久远的隐情。

在仁爱儿童福利院传达室，谭英天受到了近乎严苛的盘问。传达室老头儿像提防骗子似的摆出一个又一个问题，看谭英天对答如流且神情淡定，这才被允许进到院子里去见女院长。

院子里很静，看不到一个孩子。所有的活动室都空荡荡的，几个搬运工正在女院长的指挥下将桌椅板凳搬到院子里叠放起来。女院长说，福利院要搬迁了，孩子们已被暂时安置到别处，再过三两天，这里就关门了。

谭英天的来访理由是帮他的一位老战友了解情况。老战友人在外地，身体又不好，看到一个名叫陶自牧的青年在网上发的寻亲帖子，很想知道帖子中的情况是否属实。您也知道，这年头，虚假的寻亲帖子在网上泛滥成灾，我担心老战友受到伤害。

一听到陶自牧的名字，女院长立刻斩钉截铁地表示，就算网上其他所有的寻亲帖子都是虚假的，陶自牧的帖子也是最真实的那一个！接着，女院长的声音哽咽了，大颗的眼泪滚落下来，那孩子不久前才知道了他的身世。当年是我在台阶上发现那孩子的。我想那孩子的母亲一定是经历了某种特殊的磨难才将他带到这个世界上来的。若没有天大的难处，哪个母亲会将自己的亲生骨肉送到我们这里来？

谭英天连忙从手机里调出绣花枕套的照片问女院长，当年那孩子的襁褓，是不是这只绣花枕套？女院长说就是它，是她一直保存着这绣花枕套，总想着等陶自牧的亲生父母出现后再交给他。现在福利院要搬迁了，她担心会弄丢，这才对陶自牧说出了一切。

女院长请谭英天转告他那位老战友，陶自牧是个很仁义很优秀的孩子，从小到大他一直都喊我院长妈妈，我就让他随了我的姓，名字也是我起的。要不是坚信那孩子的父母还活着，要不是坚信他们总有一天会找上门来，我早就领养那孩子了。请转告我一句话：有陶自牧这样的儿子，做父母的此生再无所求。

女院长请谭英天跟她到档案室里去一趟，那里有陶自牧的全套成长档案，从来到这里起就保留的健康表格和各类成绩单，包括各年龄段所受表彰的证书。女院长说，这里的每个孩子都有完整的成长档案，日后好让孩子的家人们看到他们的成长历程。这套档案是我们送给孩子们的一份礼物，无论孩子们走到哪里，这套档案都会伴随着他们。

档案室的搬迁整理已进入尾声，房间各处都是大大小小的文件箱，管档案的姑娘动作熟练地找到一个文件箱，很快取出一个厚厚的档案袋交给女院长。女院长找了个安静的地方让谭英天慢慢浏览，需要复印什么，请尽管对我说。

档案室里静悄悄的，装满档案的一只只文件箱分布在谭英天的身前身后，恍若一个个鲜活的生命蛰伏在里面，给这个刻板生硬的房间平添了某种生机。他轻轻翻开陶自牧的成长档案，开篇就是绣花枕套的存档照片。他们竟然拍下了陶自牧包裹在绣花枕套里的情景——已经泛黄的黑白照片上，这小小的婴孩两眼晶亮地大睁着，完全不知道自己的生不逢时。

谭英天长久地注视着这双目光透彻的童眸，相信这目光必将看穿一切。

有关的情况记载得清清楚楚——婴孩被发现的时间是那年3月30日清晨，有人用一只绣花枕套做襁褓，将婴孩放在福利院门外台阶上。婴孩正在安睡。即便后来在保育员怀中睡醒过来也不哭不闹。入院体检结论是：婴孩约在两天前出生，接生条件正规，脱离母体后的处置也都到位；婴孩各器官健康，四肢灵活，神经系统反应灵敏，未发现异常。

更多的资料是在记述陶自牧的成长。自他懂事起就有了对他才智与品行的褒奖评语，从小学到大学的各科成绩单也都表现不俗；他还爱好广泛，从田径到乒乓球再到篮球，都有参赛经历，也都拿过名次。近些年他迷上了跆拳道，已到白带段位。资料里有一张他佩戴段位绶带的照片，看得出宽大的跆拳服下面是一副高大健壮的体格。谭英天不禁唏嘘，这孩子刚一出生就被遗弃，却独自成长得如此优秀，足见他生命力的强大。

凝视着陶自牧阳光般的面容，谭英天难以预测这孩子的突然出现会引发怎样的连锁反应。他不知道是否会扯出什么糟糕的陈年旧事，也不知道会给楚航云带来什么伤害，更不知道楚航云是否会原谅田汀汾的母亲。但有件事是明确的，他谭英天必须对这孩子格外好。他欠楚航云的，也欠田汀汾的，如今过世的亲家母需要有人帮她偿还旧账，而最适合的人选，只能是他谭英天。

离开仁爱儿童福利院时，谭英天请女院长暂不要对陶自牧说起他的到来，理由是，让他的老战友有时间慢慢消化有关信息。女院长连连点头说非常理解。她留下自己的手机号和陶自牧的手机号，特意叮嘱说，那孩子太忙，满世界地采访，要是他没接您的电话，那他不是在开车，就是在飞机上。您就给他留言，他一定会尽快回复您。他是个很懂礼貌的孩子。

看着谭英天远去的背影，女院长对老传达说，这人没说真话，至少不是全部真话。我总觉得，就是他看到了陶自牧的寻亲帖子，是他本人想要了解陶自牧的情况。说不定，当年就是他把小自牧放在了这个台阶上。

老传达长叹一声，在这里待久了，我总在想一个问题，为什么有那么多的人会生下他们不想要的孩子呢？

女院长两眼望向天空，这也是我总在想的问题，想了大半辈子也没想明白。但有一点我很清楚，那些被遗弃的孩子，就是上天托付给我们暂时保管的礼物。上天让我们珍惜他们，还让我们耐心等待着他们的家人总有一天也会珍惜他们……

此时此刻，陶自牧刚刚飞临大洋彼岸，正用钥匙打开亡友约翰·杰克逊寓所的房门。现在是美国东部时间深夜两点，纽约正在沉睡。陶自牧百感交集地走进房门，期盼着约翰还能像从前那样张开双臂与他紧紧拥抱，或是欢快地伸出拳头在他身上一通乱捅。借助窗外透进的夜光，陶自牧一眼就看出这里被人彻底翻动过，东西扔得到处都是，所有的柜门和抽屉都大开着，里面的东西乱作一团。显然有人想拿走什么重要的东西，或是已经拿走了。

房间里弥漫着陶自牧熟悉的气息，半年前他还跟约翰在这里恣意人生呢！那次陶自牧在纽约逗留了一个多星期，约翰劲头十足地带他跑遍了纽约所有值得一看的地方，大有一种炫耀家藏的得意劲儿——看，这是帝国大厦！这是自由女神像！这是洛克菲勒中心！这是中央车站！这是林肯艺术中心！这是时代广场！这就是伟大的华尔街！这就是神奇的好莱坞……可这才过了多久，约翰就在这座他引以自豪的城市里暴尸街头了！他挚爱的城市杀死了他，可真是应着了那句话：我爱纽约，但纽约不爱我。

陶自牧泪眼模糊地走进约翰·杰克逊的卧室，心里感叹着好友的人生结局，悲痛地一头栽倒在约翰的大床上。不知道过了多久，也不知道流了多少眼泪，只觉得压在面庞下的被褥变得越来越湿冷，越来越尖硬，神情恍惚中他闻到了浓重的血腥味。约翰·杰克逊流淌在纽约街头的鲜血正越来越汹涌地倒流回来，它们穿过门缝，漫过客厅，争先恐后地爬上这张大床，在他周围聚集起来，像是要齐心协力地告诉他到底发生了什么。陶自牧屏气凝神地听着，生怕错过某个声音。当他慢慢睁开眼睛时，他看到了扔得满地的剪报。

将所有的剪报重新归位后，陶自牧想象着约翰生前将它们一张张贴上墙的情景。我正在创造历史！显然正是这两个剪报墙激励了约翰。上面全都是公开而零散的新闻，放在一起就有了耐人寻味的指向性。一定是这种指向性激怒了闯入者，他们扯下它们时一定恨得牙痒。

早间电视新闻里正在播出国际气候年会的消息，陶自牧很容易就看到了会场上的楚航云，那张端庄秀气的东方女性面孔在一大堆高鼻深目的国际气候专家中间显得很抢眼。看着电视里的楚航云，陶自牧觉得这个命运坎坷的女人实在是太过坚强，从她淡定自信的神色中完全看不出她正独自承受着一个隐秘而巨大的挑战——在异国他乡与某个利益集团斗智斗勇，既要完成一位死者的嘱托，又要履行自己的职责，同时还必须小心提防遭人暗算。

在这场力量悬殊的较量中，他是她唯一的帮手。

准确地说，他们将互为对方的同盟军。临出发前陶自牧被秘密告知：道格·约翰斯顿的下一封延时邮件将在联合国国际气候年会期间发出，时间应该是10月3日——楚航云父亲驾机失事的日子。

纽约清晨的天光直直地照着墙上的中国挂历，那是陶自牧送给约翰·杰克逊的新年礼物。当时陶自牧特意将这一年中的每个重要日子都标了出来，诸如他们各自的生日，他们相识的日子，他们约好去世界某地出游的日子。如今这些标示都还在，约翰却不在了……

陶自牧在挂历上找到"10月3日"，用粗笔重重地圈了起来。

隔着若干个街区，在纽约下城那幢老式建筑物的地下室里，电子大屏幕上正展示着道格·约翰斯顿发给楚航云的电子邮件。黑客狼迅速敲击键盘，将邮件中的最后一段文字加黑加粗并放大：

——我知道您一直都在寻找失踪的父亲，也知道您始终坚信父亲的清白，还知道您每年都会在父亲失踪那天发出寻父帖子。那该是您最刻骨铭心的日子。但愿今年这天您能有所收获。

黑客狼满脸亢奋且动作夸张地在这段文字后面打出了"10月3日"的字样。然后望着他身后的大人物雇主，兴奋得嗓音都变尖了，看，就是这一段文字告诉我，道格·约翰斯顿下一封延时邮件的发出，应该就是10月3日！

见这位大人物雇主两眼望着电子大屏幕，不激动，也不说话，黑客狼有些扫兴。他清了清嗓子继续说，我查过了，那个中国女人在每年10月3日这一天，都会发出寻父帖子，所以道格先生特意指出，那是一个"最刻骨铭心的日子"，而这句"但愿今年这天您能有所收获"，正是全篇的关键词，那意思就是，她会在10月3日这一天收到下一封电子邮件！

大人物雇主突然发声了，低沉的语气里带着明显的不满，错！那句话的意思是，一旦中国女人在10月3日发出了寻父帖子，那个该死的延时邮件就会被激活，被发送！中国女人的寻父帖子，就是那个延时邮件被激活的密码。亏你还自称什么黑客狼！

黑客狼有些悻悻然，有什么不一样吗？不都是发现了10月3日这个时间节点吗？

大人物雇主的恼火加重了，当然不一样，很不一样！你只注意到了10月3日这个日期，但更有价值的，是中国女人发出寻父帖子的时间节点。她有可能在24小时中的任何一个时间点上发出寻父帖子，所以道格的延时邮件在10月3日的任何时间节点上都有可能被激活，因此重点在于，你是不是能第一时间看到那个被激活的新邮件，抢占先机！

黑客狼狡黠地一笑，您把我弄进那堆气候学家里面，让我在国际气候年会上任意出入，要是我不能第一时间看到那个被激活的新邮件，我还配叫黑客狼吗？！

随着黑客狼在键盘上手指翻飞，电子大屏幕切换了内容，现在看到的是楚航云下榻的酒店房间。然后出现了坐在桌前的楚航云，只见她点了几下鼠标，电脑屏幕上弹出了一张照片——气候学家道格·约翰斯顿横尸南极冰盖。她一动不动地凝视着屏幕上的死者。

黑客狼语气轻轻口气却不轻，您瞧，我将和她同步看到那个被激活的新邮件。

三　古典密码学

10月3日从来都不是一个普通的日期，10月3日里充满了楚航云对父亲的思念与寻觅。近些年她持续不断地在这个日子里发出寻父帖子，很像是将这日子当成了定时开启的时空通道。她的寻父帖子更像是一种姿态，向生与向死都在同样的维度上，剩下的，就交由时间好了。但是今年情况不同，她的寻父帖子被赋予了另一种功能。现在时辰已到，她不知道自己能否担此重任。电脑屏幕上，道格·约翰斯顿横尸南极冰盖的照片刺得她两眼生疼，她不由得冲着他连连发问：道格先生，为什么您觉得我能行？

她已经写好了今年的寻父帖子。像往年一样，她在帖子里简短回顾了自己的生活与工作，说到了"气候水晶球"的顺利推进，说到了她正在参加的联合国国际气候年会，说到了那位警卫班长的临终忏悔。她说她现在不再记恨别人了，生命很短，要做的事情又太多。帖子最后，她特意标出了这家酒店的房间号，就好像父亲有可能找上门来似的。

该写的都写到了，只需轻点"发送"就行了，但楚航云握住鼠标的手却一动不动。

直至现在她都拿不准，万一拿到了数据包，该怎么跟保罗·吉尔面对面地交锋。这里是美国，是保罗·吉尔的国家，保罗·吉尔又是一位国际著名的气候学家，而她楚航云在国际气候学界不过刚露头角，在这场力量悬殊的较量中，她靠什么来胜出呢？

突然响起的电话铃声在这隔音极好的酒店客房里弄出了很大的动静，如同一个招摇而至的不速之客。楚航云走过去，俯身瞪着这个不速之客，慢慢抓起电话听筒。

电话那头，还是先前那个声音在说话，楚航云女士，10月3日对您来说是个不寻常的日子，对道格·约翰斯顿先生来说也很不寻常，你们两个的合作将很有意义。但是一个死人不可能给您正确的新信息，而我可以。新的正确信息对于这个世界来说至关重要，所以您跟我合作，会更有意义。您有我的电话，随时恭候您的来电。再见。

整个通话过程中，那男人都没留出片刻空隙让她说话，看来他根本就没打算跟她商量。他两次来电都在趾高气扬地秀肌肉！满腹愤懑中，她看到了桌面上的会议日程表，看到了用红笔标出的日程——三天后的上午九时，她将在大会上发表演讲。有如灵光乍现，她突然知道该怎么办了。她拿起红笔将"大会演讲"画了个重重的圆圈，然后气哼哼地在寻父帖子上点击了"发送"。在这场力量悬殊的较量中，她这个小角色也要释放大能量！

沈飞扬突然出现了。他举着摄像机站在她房间门口，说是大会安排他来采访本次气候年会的中国首席发言人楚航云，请她对着镜头说几句话，好话坏话都可以，重点是不能让他丢了饭碗。不等楚航云做出反应，沈飞扬又直截了当地提出，他要为她弄一个视频版的寻父帖子，或许形式上的改变能够吸引到更多的人来帮助她！说着就拉楚航云立刻出门去拍摄，以便她的视频版寻父帖子赶得及在10月3日这天发出去。

楚航云被沈飞扬连推带拉地弄到了电梯里。沈飞扬始终在兴致勃勃地说着纽约是个如何多元化又如何有个性的城市，根本容不得她插嘴说话。电梯里的人全都面带微笑，像是在欣赏一位华人对纽约的细致观察与真心喜爱。

大堂门前，酒店服务生开来了沈飞扬的劳斯莱斯。沈飞扬一握上方向盘，笑容立刻就消失了。没等楚航云坐稳当，劳斯莱斯已经驶离酒店，迅速融入了纽约的滚滚车流里。楚航云提高嗓音，我们这是要去哪里？是什么让你这么紧张？

沈飞扬的回应是，去哪里不重要，重要的是不要被人跟踪！坐稳了！

被他这一说，楚航云赶紧看向后视镜，感觉那些不安分的驾车者都像是跟踪者。她闭紧嘴巴不再发问，听任这辆劳斯莱斯带她穿行于纽约大街。沈飞扬驾车技巧高超，竟能在疾驰与躲闪中既不超速也不闯红灯，不然招来纽约警察，她的麻烦就大了，美国媒体肯定会大感兴趣并深挖不止，那将彻底毁了她的纽约之行，更别说完成道格先生的生前嘱托了。

直到身后的车辆越来越少，直到两边的房屋越来越矮，直到视野里布满了湛蓝的海水，直到劳斯莱斯最终停下不动，楚航云发现，他们这是来到了洛克威海滩。楚航云一直在关注风暴潮，关注海洋作用力对全球气候变化的影响，她知道在1892年，强烈的风暴再加上浓重的大气湿度，风暴潮在瞬间吞没了洛克威海滩对面的一个岛。

照地质学界的说法，一旦发生过就会再发生；如果很长时间没发生，那么很快就要发生。一百多年过去了，风暴潮的威胁还徘徊在洛克威海滩，整个纽约都难逃风暴潮的魔掌。可沈飞扬这是怎么了，跟她讨论风暴潮吗？只听他咬牙切齿地说，他再也不想当个大假人了，那个真实的沈飞扬就是在这片海滩上消失的，如同对面那座被风暴潮瞬间吞没的小岛！

此时的洛克威海滩人迹寥寥，沈飞扬以自嘲的口吻说着他在这片海难上被人殴打与被人赏识的双重境遇，说着欧文·派克与他在PerSe餐厅的倾心交谈，以及他上国会山独家采访罗朗议员，包括新能集团对他的全额资助，最后说到了新能集团的突然变脸。他说糟就糟在他头脑发昏了，疏忽了对合同的审视，如今他已被资本绑架为奴。他们要我从你手中偷走一个至关重要的数据包，说那个数据包关乎美国新能源产业的发展和美国气候政策的走向。他们说，那东西原本属于美国，理应归还美国。

楚航云一动不动地瞪着沈飞扬，震惊得说不出一个字来。显然她最好的战友卑鄙地利用了她，几分钟前她还以为沈飞扬的从天而降是上天给她送来个帮手呢！陶自牧的猜测没错，这家伙带着一个装有窃听装置的摄像机突然空降到她的生活中，从头到尾就是一场阴谋！

一个可怕的念头闪过楚航云的脑际：这家伙一路疾驶地把她骗到这个空荡荡的海滩上，一定是事先知道道格先生的延时邮件将在今天被激活。看来他的如意算盘就是牢牢盯住她，以便第一时间拿到数据硬盘，好向他的美国主子交差！

于是，楚航云发现自己在仰面大笑，就像是听到了极其可笑的事情。她笑啊笑，笑个不停歇，笑声连贯而轻快，有如串串珍珠叮咚作响地落在海面上，带着令人愉悦的感染力。她笑得太起劲也太投入，很快，眼泪都笑出来了，阳光映照上来，像是满脸都在流光溢彩。

沈飞扬一直面色铁青地看着楚航云，当她笑到前仰后合，笑到连咳带喘，笑得不成样子时，突然高声发问，听到我的遭遇，你觉得很可笑是吗？

楚航云边笑边说，你说的实在是太可笑了！一开始你说有人跟踪我们，把车开得飞快，赶上演警匪片了！现在又说我手上有个什么数据硬盘，还扯上了美国的气候政策，这又演成政治片了！你还说有人逼你从我这儿偷走一个数据包，这就演成搞笑片了！沈飞扬，若真有那么个了不起的数据包，不用你偷，我拱手相送！

她这番装傻充愣不知能否蒙住沈飞扬，重点是，她要在装傻充愣的掩饰下急速抽身。道格先生的延时邮件随时可能被激活，随时会出现在她的手机上，被沈飞扬看到就糟了！

那辆劳斯莱斯就停在五米远的地方，车门敞开着，阳光照在方向盘上，看得到车钥匙上的金属吊牌在闪闪发光。如同电光石火一般，楚航云突然拔腿跑去，只一眨眼工夫就坐进了驾驶座。她多年来坚持晨跑的好习惯此刻派上了大用场。当她快速转动车钥匙时，已经看清了驶离这片海滩的最佳路线，只要将油门一踩到底，就能迅速甩开沈飞扬了。

劳斯莱斯没像楚航云期待的那样冲出去，而是在原地打着转——因为沈飞扬已经扑将过来，双手紧紧拉住方向盘，阻挠她把车开走。引擎轰鸣声和车胎摩擦声弄出了很大的响动。他们两人一声不发地拼力较量着，远远看上去，像是两个行为怪异的人在疯狂角斗。

楚航云的手机响了，新邮件的提示被她设置成了公鸡啼鸣声。她任它去响。高亢嘹亮的公鸡啼鸣声中，沈飞扬大吼起来，快看手机！很可能是道格的邮件被激活了！

楚航云也吼道，你真以为我会傻到当着你的面读邮件吗？

谁知沈飞扬却发出更加激烈的吼声，如果那就是道格的邮件，如果你不立刻去看，我敢肯定，你下半辈子都会生活在悔恨中！你会悔恨自己推开了唯一可以帮助你的人，悔恨自己错失了良机，让坏人抢占了先机，你会悔恨自己在如此紧急的时刻里丧失了最起码的理智！

她根本不想相信他，但她听出了某种暗示，你是说有人正潜伏在我的邮箱里？！

沈飞扬简直快要气疯了，那家伙正读得起劲呢，而你却只会跟我大吵大叫！

劳斯莱斯不再疯狂旋转了。在楚航云走下车，走到一边，用手机读邮件的当儿，沈飞扬拧动钥匙关上了汽车引擎。周围顿时安静下来，听得到海浪轻轻拍岸的声音。

楚航云突然飞跑过来，瞪着沈飞扬急切发问，你知道怎么去聪明镇吗？

沈飞扬不说话，定定地望着她，像是在等待她说出更多的信息。

楚航云迟疑一下，气哼哼地全盘托出，道格先生的邮件说，"我是呆才"网站俱乐部里有一个以我名字注册的密码储物箱，他给我的数据硬盘就放在储物箱里，而"我是呆才"网站就在聪明镇。见鬼！我全告诉你了，现在回答我，你到底知不知道怎么去聪明镇？

沈飞扬猛地轰响油门，快上车！我们去聪明镇！

劳斯莱斯已经在向前疾驶了，楚航云几乎是奔跑着跌坐进车里。她大喊大叫着，沈飞扬，这么多年来美国警察没少给你开罚单吧？！

前往聪明镇的公路上车辆不多，一些车主把音响开到最大，将驾驶过程弄成了公路音乐会。更多的车主在专心开车。黑客狼开车驶过一辆玩摇滚的丰田车，一个衣着暴露的女孩儿边开车边冲他飞媚眼，血红的舌尖在同样血红的两片嘴唇间蹭来蹭去。黑客狼当然看得懂这种肢体语言，但他一加油门疾驶而去。比起女色的诱惑，前方有更大的诱惑。

一部笔记本电脑放在副驾驶座上，屏幕里显现着道格·约翰斯顿刚刚被激活的新邮件。

当时黑客狼一看完邮件就高呼遇到了高手。原来那东西不在互联网上，一直就在美国本土，就在一个普通的储物箱里！该死的气候学家死都死了，却在生前布下这么大的一个局，还每一步都操纵到位！黑客狼盘算着，事成之后第一时间就要向大人物雇主提出加价，否则就拒绝交货。反正大人物们从来都不缺钱，他们看重的只是需求。

唯一的麻烦是，道格·约翰斯顿的新邮件里没有打开储物箱的密码。整个行车过程中黑客狼都在极力思索。直到接近聪明镇，终于从那邮件中看出了密码指向。

在黑客狼的车前方，沈飞扬把劳斯莱斯开到了最高速。他判断此时会有几拨人马正赶往聪明镇，那么谁最先赶到聪明镇，谁就能最先打开密码储物箱。好消息是，洛克威海滩与聪明镇相隔不远，那些从纽约开车过来的人至少在距离上先输了一步。坏消息是，新邮件里没有储物箱的密码，如果不是道格先生的疏忽，那就是道格先生安排的又一个安全气囊。

楚航云倾向于后者，一个人能心思缜密到在大半个地球上虚晃一枪，这样的人不应该有疏忽，除非他是在刻意制造疏忽。疏忽本身就是他的布局。

沈飞扬想到了一种可能性，他问楚航云，整个邮件中有几组数字？楚航云看着手机说，只有一组，就是落款处的日期。说着她突然抬头，难道这就是我们在费心寻找的密码吗？

沈飞扬快意地一笑，去掉"难道"！恭喜你找到了密码！

前方就是聪明镇了，劳斯莱斯正急速开向呆才网站的那个标志性广告牌。楚航云多次在网上看到这个硕大夸张的啤酒瓶，总想着有一天要专程前往聪明镇，体会诸多的新奇与快乐，现在她快要接近聪明镇了，心里却乱糟糟得像是塞满了杂草。虽说前方可能没人阻截她，但后方肯定有追兵。就算她第一个赶到聪明镇，也很难保证能顺利打开密码储物箱。直觉告诉她，道格·约翰斯顿的布局远没结束，他一定防范过这个新邮件可能会被窃取。

突然，她看出了问题，今天明明是10月3日，为什么这邮件的落款是9月2日？

沈飞扬说这可以有很多种解释，或许那是道格先生的生日，或许那是他的合作者保罗·吉尔的生日，或许是某个对他来说很重要的日子。总之，我们找到了密码。

楚航云摇着头，那不是密码，更可能是一种古老的密钥。你了解古典密码学吗？

楚航云肯定的口吻让沈飞扬觉出这里面大有名堂，但前方就是聪明镇了，他们没时间了！要是你能三言两语就说清楚古典密码学的常识，也许我们还来得及。

楚航云说，古典密码学最重要的有两个基本原理，"移位"和"替换"。先说"移位"，将数字5前移一位变成4，后移两位变成了7，前移五位就变成了0；再说"替换"，在一定规则下，将字母C替换成B，再将字母B替换成W，原先的字母C就完全隐身加密了。

沈飞扬将信将疑，你怎么就能断定道格先生也了解古典密码学呢？

楚航云语气肯定，在这个世界上，科学家是一种最充满智慧也最脆弱的群体，他们的科学结论常常让他们成为时代的宠儿，但有时也会伤害到他们自己。不是所有的科学结论都能被社会和当权者欣然接受的，为了追求自保，一些科学家会用古典密码学来为他们的科学结论加密，等待合适的时机再解密。这是科学界里人所共知的秘密。我想道格先生很可能也深谙此道，他对我使用了古典密码学的"移位"法。我认为，"9月2日"是他给出的密钥，而真正的密码是"10月3日"！

沈飞扬兴奋起来。就算楚航云所说全都是异想天开，至少有一点是明确的，她又开始相信他了。他们两人已经合作了一路，只差最后到密码储物箱里取走那个数据硬盘了。开车经过"我是呆才"网站的巨幅广告牌时，他看到楚航云的目光追随着硕大夸张的啤酒瓶缓缓转动着，很像是葵花在追随着太阳。

接下来的事情步步顺利。首先，他俩果真就是第一批赶到聪明镇的人。图书馆停车场上，挂着外地车牌的，就只有沈飞扬的劳斯莱斯。接着，他俩很快穿过图书馆大厅，进入"我是呆才"网站俱乐部。网站俱乐部的密码储物柜靠墙而立，在长长的走廊上弄出挺大的阵势。然后，他俩按照拼音排序，很容易就找到了标有"楚航云"的密码储物箱。只是在打开密码储物箱时，楚航云突然有些不自信。但沈飞扬决定相信她的直觉，他把"10月3日"那一连串英文字母挨个输进去，只听"咔吧"一声，储物箱的小门打开了。

楚航云伸手取出放在里面的东西——是一个白色大纸袋。

蓦地，白色大纸袋被人劈头抢走了。他飞一般地跑出网站俱乐部，跑出图书馆大厅，径直跑向停车场。楚航云不顾一切地在后面追赶，几乎撞上一辆皮卡车。

图书馆管理员被惊动了,连忙跑出去看个究竟。他记得这两个中国人刚才是结伴进来的,现在那女的疯了似的又追又喊,虽然听不懂在喊什么,但能看出是在咒骂同来的那中国男人。只见那中国男人跑向一辆劳斯莱斯,迅速发动,只一眨眼工夫就冲出了停车场。

聪明镇图书馆管理员还看到,那中国男人开车经过中国女人身边时,举着一个白色大纸袋高喊了一句什么,然后,扔下浑身发抖的女同伴绝尘而去。

这一切,都被刚刚赶到聪明镇的黑客狼看得清清楚楚。情势发生了如此剧烈的陡转,完全不在他的计划中。事情的诡异在于,为什么那个叫沈飞扬的中国人会半路杀将出来,充当了本属于他的角色?黑客狼感到某种强烈的不安,他更愿意把它称作威胁。眼前所见让他沮丧地意识到,自己若不是被人出卖了,就是被人踢出局了。

几分钟后黑客狼调整好了状态。他恶狠狠地嘟囔着什么,迅猛掉转车头,加大油门冲出聪明镇。很早以前他就是个公路飙车高手,不当黑客的日子里他喜欢到公路上找乐子,逮住某个让他不爽的驾驶员,欣赏那家伙被他用车技吓得大呼小叫的可怜相。虽说很久没那么干了,但他相信功夫还在,如同伸手穿衣、张口吃饭一样,已潜移默化为一种本能。

通往纽约的公路上,黑客狼一路不断地超车再超车,没用多久,那辆劳斯莱斯就渐渐显现在前方视野里。奇怪的是,劳斯莱斯离开了去纽约的方向,拐向另一个出口。他一路追踪过去,发现劳斯莱斯向早已停在路边的一辆黑色轿车慢慢驶去。当他认出了那辆黑色轿车,认出了从车内走出的那个男人后,惊愕地跌坐在地……

在聪明镇图书馆的停车场上,楚航云几近崩溃。刚刚过去的那一刻,她冲着沈飞扬的背影骂光了所有能想到的最狠毒的咒语,直到嗓子里再也发不出声音。但沈飞扬最后喊出的那句无耻之言却始终响亮刺耳且徘徊不去——对不起,我只是借用一下!

楚航云痛苦地用拳头捂住耳朵,这声音能逼得她发疯!

有人在对她说话。那人的声音混淆在沈飞扬的声音中,让她听不清对方在说什么。然后她的双臂就被这人强行拉开了。她听到这人说他是陶自牧,说他匆匆赶来是要帮她一把,没想到还是晚了一步,都怪他对美国公路太不熟悉,更怪他过于依赖车载地图，不及时更新的车载地图反倒严重误事。楚航云困惑地看着面前这张熟悉的面孔，不明白陶自牧怎么会突然出现在这座美国小镇上，要不就是她气力耗尽之后出现了幻觉？

所幸不是幻觉。陶自牧之所以开着一辆大众越野车从纽约一路疾驶而来，就是看到了来自道格·约翰斯顿的新邮件。邮件是一位名叫谭英天的将军从北京传给他的，用的是一个加密邮箱，那位谭将军明确告知，无论发生任何状况，第一要务是保证楚航云的生命安全，其他的随后再说，所以他才没开车去追沈飞扬，否则他绝对不会让那小子得逞。

楚航云惊愕地瞪大眼睛，冲着陶自牧连连发问，你怎么会认识谭英天的？你们是什么时候认识的？还有，你怎么恰好就在纽约呢？谭英天是怎么知道这些事情的？

陶自牧让楚航云赶快上车，他们必须尽快回到纽约，到一个安全的网络环境里跟谭将军一起谋划下一步行动。但楚航云急不可待地想要知道究竟发生了什么，谭英天和沈飞扬还有这个陶自牧，他们三人在这种时候突然扎堆出现，怎么说都太诡异了！

陶自牧的回答是，现在顾不上说这些，重要的是，您不是在孤军奋战！

公路上的车辆多了起来。陶自牧驾驶技术一流，把车开得行云流水，让楚航云没有任何不适感。唯一的不适来自陶自牧的眼神，小伙子时不时地悄悄打量她一下，像是在打探什么。于是楚航云发问道，那位谭将军，他是怎么说我的？

陶自牧的口吻极其认真，那位谭将军很看好你，他说一个国家最可靠的竞争力，就是拥有千千万万个勇敢而充满智慧的爱国者，比如你楚航云。

这话一下子就把楚航云的眼泪弄出来了。在这遥远的异国他乡，在她最无助的时候，她的谭叔叔跨海越洋地传递着他的能量，像从前那样及时赶到，帮她撑起一片天，这该是一种多么深沉而厚重的情意！

她差一点儿就要抱头痛哭了，但她说出口的话却异常平静，谭将军是个好人，你陶自牧也是个好人，谢谢你们两个愿意帮我。不是每个人都愿意帮这种忙的，这很麻烦，也有危险。你们两个才是勇敢而充满智慧的爱国者呢！

楚航云没注意到陶自牧的眼圈红了，也没注意到他拼命抑制着某种激动的情绪，当然更没听出他口吻中带着故意做出的轻快感，是啊！说到勇敢而充满智慧的爱国者，您的导师龙院士，我们报社的邓社长，他们也都是勇敢而充满智慧的爱国者呢！您知道吗？龙院士以维护国家利益的名义找到我们邓社长，说我是帮助您的最合适人选，于是社长就以采访纽约国际气候年会的名义把我派了过来。所以尊敬的楚航云老师，我是中国《首都图片报》参会记者，很高兴能与您合作！

接下来的情形倒是令陶自牧惊喜交加了，只见楚航云一直紧攥着的手掌张开来，掌心里放着一只U盘，口气骄傲而自得，欢迎你，陶记者！这是道格先生留下的U盘，沈飞扬只盯着那个白色大纸袋，没看到这个。很高兴咱们的合作首战告捷！

车轮滚滚中，陶自牧止不住地朗声大笑，沈飞扬那个蠢家伙！他对您来了那么狠毒的一手，结果除了自我暴露，更是前功尽弃！我为您骄傲，亲爱的……航云老师！

他及时止住了"妈妈"那两个字的脱口而出。

刚刚得知楚航云就是他从未谋面的妈妈时，陶自牧的全部感觉就是奇迹降临。带来这奇迹的人是谭英天。谭英天在他的寻亲帖子上留言，说知道他母亲的下落，让他带上那只绣花枕套见个面。见面地点是一个空寂无人的河畔。他们两人几乎同时开车到达。陶自牧拿出一只绣花枕套，谭英天也拿出了一只绣花枕套，那情景很像是一种老派的验明正身。

当两只绣花枕套并排摆在一起后，两个人就都敞开了心扉。陶自牧这才知道，是他妈妈亲手绣出了这两只绣花枕套，当时叫作绣花对枕，以梅花桩左右朝向的不同而分为左右枕，又按照男左女右的规则分别珍藏于情侣双方手中。陶自牧惊喜交加，这就是说，我手中的绣花枕套是我妈妈的，而您手中的绣花枕套，就是我爸爸的？！

谭英天摇着头，这一副绣花对枕情况特殊，里面有一个关于你外公的故事，还是由你妈妈来告诉你那个故事吧。我要告诉你的，是关于你出生的故事。

于是陶自牧知道了，自己之所以进了儿童福利院，完全是为他接生的那位女军医的自作主张，让他妈妈以为孩子一出生就夭折了。那女军医的本意是要保护你妈妈。在那个年代里，由于你妈妈的身世有污点，再来个未婚妈妈的身份，她肯定活得很艰难，更不可能抚育你长大成人。希望你能原谅那位女军医。她过世前给家人留下话，说一定要找到你，让你们母子相认。当初要不是那位女军医医术高明，要不是她在情况危急之中把自己的血输给了你妈妈，你们母子都活不下来。人这一生,有两种大恩是不能辜负的,第一是养育之恩,第二就是救命之恩。

陶自牧在惊愕与痛苦中挣扎了好一阵子,他想抱头大哭,他想拼命狂奔,甚至想跳进面前这片河水里胡乱扑腾一阵子。只听谭英天又开口了,手中拿着一张打印件,这是我整理过的基本情况,让你先对你妈妈有个大致了解。我是你妈妈当年的新兵连长,我了解她的性情,要是她知道你对她事先做过功课,一定会非常满足。

陶自牧神情庄重地接过那张纸,只看了一眼就惊喜地大叫,楚航云?!我妈妈叫楚航云?!老天,气候学家楚航云,她就是我亲妈妈?!

接下来的时间里,陶自牧神情亢奋地讲述了他与楚航云在寻亲网站里的初次相识,讲述了他们两人的多次见面,讲述了他们两人一起寻找美国记者约翰和气候学家道格先生死亡真相的种种努力。讲到最后,陶自牧泪如泉涌,我之所以鼓起勇气发出寻亲帖子,就是听了她的劝!她对我说,从本质上说,父母从来都不可能抛弃自己的孩子!

从头至尾,谭英天都没插过一句话,只是含泪细听陶自牧说出的每一个字。到最后,他用巴掌在脸上抹了一把泪,轻轻一笑,是啊,这世界真小!

分手时,谭英天给了陶自牧一个大大的拥抱,那感觉很像是在说欢迎回家,引得陶自牧连连发问谁是他爸爸。谭英天认真回答道,这个我真不知道。那该是另外一个故事吧。

无论如何他已经找到了妈妈,而且正在与妈妈并肩作战!最重要的是,他不再是个孤儿了!此时此刻,开车疾驶在美国的高速公路上,陶自牧兴奋得有如重生。

聪明镇停车场里刚刚发生的一连串事情,被保罗·吉尔看到了后半截。他驾车急速赶到时,沈飞扬和黑客狼都已开车离开,只看到楚航云在停车场里发疯咒骂。她失魂落魄的样子让保罗·吉尔一下子就心凉了,知道那个至关重要的数据硬盘刚刚被什么人抢走了。他一动不动地呆坐在驾驶座上,心中升起从未有过的绝望。

软件程序设计师用一个跟踪软件在第一时间为保罗·吉尔截获了道格·约翰斯顿的新邮件,但即便如此他还是来晚了!远远观望中,他犹豫着要不要下车去帮助楚航云,至少不能把她一个人丢在这里,这不道德,但他无法解释自己为什么会出现在这里。很快，一个中国男子的出现解除了他的道德困境。

保罗·吉尔看到，那个挎相机的年轻中国男子将楚航云带上了一辆大众越野车。他立刻开车尾随。一路行驶中，他看到他们两人不停地说着什么。只见大众越野车驶进纽约，驶过三条大街，最后停在一幢老式公寓楼前。他看到他们两人匆匆下车，快速走进楼内。不一会儿，三楼的灯亮了，从紧闭的窗帘上透出两个幽暗的人影。

四　命运之手

这个周末北京碧空如洗，正是如今人们常说的"北京蓝"。"北京蓝"传递着一种渴求，暗含着一种幽怨，更代表着一种心气。但对于谭英天来说，一个少有的好天气至少能给这场意义特殊的谈话赋予温暖而明亮的底色。

他们夫妇正坐在谭英天的书房里。田汀汾气色不错，略施粉黛的脸庞光洁白净，五十好几的人了却一如既往地身材苗条，整个人精致优雅得有如脱胎于中国仕女画，若是遇上个既懂她又欣赏她的男人，肯定人生圆满。谭英天知道自己愧对妻子，正如妻子常常抱怨的那样——你从没让我走进你心里。或许今天，他会让妻子满意。

茶几上摆放着一些发黄发旧的纸片，产妇入院证、产妇接诊报告、产妇病危通知书、产妇各项体检报告、产妇育后情况总汇，等等。连缀起来，基本可看出当年楚航云在那家部队医院抢救与分娩的全过程。这些都是谭英天人托人弄来的。即便互联网已将这世界连成一个整体，即便互联网上承载了海量信息，但永远会有一些东西远离互联网，沉淀在老式的人际关系网中。

田汀汾一一看过去，只觉得母亲与楚航云在一个遥远的空间里清晰再现——救护车将一位昏迷的孕妇送到母亲面前，母亲发现患者是一位子宫大出血的未婚孕妇。在拼尽全力的抢救过程中，手术室里不时发出保大人还是保孩子的问询声。未婚孕妇没有家人陪伴，母亲极力主张既要保大人也要保孩子。未婚孕妇正在大出血，偏偏血库里没有适合的血浆。是母亲用自己的O型血救了急。母亲在病情记录中写道：该孕妇1982年2月28日入院。3月30日2时，在8号产房36床产下一个男婴，体重5斤3两，体征无异常。孕妇子宫切除。然后，在签订术后处理意见时，母亲望着未婚孕妇的姓名困惑而惊愕，连忙到病床前看了又看，确信就是她认识的那个楚航云后，母亲陷入深深的焦虑中……

后面就是有关仁爱儿童福利院的资料。入院登记表说婴孩被人安放在福利院门外台阶上。婴孩被发现时正在安睡。婴孩的襁褓包裹得整齐而完美，里面衬有一只绣花枕套。泛黄的照片上，婴孩两眼晶亮地大睁着。入院体检报告表明，婴孩接生条件正规，脱离母体后的处置也都到位；婴孩身体各器官健康，四肢灵活，神经系统反应灵敏，未发现异常。

田汀汾边看边抹眼泪——那些有关陶自牧在各年龄段才智与品行的褒奖评语！那些从小学到大学的各科成绩单与毕业证书！那些田径、乒乓球、篮球以及跆拳道参赛资格认证书与奖章！大多数的证书和奖状上都贴着照片，可以看出陶自牧从小到大模样上的变化。到了那张披挂着跆拳道段位绶带的照片，陶自牧已是一个高大健壮的阳光型男！

当然还有陶自牧的目前状况。谭英天上网一搜就下载了不少。这孩子已是首都新闻界小有名气的摄影记者，他所供职的《首都图片报》与他本人的新闻摄影在国家历次重大活动中都有出色表现。最新的消息是，这孩子正在美国纽约采访联合国国际气候年会。

田汀汾一个劲地感叹，这孩子这么优秀，这么阳光，脸上没有一点儿阴影……

谭英天将陶自牧的寻亲帖子从电脑中调出来让田汀汾看，田汀汾不禁泪水涟涟，我妈一直以为这孩子被送到了东三省，哪知道这孩子就在北京，就在我们身边！那位老护士长，她当年一定费心盘算过，她将这孩子留在北京，就是想让他们母子能有见面的一天！

谭英天点点头，想必老护士长相信缘分，相信他们母子总有一天会相互遇到。

田汀汾注视着谭英天，是你看到了那孩子的寻亲帖子，也是你找到了仁爱儿童福利院，这是不是表明，你跟那孩子也有缘分呢？

田汀汾这话带着多重含义，让谭英天一时不知该如何作答，只听田汀汾继续发问，我的意思是，是什么让你如此肯定，当年被人放在仁爱儿童福利院台阶上的那个男婴，就是楚航云生下的孩子呢？这个叫陶自牧的青年，真有可能是楚航云的儿子吗？我真正担心的是，如果弄错了，肯定会对楚航云造成新的伤害。

话已至此，谭英天决定全盘托出。要是他这一生中还有什么事情必须去做，就是这件事了。他打开身后书柜，拿出一个大号牛皮纸袋。纸袋多处磨损，一看就是个陈年旧物。

田汀汾看谭英天从中拿出一只绣花枕套，与陶自牧寻亲帖子上的绣花枕套一模一样！

书房里死一般寂静，两个人都在默默注视着对方，像是在等待着什么东西从天而降，或是瞬间爆炸。窗外，远远传来士兵们列队走过的脚步声，那整齐划一的节奏平衡着空气中的某种物质。当嘹亮的口令声从窗外传来时，谭英天缓缓开口了。他的嗓音中带着无尽的疲惫，仿佛刚刚走过了千山万水——当年，楚航云亲手绣出了这副绣花对枕，她以为只要她认真绣出来，就会让她得到她父亲的消息。当时她情绪沮丧，我鼓励她说，这副寓意深刻的对枕就是一种吉祥物，只要好好守护着它，就一定会给她带来父亲的消息。于是她流着眼泪对我说，真要是那样，就请您帮我一起守护这个吉祥物吧！所以这只枕套就到了我手上。

田汀汾凝视着丈夫的眼睛，这么多年了，你的住处搬过许多次，你一直都珍藏着?！

谭英天语气明确，有人将生命中最重要的一个企盼托付给了我，我当然要信守承诺。

田汀汾起身走到窗前，那位老护士长，她一定是看到了那只绣花枕套，才决定不把孩子带回东北，好让他们母子能有机会相认的。还有，其实你没必要告诉我那么多，我从来都不是个斤斤计较的妻子。

谭英天望着田汀汾的背影，只觉得此时此刻他必须对这个女人坦诚相见。他走到妻子身后，和她一起望着窗外的蓝天白云，我一直相信，人与动物的区别就在于，人有选择的能力而动物没有。人的一生无所谓好与坏，区别只在于你有没有在需要选择时做出了选择，而不是放弃选择。我的庆幸是，我这一生始终没有放弃选择，我在自己的选择中找到了我谭英天存在于世的价值。就像此刻，我选择了向你坦承，而不是任由你去猜测，去联想。

在这个京城少有的好天气里，谭英天说起了他与楚航云在桂林图书馆的初次相识，说起了新兵连野营拉练时在风雨桥上与一位侗族青年争抢新兵楚航云时的奇异感觉，说起了雨夜行军中那根沾满泥水的背包带。他说，就是从那时起他暗自打定主意，他要等着楚航云慢慢长大，然后娶她为妻。

田汀汾的话语里带着明显的凄楚，所以你才一直不肯接受我的感情？如此看来，当年我追你的样子实在是愚蠢可笑。当时你到底是怎么看我的？请告诉我真话。

谭英天望着田汀汾近在咫尺的优美脖颈,真话就是,你这位漂亮高贵的司令员女儿,就像是飘浮在我头顶上的美丽云彩,而楚航云,她才是开在我心底深处的爱情之花。

田汀汾转过身来,探究地凝视着谭英天,可你最后还是亲手掐死了你的爱情之花,抓住了我这片云彩,能告诉我到底是为了什么吗?

这是横亘在他们夫妇之间的大秘密,是谭英天青年时代对时任南方基地司令员田绍德的一次近乎自杀的火力增援。当时田绍德完全没想到谭英天竟会挺身而出,他警告说,如果你只是一时冲动,对我女儿来说将是雪上加霜。谭英天的回答斩钉截铁,请相信,我会用一生来遵守这个承诺!

就是这话打动了田绍德,他顿时泪流满面,英天啊,我女儿真的是非常非常爱你!出事后她说得最多的一句话就是,我再没资格爱谭英天了。她说这话的样子,很像是要以某种方式毁灭自己。要是你真愿意娶她为妻,那就是把她从濒死中拯救出来呢!身为父亲我很清楚,能跟你结婚,才是她最在意的事情!

谭英天从没看到过田绍德的这一面,威风凛凛的司令员和热泪纵横的父亲,哪一个才是田绍德最重要的部分?就在这时,田绍德问他会不会唱毛主席诗词歌曲,他说他会得不多,只见田绍德双眉一挑,唱起了《西江月·井冈山》。先是田绍德轻声唱,然后是谭英天加入进来,等唱完前两句,两个人开始放声齐唱——山下旌旗在望,山头鼓角相闻。敌军围困万千重,我自岿然不动。早已森严壁垒,更加众志成城。黄洋界上炮声隆,报道敌军宵遁。

他们两人眼里闪着泪,脸上挂着笑,双手握着拳,极富节奏地为自己打着拍子,就好像是被自己的歌声鼓舞了、振奋了,身体里注满了能量,很快就要集结为一股强劲的合力,然后席卷天下无敌手……

听谭英天说完许多年前的这一幕,田汀汾已泣不成声。她原以为是自己和父亲联手蒙骗了谭英天,完全没想到,是谭英天在用自己的一生包括牺牲他的初恋,来成全着她的人生!这个男人的隐忍与坚韧远远超出了她的想象。她跟他做了这么多年的夫妻,今天这是第一次,她对他涌起了一种崭新的崇敬之爱。她的爱情升华了!在她从前的爱情里,是拥有这个男人后的自我满足和身心喜悦,然而崇敬之爱,远远超出满足与喜悦的层面,是对一个灵魂的仰望与守望。那是一种忘我之爱,沉静而厚重,有如岩浆喷发,哪怕毁灭自己,也要为了所爱之人而绚丽地退场。

田汀汾庆幸自己早就做出了谋划，于是她听到了自己义无反顾的声音，英天，事已至此，我也必须对你完全坦诚。当年我母亲觉得那孩子的眉眼挺像你，就悄悄做了亲子鉴定。鉴定结果表明，你跟那孩子的基因有百分之三十多的匹配度。当时母亲不只是想保护楚航云，她也想保护你，更想保护我们整个家庭。现在，是时候让你们一家三口团聚了。其实无论我做什么，我们一家欠你谭英天的都无以回报。这么多年来，真的是委屈你了……

田汀汾冲着谭英天深深鞠躬。她知道等她再起身时，这个家庭将发生巨变。她已为那个巨变做好了各种准备，包括在医院周边租下一个小公寓，就是人们常说的净身出户。

一声长长的叹息之后，是谭英天极其肯定的声音，那孩子不是我的。我们之间，从没越过最后那道坎。这我非常清楚。

田汀汾猛地直起身，惊愕地瞪大眼睛，你们从来没有……你们就那么能克制？

谭英天眼神暗淡，也许就是因为这个，当年楚航云才突然消失的。她是想彻底了断。

这个纠缠了她半生的三角感情债完全超出了她的想象，田汀汾屏神凝息，幽幽地盯着丈夫，为什么要那么克制？其实，你没必要难为你自己。

谭英天回应着妻子的凝视，声音明显有些愠怒，因为我答应过你父亲，会用我的一生来恪守我们的婚约！反正不管我们之间会怎样，我都绝对不能辜负你父亲！

有个苍老的声音在她身后响起，汀汾，英天真的是在用他的生命恪守着你们的婚约啊！

田汀汾这才注意到坐在书房深处的田绍德，显然父亲早就坐在这里了，可能比她进来得还要早，父亲一定听到了他们所说的每一个字。只听父亲又在说，我很明白，他不只是要不辜负我，他是要用一生来呵护你！

田汀汾有些失控地轻叫，既然不爱我，为什么又要那么费劲地呵护我？！

一个个字节闷雷似的从谭英天的喉咙里翻滚而出，就因为我们是夫妻！这是责任！

田汀汾更深地凝视着丈夫，刚才你说绝对不能辜负我父亲，你们之间有什么故事吗？

只见谭英天望向天空，落日的金碧辉煌已经把那里占据得满满当当，仿佛正有某个重要角色即将登场。谭英天的声音听起来像是来自记忆深处，带着一种深远而低沉的回声：

——许多年前有一座很不起眼的穷山沟，村民们穷到每个家庭只有一条棉被。漫长的冬天里，全家人只好裹着一条棉被睡觉。就是这个造成了灾难！有年冬天村子里闹疟疾，大半个村子都是全家人一起感染，又因没钱医治而一起死亡。其中有一家，父母都死了，但儿子奇迹般地活了下来。后来进村排查的防疫队医生说，那男孩儿的免疫力超过常人，应该去当兵，将来若是在战场上负了伤，会很容易活下来。男孩儿就请医生把这些话写了下来，打算长大了拿着它去要求当兵。又过了一些年，有支部队从边境打仗回来，在村子里宿营，男孩儿找到部队首长要求当兵，说要去保卫祖国。部队首长觉得好笑，就算是想当兵也得通过征兵手续才行。男孩儿拿出医生当年写下字的那张纸问，这个能不能当作征兵手续？部队首长看过之后两眼湿润，拉着那男孩儿，让他在山坡空地上做了一连串在体操课上学过的动作，然后对那男孩儿说，医生说得没错儿，你会是个好兵。跟我走吧。

田汀汾听得泪光闪闪，我知道了，爸就是那位部队首长，而那男孩儿就是你谭英天！不过你们谁能告诉我，那医生都写了些什么呢？

回答她的人是田绍德，他说那是他一生中做出的最好的决定之一。当时田绍德非常钦佩那位医生的良苦用心，钦佩医生在医术之外的助人之道，知道医生是想用微薄之力改变一位孤儿的命运。那位医生详细记述了一场灭绝性的疟疾是如何发生的，记述了贫穷是如何让一场本该得到遏制的疟疾最终得以肆虐。医生用相当多的笔墨讲述了那男孩儿成为孤儿后必定无法逃脱的人生困境，然后笔锋一转说道，这个生活在边远山沟的孤苦男孩儿，若是能够自强不息地活下来，而且活得身心健康，怀有目标，知道祖国的需要，那他必定能成为国家的栋梁之材。医生特别强调了那男孩儿的身体内有着超常的免疫力，所以才会在灭绝大半个村子的疟疾灾难中存活下来。医生说，他将男孩儿的检验报告附在后面，相信任何一位有医学背景的人都能证明他所言不虚，也相信任何一位部队首长都懂得，战斗成员的身体免疫力与战斗力之间的紧密关联。最后，医生满怀激情地写道：

看到上述文字的部队首长，这孩子如此幸运地没在疟疾横扫中死掉，若是他日后也没被贫穷压垮，而且带着一副好身板站在您面前，那么，他命中注定就是您的兵！请相信，他定会是一员好兵，他会在许多年后让您为他骄傲，同时也为您自己骄傲，因为您在一个必须做出决定的时刻里做出了正确的决定。这样的时刻不多，请您一定要珍惜它！

田绍德说他一直很想见到那位医生，感谢医生敦促他做出了一项再正确不过的决定，不过真要是见了面，我最想说的话是，你小子当年为什么不留下姓名和单位？！

谭英天眼中含着泪，说他在部队里一路成长到今天，全都是因为当年被田司令收下当了兵，对此他总是感谢不尽。但田司令从不这么看，总说那都是他自己努力的结果，就是感谢，也该感谢部队感谢党。但他始终固执己见。后来田司令决定跟他彻底说个清楚。在一次沙盘作业之后，田司令留下当时还是小谭参谋的谭英天，借助沙盘向谭英天深入浅出地解释说，人生就像沙盘，摆弄这只沙盘的就是命运之手。所以，是命运之手让你从那场可怕的疟疾中活了下来，是命运之手让你遇到了那位医生，是命运之手让我走进那个穷山沟，也是命运之手让我看到了医生写下的那些文字。我所做的，只是遵循了命运之手的引导，仅此而已。所以再不要把账都算在我个人头上！小谭参谋，听明白了没有？

谭英天对田汀汾说，当时我以立正姿势大声回答道，报告首长，我明白了，是命运之手让我遇到了您！

屋子里的三个人都露出了会意的笑容。这是家人之间最体贴也最深入骨髓的愉悦，他们对彼此的了解走进了一个从未去过的空间，那里的一切都透明而轻盈，无须语言，也无须眼神，只在举手投足之间就道尽了一切。田汀汾读懂了他俩的心思，但她不想说破。将这种微妙复杂并且具有催泪弹效果的感情说破，从来都不是她的风格。

但是谭英天正在说破！他收起笑容，郑重其事地对田汀汾说，从那以后我明白了一件事情，命运之手从来都不会平白无故地举起来，它若是举起，必有道理。所以按照命运之手的引导去做，人生将不留缺憾。就像命运之手当年让咱爸遇到了一个名叫谭英天的男孩儿，现在，也是命运之手让我们找到了那个名叫陶自牧的男孩儿。我们全家人都在找他，都没有放弃他，这就是命运之手的引导。

田汀汾不禁望向父亲，爸，您早就知道那孩子的存在吗？

田绍德摇摇头，不算早，也就这几年吧。这么多年来你妈妈独自承受着这个秘密。临去世前两年,她一直在寻找这孩子,她找遍了东三省所有的儿童福利院。你妈去世后,是我在接着找。我忘不了你妈留下的这句话:那孩子若是能健康成长,现在也该是成家立业的年龄了。前一阵子我让你们想法儿找到楚航云,说我想她了,其实我是想在离开人世前,向小楚同志当面偿还这笔历史旧账。现在你们找到了楚航云,也找到了那孩子,我离开这个世界就安心了,你妈的在天之灵也就安息了。

田汀汾早就哭得稀里哗啦了。就算发生了宇宙大爆炸,对她的震撼也不过如此了。但田汀汾就是田汀汾,她极力抑制着哭腔发问道,英天,你为什么会选择在今天说起这些?

谭英天拿出一个小绿皮本,郑重其事地放在茶几上,因为从今天起,我就正式离休了。我将褪去身上原有的色彩,过一种我自己想要的生活了。

空气中的某种物质让田汀汾神情恍惚。癌细胞的侵扰将她改变了许多,她比以前更加注意倾听,也更加敏感善察。她拿起丈夫的离休证看了好一会儿,心里明白,她暗自谋划的那个大计划,正悄然接近尾声。

远在美国纽约的楚航云与陶自牧,对大洋彼岸那一场因他们两人而起的感情风暴,暂时一无所知,两个人正被紧张与恐惧所填满。电脑屏幕上挂着道格·约翰斯顿的生前视频,他说出的每句话都是一个沉重的惊叹号,让楚航云与陶自牧面临此生最艰难的抉择。

他们不敢向纽约警方报警。证据不足且死者身份特殊,肯定会有一场惊动四方且旷日持久的调查,不等查出真相,真正的凶手早就逃之夭夭,或是完成了规避法律的伪装;他们也无力指控新能集团。那个庞大的利益共同体中伴生着大大小小的经济体,每一个经济体都可能在利欲熏心之下冒用新能集团的名义去作祟;当然最直接的办法是拿着这个视频去见保罗·吉尔,可这又严重违背了道格先生的遗愿。

比起道格先生上一封电子邮件中的扑朔迷离,放在U盘中的这段视频直截了当,死亡的气息扑面而来。道格·约翰斯顿先是提起了哥本哈根气候峰会前爆出的"气候门丑闻",说自那以后他就陷入恐惧之中,担心黑客会在某一天侵入BT气候实验室,发现一个真实的"气候门"。因为BT气候实验室当真是在大量删改气候数据,为的是满足投资方新能集团助推《美国新能源战略法案》在国会山顺利推出的利益需求。"气候门丑闻"后我曾多次提出中止这种反科学的行为，但是保罗·吉尔坚持认定，这是伟大的科学面对该死的资本而做出的权宜之计，是不得已而为之。他说，只有当我们的气候模型"小男孩"真正完成之后，我们才有资格做回真正的科学家。

视频中，道格·约翰斯顿的语气哀痛起来，保罗·吉尔是我的多年好友，我们一直肝胆相照，但是当我发现，新能集团为他在列支敦士登存有一笔秘密款项后，我明白了，他不再是个纯粹的科学家了，他把自己的科学良心作价售卖了。所以我决定借助媒体的力量，秘密约见了一位名叫约翰·杰克逊的记者。我的交换条件是，他先在《纽约城市报》上发表一篇简单披露的文章，然后我再向他爆出所有的"猛料"。可那位记者最后还是失信了，这再一次证明媒体都是被大企业和大财团所豢养的。

道格·约翰斯顿的语速加快了，那位记者警告我，如果我知道某个重大秘密而不愿意告诉媒体，就会和那个重大秘密一起石沉大海。我不想让自己石沉大海，更不想让那个秘密石沉大海。但如果你看到了这段视频，那就说明我已死于非命。

道格·约翰斯顿两手捧起一只黑色数据硬盘——楚航云女士，如果您不反感我对您的仰慕之爱，请接受我送您的这份特殊礼物，要不就当它是一位同行的生前委托，请让这个数据硬盘远离美国的利益集团。你们的"气候水晶球"在设计思路上与我们的"小男孩"颇多相似之处，但愿它俩能够相濡以沫。我保留了所有的原始数据，如果保罗·吉尔在新能集团的挟持下最终弄出一个畸形的"小男孩"，那么这个数据硬盘将有助于揭穿他们的伪装。

视频上出现了深海画面，一群个头极小的浮游动物正在恣意游动。道格的声音从画外传来——请在气候模型中关注这种桡足类浮游动物群。它们的迁移习性对二氧化碳储存作用巨大，它们每年能把将近300万吨的二氧化碳带进北大西洋海底。建议在你们的"气候水晶球"中带入这个因子。特别说明，我们管自己的气候模型叫"小男孩"，借用的是厄尔尼诺的绰号"小男孩"，根本不是像外界传说的那样，是在借用美国投向广岛那颗原子弹的代号。这个世界的迷乱与混沌实在是太多了，上帝不会允许人类一直这样下去的！

楚航云在泪眼蒙眬中看见陶自牧在愤怒地轻吼，什么死于车祸，什么对气候变化的无所作为而失望自杀，通通都是胡扯！

楚航云两眼发直，道格先生的尸体是在南极冰盖上发现的。去一趟南极是那么容易的吗？谁提供的交通工具？有人陪同他吗？

陶自牧的脸色变得很难看，这说明我们的对手在这个国家里无所不能！

楚航云满脸的疑惑，无所不能？也包括收买沈飞扬吗？我简直无法相信，像沈飞扬那样的人也会被收买，会同流合污！

陶自牧不禁轻叫着，您快醒醒吧！如果连保罗·吉尔那样的科学家都能出卖良心，一个默默无闻的纪录片导演怎么可能守身如玉？就算他想，纽约也不会让他守身如玉！

楚航云瞪着他，陶自牧，你到底想说什么？！

陶自牧的神情就像是要对她猛击一掌，我想说的是，哪怕就是一块钻石，您又没有天天守着它，您怎么就以为那永远会是一块钻石，而不会被别人换成了一块石头呢？

楚航云在咬牙切齿，好吧，即便我看到的当真是一块石头，我也要查出来，是谁换走了原先那块钻石！

陶自牧的手机响了，是谭英天发来的信息，他建议不要让楚航云回她下榻的酒店，目前她独自一人会有危险，你最重要的任务是确保她的安全。你们的对手很快就会发现他们没有拿到全部东西，必有后续动作，所以请务必与我保持联络畅通。

楚航云接受了谭英天的建议。看到陶自牧将约翰的卧室让给她，自己去睡沙发，她很过意不去，毕竟这是她的事情，不能让他太委屈了。陶自牧摇头说您错了，知道我是怎么想的吗？我陶自牧长到这么大，还从没被人如此需要过呢！所以我将这当成是我的使命，是天降大任于我，而且我是在一位将军的指挥下执行使命，那位谭将军肯定会带领我们克敌制胜！

楚航云叹息着，他身为将军似乎不该插手这种事。我当过兵，我知道军队的纪律。

陶自牧微微一笑，谭将军要我转告您，他刚刚退休了，现在他可以为您这位老战友提供帮助，而且他已经向上级报备了。还有，我跟谭将军是在网上认识的，他看到了我的寻亲帖子，约我见了面，说他有位老战友可能会是我妈妈，他愿意帮我寻亲。

楚航云想不出谭英天为什么会热心这件事，或许是因为他自己没有孩子？

陶自牧突然发出的轻叫打断了楚航云的思路，天哪！快看这里！他死死地盯着那个中国月历记事簿，指着其中一个日期说，这就是约翰出事的日子！

那天的记事栏中赫然写着一行小字：罗朗议员秘密约见。

楚航云惊愕得嗓音都变调了，你刚才说过，我们的对手在这个国家里无所不能！

陶自牧恨恨地咬着牙根，这家伙很懂得政客秀，我让一个去美国旅游的朋友借着开放日到国会山近身了解一下他，结果朋友说，他几乎被这家伙的政治魅力打动了。所以极有可能的是，这家伙蒙蔽了约翰，这家伙利用约翰对他的信任而残忍地谋杀了约翰！

五　科学良心

罗朗庄园今夜宾客盈门。参加国际气候年会的各国科学家们在这个风清月明的夜晚被威廉·罗朗议员邀请过来，品尝美食，畅饮美酒，顺带着，《美国新能源战略法案》也就完成了一次最妙的推广。没有一家媒体得到邀请，但由此而生发出的神秘感愈加引起媒体广泛关注，当宾客们乘坐车辆鱼贯进入罗朗庄园时，围墙外面已经聚起了一群拿着相机或是摄像机的媒体人。一家有线电视台正在做直播，拿着麦克风的女记者神色庄重：

——今夜，纽约城里有无数的宴会，无外乎是些吃喝之事，但我们相信，罗朗庄园里的这一场宴会，绝对不是简单的吃喝之事，它关乎我们大多数人未来的吃喝之事。想必罗朗议员将在推杯换盏的美好气氛中，向各国气候科学家们阐述《美国新能源战略法案》……

主餐厅内灯火辉煌。站在墙角处的欧文·派克望着庄园外面的情景面露笑意，很满意自己又一次掌控了局势。媒体人大多嗅觉灵敏，只需扔出一块骨头，他们自会像狗一样寻味而来。胜任幕僚长的诀窍之一，就是要懂得何时扔出骨头，以及该扔出多大的骨头。到目前为止他自认还算可以。这是一个按照惯性运转起来的列车，没人能阻挡它的行进，最多就是让它行进得不够顺畅而已。许多人不懂这个道理，因而这个世界才充满了无休止的争吵。欧文·派克讨厌争吵，但罗朗议员总说争吵也是从政的组成部分，高明的政客就是要利用各种手段完成自己理念的推广，包括争吵。

此刻，罗朗议员正在利用家藏美酒推广他的理念，他高举酒杯请各位来宾仔细品尝杯中佳酿，说不定就能品出百年前的风花雪月。葡萄酒是一种比爱情和生命还要持久的东西，也跟爱情与生命一样容易受伤，所以需要放在一个恰当的地方并用足够的时间来滋养，让它变得滋味繁复与口感醇厚，以便达到巅峰状态。各位，请允许我向我曾祖父的在天之灵致敬，感谢他在罗朗庄园里建起了一个非比寻常的酒窖，又收集到了世界上最有特质的木桶，才让我今夜能用这种独一无二的美酒，款待各位尊敬的来宾！

来宾们面带笑意，纷纷跟着罗朗议员举杯品酒。罗朗议员请宾客们酒足饭饱之后随意参观罗朗庄园，说那是他的祖先留给他的宝贵财富之一。它们能证明，他今天之所以能够不计报酬且衣食无忧地效力公共事务，完全得益于他有着殷实的祖业。所以我的第二杯酒是敬历代家族成员的，感谢他们将罗朗家族企业运转良好，让我没必要倚靠职务之便去获取钱财。这就是富人从政的好处之一，我们会更有可能超越金钱，全心全意为国家和公众服务。请千万不要误解我这是在炫富，我只是想表明，我的钱已经足够用了，再多就失去金钱所给予的幸福感了。谁会需要让自己不幸福的金钱呢？有这样的傻子吗？

欧文·派克带头鼓掌大笑，很高兴罗朗议员将他撰写的祝酒词演绎得自然妥帖且妙趣横生。更多的掌声笑声随之而起。这就是精英叠加效应——罗朗议员与欧文·派克加在一起，便能征服世界！

满座笑声中，罗朗议员再次举起酒杯，我这第三杯酒，敬给在座的各国气候学家们！正是你们的研究与发现，让生活在这个星球上的人们开始关注自身行为，让"气候变化"这个曾经陌生的话题不再陌生，并成为一个重大的世纪话题。我读过在座许多科学家的文章，我还是IPCC主编的《决策者选摘》的忠实读者，我要说，是你们提醒我思考一个问题，如何才能实现地球上大多数人的现代化？过去我们的经典模式是，西方现代化已经带来了严重的气候问题，你们后来者就别现代化了，地球已经负担不起太多的现代化了！可是结果怎么样呢？一次次的气候峰会全都开成了吵架峰会！因此我力主推出《美国新能源战略法案》，其核心价值，就是用新能源去构筑更多人的现代化！各国的气候学家们，无论你们最终证明气候变暖还是变冷，人类都该大力发展新能源，尤其是太阳能，那里有大多数人的好日子！那可是个蕴藏巨大商机的富矿，有些人已经在领先开挖了！我就不说他们都是谁了，不然会误以为我要向他们拉赞助呢！

在宾客们会意的爆笑声中，罗朗议员略略提高音调，不过美国新能集团正在领先开挖那个富矿。为什么我不担心他们误会我？因为他们已经在赞助《美国新能源战略法案》了！

宾客们发出更大的爆笑声，几乎淹没了罗朗议员的致谢词——谢谢新能集团！谢谢董事长安德鲁·贾丁先生！

数欧文·派克笑得最欢。他撰写的这篇祝酒词被罗朗议员照单全收，还融会贯通得如此出神入化，这再次坚定了他的信念：他和罗朗议员加在一起就能征服世界！《美国新能源战略法案》就是他们联手射出的第一发炮弹，作为幕僚长他必须确保这颗炮弹准确无误，在全部射程中不要出现任何阻碍，若有出现，必得速速清理干净。在这方面他从不手软。他早就不是从前那个性情懦弱的阿肯色穷小子了。

当酒宴进入餐后甜品阶段，各色甜点及各种酒类与软饮在精美器皿的衬托下闪亮登场时，宾客们开始走动起来。很快就三五成群了。楚航云端着一杯鸡尾酒做出随意走动的样子，先是走进钢琴房看了一会儿几位气候学家的自娱自乐，觉得那位法国女气候学家的嗓音很有莎拉·布莱曼的韵味；又在走廊尽头细细观赏着一组来自埃及法老洞穴的精美陪葬品；然后，她貌似随意地向左转身，侧头仰望着一幅幅高悬于墙上的巨型油画，抚着宽大的楼梯扶手缓步拾级而上。别人看她是在边登楼梯边欣赏油画，其实她是在按照一个来路神秘的手机信息前去会面。发信息的人警告她不能引起任何人的注意，"否则没人会逃脱干系"！

收到信息时楚航云刚落座不久，因而面对罗朗议员妙趣横生的祝酒词，再想到陶自牧说过的有关约翰被害的那些话，只觉得后背阵阵发凉。她认定发信息的人就是罗朗议员，而这一场看上去热情洋溢的豪门酒宴，就是个用意阴鸷的鸿门宴，是要借机跟她彻底摊牌。她脑海里浮现出约翰·杰克逊写在月历上的那行小字——"罗朗议员秘密约见"。显然，这位国会议员喜欢秘密约见别人。

三楼尽头的房门微微开着，透出一道柔和的光亮。楚航云走过去，深吸一口气推开门。房门相当厚实，整体包裹着黄褐色的牛皮，那细腻光滑的质感肯定来自上好的头层水牛皮。楚航云不知道自己为什么会冒出这么个毫不相干的念头，她只知道自己紧张极了。被一位现任美国国会议员神秘约见已够她受的了，还要彻底摊牌，怎么说都属于势不均也力不敌。

这是一个带门厅的大房间。楚航云轻步穿过门厅，却见等待她的人并不是罗朗议员。

楚航云沉默不语，打定主意等着BT气候实验室主任保罗·吉尔先开口，却见他突然起身说道，楚航云女士，您是在找女宾更衣室吧？它在二楼，这里是三楼。一定是有人给您指错了地方。那通常都是一些心怀嫉妒的仆人，他们喜欢捉弄像您这样漂亮而体面的女客人。跟我来，我很乐意带您过去。

保罗·吉尔出现在这里已经让楚航云大感意外了，他这番言语更让楚航云如堕云里雾里。只一秒钟的工夫她就决定迎刃而上。她神情严肃地回应道，不，我不是来找女宾更衣室的。有人发信息约我来这里，警告我不能引起任何人的注意，否则没有人会逃脱干系。不过保罗·吉尔先生，您为什么正好在这里呢？

保罗·吉尔突然笑起来，看来今晚我不是唯一被捉弄的人，科学家们扎堆出现的时候，就是会有这种无伤大雅的恶作剧。他们没发信息把你我骗到漆黑一团的树林子里去，已经算是手下留情啦！显然科学家们在不搞科学的时候，也是有着七情六欲的普通人呢！

这情景完全不在楚航云的想象中，保罗·吉尔貌似轻松的神情中透着紧迫感。要是她反其道而行之，说不定就能将他的真实用意倒逼出来。于是她一脸释然地笑着，既然如此，正好让我有了一个单独请教您的机会，也不错啊！

保罗·吉尔明显像是在生气，这里是罗朗庄园，我们是在参加罗朗议员的家庭酒宴，离开得太久，是有失礼节的！他话语中的某种意味引起了楚航云的注意，像是在警告她再不离开就会惹祸上身，而且他已经兀自往外走了。

从门厅里走进一个人来。这个西装革履的男人笑容可掬，尊敬的楚航云女士，谢谢您能来这里跟我们见面。我想是保罗·吉尔先生有话要跟您说。

如同平地起风雷，保罗·吉尔猛地发作起来，我不干了！欧文·派克，你就是个魔鬼，被你盯上的人全都噩梦不断！再不能这样下去了，我要中止这一切！楚航云女士，我们走！我会向你解释所有的事情！

保罗·吉尔上前一把抓住楚航云的胳膊。就在这时，楚航云听到身后传来自己的声音。她疑惑地循声望去，发现电视屏幕里竟然是她在自己家中向沈飞扬推心置腹的影像！

欧文·派克的声音里带着掩饰不住的快意，请放心，这只是一段供内部观看的视频。不过要是楚航云女士不肯合作，它会很快登上世界各大电视网和各大门户网络。想想看，国际气候年会的中国首席发言人向全世界讲述她和将军情人的私情故事，会不会很吸引眼球呢？对了，据说您那位将军情人从事的是中国军方的网络研究，这可是个相当敏感的领域，足以引起广泛的国际关注哦！

先前所有的疑惑都涌到了楚航云眼前,她愤怒地喊叫着,你让沈飞扬带着个装有窃听器的摄像机接近我,就为了要暗中录下这些吗?

欧文·派克自负地摆摆手,这些只是意外收获,属于搂草打兔子。其实让沈飞扬去中国接近你,是要找到道格先生送你的这件礼物。

看到欧文·派克手中举着被沈飞扬抢走的白色纸袋,楚航云悲哀而惊愕,她又气又恨地瞪着他,既然你已经拿到了它,还想怎么样?!

原来是因为道格先生为这个数据硬盘设定的密码太复杂了,连顶尖的黑客都无法破解。欧文·派克开出的条件是——只要她交出密码,他就交出那段视频。否则那段视频很快就会走出罗朗庄园,走向世界!

楚航云无法遏制地爆发了。她大骂欧文·派克是个卑鄙小人,满嘴谎话连带着诡计多端,但是上帝看穿了你,让你打不开这个数据硬盘!现在这里聚集了各国气候学家,庄园外面还聚集着许多媒体,你能把我怎么样?!你唯一的武器不就是这段视频吗?首先,那只是一段几十年前的旧情,最多引起短暂的围观,很快就会被新的信息淹没;另外,我早就跟那位将军不联络了,最重要的是,他已经退休了!

欧文·派克哈哈大笑,直说楚航云是个头脑简单的书呆子,知道吗?没有十足的把握,通常我是不会出招的。只见他从一扇门里拉出了陶自牧。陶自牧神情沮丧,羞愧得几乎不敢与楚航云对视。他为自己今晚的愚蠢而懊恼,最可恨的是,竟然被沈飞扬算计了!

欧文·派克几乎是在狞笑,要是我说,这个偷偷钻进罗朗庄园的中国小子,就是您那位将军情人派来的;要是我说,您来纽约前就住在那位谭将军的家里,您还要一口咬定,您跟那位谭将军早就不联络了吗?

楚航云惊愕得说不出话来,欧文·派克能量之大远远超出了她的想象。情急之下,她的思路反倒清晰起来——欧文·派克不惜绕了大半个地球要拿到道格先生的数据硬盘,其实他真正担心的,不是那些海量的气候数据会被外泄,也不是BT气候研究室的"小男孩"会被人半路抱走,而是他拼命掩盖的一系列罪行会暴露!

她突然知道该怎么办了。她说她要查看一下陶自牧的手机,看他昨晚有没有给谭英天打过电话。欧文·派克警觉地问她想干什么,陶自牧已经心领神会,立刻拿出手机,手指在屏幕上快速滑动着。欧文·派克觉察到了某种威胁,上去就抢陶自牧的手机。陶自牧迅速闪躲开来。当他飞身跃上电视柜的当儿，整个房间里都回荡着道格·约翰斯顿的生前讲述：

——保罗·吉尔是我的多年好友，我们一直肝胆相照，但是当我发现，新能集团为他在列支敦士登存有一笔秘密款项后，我明白了，他不再是个纯粹的科学家了，他把自己的科学良心作价售卖了。所以我决定借助媒体的力量，秘密约见了一位名叫约翰·杰克逊的记者。我的交换条件是，他先在《纽约城市报》上发表一篇简单披露的文章，然后我再向他爆出所有的"猛料"。可那位记者最后还是失信了，这再一次证明媒体都是被大企业和大财团所豢养的！那位记者警告我，如果我知道某个重大秘密而不愿意告诉媒体，就会和那个重大秘密一起石沉大海。我不想让自己石沉大海，更不想让那个秘密石沉大海。但如果你看到了这段视频，那就说明我已死于非命……

欧文·派克的嚣张顿时消失，两眼直愣愣地瞪着陶自牧，像是一时弄不明白他手机里发出的是什么声音。

在道格持续的讲述声中，楚航云激愤地喊道，这才是你真正要找的东西吧？其实你一直都在为你的谋杀行为担惊受怕！想想看，"著名气候学家不是死于自杀而是谋杀，凶手正是罗朗议员的幕僚长"！你认为公众更感兴趣我这个发生在美国的新故事呢，还是你那个发生在中国的旧故事？！

在这个装饰华贵的大房间里，道格·约翰斯顿沉静的声音与楚航云激愤的声音混杂交织，生成了一种奇异的声波，其音频之尖厉像是要刺穿周围的一切。显然欧文·派克被刺中了要害，他浑身颤抖着，突然挥动手臂，将手中的白色纸袋冲着陶自牧的手机狠狠砸过去，徒劳地想要制止手机里的道格·约翰斯顿往下说。

站在一旁的保罗·吉尔早就悲痛欲绝了。他听到的每一个字都如同子弹一般击中心脏，显然他在多个环节上都愚蠢地沦为了帮凶！现在，那个带着道格生命气息的白色纸袋正在空中快速移动，很快就将坠地被毁。欧文·派克满世界地找到了它，现在它对他已经没有意义了，但是它对道格的在天之灵意义重大，对道格和保罗共有的青春岁月与科学梦想意义重大！他大吼一声跳将起来，身子鱼跃般地冲过去，一把抓住了即将落地的白色纸袋。

他走到欧文·派克面前，讥讽地大声喝道，请听好了，本人曾是哈佛足球队第一守门员！这是本人平生最过瘾的一次接球经历！

然而欧文·派克完全顾不上他的讥讽了，门厅里并肩站着的两个人让他明白了自己的处境。他直直地看着罗朗议员与沈飞扬，恨自己没注意到他们是何时进来的,更恨自己竟然被沈飞扬这么个小角色耍弄了。所有的错误都在于,他忽略了这小子在他身边的快速成长。

在场的每一个人都不出声,直到听完道格·约翰斯顿在视频中的最后一句话:

——这个世界的迷乱与混沌实在是太多了,上帝不会允许人类一直这样下去的!

欧文·派克脑海里闪出一个念头:除了上帝,该来的,差不多都到齐了……

本届联合国国际气候年会的大会发言已接近尾声,现在站在发言席上的,是中国气候变化首席发言人楚航云。会场大屏幕上清晰地显现着楚航云端庄秀丽的东方女性面孔,再加上她语气温婉的嗓音,给原本气氛紧张的会场平添了些许轻松与安宁。

会场的紧张气氛来自美国国安局的警告。情报显示,多个极端绿色组织计划今天冲击会场,以表达对各国政府治理气候变化缺乏力度的不满。大会提升安保等级,与会人员全被收走手机。会场外围的安全警戒线数倍扩大,原先人头攒动的草坪变得空荡荡的,那些举着纸牌表达态度的人群,看上去成了一连串小小的活动人形,纸牌上的内容完全看不清了。

足够的安保措施通常总能形成足够的震慑力,因而气候学家们并不担心什么。外形俊朗的法国气候学家被收手机时调侃着,要是我的现任女友怪我不接她的电话,导致关系告吹,那可怎么办?澳大利亚气候学家坏笑着跟他打趣,那正好!你可以毫无愧疚地去结交新女友啦!周围的气候学家都笑了起来。

楚航云没笑。她压根儿笑不出来。相比于来自美国国安局的预警,今天她要面对的,是更加重大也更加确切的危机。

昨晚与罗朗议员的谈判进行得很艰难。当时罗朗议员的突然出现惊到了在场的每个人。议员目光淡然地扫过大家,最后停留在楚航云脸上,语气不轻也不重,请问你想怎样?

罗朗议员的这种反应比罗朗议员的突然出现更加令人吃惊,在场的人都愣怔了,包括欧文·派克。楚航云更是困惑不已,怀疑自己的英语听力出了问题。

罗朗议员摆明了要解除她的困惑,再次向她发问,楚航云女士,请问你想怎样？

罗朗议员的发问清晰明了，直指面前这场较量的最终结果，其显而易见的话外音表明他不容别人掌控局面。楚航云决定把这球原封不动地踢回去。当权势人物发问时，通常他们已有答案了。于是她反问道，议员先生，您认为我能怎样？

就像是终于等到了合适的时机，罗朗议员开始侃侃而谈。他说他非常理解楚航云此刻的心情，换作是他，说不定也想立刻将欧文·派克送交警方。司法制度的存在，原本就是要用公权的力量去制裁那些本该制裁的人，只要证据确凿。可现在的问题是，我们有证据吗？没错儿，道格先生的生前视频明确指出，他担心自己会被谋杀，可他提到欧文·派克这个名字了吗？当然，我们可以寄希望于司法调查。美国先进的司法机器也许很快就能将这一切查个水落石出，对此我坚信不疑。但我同样坚信不疑的是，保罗·吉尔肯定也会被列入嫌疑犯名单，因为道格先生的视频明确指出了他对保罗先生的极度失望。所以保罗·吉尔才是最有谋杀动机的那个人！是他在实施科学造假，是他摧毁了道格·约翰斯顿的精神支柱。还有，最重要的是，就算保罗先生最终洗清了凶手罪名，但是数据造假还是会大白于天下，这才是最大的灾难！请问，我们需要又一个"气候门丑闻"吗？上一个还没平息呢！在这个世界上，质疑气候变化和气候学家的声音已经太多了，难道我们也要加入那个该死的大合唱吗？

罗朗议员的声音中出现了一种真实的痛切感，美国的气候政策一直在左右徘徊，我们不能总是站在道德高地上指责政治家们不作为，或是指责他们以私利作祟，若是气候学家们更给力，若是你们的气候模型能够给出确实的数据，情况注定完全不同。然而你们还做不到！虽说你们正在努力去做，但是调查会毁了这一切，不只是毁了保罗先生，毁了BT气候实验室，毁了新能集团对气候模型"小男孩"的资金链，更会毁了《美国新能源战略法案》！当然，还会毁了楚航云女士和你那位中国将军的名声，更会毁了全球气候学家的集体声誉！请问，我们愿意看到这些吗？

听罗朗议员"我们""我们"地说着，就好像大家正跻身于一个命运共同体，都在一荣俱荣、一损俱损。罗朗议员的确是道出了楚航云的所有隐忧，但是让道格先生和那位美国记者不明不白地死掉，对她来说是一种更大的不安，等于是在窝藏凶手！

许多个声音在楚航云脑子里说呀说，说个不停歇，后来，一个更强劲的声音占了上风。于是这场较量达成的最终交易是：欧文·派克必须立刻对媒体公布道格·约翰斯顿的死亡真相；不然的话，楚航云将在气候年会发言完毕后，当场公布道格先生的生前视频。

此时，楚航云的大会发言已接近最后三分钟，还是不见欧文·派克有任何动静。楚航云悄然加快语速，以便有时间当场公布道格先生的生前视频。整个发言过程中她都忐忑不安。其实她最不想看到的结果就是需要当众摊牌。罗朗议员断言的那一切都有可能发生，而真相，或许永远也无法弄清。

现在，楚航云来到了发言稿的最后段落。她简略讲解了中国气候学家正在研制的气候模型"气候水晶球"是如何考虑到了"水效应"，而这个多方影响到气候变化的因子，正是被哥本哈根峰会忽视的内容。最后，她以沉静的语调讲起了结束语：

就在昨天，一位美国国会议员对我说，我们不能总是站在道德高地上指责政治家们不作为，或是指责他们以私利作祟，若是气候学家们更给力，若是你们的气候模型能够给出确实的数据，情况注定完全不同。所以在气候变化问题上，气候学家群体理当成为政治家们的智囊团，而尽快完成接近于真实趋势的气候模型，则是我们这一代气候学家迫在眉睫的历史使命。今天，全球的气候学家聚集在这里，就是在高调重申这个历史使命，就是在明确集体抱团的必要性，就是在警示气候灾变的紧迫性。最后，请允许我用已故美国气候学家道格·约翰斯顿的一段生前视频来结束我的发言，也顺便帮他澄清一件事情。

罗朗议员那边始终没有动静。或许从一开始他们就没打算遵守承诺。楚航云不想再等了。大屏幕上显现出道格·约翰斯顿的生前影像，会场上方回荡着已故气候学家的声音：

我们管自己的气候模型叫"小男孩"，借用的是厄尔尼诺的绰号"小男孩"，根本不是像外界传说的那样，是在借用美国投向广岛那颗原子弹的代号。这个世界的迷乱与混沌实在是太多了，上帝不会允许人类一直这样下去的！

当如潮的掌声响起时，楚航云头脑发蒙地离开了发言席。她弄不清那掌声的响起是冲着她的发言，还是冲着道格·约翰斯顿的在天之灵。

大会主持人突然高声提醒全场注意看大屏幕，上面是一个刚刚播发的现场新闻——

美国众议员威廉·罗朗的幕僚长欧文·派克先生因心脏病突发死于国会

大厦。罗朗议员正在医院回答记者提问,那张英气勃勃的脸庞上浮现出深深的哀痛。罗朗议员称欧文·派克是为全球气候变化奔走呼号的斗士,是为全球气候变化鞠躬尽瘁的功臣。昨天晚上,欧文·派克先生与参加国际气候年会的各国气候学家们度过了难忘的时光,因心情激动而无法入眠,于是彻夜修改《美国新能源战略法案》文稿。欧文·派克先生是因积劳成疾而离开我们的,除了我,没人知道他的精神压力与工作量有多大。我要说,如果美国能出现更多像欧文·派克这样真正付诸行动的爱国者,那么,在气候变化的国际舞台上,美国所展现出的,注定会是一个被世人期待已久的大国身影……

楚航云站在会场过道上定定地看着大屏幕。没人能看出她的脑海里正在惊雷滚滚。

六 蝴蝶效应

这是一场媒体见面会的改装版,临时加进的内容,是向国会议员威廉·罗朗的幕僚长欧文·派克先生进行告别并寄托哀思。到场的许多记者都是在两天前接到了欧文先生的通知,前来参加《美国新能源战略法案》正式提交国会前的最后一次媒体见面会的,如今欧文·派克突然去世,陡然增加了这个见面会的新闻价值。没得到邀请以及原先不大关注《美国新能源战略法案》的另外一些大小媒体,也都火速派来了记者。

会场前方摆放着欧文·派克的大幅全身照片,恍若他正西装革履目光亲切地走过来,一如从前出现在媒体见面会上。这让到场的许多记者都有一种不真实感,似乎欧文·派克仍在主持这场媒体见面会,似乎他因心脏病而猝死的消息只是个谣传。

国会议员威廉·罗朗的脸上有着再真实不过的哀痛,那经典式的笑容荡然无存,细细打量,会看出丝丝缕缕的惶惑,明显是被这个突发事件弄蒙了,一时半会儿缓不过劲来。当罗朗议员用喑哑的嗓音回忆欧文·派克的种种好处时,其口吻完全就像是在说着一位给他温暖与力量的家人。罗朗议员表情凝重地宣布说,《美国新能源战略法案》将于三日内正式提交国会,其文本正是欧文·派克先生用最后的生命能量润色修改的最后一稿。

罗朗议员神情凝重,我想以此向刚刚结束的联合国本届气候年会传达一个重要信息,那就是——退出了《京都议定书》的美国并非退出了应对全球气候变化的世纪挑战,许许多多像欧文·派克先生这样清醒的美国人早就意识到了,气候变化对于美国已经不是遥远的威胁,而《美国新能源战略法案》的实施,则能将这种威胁大大减少。缅怀一个人最好的方式,就是将他在乎的事情继续下去!先生们,女士们,如果你们也在乎地球,如果你们也在乎美国,并且在乎让美国人民的能源需求得到持续不断的满足,那么,请支持《美国新能源战略法案》!请告诉你身边的人支持《美国新能源战略法案》!

从一开始沈飞扬就来了。他扛着新能集团赠送的那架摄像机,拍下了从头到尾的所有环节,拍下了值得记录的每一种表情。他不清楚欧文·派克昨晚发信息让他来拍摄的真正目的是什么,但他下意识地多拍,力图让欧文·派克安排的最后一场媒体见面会得以完整记录。他的镜头多次从欧文·派克的大幅照片摇向会场,以此表达对欧文·派克的特殊告别。他曾打定主意要彻底毁了欧文·派克的名声,没想到这么快,欧文·派克连性命都没了……

沈飞扬一度相信欧文·派克对他有知遇之恩。正是从遇见欧文·派克起,他在美国的惨淡生活才翻了篇。因而他对欧文·派克信任有加,即便是遭遇了新能集团的合同讹诈,他都天真地将欧文·派克排除在外;即便是欧文·派克在越洋电话中要他立即回来,以拍摄国际气候年会的名义为借口,在接近楚航云中伺机取走新能集团想要的东西,他都没有起疑。

在那通越洋电话中,欧文·派克详尽描绘了与新能集团中止合作的可悲下场,你的人生与事业势必低至泥土之下,反之则一切如常,你的名誉不会受损,你的纪录片照常拍摄,你的梦想也将很快实现。欧文·派克的嗓音中带着一如既往的恳切与热情,然而沈飞扬心力交瘁,明确表示不想再干了,我是纪录片导演,不是什么该死的间谍!

欧文·派克的话说得直接而残酷,这已经由不得你了,新能集团花大价钱买下了你和你的纪录片,所以他们让你当导演,你就是个导演;让你当间谍,你就得是个间谍。你和我,我们都逃不脱资本的掌控。

直到这时沈飞扬仍然没有起疑。他以为欧文·派克最多是个传话的,以为他只是在帮他摆脱困境,因而他听从规劝回到纽约,打算跟新能集团彻底了断。两人见面时,他带上了新能集团馈赠的那部摄像机,请欧文·派克代他还回去,说他绝对不会为新能集团当间谍,也再不奢望当导演,他只求尽快脱身,保全自己的清白。

那一刻,欧文·派克以怜悯的眼神看着他,晚了,沈飞扬先生,你早就不清白了！从你带着这部摄像机进入中国开始，你就不清白了。如果被人发现这部摄像机上带有监听装置，你就不只是间谍嫌疑了，总之不是被美国政府起诉，就是被中国政府起诉，你可是带着它去过中国许多地方，采访过中国重量级的人物呢！但凡涉及中国的间谍案，在美国总能整成个大事件，再加上你的中国军方出身和在中国导弹基地的从军经历，不用太费事，他们就能整出个跨国大阴谋！所以你有两个选择，要么从那位中国女气候学家手上拿回新能集团想要的东西，然后继续做你的纪录片导演；要么就是到联邦监狱里去度过你的余生。

这话着实把沈飞扬吓到了，立刻就要检查摄像机，他不相信那里面藏着什么监听装置，欧文·派克摆摆手，省省吧，他们能给你偷偷装上，也能给你偷偷卸掉。

沈飞扬的后背阵阵发冷，这一切他竟然毫不知晓！但他咬紧牙关打算拼力一搏，好吧，请您转告新能集团，我的人生早就低于泥土了，我不怕再回到泥土之下！

欧文·派克直摇头，说他不能转告，那会让沈飞扬和楚航云包括她的军中旧情人统统陷入困境。他拿出楚航云向沈飞扬倾吐心事的那些视频，轻轻叹息着，他们的交易条件是，如果你不能拿回他们想要的东西，他们就让这些视频登上全球包括中国各大网站。我想，就算你不怕自己的人生再次低于泥土，你能忍心让两个无辜者的人生因为你而低于泥土吗？

就是这话狠狠击中了沈飞扬，让他再次盲从了欧文·派克的指挥棒。于是他费尽心思周旋在楚航云身边，硬着心肠在聪明镇里抢走了道格先生的数据硬盘。他以为自己睿智而勇敢，以为自己到底帮着楚航云击败了那帮魔鬼。然而新能集团再次发难——除非提供打开数据硬盘的密码，否则交易取消！

这下沈飞扬被彻底激火了。他怒冲冲地去见欧文·派克，发誓要向新能集团公开宣战，指控他们行使合同诈骗，并动用非法手段行使讹诈，哼，大不了我们鱼死网破罢了！

沈飞扬永远忘不了欧文·派克当时的眼神，那是一种极其鄙夷的眼神，像是在看着一只卑微的虫子，语气中带着明显的戏弄，沈飞扬呀沈飞扬，是什么让你以为你这条小鱼可以弄破他们那张大渔网呢？就算可以，你弄破的，也不过是那张庞大渔网上一个小小不然的窟窿，完全影响不到那张渔网原本的捕捞功能；而且，只需一眨眼的工夫，它就能迅速补好你造成的那个小窟窿。然后，你会看到那张渔网还在那里，它完好无缺，它庞大结实，它屹立不倒，许许多多的大鱼大虾连带着无数的小鱼小虾依然会成群结队地游向那张渔网，心甘情愿地被它捕捉。知道这是为什么吗？因为它们无处可去！无论是大鱼大虾还是小鱼小虾都生活在渔网遍布的世界上，不是被这张渔网捕捉，就是被那张渔网捕捉，就算侥幸逃出了某张渔网，还是会头脑发昏地钻进另一张渔网里。

欧文·派克的声音既像是在低声警告，又像是在推心置腹，眼中跳荡着怪异的毫光，我们都是一条鱼，千万别跟渔网较劲，也不要在乎被哪张渔网捕捉到。我们这些小生命里的能量不多，我们管不了更多的事情，唯一能做的，就是努力进入一个更大更豪华的餐厅，被那里最有地位的主厨相中，然后成为某位尊贵食客餐盘中的美味佳肴。所以请记住两件事，第一，我们生而为鱼不是我们能够改变的；第二，这条鱼和那条鱼的最终区别只是，你进了谁的餐盘里。既然我们最终都会被吃掉，那就让我们在灯火辉煌的餐厅里被吃掉，在精美绝伦的餐盘中被吃掉，在美酒佳酿的佐餐下被吃掉，在满堂华服的辉映下被吃掉。当然最理想的是，在被吃掉之前能够听到一声由衷的赞美——天哪，这是我吃到过的最美味的鱼！

放在先前，沈飞扬肯定会被欧文·派克这一番富有想象力的生存哲学所吸引。欧文·派克曾在很大程度上满足了他对从政者的理想构架。这个外表考究吐字清晰的阿肯色男人有着献身政坛的坚毅与果敢，虽出身草根家庭却对国家事务有着精辟独到的见解，沈飞扬曾期待欧文·派克能当上议员，到时他将制作一部纪录片《看一个普通美国人如何成为议员》。现在沈飞扬觉得自己愚蠢至极！只听欧文·派克又在提要求了，他要沈飞扬安排他跟楚航云见上一面，既然你无法弄到数据硬盘密码，那么，只好由我出面跟她谈判了。

沈飞扬讥讽道，你所谓的谈判，就是用那些该死的视频威胁她吧？

欧文·派克一副自鸣得意的样子，你可以把那叫作威胁，但我更愿意把那叫作机会，是她与新能集团做交易的机会，不然的话，很难保证他们不会把那段视频放到互联网上。

沈飞扬简直要气疯了，见鬼！在发生了聪明镇事件后，你以为她还会相信我吗？

欧文·派克的神情像是在玩猫捉老鼠，信任从来都不是凭空而生的，这就是信任的可塑性。你愿不愿意去操作一下这种可塑性？

这个卑鄙的家伙一再利用他的信任，此刻又在亵渎他对楚航云的感情！沈飞扬的十指聚拢起来，握成拳头，很快就要狠狠砸在这张无耻的脸上。就在这时，他脑中闪过一个疑问，究竟是你和罗朗议员要跟楚航云摊牌，还是新能集团要跟楚航云摊牌？

欧文·派克的回答带着轻慢与不屑，事到如今，你觉得这个问题还有意义吗？

至此，欧文·派克犯下了三个致命的错误：先是低估了沈飞扬对楚航云的感情，又低估了沈飞扬的纠错能力和学习能力，更低估了沈飞扬实施报复的胆量与智慧。在美国生活多年，沈飞扬早已耳濡目染地接受了一种美式思维——对待仇敌要像狼一样地扑过去咬紧对方的喉咙。结果，那天晚上在罗朗庄园酒宴上，沈飞扬先是按照欧文·派克的指令，将一条内容相同的信息同时发给了楚航云和保罗·吉尔，然后又自作主张地发给了罗朗议员。

就是这个狠招，彻底打乱了欧文·派克的精心布局。

如今，欧文·派克已经去了另一个世界，沈飞扬还在认真执行着他最后的指令。他不知道自己为什么要来，也不知道为什么会心头酸楚，拍摄这场告别仪式让他有种时空交错的不真实感。当镜头推近欧文·派克的大幅照片后，他望着这双熟悉的眼睛喃喃自语，派克先生，对于您那番关于鱼与渔网的高谈阔论，有句话我没来得及说，对于我这条鱼来说，重要的不是游向哪一张渔网，而是游向哪一片海洋。

陶自牧的到场身份是中国《首都图片报》记者，他拿着相机将罗朗议员的脸部拍了好几张特写。在经历了那么多事情之后，他越发看不懂这位美国国会议员了。

同样，他也看不懂正满场忙活着的沈飞扬。之前他觉得沈飞扬既猥琐又可悲，为了一笔拍摄资金不惜卖身为奴，即便中了圈套也心甘情愿地与圈套共生，最终让自己成为圈套的一部分。然而沈飞扬在罗朗庄园里的绝地反击，颠覆了他的印象。

那天晚上欧文·派克拒绝任何媒体进入罗朗庄园，这让陶自牧无法近身保护楚航云，情急之中他看见了沈飞扬。根本不用他请求，沈飞扬便把手中的灯光设备交给他，带他从侧门走进去，说他是自己的灯光助理。侧门保安不肯放行陶自牧，沈飞扬便警告说，耽误了拍摄罗朗议员，大家都会丢掉饭碗。谁知侧门保安放行他们后，将电话一级级地打给了欧文·派克。偏偏欧文·派克从监控录像中认出了陶自牧，命人抓住了他。欧文·派克见到陶自牧后一脸的鄙夷，你总是这么偷偷摸摸的吗？先前派了一个所谓的中国大学生窜到罗朗议员的办公室里打探，现在又亲自潜进罗朗庄园，你到底想要干什么？

那一刻陶自牧震惊而羞恼，没想到两次出手都被欧文·派克逮了个正着。他既怪自己是个蠢蛋，也怪沈飞扬成事不足败事有余。后来情势出现了惊天大逆转，这才发现沈飞扬其实是个有勇有谋的斗士。可现在这又是怎么回事？只见沈飞扬尽心竭力地拍摄着，一副感恩戴德的样子，很像是要好好告慰欧文·派克的在天之灵。

听陶自牧说出这番感觉，楚航云轻轻叹息着，无论如何，是欧文·派克改变了他的人生轨迹，让他得到了他一直想拥有的东西。有时候助你成长的，不一定总是好人。

告别仪式结束后，罗朗议员走向楚航云，说要跟她单独说句话。待身边所有人都避开后，罗朗议员向楚航云表达了由衷的谢意，说他非常感激她在大会发言结束前，对道格先生的视频做出了对大家都有利的取舍，我理解楚航云女士为什么那么做，因为我们有着共同的期待和共同的忧虑。请问我说对了吗？

楚航云不想讨论这个问题，她更想知道与之相关的另外一件事，欧文·派克到底有没有交代，谁是杀害道格·约翰斯顿和约翰·杰克逊的凶手？

罗朗议员长叹一声，说到凶手，从某种程度上说，我们大家都难逃脱干系。是我们在气候变化问题上的争吵不休，让谋杀成为可能，所以我们每个人都是构成凶手的一部分。当原本远离公众视线的气候学家成了足球场上人人都盯着不放的那只足球时，谋杀就发生了。

楚航云说，您这是一种社会学层面的解读。的确，这个世界上有许多人都站错了位置，高估了自己，以为他们能改变世界，不惜动用极端手段达成目的。如果欧文·派克就是这种人，如果他对您的忠诚达到了疯狂的程度，至少，他会在临死之前向您道出他的心路历程。

罗朗议员目光呆滞，不像是在闪烁其词，派克先生是突然发病去世的，我们谁都没能向他做最后的告别。既然他已经不在人世了，我看，凶手问题就交给将来的历史学家吧！

陶自牧及时走过来，为他们两人拍了一张合影。

看着罗朗议员远去的背影，楚航云对陶自牧说，刚才他很想告诉我一些事情，但他最终选择了对我隐瞒。

陶自牧的回应点石成金，他是国会议员，通常他们不大敢对别人推心置腹。

　　黑客狼也来参加这场告别仪式了。他静静地坐在墙角处,不想被人注意到。会场照片里的这位大人物雇主,在生命最后一刻发来指令,要他毁掉工作室里的一切,然后远走高飞。一笔远超约定数额的美元已经到账,足够黑客狼舒舒服服地隐身于别的国家了。但在离开美国之前,他还要为大人物雇主完成最后一件事——让一个贪婪的私人侦探永远闭嘴。

　　目标人物就在现场,黑客狼搞到了这家伙的家庭住址和所有的银行账户以及网络账户,不怕他不乖乖就范。

　　当天晚上,国会议员威廉·罗朗在家族庄园的酒窖里待了很长时间,像是要将白天的告别仪式尽可能地抻长再抻长。在欧文·派克的告别仪式上,他没对楚航云说真话,至少不是全部真话。事实上那天的庄园酒宴之后,当宾客散尽后,他与欧文·派克曾在这酒窖里推心置腹。他们两人那个晚上喝了过半的大瓶拉菲古堡还摆在这里。这是一瓶产自1986年的6升装拉菲古堡,全世界才300瓶。曾有12名拉菲酒爱好者不远千里乘飞机去品尝这个拉菲古堡。那个晚上,当他打开这瓶拉菲古堡时,欧文·派克一下子就警觉了起来。

　　欧文·派克的神情中带着明显的质疑,这可是我们的庆典用酒,说好了要在法案被国会通过那天打开,可您这是为什么?究竟是庆典提前了,还是您相信酒后吐真言的蠢话,觉得您这瓶贵得要死的拉菲古堡,肯定会让我酒后吐真言?

　　威廉·罗朗生气地一口喝干杯中酒,那是我的法案,至少我有权利知道真相!

　　欧文·派克也生气了,两眼可怕地瞪着他,好啊!真相就是,您的家族企业已经入不敷出,早就无法支付您在那个法案上的大笔花销了!真相就是,没有新能集团的资金投入,您根本不可能撑到今天,更不可能撑过明天!哼,就算您把这瓶稀世好酒卖个最好的价钱,也凑不够一个小数点!真相就是,从头到尾您都不知道,您的那个法案有多烧钱!

　　那个夜晚,威廉·罗朗再次被当头一棒。如果说刚才在书房里,面对那些外人,他还能强撑着保持从容淡定,此刻,面对着他一直信任有加的幕僚长,他就要撑不住了,声音开始发颤,为什么没人告诉我这些?连我的家人都瞒着我……

欧文·派克望着他的眼神很特别，就像是在望着一个需要备受关爱的孩子，口气却仍然生硬而尖刻，因为没必要告诉您！您代表着那种头脑清醒且意志坚定的美国政治家，在应对气候变化的舞台上，像您这样的政治家不多，所以我们不能用那些小麻烦扰乱您的头脑，挫伤您的意志。为您扫清障碍是我们的职责，是我们的使命！再说了，新能集团的"太阳泥"是个超高利润的新能源产品，堪称是一只聚拢全球财富的巨无霸蛋糕，而我所做的，不过是让他们从那只巨无霸蛋糕上，心甘情愿地切下一小块未来利润，投资于您的伟大法案而已。他们都是跟全世界做生意的大商人，比你我都懂得付出与回报的小道理。

威廉·罗朗嗓音暗哑，那么道格·约翰斯顿是怎么一回事儿？还有那位名叫约翰的小报记者，他们两个也都是必须扫除的障碍吗？

欧文·派克痛惜地摇着头，那是"蝴蝶效应"。一只蝴蝶轻轻扇动翅膀，就能在地球另一边掀起一场风暴。那位气候学家，还有那位小报记者，他们就是这样的两只蝴蝶，他们恣意妄为地扇动着他们自视高贵的翅膀，根本不知道也不在乎会在什么地方掀起一场什么样的风暴。他们可以不管自己会不会被风暴吞没，可我绝对不能让那风暴吞没您！我很清楚，您付我薪水，肯定不是要我陪您在这儿喝酒的，更别说我肩上还扛着使命呢！

过了好一会儿，威廉·罗朗才开口问道，今天晚上你两次说到"使命"这个词，可以告诉我为什么吗？我就是想知道，为什么我威廉·罗朗值得你如此付出？

欧文·派克的答案溯源于相对遥远的初中时代。那时父母倾其所有将他送进一所好学校，期待着有朝一日他能出人头地。那所好学校里大多都是趾高气扬的富家子弟，瘦弱矮小且穿戴寒酸的欧文·派克常常遭受校园暴力，被取笑与被耍弄更是家常便饭。在又一次被暴打后，小欧文·派克向校方告发了对他施暴的五个同学，但无人肯为他做证。于是，那五个同学的父母便以名誉受损反诉小欧文·派克，要求对他做退学处置，否则他们五个家长的家族将联手大幅削减对该校的资助金额。

校内听证会上，眼看小欧文·派克孤独无助，终于有位同学站了出来。他要小欧文·派克和他一起脱去上衣，于是人们看到了两个对比鲜明的孩子：一个肌肉饱满且皮肤润泽，另外一个瘦骨嶙峋且伤痕累累。

在满堂惊呼声中，那位同学对大家说，我们两个都是同一年龄的美国孩子，都在同一个课堂上课，为什么我们两个看上去如此差别巨大？就算这位同学因为家境贫寒而身体瘦弱，但是贫穷会让人伤痕累累吗？谁能证明一个人的伤痕累累是由于贫穷所致？我们的老师和我们的家人总对我们说，美国是个伟大的民主国家，美国比地球上的任何国家都要平等，都要博爱，真的是这样吗？那就证明给我看，证明给欧文·派克看，证明给全体同学看！

后来许多同学都从座位上站起来做证，他们全都多次目击小欧文·派克遭受校园暴力。由于做证人数太多，校方宣布无须单独陈述事实，只需报出姓名即可。那天，小欧文·派克听着一个接一个的同学挨个报出自己的名字，只觉得身上的伤痛全都消失不见了。

威廉·罗朗凝视着欧文·派克，我记得这事，但不记得当年那位同学的名字了……

欧文·派克已经满脸是泪了，听证会后不久，你父母就带着你搬到纽约，跟整个罗朗家族融为一体去了。因为你，我再没受到过校园暴力；也是因为你，我不再因为家庭贫穷而自感低人一等；还是因为你，我在大学里以极高的热情专攻政治学。得知你从政的消息后，我知道自己找到了可以追随一生的人。所以尊敬的罗朗先生，请不要再问我值不值得。这就好比是，您会向一只布谷鸟发问说，这个世界值得你每天清早发出嘹亮欢快的啼鸣声吗？

威廉·罗朗神情肃然地反问，可我坚持要问呢？

欧文·派克的声音里带着无限的忧伤，那么布谷鸟会告诉你，无论是否值得，它生来就是要发出自己的啼鸣的，那是它生命的意义，否则它就离死不远了。

威廉·罗朗不再问话。接下来，他们两人喝下了好几杯拉菲古堡。到最后，威廉·罗朗将一沓文稿交给欧文·派克，说他对《美国新能源战略法案》做了最后的修订，只等欧文·派克再细细地过一遍，就可以正式提交国会了。

那个夜晚，欧文·派克带着《美国新能源战略法案》的最后修订稿离开时，看不出任何异样，是国会大厦的早班清洁工发现了他的尸体。他整个身子趴在办公桌上，手中紧握着一支红色碳素笔，笔尖就戳在《美国新能源战略法案》修订稿的最后一行，在那里弄出了一小块鲜亮刺眼的红色印迹……

今夜，刚刚送别了欧文·派克的威廉·罗朗，独自喝空了那瓶贵得要死的拉菲古堡。

后来，两个仆人扶他离开酒窖时，都听见了主人的酒后呓语：也许我才是那只蝴蝶……

七　父母爱情的结晶

　　楚航云离开纽约时天气晴好，与她刚到纽约那天极其相似，同样都是满目绚烂的阳光，仿佛时间一直停顿在这片晴空之下，仿佛这些日子里的大起大落不过是一场梦。刚到纽约时她忐忑不安，无论是她的公开职责还是她的秘密使命，对她来说都堪称重负，要不是有谭英天的远程相助，要不是有陶自牧与沈飞扬的近身联手，不可能会有后来的惊天大逆转。

　　前方不远处，陶自牧正推着机场行李车快步走来，整个人阳光而帅气，引得周围不同肤色的女孩儿频频注目。陶自牧面带浅笑，眼神中似有似无地表达着对她们的礼貌回应，那样子要多文雅有多文雅，要多绅士有多绅士，把楚航云都看愣了，头一回发现，这青年身上，竟然有着那个男人当年的某种特质。要是他们的孩子没有夭折，现在也该是陶自牧这个年龄了。许多个夜晚楚航云都曾想过，失去那孩子或许就是一种天意，是上天要让她心无旁骛地献身科学。那就是她命中注定的人生，不算有多好，但也不算坏。然而今天，站在纽约国际空港里，看着渐走渐近的陶自牧，楚航云第一次意识到，她的人生是多么残缺不全！

　　楚航云的若有所思引起了陶自牧的注意，问她是不是在想着某个意义重大的哲学问题。楚航云回过神来，我在想，有了这次的纽约经历，将来我不会再惧怕任何事情。

　　陶自牧的回应再次点石成金，这就是纽约的魅力！为什么会有那么多的人喜欢到纽约来？就因为纽约既可能让你头破血流，也可能帮你破茧重生。

　　有人叫住了他们，是保罗·吉尔。他坐着出租车匆匆赶来，手上拿着那只装着数据硬盘的白色纸袋，说是要履行道格·约翰斯顿的遗愿，楚女士，你我都没权利违背死者的意愿。

　　楚航云执意不收，说那是属于BT气候实验室的，是属于保罗·吉尔的，只是出于我们已经知道的原因，道格才托付给我的。现在我完成了他的托付，自然该物归原主，说不定哪天您就找到密码打开它了呢！但是保罗·吉尔非常坚定，说他一直以来都让道格失望，这是他最后的补救机会。

　　楚航云两眼晶亮地提醒他，这个数据硬盘里不仅汇集了BT气候实验室多年积累的大量数据,更有道格先生最后的研究成果,说不定,这里面就安放着当今世界第一个最接近真实趋势的气候模型呢!

她这话倒把保罗·吉尔说得眼眶湿润了,如果你的合作者不愿跟你分享成果,基本上,你就已经出局了……他两眼看着白色纸袋,脸上透着真实的紧张与焦虑,这东西放在我身边就像是一件惩戒物,让我日夜不得安宁,提醒我要牢记自己是个多么糟糕的人。楚女士,请带走它吧,就算是在帮我减轻心理负担好了!

陶自牧开口了,他认真地看着两位气候学家,拒绝一位死者的馈赠,是不仁义的哟!

然后他接过那白色纸袋,放进楚航云的随身包里,解决了这个难题。

保罗·吉尔释然了,嘴角挂着笑意,眼里却汪着泪,道格说我在列支敦士登存有一笔秘密款项,其实那只是个空头账户,是欧文·派克威胁与控制我的手段。我很遗憾道格会当真,最遗憾的是,他甚至都不想找我核实一下……

楚航云和陶自牧都没作声,不知该说什么才好。他们身后,各国航班进出纽约国际空港的广播声正此起彼伏地传过来。

沈飞扬没能去机场送行,新能集团首席科学家戴维·史密斯将他紧急召去了太阳城。

首席科学家在电话中把话说得很重,话里话外都透着一种悲壮的决绝,"太阳泥"要发出最后的宣言了,如果你不能及时赶到,那么你的纪录片将痛失一个历史时刻,也说不定我们两个会就此告别呢!沈飞扬一想到上次的爆炸,只觉凶多吉少。

漫漫沙海里,太阳城看上去晶莹剔透,那炫目的巨大光团让人分不清究竟是太阳光团过于炽烈的直射,还是庞大玻璃墙的集体反射。沈飞扬赶到时,首席科学家正站在门楼上,依然是一袭白色衣衫,依然是张开双臂冲他朗声高喊,哈啰,沈先生,欢迎再次来到太阳城!

他们两人的对话在扬声器的作用下,回荡在整个太阳城——

首席科学家说,沈先生,上次您看到的是"太阳泥一号",后来我又弄出了"太阳泥二号",今天您将看到的,是"太阳泥三号"在太阳城的首次全面联网。如果不出意外,从今天起,整个太阳城将日日夜夜灯火辉煌,其动力全部来自我们头顶上的太阳。但如果出了意外,太阳城将被炸得粉碎,我也将尸骨不存。

沈飞扬吓了一跳，那就快从那上面下来呀！至少您该站在一个相对安全的位置上！

首席科学家恣意地笑着，万一没出意外呢？那么您的纪录片将再好不过地证明，我对"太阳泥三号"的品质是多么自信！

沈飞扬惊得声调都变了，可万一它爆炸了呢？那您就白送命了！

首席科学家更加恣意地笑着，有您在我就不会白送命！所以请务必忠实记录爆炸的全过程，让天下人都知道，我就是开发"太阳泥"的先驱者！

沈飞扬几乎是在吼叫，您要我来这里，就是要让我拍您怎么拿生命去赌吗？！

首席科学家不笑了，声音也凝重起来，您可以把这看成是赌，但在我来说是一种信仰，是对科学的信仰。科学就像是一枚钱币，一面写着"伟大"，另一面写着"不确定"，我若是拒绝了其中的一面，那么另外一面对我来说，也就不存在了。

沈飞扬有一种被瞬间击中的感觉，他声嘶力竭地回应道，明白了！您若是远离了"不确定"，那您也就远离了"伟大"！

首席科学家的声音又欢快起来，很好，您再一次地跟上了我的思路！现在，请拿稳您的摄像机，让我们这就开始奔向伟大吧！

幸好沈飞扬早早打开了摄像机，刚才的一番精彩对话得以全部录下。此刻，沈飞扬双手平稳地掌控着镜头，整个人如同意气风发的少年。过去他总是站在镜头外面拍摄，现在他一脚跨进了镜头里，觉得自己就站在首席科学家身边，就站在那座晶莹剔透的玻璃城上。

随着首席科学家的一系列指令声，整座太阳城渐次出现了色彩的变幻。那些变幻的色彩呈海浪状一波又一波地漫了上来。回想从前当气象兵时，每当彩虹凌空而现，沈飞扬就觉得那是世界上最美丽的一座桥，就幻想着有朝一日能到那桥上站一站。此时此刻，他看见自己已经站在了一座彩虹桥上，感觉此生再无任何美景值得追逐……

在远离太阳城的曼哈顿，在新能大厦的顶层办公室里，新能集团董事长安德鲁·贾丁心满意足地笑着。墙上的电子大屏幕同步显现着太阳城里的一应镜头，包括首席科学家与沈飞扬之间的全部对话。"太阳泥三号"的卓越表现让安德鲁·贾丁相信，当初他为此投下的大笔资金绝对会得到高额回报。他快意地拿起手机，给威廉·罗朗议员发去一个信息。

此时，罗朗议员的《美国新能源战略法案》正在国会大厦进行首轮论证，安德鲁·贾丁希望他刚刚发出的信息能在那座大厦里刮起一阵强劲的旋风，把游荡在政客身边的猜忌、质疑、捣鬼、耍赖等政坛秽物统统卷走，扔进太平洋！

他们这趟飞往中国首都机场的航班出于航空公司自身原因而延误了。所有乘客都被请到VIP休息室候机，以表达航空公司的歉意。唯一的要求是，希望乘客们能将自己的当下状况拍个照，发去朋友圈。陶自牧本能地反感，他正手托一杯拿铁咖啡，那样一来，这杯咖啡不就成了我的嗟来之食吗？而且我对自己的嗟来之食还不知羞耻地广而告之！

楚航云不这么看，她正惬意地品着一块制作精美的小点心，对我来说，因航班延误而造成的不快，正在这里一点点被消解。

陶自牧直摇头，就凭一杯咖啡外加一块小点心，就能改变他们延误航班的过错吗？

楚航云要陶自牧调整一下情绪，要关注到此事的正面价值，此刻我们坐在这里，就是置身于一种可贵而稀缺的歉意文化中。人与动物的最大区别是什么？就是人会有歉意，而动物没有。放眼我们四周，很多人对过错死不认账，百般抵赖，拼命掩盖，找出各种借口为自己开脱，甚至倒打一耙，栽赃他人。他们不懂，歉意是最有效也最经济的纠错手段，属于四两拨千斤。越早表达歉意，就越能减轻过错的负面影响。说白了就是，说声对不起你会死吗？

陶自牧心领神会，所以这家航空公司很聪明，他们不怕说对不起，他们懂得歉意文化中的经济学价值。所以我们坐在这里吃吃喝喝根本就不必觉得是什么嗟来之食，即便就是广而告之也没什么可羞愧的，反而是在成全他人的歉意。您是这意思吧？

楚航云点头轻笑的样子让陶自牧惊叹不已。她这么多年孤身一人，失去的很多，得到的很少，竟然奇迹般地葆有如此纯粹的笑容！他很高兴自己有个内心强大的妈妈。

蓦然，他看到楚航云脸色骤变，像是看到了某个令她震惊的东西。他顺着她的目光望过去，见她正愣怔怔地看着他手机上的微信朋友圈封面照——是那绣花枕套的照片，他花了不少工夫将那枕套拍得纤毫分明且质感十足。这张照片隐匿着他的过去也昭示着他的未来，用作朋友圈封面照，是最恰当不过的了。

后面的事情就一发而不可收拾了——直到被延误的航班重新进入执航程序，直到所有的乘客全部登了机，直到机舱关闭机身腾空而起，直到飞离美国海岸，直到航行在浩渺的太平洋上空，楚航云都在向陶自牧没完没了地发着问，恨不得将他三十余岁的人生一览而尽。

到最后，陶自牧不无调侃地打断她，您这个当妈的是不是觉得我像个冒牌货？

楚航云喜极而泣，从小到大，你这孩子牵动了那么多人的心思，我可怎么报答他们？

就是这话让陶自牧有了些许不安，遗憾的是，原本该由谭将军安排我与您相认的，我们约好过的。我想那该是一种特殊的仪式。

楚航云亲切地看着儿子，是他找到了你，所以你想让他牵着手，把你交到我手上？

陶自牧望着舷窗外凝固般的云层，或许我更期待着，跟他一起听您说我爸爸的故事。

楚航云脸上呈现出一种深切的痛楚，像是被直接击中了内心深处最脆弱的地方。她极力抑制着自己的嗓音，让它显得平淡无常，是吗？可为什么要跟他一起听呢？

陶自牧认真地回应说，第一次见面，我曾问他谁是我爸爸，他说他不知道，他说那该是另外一个故事。临来纽约前我们又见过一面，谭将军叮嘱我，千万不要因为被遗弃过而怀疑自己这个生命不是父母爱情的结晶。他叫我一定要相信他，因为他太了解您了。他说，你妈妈在爱情上是个典型的理想主义者，而那个成为你爸爸的人，他一定是你妈妈生命中最爱的那个人，无人能够比拟！所以谭将军的结论是，这或许就是您至今不婚的深层原因。

楚航云的眼泪夺眶而出。要不是身在万米高空之上，要不是置身密密匝匝的机舱之中，她很想放声大哭，更想紧紧抱住失而复得的儿子，让她重新回到那个男人的怀抱，回到多年前使她重生的那个地方！

后来当地村民们告诉一路找过来的陶自牧，那天之后，头博峪再没来过那么多的人。这里连最发烧的驴友都很少光顾，山高林密再加上河道遍布涡流，既不适合攀登更不适合漂流，因而地处京西深处的头博峪保留了最原始的模样，从前啥样现在也还啥样。所以，当陶自牧望向那条夺命河道时，相信这一带山川就是父亲临终前眼中的那个样子。

村民们说，那天这里人声车声喧嚣异常，而穿越所有声音之上的，是一个年轻女子凄厉的嘶喊声——梁祝，回来……梁祝，回来……年轻女子的嘶喊声持续不断，所有人都惊讶她的嗓子竟然始终不哑！那女子的嘶喊声持续不断，直到人们从巨石缝中将她的男人打捞上来。男人已无心跳，即使施以心脏复苏术也是枉然。年轻女子跪在地上一个劲地哀求医生千万不要放弃，他不会死！他的生命力很强大！请一定要救救他！人们被她打动，许多人加入了这一场心脏复苏人工接力战。到最后，年轻女子气若游丝，与那男人的尸体一起，被飞驰而去的救护车拉走了。

在医院里醒来的那一刻，楚航云万念俱灰。她明白她已失去一切，本就一贫如洗的人生又遭遇了最后的洗劫。既然已经赤条条了，完全可以毫无牵挂地离开这个世界了。她睁眼打量四周，试图找到一件能够即刻毙命的东西——一把可以割腕的小刀，或是一粒剧毒药片；要不就到对面开水间去吸入煤气；对了，最简单的就是站在那窗框上纵身向下一跳……

楚航云至今都清晰地记得当时依次而来的所有感觉——先是窗框的坚硬，再是拂面微风的冰凉，然后是脚下行人的来来往往，再然后，她的腹部深处像是被人狠狠地踢了一下又一下。直到被踢第八下，她才猛然醒悟过来，想到了腹中胎儿的存在，听到了梁祝从漩涡中发出的嘶哑呐喊——好好活下去！为我和我们的孩子活下去……

那个该死的漩涡是他俩最后的世界！当时一场突然暴发的山洪冲着公路倾泻而下，把原本手拉手地走在公路上的他俩直接卷进汹涌的河道，并一路带向下游。猝不及防中，楚航云死死抓住梁祝的手，直到两人被同时卷入湍急的漩涡中。如果上天让她就此绝命，至少是跟一个可靠的男人死在一起，她不会害怕！但是梁祝不许她死，硬是用自己的身子将她奋力顶出漩涡，他大喊大叫着要她必须勇敢，好好活下去！为我和我们的孩子活下去……

他们就是为了这孩子才打算尽快结婚的，走在那条公路上就是进城去购买结婚用品。出事之前梁祝正兴高采烈地畅想未来。说到尽兴处，他望着两边的群山大喊着，青山做证，梁祝终于有家了！梁祝不再是个孤儿啦！梁祝跟楚航云永远不分开!

不久前梁祝曾要她大声喊过另外的话——我没有被诅咒!没有人能诅咒我楚航云!梁祝说,只有她大声喊出来,她才会摆脱那个糟糕的念头。她不信,也不肯喊,她说她就是一个被诅咒的人,所以她爸爸才会一直失踪,所以她才会爱上一个不该爱的叔叔,所以她才会伤害了她最好的女友。

接下来发生的事情让楚航云大吃一惊。只见梁祝高声喊道,要么你跟着我喊,要么我立刻就跑到外面去!如果雷电没有劈死我,你就要相信我的话!

那时天空中正雷电交加,暴雨滂沱外带狂风怒吼,情急之下楚航云只好随了梁祝。他一遍遍地喊着,她就一遍遍地跟着。开头她嗓音很小,然后越来越大,到最后就成了嘶声怒吼。她的样子很像是在对什么人发怒,更像是在对过去的自己发怒。再然后,一种前所未有的轻松感袭上心头,多年来紧压着她的一块石头奇迹般地消失了。她又惊又喜地感受着那从未有过的感觉,又哭又笑地任梁祝紧紧抱住她。这时候,梁祝的怀抱犹如一条最温暖的巨大棉被,在那团团包裹之中,她远离了寒冷,远离了坚硬,远离了所有曾令她恐惧的诅咒。

第二天天亮时梁祝突然惊慌失措,说他没想到曾经有过深爱的她还是个处女!楚航云神情平静地冲他轻轻点头。梁祝被这眼神震撼了,发誓要用自己的一生好好守护她。自那以后他更多地出现在她的气象站点,将她站点上的房屋与设施逐个彻底维修,包括给备用发电机更换了零件,将观测场上的百叶箱重新刷了漆。她看着他仔细加固每一个部位,看着他认真拧紧每一颗螺丝,觉得这个男人踏实而靠谱。后来,当她发现自己怀孕了,当即决定要嫁给他。她要让肚子里的小生命和他们这两个都没有家人的人,从此组成一个完整的家。

但是突然而至的山洪摧毁了这一切!楚航云不明白上天为什么要一而再地折磨她,为什么要强行夺走她身边所有的东西?!她在跳楼之前仰头大喊,希望能够听到上天的回答。

天空中传来的,竟然是梁祝的声音!梁祝说,至少上天给了你一个孩子!你必须好好活下去!为我和我们的孩子活下去……

许多年后,在遥远的太平洋上空,在嗡嗡作响的客机座舱中,陶自牧发现,自己当年竟然以胎儿之身当起了拯救者!楚航云含泪点头,你这孩子,还没出生就表现出了你爸爸的禀赋,你爸爸就总是及时出现,也总是手到擒来。

接下来陶自牧知道了,他的父母就相识在京西那座大山里。两人都是气象预报员,都单独值守着一个小小的气象站点。他俩每天定时在电话上交流观测数据，直到有一天楚航云的电话坏了，才第一次见了面。梁祝爬上屋顶查出故障并很快排除，顺带着修补好了两处漏雨点。楚航云留他吃了便饭，以作答谢。

后来，但凡她有需要他都会来帮忙。她从不跟任何人联系，一个人的气象站让她得以藏匿其身，所以梁祝就成了她与外界的唯一联系。梁祝听到过这个转业女兵的故事，对她颇多同情；而梁祝当过空军气象兵的经历也让楚航云生出几分亲近感。一来二去地，梁祝的出现就多了一种心理疏导的意味。他不跟她探讨她那些往日创伤中的是非曲直，他只跟她探讨创伤效应。在他看来，发生了什么事情并不重要，重要的是那些事会让她发生什么变化。世上万事都无所谓好坏，就像南北极，你能说南极好还是北极好吗？它们都对地球有价值，少了哪一个都会让地球遭殃！所以，发生在你身上的一切都是来助你的，都对你的成长有价值，关键在于你是不是拒绝成长。这世上会有拒绝成长的傻瓜吗？你想当那种傻瓜吗？！

这样的探讨既扎心又暖心，让楚航云渐次有所迷恋，就好像她的心脏瓣膜早已掉落一地，万般无奈之中，有人正帮她一片片地捡起来。于是有一天，她一字一顿地对梁祝说，我明白了，你梁祝出现在我身边，也是来助我成长的！

许多年之后，在太平洋的万米高空之上，面对失而复得的儿子，楚航云不由得热泪盈眶，你爸爸不只是在助我成长，他就是来成全我的人生的！是他让我成为一个女人，一个妻子，一个母亲。虽然还没领到结婚证，但你爸爸已满足了我对家庭生活的种种憧憬。

陶自牧凝视着母亲，可我刚一出生就被宣布死亡了，其实您并没感受到身为人母之乐。

楚航云也凝视着儿子，你是想知道，在接连失去两个至亲之后，我是怎么活下来的？

照楚航云的说法，梁祝从来没死，梁祝一直以一种潜能量的方式活在她身边，她的饮食起居都能感受到梁祝的存在，她也时常跟梁祝分享大大小小的喜悦。这种奇异的相处方式总能把她从情绪的低谷里拉出来，包括没有沉沦在失去儿子的痛苦里。她学会了将那看成是一种最好的安排，觉得那孩子或许更应该和他爸爸在一起，而她独自活在这个世界上自有其使命，那就是献身气候科学，在使命完成之前她必须好好地活着。所以她再没想过自杀，也不再自艾自怜，全副身心都被使命所填满，没一点儿空间留给忧愁与孤独。

陶自牧看着母亲平静而满足的神情，知道这都是爸爸的功劳。一个人已经死了，却能如此鲜活而持续地影响着相爱之人，这该是一种多么纯粹的爱情！只听楚航云继续说道，不知有多少回了，我总能听到你爸爸在对我说，很好，你又成长了！我亲爱的云云！

陶自牧已经哭得稀里哗啦了。他咽下了最后一个问题：为什么在他出生后的DNA鉴定中，会跟谭英天的基因有百分之三十多的匹配度？

尾声　以气象填图的名义

田汀汾再次病重入院，诊断结果表明，癌细胞大面积扩散，各项生理指标都已降到临界点以下，但田汀汾坚持不做化疗，也坚决不进ICU。她讨厌ICU，ICU里的气氛和规则都令她极不舒服。在那里，病人赤条条地躺着，身上插满各式各样的管子，医疗器械的电流声和病人的呻吟声交相混杂，让人分不清躺在病床上的人还是实验动物。那里是如此阴森、生硬、冰冷，就像是一条看不到尽头的暗黑隧道……

田汀汾对着谭英天的耳朵缓缓说着这些话，眼睛里充满真实的恐惧。她的全部希望就是躺在一张干净的床上，优雅而体面地离开这个世界，如同一棵小草的自然干枯，如同一片树叶的安然落地。我自己就是医生，我知道医生有多么的无奈，其实我们能做的事情并不多。当医生也成了病人时，我唯一可以选择的，就是拒绝用插管来延长生命。我不想当ICU里的吞币机器，更不想"工业化"地死去。英天，请把死亡的权利交给我自己，好吗？

科室战友们将医生更衣室布置成了一间特殊病房，田汀汾的病床就摆放在房间正中央。她家中的小化妆台搬了过来，而她从丽江买回的彩色土布则遮挡着周边的铁皮更衣柜。这都是楚航云的主意。田汀汾摆在她房间里的那些旧日照片，也被她悉数拿了过来。南方基地里的红领章与红帽徽布满田汀汾身边，令她露出满意的笑容，嗯，这正是我想要的——在夹皮沟的注视下，在我们的青春回忆中，离开这个世界……

楚航云跪在病床前，低头轻轻抵住田汀汾的额头，那种熟悉的旧日感觉袭遍全身，似乎岁月并未更迭，似乎她俩还是夹皮沟里那两个躺在一个被窝里说悄悄话的年轻女兵。想当年，逢到田汀汾到南方基地休探亲假，若是楚航云去了，总会将谭英天赶去客房，非要跟田汀汾睡一个被窝不可。那时她才十来岁，对男女之事一片懵懂，现在她经历过刻骨铭心的爱情，经历过丧子之痛，又享受着爱子失而复得的幸福，可她就要永远失去她的汀汾姐了……

两人说好都不哭的，但楚航云还是哭出了声。田汀汾替她擦着泪水，从前我也害怕死亡，当了这么多年的医生，医治了那么多的病人，后来我发现，生命就是细胞不断更新的过程，而死亡就是这个过程的结束。当你的细胞不再更新，生命也就结束了。所以生与死是一种极其自然的事情，每个人都有自己的生与死，有的人长一些，有的人短一些罢了。

楚航云含着泪，老天不开眼！汀汾姐这么好的人，生命应该更长一些才对……

田汀汾面带微笑，语气轻轻，老天很开眼啦！老天让我生在一个令人尊敬的家庭里，让我拥有疼爱我的父母，让我嫁给了一见钟情的男人，让我一辈子都做着自己喜欢的工作，还让我遇见了你这样的好朋友，尤其是让我完成了母亲的遗愿，找到了你们母子。我很感谢你和你儿子能够原谅我们一家人。我就要去见你亲爱的梁祝了，我还要当面请求他的原谅。还有，你说有多少人能像我这样幸运，生命中的最后一张床，是自己想要的样子？

楚航云的泪水汹涌而下，汀汾姐，你为什么从来都不骂我？你有许多理由恨我的！

田汀汾的眼神清澈而透明，我当然恨过你，也在心里无数遍地骂过你。后来是我身上的癌细胞一再提醒我，生命不长，与其用在不可改变的事情上，不如用在可以改变的事情上。记得许多年前你问过我，要是谭叔叔的前半生是你的，后半生是我的，这样可以吗？

楚航云不禁号啕大哭，对不起！那时我太年轻，尽说傻话！

田汀汾的声音温柔而坚定，就算那是你从前的傻话，现在，它是我的遗嘱了。当年，你谭叔叔可是一心想等你长大后娶你为妻的……

楚航云不由得撕心裂肺，当年你们为了帮我解除隔离审查，每个人都付出了巨大的牺牲，你汀汾姐，老司令，还有谭叔叔！当年我突然消失，就是因为知道那些事情后完全承受不了，我没脸再见到你们中的任何一个人，我更不知道该怎么去感恩……这些话，我从没对其他任何人说起过，除了梁祝。汀汾姐，今天我到底对你说出来了，感觉轻松多了……

田汀汾面露笑意，谈不上感恩，其实我们是在互相成全。也许这就是最好的人生境遇了吧？有人成全了你，而你也成全了对方，于是我们的生命在对方的生命中就都有了价值……

田汀汾的遗体告别就在这间特殊病房里举行。按照田汀汾的生前遗愿，不去殡仪馆，也不发布遗体告别通知，哪些人赶上了就是哪些人。她不想浪费更多人的时间。

谭英天坚持不让楚航云给田汀汾做入殓前的净身，他要亲自做这件事。他动作轻缓地擦拭着妻子的每一寸肌肤，感觉到她的体温正在他的指腹下面一点点地丢失。这副美丽的胴体实在是大自然的造化，温润而完美，若是遇到个更好的男人，肯定会有更好的结局……

田汀汾的棺木里摆放着清一色的白色鲜花。楚航云坚持不要一朵彩色的，就只要纯白色的，结果周边几家花店的纯白色鲜花被她悉数买光。虽说花种各异，但它们汇集起来的一片纯白圣洁，正是楚航云理想中的天国氛围。

田汀汾被推进火化炉时身穿崭新的07式军服，头发被楚航云仔细梳理过，脸上化了精致的淡妆，五官清秀而柔美，不像是要被火化，倒像是要去参加某个盛典。

为田汀汾火化的殡葬师看着她的脸说，这女人走得没一丁点儿心事。

田家小楼一连多日都死气沉沉，田汀汾的逝去带走了这里原有的活力。数楚航云最为消沉，总是唉声叹气地说自己一无用处，无论是近在身边的汀汾姐，还是远在美国的道格先生，她都是辜负、辜负、再辜负。谭英天和陶自牧就一人一句地劝她说，事情不是这样的，你的汀汾姐走得很安详，连殡葬师都说她走得没一丁点儿心事；而对道格先生，你更是尽了全力，你千辛万苦地拿到了他留下的数据硬盘，完成了他的生前嘱托，实现了他的遗愿。

楚航云摇着头，两眼大瞪着，不，不对！道格先生的遗愿没那么简单！数据硬盘里有他最后的研究成果，他离世前花了那么多的心思，就是要保住他的成果。他的本意是要通过我，让他的研究开花结果，去服务人类，可我却一直打不开他的数据硬盘！他一定以为我会猜到密码，可我就是想不到那会是一个什么样的密码！

这时田绍德开口了，老司令要陶自牧快去拿来那个数据硬盘，我们这三个大男人，怎么能不对一个女人出手相助呢！

楚航云还是摇头叹气，没用的，老司令，我们已经试过了所有的办法！

田绍德的声音提高了，那是因为老司令还没出马！十二岁，我就是地下党的谍报员了!

　　这语音还未落,陶自牧就小跑着上楼去了。这些日子他已是小楼里的常客,因此只一眨眼的工夫,他就到妈妈房间里拿回了那只白色纸袋。

　　远渡重洋而来的白色纸袋摆在了田绍德面前。老司令拿出里面的数据硬盘,全神贯注地盯着纸袋本身。纸袋边角已经磨损,除了浅浅的污渍印,看不出任何指向性的东西。老司令将纸袋前前后后地看了又看,最后吩咐道,拆开纸袋,看里面能发现些什么。

　　又是陶自牧最先反应过来。他快速拿起一把水果刀,轻轻撬开纸袋粘连处。很快,纸袋消失了,展现在众人眼前的,是一张几乎空白的地面气象图。

　　谭英天一眼就看出了端倪——整张气象图一片空白,唯独台湾岛有着完整的气象填图,于是他猜测气象填图就是道格先生设定的密码。显然道格先生熟知楚航云,知道她当过气象报务员,懂得气象填图的规则。所以这是一种安全系数极高的密码设定法——遵循着当事者的独有性与排他性,通常不易被破获。

　　田绍德点着头,有道理!这个放在台湾岛的气象填图,究竟是哪一天的并不重要,重要的是,它所代表的含义!

　　楚航云早就惊呆了。气象填图是楚航云再熟悉不过的东西。刚当兵时身为气象报务员,她每天都要长时间地头戴耳机接收来自世界各地的莫尔斯电码,将它们即时转换成对应的气象要素,填进气象图里。如今人工填图已被机器填图所替代,但楚航云忘不了气象填图!它们是她青春岁月里的至爱亲朋,不管她到了什么年龄,它们还都是从前的模样——它们的排列组合遵循着特定的规则,所有的数字、代码与符号都依照既定次序出现,并站在指定位置上,从而完成对某地各天气要素的描述。每个气象填图都呈方块状,带着只有内行人才看得懂的庄重与神圣。气象填图的规则全球通用,一个稍显夸张的说法是:即便语言不通,只要有气象图在手,全球的气象学家就都可以一起讨论天气。

　　楚航云满脸的惊喜,你们知道吗?全球所有的气象填图,其实都是用一连串的数字来表达的。每个气象填图都是一个自成体系的完整数字群。我们气象报务员的任务就是先听懂由莫尔斯电码所表达出的是些什么数字,然后再按照特定的规则,将这些数字转换成特定的符号与字母;有些数字虽然不用转换,但它们都有自己特定的位置,不同位置上的数字就代表着不同的气象要素。

　　陶自牧发问道,要是我看到了这个气象填图,我也知道了这些符号与字母所对应的数字，我就能知道这个气象填图的完整数字群吗？

楚航云摇着头，当然还不够。你还要知道所有的数字遵循着怎样的规则，它们都有着怎样的前后顺序。也就是说，这个由数字、符号、字母组成的小方块，它在表达每个气象要素时，都遵循着特定的排列位置、特定的前后顺序，既不是从上到下，也不是从左到右那么简单排列的。它们都有特定的规则。

陶自牧感叹着，看来气象填图的规则很适合用来做密码，好神秘呢！

楚航云说其实也不神秘，这套规则被全世界气象台站使用，只是外行不知道罢了。

谭英天听着大呼有趣，从本质上说，密码学就是编造谎言，最高级的密码就是最高明的谎言。所以要想看穿谎言，最好的办法，就是去了解说谎者是以怎样的思路在说谎。

陶自牧表示同意，知乎上说过，只要弄清密码设定者的思路，再难的密码都能破解！

田绍德兴奋得满脸的皱纹都舒展开来，嗯！现在情况已经非常清楚了，道格先生设定的密码，就是这个气象填图所代表的那个完整的数字群。他有意拿出威严的口吻高声发令，现在听我的命令，各就各位——谭英天同志，你负责立刻拿纸笔来！楚航云同志，你负责立刻写出那个完整的数字群！陶自牧同志，你负责将那个数字群准确输入电脑！

这天傍晚，田家小楼里上演了一场男女老少齐上阵的密码破解战。当楚航云按照气象填图的规则，将台湾岛的各气象要素逐一解析，写出一个长长的数字群后，陶自牧立刻敲击键盘，将那些数字飞快地输进了电脑里。

道格·约翰斯顿的数据硬盘已经连接完毕，全家人都紧紧地盯着电脑屏幕。

随着电脑软件的提示声，屏幕开始松动，开始变化。很快，代表防火墙被打开的那道绿色曲线出现了，犹如一条色泽鲜绿的小溪在缓缓流淌。当小溪之水漫过整个屏幕后，激越的苏格兰鼓乐声随之响起，道格·约翰斯顿的生前影像跃上屏幕：哈啰，你好！

陶自牧率先欢呼跳跃起来，老司令则背靠沙发一个劲地朗声大笑；楚航云一动不动地盯着电脑屏幕，既像是在反复辨认屏幕里的道格·约翰斯顿是否真实，又像是被一种长途跋涉后的极度疲惫紧紧攫住了。只有谭英天神清气定，就好像这一切本就在他掌控之中，此刻只是看到了结果而已。

然后，陶自牧注意到，楚航云转头望向谭英天，两人相视一笑，像是于无言之中道尽了千言万语。立刻，那个一直盘旋在他心头的疑惑不由脱口而出，你们谁能告诉我，在我出生后的DNA鉴定中，为什么会跟谭将军有百分之三十多的匹配度呢？

陶自牧突然抛出的这个问题震到了屋里的每个人，大家都愣怔怔地望着他，就好像他抛出了一颗炸弹，或是在鼓动大家去抢银行。最先做出反应的人是楚航云，她气哼哼地看着他，你从哪里听到的这么个荒唐说法？就算你不打算尊重你从未谋面的父亲，至少你该尊重谭将军，尊重老司令！没有他们就没有我们母子的今天！

陶自牧显然吓坏了，他嗫嚅着望向谭英天，那眼神分明是在寻找援助。楚航云被儿子的眼神惊住了，她惊愕地望着谭英天，不知道发生了什么。不等谭英天回答，只听老司令开口了。老司令从身上拿出两张发黄的纸片交给楚航云，这是你丁希阿姨去世前留给我的。当年就是因为这个鉴定结果，她才做出了那样的决定。

那是两张DNA鉴定证明。虽年代久远并被折叠过多次，但所有的数据全都清晰可辨。楚航云完全蒙住了，不可能，怎么可能呢？除非……她紧紧地盯着谭英天的眼睛，除非你有个弟弟！可我知道的是，你的家人很早就都死于一场瘟疫了呀……

接下来发生的事情让田家小楼里惊声四起。原来谭英天当真有过一个弟弟！早在瘟疫之前，贫穷的爸妈为了让两个儿子都能活下来，将不满两岁的弟弟送给了一对从首都来村里写生的画家夫妇。画家夫妇没有孩子，双方约定，一方须好好抚养孩子，另一方须永不上门认亲。谭英天一直想知道弟弟过得好不好，当兵后还几次托战友在北京打听过弟弟的下落，最后得到的消息是，画家夫妇连同他们十多岁的儿子都在多年前死于一场车祸。但也有人说，那孩子后来被救活了。

楚航云立刻轻叫起来，天哪！梁祝说过，他的父母是一对画家，死于同一场车祸，他也差点儿在车祸中死掉！

谭英天的眼睛都瞪圆了，立刻从书房里拿来一张泛了黄的照片，这是我们哥俩唯一一张合影，当年那对画家夫妇离开前特意拍的，想给我爸妈留个念想。既然好心的画家夫妇这么善解人意，他们去世前，可能也给弟弟留下过这张合影。你见过这张照片吗？

楚航云接过照片看了看，说她从来没见过，但她突然两眼一亮，飞一般地跑到楼上，拿来一个用牛皮纸包裹着的日记本。梁祝去世后，单位领导从梁祝的结婚报告中得知了他与楚航云的关系，通知楚航云去梁祝的气象站点拿回他的遗物。自那以后她一直随身带着梁祝的日记本，那里面记载着他与她从相识到相爱的全过程。

楚航云边说着这些，边打开牛皮纸，然后在日记本塑料封皮的前后夹层里掏啊掏，梁祝说过，这个本子里有他全部的生命信息。要是真有那么一张照片，会不会在这里？

屋子里的人全都默不作声地看着楚航云跑上跑下，屏息听着她的喃喃自语，很快，就都跟着她一同眼泪横飞了。还真有一张照片，还就是那张照片！数谭英天哭得最凶，手指发抖地触摸着弟弟的这件遗物。他曾设想过许多种与弟弟相遇的场景，从没想到竟是冰冷的阴阳两隔。但有一点是温暖的，弟弟有过深挚的爱情，弟弟在这世上留下了亲骨肉，好样的弟弟，为咱老谭家承续了血脉！

随着谭英天的目光望向陶自牧，在老司令的引领下，田家小楼里出现了眼泪与笑声齐飞的认亲潮。照老司令的说法，这家里每个人相互间的称呼，从此都要改口喽……

本世纪最大的一场飓风袭击了纽约，所幸没有发生风暴潮。飓风过后第二天，国会议员威廉·罗朗的传真机收到了一张号码被屏蔽的电话记录稿，上面记录着已故幕僚长欧文·派克两次以罗朗议员的名义，给美国海军有关部门打电话提出请求，让一位名叫道格·约翰斯顿的气候学家搭乘军方执行训练任务的飞机前往南极考察。军方满足了欧文·派克的请求。电话记录稿上清楚地写着气候学家搭乘军方飞机的日期与当天两位飞行员的姓名与军衔，以及登机报告。传真件上附有一行手写字：两位飞行员都收到了欧文·派克的封口费。

威廉·罗朗很快查明，传真件来自五角大楼某位将军的座机。他当然明白这是一笔交易——将军明年就要退役了，而将军家乡所在的那个州近年人口增加，依法将增加一名州议员，因此交易条件肯定就是助那将军当上新议员。威廉·罗朗深知，若是他对这份传真件置之不理，那么很快，这份传真件就会出现在国会大厦其他的传真机里，让他吃不了兜着走，更别说让《美国新能源战略法案》走出这座大厦了。

于是，威廉·罗朗毫不迟疑地把电话拨了过去……

楚航云收到了有关部门为她父亲补发的革命烈士证书，因为失踪战机的"黑匣子"终于找到了！那"黑匣子"在海水的作用力下，最终飘浮到太平洋深处的一座荒岛上静默了许多年，一艘靠岸躲避风浪的中国货轮上的船员们发现了它。随同发现的还有几块飞机残骸。"黑匣子"与飞机残骸全都斑驳不堪，依稀可见红五星的某个边角以及"中国空军"等中英两种文字。船员们将它们带回祖国，交给了有关部门。对"黑匣子"的分析与解读持续了好几个月，毕竟时间太过久远，记录介质多半已遭损坏。所幸靠着如今的高科技手段，技术人员将被损坏的记录介质做出了一定程度的复原。

于是，人们断断续续地听到了飞行员楚怀远在生命最后关头的一连串报告词。他口吻冷静地报告着战机当时的高度、速度、航向以及下降率。他说他遭遇到了一种突发力量的袭击，那力量无影无踪，瞬间就摧毁了整个操作系统，让所有的发动机都停止了工作，然后，整架战机就被那股力量裹挟而去了。

由于那是一架新型战机，为了留下相关资料，楚怀远仔细描述了飞机各部位的具体表现与他的种种驾驶感受，力图在短暂的时间内说完所有该说的话。到最后，他的语调明显急促而高亢：

请转告我女儿楚航云，让她好好当兵，好好学习，争取成为国家的栋梁之材！亲爱的战友们，永别了！我楚怀远来世还做中国军人！来世还开中国战机！

紧接着，爆炸声中断了楚怀远的声音，中断了所有的声音……

有关方面对这起飞机失事无法拿出确切的结论。他们回答楚航云说，破坏力既有可能是一种不可知的自然力量，也有可能是来自某个敌对势力的某种隐秘战力。相信不用太久，中国的科学技术就能够解开这个谜底。

这天深夜，楚航云在寻亲网站上发出了最后一个帖子：

我亲爱的爸爸找到了，因为飞机上的"黑匣子"找到了。照"黑匣子"的记载，爸爸当年驾驶的新型战机是在突然遭遇不明力量的袭击后而发生了机体爆炸。爸爸临危不惧，在生命的最后关头对空难现象与驾驶状态做出了精确描述。我知道，爸爸这是要让自己死得其所！爸爸留在"黑匣子"里的最后一席话是：亲爱的战友们，永别了！我楚怀远来世还做中国军人！来世还开中国战机！

这个帖子在互联网上被迅速传了开来，用作题图的"黑匣子"照片也被网民们从各个层面解析了再解析，由此引发了一场"史上诸多不明空难与黑匣子效应"的网络热议。英雄飞行员楚怀远的壮举更是令许多网民深受感动，纷纷留言，其中一个获得高赞的留言是：

那些在生命的最后关头选择了牺牲的人，其实是在另一个维度上让自己获得了永生。所以，英雄不死！

几个月后，"雪龙"号极地科考船再次静卧在中国南方的秋阳下，那红白相映的船体看上去华丽而炫目。楚航云是第一批报到的科学家，也是此次南极科考中唯一一位女气候学家。给她的任务是，让"气候水晶球"经历一次南极之旅。她知道自己并非孤军奋战，一个庞大的国家级云数据系统将与她如影随形，更何况老司令和谭英天再加上陶自牧都向她保证说，他们就是她的亲友团，这支绝对高配的亲友团将随时在虚拟世界里为她保驾护航！

最令楚航云向往的是，这一回，她将看到中国人自己的南极深冰芯了。

手机提示她有个新信息。是保罗·吉尔发来的，说他已对道格·约翰斯顿数据存盘里的内容完成了详细考证，希望能在南极大陆上与她深度探讨。我相信，中国的"气候水晶球"和美国的"小男孩"若是能够联手，一定会给国际气候学界带去惊喜。我们南极见！

站在"雪龙"号极地科考船的甲板上，楚航云对这条来自大洋彼岸的信息看了又看……